Anne Golon

Née en 1921 à Toulon, Anne Golon est une romancière française, connue pour sa saga culte *Angélique*, ayant pour héroïne une jeune femme contemporaine du roi Louis XIV. Aidée dans ses recherches historiques par son mari, Anne Golon publie *Angélique, marquise des Anges*, le premier tome, en 1957 en France. Pendant près de trente ans, treize tomes de la saga seront publiés jusqu'au dernier, *La Victoire d'Angélique*, en 1985. À partir de 2005, Anne Golon reprend l'écriture de cette série depuis le début, six tomes ainsi réécrits paraissent aux Éditions de l'Archipel.
La saga est portée sur grand écran à cinq reprises par Bernard Borderie, avec Michèle Mercier et Robert Hossein, entre 1964 et 1968, adaptée en comédie musicale, en opéra ou en manga, traduite dans de très nombreux pays et vendue à plus de 150 millions d'exemplaires dans le monde.
Anne Golon est nommée officier de l'ordre des Arts et des Lettres en janvier 2010. Sa vie, à l'instar de celle de son héroïne, est un roman. Elle est décédée en 2017.

ANGÉLIQUE

4. Indomptable Angélique

ÉGALEMENT
CHEZ POCKET

ANGÉLIQUE

ANNE GOLON

ANGÉLIQUE

4. Indomptable Angélique

Version d'origine

l'Archipel

FSC
www.fsc.org
MIXTE
Papier issu de sources responsables
FSC® C003309

L'éditeur de cet ouvrage s'engage dans une démarche de certification FSC® qui contribue à la préservation des forêts pour les générations futures.

Pour en savoir plus :
www.editis.com/engagement-rse/

ISBN : 978-2-266-32260-7
Dépôt légal : mars 2022

Première partie

Le départ

I

Le carrosse du lieutenant adjoint de police M. Desgrez franchit la porte cochère de son hôtel particulier et tourna avec lenteur, tanguant sur les gros pavés de la rue de la Commanderie, faubourg Saint-Germain. C'était un équipage sans luxe mais cossu, bois sombre ouvragé, suffisamment de galons d'or aux rideaux des portières, souvent tirés, deux chevaux pie, un cocher, un valet, enfin l'équipage classique d'un magistrat de bon renom, plus riche qu'il ne veut paraître, et auquel son voisinage ne reprochait que de n'être pas marié. Un bel homme, fréquentant la meilleure société, comme lui, se devait d'avoir à ses côtés une de ces filles de grands bourgeois, discrètes, capables, vertueuses, que des mères revêches et des pères tyranniques fabriquaient dans l'ombre de ces mêmes demeures du faubourg Saint-Germain. Mais l'aimable et caustique M. Desgrez ne semblait pas pressé et trop de femmes voyantes et de personnages suspects se mêlaient au seuil de son hôtel avec les visiteurs les plus huppés des hauts noms du royaume.

Le carrosse grinça un peu en franchissant le ruisseau creusé au milieu de la rue, et les chevaux battirent des quatre fers tandis que le cocher les ramenait dans le sens de la rue. Les nombreux passants qui baguenaudaient encore dans la pénombre étouffante de ce soir d'été s'écrasaient docilement contre le mur.

❦

À ce moment, une femme qui portait un masque et qui semblait attendre s'approcha de la voiture et, profitant de ce que celle-ci tournait lentement, se pencha par la vitre demeurée grande ouverte à cause de la chaleur.

— Maître Desgrez, fit-elle avec enjouement, me permettez-vous de monter à vos côtés et de vous demander quelques instants d'entretien ?

Le policier, qui était plongé dans une profonde méditation sur le résultat d'une récente enquête, sursauta et son visage revêtit aussitôt l'expression de la plus grande colère. Il n'avait pas besoin de prier l'inconnue d'ôter son masque pour reconnaître Angélique.

— Vous ? grogna-t-il furieux. Est-ce que vous ne savez pas le français par hasard ? Ne vous ai-je pas dit que je ne voulais plus vous voir ?

— Oui, je le sais, mais c'est pour quelque chose de très, très important et vous seul pouvez m'aider, Desgrez. J'ai hésité, j'ai réfléchi, mais j'en suis toujours revenue à cela : il n'y a que vous qui puissiez m'aider.

— Je vous ai dit que je ne voulais plus vous voir ! répéta Desgrez, les dents serrées, avec une violence qui lui était peu habituelle.

Cynique et dur, il contrôlait toujours ses premières impulsions. Mais là, subitement, il ne se possédait plus.

Angélique ne s'était pas attendue à cette explosion. Elle savait qu'il commencerait par la renvoyer car elle rompait par cette démarche une quasi-promesse de ne plus l'importuner. Mais, à la réflexion, elle s'était dit que ce qu'elle avait appris du roi était assez exceptionnel pour qu'elle n'eût pas à ménager le cœur d'un policier coriace, fût-il amoureux. Elle avait trop besoin de lui. Cependant elle ne s'était pas étonnée lorsque, se présentant chez lui, elle s'était vue par deux fois avertir que M. le lieutenant adjoint n'était pas là et qu'il y avait peu de chances qu'il fût chez lui la prochaine fois qu'elle viendrait. Aussi avait-elle guetté l'instant propice pour lui parler directement, bien persuadée qu'il finirait par l'écouter, qu'il finirait par lui céder.

— C'est très important, Desgrez, supplia-t-elle à mi-voix, mon mari est vivant…

— Je vous ai dit que je ne voulais plus vous voir, répéta Desgrez pour la troisième fois, vous avez assez d'amis pour s'occuper de vous et de votre mari vivant ou mort. Et maintenant lâchez cette portière, les chevaux vont s'ébranler.

— Non, je ne la lâcherai pas, fit Angélique outrée, vos chevaux me traîneront sur le pavé, mais il faudra bien que vous finissiez pas m'écouter.

— Lâchez cette portière !

La voix de Desgrez était mauvaise et coupante. Il prit sa canne près de lui et assena un coup violent du pommeau ouvragé sur les doigts crispés d'Angélique. La jeune femme poussa un cri et lâcha prise. Le carrosse prit aussitôt de la vitesse. Angélique était tombée à demi à genoux. Un marchand d'eau qui avait suivi la scène dit, goguenard, en la regardant épousseter sa jupe :

— C'est pas pour ce soir, ma belle, faut te faire une raison. Que veux-tu, on ne peut pas toujours pêcher le gros poisson. Pourtant on dit que celui-là est sensible aux jolies filles, et dame !… faut reconnaître que t'avais tes chances. T'as mal choisi ton moment, voilà tout. Veux-tu un gobelet d'eau pour te remettre ? Le temps est à l'orage, le gosier est sec. Mon eau est pure et saine. Six sols pour un gobelet.

Angélique s'éloigna sans répondre. Elle était profondément ulcérée par l'inqualifiable attitude de Desgrez, sa déception se muait en tristesse. « L'égoïsme des hommes dépasse, se dit-elle, ce qu'on peut imaginer. » C'est entendu, celui-ci désirait se préserver des tourments de l'amour en la vouant à l'oubli total, mais n'aurait-il pu faire un petit effort, une fois encore, alors qu'elle se trouvait, elle, si désemparée, ne sachant vers qui se tourner, à quelle solution se résoudre ? Desgrez seul pouvait l'aider. Il l'avait connue à l'époque du procès de Peyrac et y avait été intimement mêlé. Il était policier et sa tournure d'esprit particulière saurait dégager la réalité des chimères, poser les hypothèses, découvrir le point de départ d'une enquête et, qui sait ? peut-être avait-il, lui aussi, quelque connaissance personnelle sur l'extraordinaire histoire. Il savait tant de choses secrètes et enfouies. Il les conservait bien classées dans les limbes de sa mémoire ou déposées sous forme de papiers, de rapports, dans des coffres et des cassettes. Et puis, sans se l'avouer, elle avait besoin de Desgrez pour échapper au poids terrible de son secret. Ne plus se sentir seule avec ses espoirs insensés, ses joies tremblantes que le coup de vent glacial du doute rabattait comme une flamme vacillante. Parler avec lui du passé, de l'avenir, ce gouffre inconnu où veillait maintenant pour elle peut-être le bonheur : « Tu sais bien qu'il y a quelque chose qui t'attend là-bas, au fond de ta vie… Tu ne vas pas y renoncer… »

C'était Desgrez justement qui lui avait dit cela jadis. Et maintenant il venait de la renier méchamment. Elle eut un geste de peine et d'impuissance. Elle marchait vite, car elle avait emprunté à Janine ses jupons courts et sa mante d'été afin de se mêler aisément à la foule et de ne pas se faire remarquer tandis qu'elle attendait Desgrez devant son hôtel. Elle avait attendu trois heures. Pour quel résultat ! La nuit tombait et les piétons se raréfiaient. En passant sur le Pont-Neuf, Angélique se retourna. Elle eut un sursaut désagréable. Les deux hommes qu'elle avait remarqués depuis quelques jours aux abords de son hôtel la suivaient. Coïncidence peut-être ? Mais elle ne voyait pas pourquoi ce badaud au visage rubicond, qui s'éternisait à bayer aux corneilles dans les parages du Beautreillis, devait forcément aujourd'hui se promener sur le Pont-Neuf et dans le faubourg Saint-Germain à telle heure de la nuit.

« Un admirateur, sans doute. Mais c'est agaçant. S'il continue son petit manège trois jours de plus je chargerai Malbrant-Coup-d'Épée de le prévenir discrètement d'aller chercher fortune ailleurs… »

Du côté du Palais de justice elle trouva une chaise à louer et un porteur de torche. Elle se fit arrêter sur le quai des Célestins, d'où elle n'était qu'à deux pas de la petite porte de son orangerie. Lorsqu'elle fut entrée, elle traversa la serre où s'exacerbait le parfum des fruits encore verts pendus en boules nombreuses aux branches des délicats arbustes dans leurs pots d'argent. Elle passa près du puits médiéval, aux chimères de pierre, monta furtivement l'escalier.

❦

Dans son appartement, une lumière veillait près de son secrétaire d'ébène et de nacre. Ce fut là qu'elle vint s'asseoir, avec un soupir de fatigue. D'un coup sec, elle se débarrassa de ses escarpins. Ses pieds nus étaient brûlants. Elle avait perdu l'habitude de marcher dans les ruelles aux pavés inégaux et par la chaleur le cuir grossier des souliers de servante l'avait blessée.

« Je suis moins endurante qu'autrefois. Et pourtant, si je dois voyager dans des conditions difficiles… »

Cette idée de départ la hantait. Elle se voyait sur les routes, pieds nus, pauvre pèlerine de l'amour à la recherche de son bonheur perdu. Partir !… Mais où ? Alors elle s'était penchée plus longuement sur les documents remis par le roi. Ces quelques feuillets, salis par le temps, marqués de sceaux et de signatures, c'était la seule réalité palpable de l'incroyable révélation. Lorsque l'impression d'avoir rêvé la saisissait, elle les relisait. Elle y apprenait que le sieur Arnaud de Calistère, lieutenant des mousquetaires du roi, avait été chargé par le roi lui-même d'une mission sur laquelle il avait fait serment de garder le plus grand secret. Il nommait les six compagnons choisis pour l'assister, tous mousquetaires aux régiments de Sa Majesté, connus pour leur dévouement au roi et leur caractère taciturne. Pour obtenir leur silence, on n'aurait pas besoin de leur couper la langue, comme aux temps antiques. Une autre feuille, soigneusement rédigée par le sieur de Calistère, indiquait la liste des frais occasionnés par cette mission :

– 20 livres pour la location du cabaret de la Vigne Bleue au matin de l'exécution.
– 30 livres pour le secret qui fut demandé au patron de ce cabaret, Maître Gilbert.
– 10 livres pour l'achat d'un cadavre à la morgue destiné à être brûlé à la place du condamné.
– 20 livres pour le silence qui fut demandé aux deux garçons qui livrèrent le corps.
– 50 livres pour le bourreau et le prix du secret qui lui fut demandé.
– 10 livres pour le bateau à foin couvert d'une barge, qui fut loué afin de transporter le prisonnier du port de Saint-Landry jusqu'au-dehors de Paris.
– 10 livres pour le secret qui fut demandé aux bateliers.
– 5 livres pour les chiens qui furent loués afin de rechercher le prisonnier après son évasion... (Ici le cœur d'Angélique se mettait à battre follement.)
– 10 livres pour le silence qui fut demandé aux fermiers qui avaient loué leurs chiens et aidé à draguer le fleuve.
– Total : 165 livres.

Angélique écarta les chiffres du minutieux Arnaud de Calistère et se pencha sur le rapport que celui-ci avait rédigé d'une plume anxieuse :

Vers la minuit, en aval de Nanterre, la barge qui nous transportait avec le prisonnier fit halte et se fixa à la berge. Chacun de nous prit un peu de repos ; je laissai une sentinelle près du prisonnier. Celui-ci, depuis le moment où nous l'avions reçu des mains du bourreau, n'avait pas donné signe de vie. Nous avions dû le porter le long du souterrain qui menait de la cave de la Vigne Bleue au port. Depuis il gisait sous la barge, respirant à peine...

Elle imagina le grand corps torturé, déjà enveloppé dans la robe blanche des condamnés comme dans un linceul.

Avant de sacrifier au sommeil, je m'étais informé de ses besoins. Il n'avait pas paru m'entendre.

En fait, le sieur de Calistère, tandis qu'il se roulait dans son manteau pour « sacrifier au sommeil », s'attendait à retrouver le lendemain son prisonnier plutôt mort que vivant. Or, il ne l'avait plus retrouvé du tout !

Et Angélique éclatait de rire. Joffrey de Peyrac vaincu, mourant, mort, c'était une image qui lui avait toujours paru fausse, incongrue. Elle ne parvenait pas à le « voir » ainsi. Elle le voyait plutôt tel qu'il avait dû demeurer jusqu'au bout, son esprit aux aguets veillant dans son corps épuisé, tout son instinct tendu à refuser la mort, décidé à jouer la partie sans faiblesse jusqu'au dernier instant. Un miracle de volonté. Mais tel qu'elle l'avait connu, il était bien capable de cela et de plus encore. Au matin, on n'avait retrouvé dans le foin que l'empreinte de son corps. La sentinelle avait dû avouer piteusement que, veillant un moribond, elle ne s'était pas crue obligée à une vigilance extrême et, ma foi, la fatigue aidant, elle aussi avait sacrifié à la déesse du sommeil.

La disparition du prisonnier n'en demeure pas moins inexplicable. Comment cet homme, qui n'avait plus la force d'ouvrir les yeux, a-t-il pu se glisser hors du bateau sans attirer notre attention ? Et qu'a-t-il pu devenir ensuite ? S'il a pu se traîner jusqu'à la berge, dans son état, à demi nu, il lui était impossible d'aller bien loin sans se faire reconnaître.

Ils avaient entrepris aussitôt des recherches et, ayant alerté des paysans, leur avaient réclamé le secours de leurs chiens. Ceux-ci avaient longtemps rôdé sur la rive. On en concluait que le prisonnier, après avoir par un effort surhumain réussi à se glisser hors de la péniche, avait été emporté par le courant. Trop faible pour lutter, il s'était noyé.

Cependant, un paysan étant venu plus tard se plaindre que sa barque, à l'attache, lui avait été volée cette nuit-là, le lieutenant des mousquetaires n'avait pas voulu négliger ce nouvel indice. La barque avait été retrouvée près de Porcheville. On avait ratissé la région. On avait interrogé les gens du pays, leur demandant s'ils n'avaient pas rencontré un homme maigre, boiteux, errant. Quelques réponses affirmatives avaient mené les mousquetaires jusqu'à un petit couvent blotti dans les peupliers, où le père abbé avait reconnu qu'il avait hébergé trois jours auparavant un de ces lépreux errants comme on en trouvait encore dans les campagnes : un pauvre hère couvert de plaies et cachant son visage sans doute trop hideux derrière un linge crasseux. Cet homme était-il grand ? Boitait-il ? Oui… peut-être ? Les souvenirs des moines restaient vagues. S'exprimait-il d'une manière choisie, en des termes peu habituels pour un vagabond ? Non. L'homme était muet. Il poussait de temps en temps des cris rauques comme le font les lépreux. Le père abbé lui avait parlé de l'obligation qu'il avait de le conduire à la prochaine léproserie. L'homme ne s'était pas rebiffé. Il était monté dans la carriole du frère convers, mais avait trouvé le moyen de lui fausser compagnie. Comme on traversait un bois, on perdait sa trace. On le retrouvait du côté de Saint-Denis, aux abords de Paris. Était-ce le même lépreux ou un autre ? Toujours est-il que par les soins d'Arnaud de Calistère, possesseur de pouvoirs extraordinaires remis par le roi, toute la police de Paris avait été alertée. Pendant les trois semaines qui suivirent la disparition du prisonnier dont était chargé le lieutenant, les portes de Paris ne laissèrent pas une carriole pénétrer dans la ville sans l'avoir fouillée de fond en comble, ni entrer un piéton ou un cavalier sans lui avoir mesuré les deux jambes et examiné chaque trait de son visage.

Le dossier que feuilletait Angélique était encombré de rapports rédigés par la plume studieuse d'un quelconque sergent du guet, signalant qu' » en ce jour il avait appréhendé un vieillard à la jambe basse, mais qui était courtaud et qui n'était pas beau mais pas défiguré non plus… ou un seigneur masqué, mais qui était masqué pour aller voir une dame et dont les jambes étaient de la même taille », etc.

Le vagabond lépreux n'était pas reconnu. On le signalait pourtant dans Paris. On en avait peur. Il ressemblait au diable. Son visage devait être particulièrement affreux puisqu'il portait toujours un linge ou même une espèce de cagoule. Un policier qui l'avait appréhendé une nuit n'avait pas eu le courage de lever cette cagoule. L'être avait disparu avant qu'il ait pu appeler les soldats du guet.

Là s'arrêtaient les divagations à propos du vagabond lépreux, d'autant plus que, vers la même époque, on retrouvait à Gassicourt, dans les roseaux en aval de Mantes, le corps d'un homme noyé depuis près d'un mois. Ce corps était dans un état de putréfaction avancé. On avait seulement pu déterminer qu'il s'agissait d'un homme très grand.

Le lieutenant de Calistère, poussant un soupir de soulagement, faisait remarquer, dans une épître au roi, que cette conclusion avait toujours été prévue par lui comme la seule possible. L'évadé avait méconnu la clémence du roi qui l'avait arraché *in extremis* aux flammes. Dieu l'avait puni en le livrant à l'eau glacée du fleuve. Tout était bien !

❦

— Non ! Non ! protestait Angélique.

Angélique repoussait avec horreur le triste épilogue. Elle se rattachait aux quelques lignes que le bailli de Gassicourt, qui avait rédigé le procès-verbal concernant la découverte de ce corps, avait ajoutées : « Quelques lambeaux d'une casaque noire étaient encore accrochés à ses épaules. »

Le prisonnier, en s'évadant de la barge, n'était vêtu que de sa chemise blanche. Mais le texte d'Arnaud de

Calistère soulignait : « Le signalement de ce noyé correspondait exactement à celui de notre prisonnier… »

— Et la chemise blanche ? dit Angélique tout haut.

Elle défendait son épuisante espérance contre les ombres du doute. Une peur s'insinuait. Les mousquetaires avaient peut-être revêtu le supplicié d'une casaque noire avant de le traîner, à travers le souterrain, sur le bateau qui devait l'emmener hors de Paris ?

« Si je pouvais retrouver cet Arnaud de Calistère ou l'un de ses complices et l'interroger ? » se dit-elle.

Elle chercha dans sa mémoire. Elle n'avait jamais entendu prononcer ce nom autour d'elle pendant qu'elle était à la Cour. Cependant, il serait relativement aisé d'apprendre ce qu'était devenu un ancien lieutenant des mousquetaires du roi. Dix ans à peine s'étaient écoulés depuis ces événements. Dix ans ! Cela paraissait très court et, en même temps, il lui semblait qu'elle avait vécu plusieurs vies depuis. Elle avait été tour à tour au bas de la misère, au sommet des richesses. Elle s'était remariée. Elle avait régné sur le cœur du roi. Tout cela s'abolissait comme un rêve.

Une lettre de Mme de Sévigné traînait, ouverte, sur la tablette rabattue de son secrétaire, près des papiers épars :

« Voici bientôt deux semaines, ma très chère, qu'on ne vous a pas vue à Versailles. On s'interroge. On ne sait que penser. Le roi est sombre… Que se passe-t-il ? »

Elle haussa les épaules.

Certes, elle avait quitté Versailles. Elle n'y reviendrait JAMAIS. C'était inéluctable. Les fantoches continueraient la ronde sans elle. Elle oubliait leur existence. Tout se concentrait sur cette vision lointaine d'un lourd chaland contre une berge glacée, au cours d'une nuit d'hiver.

De là, elle recommençait à vivre. Et elle oubliait son corps que d'autres avaient possédé, son visage nouveau, ce visage d'une perfection achevée, dont l'apparition faisait trembler le roi et les marques de la vie qu'un destin brutal avait imprimées en elle. Elle se retrouvait miraculeusement purifiée, avec la naïveté farouche de ses vingt ans, femme toute neuve, adorablement tendre et se tournant vers LUI…

❦

— Un homme vous demande !

La tête aux cheveux blancs de Malbrant-Coup-d'Épée s'inscrivait curieusement sur la tapisserie, devant elle.

— Un homme vous demande, répéta la voix.

Elle sursauta, vacilla un peu. Elle s'aperçut qu'elle avait dû s'endormir quelques instants, très droite sur son tabouret, les mains autour de ses genoux. L'écuyer, en ouvrant la petite porte dissimulée dans la tapisserie, l'avait réveillée. Elle passa la main sur son front.

— Hein ! Quoi ? Oui… Un homme ? Quel homme ?… Quelle heure est-il ?

— Trois heures du matin.

— Et vous dites qu'un homme me demande ?

— Oui, madame.

— Le portier l'a laissé entrer à une heure pareille ?

— C'est-à-dire le portier n'y peut rien. L'homme n'est pas entré par la porte, mais par ma fenêtre.

Je laisse parfois ma lucarne ouverte, et comme ce monsieur est venu par les gouttières…

— Vous vous moquez de moi, Malbrant ! S'il s'agit d'un cambrioleur, j'espère que vous l'avez réduit à l'impuissance ?

— C'est-à-dire… Non, c'est ce monsieur qui m'a d'abord réduit à l'impuissance. Il m'a affirmé ensuite que vous l'attendiez et je me suis laissé convaincre. C'est certainement un de vos amis, madame ; il m'a donné sur vous des précisions qui prouvent…

Angélique fronça les sourcils. Encore une histoire de fou ! Elle songea à l'homme qui paraissait la suivre depuis une semaine.

— Comment est-il ? Petit, gros, rouge ?

— Non, ma foi ! Ça m'a plutôt l'air d'un beau gars. Quant à dire à quoi il ressemble, c'est plutôt difficile d'avoir une opinion. Il porte un masque, le chapeau jusqu'aux yeux et le manteau jusqu'au nez. Mais si vous voulez mon opinion, madame, c'est quelqu'un de bien.

— Qui s'introduit la nuit chez les gens par les toits ?… C'est bon. Allez le chercher, Malbrant, mais tenez-vous prêt à donner l'alarme.

Elle attendit, curieuse malgré tout, et dès le seuil n'eut pas de peine à reconnaître la silhouette qui entrait.

II

— Vous !

— Eh oui, répondit la voix de Desgrez.

Angélique fit signe à l'écuyer.

— Vous pouvez nous laisser.

Desgrez rabattit son chapeau, ôta son masque et son manteau.

— Ouf ! dit-il.

Il vint à elle, prit la main qu'elle ne lui tendait pas et lui baisa légèrement le bout des doigts.

— Ceci pour m'excuser de ma brutalité de tantôt. J'espère que je ne vous ai pas fait trop mal ?

— Vous m'avez presque brisé les phalanges avec votre canne ! Mauvais !… J'avoue que je ne comprends rien à votre conduite, monsieur Desgrez.

— La vôtre n'est pas beaucoup plus compréhensible, ni agréable, dit le magistrat avec souci.

Il attira une chaise et s'assit à califourchon. Il n'avait pas sa perruque austère, ni ses impeccables habits. Vêtu de la casaque élimée qu'il revêtait encore parfois pour de secrètes expéditions, avec ses cheveux rêches, on retrouvait sa silhouette de policier des bas-fonds. Elle se vit elle-même dans les vêtements de Janine et ses pieds nus croisés devant elle.

— Faut-il vraiment que vous veniez me voir à cette heure de la nuit ? demanda-t-elle.

— Oui, il le faut.

— Vous avez réfléchi à votre méchanceté inqualifiable et vous n'avez pu attendre le jour pour réparer vos erreurs ?

— Non, ce n'est pas tout à fait cela. Mais puisque vous me répétiez sur tous les tons que vous vouliez me voir d'urgence, autant ne pas attendre le jour.

Il eut un geste fataliste.

— Puisque vous ne voulez pas comprendre que j'en ai assez de vous, que je ne veux plus entendre parler de votre sacrée petite personne… il me faut bien venir !

— C'est très important, Desgrez.

— Naturellement, c'est important. On vous connaît. Pas de danger que vous dérangiez la police pour une plaisanterie. Avec vous, c'est toujours du sérieux : vous êtes sur le point d'être assassinée ou bien de vous suicider ou bien vous avez décidé de couvrir la famille royale d'ordures, d'ébranler le royaume, de tenir tête au pape, que sais-je ?…

— Mais, Desgrez, je n'ai jamais exagéré.

— C'est bien ce que je vous reproche. Vous ne pourriez pas faire un peu la comédie comme toute gentille petite femme qui se respecte ? Du drame, oui ! Mais enfin pas du VRAI drame ! Tandis qu'avec vous on n'a plus qu'à courir en suppliant le ciel de ne pas arriver trop tard. Enfin me voici… et à temps, semble-t-il.

— Desgrez, est-ce possible ? Vous voulez bien m'aider encore une fois ?

— On verra, fit-il sombrement. Parlez d'abord.

— Pourquoi êtes-vous passé par la fenêtre ?

— Vraiment, vous n'avez pas compris ? Vous n'avez pas encore remarqué que vous êtes filée par la police depuis une semaine ?

— Filée par la police ? Moi !

— Oui. Sachez que le rapport le plus précis doit être rédigé sur les allées et venues de Mme du Plessis-Bellière. Pas un coin de Paris où vous ne vous rendiez sans être suivie de deux ou trois anges gardiens. Pas une lettre de votre main qui ne soit subtilisée et lue avec le plus grand soin avant d'être remise à son destinataire. On a disposé un réseau serré de gardes à votre seule intention à chaque porte de la ville. Quelle que soit la direction par laquelle vous chercheriez à en sortir, vous ne feriez pas cent pas sans être rejointe. Sachez qu'un fonctionnaire très haut placé répond personnellement de votre présence dans la capitale.

— Qui donc ?

— Le propre lieutenant adjoint de M. de La Reynie, un certain Desgrez. Vous en avez entendu parler, n'est-ce pas ?

Angélique était atterrée.

— Voulez-vous dire que vous avez été chargé de me surveiller et de m'empêcher de quitter la ville ?

— Exactement. Vous voyez que, dans ces conditions, il m'était difficile de vous recevoir ouvertement. Je n'allais pas vous enlever dans mon propre carrosse, sous les yeux mêmes de ceux que j'avais postés à vos trousses.

— Et qui vous a chargé de cette ignoble mission ?

— Le roi.

— Le roi ?… Et pourquoi ?

— Sa Majesté ne m'en a pas fait la confidence, mais vous avez bien une petite idée à ce sujet, hein ? Je ne sais qu'une chose : le roi ne veut pas que vous quittiez Paris et j'ai pris mes dispositions en conséquence. À part cela, que puis-je pour vous ? Qu'attendez-vous de votre serviteur ?

Angélique serrait nerveusement ses deux mains sur ses genoux. Ainsi, le roi s'était méfié d'elle ! Il n'admettait pas qu'elle lui désobéît. Il la retiendrait de force près de lui. Jusqu'à… Jusqu'à ce qu'elle fût devenue raisonnable. Mais cela ne serait *jamais* !

Desgrez la regardait et il songeait qu'avec ses vêtements simples et ses pieds nus, qu'elle croisait d'un geste frileux, le regard inquiet de ses yeux cernés cherchant une issue, elle ressemblait à un oiseau prisonnier qu'habite la passion sauvage de l'envol. Déjà la cage dorée autour d'elle des meubles précieux et des somptueuses tentures ne semblait plus faite pour cette femme dépouillée. Elle avait abandonné ses artifices mondains et dans ce décor qu'elle avait elle-même composé pourtant avec goût et passion, elle paraissait insolite, étrangère. Tout à coup, elle était redevenue la bergère aux pieds nus, environnée de solitude et si lointaine que le cœur de Desgrez se serra. Une idée lui vint qu'il chassa d'un mouvement de tête.

« Elle n'a jamais été créée pour nous. C'est une erreur ! »

— Qu'y a-t-il ? Que voulez-vous de votre serviteur ? répéta-t-il à voix haute.

Le regard d'Angélique se noya d'une lumière attendrie.

— Vous voulez bien m'aider ? répéta-t-elle.

— Oui, à condition que vous n'abusiez pas des yeux doux et que vous gardiez les distances. Restez où vous êtes, intima-t-il comme elle ébauchait un mouvement vers lui. Tenez-vous sage. Ce n'est déjà pas une partie de plaisir. Ne la transformez pas en torture, insupportable diablesse !

Desgrez tira sa pipe de la poche de son gilet, et prenant sa tabatière commença à la bourrer d'un geste méthodique.

— Allez, mon petit, videz votre sac !

Elle aimait son air distant de confesseur. Tout lui parut facile.

— Mon mari est vivant, dit-elle.

Il ne sourcilla pas.

— Lequel ? Vous en eûtes deux, je crois, et tous deux bien morts, semblerait-il. L'un fut grillé, l'autre perdit sa tête à la guerre. Y en aurait-il un troisième en lice ?

Angélique secoua la tête.

— Ne faites pas mine de ne pas comprendre de quoi il s'agit, Desgrez. Mon mari est vivant, il n'a pas été brûlé en place de Grève comme les juges l'y avaient condamné. Le roi l'a gracié au dernier moment et a préparé son évasion. C'est le roi lui-même qui m'en a fait l'aveu. Mon mari, le comte de Peyrac, sauvé du bûcher, mais toujours considéré comme dangereux pour la sûreté du royaume, devait être conduit au secret dans une prison hors de Paris. Mais il s'évada… Tenez, voici des papiers qui attestent cette incroyable révélation.

Le policier posa doucement sa tige d'amadou sur le fourneau de sa pipe. Il tira quelques bouffées et prit le temps de rouler soigneusement son amadou, avant de repousser d'une main indifférente le dossier qu'elle lui tendait.

— Inutile ! Je les connais.

— Vous les connaissez ? répéta Angélique avec stupeur. Vous avez déjà eu ces papiers entre les mains ?

— Oui.

— Quand cela ?

— Il y a quelques années déjà. Oui… Une petite curiosité qui m'a pris. Je venais d'acheter ma charge d'exempt de police. J'avais su me faire oublier auparavant. On ne se rappelait plus cet avocat miteux qui s'était mêlé stupidement de défendre un sorcier condamné d'avance. L'affaire était enterrée, mais parfois on l'évoquait devant moi… On disait des choses. J'ai cherché. J'ai fouiné. Quand on est policier, on a ses entrées un peu partout. J'ai fini par découvrir ceci. Je l'ai lu.

— Et vous ne m'en avez jamais parlé, murmura-t-elle dans un souffle.

— Non !

Il la regardait, les yeux mi-clos derrière un filet de fumée bleue et elle recommençait à le haïr, à détester son air de chat matois ruminant ses secrets. Ce n'était pas vrai du tout qu'il l'aimait. Il n'avait aucune faiblesse. Il serait toujours plus fort qu'elle.

— Vous souvenez-vous, ma chère, dit-il enfin, de ce soir où vous m'avez fait vos adieux dans votre chocolaterie ? Vous veniez de m'apprendre que vous alliez épouser le marquis du Plessis-Bellière. Et par un de ces rapprochements étranges dont les femmes ont le secret, vous m'avez dit : « N'est-ce pas bizarre,

Desgrez, que je ne puisse détruire en moi cette espérance de le revoir un jour ? Certains ont dit que… ce n'était pas lui qu'on a brûlé en place de Grève… »

— C'est alors que vous auriez dû me parler ! cria-t-elle.

— À quoi bon ? fit-il durement. Souvenez-vous ! Vous étiez sur le point de cueillir le fruit d'efforts surhumains. Vous n'aviez rien épargné pour cela, ni le travail, ni le courage, ni les plus basses manœuvres de chantage, ni même votre vertu. Vous aviez tout jeté dans la balance de vos ambitions. Vous étiez sur le point de triompher. Et si j'avais parlé, vous auriez tout détruit… pour une chimère ?…

Elle l'écoutait à peine.

— Vous auriez dû parler, répéta-t-elle. Songez à l'affreux péché que vous me laissiez commettre alors en épousant un autre homme, mon mari étant encore vivant !

Desgrez haussa les épaules.

— Vivant ?… Il y avait plutôt des chances que ce soit lui le noyé de Gassicourt. Mort brûlé ou mort noyé, qu'est-ce que cela changeait pour vous ?

— Non, non, c'est impossible ! s'écria-t-elle en se levant avec agitation.

— Qu'auriez-vous fait si j'avais parlé ? insista Desgrez durement. Vous auriez tout détruit, comme vous êtes en train de tout détruire en ce moment. Vous auriez jeté au vent toutes vos cartes, toutes vos chances, votre destin et celui de vos enfants. Vous seriez partie comme une folle à la recherche d'une ombre, d'un fantôme, comme vous êtes sur le point de le faire. Avouez donc, fit-il menaçant, que c'est cela que vous avez en tête : partir… partir chercher un mari disparu depuis dix ou onze ans !

Il se leva pour venir se planter devant elle.

— Où ? Comment ? dit-il, ET POURQUOI ?

Elle sursauta à ce dernier mot.

— Pourquoi ?

Le policier la fixait de son regard particulier qui la transperçait jusqu'à l'âme.

— C'était le maître de Toulouse, dit-il… Le maître de Toulouse n'existe plus. Il régnait sur un palais… Il n'y a plus de palais. Il était le seigneur le plus riche du royaume. Ses richesses lui ont été enlevées… Il était un savant connu du monde entier… Désormais, il est inconnu et où pourrait-il exercer sa science ?… Que reste-t-il de ce que vous aimiez en lui ?…

— Desgrez, vous ne pouvez rien comprendre à l'amour qu'un homme comme lui peut inspirer.

— Si fait, je crois comprendre qu'il savait s'entourer de séductions assez irrésistibles pour un cœur féminin. Mais une fois ces séductions disparues ?…

— Desgrez, ne me faites pas croire que vous manquez à ce point d'expérience. Vous ne connaissez rien à la façon d'aimer les femmes.

— Je connais un peu la vôtre.

Il lui posa les mains sur les épaules et la fit pivoter pour qu'elle se vît dans la haute psyché ovale, encadrée de bois doré.

— Il y a dix ans de vie sur vous, sur votre peau, dans vos yeux, sur votre âme, sur votre corps. Et de quelle vie ! Tous ces amants auxquels vous vous êtes donnée…

Elle s'arracha à lui, une flamme aux joues. Mais elle ne l'en regardait pas moins avec insolence.

— Oui, je sais. Mais cela n'a rien à voir avec l'amour que je lui porte… que je lui porterai toujours. Entre nous, cher monsieur Desgrez, que penseriez-vous d'une femme qui a reçu quelques dons de la nature et qui demeurée seule, abandonnée de tous, au dernier degré de la misère, n'en userait pas un peu pour se tirer d'affaire ? Vous diriez que c'est une imbécile et vous auriez raison. Je vais vous paraître cynique, mais aujourd'hui encore s'il le fallait, je n'hésiterais pas à user du pouvoir que j'ai sur les hommes pour parvenir à mes fins. Les hommes, tous les hommes qui sont venus après lui, qu'ont-ils représenté pour moi ? Rien.

Elle le fixait méchamment.

— Rien, vous entendez. Et même aujourd'hui j'éprouve pour eux tous quelque chose qui ressemble à de la haine. Pour eux TOUS.

Desgrez regardait ses ongles d'un air pensif.

— Je ne suis pas tellement persuadé de votre cynisme, dit-il. (Il poussa un profond soupir.) Je me souviens d'un certain petit Poète Crotté… Et en ce qui concerne le beau marquis Philippe du Plessis n'y a-t-il pas eu de votre part… quelque chose d'assez doux, d'assez vif ?

Elle secoua sa lourde chevelure d'un geste véhément.

— Ah ! Desgrez, vous ne pouvez pas comprendre. Il me fallait bien m'illusionner, essayer de vivre… Une femme a tant besoin d'aimer et d'être aimée… Mais son souvenir à lui est toujours resté en moi comme un regret lancinant.

Elle regarda sa main devant elle.

— Il a glissé un anneau d'or à mon doigt, dans la cathédrale de Toulouse. C'est peut-être la seule chose qui reste entre nous, maintenant, mais n'est-ce pas un lien qui a sa force ?... Je suis sa femme et il est mon époux. Je serai toujours à lui et il sera toujours à moi. Et c'est pourquoi je le chercherai... La terre est grande, mais s'il vit en un lieu de cette terre, je le retrouverai, devrais-je marcher toute ma vie... Jusqu'à cent ans !

Sa voix s'étrangla, parce qu'elle se voyait toute vieillie et ruinée d'espoir, sur une route brûlante.

Desgrez s'approcha d'elle et la prit dans ses bras.

— Là ! Là ! fit-il, j'ai encore été très féroce avec vous, ma mignonne, mais on peut dire que vous m'avez rendu la pareille.

Il la serra à la faire crier, puis s'écarta et se remit à fumer, l'air absorbé.

— Bon ! déclara-t-il au bout d'un moment, puisque vous êtes déterminée à commettre des folies, à détruire votre existence, à perdre votre fortune et peut-être votre vie, et que personne ne pourra vous arrêter, que comptez-vous faire ?

— JE NE SAIS PAS, dit Angélique.

Elle réfléchit.

— J'ai pensé, dit-elle, qu'il faudrait peut-être essayer de retrouver ce Calistère, ex-lieutenant des mousquetaires. Lui seul, s'il a quelque mémoire, pourrait nous aider à éliminer le doute qui plane sur le noyé de Gassicourt.

— C'est fait, dit Desgrez laconique, j'ai retrouvé cet officier, je l'ai bien cuisiné et ai su trouver les arguments nécessaires pour rafraîchir sa mémoire. Il a fini par reconnaître que l'affaire du noyé de Gassicourt était venue à point pour l'aider à clore une enquête qui le mettait dans un mauvais cas. Mais que ce noyé n'avait que de très vagues points de ressemblance avec le prisonnier évadé.

— Oh ! oui, fit Angélique, haletante d'espoir. Alors ce serait la piste du vagabond lépreux qui serait la bonne ?…

— Qui sait !

— Il faudrait se rendre à Pontoise et interroger les moines de cette petite abbaye où on l'a vu.

— C'est fait.

— Comment cela ?

— C'est-à-dire, euh !… J'ai profité d'une enquête qui m'obligeait à traîner mes bottes dans ce pays, pour aller tirer la cloche du petit couvent.

— Oh ! Desgrez, vous êtes un homme merveilleux.

— Restez à votre place, fit-il, maussade. Je n'ai pas retiré de cette visite des lumières fulgurantes, non. L'abbé n'a pu me dire beaucoup plus qu'il n'en avait dit aux mousquetaires lorsque ceux-ci l'avaient interrogé. Mais un petit frère convers, l'infirmier de la communauté, que j'ai été trouver parmi ses plantes médicinales, s'est souvenu d'un détail. Pris de pitié pour le pauvre hère, il avait voulu poser un baume sur ses plaies et s'était rendu dans la grange où le vagabond, épuisé, semblait dormir d'un sommeil proche de la mort. « Ce n'était pas un lépreux, m'a dit le petit frère convers. J'ai soulevé le linge qu'il portait sur son visage. Il n'était pas rongé, mais seulement marqué de profondes cicatrices. »

— C'était donc lui, n'est-ce pas, c'était lui ! Mais pourquoi se trouvait-il à Pontoise ? Voulait-il revenir à Paris ? Quelle folie !

— Le genre de folie qu'un homme comme lui était capable de commettre pour une femme comme vous.

— Mais on perd sa trace aux portes de la ville.

Angélique feuilleta les papiers avec fébrilité.

— On dit pourtant qu'il fut signalé dans Paris.

— Cela me paraît impossible ! Il n'a pas pu y pénétrer. Apprenez que dans les trois semaines qui ont suivi l'évasion, les ordres les plus stricts étaient donnés pour surveiller toutes les issues. Puis la découverte du noyé de Gassicourt et les déclarations d'Arnaud de Calistère vinrent mettre un terme aux inquiétudes. Le dossier fut clos. Par acquit de conscience, j'ai un peu fouillé encore dans les archives. Rien qui ressemble à cette affaire n'a plus été signalé.

❦

Un lourd silence s'appesantit entre eux.

— C'est tout ce que vous savez, Desgrez ?

Le policier fit quelques pas à travers la pièce avant de répondre :

— Non !

Il mordillait le tuyau de sa pipe, le regard fixe.

— Savoir ! grommela-t-il entre les dents.

— Qu'y a-t-il ? Parlez !

— Eh bien ! Voici : il y a… trois ans… ou un peu plus, j'ai reçu une visite. C'était un curé, un garçon aux yeux comme du plomb fondu dans un visage de bougie, de ceux-là qui n'ont que le souffle, mais qui se mettent en tête de sauver le monde. Il s'est informé : étais-je bien le même personnage que ce Desgrez qui, en 1661, avait été nommé avocat dans le procès du comte de Peyrac ? Il m'avait recherché en vain parmi mes collègues du Palais de justice et il avait eu beaucoup de peine à me retrouver sous la défroque d'un sombre argousin. Après qu'il se fut bien assuré que j'étais l'ex-avocat Desgrez, il se nomma. C'était le père Antoine de l'ordre créé par Monsieur Vincent. Il avait été aumônier des prisons et à ce titre avait assisté le comte de Peyrac au bûcher.

Angélique revit brusquement la silhouette du petit prêtre assis devant l'âtre du bourreau, comme un grillon transi.

— Après beaucoup de circonlocutions, il me demanda si je savais ce qu'était devenue la femme du comte de Peyrac. Je lui dis que oui, mais que j'aimerais savoir à mon tour qui s'intéressait à elle, une femme dont le nom même était oublié de tous. Il se troubla beaucoup. C'était lui-même, dit-il. Il avait souvent songé à cette malheureuse abandonnée, beaucoup prié pour elle et souhaitait que la vie lui eût été enfin clémente. Je ne sais pourquoi il y avait quelque chose dans ses protestations qui sonnait faux. Dans mon métier, on discerne à une nuance près les réticences. Cependant, je lui dis ce que je savais.

— Que lui avez-vous dit, Desgrez ?

— La vérité : que vous vous étiez fort bien tirée de vos ennuis, que vous aviez épousé le marquis du Plessis-Bellière et que vous étiez, pour lors, une des femmes les plus enviées de la Cour de France. Chose curieuse, loin de le réjouir, ces nouvelles parurent l'atterrer. Peut-être craignait-il que votre âme ne se trouvât désormais en perdition, car je lui laissai entendre que vous étiez sur le chemin de supplanter Mme de Montespan.

Angélique cria avec désespoir :

— Oh ! pourquoi lui avez-vous dit cela ?... Vous êtes un monstre !

— N'était-ce pas la stricte vérité ? Votre second mari était bien en vie alors et votre faveur si éclatante qu'elle détournait la chronique mondaine. Qu'étaient devenus vos fils ? demanda-t-il encore. Je lui dis qu'ils étaient en bonne santé et également fort bien en cour dans la maison de Mgr le Dauphin. Puis, comme il se retirait, je lui dis à brûle-pourpoint : « Vous devez avoir gardé en effet un souvenir remarquable de cette exécution. Cela n'est guère fréquent, des petits tours de passe-passe de ce genre ? » Il a sursauté : « Que voulez-vous dire ? — Que le condamné tire sa révérence au dernier moment tandis que vous bénissez un cadavre anonyme. Vous deviez être assez troublé en vous apercevant de cette substitution ? — J'avoue que je ne m'en suis pas aperçu sur le moment… » Alors je me suis approché de lui jusqu'à lui toucher le bout du nez. « Et QUAND vous en êtes-vous aperçu, l'abbé ? » ai-je demandé. Il était aussi blanc que son rabat. « Je ne comprends rien à vos allusions », a-t-il dit pour se rattraper. « Si, vous comprenez. Vous savez, comme moi, que le comte de Peyrac n'est pas mort sur le bûcher. Et pourtant il n'y en a guère qui sont au courant de ce fait. On ne vous a pas payé pour vous taire. Vous n'étiez pas dans le complot. Mais vous SAVEZ. *Qui* vous a renseigné ?… » Il a continué à faire l'ignorant. Il est parti.

— Et vous l'avez laissé partir ?… Mais il ne fallait pas, Desgrez ! Il fallait le contraindre à parler, le menacer, l'asseoir sur le chevalet, l'obliger à dire qui l'avait renseigné, qui l'envoyait. Qui ?… Qui ?…

— Qu'est-ce que ça aurait changé ? dit Desgrez. Vous étiez bien Mme du Plessis-Bellière, non ?

Angélique prit sa tête entre ses mains. Desgrez ne lui aurait pas raconté cet incident s'il l'avait jugé sans importance. Desgrez pensait comme elle. Derrière la démarche insolite de l'aumônier des prisons, c'était la présence du premier mari d'Angélique qu'il soupçonnait. D'où celui-ci avait-il envoyé son messager ? Comment s'était-il mis en contact avec lui ?

— Il faut retrouver la trace de ce prêtre, dit-elle. C'est assez facile. Je me souviens qu'il appartenait à l'ordre des…

Desgrez sourit.

— Vous feriez un excellent policier, dit-il. Je vais encore vous épargner de la peine. Ce prêtre se nomme le père Antoine. Il n'est plus à Paris. Depuis plusieurs années, il est aumônier des galériens à Marseille.

La physionomie d'Angélique s'éclaira. Enfin, elle savait où partir. Elle commencerait par aller à Marseille voir ce père Antoine.

Elle le retrouverait sans difficultés. L'ecclésiastique finirait bien par lui confier le nom du personnage mystérieux qui l'avait envoyé vers Desgrez pour s'informer du sort de Mme de Peyrac. Peut-être saurait-il le lieu où se trouvait cet inconnu ?… Elle réfléchissait, les yeux brillants, et mordillait sa lèvre supérieure.

Desgrez la couvait d'un regard ironique.

— À condition que vous puissiez sortir de Paris, dit-il, répondant à ses pensées qui se lisaient si ouvertement sur son visage animé.

— Desgrez, vous n'allez pas m'en empêcher.

— Ma chère enfant, je suis *chargé* de vous en empêcher. Ignorez-vous que, quand j'accepte une tâche, je suis comme un chien qui croche la casaque d'un malintentionné ? Je suis prêt à vous fournir tous les renseignements qui peuvent vous intéresser, mais pour ce qui est de vous laisser prendre la clé des champs, ne comptez pas sur moi.

Angélique se tourna vivement vers le policier. Son regard se noya d'une supplication ardente.

— Desgrez ! Mon ami Desgrez !

L'expression du jeune magistrat demeura implacable.

— Je me suis porté garant de vous, près du roi. Ce ne sont pas des engagements que je prends à la légère, croyez-moi.

— Et vous vous dites mon ami !

— Dans la mesure où je n'ai pas à contrevenir aux ordres de Sa Majesté.

La déception ravageait Angélique comme une lave brûlante. Elle haïssait Desgrez, comme elle l'avait toujours haï. Elle savait qu'il était tenace et minutieux dans ses travaux et qu'il saurait dresser devant elle un mur infranchissable. Limier, il finissait toujours par attraper sa proie. Geôlier, il saurait la garder. On ne lui échappait pas.

— Comment avez-vous pu accepter cette révoltante mission, sachant que j'en faisais l'objet ? Je ne vous pardonnerai jamais.

— J'avoue que j'étais assez content de vous empêcher de faire une sottise.

— Ne vous mêlez donc pas de ma vie ! cria-t-elle hors d'elle-même. J'ai pour vous et les gens de votre espèce la plus profonde détestation. Je vous vomis, vous tous tant que vous êtes : malveillants, roués, grimauds, grimaçants, laquais rampants du maître qui vous jette un os à ronger.

Desgrez se détendit et se mit à rire. Il ne l'aimait jamais tant que sous les traits de la marquise des Anges, cette partie secrète de sa vie enfouie sous le luxe et la considération, mais qui reparaissait dans ses colères.

— Écoutez, mon petit…

Il la prit par le menton et la contraignit à le regarder en face.

— J'aurais pu refuser cette mission, encore que le roi me la confiait à cause de ma réputation. Il n'ignorait pas que pour vous retenir si vous vous étiez mis en tête de vous enfuir, ce n'était pas trop que mobiliser les meilleurs policiers de Paris. J'aurais pu refuser, mais il m'a parlé de vous avec anxiété, inquiétude, d'homme à homme… Et moi-même, j'étais comme je vous l'ai déjà dit décidé à mettre tout en œuvre pour vous empêcher de détruire une fois de plus votre existence.

Ses traits s'adoucirent et une tendresse profonde bouleversa son regard tandis qu'il contemplait le petit visage fermé retenu de force entre ses mains.

— Folle ! Chère folle, murmura-t-il. N'en veuillez pas à votre ami Desgrez. Je veux vous épargner de vous lancer dans une aventure désastreuse, dangereuse. Vous risquez de tout perdre, de ne rien gagner. Et la colère du roi sera terrible. On ne peut le braver au-delà d'une certaine mesure. Écoutez, petite Angélique… pauvre petite Angélique…

Jamais il ne lui avait parlé avec une telle gentillesse, comme à une enfant qu'il faut à tout prix défendre contre elle-même, et elle avait envie d'appuyer son front sur son épaule et de pleurer tout bas.

— Promettez-moi, dit-il, promettez-moi de vous tenir tranquille et de mon côté je vous promets de tout mettre en œuvre pour vous aider dans vos recherches… Mais promettez-moi !

Elle secoua la tête. Elle avait envie de céder, mais elle se méfiait du roi, elle se méfiait de Desgrez. Ils chercheraient toujours à l'emprisonner, à la retenir. Ils auraient voulu qu'elle oublie et qu'elle consente. Et elle se méfiait d'elle-même aussi, d'une certaine lâcheté, d'une certaine lassitude qui un jour lui ferait dire : à quoi bon ? Le roi reviendrait la supplier. Elle était seule, entièrement seule et désarmée en face des forces liguées pour l'empêcher de rejoindre son amour.

— Promettez-moi, insistait Desgrez.

Elle eut à nouveau un signe négatif.

— Tête de mule ! fit-il en la lâchant avec un soupir. C'est donc désormais à qui de nous deux sera le plus fort. Eh bien ! entendu. Bonne chance, marquise des Anges.

❦

Angélique chercha un peu de sommeil, malgré l'aube qui blanchissait les vitres. Elle ne put s'endormir complètement et demeura dans une sorte d'état second, le corps engourdi, mais l'esprit travaillant activement. Elle essayait de suivre l'odyssée mystérieuse du vagabond lépreux, imaginant la personnalité de son mari derrière cet être solitaire et rebutant qu'on avait vu clopiner sur les routes d'Île-de-France, remontant vers Paris. Ce dernier détail aurait dû, à lui seul, condamner toutes les illusions. Comment un prisonnier évadé, au signalement précis et se sachant poursuivi, aurait-il eu l'audace de retourner vers Paris, ce guêpier ? Joffrey de Peyrac n'aurait pas été assez dément pour commettre cette folie. Ou plutôt, si ! Angélique se disait, à la réflexion, que cela lui ressemblait. Elle essayait de deviner sa pensée. Serait-il revenu à Paris pour la chercher ?… Mais quelle audace ! À Paris, la grande ville qui l'avait condamné, il ne trouverait plus ni ami ni demeure… Sa demeure du quartier Saint-Paul était scellée, ce bel hôtel du Beautreillis qu'il avait fait construire en l'honneur d'Angélique. Elle se souvenait des fréquents voyages qu'il avait faits alors du Languedoc vers la capitale pour surveiller lui-même les travaux. Joffrey de Peyrac, proscrit, aurait-il songé à se réfugier en cette demeure ? Démuni de tout, peut-être avait-il conçu le projet de venir chercher l'or et les bijoux qu'il avait dissimulés dans des cachettes connues de lui seul ? Plus elle réfléchissait, plus cela lui paraissait évident. Joffrey de Peyrac était bien capable de risquer le pire pour rentrer en possession de quelques richesses. Avec de l'or et l'argent, il pourrait se sauver, tandis que nu et misérable il était condamné à errer sans recours. Les paysans lui jetteraient des pierres, un jour ou l'autre on le livrerait. Tandis qu'avec une seule poignée d'or il gagnerait sa liberté ! Et il savait où trouver cet or. Dans son hôtel du Beautreillis, dont il connaissait les moindres recoins.

Angélique croyait l'entendre, suivait son raisonnement, reconnaissait son argumentation familière, un peu méprisante. « L'or peut tout », disait-il. Ce principe avait été mis en échec par l'ambition d'un jeune roi, plus forte que la cupidité. Mais la règle restait commune. Avec un peu d'or, le malheureux cessait d'être désarmé. Il était revenu vers Paris. Il était venu ici : elle en était sûre maintenant. C'était plausible. À l'époque, le roi n'avait pas encore fait main basse sur tout. Il n'avait pas encore offert l'hôtel au prince de Condé. L'hôtel était désert, demeure maudite, avec des sceaux de cire en travers de sa porte et gardé par un seul portier terrorisé et un vieux valet basque qui n'avait su où aller.

Le cœur d'Angélique se mit à battre à coups irréguliers. Tout à coup, elle tenait le fil de la certitude. « Moi, je l'ai vu… Oui, je l'ai revu, le comte maudit, dans la galerie du bas… Je l'ai vu. C'était une nuit peu après le bûcher. J'ai entendu du bruit dans la galerie et j'ai reconnu son pas… »

Le vieux valet basque parlait ainsi, appuyé à la margelle du puits moyenâgeux, au fond du jardin, un soir où elle l'avait rencontré alors qu'elle venait de prendre possession de l'hôtel du Beautreillis.

« Qui ne reconnaîtrait son pas ?… Le pas du Grand Boiteux du Languedoc !… J'ai allumé ma lanterne et quand je suis arrivé au tournant de la galerie, je l'ai vu. Il s'appuyait à la porte de la chapelle et se tournait vers moi… Je l'ai reconnu, comme un chien reconnaît son maître mais je n'ai pas vu son visage. Il portait un masque… Tout à coup, il s'est enfoncé dans le mur et je ne l'ai plus vu… »

Angélique s'était enfuie, terrorisée, refusant d'écouter les divagations de ce pauvre vieux presque innocent, qui croyait avoir vu un fantôme…

Elle se dressa sur son lit et agita violemment sa sonnette. Janine se présenta. C'était une fille rousse et maniérée, qui avait remplacé Thérèse. Elle renifla d'un air pincé et surpris les relents de tabagie qu'avait laissés Desgrez dans l'appartement et s'informa de ce que désirait Mme la marquise.

— Va me chercher tout de suite le vieux valet... Comment s'appelle-t-il ? Ah oui. Pascalou. « Grand-père Pascalou. »

La servante haussa ses sourcils pâles d'un air étonné.

— Tu sais bien, voyons, insista Angélique, un très vieux, qui tire les seaux d'eau au puits et porte les bûches pour les feux...

Janine eut l'expression résignée de quelqu'un qui ne comprend pas, mais qui va s'informer. Elle revint quelques instants plus tard en annonçant que le grand-père Pascalou était mort depuis deux ans.

— Mort ? répéta Angélique, atterrée. Mort ! Oh ! mon Dieu ! C'est terrible !

Janine trouvait que sa maîtresse se montrait bien bouleversée subitement pour un événement qui, deux ans auparavant, lui était passé inaperçu. Angélique la retint pour s'habiller. Elle se laissa revêtir machinalement. Ainsi le pauvre homme était mort, emportant son secret. Elle était à la Cour à cette époque et ne s'était même pas trouvée présente pour tenir la main du fidèle serviteur, à sa dernière heure. Elle payait chèrement d'avoir manqué à ce devoir. Les paroles entendues jadis restaient gravées dans sa mémoire en lettres de feu.

« Il s'appuyait à la porte de la chapelle... »

❦

Elle descendit, suivit la galerie aux arceaux gracieux que pastellisait le reflet des vitraux et ouvrit la porte de la chapelle. C'était plutôt un oratoire, avec deux prie-Dieu en cuir de Cordoue, un petit autel de marbre vert que surmontait un magnifique tableau d'un peintre espagnol. Une odeur de cierge et d'encens y régnait. Angélique savait que lorsqu'il était présent à Paris, l'abbé de Lesdiguières y célébrait sa messe. Elle s'agenouilla.

— Oh ! mon Dieu, dit-elle à voix haute, j'ai commis bien des fautes, mon Dieu, mais je vous en supplie, je vous en supplie…

Elle ne savait plus dire autre chose.

Il était venu là une nuit. Comment avait-il pénétré dans cet hôtel ? Comment avait-il pénétré dans Paris ? Que venait-il chercher dans cet oratoire ?

Les yeux d'Angélique firent le tour du petit sanctuaire. Tous les objets qui s'y trouvaient dataient du comte de Peyrac. Le prince de Condé n'y avait pas touché. À part l'abbé de Lesdiguières et un petit laquais qui lui servait d'enfant de chœur et faisait le ménage, peu de gens y pénétraient.

S'il y avait une cachette dans cet oratoire, le secret pouvait s'en être conservé assez facilement… Angélique se leva et se mit à chercher minutieusement. Elle explora le marbre du maître-autel, introduisant l'ongle dans chaque fissure, dans l'espoir d'y déclencher un mécanisme secret. Elle étudia chaque motif des bas-reliefs. Elle frappa avec patience les carreaux d'émail du dallage puis les boiseries qui recouvraient les murs. Sa patience fut récompensée. Vers la fin de la matinée, il lui parut qu'un emplacement du mur derrière l'autel rendait un son creux. Alors elle alluma un cierge, approcha la flamme. Habilement dissimulée dans le dessin d'une moulure, elle distingua les traces d'une serrure. C'était là ! Fébrilement, elle s'évertua à trouver le secret pour l'ouvrir mais dut y renoncer. En s'aidant d'un couteau et d'une clé pris parmi les bibelots de sa ceinture, elle parvint à faire craquer le bois précieux. Elle passa la main à l'intérieur et trouva un loquet, qu'elle fit sauter. La petite porte de la cachette s'ouvrit en grinçant. À l'intérieur, dans une excavation, elle aperçut une cassette. Point ne fut besoin d'ouvrir celle-ci. On avait déjà forcé sa serrure. La cassette était vide…

Angélique serra sur son cœur le coffret poussiéreux.

— Il est venu ! Il a pris ici l'or et les bijoux qu'il savait y trouver. Dieu l'a conduit ! Dieu l'a préservé.

Mais ensuite ?…

Riche de la petite fortune qu'il avait retrouvée au péril de sa vie dans son propre hôtel condamné, qu'était devenu le comte de Peyrac ?…

III

Lorsqu'elle voulut se rendre à Saint-Cloud pour y chercher Florimond, Angélique comprit que les avertissements de Desgrez n'étaient pas des plaisanteries. Elle dédaigna, en montant dans son carrosse, la présence de « l'admirateur » dont le visage rougeoyait sous ses fenêtres depuis trois jours. Elle ne prit pas garde aux deux cavaliers qui, surgis d'un cabaret voisin, s'élancèrent sur ses traces à travers les rues. Mais à peine avait-elle franchi la porte Saint-Honoré qu'un groupe d'hommes du guet armés entoura sa voiture, tandis qu'un jeune officier la priait fort poliment de rentrer dans Paris.

— Ordre du roi, madame !

Elle protesta. Il dut lui présenter la lettre contresignée par le préfet de police, M. de La Reynie, qui recommandait de ne pas laisser Mme du Plessis-Bellière sortir de la ville.

« Et quand on pense que c'est Desgrez qui a été chargé d'appliquer cette sanction ! songea-t-elle. Il aurait pu m'aider, mais maintenant il ne le fera pas ! Il me donnera tous les renseignements possibles sur l'ancienne affaire de mon mari, tous les conseils, mais il mettra aussi tout en œuvre pour obéir aux ordres du roi. »

Elle serrait les dents et les poings, après avoir donné l'ordre au cocher de faire tourner les chevaux. La contrainte exaspérait son instinct combatif. Joffrey de Peyrac, perclus et traqué, avait réussi jadis à entrer dans Paris. Elle réussirait bien, elle, à en sortir aujourd'hui !…

Elle envoya un messager à Saint-Cloud. Peu après Florimond arriva, flanqué de son précepteur. Celui-ci dit que, selon les instructions de Mme du Plessis, il avait commencé des pourparlers pour vendre la charge de Florimond. Monsieur de Loane était preneur pour son neveu. Il offrait bon prix.

— Nous verrons cela, dit Angélique.

Elle ne voulait pas s'éloigner et s'attirer la colère du roi sans avoir pris toutes les précautions pour ses enfants.

— Pourquoi dois-je revendre ma charge ? demandait Florimond. M'avez-vous trouvé meilleur emploi ? Vais-je retourner à Versailles ? J'étais bien en place à Saint-Cloud, Monsieur[1] avait remarqué mon zèle.

Poussant des cris de joie, Charles-Henri accourait. Il adorait son frère aîné et celui-ci le lui rendait bien. Chaque fois qu'il venait à Paris, il prenait en charge le petit, le faisait galoper sur ses épaules, lui mettait en main son épée. Derechef, Florimond s'extasia sur la beauté de Charles-Henri.

---

1. Philippe, frère de Louis XIV, duc d'Orléans, couramment appelé Monsieur.

— Maman, n'est-ce pas le plus bel enfant du monde ? Il mériterait d'être dauphin à la place du vrai, qui est si balourd.

— Ne parlez pas ainsi, Florimond, recommanda l'abbé de Lesdiguières.

Angélique détourna les yeux du tableau que formaient ses deux fils. Charles-Henri, blond, rose et rond, levant ses yeux d'azur vers les douze années du brun Florimond. Elle éprouvait un sentiment mitigé de regrets et d'impuissance lorsque son regard tombait sur la tête bouclée du fils de Philippe. Pourquoi avait-elle fait ce mariage ? Joffrey de Peyrac avait envoyé un émissaire pour la rechercher et il avait appris qu'elle s'était remariée. C'était une situation épouvantable et sans issue. Dieu ne devrait pas laisser faire des choses pareilles !

❦

Elle cacha soigneusement ses préparatifs de départ. Elle enverrait Charles-Henri avec Barbe et ses domestiques au Plessis, dans le Poitou. Le roi n'oserait, même dans sa colère, s'attaquer à l'enfant et aux biens du maréchal. Pour Florimond, elle avait d'autres projets, plus secrets.

« Le roi m'en voudra-t-il tant ? se disait-elle pour se rassurer. Oui, parce que je lui aurai désobéi. Mais pourra-t-il bien longtemps me reprocher un simple voyage à Marseille ? Je reviendrai… »

Afin d'égarer les soupçons et de donner des gages apparents de sa docilité, elle demanda son frère Gontran. Enfin, elle trouvait le temps de faire faire le portrait de ses enfants. Tandis qu'elle se penchait sur des comptes fastidieux afin de laisser toutes ses affaires en ordre, elle entendait Florimond inventer mille folies pour obtenir la tranquillité du benjamin.

— Petit ange au sourire de chérubin, vous êtes mignon. Petit gourmand gras comme un chanoine, vous êtes mignon, récitait-il, parodiant des litanies des Saints.

Et la voix de l'abbé de Lesdiguières :

— Florimond, vous ne devriez pas plaisanter de ces choses. Il y a en vous un tour d'esprit libertin qui m'inquiète.

Florimond, indifférent, chantonnait :

— Petit mouton frisé qui broute des bonbons, vous êtes mignon…

Charles-Henri riait à pleine gorge. Gontran grognait, à son habitude et, sur la toile, naissaient ces têtes brune et blonde des fils d'Angélique. Florimond de Peyrac, Charles-Henri du Plessis-Bellière, en qui elle reconnaissait le reflet des deux hommes qu'elle avait aimés.

❦

Florimond, léger comme un papillon, n'en pensait pas moins. Il vint trouver Angélique, un soir, devant le feu.

— Ma mère, demanda-t-il à brûle-pourpoint, que se passe-t-il ? Vous n'êtes donc point la maîtresse du roi, que celui-ci semble vous tenir en pénitence à Paris ?

— Florimond, s'écria Angélique offusquée, de quoi te mêles-tu ?

Florimond connaissait la fougue de sa mère et veillait à ne pas la heurter de front. Il s'assit à ses pieds sur un petit tabouret et leva sur elle son regard sombre et brillant dont il connaissait la séduction.

— N'êtes-vous pas la maîtresse du roi ? répéta-t-il avec un sourire suave.

Angélique se demanda si elle allait clore le débat d'une gifle bien appliquée, mais elle se retint à temps. Florimond ne pensait pas à mal. Il s'interrogeait au même titre que toute la Cour depuis le premier gentilhomme au dernier des pages, sur l'issue du duel qui opposait Mme de Montespan et Mme du Plessis-Bellière. Et cette dernière étant sa mère, il s'y intéressait particulièrement, car les bruits de la faveur royale l'avaient mis en posture avantageuse près de ses camarades. Les courtisans en herbe, déjà stylés et intrigants, recherchaient ses bonnes grâces.

« Mon père dit que ta mère peut tout sur l'esprit du roi, lui avait fait remarquer le jeune d'Aumale. Tu as de la chance ! Ta carrière est faite. Mais n'oublie pas les amis. J'ai toujours été obligeant pour toi, n'est-ce pas vrai ? »

Florimond se rengorgeait, jouait les éminences grises. Il avait déjà promis la charge de grand amiral à Bernard de Châteauroux et celle de ministre de la Guerre à Philippe d'Aumale. Et voici que sa mère le retirait brusquement de la Maison de Monsieur, parlait de vendre sa charge de page et vivait elle-même en recluse à Paris, loin de Versailles.

— Avez-vous mécontenté le roi ? Pourquoi ?

Angélique posa la main sur le front lisse du garçonnet, écartant les boucles noires en copeaux qui retombaient sans cesse. Elle éprouvait la même émotion teintée de mélancolie qu'elle avait éprouvée le jour où Cantor avait demandé à partir pour la guerre, l'étonnement de s'apercevoir, comme toutes les mères, que ses enfants étaient devenus des êtres pensants et qu'ils pensaient à leur façon.

Elle répondit doucement à la question de Florimond :

— Oui, j'ai mécontenté le roi et il m'en veut.

Il fronça les sourcils, imitant les expressions désolées et soucieuses qu'il avait observées sur des visages de courtisans en disgrâce.

— Quelle catastrophe ! Qu'allons-nous devenir ? Je parie que c'est encore cette putain de Montespan qui a fait des siennes. La garce !

— Florimond, qu'est-ce que ce langage ?

Florimond haussa les épaules. Ce langage était celui des antichambres royales. Il parut brusquement se résigner, faisant face à la situation avec la philosophie de quelqu'un qui a vu déjà s'édifier et s'écrouler bien de fragiles châteaux de cartes.

— On dit que vous allez partir en voyage ?

— Qui dit cela ?

— On le dit.

— C'est ennuyeux. Je ne voudrais pas que mes projets soient connus.

— Je vous promets que je n'en parlerai à personne, mais je voudrais tout de même savoir ce que vous allez faire de moi, maintenant que tout est à l'envers. Est-ce que vous m'emmenez ?

Elle avait songé à l'emmener et y avait renoncé. L'aventure était pleine d'aléas. Elle ne savait même pas comment elle pourrait quitter Paris. Et à Marseille, quels renseignements obtiendrait-elle du père Antoine et vers quelle autre piste la mèneraient-ils ? Un enfant, même aussi déluré que Florimond, risquait de lui être une gêne.

— Mon garçon, vous allez être raisonnable. Ce que j'ai à vous proposer n'est pas très réjouissant. Mais étant donné que vous êtes ignorant comme un âne, le moment est venu d'étudier sérieusement. Je vais vous confier à votre oncle le jésuite, qui accepte de vous faire entrer dans un des collèges que la Compagnie a dans le Poitou. L'abbé de Lesdiguières vous y accompagnera et restera votre guide et votre soutien pendant mon absence.

Elle avait été trouver le père Raymond de Sancé et l'avait prié de s'occuper de Florimond, de le protéger à l'occasion.

Comme elle s'y attendait, Florimond fit la moue. Il resta longtemps songeur, les sourcils froncés. Angélique lui mit un bras autour des épaules pour l'aider à digérer cette pénible nouvelle. Elle s'apprêtait à lui vanter les joies de l'étude et de la camaraderie, lorsqu'il redressa la tête pour déclarer sèchement :

— Eh bien ! si c'est tout ce qui m'attend, je vois bien que je n'ai plus qu'à aller rejoindre Cantor.

— Mon Dieu, Florimond, s'écria Angélique bouleversée, ne parle pas ainsi, je t'en prie. Tu n'as pas envie de mourir, voyons ?

— Oh ! non, dit l'enfant, très serein.

— Alors pourquoi dis-tu des choses si terribles : que tu veux aller rejoindre Cantor ?

— Parce que j'ai envie de le revoir. Je commence à m'ennuyer de lui et je préfère encore aller me promener sur la mer plutôt que d'entonner du latin chez les jésuites.

— Mais… Cantor est MORT, Florimond.

Florimond secoua la tête avec assurance.

— Non, il est allé rejoindre mon père.

Angélique se sentit blêmir et crut qu'elle perdait l'esprit.

— Qu'est-ce que… qu'est-ce que tu dis ?

Florimond la regarda bien en face.

— Oui ! mon père !… L'autre… Vous savez ?… Celui qu'on a voulu brûler en place de Grève.

Angélique resta sans paroles. Elle ne leur avait jamais parlé de cela. Ils ne fréquentaient pas les enfants d'Hortense et celle-ci se serait fait couper la langue plutôt que d'évoquer l'horrible scandale. Elle avait veillé avec un soin jaloux à les préserver de toutes indiscrétions, se demandait avec anxiété ce qu'elle leur répondrait le jour où ils s'informeraient du nom et de la condition de leur vrai père. Mais ils ne lui avaient jamais posé aucune question, et elle s'avisait seulement aujourd'hui de ce que leur conduite avait d'insolite. Ils n'avaient pas posé de questions *parce qu'ils savaient*.

— Qui vous a parlé de cela ?

Avec une moue dubitative, Florimond, voulant ménager ses effets, se tourna vers le feu et prit les pincettes de cuivre pour remuer les bûches écroulées. Qu'elle était naïve, cette mère ! Et adorable ! Pendant des années, Florimond l'avait trouvée bien sévère. Il avait peur d'elle et Cantor pleurait parce qu'elle disparaissait toujours au moment où l'on espérait enfin qu'elle allait se mettre à rire avec eux. Mais depuis quelque temps, il découvrait ses fragilités. Il l'avait vue trembler le jour où Duchesne avait essayé de le tuer. Il avait perçu l'angoisse qu'elle dissimulait derrière son sourire et, parce qu'il avait souffert des propos venimeux qu'on échangeait parfois sur le compte de la « future favorite », il avait senti naître en lui un sentiment nouveau qui le mûrissait : un jour il serait grand et il la protégerait.

Florimond eut brusquement un geste charmant. Il leva vers elle ses deux mains tendues et son sourire lumineux.

— Ma mère !… murmura-t-il.

Elle serra sur son cœur la tête bouclée. Il n'y avait pas de plus beau garçon sur la terre et de plus charmant. Toute la séduction native du comte de Peyrac était déjà en lui.

— Sais-tu que tu ressembles beaucoup à ton père ?

— Oui, je sais. Le vieux Pascalou me l'avait déjà dit.

— Le vieux Pascalou ? Ah ! c'est ainsi que vous avez appris ?…

— Oui et non, dit Florimond, très important. Le vieux Pascalou était notre ami. Il jouait du fifre et d'un petit tambourin à grelots et nous racontait des histoires ; il disait toujours que je ressemblais au gentilhomme maudit qui avait construit l'hôtel du Beautreillis. Il l'avait connu enfant et il disait que je lui ressemblais exactement sauf que sa joue à lui avait été coupée par un sabre. Alors nous lui demandions de raconter cette vie merveilleuse. C'était un homme qui savait tout, même fabriquer de l'or avec de la poussière. Il chantait d'une telle façon que ceux qui l'écoutaient ne pouvaient plus bouger de leur place. Il a battu tous ses ennemis en duel. À la fin, de méchants jaloux ont réussi à l'emprisonner et on l'a brûlé en place de Grève. Mais Pascalou disait qu'il était tellement fort qu'il avait réussi à leur échapper car lui, Pascalou, l'avait vu quand il était revenu ici dans son hôtel, alors que tout le monde le croyait brûlé.

Et Pascalou disait qu'il mourrait heureux à la pensée que ce grand homme qui avait été son maître était encore vivant.

— Et cela est vrai, mon chéri. Il est vivant, bien vivant.

— Mais nous ne savions pas encore, pendant longtemps que cet homme était notre père. Nous demandions son nom à Pascalou. Il ne voulait pas le dire. À la fin il nous l'a dit en grand secret : le comte de Peyrac. Je me souviens, nous étions à l'office, seuls avec lui, ce jour-là. Et il a fallu que Barbe passât par là. Elle a entendu ce que nous disions et elle est devenue blanche, rouge, verte et elle a dit à Pascalou qu'il ne devait jamais parler de ces choses épouvantables. Voulait-il que la malédiction du père retombât sur ses malheureux enfants, que leur mère avait déjà eu bien du mal à arracher à leur triste sort ?… Elle en disait, elle en disait et nous n'y comprenions rien et le vieux Pascalou non plus. À la fin, il a fait : « Voulez-vous dire, bonne femme, que ces deux enfants sont ses fils ? » Barbe est restée la bouche ouverte comme un poisson. Puis elle a bafouillé, bafouillé. C'était drôle !… Mais elle était bien sotte de s'imaginer qu'elle en serait quitte ainsi. Nous n'avons plus cessé de l'interroger : « Qui était notre père, Barbe ? Était-ce lui, le comte de Peyrac ? » Un jour nous avons eu une idée, Cantor et moi. Nous l'avons attachée sur sa chaise devant le feu et nous lui avons signifié que si elle ne nous disait pas la vérité et ce qu'elle savait sur notre vrai père nous lui brûlerions la plante des pieds, comme font les bandits de grands chemins…

Angélique poussa un cri d'horreur. Était-ce possible ! Ces garçons, ces petits auxquels on aurait donné le Bon Dieu sans confession !… Florimond se mit à rire, jubilant à ce souvenir.

— Quand elle a commencé à être un peu brûlée, elle a tout dit, mais elle a fait jurer que nous ne vous en parlerions jamais. Et nous avons gardé le secret. Mais nous étions heureux et fiers qu'il fût notre père et qu'il eût échappé aux méchants… Alors Cantor s'est mis dans la tête de partir sur la mer pour le rechercher.

— Pourquoi sur la mer ?

— Parce que c'est très loin, dit-il avec un geste vague.

On devinait que pour lui, la mer c'était une entité dont il n'avait pas une idée très précise, mais qui s'ouvrait sur de verts paradis où se réalisaient tous les rêves, et Angélique le comprenait.

— Cantor avait composé une chanson, reprit Florimond. Je ne me rappelle plus très bien les paroles mais c'était très joli. C'était l'histoire de notre père. Il disait : « Je chanterai partout cette chanson et il y aura bien des gens qui le reconnaîtront et qui me diront où il est… »

La gorge d'Angélique se serra et ses yeux se mouillèrent. Elle les imaginait complotant tous deux l'impossible odyssée du petit troubadour à la poursuite de l'homme de légende.

— Moi je n'étais pas d'accord, dit Florimond. Je n'avais pas envie de partir parce que mon emploi à Versailles me plaisait. Ce n'est pas à courir la mer qu'on peut faire avancer sa carrière, n'est-ce pas ? Cantor est parti. Il arrive toujours à ce qu'il veut, Barbe le disait : « Celui-là, quand il a quelque chose dans la tête, il est pis que sa mère… » Maman, croyez-vous qu'il ait rejoint mon père ?…

Angélique caressa ses cheveux sans répondre. Elle n'avait pas le courage de lui rappeler une fois de plus que Cantor était mort payant de sa vie, comme les chevaliers du Saint-Graal, la poursuite d'une chimère. Pauvre petit chevalier ! Pauvre petit troubadour ! Son visage fermé aux lèvres closes lui apparaissait flottant derrière les transparences d'émeraude de la mer insondable. L'eau était aussi profonde que son regard chargé de rêves.

— … À force de chanter, murmura Florimond qui poursuivait son idée…

Elle avait ignoré ce que cachaient ces yeux candides. Le monde enfantin, où se mêlent étrangement folie et sagesse, ne lui était plus accessible.

« Tous les enfants ont en tête des folies, songea-t-elle. Le malheur, c'est que les miens les font !… »

Et pourtant elle n'était pas au bout du compte. La soirée lui réservait d'autres surprises.

IV

Florimond, après être resté silencieux un long moment, releva la tête. Son visage mobile reflétait soudain une expression de gêne et de tristesse.

— Maman, reprit-il, est-ce le roi qui a condamné mon père ? J'y ai beaucoup pensé et cela m'a tourmenté, car le roi est juste…

Il souffrait de renverser une idole. Elle dit, pour l'apaiser :

— Ce sont les jaloux qui ont causé sa perte et c'est le roi qui lui a fait grâce.

— Oh ! Je suis bien content, s'exclama Florimond. Car j'aime le roi, mais j'aime encore plus mon père. Quand reviendra-t-il ? Puisque le roi lui a fait grâce. Ne pourrait-il reprendre son rang ?

Angélique soupira, le cœur lourd.

— C'est une histoire bien obscure et bien difficile à démêler, mon pauvre garçon. Jusqu'à ces derniers temps, je croyais moi-même que ton père était mort et maintenant il y a des moments où j'ai l'impression que je rêve. Il n'est pas mort, il s'est échappé, il est venu ici pour y chercher de l'or… C'est incontestable…

et pourtant c'est impossible. Les portes de Paris étaient gardées, des sentinelles étaient postées aux abords de l'hôtel, par où aurait-il pu y pénétrer ?

Elle vit que Florimond la regardait en hochant la tête avec un sourire supérieur et comme elle n'en était plus à une révélation près sur cet étonnant gamin, elle s'écria :

— Toi, tu le sais ?

— Oui.

Tendu vers elle, il chuchota :

— Par le souterrain du puits !

— Que veux-tu dire ?

Mystérieux, Florimond se redressa et lui saisit la main.

— Viens !

En passant dans le couloir, il prit une veilleuse qui brûlait près de la porte d'entrée, puis il entraîna sa mère dans les jardins. La lune à demi pleine éclairait suffisamment les allées tracées entre les buis taillés, jusqu'au fond, près du grand mur, où Angélique avait voulu qu'on laissât des herbes folles et le désordre poétique de ce coin médiéval. Une colonne à demi brisée, un écusson fleuri contre un banc et le vieux puits au dôme de fer forgé y rappelaient l'ancienne splendeur du XVe siècle, lorsque ce même quartier du Marais ne formait qu'un seul et immense palais aux cours nombreuses, résidence des rois de France et des princes.

— C'est Pascalou qui nous a montré le secret, expliquait Florimond. Il disait que mon père avait lui-même veillé à remettre en état le vieux souterrain quand il faisait construire l'hôtel. Il avait payé fort cher trois ouvriers pour qu'ils gardent le secret.

Pascalou en était. Alors il nous a tout montré puisque nous étions ses fils. Regardez.

— Je ne vois rien, dit Angélique en se penchant au-dessus du trou noir.

— Attendez.

Florimond posa la veilleuse à l'intérieur du grand seau de bois cerclé de cuivre qui pendait à la chaîne et le fit descendre doucement. La lumière éclairait les parois luisantes d'humidité.

À mi-chemin, le garçonnet arrêta la chaîne.

— Voilà ! En se penchant, on distingue dans la paroi une petite porte de bois. C'est là. Quand le seau est arrêté exactement devant, on l'ouvre, on pénètre dans le souterrain. Il est très profond. Il passe sous les caves des maisons voisines. Il franchit les remparts du côté de la Bastille, et autrefois il aboutissait dans le faubourg Saint-Antoine où il rejoint de vieilles catacombes et l'ancien lit de la Seine. Mais comme on a bâti dessus, mon père l'a fait prolonger jusque dans la forêt de Vincennes. On sort dans une petite chapelle en ruine. Et voilà, le tour est joué. Mon père avait beaucoup de prudence, n'est-ce pas ?

— Comment savoir si ce souterrain est toujours praticable ? murmura Angélique.

— Oh ! il l'est. Le vieux Pascalou l'a entretenu avec soin. Le pêne de la porte est toujours huilé. Elle s'ouvre à la moindre pression et le mécanisme de la trappe qui donne dans la chapelle de Vincennes fonctionne très bien aussi. Le vieux Pascalou disait qu'il fallait que tout soit en état pour quand le maître reviendrait. Mais il n'est pas revenu encore et quelquefois, dans la chapelle de Vincennes, tous les trois : le vieux Pascalou, Cantor et moi, nous l'attendions. Nous écoutions.

Nous espérions entendre son pas. Le pas du Grand Boiteux du Languedoc…

Angélique regarda son fils avec acuité.

— Florimond, tu ne vas pas me faire croire que toi et Cantor, vous… vous êtes descendus dans ce puits ?

— Si fait ! Si fait ! dit négligemment Florimond, et plus d'une fois vous pouvez m'en croire.

Il se mit à remonter le seau et pouffa tout à coup.

— Barbe nous attendait ici en disant son chapelet, terrifiée comme une poule qui a couvé des canards.

— Cette grosse folle était au courant !

— Il fallait bien qu'elle nous aide à remonter le seau !

— C'est indigne ! Elle vous a laissé commettre de telles imprudences et sans m'en rien dire…

— Dame ! Elle avait peur de se faire encore brûler les pieds.

— Florimond, te rends-tu compte que tu mérites une paire de gifles ?…

Florimond ne dit ni oui ni non. Il s'affaira à ranger le seau et posa la veilleuse sur la margelle. Le puits était redevenu obscur et mystérieux. Angélique passa la main sur son visage, essayant de mettre de l'ordre dans ses pensées.

— Ce que je ne comprends pas… dit-elle.

Elle réfléchit encore.

— Oui. Comment a-t-il pu sortir seul du puits, sans complice ?

— Ce n'est pas difficile. Il y a des petits crampons de fer plantés dans les parois à cet effet. Mais Pascalou ne voulait pas que nous nous en servions parce que nous étions trop petits et, lui, il commençait à être un peu trop vieux. Alors il fallait supporter Barbe et ses jérémiades pour nous remonter. Quand le vieux Pascalou a senti qu'il allait mourir, il m'a fait mander. J'étais à Versailles. Nous avons sauté à cheval l'abbé et moi. Maman, c'est triste de voir mourir un bon serviteur. Je lui ai tenu la main jusqu'à la fin.

— Tu as bien fait, mon Florimond.

— Et il m'a dit : « Il faut veiller sur le puits pour quand le maître reviendra. » Je le lui ai promis. Chaque fois que je retourne à Paris je descends et je vérifie si tout le mécanisme est en état.

— Tu fais cela… seul ?

— Oui. J'en ai assez de Barbe. Je suis assez grand maintenant pour me débrouiller seul.

— Tu descends par les crampons de fer ?

— Eh oui ! C'est fort simple, vous dis-je. Une petite gymnastique.

— Et l'abbé ne s'est jamais opposé à tes folies ?

— L'abbé n'est pas au courant. Il dort. Je ne crois pas qu'il se soit jamais douté de rien.

— Ah ! mes enfants sont bien gardés, dit Angélique, amère. Alors c'est la nuit que tu te livres à ces fantaisies dangereuses ? Et… tu n'as jamais eu peur, Florimond, quand tu te trouvais seul ainsi la nuit dans un souterrain ?

Le garçonnet remua la tête. S'il avait eu peur parfois, il ne l'avouerait pas.

— Mon père s'occupait de mines, m'a-t-on dit. C'est peut-être à cause de cela que j'aime être sous la terre.

Il la regardait par en dessous, flatté de l'admiration qu'elle ne pouvait dissimuler, et dans la lueur du clair de lune qui marquait d'ombre le visage enfantin, elle reconnaissait le pli d'une lèvre moqueuse, l'étincelle d'un regard noir et cette expression un peu diabolique du dernier des seigneurs de Toulouse qui aimait tant scandaliser, effrayer et faire béer de stupeur les bourgeois timorés.

— Si vous voulez, ma mère, je vous y conduirai.

V

La galère royale entra lentement dans le port de Marseille. La rade, bleu miroir, refléta comme un incendie ses bannières de soie cramoisie, tordant au vent leurs glands d'or, ses flammes écussonnées, portant à la pointe des mâts la marque de l'amiral, et l'étendard de la marine, rouge aussi et brodé de fleurs de lys d'or.

Ce fut aussitôt sur les quais un mouvement général de curiosité. Les poissonnières et les fleuristes saisirent leurs paniers de figues et de mimosas, de melons ou d'œillets, de rascasses ou de coquillages et, tout en échangeant des commentaires sonores, se dirigèrent vers le point où le beau navire devait accoster. Des élégantes qui flânaient suivies de leurs petits chiens, des pêcheurs en bonnet rouge occupés à ravauder leurs filets, se rapprochèrent à leur tour. Deux portefaix turcs en culotte bouffante verte ou rouge, le torse acajou ruisselant de sueur, laissèrent choir les énormes ballots de poissons séchés qu'ils transportaient, s'assirent dessus et tirèrent de leur ceinture leur longue pipe qu'ils allumèrent. L'arrivée de la galère allait leur permettre de tirer quelques bouffées car le travail de fourmilière du grand port se relâchait. Les capitaines surveillant le chargement d'un vaisseau, les commerçants bedonnants, courant ici et là suivis de leurs greffiers et de leurs commis, décidaient de poser les balances et de souffler un peu. On allait à la galère comme au spectacle, moins pour admirer sa grâce ailée glissant sur l'eau du bassin et ses officiers chamarrés, que pour voir passer la chiourme. Spectacle horrible qui faisait se signer les femmes bien qu'elles n'en fussent jamais lasses.

❦

Angélique se leva de l'affût du canon où elle attendait assise depuis de longues heures. Flipot la suivit tenant son sac. Ils se mêlèrent à la foule.

Là-bas, près de la tour Saint-Jean, la galère semblait hésiter, comme un grand oiseau rutilant, et la lumière accrochait des étincelles à l'or de ses sculptures.

Enfin, elle glissa vers le quai, à grands coups d'aile de ses vingt-quatre rames blanches et fleuries d'arabesques. Elle achevait de virer de bord, tournant vers le large un long éperon effilé de bois d'ébène, que terminait une géante sirène en bois doré ; elle présentait maintenant à la foule des quais sa poupe ouvragée, garnie d'écussons et de sculptures de bois doré, que surmontait le tendelet de brocart rouge et or. C'était une vaste tente carrée qu'on appelait aussi tabernacle, là se tenait le corps des officiers.

Un peu avant d'accoster les rames se relevèrent et demeurèrent immobiles. On entendit hurler les sifflets des comites, les roulements d'un gong qui arrêtait la vogue, puis dominant le tout, les injures du capitaine aux mariniers qui roulaient les voiles.

Un groupe d'officiers en grand uniforme apparut à la rambarde, près de l'escalier de bois doré. L'un d'eux se pencha en avant, ôta son chapeau à grandes plumes et se mit à faire des signes en direction d'Angélique. Elle se retourna et à son grand soulagement vit un groupe de jeunes dames et d'élégants qui venaient de descendre d'un carrosse. C'était à eux qu'on s'adressait. L'une des jeunes femmes, une brune au visage piquant bien qu'un peu trop constellé de « mouches », s'exclama avec ravissement :

— Oh ! ce délicieux Vivonne ! Il a beau être amiral et plus puissant à Marseille que Sa Majesté le roi, il n'en reste pas moins si aimable, et d'une telle simplicité ! Il nous a aperçus et ne dédaigne pas de nous adresser ses hommages.

En reconnaissant le duc de Vivonne, Angélique s'était précipitamment reculée dans la foule. Le frère de Mme de Montespan posait son talon rouge sur les pavés visqueux et venait droit vers la jeune femme brune, les bras tendus.

— Ravi de vous apercevoir sur les rives, belle Ariane. Et vous aussi, Cassandre. Mais n'est-ce pas ce cher Calistro que j'aperçois là ? Quelle joie !

Dans un remue-ménage mondain, que les badauds contemplaient bouche bée, l'amiral et ses amis échangeaient leurs révérences. Le duc de Vivonne était fort à son avantage dans son rôle de presque vice-roi. Son teint hâlé allait bien à ses yeux bleus et à son abondante chevelure blonde. De grande taille il portait sans mal une légère corpulence, savait en jouer pour imposer sa présence en acteur consommé. Rieur, enjoué, l'esprit vif, il y avait beaucoup en lui de sa brillante sœur, la maîtresse du roi.

— C'est un hasard si j'ai pu relâcher aujourd'hui, expliquait-il. En fait je dois repartir dans deux jours pour Candie. Mais les avaries causées par une tempête et la mauvaise santé de l'équipage m'ont obligé à faire voile sur Marseille. Puisque vous voici, je vous invite tous. Nous avons deux jours pour faire bombance.

Un bruit sec semblable à un coup de pistolet, fit sursauter la compagnie. Un des gardes-chiourme de la galère, claquant son fouet, invitait la foule à s'écarter.

— Éloignons-nous, mes mignonnes, dit M. de Vivonne, posant une main benoîte gantée de peau blanche sur les épaules des jeunes femmes. Les forçats vont descendre. J'ai autorisé une cinquantaine d'entre eux à se rendre jusqu'à leur campement de la calanque du Rocher pour y enterrer un des leurs qui a eu la sottise d'expirer alors que nous entrions dans le port. C'est d'ailleurs ce qui nous a retardés. Mon second proposait, et je l'approuvais, qu'on jetât aussitôt le corps à la mer comme il est coutume lorsque la galère est au large. Mais l'aumônier s'y est opposé. Il a dit qu'il n'aurait pas le temps de réciter les prières et les cérémonies d'usage, qu'on ne pouvait traiter un chrétien comme un chien crevé, bref qu'il voulait l'enterrer. J'ai cédé parce que nous étions près du port et aussi parce que j'ai appris à l'usage que ce petit père lazariste finissait toujours par l'emporter. Rien, ni la persuasion ni la force ne le font plier quand il a une idée dans la tête. Venez donc. Je veux de ce pas vous emmener chez le glacier Scevola, déguster des sorbets aux pistaches et boire un café turc.

Ils s'éloignèrent tandis que l'argousin, au pied de la passerelle, continuait à claquer du fouet. Il ressemblait à ces belluaires qui, à l'entrée des cages ouvertes, hâtent la sortie des fauves sur le sable des arènes.

Derrière la rambarde dorée montaient des bruits terribles, traînements de chaînes et voix rauques.

Il y eut un murmure lorsque les premiers forçats parurent au sommet de la passerelle, dressant leurs silhouettes rouges appesanties par de longues chaînes. Ils les tenaient ramenées sur l'épaule ou à bout de bras, afin que leur poids à terre n'alourdît pas leur marche précaire. L'un derrière l'autre, ils franchirent la planche que l'on avait jetée du navire au quai. Ils étaient enchaînés par quatre. Des loques sales, nouées autour de la cheville qui portait l'anneau, tentaient de protéger les chairs, mais souvent ces loques étaient tachées de sang.

Des hommes et des femmes se signèrent sur leur passage.

Ils allaient pieds nus, grattant leur vermine, l'œil bas. Leurs vêtements, une chemise et un pantalon de laine rouge noués d'une grosse ceinture, blanche à l'origine, étaient trempés d'eau de mer et dégageaient une puanteur insupportable. La plupart portaient la barbe. Un bonnet de laine rouge, enfoncé jusqu'aux sourcils coiffait leur chevelure inculte. Pour certains, ce bonnet était vert. C'étaient les « perpétuels ».

Les premiers passèrent indifférents. D'autres offrirent le spectacle qu'on attendait. L'œil allumé, ils interpellaient les femmes avec des grossièretés, ébauchaient des gestes obscènes. Un « perpétuel » prit à partie un bourgeois placide qui n'avait à ses yeux que le tort de ne pas être à sa place.

— Ça t'amuse, hein ? Enflé, barrique à vin !

Un garde-chiourme se précipita le fouet haut et la mèche de chanvre cingla la peau blafarde, déjà marquée d'ecchymoses et de plaies. Des femmes poussèrent des cris apitoyés.

Cependant un nouveau groupe apparut où chacun tenait son bonnet à la main. Les lèvres des forçats remuaient et l'on reconnut le bourdonnement des prières. Un silence solennel gagna la foule. Deux galériens descendirent, portant un corps enveloppé d'une grosse toile à voile. Derrière eux suivait l'aumônier dont la soutane noire tranchait sur cette assemblée de loques rouges.

Angélique le regarda avidement. Elle n'était pas certaine de le reconnaître. Il y avait dix années qu'elle ne l'avait rencontré et la scène avait eu lieu dans des circonstances qui troublaient ses souvenirs.

Déjà le misérable troupeau s'éloignait, les chaînes sur les pavés. Angélique tira Flipot par la manche.

— Tu vas suivre ce prêtre, le révérend père Antoine. C'est son nom. Dès que tu pourras l'aborder, tu lui diras... Écoute bien. Tu lui diras : « Mme de Peyrac est ici, à Marseille, et désire vous rencontrer à l'auberge de la Corne d'Or. »

VI

— Entrez, mon père, dit Angélique.

L'ecclésiastique hésitait sur le seuil de la chambre où se tenait cette grande dame, dans ses vêtements d'une coûteuse simplicité. Il était visiblement embarrassé de ses gros souliers et de sa soutane verdâtre, dont les manches étriquées découvraient ses poignets rougis et gercés par le sel marin.

— Pardonnez-moi de vous recevoir ainsi dans ma chambre, expliqua la jeune femme. Je suis ici en secret et ne voudrais pas être reconnue.

Le prêtre fit signe qu'il comprenait et que ces détails lui étaient indifférents. Il accepta de s'asseoir sur un escabeau. Maintenant, elle le reconnaissait, tel qu'elle l'avait vu assis, un soir, devant l'âtre du bourreau de Paris, avec ses épaules un peu voûtées, cet air de grillon transi et ce brusque éclat de ses yeux charbonneux lorsqu'il relevait les paupières.

Elle prit place sur un siège en face de lui.

— Vous souvenez-vous de moi ? demanda-t-elle.

Un fugitif sourire étira les lèvres sévères du père Antoine.

— Je me souviens.

Il l'examinait avec attention, comparant la femme qu'il avait devant lui avec la silhouette hagarde, déformée, presque folle qu'il avait vue errer, un crépuscule d'hiver, près des restes d'un bûcher dont le vent avivait les dernières braises.

— Vous attendiez un enfant alors, dit-il avec douceur. Qu'en est-il advenu ?

— Ce fut un garçon, dit-elle. Il est né la nuit même. Il est né… et déjà, il est mort. À l'âge de neuf ans.

Frappée par ce rappel du petit Cantor, elle se tourna vers la fenêtre. « La Méditerranée l'a pris », songea-t-elle.

Le soir tombait. Des cris, des chants, des appels montaient des ruelles où Turcs, Espagnols, Grecs, Arabes, Napolitains, Noirs et Anglais se mettaient à vivre tandis que s'ouvraient les lupanars et les tavernes.

Une guitare préluda non loin et une voix d'homme s'éleva, chaude et vibrante. Mais malgré ces rumeurs, la mer demeurait présente et au pied de la ville on l'entendait bourdonner comme un essaim.

Le père Antoine regardait, méditait.

Cette femme, dans sa beauté éclatante, n'avait guère de parenté avec la jeune créature désespérée dont il avait gardé le souvenir. On la sentait sûre d'elle, avertie et dans une certaine mesure redoutable. Une fois de plus, il s'effarait de l'empreinte de la vie sur les êtres. Il ne l'aurait pas reconnue et aurait eu de la peine à admettre son identité, sans l'expression douloureuse qu'elle avait eue quand il avait parlé de l'enfant.

Elle ramena son regard vers lui et le petit aumônier croisa les mains sur ses genoux, comme pour se préparer à la lutte. Il craignait soudain de parler. Elle le forcerait à tout dire et cela le chargerait d'une grande responsabilité.

— Mon père, dit Angélique, je n'ai jamais su – et aujourd'hui je désire le savoir – quels avaient été les derniers mots de mon mari sur le bûcher… Sur le bûcher, insista-t-elle. Au dernier moment. Lorsqu'il était déjà lié au poteau. Qu'a-t-il dit ?

Le prêtre haussa les sourcils.

— Voici un vœu bien tardif, madame, protesta-t-il. Pardonnez à ma mémoire de ne point se souvenir. Les années ont passé et depuis, hélas, j'ai assisté combien d'autres condamnés. Croyez-moi. Je suis incapable de vous renseigner avec précision.

— Eh bien ! moi, je le puis. Il n'a rien dit. Il n'a rien dit parce qu'il était déjà mort. C'était un mort qu'on a lié au poteau. Un autre mort. Et mon mari, vivant, était entraîné par un souterrain, tandis qu'aux yeux de la foule, le feu accomplissait la sentence dont il avait été injustement frappé. Le roi m'a tout avoué.

Elle guettait de la part du prêtre un geste de surprise, une protestation. Mais il demeura impassible.

— Vous le saviez, n'est-ce pas ? dit-elle dans un souffle. VOUS l'avez toujours su ?

— Non, pas toujours. La substitution s'est effectuée si habilement que sur le moment je n'ai pas eu le moindre soupçon… On l'avait coiffé d'une cagoule. C'est plus tard…

— Plus tard… Où ? Quand ? Par *qui* avez-vous su ?

Elle se penchait haletante, les yeux ardents.

— Vous l'avez vu, n'est-ce pas, fit-elle dans un souffle, vous l'avez vu… après le bûcher ?

Il la fixa gravement. Maintenant il la reconnaissait. Elle n'avait pas changé.

— Oui, fit-il. Oui, je l'ai vu. Écoutez-moi.

Alors il fit son récit bouleversant.

❦

C'était à Paris, en ce mois de février 1661 qui s'achevait. Était-ce la même nuit glacée où le moine Bécher était mort « sous les vexations des démons » en criant : « Pardon, Peyrac !... »

Le père Antoine était à la chapelle, en prières. Un frère convers était venu lui dire qu'un pauvre insistait pour le voir. Un pauvre qui avait glissé une pièce d'or dans la main du frère convers. Et celui-ci n'avait pas osé le mettre à la porte. Le père Antoine s'était rendu au parloir. Le pauvre était là, appuyé sur une grossière béquille, et son ombre dégingandée, presque difforme, se projetait sur les murs de chaux à la lueur de la lampe à huile. Ses habits étaient convenables. Il portait un masque d'acier noir. Il avait ôté son masque et le père Antoine était tombé à genoux, suppliant le ciel de le délivrer de visions horribles car il avait devant lui un fantôme, le fantôme du sorcier qu'il avait vu brûler lui-même en place de Grève.

Le fantôme souriait, moqueur. Il avait essayé de parler, mais de sa bouche ne sortaient que des sons rauques et inintelligibles. Soudain le fantôme avait disparu. Le père Antoine avait mis un peu de temps avant de s'apercevoir que le malheureux venait simplement de perdre connaissance et gisait à ses pieds sur les dalles. Alors, poussé par la charité, il avait calmé sa peur et s'était penché sur le revenant. Il était bien vivant, quoiqu'à demi moribond. Il n'avait plus de force. Son corps était d'une maigreur squelettique. Mais sa musette pesante contenait une surprenante fortune de louis d'or et de bijoux.

De longs jours, le revenant était demeuré entre la vie et la mort. Le père Antoine, partageant son secret avec le supérieur de la communauté, le soignait.

— Il était arrivé au dernier degré de l'épuisement. On ne pouvait imaginer que ce corps torturé par le bourreau eût pu fournir un tel effort. Écartelée par le chevalet, l'une de ses jambes, celle qui était infirme, portait d'horribles plaies sous le genou et à la hanche. Il les gardait ouvertes depuis près d'un mois, marchant sans relâche. Une telle volonté fait honneur à l'espèce humaine, madame !

À l'humble aumônier des prisons, le comte de Peyrac, jadis si puissant, disait : « Vous êtes désormais mon seul ami ! »

C'était au petit prêtre qu'il avait songé lorsque, ayant rassemblé ses dernières forces pour retourner dans son hôtel du Beautreillis, il s'était senti mourir de faiblesse. Être revenu de si loin pour mourir au bord de la réussite ! Il avait quitté l'hôtel par une porte dérobée du jardin dont il avait la clé. Il s'était traîné dans Paris jusqu'à la maison des Lazaristes, où il savait trouver le père Antoine.

Maintenant, il fallait préparer sa fuite. Le comte ne pouvait demeurer en France. À l'époque, le R.P. Antoine était sur le point de partir pour Marseille, accompagnant une chaîne de galériens. Là-bas se trouvait son nouveau poste de charité.

Joffrey de Peyrac avait eu une idée géniale. Se mêler à la chaîne des forçats pour descendre vers

Marseille. Il y avait retrouvé son Maure nommé Kouassi-Ba. Le R.P. Antoine dans ses hardes cachait l'or et les bijoux. Il les lui avait restitués en arrivant. Peu après, le comte de Peyrac et son Maure disparaissaient au cours d'une évasion spectaculaire dans une barque de pêche.

— Et vous ne les avez jamais revus ?

— Jamais.

— Vous ignorez absolument ce que le comte de Peyrac a pu devenir après son évasion ?

— Je l'ignore.

Elle l'interrogeait encore des yeux. Presque timidement elle hasarda :

— N'êtes-vous venu à Paris il y a quelques années vous informer de mon sort ?… Qui vous envoyait ?…

— Je vois que vous êtes au courant de ma visite à l'avocat Desgrez.

— Lui-même m'en a informée.

Elle attendait, suspendue à ses lèvres, et comme il se taisait, elle insista :

— Qui vous envoyait ?

L'aumônier poussa un soupir.

— Je ne l'ai jamais su, en vérité. C'était il y a quelques années, j'étais à Marseille où je m'occupais plus particulièrement du lazaret des galériens. Je reçus la visite d'un marchand arabe comme il en va et vient fréquemment dans ce grand port. Il me fit part, en grand secret, qu'« on » désirait savoir ce qu'était devenue la comtesse de Peyrac. On me priait de me rendre dans la capitale du roi de France. Un avocat nommé Desgrez pourrait peut-être me renseigner, ainsi que quelques autres personnes, dont on me remettait les noms. En échange de mes services je reçus une bourse contenant une somme considérable. J'acceptai, en songeant à mes pauvres forçats, mais j'insistai en vain auprès du messager pour avoir de plus amples renseignements sur celui qui l'envoyait. Il me montra seulement une bague d'or sertissant une topaze, que je reconnus pour être l'un des bijoux du comte de Peyrac. J'allai à Paris accomplir ma mission. J'y appris que Mme de Peyrac était devenue la femme d'un maréchal, le marquis du Plessis-Bellière. Elle était fort riche et bien en cour, ainsi que ses fils.

— Sans doute avez-vous été horrifié d'apprendre cette nouvelle. J'étais mariée à un autre alors que mon premier mari était encore vivant ! Peut-être votre conscience ecclésiastique sera-t-elle rassurée d'apprendre que le maréchal a été tué au siège de Dole et que je me suis considérée désormais comme deux fois veuve.

Le père Antoine ne se formalisa pas de son amertume. Il eut même un léger sourire pour dire qu'il avait connu bien des situations étranges, mais qu'il fallait constater que la Providence menait Angélique par des sentiers fort tortueux. Il la plaignait profondément.

— Je suis donc revenu à Marseille, et lorsque le marchand s'est présenté à nouveau, je lui ai fait part des renseignements obtenus. Depuis, je n'en ai plus entendu parler. C'est tout ce que je sais, madame, vraiment tout.

Dans le cœur d'Angélique, les sentiments se combattaient : regrets, remords, désolation. « *Il* a voulu savoir ce que j'étais devenue. »

— Cet Arabe, dit-elle, que saviez-vous de lui ? D'où venait-il ? Vous rappelez-vous son nom ?…

Les sourcils de l'aumônier se fronçaient sous l'effort.

— J'essaie en vain, depuis quelques instants, de rechercher tous les détails à son sujet. Il s'appelait Mohammed Raki, mais ce n'était pas un marchand d'Arabie. Je l'ai remarqué à ses vêtements. Les marchands arabes de la mer Rouge ont tendance à s'habiller comme les Turcs. Ceux de Barbarie portent d'amples manteaux de laine appelés burnous. Celui-ci était du royaume d'Alger ou du royaume de Marocco. Mais je n'en sais pas plus et c'est trop peu. Il me souvient cependant d'avoir causé avec lui d'un de ses oncles, dont le nom me revient, maintenant très précis : Ali Mektoub. C'était à propos d'un esclave barbaresque que j'avais connu aux galères et que cet oncle, qui est fort riche, avait racheté. Ali Mektoub avait un commerce fort prospère de perles, d'éponges et de toutes sortes de pacotilles. Il résidait à Candie et il doit toujours y résider. Peut-être pourrait-il lui donner des renseignements sur son neveu Mohammed Raki.

— À Candie ? murmura Angélique, rêveuse.

❦

Angélique et Flipot allèrent du côté du port dans l'espoir de trouver un bateau qui pourrait les emmener pour un assez long voyage vers les îles de la Méditerranée. Ce fut au cours de cette promenade qu'Angélique s'immobilisa soudain et se frotta les yeux, croyant rêver. À quelques pas elle apercevait un petit vieillard vêtu de noir, encore plus noir sous l'étincelant ciel bleu. Il se tenait immobile au bord du quai dans une attitude de profonde rêverie, indifférent aux passants qui le frôlaient et au mistral qui remuait doucement sa barbiche blanche. Avec sa calotte luisante, son gros lorgnon d'écaille, sa fraise démodée, son parapluie de toile huilée et une bonbonne dans un panier d'osier, posée précieusement à ses pieds, c'était à n'en pas douter maître Savary, apothicaire parisien de la rue du Bourg-Tibourg.

— Maître Savary ! s'écria-t-elle.

Il sursauta si violemment qu'il faillit tomber dans l'eau. En reconnaissant Angélique, les verres de son lorgnon étincelèrent de satisfaction.

— Ah ! vous voici, petite curieuse. Je me doutais bien que je vous retrouverais ici.

— Vraiment ? J'y suis pourtant par le plus grand hasard.

— Hum ! hum ! Le hasard, pour les gens aventureux, les conduit tous aux mêmes lieux. Connaissez-vous un coin de la terre où l'on se sente plus prêt à s'embarquer pour d'étranges réussites ? Vous qui êtes une ambitieuse, vous deviez venir à Marseille. C'était écrit sur votre front. Sentez-vous cette odeur grisante qui règne sur ce rivage, l'odeur même des voyages heureux ?

Il étendit les bras dans un geste exalté.

— Les épices ! Ah ! les épices ! Les sentez-vous ? Ces sirènes subtiles qui ont fait courir les plus hardis navigateurs…

Sur ses doigts, d'un ton catégorique, il énumérait :

— Le gingembre, la cannelle, le safran, le paprika, le clou de girofle, la coriandre, la cardamome, et leur prince à tous, le poivre ! Le poivre, répéta-t-il avec extase.

Elle le laissa rêver à cette royauté brûlante, car Flipot revenait, flanqué d'un grand gaillard au bonnet rouge de marinier.

— C'est donc vous qui offrez une fortune pour aller à Candie ? s'exclama-t-il en levant les bras au ciel. Malheureuse ! Je vous croyais pour le moins une vieille folle n'ayant plus que ses os à perdre. Vous n'avez donc pas un mari pour vous mettre un peu de plomb dans la cervelle ? C'est-y que vous êtes vicieuse, de vouloir finir vos jours dans le harem du Grand Turc ?

— J'ai dit que je voulais aller à Candie et non à Constantinople.

— Mais Candie, ce sont les Turcs, ma petite. C'est plein d'eunuques noirs ou blancs qui viennent faire leur marché de chair fraîche pour le grand patron. Bien heureux encore si vous arrivez jusque-là sans avoir été razziée en route !

— Mais vous, vous y allez bien, à Candie ?

— J'y vais, j'y vais, grommela le Marseillais, j'y vais, d'accord, je n'ai pas dit que j'y arriverai.

— À vous entendre, on croirait que les Barbaresques sont postés à la sortie même du port.

— Mais c'est qu'ils y sont, ma pitchoune. Pas plus tard que la semaine passée on signalait une galère turque qui louvoyait près des îles d'Hyères. Notre flotte n'est pas assez forte pour les effrayer. Sûr et certain que vous ne seriez pas longue à vous faire repérer et que tous les marchands d'esclaves de la Méditerranée noirs, blancs ou bruns, chrétiens, turcs ou barbaresques se battront pour vous revendre à prix d'or à quelque vieux pacha asthmatique. Tenez ! est-ce que cela vous ferait plaisir de vous faire peloter par un carnaval pareil ?… demanda-t-il en désignant avec véhémence un gros marchand turc et sa suite qui descendaient vers le port.

Avec curiosité Angélique suivit des yeux le cortège dont le spectacle, familier aux Marseillais, était pour elle tout nouveau. Les énormes turbans de mousseline verte ou orange, gros comme des citrouilles, qui dodelinaient au-dessus des visages foncés des Turcs, leurs vêtements de satin chatoyant, leurs babouches à la pointe relevée ornées de perles, les parasols que tendaient deux négrillons au-dessus de leurs maîtres, tout cela paraissait beaucoup plus faire partie d'une comédie aimable que d'une dangereuse invasion.

— Ils n'ont pas l'air méchant, dit Angélique pour taquiner le Marseillais, et ils sont très bien habillés.

— Ouais ! Tout ce qui brille n'est pas or. Ici ils savent que nous sommes tout de même chez nous et les marchands qui débarquent à Marseille pour affaires ne sont pas chiches de courbettes et savent prendre des airs mielleux. Mais passé le château d'If, il n'y a plus que la piraterie… et encore la piraterie. Non, madame, ce n'est pas la peine de me regarder avec ces yeux-là. Je ne prêterai pas la main à cette aventure. La Bonne Mère me le reprocherait…

— Et moi, m'embarquez-vous ? demanda Savary.

— Vous allez aussi à Candie ?

— À Candie et plus loin. Pour tout vous avouer, je vais en Perse. Mais c'est un secret qu'il ne faut pas divulguer.

— Combien m'offrez-vous pour la traversée ?

— À vrai dire, je ne suis pas riche. Je vous propose trente livres. Mais, possesseur d'un secret qui vaut tout l'or du monde…

— C'est bon, c'est bon ! Je vois ce que c'est.

Melchior Pannassave fronça ses noirs sourcils touffus.

— Désolé, mais je ne peux rien pour vous, ni pour vous, madame. Vous, le grand-père, parce que vous n'avez même pas de quoi aller jusqu'à Nice…

— Trente livres ! s'écria le vieillard, indigné.

— Avec tout ce qu'on risque, c'est une misère… Et vous, madame, parce que vous attireriez les Barbaresques autour de mon bateau comme la charogne, sauf votre respect, attire les rascasses dans le filet, soit dit sans vous manquer à la politesse.

Soulevant son bonnet d'un geste olympien, Melchior Pannassave retourna vers son voilier *La Joliette* qui attendait à quai.

— Tous les mêmes, ces Marseillais ! s'écria Savary avec colère. Avides et mercantiles comme des Arméniens. Aucun qui ne ferait souffrir un peu sa bourse pour le triomphe de la science !

— C'est en vain que je me suis adressée à différents capitaines de petits navires, constata Angélique. Tous parlent immédiatement de harem et d'esclavage. À croire qu'on ne prend la mer que pour finir chez le Grand Turc.

— Ou chez le bey de Tunis, ou le dey d'Alger, ou le sultan du Maroc, compléta obligeamment Savary. Eh oui, c'est bien comme ça, le plus souvent, que les choses finissent. Mais qui ne prend pas de risques ne peut pas voyager !…

La jeune femme soupira. Depuis le matin, la même surprise gouailleuse, les mêmes haussements d'épaules et les mêmes refus avaient accueilli sa requête : une femme seule ! Aller à Candie ?… Folie ! Il aurait fallu être escorté par la flotte royale elle-même.

Savary connaissait des difficultés analogues mais par manque d'argent.

— Faisons alliance, lui dit Angélique. Trouvez-moi un bateau et je paie votre passage avec le mien.

Elle lui donna l'adresse de l'auberge où elle était descendue et, tandis que le vieillard s'éloignait, elle s'assit quelques instants pour se reposer, sur le tube d'un canon neuf.

Ces pièces d'artillerie, nombreuses sur le port et oubliées là sans doute par quelque magasinier de la marine, semblaient plutôt destinées à servir de bancs aux flâneurs qu'à tirer jamais des boulets sur les galères barbaresques.

Les commères de la Canebière y tricotaient en attendant le retour des pêcheurs et les marchands y étalaient leurs marchandises.

Angélique avait mal aux pieds. Elle sentait aussi qu'elle avait attrapé un coup de soleil sur le front. Elle regarda avec envie les femmes qui cachaient sous l'auvent d'une vaste capeline de paille brodée, de beaux visages grecs aux yeux bovins, aux lèvres gourmandes et dédaigneuses. Avec des mines d'impératrice, elles offraient aux passants œillets ou coquillages, comblant de tendresse et de chaude affection ceux qui répondaient à leur invite et vouant au pire destin ceux qui ne s'arrêtaient pas devant leur étal.

— Achetez-moi cette merlue, insista l'une d'elles s'adressant à Angélique, c'est la dernière du panier. Elle est brillante comme un bel écu !…

— Je ne saurais qu'en faire.

— Vous la mangerez, té ! Qu'est-ce qu'on fait d'une merlue ?…

— Je suis loin de chez moi et n'ai rien pour l'emporter.

— Mettez-la dans votre estomac. Elle ne vous encombrera pas.

— La manger toute crue ?…

— Faites-la griller sur le brasero des pères capucins… Voici un brin de thym pour lui mettre dans le ventre pendant qu'elle mijotera.

— Je n'ai pas d'assiette.

— Prenez un galet de la plage.

— Ni de fourchette.

— Ce que vous êtes compliquée, ma pôvre !… À quoi ils vous servent vos jolis doigts ?

Pour s'en débarrasser Angélique finit par acheter le poisson. Le tenant par le bout de la queue, Flipot se dirigea vers l'angle du quai, où trois pères capucins avaient une sorte de cuisine en plein air. D'une grande marmite, ils tiraient de la soupe au poisson qu'ils distribuaient aux pauvres et vendaient pour quelques sols aux mariniers le droit de faire cuire leurs repas sur deux braseros. L'odeur des grillades et de la bouillabaisse était alléchante et Angélique reconnut qu'elle avait faim. Les soucis avaient tendance à s'amenuiser lorsqu'on prenait le temps de se mêler à la vie du port de Marseille. C'était l'heure où les citadins, et jusqu'aux bourgeois les plus rancis, descendaient vers le rivage pour y goûter cette atmosphère unique au monde.

Non loin d'Angélique, une dame aux grands atours descendit d'une chaise à porteurs, suivie d'un garçonnet qui aussitôt jeta des regards d'envie aux garnements qui faisaient des cabrioles sur des ballots de coton.

— Puis-je aussi sauter avec eux, ma mère ? supplia-t-il.

— Non, vous n'y songez pas, Anasthase, protesta la dame indignée. Ce sont des petits va-nu-pieds.

— Ils ont bien de la chance, dit l'enfant boudeur.

Angélique le considéra avec indulgence. Elle pensait à Florimond et Cantor. Elle aussi, elle avait couvé des canards.

Ce n'est pas sans peine qu'elle avait réussi à convaincre Florimond de ne pas la suivre. Elle n'y était parvenue qu'en le persuadant que son absence durerait à peine trois semaines, peut-être deux avec de la chance. Le temps de se rendre en carrosse public jusqu'à Lyon, de descendre le Rhône par le coche d'eau, de rencontrer l'aumônier des galériens et de revenir, Angélique aurait peut-être la possibilité de réintégrer Paris et son hôtel sans que son absence ait été soupçonnée de la police du roi. « Le meilleur tour que je vous aurais jamais joué, monsieur Desgrez », se disait-elle. Elle revivait avec certains battements de cœur son évasion romanesque. Florimond ne lui avait pas menti. Le souterrain était fort praticable. Les voûtes moyenâgeuses, restaurées par une main qui avait la pratique des galeries minières, résisteraient encore longtemps aux ravages de l'humidité. Florimond avait guidé sa mère jusqu'à la petite chapelle abandonnée du bois de Vincennes qui, elle, tombait en ruine. Mme du Plessis-Bellière se dit qu'à son retour elle s'occuperait de la restaurer. Elle aussi désormais, comme le vieux Pascalou, songeait que tout devrait être en état pour le retour du maître. Mais pourquoi, depuis tant d'années, n'était-il pas encore revenu ?

Ce n'est pas sans émotion qu'elle avait embrassé son fils, alors que l'aube pointait dans la forêt. Qu'il était courageux et comme elle était fière qu'il sût garder un secret ! Elle le lui avait dit avant de le quitter. Elle surveilla la trappe qui se refermait lentement sur la tête bouclée. Florimond avant de laisser retomber la dalle lui adressa un clin d'œil entendu. Tout cela était pour lui un jeu qui le grisait et le gonflait d'importance.

Ensuite Angélique s'était rendue à pied, suivie de Flipot qui portait son sac, jusqu'au prochain village, où elle avait loué une carriole qui l'avait menée jusqu'à Nogent. Là, elle avait pris le carrosse public.

Elle était parvenue à son but : Marseille. Voici qu'une seconde étape s'ébauchait : Candie. La conversation avec l'aumônier avait suggéré une nouvelle piste, mais combien difficile et fragile…

En somme, le prochain maillon de la chaîne, c'était un orfèvre arabe, dont le neveu avait été le dernier homme à voir Joffrey de Peyrac vivant. Retrouver l'orfèvre à Candie posait déjà des problèmes : aiderait-il à retrouver le neveu ? Mais Angélique se disait que Candie était un heureux présage. C'était cette île de la Méditerranée dont elle avait sollicité et acheté la charge de consul de France. Cependant, elle ne savait pas dans quelle mesure elle pourrait utiliser ce titre, puisqu'elle commettait en ce moment une grave infraction envers le roi. Pour cette raison, et pour beaucoup d'autres, elle pensait qu'il lui fallait quitter Marseille au plus vite et éviter surtout de rencontrer les gens de sa caste.

❦

Flipot ne revenait pas. Fallait-il tout ce temps pour faire griller un poisson ? Elle chercha son jeune valet des yeux et l'aperçut en conversation avec un homme en redingote brune qui paraissait lui poser des questions. Flipot semblait embarrassé. Portant à plat sur la main le poisson grillé et fumant, il sautait d'un pied sur l'autre et sa mimique expliquait sans fard qu'il se brûlait cruellement. Mais l'homme ne semblait pas pressé de le laisser aller. Enfin, après un hochement de tête dubitatif, il s'écarta et se perdit dans la foule. Angélique vit Flipot filer exactement dans la direction opposée à celle où elle se trouvait.

Puis, un peu plus tard, il reparut se faufilant avec toutes sortes de ruses, comme pour l'éviter tout en attirant son attention. Angélique se leva et le rejoignit dans une ruelle sombre où il se dissimulait derrière le contrefort d'un porche.

— Qu'est-ce que tout cela signifie ? Qui était cet homme qui te parlait tout à l'heure ?

— J'en sais rien… Au début, je me suis pas méfié… V'là votre poisson, madame la marquise. L'en reste plus beaucoup, j'l'ai fait tomber deux ou trois fois tant j'étais secoué.

— Que t'a-t-il demandé ?

— Qui j'étais ? D'où je venais ? Chez qui j'étais en service. Là, j'ai dit : « J'sais pas. — Allons, allons, tu ne vas pas me faire croire que tu ne sais pas le nom de ta patronne ? » Rien qu'à sa façon de vous mettre en tort j'ai compris à qui j'avais affaire : la police. Je répétais : « Ben, non, j'sais pas… » Il a cessé de faire l'aimable. « Ça ne serait pas la marquise du Plessis-Bellière, par hasard ?… Dans quelle auberge est-elle descendue ?… » Qu'est-ce que vous vouliez que je réponde, moi ?…

— Qu'as-tu répondu ?

— J'ai donné un nom comme ça au hasard, le nom d'une auberge, le Cheval Blanc, qui se trouve à l'autre bout de la ville.

— Viens vite.

Tout en se hâtant parmi les ruelles montantes, Angélique essayait de comprendre. La police s'intéressait à elle ? Pourquoi ? Fallait-il croire que sa fuite avait été immédiatement décelée par Desgrez et que celui-ci avait envoyé des sbires à sa poursuite ?… Tout à coup, elle crut comprendre. M. de Vivonne l'avait aperçue dans la foule l'autre jour alors qu'il descendait de la coupée. Sur le moment, il n'avait pu mettre un nom sur ce visage de femme qui ne lui était pas inconnu puis, s'en étant souvenu, il chargeait ses larbins de la retrouver. Par curiosité ? Par amabilité ? Par esprit de courtisanerie envers le roi ?… De toute façon, elle ne tenait pas à le voir, mais l'intérêt de Vivonne n'était pas inquiétant. Il était trop souvent en campagne loin de la Cour, pour suivre toutes les nuances des intrigues et en était resté à Mme du Plessis-Bellière, future maîtresse royale. Elle se rassura. C'était cela, sans aucun doute… À moins que cet homme ne fût envoyé par l'aumônier des galériens, qui, seul, la savait à Marseille ? Peut-être avait-il quelque renseignement à lui communiquer au sujet d'Ali Mektoub ou de Mohammed Raki ?… Mais alors il aurait envoyé cet ami à l'auberge de la Corne d'Or puisqu'il savait où elle était descendue…

Elle arriva à l'auberge en nage et le cœur battant de façon désordonnée.

— Vous mettre dans un tel état, ce n'est pas raisonnable, s'exclama la patronne du lieu. Ah ! ces dames de Paris, ça ne sait que courir. Venez par là. Je vous ai préparé un ragoût d'aubergines avec juste ce qu'il faut de piment et d'ail que vous m'en direz des nouvelles.

La bourse bien garnie d'Angélique lui inspirait pour cette jeune femme solitaire des sentiments quasi maternels et une considération pleine de complicité. Elle ne se trompait pas à la pauvreté de son équipage. Elle avait tout de suite vu que c'était une grande dame, habituée à être servie par une troupe de larbins, mais qui ne voulait pas se faire remarquer. Vaï ! on sait ce que c'est que l'amour !...

— Venez par ici, lui dit-elle. Dans un coin bien tranquille près de la fenêtre. Vous serez seule à cette petite table et mes clients n'auront le droit de vous reluquer que de loin... Qu'est-ce que je vous donne à boire ?... Un petit vin rosé du Var ?

Les formes réjouies de dame Corinne éclataient dans un corsage de satinette rouge, jupe vert pomme et tablier noir brodé. Les cheveux d'un noir d'encre, frisés et huilés sous sa coiffe plate, se mêlaient à deux longs pendentifs de corail des deux côtés de son visage rond dont le teint demeurait miraculeusement blanc et pur. Elle déposait devant Angélique un gobelet d'étain et une cruche de terre vernissée embuée de fraîcheur.

Angélique releva les yeux et aperçut du seuil de la petite salle Flipot qui lui faisait des signes véhéments. Il profita de ce que dame Corinne tournait le dos pour bondir jusqu'à sa maîtresse et souffler :

— Il vient !… Le mauvais !… Le grimaud !… Le plus mauvais de tous.

Elle jeta un regard vers la fenêtre. Montant la ruelle d'un pas tranquille, sanglé dans une redingote de soie prune, une canne à pommeau d'argent entre ses mains qu'il tenait croisées derrière son dos, d'un air de promeneur, maître François Desgrez se dirigeait vers l'auberge.

VII

Le premier réflexe d'Angélique fut de repousser sa chaise, de franchir d'un saut les deux marches qui la séparaient de la grande salle et traversant celle-ci comme un éclair, de se ruer vers l'escalier de bois qui menait aux étages.

— Suis-moi, dit-elle à Flipot.

La Marseillaise levait les bras au ciel.

— Madame, que se passe-t-il ? Et votre ragoût ?

— Venez, intima Angélique, venez vite avec moi dans ma chambre. J'ai à vous parler.

L'expression de son visage et sa voix étaient si impérieuses que l'aubergiste se hâta, renonçant à demander sur-le-champ d'autres explications.

Angélique l'attira dans la chambre. Elle lui tenait le poignet et enfonçait ses ongles sans y prendre garde, dans les chairs grasses.

— Écoutez ! Il y a un homme qui va entrer à l'auberge tout à l'heure. Il porte une redingote violette et une canne à pommeau d'argent.

— C'est peut-être celui qui vous a fait porter un message ce matin.

— Que voulez-vous dire ?

Dame Corinne plongea dans son corsage pour en retirer une missive de gros parchemin.

— C'est un gamin qui est venu pour vous remettre cela peu avant que vous rentriez.

Angélique lui arracha le billet et le déplia. C'était un mot du père Antoine. Il lui disait avoir reçu la visite de l'ex-avocat Desgrez qu'il avait eu l'honneur de rencontrer à Paris en 1666. Il n'avait pas cru devoir lui cacher la présence de Mme du Plessis à Marseille ni son adresse. Cependant il l'en informait.

La jeune femme chiffonna le pli, désormais inutile.

— Le billet n'a plus d'intérêt pour moi. Écoutez bien, dame Corinne. Si l'homme en question vous parle de moi, vous ne me connaissez pas, vous ne m'avez jamais vue. Dès qu'il sera parti, venez me prévenir. Tenez, voici pour vous.

Elle lui fourrait dans les mains trois pièces d'or. Trop impressionnée pour trouver d'autres réponses, dame Corinne cligna de son œil de braise d'un air entendu et sortit avec des précautions de conspirateur.

Angélique se mit à aller et venir fébrilement, en se mordillant les doigts. Flipot la regardait, inquiet.

— Range mes affaires, lui dit-elle, ferme mon sac. Tiens-toi prêt.

Desgrez avait fait vite. Mais elle n'allait pas se laisser reprendre, ni conduire au roi, enchaînée comme une esclave. Elle n'avait plus devant elle que la mer.

La nuit descendait et, ainsi que la veille, des guitares et des voix provençales commençaient à chanter l'amour au sein des crevasses noires que creusaient les ruelles parmi les maisons étagées jusqu'au port.

Angélique échapperait à Desgrez et au roi. La mer l'emmènerait. Elle finit par se tenir immobile au coin de la fenêtre, guettant les bruits de l'auberge.

On frappa doucement.

— Vous n'avez même pas allumé, chuchota la grosse femme en se glissant dans la chambre.

Elle battit le briquet, fit jaillir la lumière.

— Il est toujours là, reprit-elle. Il n'en démord pas. Oh ! c'est un homme très poli, très bien, mais il a une façon de vous regarder ! Oh ! je ne me laisse pas impressionner, allez. « Comme si je ne savais pas qui j'ai dans ma maison », que je lui ai dit. « Une dame comme vous me la décrivez, je m'en serais aperçue si elle était chez moi ! Des yeux verts, des cheveux comme ci et comme ça, et tout, et tout. Puisque je vous dis que je n'ai même pas vu le bout de son nez… » Il a fini par me croire ou par faire semblant. Il a demandé à souper. Ce qui semblait l'intriguer, c'était la petite salle où je vous avais préparé le couvert. Il y est allé rôder. Il avait l'air de chercher quelque chose avec son long nez.

« Mon parfum », songea Angélique.

Desgrez avait su reconnaître son parfum, ce mélange de verveine et de romarin que lui préparait à son usage spécial l'alambic d'un grand parfumeur du faubourg Saint-Honoré. Ce parfum champêtre, qui s'alliait si bien à son charme de belle plante, Desgrez l'avait respiré sur sa peau même, sur ce corps qu'elle lui avait permis de baiser et d'étreindre. Ah ! maudite soit la vie qui vous livre à des individus de cette espèce !

— Et avec ça, un œil du diable, poursuivit la commère. Tout de suite il a repéré les pièces d'or que vous m'aviez données et que je tenais encore dans le creux de ma main. « Oh ! oh ! vous avez des clients bien généreux, la mère… » Je n'étais pas à mon aise… C'est votre mari, cet homme-là, madame ?

— Non, protesta Angélique avec un sursaut.

La Marseillaise hocha la tête à plusieurs reprises.

— Je vois ce que c'est, fit-elle.

Puis elle tendit l'oreille.

— Qui est-ce qui vient par là ? Ce n'est pas le pas d'un de mes clients. Je les connais tous.

Elle entrebâilla la porte et la referma précipitamment.

— Il est dans le couloir… Il ouvre les portes des chambres.

Les poings sur les hanches elle s'indigna.

— Ce toupet ! Je vais lui montrer de quel bois je me chauffe à cet argousin.

Puis elle se ravisa.

— Oui-da ! Et après, ça risque de tourner au vinaigre. Je les connais, les gens de la police. On peut commencer par leur tenir tête mais ça vient toujours le moment où on se met à pleurnicher dans son mouchoir en poussant des soupirs.

Angélique avait saisi son sac.

— Dame Corinne, il faut que je sorte d'ici… Il le faut… Je n'ai rien fait de mal.

Elle lui tendait à nouveau une bourse pleine d'or.

— Venez par ici, chuchota l'aubergiste.

Elle l'entraîna sur le petit balcon et déplaça l'une des grilles sur le côté.

— Sautez ! Sautez ! Oui, sur le toit du voisin. Ne regardez pas en bas. Là. Maintenant, sur la gauche, vous trouvez une échelle. Quand vous serez dans le fond de la cour, vous frapperez. Vous direz à Mario le Sicilien que c'est moi qui vous envoie et qu'il vous conduise chez Santi le Corse. Non, ce n'est pas assez loin. Jusque chez Juanito ; puis au quartier levantin… Je vais m'occuper de ce curieux pour vous donner le temps.

Elle ajouta quelques souhaits en provençal, se signa et rentra dans la chambre.

❦

Une fuite qui ressemblait à une partie de chat perché ou de cligne-musette. Angélique et Flipot, sans avoir le temps de reprendre souffle, franchirent des portes qui donnaient sur le ciel, plongèrent dans des puits qui se révélèrent des jardins, traversèrent des maisons où des familles soupaient benoîtement sans lever l'œil de leur assiette à leur passage, descendirent des escaliers, ressortirent d'un aqueduc romain pour contourner un temple grec, écartèrent des centaines de chemises roses ou bleues qui séchaient au travers des rues, glissèrent sur des épluchures de courges barbarines, des débris de poissons, furent hélés, assourdis de cris d'appel, de chansons, d'invites dans toutes les langues de Babel, pour se retrouver haletants sous l'égide d'un Espagnol aux abords du quartier levantin. C'était loin, disait-il, fort loin de tout ce qui pouvait ressembler à l'auberge de la Corne d'Or. La dame voulait-elle aller plus loin encore ? L'Espagnol et Santi le Corse la regardaient curieusement.

Elle s'essuya le front avec son mouchoir. La lueur rouge estompée d'un crépuscule long à s'éteindre luttait, vers l'Occident, avec les lumières de la ville. Une musique au rythme étrange et monotone s'échappait des portes closes et des jalousies de bois qui cachaient les tavernes des buveurs de café. Là, les portefaix, les marchands arabes ou turcs retrouvaient des divans moelleux, le narguilé et le noir breuvage que l'on boit sur les rives du Bosphore dans de petites tasses d'argent. Un parfum inconnu se mêlait à de lourds relents de friture et d'ail.

— Je veux aller à l'Amirauté, dit Angélique, chez monsieur de Vivonne. Pouvez-vous m'y conduire ?

Les deux guides secouèrent leur chevelure d'ébène et les anneaux d'or qui garnissaient leur oreille droite. Le quartier de l'Amirauté leur semblait certes plus dangereux que le labyrinthe puant où ils avaient conduit Angélique. Cependant, comme elle avait été généreuse à leur égard, ils lui donnèrent d'abondantes explications sur la route à suivre.

— As-tu compris ? demanda-t-elle à Flipot.

Le garçon secoua négativement la tête. Il était transi de peur. Il ne connaissait pas les règles de cette matterie bariolée qui régnait à Marseille et qu'il devinait prompte au couteau. Si sa maîtresse était attaquée, comment ferait-il pour la défendre ?

— Ne crains rien, dit-elle.

La vieille cité phocéenne ne lui semblait pas hostile. Desgrez ne pouvait y être maître comme au cœur de Paris.

La nuit était maintenant venue mais la transparence du ciel nocturne projetait sur la ville une lueur bleutée et parfois l'on devinait l'apparition d'un vestige antique, une colonne brisée, une arche romaine, ruines parmi lesquelles des gamins à demi nus jouaient en silence comme des chats.

L'élégante demeure, très éclairée, apparut enfin au tournant. Fiacres et carrosses ne cessaient d'arriver et par les fenêtres ouvertes s'échappaient des accords de luths et de violons.

Angélique s'arrêta, hésitante. Elle tapota les plis de sa robe, se demandant si elle était présentable. Un homme à la silhouette râblée se détacha d'un groupe.

C'était bien vers elle qu'il venait, comme si elle était attendue. Elle le voyait à contre-jour et ne pouvait distinguer sa physionomie. Parvenu près d'elle, il la regarda avec attention, puis ôta son chapeau.

— Madame du Plessis-Bellière, n'est-ce pas ? Oui, sans aucun doute. Permettez-moi de me présenter : Carroulet, magistrat à Marseille. Je suis un très bon ami de M. de La Reynie et celui-ci m'a écrit à votre sujet, désirant vous faciliter votre séjour dans notre ville…

Angélique le fixait d'un œil impavide. Il avait un visage débonnaire de bon papa avec une grosse verrue au coin du nez. Sa voix était toute onction.

— J'ai vu aussi son lieutenant adjoint, M. Desgrez, arrivé ici hier matin. Pensant que vous auriez peut-être l'intention de saluer monsieur le duc de Vivonne dont il sait qu'il est un de vos amis, il m'a chargé de vous attendre aux abords de son hôtel, afin qu'aucun malentendu regrettable…

Subitement ce n'était plus la peur, mais la rage, qui habitait le cœur d'Angélique. Ainsi Desgrez lui jetait aux trousses tous les policiers de la ville et jusqu'au sieur Carroulet, lieutenant-criminel de Marseille, fort connu pour sa poigne énergique sous d'aimables apparences.

Elle dit brusquement :

— Je ne comprends rien à ce que vous racontez, monsieur.

— Hum !… fit-il, indulgent. Voyons, madame, votre signalement est assez précis…

Un carrosse fonçait sur eux. Le chef de la police marseillaise eut un mouvement pour se reculer vers le mur. Angélique au contraire se jeta littéralement sous les pieds des chevaux et profitant de ce que le cocher retenait l'attelage, elle se mêla aux groupes qui pénétraient dans l'hôtel du duc de Vivonne. Des valets de pied, porteurs de torches, éclairaient les escaliers menant au vestibule. Elle monta d'un pas assuré, mêlée à d'autres invités.

Flipot était sur ses talons, avec son sac en main. Angélique se glissa dans la pénombre du grand escalier, avec la discrétion d'une dame qui vient de sentir céder sa jarretière.

— Sauve-toi où tu pourras, souffla-t-elle au petit valet. Dissimule-toi dans les communs, n'importe où, mais ne te fais pas remarquer. Je te donne rendez-vous demain matin au port pour le départ de l'escadre royale. Essaie de t'informer de l'heure et du lieu de ce départ. Si tu n'es pas là, je partirai sans toi. Voici de l'argent.

Elle sortit de sa cachette et du même pas assuré monta l'un des escaliers de marbre qui menaient aux étages.

Ceux-ci étaient déserts, car les domestiques se pressaient dans les salons et les cours, au rez-de-chaussée.

À peine avait-elle atteint le premier palier que le policier qu'elle avait semé tout à l'heure se présentait à son tour. La curiosité d'Angélique fut plus vive que sa panique et, penchée par-dessus la balustrade, elle le guetta, sûre qu'il ne pouvait l'apercevoir car elle était dans l'ombre. Le sieur Carroulet n'avait pas l'air content. Il aborda un domestique auquel il posa de nombreuses questions. L'homme secouait la tête négativement. Il s'éloigna et peu après le duc de Vivonne parut, riant encore de quelque plaisanterie. Le lieutenant de policc lc salua avec embarras. L'amiral de la flotte royale était un personnage considérable. La bienveillance du roi était sur lui et nul n'ignorait que sa sœur était la maîtresse en titre du roi. Comme c'était, par-dessus le marché, un garçon fort susceptible, le manier n'était pas facile.

— Qu'est-ce que vous me racontez là ? s'exclama Vivonne de sa voix de stentor. Mme du Plessis-Bellière… parmi mes invités ? Allez donc la chercher dans le lit du roi… si j'en crois les dernières rumeurs venues de Versailles…

Le sieur Carroulet devait insister, expliquer. Vivonne s'impatienta.

— Ça ne tient pas debout, votre histoire !… Elle était là, dites-vous, et puis elle n'est plus là… Vous avez eu la berlue, c'est tout… Vous avez des visions… Il faudra vous purger.

Le policier prit le parti de se retirer, l'oreille basse.

Vivonne derrière lui haussa les épaules. Un de ses amis s'approcha et dut s'informer de l'incident, car Angélique entendit le jeune amiral répondre d'un ton maussade :

— Ce grossier personnage prétendait que je recevais dans mes salons la belle Angélique, la dernière passion du roi.

— Mme du Plessis-Bellière ?

— Elle-même ! Dieu me garde d'avoir sous mon toit cette putain intrigante !… Ma sœur devient folle de toutes les avanies que l'autre lui fait endurer… Elle m'écrit des missives désespérées. Si la sirène aux yeux verts parvient à ses fins, Athénaïs pourra baisser pavillon et les Mortemart passeront un mauvais quart d'heure.

— Serait-elle à Marseille cette beauté dont la réputation nous fait rêver ? J'ai toujours brûlé de la connaître.

— Vous brûlerez en vain. C'est une coquette, cruelle à tuer. Ses admirateurs en savent quelque chose qui s'attachent en vain à ses pas. Elle n'est pas de celles qui se dispersent en oiseux badinages lorsqu'elle a un but à atteindre. Et ce but c'est le roi… Une intrigante, vous dis-je… Dans sa dernière lettre, ma sœur me disait…

La conversation se perdit car les deux hommes s'éloignaient et rentraient dans les salons.

« Mon cher, tu me paieras cela », pensa Angélique, outrée des propos de Vivonne à son égard.

Elle s'enfonça dans le couloir ténébreux et après avoir tâtonné le long des cloisons, trouva une porte dont elle tourna avec précaution la poignée. La chambre était déserte, éclairée seulement par les lueurs venues de la fenêtre ouverte. Angélique, à bout de force, se laissa aller sur un épais divan oriental, recouvert de tapis et de coussins. Il y eut un bruit de gong car elle avait donné du pied dans une sorte de plateau de cuivre posé à terre. Elle écouta, anxieuse, puis trouva enfin un chandelier pour éclairer la situation. L'appartement – un boudoir, une chambre à coucher et un cabinet de toilette attenant – devait être celui du duc de Vivonne ; appartement d'un marin qui, à terre, ne compte plus ses bonnes fortunes. Angélique ne fut pas longue à dénicher parmi le désordre des longues-vues, des cartes, des mappemondes et des uniformes, une penderie contenant une collection impressionnante de robes et de déshabillés vaporeux.

Angélique en choisit un, de mousseline de Chine blanche et brodée. Elle se lava dans un bassin où l'on avait préparé pour le maître et pour sa maîtresse une eau parfumée à la lavande de Provence. Elle brossa ses cheveux poussiéreux. En soupirant d'aise, elle s'enveloppa dans le vêtement moelleux. Pieds nus sur les épais tapis turcs, elle revint dans le boudoir. Elle se sentait tituber de fatigue. Elle écouta encore un instant les bruits assourdis de l'hôtel, puis s'effondra sur le divan. Qu'importaient l'avenir et tous les policiers du monde ! Elle allait dormir.

❦

— Oh !

Le cri aigu éveilla Angélique. Elle se dressa, une main sur les yeux, éblouie par la lumière.

— Oh !

La jeune femme brune, au visage constellé de mouches, se tenait à son chevet, vivante image de la stupeur et de l'indignation. Brusquement, elle se retourna et gifla quelqu'un à toute volée.

— Goujat ! Voilà donc la surprise que vous me réserviez… Félicitations ! Elle est réussie. Je n'aurai garde d'oublier un aussi cuisant affront. De ma vie, je ne vous reverrai !

Dans un grand frou-frou de robe et d'éventail claqué, elle franchit la porte, disparut. Le duc de Vivonne, se tenant la joue, regarda tour à tour la porte, Angélique et son valet qui portait deux chandeliers.

Le domestique se ressaisit le premier. Il posa les chandeliers sur la console, s'inclina devant son maître et, à tout hasard, devant Angélique, puis s'esquiva en refermant la porte avec douceur.

— Monsieur de Vivonne... je suis désolée, murmura Angélique en ébauchant un sourire contrit.

Au son de sa voix, il parut enfin comprendre qu'il avait affaire à une créature de chair et d'os et non à un fantôme.

— C'était donc vrai... ce que racontait cet abruti tantôt... Vous étiez à Marseille... Vous étiez sous mon toit... Pouvais-je me douter ? Pourquoi ne vous êtes-vous pas présentée ?...

— Je ne tenais pas à être reconnue. À plusieurs reprises, j'ai failli être arrêtée.

Le jeune homme passa la main sur son front. Il alla à un petit secrétaire d'ébène, dont il rabattit la tablette pour y prendre un carafon d'eau-de-vie et un verre.

— Ainsi Mme du Plessis-Bellière a toute la police du royaume à ses trousses !... Vous avez assassiné quelqu'un ?

— Non ! Pire !... J'ai refusé de coucher avec le roi.

Les sourcils du courtisan se haussèrent d'étonnement.

— Pourquoi ?

— Par amitié pour votre chère sœur, Mme de Montespan.

Le carafon en main, Vivonne la regarda interdit. Puis son visage se détendit et il éclata de rire. Il se versa un verre et vint s'asseoir à ses côtés.

— Je crois que vous vous payez ma tête.

— Un peu… Mais pas autant que vous le pensez.

Elle continuait à lui adresser un demi-sourire timide. Ses paupières, alourdies encore de sommeil, battaient lentement sur son regard vert et par instants elle fermait les yeux, laissant ses cils projeter leur ombre sur ses joues lisses.

— J'étais si lasse, soupira-t-elle. J'avais marché dans cette ville des heures entières, je m'étais égarée… Ici, je me suis trouvée comme dans un refuge. Pardonnez-moi. J'avoue que j'ai été très indiscrète. Je me suis baignée dans votre salle de bains et j'ai pris ce peignoir dans votre garde-robe.

Elle désigna la mousseline drapée autour de son corps nu. À des reflets plus roses on devinait la ligne des cuisses et des hanches sous la blancheur vaporeuse. Vivonne regarda le peignoir et détourna les yeux. Il avala d'un seul coup un verre d'alcool.

— Une bougrement sale histoire ! grommela-t-il. Le roi vous recherche et on va m'accuser d'être votre complice.

— Monsieur de Vivonne, protesta Angélique en se cabrant, seriez-vous sot ? Je vous croyais plus attaché à la fortune de votre sœur… dont dépend un peu la vôtre. Souhaiteriez-vous vraiment me voir tomber dans les bras du roi et Athénaïs disgraciée ?

— Non, certes, bafouilla le pauvre Vivonne débordé par cette situation cornélienne, mais je ne voudrais pas non plus déplaire à Sa Majesté… Libre à vous de lui refuser vos faveurs… Mais pourquoi êtes-vous à Marseille ?… et chez moi ?…

Elle posa doucement la main sur la sienne.

— Parce que je voudrais aller à Candie.

— Hein ?

Il sauta en l'air et se leva comme si une mouche l'avait piqué.

— Vous partez demain, n'est-ce pas ? insista Angélique. Emmenez-moi.

— De plus en plus fort ! Je crois que vous perdez la raison. À Candie ! Vraiment ! Savez-vous seulement où cela se trouve ?

— Et vous ? Savez-vous seulement que je suis consul de Candie ? J'y ai des affaires très importantes et le moment m'a semblé opportun pour aller les surveiller, tout en laissant à l'impatience du roi le temps de se calmer. N'est-ce pas une excellente idée ?

— C'est de l'inconscience !… Candie !…

Il leva les yeux au ciel, renonçant à lui faire mesurer sa folie.

— Oui, oui, je sais, dit Angélique, le harem du Grand Turc, les Barbaresques, les pirates, etc. Mais, précisément, avec vous, je ne craindrai rien. Escortée par l'escadre royale française, que pourrait-il m'arriver ?

— Chère madame, déclara Vivonne solennel, j'ai toujours eu pour vous infiniment de respect…

— Trop peut-être, glissa-t-elle avec un sourire enjôleur.

L'interruption désarçonna le jeune amiral qui bredouilla avant de retrouver le fil de son discours.

— Qu'importe !… Hum !… Quoi qu'il en soit, je vous ai toujours considérée comme une femme avisée, ayant la tête sur les épaules ; et à mon grand regret je dois m'apercevoir que vous n'avez guère plus de cervelle que ces jeunes personnes qui parlent avant d'agir et agissent avant de penser.

— Telle la jolie brune qui nous a quittés tout à l'heure. J'aurais voulu m'expliquer avec votre charmante maîtresse. Furieuse, elle va répandre le bruit que je suis ici.

— Elle ignore votre nom.

— Elle aura tôt fait de me décrire et les indésirables reconnaîtront mon signalement. Emmenez-moi à Candie.

Le duc de Vivonne se sentit la gorge sèche. Les yeux d'Angélique lui donnaient le vertige. Sa vue se brouillait légèrement. Il alla à son secrétaire pour se verser un second verre.

— Jamais ! fit-il enfin répondant à sa dernière supplique. Je suis un homme sensé, prudent… En me faisant le complice de votre fuite – ce qui se saura tôt ou tard –, j'encourrais la colère du roi.

— Et la reconnaissance de votre sœur ?

— Ma disgrâce est certaine.

— Vous mésestimez le pouvoir d'Athénaïs, mon cher. Pourtant vous la connaissez mieux que moi. Elle demeure seule en face du roi qui a pour elle… un goût très prononcé. Elle a su le séduire par mille habitudes dont il ne s'est point encore départi. Ne la croyez-vous pas assez forte et assez habile pour reprendre l'avantage et réparer hardiment ce que j'ai pu quelque peu détruire ces temps derniers, je le reconnais ?

Vivonne, les sourcils froncés, essayait de réfléchir.

— Ouais ! fit-il.

Et il dut voir passer la vision de l'éblouissante Mortemart, entendre l'écho de son rire mordant et de sa voix inimitable, car il se rasséréna.

— Ouais, répéta-t-il. On peut compter sur elle. Mais vous, fit-il, vous, madame…

Il la surveillait à la dérobée. À chacun des regards anxieux qu'il lui jetait, elle le voyait prendre conscience de sa présence, chez lui, à cette heure, d'une femme qui avait été l'une des parures de Versailles, convoitée par le roi. Il en détaillait la perfection avec une sorte d'étonnement comme s'il la voyait pour la première fois. C'était exact. Elle avait une peau unique, plus dorée que la plupart des blondes, ses prunelles étaient vertes et d'un vert clair près du noir intense de la pupille. À Versailles, il l'avait vue comme une idole dans ses robes de Cour, qui faisait blêmir de rage la Montespan.

Dans ce déshabillé aux plis souples, elle était terriblement femme et vivante. Pour la première fois de sa vie, il pensa au roi en se disant : « Pauvre homme ! S'il est vrai qu'elle s'est refusée à lui… »

Angélique laissait le silence s'appesantir entre eux. C'était assez amusant de tenir un Mortemart en suspens. Une aubaine dont bien peu auraient pu se vanter. La verve et le caractère explosif de la famille n'avaient jamais semblé en défaut. On était obligé de les haïr… ou de les adorer, et jusqu'à l'aînée, abbesse de Fontevrault, d'une beauté de madone entre ses guimpes et ses sombres voiles, qui fascinait le roi et ravissait les courtisans, sans qu'elle cessât pour autant d'être une âme de feu, lisant en latin tous les Pères de l'Église et menant son couvent et ses nonnes subjuguées sur les chemins de la vertu la plus haute. Vivonne était, à l'image de ses sœurs, riche des qualités les meilleures et des pires défauts, fantasque et désinvolte, frisant tantôt la muflerie, tantôt l'extrême gentillesse, tantôt la folie, tantôt le génie… Il finissait par en imposer et de même qu'une espèce d'amitié – celle de la foudre et de l'aimant – avait attiré Angélique vers Athénaïs, de même elle avait toujours accordé au duc de Vivonne une préférence amusée. Parmi les autres gentilshommes attachés aux pas du maître et vivant de ses subsides, il lui paraissait d'un métal plus noble.

Elle le regarda en souriant toujours de son sourire secret qui le désarçonnait et se dit qu'au fond elle aimait ces Mortemart terriblement avides et fous et beaux. Elle leva lentement un bras pour y poser sa tête rejetée en arrière et laissa glisser vers le jeune homme un regard moqueur.

— Et moi ? répéta-t-elle.

— Oui, vous, madame ! Vous êtes une femme étrange ! N'avez-vous pas reconnu que vous aviez lutté pour évincer ma sœur ?… Et voici que vous vous effacez, que vous souhaitez même lui redonner la partie belle… Quel but poursuivez-vous ? Quel avantage pouvez-vous retirer de cette comédie ?

— Aucun. Plutôt des ennuis.

— Alors ?

— N'ai-je pas le droit comme toute femme d'avoir mes caprices ?

— Certes !… Mais, choisissez vos victimes. Avec le roi cela peut vous mener loin.

Angélique fit la moue.

— Que voulez-vous ? Est-ce ma faute si je n'ai point de goût pour ces hommes trop fermés, d'humeur susceptible, qui savent peu rire et qui apportent dans l'intimité un manque de raffinement proche de la grossièreté ?

— De qui parlez-vous ?

— Du roi.

— Eh bien ! vous vous permettez de le juger d'une façon qui…

Vivonne était très offusqué.

— Mon cher, lorsqu'il s'agit d'alcôve, accordez-nous le droit de juger en femme et non en sujette.

— Toutes ces dames ne raisonnent pas – heureusement – comme vous.

— Libre à elles de subir et de s'ennuyer. En la matière je pardonne tout sauf cela. Titres, faveurs, honneurs ne m'ont pas paru d'un poids assez lourd pour compenser ce genre de servitude et de contrainte. Je laisse bien volontiers les uns et les autres à Athénaïs.

— Vous êtes… terrible !

— Que voulez-vous, ce n'est pas ma faute si j'ai toujours préféré les garçons rieurs, pleins d'entrain… comme vous par exemple. De ces galants gentilshommes qui ont le temps de s'occuper des femmes. Foin de ces gens pressés qui foncent en aveugles vers le but. J'aime ceux qui savent marauder les fleurs du chemin.

Le duc de Vivonne détourna les yeux et bougonna.

— Je vois ce que c'est. Vous avez un amant qui vous attend à Candie, un petit enseigne à la belle moustache qui ne sait rien faire d'autre que peloter les filles.

— Grande est votre erreur. Je n'ai jamais été à Candie et personne ne m'y attend.

— Alors pourquoi voulez-vous partir vers cette île de pirates ?

— Je vous l'ai déjà dit. J'y ai des affaires. Et l'idée m'a paru excellente pour me faire oublier du roi.

— Il ne vous oubliera pas ! Croyez-vous que vous êtes de ces femmes qu'on oublie facilement ? demanda Vivonne dont la gorge parut se serrer étrangement.

— Il m'oubliera, vous dis-je. Loin des yeux, loin du cœur. N'êtes-vous pas ainsi, vous les hommes ? Il retrouvera avec plaisir sa Montespan, son solide et inépuisable festin, et se félicitera de trouver avec elle toujours… table mise. Ce n'est pas un homme compliqué, ni sentimental.

Le duc de Vivonne ne put s'empêcher de pouffer.

— Que vous êtes mauvaises entre vous, les femmes !

— Croyez-moi, le roi vous saura gré, s'il connaît votre rôle, de l'avoir aidé à se déprendre d'une passion sans issue. Il n'aura pas non plus à se conduire en tyran en me faisant jeter au fond d'un cachot. Quand je reviendrai, le temps aura passé. Il rira lui-même de sa colère et Athénaïs saura mettre en valeur le service rendu par vous en escamotant l'indésirable.

— Et si le roi ne vous oublie pas ?

— Eh bien ! il sera temps d'aviser. J'aurai peut-être réfléchi, reconnu mon erreur. La constance du roi me touchera. Je tomberai dans ses bras, je deviendrai sa favorite, et… je ne vous oublierai pas non plus. Vous voyez qu'en m'accordant votre aide, vous ménagez l'avenir et risquez de gagner sur les deux tableaux, monsieur le courtisan.

Elle avait mis dans ces derniers mots une intonation un peu méprisante qui cingla le gentilhomme ;

il devint rouge jusqu'à la racine des cheveux et protesta avec hauteur.

— Croyez-vous que je sois un lâche, un valet ?

— Je ne l'ai jamais cru.

— La question n'est pas là, reprit le jeune amiral d'un ton sévère. Vous oubliez un peu trop facilement, madame, que je suis chef d'escadre, et que la mission pour laquelle la flotte royale prend la mer demain est une mission militaire, c'est-à-dire dangereuse. Je suis chargé de maintenir la police au nom du roi de France, dans cette pétaudière de la Méditerranée. Mes consignes sont intransigeantes : pas de passagers, encore moins de passagères.

— Monsieur de Vivonne…

— NON ! tonna-t-il, apprenez que je suis maître à bord et que je sais ce que j'ai à faire. Une croisière en Méditerranée n'est pas une promenade sur le Grand Canal. Je sais l'importance du rôle dont je suis chargé et je reste convaincu qu'à ma place le roi lui-même parlerait et agirait comme je le fais.

— Croyez-vous ?… Je suis persuadée, au contraire que le roi ne ferait pas fi de ce que je vous offre.

Elle avait parlé avec gravité. Vivonne changea à nouveau de couleur, et ses tempes battirent violemment. Il la fixa d'un air hagard, interrogateur. Pendant une minute interminable il lui sembla que toute la vie s'était réfugiée en la lente et douce palpitation de ces seins de femme au bord du décolleté de dentelle.

La surprise le figeait. Mme du Plessis passait pour hautaine, difficile à émouvoir et elle-même se reconnaissait capricieuse. Courtisan dans l'âme, il ne lui était pas venu à l'esprit qu'on pût lui offrir ce qu'on refusait au roi.

Il se sentit les lèvres soudain sèches, avala d'un trait son verre et le reposa avec précaution sur la tablette du secrétaire, comme s'il eût craint de le laisser échapper.

— Entendons-nous bien..., dit-il.

— Mais... je crois que nous nous entendons très bien, murmura Angélique.

Elle le regardait dans les yeux, avec une moue légère.

Fasciné, il fit quelques pas et tomba à genoux près du divan. Ses bras se jetèrent autour de la taille fine. Avec un geste d'hommage et de passion, il inclina la tête et colla ses lèvres à la chair satinée du décolleté, à la naissance des seins et demeura là, penché sur ce mystère d'ombre d'où s'exhalait un parfum capiteux, le parfum d'Angélique.

Elle n'avait marqué aucun recul, à peine un imperceptible mouvement du buste, tandis que ses belles paupières voilaient un instant l'éclat de son regard.

Puis il sentit qu'elle se cambrait, s'offrant à la caresse. Une folie le prit, une faim de cette chair ambrée, drue, résistante, et cependant d'un grain serré de porcelaine fragile. Ses lèvres la parcouraient avidement. Il se haussa, l'étreignant, cherchant la rondeur lisse de l'épaule, le creux du cou dont la tiédeur le fit défaillir.

Le bras d'Angélique revint vers lui, emprisonnant la tête masculine contre elle, tandis qu'elle posait doucement sa main sur sa joue et le forçait à la regarder.

Les prunelles d'émeraude, assombries d'un reflet glauque se heurtèrent aux prunelles bleues et dures des Mortemart pour une fois vaincues. Dans un éclair, Vivonne eut encore le temps de penser qu'il n'avait jamais vu une créature pareille, éprouvé un si foudroyant plaisir.

— M'emmènerez-vous à Candie ? demanda-t-elle.

— Je croïs… Je crois que je ne pourrai faire autrement, répondit-il d'une voix rauque.

VIII

À cet amant de passage, Angélique sut dispenser toute sa science. Elle s'était juré de se l'attacher et le gentilhomme, viveur blasé, n'était pas de ceux qu'une étreinte passive eût contentés.

Tour à tour câline, rieuse et soudain comme inquiète, un peu farouche, elle s'abandonnait, puis devant une exigence nouvelle, se dérobait, et il devait la supplier tout bas, la convaincre, mourant d'impatience.

— Est-ce sage ? disait-elle.

— Pourquoi serions-nous sages ?

— Je ne sais pas… Nous ne nous connaissions pas hier… à peine.

— C'est faux. Je vous ai toujours admirée, adorée en silence.

— Moi, j'avoue que je vous trouvais seulement amusant. C'est comme si ce soir je vous voyais pour la première fois. Vous êtes beaucoup plus… troublant que je ne croyais. Vous me faites un peu peur.

— Peur ?

— Ces cruels Mortemart ! On dit tant de choses sur eux.

— Sottises !… Oubliez vos méfiances… Chérie !…

— Non… Monsieur le duc, oh ! laissez-moi respirer, de grâce. Écoutez. J'ai pour principe qu'il y a des choses qu'on ne peut faire qu'avec un amant de très, très longue date.

— Vous êtes adorable ! Mais je me chargerai bien de vous faire renier vos principes… Ne m'en croyez-vous pas capable ?

— Peut-être… Je ne sais plus.

Ils chuchotaient passionnément dans la pénombre où tressautaient les dernières lueurs d'une chandelle et Angélique se laissait prendre au jeu terrible et doux et se mettait à trembler sans feinte entre les bras solides qui la ployaient et l'asservissaient. L'ombre qui les enveloppa, après un dernier sursaut de la flamme, parut l'entraîner dans son flot complice. Et elle se laissa glisser, aveugle et consentante dans le gouffre, toujours surprenant et nouveau pour elle, de la volupté. L'oubli de tout la fit sincère dans ses soupirs, dans son combat heureux et vaillant, la rendit émouvante dans les aveux et les plaintes qu'arrachait d'elle le plaisir.

Il s'endormit en l'étreignant. Mais malgré sa lassitude et le languissant vertige qui l'entraînaient comme en eau profonde, elle refusa le sommeil. L'aube n'était pas loin et elle voulait être éveillée lorsqu'il ouvrirait les yeux. Elle se méfiait des promesses des hommes lorsque leur désir est apaisé.

Elle resta les yeux ouverts, fixés sur l'écran bleu de la nuit qui s'inscrivait par la fenêtre et d'où venait le traînement sourd de la mer sur une grève.

Machinalement, sa main caressait le corps musclé de l'homme endormi, retrouvant d'anciennes tendresses inachevées qu'elle avait rêvées jadis près de Philippe.

❦

Le jour se pressentit à une clarté grise moirée de mauve comme la gorge d'une tourterelle, qui doucement vira au blanc puis au vert pâle avec des délicatesses de nacre.

On gratta à la porte.

— Monsieur l'amiral, c'est l'heure, disait le valet.

Vivonne se redressa avec la promptitude de l'homme de guerre habitué aux alertes.

— C'est toi, Giuseppe ?

— Oui, monsieur le duc. Dois-je entrer pour vous aider à vous habiller ?

— Non, je m'arrangerai. Dis seulement à mon Turc de me préparer du café.

Il adressa un sourire complice à Angélique, tandis qu'il ajouta à l'adresse du domestique :

— Tu lui diras de mettre deux tasses et des pâtisseries.

Le valet s'éloigna.

Angélique répondit au sourire de Vivonne. Elle posa sa main sur la joue de son amant.

— Comme tu es beau ! dit-elle.

Le tutoiement emplit le gentilhomme d'une exaltation proche du délire. Elle l'avait refusé au roi !

Il attrapa au vol la main fine, la baisa.

— Tu es belle, toi aussi. Je crois rêver !

Dans le demi-jour, enveloppée de ses longs cheveux, elle semblait presque enfantine.

— M'emmèneras-tu à Candie ? murmura-t-elle.

Il sursauta.

— Certes ! Me crois-tu assez goujat pour ne pas tenir mes promesses, lorsque tu as si merveilleusement tenu les tiennes ? Mais il faut faire vite car nous devons appareiller dans l'heure suivante. As-tu des bagages ? Où dois-je les faire chercher ?

— Un petit laquais doit m'attendre près du môle avec mon sac. Pour l'instant je vais puiser dans cette garde-robe si bien garnie de tout ce qui peut plaire à une dame. Sont-ce les atours de ta femme ?

— Non, dit Vivonne, qui s'assombrit. Ma femme et moi vivons séparés et nous ne nous voyons plus depuis que cette vipère a essayé de m'empoisonner l'an passé afin de me remplacer par son amant.

— C'est exact, je me souviens. On en a parlé à la Cour.

Elle rit sans charité.

— Pauvre cher ! Quelle mésaventure !

— J'ai été malade comme une bête.

— Il n'en reste rien, fit-elle gentiment, en lui caressant la joue pour le dérider. Ces robes appartiennent donc à vos maîtresses, aussi variées que nombreuses s'il faut en croire la rumeur. J'aurais tort de m'en plaindre. Je vais trouver ce qu'il me faut.

Elle rit encore. Les ébats de l'amour avaient laissé sur son corps une fragrance pimentée, et lorsqu'elle passa devant lui, il tendit d'instinct les bras afin de la saisir et la ramener contre sa poitrine.

Mais elle se dégagea en riant.

— Non, monseigneur. Nous sommes pressés. Nous nous rattraperons plus tard.

— Aïe ! fit-il avec une grimace, je ne sais si tu te rends compte de l'inconfort d'une galère.

— Bah ! Nous trouverons bien l'occasion de nous embrasser par-ci, par-là. N'y a-t-il pas d'escales en Méditerranée ? Des îles avec des criques d'eau bleue et des plages de sable doux ?…

Il poussa de profonds soupirs.

— Tais-toi. Tu me fais perdre la tête.

En sifflotant, il enfila ses bas de soie, sa culotte de satin bleu et vint sur le seuil de la salle de bains. Elle avait versé l'eau d'un pichet de cuivre dans la cuve de marbre et s'aspergeait, procédant rapidement à ses ablutions.

— Permets-moi au moins de te regarder, implora-t-il.

Elle lui jeta par-dessus son épaule mouillée un coup d'œil indulgent.

— Comme tu es jeune !

— Guère plus que toi, j'imagine. Je croirais même volontiers que je te précède de trois ou quatre années. Si mes souvenirs sont exacts, lorsque je t'ai vue pour la première fois c'était… oui, j'en suis certain, à l'entrée du roi dans Paris. Tu avais la fraîcheur acide et effarée de tes vingt ans… J'en comptais vingt-quatre alors et je me prenais pour un garçon d'expérience. Je commence à peine à comprendre que je ne sais rien.

— Mais moi, j'ai vieilli plus vite, fit Angélique légèrement. Je suis très vieille… J'ai cent ans !

❦

Le Turc à la face de pain d'épices sous son turban vert apporta un plateau de cuivre où fumaient deux minuscules tasses emplies d'un breuvage noir. Angélique reconnut la mixture qu'elle avait bue avec l'ambassadeur persan Bachtiari bey et dont le parfum imprégnait le quartier levantin de Marseille. Elle y trempa à peine les lèvres, rebutée par sa saveur âcre. Vivonne s'en fit verser coup sur coup plusieurs tasses puis demanda si l'on était prêt à partir.

Angélique se sentit reprise par la panique. Et si les policiers rôdaient à sa recherche, dans la ville encore endormie…

Par bonheur, l'hôtel de l'amiral de la flotte donnait directement sur les bâtiments de l'arsenal. En traversant les cours, on pouvait accéder au môle d'embarquement.

Les galères attendaient plus loin, en rade. Un canot blanc et or traversait le port, venant vers le môle. Angélique le regarda s'avancer en défaillant d'impatience. Les pavés de Marseille lui brûlaient les pieds. À chaque instant, Desgrez pouvait surgir, rendre vaines ses ruses et détruire ses espérances. Elle regardait autour d'elle la jetée, les appontements, les bassins, le port et, au-dessus, la ville, enrobée d'une brume légère et qui prenait, avec ses maisons étagées jusqu'à l'église de la colline, des apparences de châsse dorée, immense et ouvragée.

Vivonne s'entretenait avec des officiers, tandis que les domestiques jetaient les bagages dans le canot qui venait d'accoster.

— Qui vient là ?

Angélique se retourna. Deux silhouettes émergeaient timidement d'entre les caisses des entrepôts et s'avançaient vers le groupe. La jeune femme eut un soupir de soulagement en reconnaissant Flipot et Savary.

— Voici ma suite, présenta-t-elle. Mon médecin et mon laquais.

— Qu'ils embarquent. Vous aussi, madame.

Il fallut attendre encore, tandis que le canot dansait contre le môle. Il y avait à chercher des cartes qu'il fallait emporter et qu'on avait oubliées.

Le port s'éveillait. Des mariniers tirant leurs filets descendaient les échelles pour prendre leurs canots. D'autres quittaient les bateaux à l'ancre pour aller faire chauffer leur repas sur les feux des frères capucins qui installaient leur chaudière et leur brasero.

Une prostituée turque ou grecque se mit à danser parmi ses voiles, levant haut les mains où brillaient ses castagnettes de cuivre. Ce n'était ni l'heure ni le lieu d'appeler les hommes au plaisir… Peut-être dansait-elle pour le jour levant, après sa nuit sordide dans les bas-fonds du quartier oriental. Et c'était bizarre ce grelottement timide et monotone des castagnettes sur le quai presque désert.

Les rames du canot se relevèrent en ruisselant, puis plongèrent, tandis que d'un effort les mariniers enlevaient l'embarcation parmi les résidus de toutes sortes flottant à la surface du bassin. Très vite, il gagna des eaux plus limpides, soulevées de houle, et la tour Saint-Jean y projeta son reflet qu'avivait le premier éclat du soleil.

Angélique jeta un dernier regard derrière elle. Marseille se rétrécissait là-bas. Mais elle crut voir la silhouette d'un homme s'avancer sur le môle. Il était trop loin pour qu'elle pût distinguer ses traits.

Cependant elle eut la conviction intime que c'était Desgrez. Trop tard !

« J'ai gagné, monsieur Desgrez », songea-t-elle avec triomphe.

Deuxième partie

Candie

IX

Angélique regardait pensivement les franges d'or des tentures plonger à travers les vagues et jouer avec l'écume du sillage.

Les six galères filaient bon vent. Leurs longs fuseaux élancés aux courbes gracieuses, aux flancs magnifiquement décorés, bondissaient sur les flots bleus. Les figurines de bois doré de leurs éperons fendaient allègrement la houle, tandis qu'à la poupe sculptée, on voyait des tritons soufflant dans leurs conques, des amours couronnés de roses, des sirènes aux seins de Vénus, surgir en ruisselant, éclaboussant le regard de mille feux avant de replonger sous les ondes.

Aux mâts, les bannières, les oriflammes et les rubans claquaient joyeusement.

Les rideaux du tendelet étaient relevés sur l'arrière et l'air marin, chargé de senteurs de myrtes et de mimosas, venu de la côte proche, embaumait.

Le duc de Vivonne avait aménagé à l'orientale, avec des tapis, des divans bas, des coussins, la tente somptueuse, appelée aussi « tabernacle », qui servait de « carré » aux officiers. Angélique y trouvait un certain confort et préférait s'y tenir plutôt que dans l'étroite cabine, humide et sombre, située sous l'entrepont. Ici, le bruit du ressac contre la coque et les lourdes tentures étouffait les gongs obsédants des comites et les injonctions rauques des gardes-chiourme. On aurait pu se croire dans un salon.

À quelques pas d'elle, l'officier en second, M. de Millerand, inspectait la côte à l'aide d'une longue-vue. C'était un très jeune homme, presque imberbe encore, grand et bien bâti. Il avait été élevé dans le culte de la marine royale par son grand-père l'amiral, et, frais émoulu des écoles, respectueux des principes, il n'approuvait pas la présence d'une dame à bord. Sombre, il ne desserrait pas les lèvres, passait d'un air hautain et évitait de se mêler au cercle des officiers qui à certaines heures se réunissaient autour d'Angélique. Moins sévères, les autres membres de l'état-major de l'amiral se réjouissaient d'une présence qui donnerait du moins quelque piment à la traversée.

La côte en vue déroulait une draperie de rochers pourpres sur un arrière-plan de montagnes couvertes d'une végétation vert sombre faite de buissons bas, de petites plantes sèches et odorantes. Malgré la beauté des coloris, l'endroit semblait sauvage. Pas un toit de tuiles, pas une barque au fond des calanques bleues, creusées, si charmantes et accueillantes dans leurs écrins de falaises couleur de grenade. Seulement, de loin en loin, une petite ville solidement ceinturée de remparts.

Le duc de Vivonne apparut, souriant, suivi de son négrillon qui portait le drageoir.

— Que devenez-vous, chère ? demanda-t-il en baisant la main de la jeune femme et en s'asseyant près d'elle. Désirez-vous quelques friandises orientales ? Millerand, rien à signaler ?

— Rien, monseigneur, sinon que la côte est déserte. Les pêcheurs quittent leurs hameaux isolés devant l'audace des Barbaresques qui viennent jusqu'ici razzier leurs esclaves. Les riverains préfèrent se réfugier dans les villes sur la hauteur.

— Nous venons de passer Antibes, il me semble. Avec un peu de chance nous pourrons demander ce soir l'hospitalité de mon bon ami le prince de Monaco.

— Oui, monseigneur, à condition qu'un autre de nos bons amis – j'ai nommé le Rescator – ne vienne troubler notre croisière…

— Avez-vous aperçu quelque chose ? demanda Vivonne en se levant précipitamment et en lui prenant la lunette des mains.

— Non, rassurez-vous. Mais le connaissant comme nous le connaissons, c'est bien cela qui m'étonne.

Le second de l'amiral de Vivonne, M. de La Brossardière, et deux autres officiers, les comtes de Saint-Ronan et de Lageneste, pénétraient à leur tour sous le tendelet, ayant sur leurs talons maître Savary. Le serviteur turc parut à son tour et, assisté d'un jeune esclave, commença à préparer le café, tandis que ces messieurs s'asseyaient sur les coussins.

— Appréciez-vous le café, madame ? demanda M. de La Brossardière à Angélique.

— Je ne sais pas. Il me faut pourtant m'y habituer.

— Une fois qu'on y est habitué, on ne peut s'en passer.

— Le café est bon pour empêcher que les humeurs ne s'élèvent de l'estomac à la tête, dit Savary, très docte. Les mahométans aiment cette boisson, non pas tant à cause de ses qualités recommandables, mais à cause d'une tradition qui dit qu'elle a été inventée par l'archange Gabriel pour réparer les forces de Mahomet le brave. Et le Prophète se vantait lui-même de n'en avoir jamais pris qu'immédiatement il n'ait senti une vigueur capable dc désarçonner quarante hommes et de contenter plus de quarante femmes.

— Buvons donc du café ! s'écria joyeusement Vivonne en jetant un regard ardent à Angélique.

Ces hommes jeunes et pleins de force la contemplaient sans cacher leur admiration. Elle était vraiment magnifique dans une robe d'un violet clair qui faisait ressortir la matité de sa peau avivée par l'air marin et la blondeur de ses cheveux. Elle sourit, accueillant avec grâce ces hommages masculins que leurs yeux ne pouvaient dissimuler.

— Je me rappelle avoir déjà bu du café, avec Bachtiari bey, l'ambassadeur persan, dit-elle.

Le jeune esclave disposait des petites serviettes damassées à franges d'or. Le Turc versa le café dans de fines tasses de porcelaine, tandis que le négrillon passait deux drageoirs d'argent, l'un contenant des morceaux de sucre, l'autre des noix de cardamome.

— Prenez du sucre, recommanda La Brossardière.

— Râpez dedans un peu de cardamome, conseilla Saint-Ronan.

— Buvez très lentement, mais n'attendez pas que le breuvage refroidisse.

— Il faut boire le café bouillant.

Chacun humait sa tasse à petits coups. Angélique fit tout ce qu'on lui conseillait et conclut que si le café n'était pas bon en soi, son parfum par contre était délicieux.

— Cette croisière s'annonce sous de charmants auspices, constata La Brossardière, satisfait ; nous avons la chance d'avoir à notre bord l'une des reines de Versailles et, d'autre part, j'ai appris que le Rescator était en chemin pour aller visiter son complice Moulay Ismaël, le roi de Marocco. Lui absent, la Méditerranée redeviendra paisible.

— Mais qui est donc ce Rescator qui semble hanter vos pensées ? demanda Angélique.

— Un de ces bandits sans foi ni loi que nous sommes chargés de poursuivre et à l'occasion de capturer, dit Vivonne assombri.

— C'est donc un pirate turc ?

— Pirate, certainement. Turc, je n'en sais rien. Certains le croient l'un des frères du sultan du Maroc, mais d'autres le disent Français car il comprend fort bien notre langue. Pour ma part, je le croirais plutôt Espagnol. Difficile de savoir à quoi s'en tenir sur cet homme, car il est toujours masqué. C'est fréquent chez les renégats, qui se mutilent souvent exprès pour ne pas être reconnus. Par contre, on dit qu'il est muet. On lui aurait arraché la langue et tranché les narines. Mais qui ? C'est là que les amateurs de la petite chronique méditerranéenne ne s'entendent plus. Ceux qui le croient Maure, et Maure andalou, disent que c'est une des victimes de l'Inquisition espagnole. Ceux qui, par contre, le croient espagnol, accusent les Maures. En tout cas il ne doit pas être beau, car personne ne peut se vanter de l'avoir aperçu sans masque.

— Ce qui ne l'empêche pas d'avoir un certain succès auprès des dames, dit La Brossardière en riant. Il paraît que son harem comprend quelques beautés sans prix qu'il a disputées sur le marché au sultan de

Constantinople lui-même. Dernièrement le chef des eunuques blancs du sultan, vous savez ce beau Caucasien Chamyl bey, ne se consolait pas d'avoir dû céder aux enchères du Rescator une Circassienne aux yeux bleus, un bijou !…

— Vous me mettez l'eau à la bouche, dit Vivonne. Mais est-ce là une histoire à raconter devant une dame ?

— Je n'écoute pas, dit Angélique. Continuez, je vous prie, votre petite chronique de la Méditerranée, monsieur.

La Brossardière dit qu'il tenait les détails d'un chevalier de Malte, le bailli Alfredo di Vacouzo, de la Langue d'Italie, rencontré à Marseille. Le chevalier revenait de Candie, où il avait mené lui-même des esclaves, et il gardait un souvenir épique de cette vente aux enchères au cours de laquelle le Rescator jetait un à un les sacs d'écus aux pieds de la Circassienne, si bien qu'à la fin elle en avait jusqu'aux genoux.

— Bien sûr qu'il en a de l'argent ! s'exclama Vivonne avec une de ces brusques colères qui le faisaient devenir rouge jusqu'au bord de sa perruque. Il ne se surnomme pas le Rescator pour rien. Vous ne savez pas ce que cela veut dire, madame ?

Angélique secoua négativement la tête.

— Cela désigne en espagnol les trafiquants d'argent illicite, les fabricants de fausse monnaie. Autrefois il y en avait un peu partout, des rescators : des petits artisans pas dangereux ni gênants. Maintenant il n'y en a plus qu'un : le Rescator.

Il se mit à ruminer d'un air sombre. Le jeune lieutenant de Millerand qui, de nature, était sentimental et timide, se hasarda, à retardement, dans la conversation.

— Vous disiez que son nez coupé n'empêchait pas le Rescator de plaire aux femmes ; mais aussi ces pirates n'usent que d'esclaves achetées, parfois prises de force par eux, et ce n'est donc, il me semble, pas au nombre de leurs femmes qu'on peut juger de leur séduction. Je prends pour exemple le renégat d'Alger, Mezzo-Morte, ce gros cochon, le plus grand marchand d'esclaves de la Méditerranée. Qui l'a vu une fois ne peut supposer qu'une seule femme se soit donnée à lui par amour, ni même par simple goût.

— Lieutenant, ce que vous dites semble logique, admit La Brossardière, et pourtant vous vous trompez, et même sur deux points. Tout d'abord Mezzo-Morte, quoique le plus grand trafiquant d'esclaves de la Méditerranée, n'a pas de femmes dans son harem car il préfère… les jeunes garçons. On dit qu'il en cultive plus de cinquante dans son palais d'Alger. Et d'autre part il est bien vrai que le Rescator a la réputation d'être par contre fort aimé des femmes. Il en achète beaucoup mais il ne garde que celles qui veulent demeurer avec lui.

— Que fait-il des autres ?

— Il les libère. C'est sa manie. Il libère tous les esclaves, hommes ou femmes, quand il en a l'occasion. J'ignore si c'est exact, mais en tout cas cela fait partie de sa légende.

— Sa légende, bougonna Vivonne avec un dégoût teinté d'amertume, eh bien, oui ! elle est vraie sa légende. Il libère les esclaves, j'en suis moi-même témoin.

— Peut-être fait-il cela pour se racheter d'être un renégat ? émit Angélique.

— On pourrait le croire. Mais c'est surtout pour mettre le grabuge. C'est pour... pour emmerder tout le monde ! rugit Vivonne. Pour s'amuser, oui, pour s'amuser. Vous souvenez-vous, Gramont, vous qui faisiez partie de mon escadre à la bataille du cap Passero, de ces deux galères qu'il avait capturées ? Savez-vous ce qu'il a fait des quatre cents galériens de l'équipage ? Il les a déferrés et débarqués tout bonnement sur les côtes de Vénétie. Vous imaginez si les Vénitiens nous ont remerciés du cadeau ! Cela a créé un incident diplomatique et Sa Majesté m'a fait remarquer, non sans ironie, que lorsque je laissais capturer mes galères je pourrais au moins choisir pour ravisseur un marchand d'esclaves comme les autres.

— Je trouve vos histoires passionnantes, dit Angélique. La Méditerranée est pleine de personnages pittoresques.

— Dieu vous garde de les rencontrer de trop près ! Les aventuriers ou renégats, marchands d'esclaves ou trafiquants, qui font alliance avec les Infidèles pour battre en brèche le pouvoir des chevaliers de Malte ou du roi de France, méritent tous les bûchers. Vous entendrez encore parler du marquis d'Escrainville, un Français celui-là, du Danois Éric Jansen, de Mezzo-Morte déjà nommé l'amiral d'Alger, des frères Salvador, des Espagnols, et d'autres encore de moindre envergure. La Méditerranée en est infestée. Mais assez discouru sur cette racaille. Il fait moins chaud et je crois que l'heure est propice pour vous faire visiter la galère, je vais voir si tout est en place.

Tandis que l'amiral s'éloignait, les officiers à leur tour prirent congé de la passagère et regagnèrent leur poste.

C'est alors qu'Angélique aperçut Flipot. Le petit valet avait dû monter en courant les quelques marches de la coupée. Il était étrangement essoufflé, blême, et fixait sa maîtresse avec des yeux agrandis, comme hagards.

— Qu'as-tu ? lui cria-t-elle.

— Là, bégaya-t-il. J'ai vu…

Elle vint à lui et le secoua.

— Quoi ? Qu'as-tu vu ?… Qui ?…

Si certaine qu'elle fût d'avoir aperçu Desgrez sur les quais au moment de son départ, elle crut qu'elle allait le voir surgir, comme un diable de sa boîte.

— Mais parle donc !

— J'ai vu… J'ai vu… la chiourme. Ah ! madame la marquise… Ça m'a fait un effet… j'peux pas, j'peux pas vous le dire… là… Là-bas, dans la chiourme…

Il eut un hoquet et s'échappant il courut jusqu'à la rambarde et vomit.

Angélique se rasséréna. Le pauvre gars n'avait pas le pied marin. La vue des forçats et les odeurs de la chiourme avaient dû précipiter son malaise. Angélique demanda au Turc de lui verser une tasse de café.

— Reste là, dit-elle au gamin. L'air te fera du bien.

— Ah ! bon Dieu, avoir vu ça, répétait-il… ça m'a retourné les sangs.

Il avait un air désespéré et pitoyable.

— Il s'y fera, dit le duc de Vivonne, qui revenait. Dans trois jours, il affrontera des tempêtes. Madame, venez visiter cette galère sur laquelle vous avez eu l'imprudence de vous embarquer.

X

La grille d'or du « tabernacle » et ses rideaux de brocart cramoisi séparaient le paradis de l'enfer.

Dès qu'Angélique fut sortie sur le château arrière, le vent lui souffla au visage l'odeur nauséabonde de la chiourme. Au-dessous d'elle, la masse rouge des forçats ployait et se redressait, d'un mouvement lent et monotone, dans un balancement régulier, perpétuel, à donner le vertige.

Le duc de Vivonne tendit la main à son invitée pour l'aider à descendre quelques marches, puis s'engagea, en la précédant, sur la coursive.

C'était une longue jetée de bois, traversant presque toute la longueur du navire. De chaque côté se creusaient les fosses empuanties où s'alignaient les bancs des galériens. Là, plus de vives couleurs ni de dorures. Il n'y avait que le bois grossier des banquettes où les forçats étaient enchaînés par quatre.

Le jeune amiral s'avança à pas lents, cambrant le mollet qu'il avait fort beau dans un bas rouge à baguettes d'or, et posant avec soin sa fine chaussure au talon recouvert de peau incarnate sur le plancher visqueux. Son habit était bleu et fort brodé, avec de grands revers rouges et une épaisse ceinture blanche à franges d'or autour de la taille, son jabot et ses manchettes, de précieuses dentelles, son chapeau si riche en plumes qu'il donnait, sous le vent, l'impression d'un nid plein d'oiseaux prêts à prendre leur vol. Il s'arrêtait, inspectait minutieusement. Il fit halte près du « fougon », qui était l'emplacement où se faisait la cuisine de la chiourme, sise au milieu de la galère à bâbord. Suspendus au-dessus d'un petit foyer, deux grands chaudrons fumaient, contenant la maigre soupe de tubercules et le ragoût de fèves noires, nourriture habituelle des forçats.

Vivonne goûta la soupe, la trouva affreuse et prit la peine d'expliquer à Angélique qu'il avait apporté au fougon des améliorations personnelles.

— L'ancien système pesait cent cinquante quintaux. C'était instable et, à l'occasion d'un coup de mer, il n'était pas rare que les plus proches forçats fussent ébouillantés. J'ai fait alléger et abaisser tout cela.

Angélique approuva d'un signe de tête vague. L'odeur de la chiourme, à laquelle se joignait maintenant celle, peu appétissante, de la soupe, commençait à avoir raison de son pied marin. Mais Vivonne, très heureux de sa présence et fier de son bateau, ne lui fit grâce de rien. Il lui fallut admirer la beauté et la solidité des deux barques de secours, la « felouque » de belle taille et le « calque » plus petit, approuver la disposition heureuse des petits canons pierriers sur les plats-bords.

Les soldats de la marine n'avaient pour se tenir pendant la traversée que ces plats-bords étroits au-dessus de la chiourme, à côté de leurs canons. Il n'y avait guère de place et il fallait se tenir tout le jour accroupi ou assis, sans trop bouger, afin de ne pas compromettre l'équilibre du lourd navire. Ces hommes n'avaient d'autres distractions à leur portée que d'injurier les forçats dans leur trou ou de héler les argousins et les comites. La discipline était dure à maintenir.

Vivonne expliqua encore que la chiourme se divisait en trois postes, dirigés chacun par un comite. En général, deux postes ramaient tandis que le dernier était au repos. Les rameurs étaient recrutés parmi les prisonniers de droit commun et les prisonniers étrangers.

— Il faut être très fort, et le fait d'être un assassin ou un voleur ne vous donne pas d'office les biceps nécessaires. Les condamnés qu'on nous envoie des prisons meurent comme des mouches. C'est pourquoi il y a aussi des Turcs et des Maures.

Angélique considéra une travée de gens à grandes barbes blondes dont la plupart portaient au cou des crucifix de bois.

— Ceux-là ne paraissent guère turcs et ce n'est pas un croissant qu'ils ont sur la poitrine.

— Ils sont turcs par le hasard des conquêtes. Ce sont des Russes, que nous achetons aux Turcs : ce sont d'excellents rameurs.

— Et ceux-là, avec une barbe noire et un énorme nez ?

— Ce sont des Géorgiens du Caucase, achetés aux chevaliers de Malte. Et voici de vrais Turcs. Ceux-là sont volontaires. Nous les embauchons à cause de leur force exceptionnelle, comme chefs de rame. Ils maintiennent la discipline pendant la vogue.

Angélique voyait se ployer les échines sous leurs livrées rouges. Puis les hommes se rejetaient en arrière, livrant leurs faces blêmes ou barbues, à la bouche ouverte sous l'effort. Et plus encore que l'odeur dense et irrespirable, faite de sueur et d'immondices, elle percevait le regard de loup des condamnés, dévorant cette femme qui passait au-dessus d'eux comme une apparition dans le soleil.

Ses atours couleur de printemps étincelaient et la brise remuait les plumes de son grand chapeau. Un coup de vent plus violent souleva sa jupe et le lourd ourlet brodé vint frapper en plein visage un forçat qui se trouvait au bord de la coursive. Il eut un brusque mouvement de tête et saisit l'étoffe à pleines dents.

Angélique cria d'horreur, tirant sur sa jupe. Les forçats éclatèrent d'un rire sauvage.

Un argousin se précipita, le fouet haut et fit tomber une grêle de coups sur la tête du misérable. Mais il ne lâchait pas prise. Sous son bonnet vert des « perpétuels », une tignasse hirsute cachait à demi la luisance d'un regard noir qui dévorait Angélique, à la fois hardi, féroce, d'un si intense appel qu'elle se sentit fascinée. Un choc l'ébranla toute, la fit pâlir. Son sang se retira du visage. *Ce regard de loup avide et moqueur ne lui était pas inconnu.*

Deux autres gardiens avaient sauté dans la chiourme ; ils empoignèrent l'homme, lui meurtrirent la face à coups de gourdin, lui cassèrent les dents, le rejetèrent enfin, couvert de sang sur son banc.

— Faites excuse, monseigneur ! Faites excuse, madame, répétait le comite responsable du poste. C'est le pire de tous, une forte tête, un meneur. On ne sait jamais ce qu'il nous prépare.

Le duc de Vivonne était fou de colère.

— Vous l'attacherez sur le beaupré, une heure. Quelques plongeons dans l'eau salée le calmeront.

Il entoura d'un bras la taille de la jeune femme.

— Venez, chérie. Je suis au regret.

— Ce n'est rien, fit-elle en se ressaisissant. Il m'a fait peur. Maintenant, c'est passé.

Ils s'éloignaient. Un appel rauque jaillit de la chiourme :

— Marquise des Anges !

— Qu'a-t-il dit ? demanda Vivonne.

Angélique s'était retournée, livide.

Au ras de la coursive, deux mains chargées de chaînes se glissaient comme des serres vers ses pas. Et dans la face tuméfiée, hideuse qui jaillissait, soudain elle ne voyait plus que ses yeux noirs, revivant du fond du passé.

« Nicolas[1] ! »

L'amiral de Vivonne la soutint jusqu'à l'abri de la tente à l'arrière.

— J'aurais dû me méfier de ces chiens. Certes, l'homme n'est pas beau à contempler de la coursive d'une galère. Ce n'est pas un spectacle pour les dames. Pourtant, en général, mes belles amies en sont assez friandes. Je ne t'aurais pas crue si sensible.

— Ce n'est rien, répéta faiblement Angélique.

Elle avait envie de vomir. Comme Flipot tout à l'heure, lorsque avec un mélange de peur et d'horreur l'ancien « mion » de la cour des Miracles avait reconnu Nicolas Calembredaine, l'illustre bandit du Pont-Neuf, que l'on croyait mort depuis l'échauffourée de la foire

1. Voir *Angélique, marquise des Anges* (tome 1).

Saint-Germain et qui, depuis près de dix ans, purgeait ses crimes au banc du roi.

❦

— Chérie, ma très chère, qu'avez-vous ? Vous semblez triste.

Le duc de Vivonne s'était approché d'elle, profitant de ce qu'il la trouvait seule, debout à l'arrière, regardant le crépuscule qui s'étendait sur la mer. Elle était si lointaine qu'il se sentait intimidé.

Elle se tourna vers lui, crispant ses mains sur les solides épaules.

— Embrasse-moi, chuchota-t-elle.

Elle avait besoin du contact d'un homme sain et puissant, pour chasser les visions de misère, d'abjection, qui hantaient ses pensées depuis des heures. Le rappel obsédant du gong des comites, scandant la vogue, tombait sur son cœur comme des gouttes pesantes, éveillait en elle l'écho d'un désespoir, d'une fatalité irrémissibles.

— Embrasse-moi.

Il prit ses lèvres et elle se livra avec passion à la recherche de son baiser. Elle voulait sombrer, oublier. Il la reprenait sans cesse, fouaillé par cette fougue qui lui faisait battre le sang. Sa main glissa de la taille vers les seins et il tressaillit à frôler leur perfection dont il n'était pas encore rassasié. Elle se colla à lui.

— Non… écoute, chérie, fit-il en se dégageant un peu haletant. Pas ce soir, c'est impossible. Il faut que nous demeurions tous sur le qui-vive… La mer est dangereuse.

Elle n'insista pas et fit glisser son front contre l'épaulette dorée qui égratigna sa peau. Cette petite douleur lui fit du bien.

— Dangereuse ? interrogea-t-elle. Va-t-il y avoir une tempête ?

— Non… Mais les pirates rôdent. Tant que nous n'aurons pas débordé Malte, nous devons nous méfier.

Il resserra son étreinte.

— Je ne sais pas ce qui m'arrive avec toi, dit-il, tu me… tu me passionnes. Tu es si changeante, si pleine de mystère et de surprises. Tu rayonnais tantôt, nous étions tous comme des moutons dociles sous le pouvoir de tes yeux et de tes sourires. Et maintenant je te sens faible, comme écrasée sous un danger qui te menace et contre lequel je voudrais te défendre. C'est un sentiment que je n'ai jamais éprouvé, tu sais… Sauf près des enfants. Les femmes sont si garces !

Il l'écarta doucement et s'éloigna d'elle pour s'accouder à la balustrade. Parfois, l'écume des vagues volait jusqu'à lui et mouillait ses lèvres brûlées par les lèvres d'Angélique. Il les sentait encore sur les siennes, irradiant leur douceur en lui. De nouveau il avait faim de les goûter, de les sentir s'entrouvrir, comme à regret et violentées, pour lui livrer le choc de ses dents lisses, serrées sur un rire, barrière opposée à son impatience. Défense qui rendait plus voluptueuse la défaite de son beau visage enfin renversé, paupières closes, tandis qu'à son tour elle répondait à l'invite.

Une femme qui embrassait ainsi !… Une femme qui savait rire et pleurer au fond du cœur, sans comédie. Il ne lui déplaisait pas qu'elle fût sensible, vulnérable. Et pourtant il ne pouvait s'empêcher de se souvenir qu'elle avait fait plier l'échine à l'indomptable Athénaïs, avec des armes sournoises et cruelles de rivales, qui se battent à mort, sans merci.

Il ne comprenait plus. Il en perdait la tête. Il voulut la sonder et dit doucement :

— Je sais pourquoi tu es triste. Depuis que je t'ai retrouvée je redoute l'instant où tu m'en parleras. C'est parce que tu penses à ton fils, n'est-ce pas, l'enfant que tu m'avais confié et qui a disparu, noyé, au cours d'un combat ?

Angélique laissa tomber son visage dans ses deux mains.

— Oui, c'est cela, fit-elle d'une voix étouffée. La vue de cette mer bleue si belle qui m'a pris mon enfant me tourmente.

— C'est encore à ce maudit Rescator que nous devons le désastre. Nous doublions le cap Passero quand il est arrivé sur nous, tel un aigle de mer. Personne ne l'avait vu approcher et d'ailleurs il n'avait utilisé que ses basses voiles, ce qui lui permit de rester longtemps inaperçu à cause de la houle qui était très haute ce jour-là. Quand on signala son approche, il était trop tard : sa seule bordée de douze canons nous coula deux galères et déjà le Rescator envoyait ses janissaires à l'abordage de *La Flamande*. C'était sur ce navire que se trouvaient embarqués les gens de ma maison, dont le petit Cantor… Peut-être fut-il pris de panique, surexcité par les cris des forçats qui se débattaient enchaînés, dans la chiourme, ou par la vue des Maures armés de cimeterres… L'écuyer Jean Gallet l'entendit crier : « Mon père ! Mon père ! » L'un des soldats du bord le prit dans ses bras pour l'entraîner…

— Ensuite ?

— La galère s'est fendue en deux. Elle s'est enfoncée à une vitesse prodigieuse dans les flots. Les Maures eux-mêmes qui étaient montés à bord ont été projetés à la mer. Les pirates les ont repêchés et nous avons fait de même pour les nôtres qui s'accrochaient encore aux épaves. Mais presque tous les gens de ma maison ont péri : mon aumônier, les chanteurs de ma chapelle, mes quatre maîtres d'hôtel… et ce bel enfant à la voix de rossignol.

❦

Un rayon de lune glissant entre les tentures éclaira Angélique et il vit qu'elle avait les joues luisantes de larmes. Il se dit, avec passion, qu'il aimait la voir pleurer ainsi, elle, si puissante sur le cœur des hommes. Quel était son mystère ? Il se souvenait vaguement d'un scandale, déjà lointain, d'une histoire de sorcier que l'on avait brûlé en place de Grève.

— Qui était son père ? Celui que ton fils appelait ? demanda-t-il brusquement.

— Un homme disparu depuis très longtemps.

— Mort ?

— Sans doute.

— C'est bizarre, ces presciences de la dernière heure. Même un enfant comprend qu'il va mourir.

Il poussa un profond soupir.

— Je l'aimais bien ce petit page… Tu ne m'en veux pas trop, à cause de lui ?

Angélique eut un geste fataliste.

— Pourquoi vous en voudrais-je, monsieur de Vivonne ? Ce n'est pas votre faute. C'est la faute de la guerre, de la vie… Si cruelle et si folle !

XI

Avant de quitter La Spezia, où l'escadre française avait été fort fêtée par un parent du duc de Savoie, Angélique crut noter une recrudescence de précautions. Le fantasque amiral de Vivonne savait, à l'occasion, se montrer un chef de mer prévoyant et minutieux. Et tandis que la seconde galère de sa flotte appareillait déjà, il resta à l'observer du « tabernacle » de la *Royale*.

— Brossardière, faites-la revenir immédiatement !

— Mais, monseigneur, cela fera le plus déplorable effet sur ces Italiens qui observent notre belle manœuvre.

— Je me moque de ce que pensent ces mangeurs de pâtes. Ce que je vois et que vous ne paraissez pas remarquer, c'est que la *Dauphine* est trop chargée à bâbord et que, de plus, son chargement est trop haut placé. Je parie que sa cale est vide et au moindre grain la galère va se retourner…

Le second exposa que c'était à cause des vivres chargés sur le pont. Si on les mettait à la cale, ils moisiraient aussitôt, surtout la farine.

— Je préfère que la farine moisisse, mais que la galère ne se retourne pas, comme cela nous est arrivé dernièrement dans le port de Marseille même.

La Brossardière fit exécuter les ordres de son chef. Une autre galère, *Fleur de Lys*, prenait la mer.

— Brossardière, signalez de renforcer la vogue[1] de la mézanie[2].

— Impossible, amiral : vous savez bien que ce sont les Maures que nous avons faits prisonniers sur ce petit bateau qui transportait de l'argent camouflé.

— Encore ces complices du Rescator qui nous causent de l'embarras. Et des mauvaises têtes de surcroît. Transmettez que leur comite leur fasse administrer double ration de fouet et qu'on les mette au pain moisi et à l'eau croupie.

— Ils y sont déjà, monseigneur, et le chirurgien dit même que vous auriez dû en débarquer quelques-uns, trop affaiblis.

— Que le chirurgien s'occupe de ses affaires. Jamais je ne débarquerai les hommes du Rescator et vous savez fort bien pourquoi.

La Brossardière approuva. Sitôt à terre, qu'ils fussent débarqués mourants ou non, les hommes du Rescator disparaissaient comme par magie. Apparemment, ils jouissaient de complicités, sans doute parce que leur grand maître payait une surprime spéciale à ceux qui parvenaient à libérer ses hommes, qui étaient tous marins de choix, mais qui en captivité montraient une résistance passive dépassant celle des autres captifs.

---

1. L'action de ramer l'avance.
2. Les huit bancs du poste du milieu.

— Et maintenant, nous allons faire canal, confirma Vivonne lorsque les six galères se furent éloignées du port.

Angélique demanda ce que cette expression signifiait. C'était prendre la haute mer.

— Ah ! enfin ! Depuis près de dix jours que nous naviguons, je finissais par croire que les galères ne pouvaient que longer les côtes.

— Faites hisser la voile de l'arbre de mestre[1], ordonna l'amiral.

L'ordre fut transmis de galère en galère.

Les mariniers manipulaient les cordages et les poulies, les antennes supportant les voiles roulées furent hissées et celles-ci se déployèrent en bombant sous la brise.

C'était la première fois qu'Angélique se trouvait en pleine mer. Déjà, à l'arrière, la côte toscane s'était effacée, on ne voyait que la mer et encore la mer de toutes parts.

Ce ne fut que vers midi que le quartier-maître cria :

— Terre en vue !

— C'est l'île de Gorgonzola, expliqua le duc de Vivonne à Angélique. Nous allons voir si elle n'abrite pas de pirates.

La flotte française se rangea en demi-cercle, qui se rapprocha pour entourer la petite île rocheuse et aride, hérissée de promontoires qui se découpaient sur un ciel de sombre azur.

Mais à part trois barques de pêche génoises et deux toscanes qui déployaient des filets, de concert, pour la chasse au thon, on ne trouva pas trace de pirates.

1. Grand mât.

L'île était quasi nue. Quelques chèvres y broutaient de maigres buissons. Vivonne voulut les acheter, le chef des pêcheurs refusa car c'était, disait-il, leur seule réserve de lait et de fromage.

— Dis-leur, ordonna Vivonne à un de ses sous-officiers qui parlait l'italien, qu'ils nous amènent au moins de l'eau douce.

— Ils disent qu'il n'y en a pas !

— Attrapez alors les chèvres.

Les soldats se ruèrent en gambadant sur les rochers et abattirent les bêtes à coups de pistolet. Vivonne convoqua le chef des pêcheurs, qui refusa l'argent. Pris d'un soupçon, l'amiral fit retourner ses poches et des pièces d'or et d'argent roulèrent sur le pont. Hors de lui, Vivonne fit jeter l'homme à la mer. Celui-ci regagna sa barque à la nage.

— Qu'ils nous disent QUI leur a donné tout cet argent, et nous leur débarquerons quelques fromages et des fiasques de vin en échange de leurs chèvres. Nous ne sommes pas des voleurs. Traduis cela.

Les visages des pêcheurs ne manifestèrent ni surprise ni contrariété. Ils semblèrent à Angélique comme de vieux bois sculpté et enfumé et aussi mystérieux que la Vierge noire qu'elle avait vue dans le petit sanctuaire de Notre-Dame de la Garde à Marseille.

— Je parie que ces prétendus pêcheurs ne vont à la pêche au thon que pour la façade et qu'ils ne sont là que pour signaler notre passage à l'ennemi qui en tirera des conclusions sur la marche de notre escadre.

— Ils ont pourtant l'air bien inoffensifs.

— Je les connais, je les connais, scandait Vivonne en adressant des signes de menace aux pêcheurs impassibles, ce sont des indicateurs au service de tous les bandits des parages. Ces pièces d'argent et d'or sont signées du Rescator.

— Vous voyez des ennemis partout, dit Angélique.

— C'est mon métier de chasse-corsaires.

La Brossardière s'approcha en montrant le coucher de soleil. Ce n'était pas pour le faire admirer mais parce que ce ciel pourpre où se glissaient de longs nuages violets frangés d'or ne lui paraissait pas très « catholique ».

— Dans deux jours nous risquons un fort vent du sud. Rallions la côte, c'est plus prudent.

— Jamais ! dit Vivonne.

La côte appartenait au duc de Toscane qui, tout en jurant de sa bonne amitié pour la France, abritait à Livourne aussi bien des Anglais que des Hollandais commerçants ou en guerre, mais surtout des Barbaresques. C'est à Livourne que se tenait le plus important marché d'esclaves, après celui de Candie. Si on allait par là, il faudrait faire une grande démonstration navale ou « fermer les yeux ». Et Sa Majesté préférait entretenir de bonnes relations avec les Toscans. Il fallait donc se contenter de la simple police des îles.

— Nous descendrons plein sud et Mme du Plessis pourra constater qu'une galère peut naviguer non seulement en haute mer, mais encore de nuit et même à la voile.

En fait, la nuit, le vent tomba complètement et la navigation se poursuivit à la rame. Les quarts de veille furent toutefois renforcés par précaution. Mais un seul poste de galériens demeura au travail, sous la lueur des quinquets qui projetaient l'ombre démesurée des argousins allant et venant sur la coursive. Les autres forçats se couchèrent par quatre sur une planche au pied de leur banc. Ils dormaient là, vautrés dans les ordures et la vermine, du sommeil pesant des bêtes harassées.

À l'autre bout de la galère, Angélique essayait d'oublier qui souffrait là, à quelques pas d'elle. Elle n'était jamais revenue sur la coursive. Elle ne ferait pas savoir à Nicolas qu'elle l'avait reconnu. Le galérien appartenait à une page trop amère de sa vie, dont l'horreur avait effacé jusqu'aux souvenirs d'enfance qui les avaient liés jadis. Elle avait déchiré cette page et ne laisserait pas le hasard la faire revivre. Mais les heures trop lentes de la traversée la torturaient et elle avait hâte de parvenir à Candie.

La nuit était bleue et comme rendue phosphorescente par le mouvement des vagues et le reflet des lanternes à bord des autres galères, qui suivaient doucement. Chaque battement des rames entraînait un ruissellement lumineux. À l'arrière des navires on avait allumé le fanal, énorme monument de bois doré et de verrerie de Venise, de la taille d'un homme et dans lequel brûlaient par nuit douze livres de chandelles.

Elle entendit le lieutenant de Millerand faire son rapport à l'amiral. Les soldats se plaignaient de passer la nuit à bord. Assis tout le jour, serrés les uns près des autres, il leur faudrait encore souffrir la nuit dans cette incommode position.

— De quoi se plaignent-ils ? Ils ne sont pas enchaînés, eux, et ils ont eu droit ce soir à du ragoût de chèvre. La guerre est la guerre. Quand j'étais colonel de cavalerie du roi, j'ai dormi parfois sur mon cheval et sans manger. Ils n'ont qu'à s'habituer à dormir assis. Tout est une affaire d'habitude.

❦

Angélique commença à disposer des coussins sur un des divans pour s'y étendre. Le négrillon vint l'aider. C'était inutile de réclamer les services de Flipot, tordu par le mal de mer.

Le duc de Vivonne allait et venait, suivi de la petite ombre du négrillon au drageoir. La gourmandise des Mortemart était proverbiale et le jeune homme devait à un abus de sucreries orientales son aimable embonpoint.

Tout en croquant noix confites et pâtes de loukoum, il méditait sur les aléas de sa croisière. Il avait recommandé à ses officiers de prendre un peu de repos et ceux-ci dormaient sur des matelas, mais lui-même ne se décidait pas à les imiter. Il paraissait préoccupé et, malgré la nuit tombée, fit convoquer le maître canonnier.

Un homme aux cheveux grisonnants parut à la lumière du fanal.

— Maître canonnier, vos pièces sont-elles apprêtées pour l'action ?

— J'ai exécuté vos ordres, monseigneur, les pièces ont été révisées et huilées, et j'ai fait monter de la barge des gargousses[1], des boulets et de la mitraille.

— C'est bon. Retournez à votre poste. Brossardière, mon ami…

---

1. Charges de poudre préparées dans des douilles de carton.

Le second, tiré de son sommeil, remit sa perruque, lissa ses manchettes et fut presque aussitôt devant son supérieur.

— Monsieur ?

— Chargez-vous de faire bien comprendre au chevalier de Cléans, commandant la traversière, de se tenir au centre de notre petite flotte et non à une extrémité. Car il y a dessus toute notre réserve de poudre et de boulets, et il faut qu'il puisse fournir à la demande si nous devons soutenir un tir de longue durée. Convoquez-moi aussi le chef de la mousqueterie.

Et quand celui-ci fut présent :

— Faites distribuer les mousquets, balles et poudre. Veillez surtout aux dix pierriers du bord. N'oubliez pas que, n'ayant que trois canons à l'avant, ce sont pierriers et mousquets qui représentent la seule véritable défense du bord, en cas de surprise.

— Tout est prêt, monseigneur. La dernière parade a servi à bien indiquer la place de chaque combattant.

Sur ces entrefaites, maître Savary sortit de l'ombre et annonça que le salpêtre, dans son coffre à médicaments était humide, ce qui annonçait un changement de temps dans les vingt-quatre heures suivantes.

— Je n'ai pas besoin de votre salpêtre pour être au courant, grogna Vivonne. Si le mauvais temps doit venir, ce n'est pas pour tout de suite et d'ici là il y aura peut-être quelque chose de changé à la surface de la mer.

— Dois-je comprendre que vous craignez une attaque ?

— Maître apothicaire, apprenez qu'un officier des galères de Sa Majesté ne *craint* rien. Dites, si vous voulez, que je prévois une attaque et retournez à vos fioles.

— C'est que je voudrais vous demander, monseigneur, si je puis mettre ma précieuse bouteille contenant ma moumie minérale, en sûreté dans la chambre du Conseil. Au cas où quelque boulet égaré briserait…

— Oui, oui, faites ce que bon vous semble.

Le duc de Vivonne vint s'asseoir près d'Angélique.

— Je suis dans un état d'agitation, dit-il, je sens qu'il va se passer quelque chose. J'ai toujours été ainsi. Dans mon enfance, les soirs d'orage, mes doigts attiraient les objets. Que pourrais-je faire pour me calmer ?

Il envoya chercher un de ses pages qui revint avec un luth et une guitare.

— Nous allons chanter un peu à la nuit étoilée et à l'amour des dames.

Le frère d'Athénaïs de Montespan possédait une belle voix, un peu haute mais bien timbrée. Il avait du souffle et poussait à merveille la chanson italienne. Le temps passa plus agréablement et le grand sablier qui marquait les heures avait été déjà retourné deux fois, lorsque sur une dernière note qui s'éteignait, un son vaste, semblable à un coup de vent venu de l'horizon, s'enfla brusquement, puis mourut, pour reprendre un ton plus bas, se prolonger en nuances profondes qui roulaient, montaient et descendaient.

Angélique sentit un frisson lui hérisser l'échine.

— Écoutez, murmura le comte de Saint-Ronan, les forçats chantent !

Ils chantaient à bouche fermée, en un chœur de quatre voix qui portait loin sur la mer. Cela avait des résonances de conque marine. Cela dura longtemps, interminablement, reprenant sans cesse, pareil aux vagues d'un désespoir insondable. Puis une voix encore jeune, bien timbrée, s'éleva en solo, chantant le refrain de la complainte.

Je m'souviens, ma mère disait
Sois pas comme un sauvage.
Fais donc pas toujours c'qui t'plaît
Elle me disait d'être sage.

J'ai pas tué, j'ai pas volé
Mais j'ai pas cru ma mère,
Et je m'souviens qu'elle m'aimait
Pendant que j'rame aux galères…

Le chant mourut.

Dans le silence revenu, le bruit du ressac parut s'amplifier contre la coque.

Un marinier annonça :

— Feu incertain à cinq lieues premier quart de cercle à tribord.

— Dispositif d'alerte et de combat ! Éteignez les fanaux et ne laissez que les feux de sécurité. Quatre corps de garde en éveil !

Vivonne saisit sa longue-vue et resta un long moment silencieux, puis il fit regarder Brossardière qui opina.

— Nous approchons du cap Corse. À mon avis, il s'agit d'un bateau pêchant au filet, la nuit, le thon, et cherchant à le rabattre au centre d'une petite flottille porte-filets. Est-ce que nous mettons le cap sur eux pour vérifier ?

— Non. La Corse appartient à Gênes et d'ailleurs les côtes de Corse n'abritent jamais, ou presque, les Barbaresques. Les habitants sont si particularistes qu'ils n'admettent aucune incursion de quiconque dans leurs rades ; c'est un mot d'ordre général parmi les navigateurs, pirates ou corsaires, d'éviter cette île. Poursuivons notre plan fixé au départ, par la visite de l'île de Capraia qui est au duc de Toscane et qui, par contre, a souvent donné refuge à des pirates turcs.

— Quand devons-nous la toucher ?

— À l'aube, si le temps ne se gâte pas avant. Est-ce que vous n'entendez pas quelque chose ?

Ils prêtèrent l'oreille. D'une galère lointaine, un hululement prolongé s'éleva, puis stoppa net.

Vivonne jura.

— Ces chiens de Maures qui hurlent à la lune !

La Brossardière, qui était un vieux navigateur du Levant, et connaissait les mœurs arabes, dit :

— Ils hurlent de joie. C'est leur youyou de victoire.

— De joie ? De victoire ? Décidément les galériens sont bien agités cette nuit.

Du poste de vigie de l'avant descendait un aide.

— Monseigneur, la vigie-chef avant vient de monter dans le panier de mât de mestre. Il vous demande d'observer avec votre longue-vue, au même endroit que tantôt comme qui dirait des signaux…

À nouveau, Vivonne braqua sa longue-vue et La Brossardière prit des jumelles.

— À mon avis, la vigie a raison, dit-il. Ils font des signaux du haut des montagnes Regliano du cap

Corse, sans doute pour rappeler leur flottille de pêche en bas.

— Oui, sans doute, fit l'amiral, dubitatif.

Un nouveau hululement scandé retentit, partant de la même galère, qui devait être la *Dauphine*.

Savary, qui reparaissait, s'approcha d'Angélique et lui confia en secret :

— Ma moumie est en sûreté. Je l'ai arrimée avec des paillons et des filets. J'espère qu'elle résistera. Avez-vous remarqué, les Maures sur la *Dauphine* manifestent une joie subite ? Les signaux des feux de la côte les ont avertis.

Vivonne, qui avait entendu les derniers mots, attrapa le vieillard par le col de son rabat à la mode de Louis XIII.

— Les ont avertis de quoi ?

— Je ne puis le dire, monseigneur, j'ignore le code convenu de ces signaux.

— Qu'est-ce qui vous fait penser qu'ils étaient adressés à des Maures ?

— Parce que ce sont des fusées turques, monseigneur. Vous avez remarqué ces lueurs bleues et rouges ? Je suis au courant, monseigneur, car j'ai été artificier du grand maître de l'artillerie, à Constantinople ; il m'employait à fabriquer ces fusées avec de la poudre et des sels métalliques qui brûlent en donnant différentes couleurs. Leur secret vient de Chine mais tout l'Islam les emploie. C'est pourquoi j'ai pensé que ce ne pouvait être que des Turcs ou des Arabes qui envoyaient des signaux à des Turcs ou à des Arabes, et comme je n'en vois guère d'autres à l'horizon que ceux de vos galères…

— Vous poussez votre logique trop loin, maître Savary, dit le duc avec humeur.

Un caïque éclairé par deux fanaux s'approchait et La Brossardière lui hurla d'éteindre ses feux de position. Une voix cria dans l'ombre :

— Monseigneur, nous avons des ennuis à bord de la *Dauphine*. Les Maures de la mézanie s'agitent en regardant les feux de la montagne.

— Ce sont les Maures que nous avons pris sur cette felouque qui transportait de l'argent clandestin ?

— Oui, monseigneur.

— Je m'en serais douté, fit l'amiral entre les dents.

— L'un d'eux ne cesse de grimper sur le banc en criant des incantations.

— Que dit-il ?

— Je ne sais pas, monseigneur, j'ignore l'arabe.

— Moi, je sais, dit Savary, et j'ai entendu. Il criait : « Notre délivrance est proche ! » C'est à ce cri du muezzin que les autres ont répondu par des hurlements de joie.

— Prenez-moi ce meneur et exécutez-le !

— Par pendaison, monseigneur ?

— Non. Nous n'avons pas le temps et sa vue à l'antenne du grand mât risquerait d'exciter les autres fanatiques. Un coup de pistolet dans la nuque, le corps à la mer.

Le caïque s'éloigna. Un peu plus tard on entendit deux sèches détonations.

❦

Angélique serra son manteau autour d'elle. Elle avait froid. La brise se levait subitement.

L'amiral surveilla une fois encore la côte, mais tout était redevenu obscur.

— Hissez les voiles et mettez en vogue les trois postes de chiourme. Avec de la chance nous serons devant l'île de Capraia au matin. Nous y ferons ravitaillement de chèvres, dont il y a des quantités, et aussi d'eau douce et d'oranges.

Angélique croyait qu'elle demeurerait éveillée, mais elle dut plonger dans un court sommeil, car soudain elle eut conscience qu'il faisait clair.

Dans l'aube aux transparences de nacre, une île se dressait. À contre-jour sur un ciel d'or pâle et de pervenche, elle n'était qu'une masse d'un bleu épais et troublé, se reflétant dans le miroir presque immobile de la mer.

Angélique se vit seule sous le tendelet du tabernacle. Elle défroissa sa robe, mit de l'ordre dans sa chevelure et sortit respirer l'air du matin. L'état-major se tenait à l'avant. La jeune femme hésitait à traverser la coursive, lorsque le lieutenant de Millerand l'aperçut et fort aimablement vint la chercher pour l'escorter.

Le duc de Vivonne, d'excellente humeur, lui tendit la lorgnette.

— Voyez, madame, comme cette île est accueillante. Observez qu'il n'y a même pas de frange d'écume du ressac au pied de ces roches volcaniques. Cela signifie qu'en approchant nous serons dans le calme le plus parfait. Aucun mal pour accoster.

Angélique eut quelque peine à s'habituer à la longue-vue puis elle poussa des cris d'admiration en découvrant la crique, aux profondeurs de lilas, où s'ébattaient les mouettes.

— Qu'est-ce que c'est, cette lumière ronde et éclatante, sur la gauche ? demanda-t-elle.

Elle avait à peine prononcé ces mots que la lumière monta haut dans le ciel puis retomba en s'éteignant.

Les officiers se regardèrent. Maître Savary dit placidement :

— Encore une fusée de signalisation. Vous êtes attendus…

— Branle-bas de combat ! hurla Vivonne dans son porte-voix. Canonniers, à vos places ! Nous forcerons le passage. Nous sommes une flotte entière, que diable !

Malgré le vent on entendit les hululements de la galère *Dauphine*, assez proche en avant de la galère amirale.

— Faites taire cette racaille !

Mais une voix suraiguë dominait les autres bruits, psalmodiant sur des notes vrillant le tympan :

La illah illa la
Allah ouakbar
Mohammad rassoul Alla…

Enfin le calme revint.

Le duc de Vivonne continuait à donner des ordres.

— Signalez le rassemblement. Nous nous grouperons selon l'importance et la maniabilité des bâtiments. Il faut essayer que la traversière se maintienne dans le centre, car c'est elle qui porte nos réserves d'artillerie. Moi, je serai également au milieu, non loin d'elle, pour suivre les événements. La *Dauphine* et la *Fortune* aux avant-gardes, la *Luronne* à l'aile gauche. Les trois autres à l'arrière, en demi-cercle.

— Étendard sur le rocher, signala la vigie.

Vivonne braqua sa lunette.

— Il y a deux drapeaux. Un blanc mais soulevé à bras d'homme. Donc c'est déclaration de guerre à la manière des chrétiens. Mais l'autre drapeau est rouge avec une bordure blanche et son emblème... C'est curieux, il me semble distinguer les ciseaux d'argent de l'emblème du Maroc. C'est... c'est inouï !...

— Je comprends ce que vous voulez dire, monseigneur. Ce n'est pas la manière des Barbaresques d'annoncer leurs pavillons à l'avance et les Maures n'ont jamais utilisé un drapeau blanc aux côtés de leurs emblèmes, le drapeau blanc n'étant employé comme le seul signe de guerre que par les chrétiens.

— Je n'y comprends rien, dit Vivonne, pensif. Je me demande à quelle sorte d'ennemi nous avons affaire.

Malgré la mer houleuse, les galères s'approchaient en file, à voilure réduite, et commençaient à se grouper en ordre de bataille, mettant le cap sur le rocher marquant l'entrée de la crique.

À ce moment, apparurent deux felouques turques. C'étaient plutôt des barques à voiles, qui avaient toutefois l'avantage de porter le vent en poupe.

L'amiral passa la longue-vue à son second qui, après avoir regardé, la proposa à Angélique. Mais celle-ci se servait déjà de la vieille et très longue lorgnette piquée de vert-de-gris que maître Savary avait extraite de ses bagages.

— Je ne vois rien dans ces barques que des Noirs et quelques méchants mousquets, fit-elle.

— C'est une provocation et une insolence !

Vivonne se décida :

— Chargez la *Luronne*, la plus légère, de leur donner la chasse et de les couler. Ces imbéciles n'ont même pas d'artillerie !

La *Luronne*, prévenue par signaux, se lança à la poursuite des deux felouques. Peu après, le canon roula et son grondement se répercuta sur la côte. Angélique passa précipitamment la lorgnette à Savary afin de pouvoir se boucher les oreilles à deux mains.

Les deux felouques n'étaient pas touchées et filaient en pleine mer.

La *Fleur de Lys* et la *Concorde*, qui les tenaient dans leur ligne de tir, excitées par cette proie facile, prirent l'initiative de se dérouter afin de se rapprocher de la cible. Le canon roula encore à plusieurs reprises.

— Touché !

La voile triangulaire d'une des felouques s'était couchée sur les flots. En quelques secondes, la coque et son équipage furent submergés et disparurent. Quelques têtes noires de rescapés s'apercevaient à la crête des vagues. L'autre felouque voulut manœuvrer pour se rapprocher d'eux, mais des tirs précis de la *Fleur de Lys* et de la *Concorde* l'encadrèrent. Elle dut fuir à nouveau.

— Bravo ! dit l'amiral. Que les trois galères reprennent le cap face à l'entrée !

Les navires, maintenant assez éloignés, entreprirent la manœuvre, non sans peine à cause de la mer agitée. Il s'ensuivit une certaine confusion dans le dispositif de bataille prévu.

C'est alors que la vigie hurla, de son poste :

— Chébec de guerre à tribord. Il fonce sur nous !…

XII

À l'entrée de la crique, un bâtiment aux voiles déployées venait d'apparaître. À une allure rapide, il franchissait la passe des rochers.

— Virez de bord, face à l'ennemi ! tonna Vivonne. Tir des trois bouches à mon commandement. Feu !

Le gros canon central recula dans la coursive, sous le choc. L'odeur de la poudre piqua les narines d'Angélique, étourdie par la déflagration. À travers la fumée elle entendait les ordres se succéder, nets, précis.

— Les pierriers de tribord en position.

— Le chébec nous dépasse.

— Tir de toute la mousqueterie et parer à virer ensuite pour se remettre dans l'angle de tir. Feu !…

La salve crépita, roulant sur les échos non encore éteints du canon.

Mais le chébec, ayant évité les boulets, était encore à trop grande distance pour souffrir des mousquets.

Savary regardait dans sa lorgnette avec la satisfaction d'un naturaliste ayant une mouche sous sa loupe.

— Très beau bâtiment, bois de teck du Siam. La valeur de ce bois est sans prix. Il faut cinq ans après avoir circoncis l'écorce, pour le desséver sur pied, et puis sept ans pour le sécher sous abri, avant de le scier. Drapeau blanc sur le grand mât et pavillon du roi de Marocco en poupe et une marque spéciale, rouge avec un écu d'argent en son milieu.

— La marque de monseigneur le Rescator, dit Vivonne, amer. On l'aurait parié.

Le cœur d'Angélique fit un bond. Elle avait donc en face d'elle ce terrible Rescator, qui avait causé la perte de son fils, et que les valeureux officiers de Sa Majesté semblaient redouter à juste titre. Vivonne et Brossardière, échangeant leurs impressions, suivaient attentivement les évolutions de l'ennemi.

— Il a un nouveau bateau, ce satané Rescator. Une ligne splendide. Très bas sur l'eau, à peine à la visée plongeante de nos canons. C'est pourquoi nous l'avons raté tout à l'heure, quand nous l'avions de face. Vingt-deux canons en tout. Bigre !

Par les sabords ouverts sur les flancs du chébec, on voyait miroiter les gueules rondes des canons et des fumées suspectes s'échappaient, prouvant que les artificiers étaient à leurs postes, prêts à enflammer les mèches au premier ordre.

Des pavillons de signaux couvrirent ses haubans : « Rendez-vous, ou nous vous coulons. »

— L'insolent ! croit-il que la flotte du roi de France se laisse intimider ainsi ? Il est trop loin pour nous couler. La *Concorde* se rapproche et va bientôt l'avoir dans sa ligne de tir. Hissez le drapeau de guerre blanc à l'avant et les fleurs de lys à l'arrière !

Aussitôt on vit l'adversaire modifier sa route. Il se mit à décrire un arc de cercle, afin d'éviter les proues armées de canons pointés vers la terre et l'est. Il fila très vite, toutes voilures dehors. Plusieurs coups de canon roulèrent. La *Fleur de Lys* et la *Concorde*, qui avaient poursuivi les felouques-appâts, revenaient et essayaient de placer un coup direct sur l'assaillant.

— Manqué ! constata Vivonne, dépité.

Il puisa dans son drageoir quelques pistaches au sucre.

— Maintenant, méfions-nous. Il va revenir sur nous et essayer de nous couler. Parez à virer pour nous présenter de face.

La galère évolua.

Pendant quelques instants un lourd silence parut peser et l'on n'entendit plus que le battement rythmé des gongs des comites, comme les coups sourds d'un cœur angoissé.

Puis, là-bas, la frégate-corsaire s'ébranla, revenant vers eux ainsi que l'avait prévu l'amiral français.

Elle passa comme un aigle de mer et se trouva emportée par son élan bien en arrière de toute la flotte. Elle s'arrêta subitement et changea de voilure.

— Un fin manœuvrier, ce damné pirate ! grommela La Brossardière. Dommage que ce soit un ennemi.

— Le moment me paraît mal choisi pour admirer son habileté, monsieur de La Brossardière, fit remarquer sèchement Vivonne. Canonniers, avez-vous rechargé vos pièces ?

— Oui, monseigneur.

— Alors toute la salve à mon commandement ! Nous sommes de face et lui nous présente son flanc. C'est le bon moment.

Mais ce fut la salve des douze canons de tribord du navire corsaire qui roula.

Un geyser parut jaillir de la mer, dissimulant l'adversaire derrière un rideau d'écume. Des débris de toutes sortes s'élevèrent dans les airs et une explosion assourdissante se répercuta de proche en proche. Puis une vague énorme déferla dans la chiourme de la *Royale*, tandis que plusieurs rames, sur bâbord, se brisaient comme des allumettes.

Angélique se retrouva, trempée, cramponnée à la rambarde de la galère qui se redressait lentement.

Le duc de Vivonne, projeté au sol, était déjà debout.

— Pas de mal, dit-il. Il nous a manqués. Ma longue-vue, Brossardière ! Je crois maintenant, que…

Il s'arrêta et demeura la bouche ouverte, le visage empreint d'une expression d'effarement et d'incrédulité.

À l'emplacement où se trouvait tout à l'heure la barge traversière, on ne voyait plus qu'une sorte de maelström emportant dans son tourbillon des débris de planches et de rames brisées. La barge avec ses cent forçats et son équipage, et surtout ses quatre cents tonneaux de boulets, de cartouches et de mitraille, avait coulé à pic.

— Toute notre réserve de munitions ! dit Vivonne d'une voix blanche. Le bandit ! Nous nous sommes laissé prendre à sa feinte. Ce n'est pas nous qu'il visait, mais la traversière. Les autres galères, en courant après les felouques, l'avaient laissée à découvert. Mais nous le coulerons… Nous le coulerons, nous aussi. La partie n'est pas encore jouée.

Le jeune amiral arracha son chapeau trempé, sa perruque gorgée d'eau, pour les jeter au sol avec violence.

— Qu'on fasse avancer la *Dauphine* en première ligne. Elle n'a pas encore tiré et sa réserve de munitions est intacte.

❦

Au loin l'ennemi guettait, manœuvrant sur place, se présentant tour à tour de face pour offrir une moindre cible, ou par bâbord, ses pièces chargées devant se trouver prêtes à tirer.

La *Dauphine* assez rapidement fut en place. Angélique nota que c'était sur ce bâtiment que se trouvaient les prisonniers complices du Rescator, ceux-là qui avaient psalmodié en arabe et dont le meneur avait été exécuté la nuit dernière et elle pensa qu'il n'était guère prudent d'utiliser des prisonniers au combat dans des manœuvres difficiles.

Elle n'avait pas achevé sa réflexion qu'elle vit les longues rames des galériens de la mézanie s'élever à contretemps, puis s'embarrasser entre elles. La *Dauphine* qui achevait de virer tressaillit, hésita, trembla comme un oiseau blessé, et soudain s'inclina et chavira à demi sur le flanc gauche. Des clameurs et des craquements sinistres s'élevèrent, dominés par les cris suraigus des Maures.

— Que chaque galère descende sa felouque et son caïque pour porter secours !

La manœuvre fut fort lente. Angélique se détourna, les mains sur les yeux. Elle ne pouvait plus supporter le spectacle de la galère se retournant lentement. La plupart des mariniers et la totalité de la chiourme étaient condamnés à mourir sous la coque, écrasés ou noyés. Des soldats projetés à la mer se débattaient, paralysés par leur lourd équipement, leurs sabres et leurs pistolets, et appelaient au secours.

Lorsque la jeune femme se décida à regarder de nouveau elle vit se déployer, très haut dans le ciel, dix voiles blanches qui battaient au vent. Le chébec était maintenant à peine à une encablure de la galère amirale. On pouvait voir briller le bois, comme verni, de sa coque pansue qui roulait souplement, et l'on distinguait les figures brunes des Barbaresques enveloppés dans de grands manteaux blancs à ceintures vives. Armés de mousquets, ils garnissaient la rambarde de la proue à la poupe.

À l'avant, entourés d'une garde de janissaires à turbans verts et sabres courbes, se tenaient deux hommes. Immobiles, ils observaient avec attention dans leur longue-vue, la galère *Royale*.

Angélique crut tout d'abord, malgré leurs vêtements européens, que c'étaient aussi des Maures car leurs visages lui paraissaient sombres, mais elle distingua les mains blanches des deux hommes et comprit qu'ils étaient masqués.

— Vous voyez, fit près d'elle Vivonne, d'une voix sourde, le plus grand, vêtu de noir avec un manteau blanc, c'est LUI, c'est le Rescator. L'autre, c'est son second, un nommé, ou plutôt surnommé, le capitaine Jason. Un sale aventurier mais un bon marin. Je le soupçonne d'être français.

Angélique tendit une main tremblante vers les lorgnettes de Savary.

Dans le cercle trouble de l'instrument, les deux hommes lui apparurent plus nettement, différents comme pourraient l'être Sancho Pança et Don

Quichotte, mais leur assemblage ne prêtait pas à sourire.

Le capitaine Jason était un homme trapu, vêtu comme un militaire, d'une casaque à revers bouclée d'un gros ceinturon. Son sabre énorme battait ses bottes. Tout en lui contrastait avec la silhouette longue et maigre du pirate nommé le Rescator, vêtu d'un costume noir de coupe espagnole un peu ancienne. Il portait des bottes très collantes à petits revers soulignés de glands d'or. Un mouchoir rouge noué à la corsaire le coiffait, ainsi qu'un grand chapeau noir à plumes rouges.

Cependant il sacrifiait à l'Islam par son ample manteau de laine blanche à broderies d'or qui flottait au vent.

Angélique pensa avec un frisson qu'il ressemblait à Méphisto. De sa présence émanait une sorte de fascination.

Avait-il ainsi, immobile, impassible, regardé s'enfoncer dans les flots la galère où un enfant levait les bras en appelant son père ?

— Mais qu'attend-on pour le couler ! s'écria-t-elle, à bout de nerfs.

Elle en oubliait le spectacle d'horreur autour d'elle, la *Dauphine* toujours à demi renversée. À force d'héroïsme les mariniers parvenaient encore à la maintenir sur le flanc, mais il était évident qu'aucune manœuvre ne pourrait la redresser et, prenant l'eau par l'arrière, elle commençait, malgré les pompes en action, à couler lentement.

Un caïque descendait au flanc du chébec. Il toucha les flots et le second du Rescator y prit place.

— Ils ont demandé à parlementer, dit Vivonne, surpris.

Peu après l'homme monta à bord et, se présentant devant les officiers, s'inclina profondément, à l'orientale.

— Je vous salue, monsieur l'amiral, dit-il dans un français très correct.

— Je ne salue pas les renégats, répondit Vivonne.

Un étrange sourire s'étira sous le masque noir et l'homme se signa.

— Je suis chrétien comme vous, monsieur, et mon maître, monseigneur le Rescator, l'est aussi.

— Des chrétiens n'ont pas à diriger des équipages d'infidèles !

— Nos équipages sont composés d'Arabes, de Turcs et de Blancs. Tout comme les vôtres, monsieur, dit l'autre en jetant un regard vers la chiourme, la seule différence c'est que les nôtres ne sont pas enchaînés.

— Trêve de discours, que proposez-vous ?

— Laissez-nous délivrer et reprendre nos Maures que vous avez faits prisonniers sur cette galère la *Dauphine* et nous nous retirerons sans poursuivre le combat.

Vivonne jeta un regard vers la galère en péril.

— Vos Maures sont destinés à périr avec cette galère condamnée.

— Que non pas. Nous vous proposons de la redresser.

— C'est impossible !

— Nous le pouvons. Notre chébec est plus rapide que… que vos pataches de galères, acheva-t-il avec une nuance de mépris dans la voix. Mais décidez-vous vite car le temps presse et dans quelques instants il sera trop tard pour agir.

Un combat se livrait dans l'âme de Vivonne. Il savait qu'il ne pourrait rien faire à temps pour la *Dauphine*. Accepter, c'était sauver le magnifique bateau et plusieurs centaines d'hommes, mais capituler devant un ennemi inférieur en nombre. En tant que responsable de l'escadre royale, il n'avait pas le choix.

— J'accepte, fit-il, les dents serrées.

— Je vous remercie, monsieur l'amiral. Je vous salue.

— Traître !

— Mon nom est Jason, dit l'homme avec ironie.

Il s'éloigna vers l'échelle. Le duc de Vivonne cracha sur ses pas.

— Un Français, car vous êtes Français, nul ne peut en douter à votre langage !… Misérable ! Comment avez-vous pu arriver ainsi à renier les vôtres !

Le corsaire se retourna. Un éclair brilla derrière son masque.

— Les miens m'ont renié les premiers, dit-il.

Son bras se tendit durement vers la chiourme :

— J'ai vogué aux bancs du roi jadis, monsieur, des années et des années. Toutes les belles années de ma jeunesse. Et je n'avais rien fait de mal !

— Naturellement !…

Le canot s'éloigna. Le duc de Vivonne, poings serrés, ne se contenait plus. Se faire dicter des ordres par un forçat évadé, se faire insulter par un ancien galérien ! « Et le Rescator là-bas qui nous surveille en ricanant. Il s'amuse… Ah ! il s'amuse ! »

— Monseigneur, vous vous fiez à la parole d'un impie ? demanda un des lieutenants, tremblant d'indignation.

— Ce qui est certain, c'est que je ne vous demande pas votre avis, jeune imbécile. Un pirate a quelquefois plus de parole qu'un prince. Qu'est-ce que vous en pensez, Brossardière ?

— C'est un marché inespéré, monseigneur, et bien dans le style de ce sinistre farceur. Je n'en dirais pas autant si nous avions affaire à l'amiral d'Alger Mezzo-Morte ou à des capitaines barbaresques, en général assez fourbes.

— Hissez le pavois de parade et annoncez l'armistice.

❦

Le chébec s'ébranla. Il défila à quelques encablures, sans souci d'exposer tout son flanc tribord, mais aussi ses douze canons braqués.

— Il va trop vite, il va rater son but, c'est un piège, dit le lieutenant de Saint-Ronan, agité.

La frégate ennemie renversa soudain sa voilure, ce qui la freina, et la déporta sur sa lancée à angle droit juste derrière la *Dauphine* en difficulté ; felouques et caïques des galères, enfin mis à l'eau, commençaient à recueillir les naufragés.

Une grande animation régnait à bord de la frégate du Rescator. Répondant aux ordres, les Maures fixèrent un cordage au pied du mât central, puis un treuil fut amené.

À bord de la *Royale* les officiers retenaient leur souffle, les soldats et les marins demeuraient immobiles, comme pétrifiés.

Le Rescator était sorti de son immobilité dédaigneuse. On le vit parlementer longuement avec son second, mimant les gestes de la manœuvre à venir. Puis, sur un signe, un janissaire s'avança et le débarrassa de son manteau et de son chapeau. Un autre lui tendit l'extrémité du cordage enroulé plusieurs fois. Il prit le rouleau sur son épaule. D'un bond souple, il s'élança, grimpa sur le plat-bord avant du chébec, avec une aisance naturelle s'engagea de quelques pas le long du mât de beaupré.

Cependant le second s'adressait dans son porte-voix au capitaine de la *Dauphine*.

— Il recommande à Tourneuve de laisser filer l'ancre à la proue afin d'éviter que le bateau ne pivote lorsque le chébec va se mettre à tirer. Il lui conseille de porter tout le poids possible sur tribord, puis de revenir rapidement à bâbord dès que la galère commencera à se redresser, afin de ne pas basculer de l'autre côté…

— Croyez-vous que ce démon noir ait l'intention de lancer son filin comme un lasso, à la manière indienne pour crocher le flanc tribord de la *Dauphine* ?

— Ça m'en a tout l'air.

— C'est impossible ! Ce cordage doit peser un poids énorme.

Il faudrait une force d'Hercule pour…

— Regardez !

La longue silhouette s'était brusquement détendue sur l'azur du ciel. Le filin siffla et son nœud coulant en retombant accrocha une protubérance à tribord de la *Dauphine* en son milieu.

Emporté par son élan, l'homme masqué avait trébuché. Il glissa du beaupré mais se rattrapa à deux bras et, avec une souplesse de singe, se remit en selle sur le mât, se redressa. Il prit le temps de vérifier la prise du filin. Puis debout, du même pas nonchalant, regagna le chébec.

Des « youyous » éclatèrent à son bord. Les Maures lançaient en l'air leurs mousquets, en signe d'allégresse.

La Brossardière poussa un profond soupir.

— Un baladin du Pont-Neuf n'aurait pas fait mieux.

— Admirez ! Admirez, mon cher, ricana Vivonne, amer. Voici du nanan pour votre petite chronique de la Méditerranée. La légende de monseigneur le Rescator n'est pas près de manquer d'aliments.

Cependant le chébec orientait ses voiles de façon à reculer doucement. Des mariniers noirs et turcs coururent sur le pont et mirent en place six grandes rames pour soutenir l'effort de la poussée du vent.

Le filin se tendit. Tous les hommes qui se trouvaient encore sur la galère sinistrée se portèrent à tribord, pesant sur la rambarde du côté où était accroché le filin.

Le flanc immergé surgit brusquement des flots avec un grand bruit de succion. Sur un cri de Tourneuve, tout l'équipage se précipita à droite, pour rétablir l'équilibre.

Redressée, la *Dauphine* roula violemment bord à bord, puis se calma, se stabilisa. Un dernier ordre jaillit, comme un cri de délivrance :

— Aux pompes, tout le monde à écoper !

Alors des acclamations s'élevèrent des autres galères.

Peu après, le caïque du navire corsaire quitta à nouveau son bord pour se diriger vers la *Dauphine*.

— Ils emportent avec eux une forge portative et tout un matériel de forgeron. Ils vont déferrer leurs prisonniers.

L'opération dura assez longtemps. On vit enfin paraître les galériens arabes libérés, qui furent suivis d'une dizaine de Turcs choisis parmi les plus vigoureux de la chiourme.

Le duc de Vivonne vira au ponceau :

— Traîtres, pirates, chiens d'infidèles ! hurla-t-il dans son porte-voix. Vous ne tenez pas vos engagements… Vous n'aviez parlé que de libérer vos Maures… Vous n'avez pas le droit de prendre ces Turcs.

Le capitaine Jason répondit :

— Nous les prenons comme prix du sang pour le Maure que vous avez fait exécuter.

— Monsieur, remettez-vous, il faut vous faire saigner, proposa La Brossardière à son chef, je vais mander le chirurgien.

— Le chirurgien a autre chose à faire que de me saigner, répondit le jeune amiral d'une voix morne. Qu'on dénombre les morts et les blessés.

Au loin, toutes ses voiles tendues, le chébec du pirate s'estompait.

XIII

Le duc de Vivonne descendit dans le canot et leva la tête en souriant.

— À bientôt, très chère. Je vous donne rendez-vous dans quelques jours à Malte. Priez pour que mes armes triomphent.

Penchée à la rambarde, Angélique se força à sourire. Elle détacha sa ceinture de soie bleu ciel à franges d'or et la lança au jeune homme.

— En gage de victoire, pour votre épée.

— Merci ! cria Vivonne, tandis que le caïque s'éloignait.

Il baisa l'écharpe et s'occupa de la nouer autour de la garde de son épée. Puis il fit encore un joyeux signe d'adieu.

Angélique se dit qu'elle était stupide de se sentir déprimée par cette séparation. Vivonne avait décidé de poursuivre le Rescator et d'essayer de le traquer dans les environs de Malte, où les galères des chevaliers de Saint-Jean-de-Jérusalem pourraient lui prêter assistance. La galère amirale la *Royale* étant trop lourde et peu maniable pour une chasse de ce genre, il déménageait sur la *Luronne*, laissant son navire et Angélique à la garde de La Brossardière et de quelques soldats. La *Royale* devait s'acheminer plus lentement et par petites étapes vers La Valette, ainsi que la *Dauphine* qui avait besoin de réparer ses avaries.

Les galères de combat se rangèrent, puis disparurent, vite effacées par le rideau serré d'un « grain » qui s'avançait du sud-ouest à vive allure.

Angélique se réfugia à l'abri du tabernacle tandis que la pluie s'abattait sur la *Royale* vivement secouée.

— Après les pirates, c'est la mer qui va nous donner des ennuis, dit La Brossardière.

— Est-ce la tempête ?

— Pas encore, mais cela ne va pas tarder.

La pluie cessa. Cependant le ciel demeura gris et la mer fort agitée. L'atmosphère était étouffante malgré le vent moite qui soufflait de façon irrégulière.

La conversation du brave Savary et celle du lieutenant de Millerand – qui se dégelait un peu maintenant que Vivonne, dont il était furieusement jaloux – s'était éloigné, n'évitèrent pas à Angélique de s'ennuyer à périr.

— Que suis-je venue faire sur cette galère ? dit-elle à Savary.

Et elle sourit tristement en songeant à Versailles, à Molière et à ses bouffonneries.

À la nuit tombée, M. de La Brossardière lui conseilla de s'enfermer dans sa cabine, sous l'entrepont. Elle n'en eut pas le courage et dit qu'elle ne descendrait que si la situation à l'arrière devenait intenable.

Les violents sursauts qui faisaient tanguer et grincer la galère finirent par la bercer et malgré le vent qui s'était levé et les coups de bélier des vagues contre la coque, elle sombra dans un profond sommeil.

❦

Elle s'éveilla comme d'un cauchemar. L'ombre était de suie.

Elle resta un moment à demi redressée sur sa couche, avec l'impression qu'il se passait quelque chose d'anormal. La galère continuait à tanguer violemment, mais le vent semblait s'être apaisé.

Tout à coup, elle comprit ce qui l'avait éveillée. C'était le silence. Les gongs des comites s'étaient tus. Le silence le plus complet régnait à bord. On eût dit que la galère désertée n'était plus qu'une épave, roulant au gré des flots.

Une terreur panique envahit la jeune femme.

— Monsieur de La Brossardière ! appela-t-elle.

Rien ne répondit.

Elle se leva en se maintenant debout à grand-peine, fit trois pas hésitants.

Elle buta sur quelque chose de mou et faillit tomber.

Angélique se pencha. Sa main rencontra les broderies d'un uniforme. Elle saisit l'épaule de l'homme étendu là à même le plancher et le secoua vivement.

— Monsieur de La Brossardière, éveillez-vous !

Il se laissa faire avec une étrange apathie. Fébrile, la main d'Angélique tâtonna, cherchant le visage.

Ce contact glacé la rejeta en arrière, épouvantée.

Elle se releva pour aller chercher son sac qu'elle avait toujours à portée de sa main, près de sa couche. Elle y trouva sa petite lanterne de voyage et battit le briquet pour l'allumer. Un souffle de vent diabolique l'éteignit trois fois. Enfin elle put rabattre la verrerie teintée de rouge sur la flamme et promener la lueur autour d'elle.

M. de La Brossardière était étendu à terre, recroquevillé sur le côté. Ses yeux étaient déjà vitreux et une affreuse plaie sanguinolente étoilait son front.

Angélique le franchit et s'approcha du seuil. Là encore, elle buta contre un corps, tombé en travers. Un soldat, lui aussi mort assommé. Doucement, elle souleva le rideau et regarda. Dans cette obscurité elle distingua des lueurs venues de la chiourme. Des silhouettes bougeaient sur la coursive mais ce n'étaient plus celles des argousins aux longs fouets. Elle vit des formes rouges aller et venir, tandis que lui parvenaient des interjections de voix rauques.

Angélique laissa retomber le rideau et recula jusqu'au fond de la tente, indifférente aux embruns qui par instants l'éclaboussaient lorsqu'une vague plus forte giflait la poupe.

Une terreur panique l'envahissait. Elle comprenait maintenant pourquoi les gongs s'étaient tus.

❦

Le glissement d'un pied nu sur le plancher la redressa, aux aguets. Et Nicolas fut sur le seuil, dressé dans ses hardes rouges de galérien. Sous ses cheveux hirsutes, avec sa face salie de barbe, il avait le même regard et le même sourire terrible qui l'avaient épouvantée jadis, lorsqu'il la guettait derrière les vitres de la taverne. Quand il parla, ses mots incohérents et délirants prolongeaient le cauchemar.

— Marquise des Anges… ma beauté… mon rêve… Tu me vois ! Pour toi, j'ai brisé mes chaînes… Un coup sur le comite… Un coup sur l'argousin. Ha ! ha ! partout l'on a frappé… Il y avait longtemps qu'on préparait ça… Mais c'est toi qui as tout déclenché… Te voir, là… Vivante !… Comme je t'ai vue inscrite dans le ciel pendant dix années de galères… Et tu étais à l'autre, hein !… Tu l'embrassais, tu le caressais… Je te connais !… Tu as mené ta vie pendant que je menais la mienne… C'est toi qui as gagné… Mais pas toujours. La roue tourne. Elle t'a ramenée…

Il s'avançait tendant vers elle ses poignets où une marque à vif montrait la trace des fers qu'il avait patiemment usés, depuis de longs mois. Nicolas Calembredaine avait tenté deux évasions au cours de ses années de galères. La troisième serait la bonne. Lui et ses complices avaient tué tout l'équipage, les soldats, les officiers. Ils étaient maîtres de la galère.

— Tu ne dis rien… Tu as peur ?… Pourtant je t'ai tenue dans mes bras et tu n'avais pas peur de grand-chose dans le temps !

Un éclair déchira le ciel au-dehors et le roulement du tonnerre se répercuta dans la nuit.

— Tu ne me reconnais pas ? insistait le galérien. C'est pas possible… Je suis sûr que tu m'as reconnu l'autre jour déjà.

Elle sentit l'odeur de sel et de sueur de ses loques et cria, brusquement révulsée :

— Ne me touche pas ! Ne me touche pas !

— Ah ! tu m'as reconnu. Dis-moi qui je suis ?

— Tu es Calembredaine, le bandit.

— Non, je suis Nicolas, ton maître de la tour de Nesle…

Une vague soudaine embarqua, les noya tous les deux, et Angélique fut obligée de se cramponner à la balustrade pour ne pas être entraînée à la mer par le reflux.

Au-dehors un craquement sinistre répondit au fracas démentiel du tonnerre.

Un jeune galérien parut sur le seuil, effaré.

— Caïd, le mât du grand mestre s'est brisé. Qu'est-ce qu'il faut faire ?

Nicolas secouait ses vêtements trempés en jurant.

— Bougre d'andouilles ! râla-t-il, mauvais, si vous ne savez pas ce qu'il faut faire pourquoi m'avez-vous demandé de saigner tous les mariniers ? Vous disiez que vous pourriez manœuvrer à la mer.

— Mais il n'y a plus de voiles.

— La belle affaire ! On va ramer. On va remettre au boulot les autres, ceux qui sont encore enchaînés sur les bancs. Toi, tu vas taper sur les timbales. Et moi je me charge bien de les faire avancer, tous ces schismatiques et ces moricauds !

❦

Il sortit et peu après la cadence monotone des gongs reprit, dominant les sifflements de la tempête. La galère, qui pendant un interminable moment avait paru folle, donnant de la bande du côté où gisait le mât abattu, reprit son assiette lorsqu'en quelques coups de hache Nicolas eut tranché le bois qui retenait le mât et qu'un coup de mer eut entraîné celui-ci hors du navire. Les pompes entrèrent en action et les rames luttèrent pour redresser le cap.

Maintenant que le cauchemar s'était précisé, Angélique avait retrouvé son sang-froid. Cela lui était déjà arrivé dans sa vie de mourir de peur, mais lorsque la tension dépassait la mesure, c'étaient en elle la rage et l'esprit de lutte qui prenaient le dessus.

Sa robe trempée collait à ses jambes et la paralysait. Elle se traîna jusqu'à son sac, l'ouvrit, sortit des vêtements et profitant d'une accalmie, en s'y reprenant à plusieurs fois, réussit à ôter sa robe et ses dessous trempés. Prévoyant que sa randonnée pourrait être mouvementée, elle avait emporté à tout hasard un costume masculin de drap gris, qu'elle enfila tant bien que mal. Ses jambes moulées dans le haut-de-chausses, la taille serrée dans l'habit boutonné jusqu'au col de linge blanc, elle se sentit plus à l'aise pour affronter les naufrages… et les forçats. Elle enfila des bottes, noua vigoureusement ses cheveux et les tassa sous un feutre gris. Elle eut encore la présence d'esprit de rouvrir son sac, d'y prendre tout ce qui lui restait d'or pour l'enfermer dans sa ceinture, et ses lettres de change. Tout cela s'accomplissait dans un va-et-vient épuisant de balançoire ; par intermittence le plancher était balayé à grande eau, et le corps du malheureux La Brossardière glissait de-ci, de-là, entraîné dans un clapotement d'eau lugubre.

❦

— Angélique ! hurla Nicolas lorsqu'il reparut.

Il avait aperçu cette silhouette de jeune homme et ne comprenait plus.

— Ah ! c'est toi, fit-il avec soulagement. J'ai cru que tu étais passée par-dessus bord quand je ne t'ai plus vue avec ta robe.

— Passer par-dessus bord. Cela ne va pas tarder si cette danse continue.

Les tentures se déchirèrent et le vent s'engouffra en sifflant.

— Ça va mal, bougonna l'homme, je crois bien qu'on file droit vers une côte.

Un vieux forçat à la barbe blanche et à l'œil borgne l'avait accompagné.

— De là on voit bien, fit-il en se penchant à l'arrière dans la nuit démente, là… Là-bas, tu les vois bien les lumières qui dansent… Il y a un port, je te dis… Faut s'y réfugier…

— Tu es fou !… Retomber entre les mains des argousins !

— C'est un petit port de pêcheurs… On leur fera peur et ils se tiendront tranquilles. On ne restera là que le temps que la mer se calme… Si on n'essaie pas de pénétrer là, on va aller se fracasser sur les rochers comme du petit bois.

— J'suis pas d'accord.

— Qu'est-ce que tu proposes alors, caïd ?

— Qu'on essaie de maintenir la mer jusqu'à ce que le temps se calme.

— C'est toi qui es fou, caïd. Ce vieux sabot ne résistera pas.

— On va mettre l'idée au vote. Viens, dit-il en saisissant Angélique par le bras. Tu vas t'abriter dans l'entrepont. Ici, tu te ferais enlever. Je ne tiens pas à ce que les poissons te mangent. Tu es pour moi…

Dans les ténèbres, on devinait plus qu'on ne voyait le désordre de la galère démantelée. La chiourme était à demi pleine d'eau. Sous les fouets de leurs compagnons d'hier les galériens étrangers, russes, maures et turcs, ramaient sauvagement, avec par instants des cris désespérés et terrifiants.

Où était maître Savary ? Où était Flipot ?

Nicolas fut à nouveau près d'elle.

— Ils veulent tous gagner le port qu'on aperçoit là-bas, lui cria-t-il. Moi, non. Avec quelques autres frangins, on va mettre la felouque à la mer et filer. Viens, marquise.

Elle essaya de lui échapper, entrevoyant le salut dans ce refuge de la galère révoltée à l'abri d'un port. Mais il la saisit, la souleva dans ses bras et la porta vers la felouque.

❦

L'embarcation dansait sur les crêtes des vagues comme une coque de noix, lorsque le jour se leva. Le ciel fut aussitôt très clair. Les nuages avaient fui. Cependant la mer demeurait violente et verte, poussant avec fureur vers la côte ces humains fragiles qui durant des heures avaient osé affronter sa colère.

— À Dieu vat, chacun pour soi ! cria Nicolas, lorsque les falaises rouges se dressèrent, proches et menaçantes.

Les forçats sautèrent à l'eau.

— Tu sais nager ? demanda Nicolas à Angélique.

— Non.

— Viens quand même.

Il se lança à l'eau avec elle, s'efforçant de lui soutenir la tête hors des flots.

Elle avala une grande tasse d'eau salée, suffoqua. Une vague l'arracha à Nicolas, la porta à une allure de cheval échappé vers le rivage. Elle sentit le choc dur des rochers et se cramponna avec une force surhumaine. La mer la quitta dans un ruissellement torrentiel. Angélique se traîna un peu plus haut. Le galop fou la rejoignit ; l'eau l'immergea dans son froid linceul, la quitta, la rejoignit encore. Mais chaque fois elle se traînait un peu plus loin. À la fin elle sentit le poids de son corps qui se hissait aussi lourd que s'il était devenu de plomb, sur le sable d'une grève. Encore ! Encore un peu !… Puis elle trouva un nid de sable et d'herbes sèches, s'y blottit et s'évanouit.

❦

La première pensée d'Angélique fut puérile. Elle ouvrit les yeux, vit le ciel bleu et dur, et songea avec effroi que tout au long de cette nuit terrible, pas un instant elle n'avait songé à recommander son âme à Dieu.

Cet oubli l'atterra comme si elle découvrait en elle un mal caché. Mortifiée, elle n'osait pas réparer son erreur en remerciant la Providence de lui accorder à nouveau, ce matin, la vie. Elle se redressa difficilement, un peu nauséeuse à cause de toute l'eau salée qu'elle avait ingurgitée au cours du naufrage et s'assombrit. La Providence méritait-elle d'être remerciée ? À quelques pas, elle venait d'apercevoir les forçats autour d'un feu allumé sur la plage.

Le soleil était haut dans le ciel et la chaleur incandescente avait séché sur elle ses vêtements trempés et jusqu'à ses cheveux. Mais ceux-ci étaient pleins de sable et la peau brûlée de son visage lui faisait mal.

Ses mains étaient égratignées.

Peu à peu, les sens lui revinrent, l'ouïe après celui de la vue. Elle entendait les voix rugueuses des galériens. Ils étaient une dizaine. Deux d'entre eux s'occupaient à faire cuire quelque chose sur le feu, mais les autres étaient debout, en cercle et le ton était à la dispute.

— Non, ça ne va pas, caïd, criait un grand gars blond et dégingandé ; nous, on a suivi en tout ce que tu disais de faire. On a respecté la loi envers toi. À toi de la respecter envers nous.

— On l'a méritée comme toi la marquise de l'amiral, affirma un autre, à la voix traînante et grasseyante. Pourquoi que tu dis qu'elle est à toi seul ?

Nicolas se tenait le dos tourné et Angélique n'entendit pas sa réponse.

Mais les forçats protestèrent, véhéments.

— C'est toi qui le dis qu'elle t'appartenait avant !

— Tu nous le feras pas croire… C'est une dame du grand monde, qu'est-ce qu'elle aurait fait d'un croquant de ton espèce ?

— Tu cherches à nous avoir, caïd. C'est pas régulier.

— Et si c'était vrai ce qu'il raconte, ça ne tient pas. La loi de Paris c'est une chose, celle des galères, c'est une autre.

Un vieux, gringalet, sans dents et déplumé comme un œuf, dit en levant le doigt :

— Tu connais le dicton de la Méditerranée : « La proie est au cormoran, le butin au pirate, et la femme à tous. »

— À tous, à tous ! braillèrent les autres, en se rapprochant, menaçants, de leur chef.

Angélique leva les yeux vers le sommet de la falaise. Il fallait essayer de gagner la lande et peut-être de se cacher parmi les buissons ou les petits bois de chênes-lièges qui couronnaient le rivage. Le pays n'était pas inhabité sans doute. Des pêcheurs lui offriraient protection.

Elle se redressa avec précaution, se mit à genoux. S'ils pouvaient se battre, ce serait du temps gagné.

Mais la querelle avait paru s'apaiser. Une voix dit :

— Ça ira comme ça, alors, oui, là, alors on ne peut rien dire. Tu es le chef, tu as le droit de te servir le premier… Mais laisses-en pour les autres…

Un rire grossier salua ces paroles. Angélique vit Nicolas venir à grands pas vers elle. Elle ébaucha un mouvement de fuite qu'il ne vit pas. En trois enjambées, il la rejoignit et la saisit par le poignet. Ses yeux luisaient farouchement, ses lèvres se retroussaient sur ses dents noircies par la chique de tabac. Il était si absorbé par sa fureur qu'il n'avait pas remarqué son recul et il l'entraîna, courant presque sur le rude sentier de chèvres qui grimpait vers la falaise. Les rires et les quolibets obscènes des forçats demeurés sur la plage les poursuivaient.

— Prends ton temps, caïd, mais ne nous oublie pas… Pour nous aussi, ça urge !…

— Plutôt, grommelait Nicolas, plutôt que je la leur laisserai… Elle est à moi !… Elle est à moi !…

Il s'élança à travers le cailloutis et les petites plantes sèches du maquis, la traînant derrière lui, tandis que le vent les saisissait violemment et rabattait les cheveux d'Angélique sur son visage, comme un étendard, un écheveau de soie aveuglant.

— Arrête ! cria-t-elle.

Le forçat courait toujours.

— Arrête, je ne peux plus !

Il l'entendit enfin, fit halte et regarda autour de lui comme s'il s'éveillait.

Ils avaient suivi le bord de la falaise et maintenant la mer était à leurs pieds, d'un bleu presque noir contre le ciel d'un autre bleu, où les mouettes traçaient des arabesques blanches.

L'air vif et odoriférant, par brusque retour, les frappait et les suffoquait.

Le galérien évadé parut soudain découvrir cette immensité.

— Tout cela, murmura-t-il, tout cela pour moi…

Il lâcha la main d'Angélique pour ouvrir les bras et respirer à pleins poumons, gonflant sa poitrine et ses épaules que les travaux de la rame avaient rendues plus larges encore. Sous le maillot rouge, ses muscles étaient noueux et durs.

Angélique fit un bond de côté et se mit à fuir. Il rugit : « Reviens ! » et se lança à sa poursuite.

Comme il l'atteignait, elle lui fit face, les griffes en avant ainsi qu'une chatte en colère.

— Ne m'approche pas… ne me touche pas…

L'éclat de ses prunelles était si fulgurant qu'il se figea.

— Qu'est-ce qui te prend ? grommela-t-il. Tu ne veux pas que je t'embrasse ? Après si longtemps ? Tu ne veux pas que je te caresse ?…

— Non !

Les sourcils de l'homme se froncèrent. On aurait dit que les mots pénétraient difficilement jusqu'à son esprit et qu'il cherchait à comprendre. Il voulut encore l'attraper mais elle se déroba. Il poussa un grognement déçu.

— Qu'est-ce qui te prend ? Tu ne peux pas me faire ça, Angélique ! J'ai pas eu de femme depuis dix ans. J'ai pas pu en toucher une, à peine en voir… Et tu viens, tu es là, TOI… Je casse tout pour te rejoindre, pour t'arracher à l'autre… Et j'aurais pas le droit de te toucher ?

— Non.

Les yeux noirs du galérien vacillèrent comme sous un brusque égarement de folie. Il bondit sur elle, réussit à la happer, mais elle le griffa si férocement qu'il lâcha prise à nouveau, regardant d'un air hébété les sillons sanglants qui gonflaient à la surface de son bras.

— Qu'est-ce qui te prend ? répéta-t-il. Est-ce que tu ne me reconnais pas, ma mignonne ? Tu ne te souviens donc pas ?… Tu dormais contre moi, à la tour de Nesle… Je te prenais, je te faisais l'amour, tant que je voulais, tant que tu voulais… C'est pas en rêve, ça ! Ça a existé… Dis : ça n'a pas existé qu'on était du même pays, que je ne voulais que toi, depuis toujours… que tu as voulu de moi le soir de tes noces… C'est quand même bien la vérité. C'est toi que j'ai toujours aimée… Tu ne te souviens donc pas ?… Nicolas, ton ami Nicolas, qui te cueillait des fraises…

— Non, non ! cria-t-elle en s'enfuyant avec désespoir, Nicolas est mort depuis longtemps. Toi, tu es Calembredaine le bandit. Toi, je te hais !

— Mais moi je t'aime ! hurla-t-il.

Ils coururent encore, l'un poursuivant l'autre à travers les buissons, les arbustes épineux qui les accrochaient au passage. Angélique trébucha contre une souche et tomba. Nicolas fut sur elle. Mais déjà, elle se redressait. Il dut la ceinturer étroitement tandis qu'elle se débattait, lui martelant le visage de ses poings.

— Mais moi je t'aime, répétait-il d'un air hagard. Je t'ai toujours voulue, je ne m'en suis jamais lassé… Des années et des années à crever de désir sur ce banc… Toujours, toujours, je recommençais, je te reprenais en songe… Et maintenant, je ne peux plus attendre…

Il essayait de faire glisser ses vêtements, mais le costume masculin que portait Angélique ne facilitait pas sa tâche. Elle continua à se défendre avec une force surhumaine. Il réussit cependant à déchirer le col de l'habit et à dénuder sa poitrine.

— Laisse-moi te prendre, suppliait-il. Essaie de comprendre… J'ai faim… Je meurs… Je meurs de faim de TOI…

Et c'était une lutte insensée et terrible, parmi les touffes de genévriers et de myrtes et les souffles violents du vent…

Brusquement le forçat fut comme arraché de terre et projeté sur le sol à quelques pas.

Un homme venait de surgir des buissons. Son uniforme bleu déchiré laissait voir ses épaules et sa poitrine zébrées de meurtrissures, son visage était tuméfié et marbré de sang séché, mais Angélique reconnut le jeune lieutenant de Millerand.

Nicolas, qui se relevait, le reconnut aussi.

— Oh ! môssieu l'officier, fit-il en ricanant, vous n'étiez donc pas encore bon à manger par les poissons lorsqu'on vous a expédié par-dessus bord ? Dommage que je ne me sois pas chargé de la besogne. Vous ne seriez pas là à nous em…

— Misérable ! gronda le jeune homme, tu vas payer tes crimes.

Nicolas se rua sur lui, mais un poing vigoureux l'envoya de nouveau à terre. Le forçat rugit de colère et revint à la charge. Pendant d'interminables minutes les coups résonnèrent, serrés et meurtriers. Les deux hommes étaient à peu près de taille et de force égales. À plusieurs reprises l'officier du roi lui aussi mordit la poussière. Certaines fois Angélique crut qu'il n'allait pas se relever. Déjà, Nicolas, penché sur lui, le martelait sauvagement. Mais d'un mouvement souple, le lieutenant se retourna et frappa du pied son adversaire, à l'estomac. Une seconde plus tard il était debout. Un autre coup, au ventre, fit blêmir Nicolas, sous la salissure de sa barbe. Il faiblit, plié en deux.

— Vermine ! gronda-t-il. Tu étais nourri, toi, tu mangeais des ortolans, pendant que je me gobergeais à la soupe aux fèves des galères.

Implacable, le lieutenant de Millerand le frappa au visage. Nicolas recula encore. Alors les coups commencèrent à tomber dru comme grêle.

Nicolas reculait toujours, en titubant, vers le rebord de la falaise.

— Non ! hurla Angélique.

Brusquement Nicolas perdit pied. Il bascula en arrière, dans le bleu du ciel.

Le cri aigu d'Angélique accompagna sa chute à travers la lumière éblouissante, jusqu'au choc sur les rochers pourpres du rivage.

Le lieutenant de Millerand s'essuyait le front.

— Justice est faite, dit-il.

— Il est mort, cria Angélique, oh ! cette fois, il est bien mort. Oh ! Nicolas. Oh ! cette fois, tu ne reviendras plus…

— Oui, il est mort, répéta l'officier. Déjà la mer l'emporte.

Étourdi par le combat qu'il venait de soutenir, il ne comprenait rien à ces cris, et à cette sorte de douleur qui la précipitait à genoux, au bord de la falaise, en se tordant les mains.

— Ne regardez pas, madame, c'est inutile. Il est bien mort. Ne craignez plus rien. Mais venez, et taisez-vous de grâce. Il faut éviter d'alerter les autres bandits.

Il l'aida à se relever et tous deux, d'un pas de somnambule, s'éloignèrent du lieu tragique.

XIV

Après une longue marche au long de la côte déserte ils aperçurent enfin le donjon noir d'un château, bâti en promontoire sur la mer.

— Dieu soit loué ! murmura le lieutenant de Millerand. Nous allons pouvoir demander l'hospitalité au seigneur de ce fief.

Le jeune officier n'en pouvait plus. Il avait derrière lui une nuit harassante, passée à nager dans l'eau glacée durant de mortelles heures, luttant pour ne pas s'endormir, luttant contre les crampes, le découragement. À l'aube, il avait enfin aperçu la côte où il avait pu s'échouer. Quand il était revenu à lui, il avait cherché quelques coquillages pour se rassasier. Puis il avait entrepris de gagner l'arrière-pays pour y chercher du secours.

C'est alors qu'il avait entendu des cris de femme et qu'il était accouru vers l'endroit où Angélique luttait contre Nicolas.

Soulevé de colère à la vue du criminel, meneur de la révolte qui avait coûté la vie à ses camarades, M. de Millerand avait retrouvé assez de vigueur pour s'en venger, mais il avait reçu quelques vilains coups durant la bataille et il se sentait épuisé.

Angélique n'était guère plus brillante. La soif les dévorait.

La vue du château les rasséréna et ils hâtèrent le pas. Déjà la contrée sauvage et inhabitée paraissait s'animer. Ils distinguèrent sur une plage, au loin, des silhouettes humaines et, au détour du sentier, un troupeau de chèvres apparut, broutant paisiblement l'herbe courte.

Le lieutenant de Millerand les regarda. Brusquement ses sourcils se froncèrent et il entraîna Angélique derrière un rocher en lui faisant signe de se coucher à terre.

— Que se passe-t-il ?

— Je n'en sais rien… Mais ces chèvres m'ont paru suspectes.

— Qu'ont-elles donc ?

— Je ne serais pas étonné d'apprendre que certaines nuits de tempête on les promène sur le rivage, une lanterne au cou.

— Que voulez-vous dire ?

Il posa un doigt sur ses lèvres, puis rampa vers le bord de la falaise et après avoir observé un instant, lui fit signe de le rejoindre.

— Je ne m'étais pas trompé, chuchota-t-il. Regardez.

Au-dessous d'eux s'ouvrait une large crique, dominée par la masse sombre du château. Les débris d'un navire fracassé y flottaient parmi les rochers, émergeant à cette heure. Des mâts, des rames, des voiles, des morceaux de balustre doré, des barriques roulant dans le ressac, des planches s'entrechoquaient, battus par les vagues et partout entre deux eaux, l'on voyait flotter des corps. D'autres cadavres, rejetés sur les rochers, reflétaient dans l'eau tranquille des mares leur infamante livrée rouge. Sur la plage, parmi les piaillements aigus et les tourbillons des oiseaux de mer attirés, des hommes et des femmes allaient et venaient, armés de gaffes, pour ramener à eux tout ce qui flottait. D'autres, dans les rochers, retournaient les noyés.

D'autres encore, avec de petites barques, poussaient vers la mer, pour se rendre jusqu'à la grosse carcasse du bateau éventré, empalé à l'entrée de la crique sur les rocs aigus.

— Ce sont des naufrageurs, des pilleurs d'épaves, murmura l'officier. Ils attachent des lanternes au cou de leurs chèvres, dans la nuit. Les navires en perdition croient voir briller les lumières d'un port et se dirigent dans cette direction, où ils se fracassent sur les rochers de la passe.

— Les galériens, cette nuit, apercevaient des lumières et voulaient manœuvrer pour y trouver refuge.

— Ils ont payé. Mais que dira monsieur de Vivonne en apprenant la perte de sa galère amirale ? Pauvre *Royale* !

— Qu'allons-nous faire ?

L'apparition silencieuse, derrière eux, d'une dizaine d'hommes au teint basané, dispensa le lieutenant de répondre.

Les naufrageurs leur lièrent les mains au dos et les conduisirent jusqu'au *signor* Paolo di Visconti qui, de son donjon en pierre de lave, régnait sur la contrée.

❦

C'était un Génois, bâti en athlète, avec une musculature qui semblait prête à faire craquer son justaucorps de satin et dont le sourire éblouissant et le regard féroce trahissaient une mentalité de brigand. Il n'était d'ailleurs rien d'autre sur son rocher solitaire, parmi ses quelques vassaux corses, sauvages et farouches.

Il se réjouit hautement à la vue des deux prisonniers qu'on lui amenait. Le butin d'une vieille galère et de quelques misérables forçats lui avait paru maigre.

— Oune offiçire de Sa Majesté lé roi dé la France ! s'exclama-t-il. Zé pense que vous avez oune famille qui vous aime bien, *signor*, oune famille qui a beaucoup d'arzent ? *Dio mio ! Qué bello ragazzo*[1] *!* s'exclama-t-il en passant sous le menton d'Angélique une main aussi chargée de bagues que crasseuse.

Le lieutenant de Millerand présenta, très raide :

— Madame du Plessis-Bellière.

— C'était oune femme ! *Madona ! Ma garda que carina ! Qué bella ragazza*[2] *!* Zaimé bien les jeunes gens, ma zé me dis oune femme, c'est plus rare !…

Par lui, le lieutenant de Millerand apprit que la tempête les avait entraînés vers les côtes de la Corse, île sauvage et déshéritée, actuellement sous la férule de Gênes.

Par égard pour leurs titres, l'Italien voulut les inviter à dîner. Son hospitalité offrait un curieux mélange de luxe et de rusticité. Les nappes de dentelles qui couvraient les tables étaient de pures merveilles, mais il n'y avait pas de fourchettes, à peine quelques cuillères d'étain, ici et là, pour servir. Il fallut manger avec

1. « Quel beau garçon ! »
2. « Quelle belle fille ! »

ses doigts dans une vaisselle d'argent frappée au chiffre d'un célèbre orfèvre de Venise.

Le duc de Visconti fit servir aux deux naufragés défaillants un cochon de lait grillé, couché sur un lit de châtaignes et de fenouil. Puis les serviteurs apportèrent une grosse marmite d'étain pleine d'une soupe dorée au safran où s'échevelaient des pâtes et du fromage cuit.

Malgré ses appréhensions, Angélique dévora. Le Génois la couvait d'un œil incendiaire, lui versant dans un hanap de vermeil aussi ouvragé qu'un calice, des rasades d'un vin noir et liquoreux qui ne tarda pas à lui mettre le feu aux joues.

Rassasiée, elle jetait des regards de panique au lieutenant de Millerand. Il comprit leur sens et vint à son secours.

— Mme du Plessis est très fatiguée. Ne pourrait-elle prendre un peu de repos dans un endroit tranquille ?

— Fatiguée ? La *signora* est-elle votre *carissima*, *signor* ?

Le jeune homme rougit jusqu'à la racine des cheveux.

— Non.

— Ah ! Zé souis bien aise ! Zé respire, s'exclama le Génois en posant une main en éventail sur son cœur. Zé n'aurais pas voulu vous faire de la peine. Ma… Tout va bien.

Il se tourna vers Angélique.

— Fatiguée, *signora* ? Zé comprends. Zé né souis pas oune broute !… Zé vais vous conduire dans votre… ma, en français on dit zé crois : appartement.

❦

Tout au sommet de la tour, une pièce traversée de courants d'air offrait un lit aux draps percés et aux couvertures de brocart. Il y avait alentour des miroirs de Venise, des pendules françaises, des armes turques. Angélique pensa que cela ressemblait à la chambre de recel des voleurs de la tour de Nesle.

La petite servante corse insistait pour qu'elle prît un bain et revêtît une robe, assez belle, tirée d'un coffre où elle était rangée avec beaucoup d'autres, pillées sans doute aux malles de voyageuses trop hardies.

Angélique voulut bien se plonger dans le baquet d'eau chaude, où elle détendit ses membres courbatus, meurtris par le sel et le soleil. Mais elle s'empressa de revêtir ses vêtements personnels, bien qu'ils fussent fripés, salis et déchirés. Elle s'assura que sa ceinture, toujours garnie d'or, était en place. Ces vêtements d'homme et cet or lui procuraient une certaine défense.

Le lit lui parut tanguer en tous sens dans le balancement d'une tempête qui taraudait ses nerfs fatigués. Les visages de Nicolas, des forçats, du *signor* Paolo, dansaient la ronde, grimaçant autour d'elle. Elle sombra dans un sommeil pénible.

Des coups frappés à l'épais vantail bardé de fer qui servait de porte l'éveillèrent. Une voix sourde appelait :

— Maîtresse ! maîtresse !... C'est moi. Madame la marquise, ouvrez-moi !...

Elle serra ses tempes à deux mains. Un vent glacial sifflait à travers la pièce.

— C'est moi, Flipot !

— Ah ! tu es là, fit-elle.

Elle se leva, titubante, alla tirer les verrous et découvrit dans l'entrebâillement son petit valet, qui s'éclairait d'une veilleuse à huile.

— Comment allez-vous, madame la marquise ? demanda-t-il avec un sourire jusqu'aux deux oreilles.

— Mais... fit-elle, mais comment...

La mémoire lui revenait peu à peu.

— Mais Flipot, s'exclama-t-elle émerveillée, d'où sors-tu ?

— De la flotte, comme vous, madame la marquise.

Angélique le saisit aux épaules et l'embrassa.

— Mon petit, je suis tellement contente ! Je te croyais tué par les galériens ou disparu dans le naufrage.

— Non. Sur la galère, Calembredaine m'avait reconnu. « C'est un des nôtres », qu'il a dit. Je lui ai demandé d'épargner le vieil apothicaire qui ne pouvait pas leur faire de mal. Ils nous ont enfermés dans une cambuse. Après, monsieur Savary s'est arrangé pour faire sauter la serrure. C'était la nuit, la tempête en plein. Les gars gueulaient dans la chiourme. Ceux qui n'étaient pas enchaînés se cramponnaient où ils pouvaient. Quand on a compris que vous n'étiez plus à bord, monsieur Savary et moi on s'est arrangés pour mettre le caïque à la mer. Un fameux marin, entre nous, ce vieux ! Ça ne nous a pas empêchés de nous faire pêcher par les sauvages du seigneur Paolo. Mais enfin on était entiers et ils nous ont quand même donné à croûter. Quand nous avons appris que vous vous en étiez tirée aussi, ça nous a fait plaisir.

— En effet, c'est quelque chose d'être vivant, mais la situation n'en est pas moins ennuyeuse, mon pauvre

Flipot. Nous sommes tombés entre les mains de fameux brigands.

— C'est pourquoi je suis venu vous chercher. Il y a une barque qui va prendre la mer… Oui, un marchand que le seigneur Paolo avait arraisonné et qui essaie de se tirer en douce. Il veut bien nous attendre encore une heure, mais faut se dépêcher.

❦

Angélique n'eut pas besoin de réfléchir longtemps avant de prendre une décision. Tout ce qu'elle possédait, elle le portait sur elle.

Elle jeta un regard alentour, s'avisa qu'un des poignards qui traînaient pourrait lui être utile et le glissa dans sa manche.

— Pourrons-nous sortir du château ? chuchota-t-elle.

— On va essayer. Les gens ont bu pour fêter le naufrage de la galère. Ils avaient trouvé quelques barriques à bord. Ils sont saouls comme des cochons !

— Et le *signor* Paolo ?

— Pas vu ! Peut-être que lui aussi roupille dans un coin.

La jeune femme pensait au lieutenant de Millerand. Mais Flipot l'informa que l'officier avait été enfermé dans un solide cachot. Il fallait l'abandonner à son triste sort.

Ils descendirent l'un derrière l'autre d'interminables escaliers en colimaçon où le vent soufflait la flamme des lampes et faisait vaciller celle des torches plantées dans des anneaux de fer.

Dans la dernière salle, le Génois déambulait, légèrement titubant. Il les aperçut et son sourire fut de mauvais augure.

— Oh ! *Signora ! Que cosa c'è ?* Vous venez me tenir compagnie ? Ma, zé souis heureux.

Angélique avait à descendre encore quelques marches. D'un coup d'œil elle embrassa la situation.

Au-dessus du *signor* Paolo di Visconti, il y avait un cadre de lattes grossières supportant quatre grosses chandelles de suif. Ce lustre rudimentaire était retenu à la voûte par une corde qui, passant sur une poulie, venait s'accrocher à un croc de fer, sur le mur de l'escalier.

Tirer son couteau, trancher la corde à portée de sa main, ne demanda pas trois secondes à Angélique.

Elle ne sut jamais si le Génois avait reçu l'appareil sur la tête, car les lumières s'éteignirent avant d'arriver au sol.

Ils entendirent son rugissement dominant le fracas, et comprirent que, s'il n'était pas mort, il était quand même en mauvaise posture.

Profitant du désordre et de l'obscurité, Angélique et Flipot réussirent à trouver la porte. Ils traversèrent sans peine la cour. L'édifice était à demi en ruine. Les deux fugitifs se croyaient encore dans l'enceinte, que Flipot reconnaissait le sentier menant au lieu du rendez-vous.

Dans le ciel nocturne des nuages rapides voilaient et dévoilaient la lune ronde.

— C'est par ici, dit Flipot.

On entendait la mer pulvériser méchamment le sable d'une petite plage. Ils se glissèrent à travers les buissons et atteignirent la petite anse où des silhouettes attendaient près d'une barque.

— C'est vous qui voulez aller vous faire manger par les poissons au large de la Corse ou de Sardaigne ? demanda une voix au timbre marseillais.

— Oui, c'est moi, répondit Angélique. Tenez, voici pour vous récompenser.

— On verra ça plus tard. Embarquez.

À quelques pas, maître Savary, pareil à un djinn de l'ombre, déversait dans la nuit et le vent des imprécations.

— Votre avidité vous portera malheur, espèce de moloch insatiable, de pieuvre géante, de sangsue immonde aspirant la fortune des autres. Je vous ai offert tout ce que j'avais et vous refusez de me prendre !

— Je paie pour ce monsieur, dit Angélique.

— Il y aura trop de monde à bord, grommela le patron.

Puis il alla s'installer à la barre et fit mine de ne pas voir le vieillard qui montait à bord avec son sac, son en-cas et sa bonbonne.

La lune, fidèle sur ces rives, depuis l'Antiquité, aux contrebandiers et aux fugitifs, se voila longtemps. La barque eut le temps de franchir les rochers où veillaient les sentinelles du Génois, sans risquer de se faire voir.

Quand la lumière argentée reparut, la flamme qui brûlait au sommet du donjon des naufrageurs était déjà lointaine.

Le Provençal poussa un profond soupir.

— Voilà ! fit-il. Maintenant on va pouvoir chanter. Prends la barre, Mutcho.

Il extirpa d'un coffre une guitare, dont il pinça les cordes savamment. Et bientôt sa voix profonde s'éleva à travers la nuit méditerranéenne.

XV

— Alors, c'est vous, la dame de Marseille qui vouliez visiter le harem du Grand Turc ? Eh bien, vous pouvez dire que vous avez de la suite dans les idées. Vous m'avez bien eu, té !

À la lumière du matin, Angélique reconnaissait, non sans surprise, dans le patron de la barque *La Joliette*, ce Marseillais qui naguère l'avait si fortement mise en garde contre les dangers des voyages. Il s'appelait Melchior Pannassave. C'était un homme dans la quarantaine, joyeux et recuit par le soleil sous son bonnet rouge et blanc à la napolitaine. Il portait un pantalon noir retenu à la taille par une ample ceinture à plusieurs tours.

Il mâchonna longuement sa pipe avec un sourire narquois avant de conclure, tourné vers son matelot :

— Tu peux le dire, va, que ce que femme veut… Le Bon Dieu lui-même ne peut pas aller contre.

Le matelot, un petit vieux sans dents, sec comme un sarment et qui semblait aussi taciturne que son patron était bavard, approuva d'un jet de salive.

L'équipage se complétait d'un gamin grec nommé Mutcho.

— Eh bien ! vous voilà à mon bord, madame, conclut le patron ; ça n'est pas très vaste, surtout avec ma cargaison. Je n'avais pas prévu une dame parmi mes passagers, hein ?

— Pourrez-vous essayer de me traiter comme un garçon, s'il vous plaît ? Est-ce que vraiment on ne peut pas me prendre pour un gentilhomme ?

— Peut-être bien, après tout. Mais ici, nous sommes entre nous. Pas besoin de jouer la comédie.

— C'est pour vous habituer à plus de naturel avec moi, si nous étions abordés par des infidèles.

— Ma pauvre pitchoune, sauf votre respect, vous vous faites des illusions. Avec ces gens-là, que vous soyez garçon ou fille, du moment que vous avez un joli minois, vous passerez à la casserole. Demandez à Mezzo-Morte, l'amiral de la flotte algéroise. Ha ! ha ! ha !

Il rit grassement en jetant des coups d'œil entendus à son matelot imperturbable.

Angélique haussa les épaules.

— Au fond c'est ridicule cette hantise qu'on a l'air d'entretenir à plaisir de la rencontre fatale des Barbaresques ou du Grand Turc.

— Ce ne sont pas des hantises, madame – pardon… Messire, moi qui vous parle, j'ai été pris dix fois. Cinq fois j'ai été échangé presque aussitôt, mais les autres fois ça m'a fait quand même un bail de treize ans de captivité en tout. On m'a fait planter de la vigne du côté du Bosphore et puis fabriquer du pain blanc pour le harem de je ne sais plus quel pacha qui avait une maison de campagne près de Constantinople. Vous me voyez, moi, boulanger ! Quelle misère, peuchère !… Et surtout pour leur fabriquer leurs espèces de saloperies de galettes plates comme des mouchoirs qu'il faut lancer comme des crêpes dans le four. J'avais attrapé le tour de main, il fallait voir ! Mais, ce qui ne me plaisait pas surtout, alors, c'était d'être toujours entouré d'eunuques, sabre au poing qui surveillaient si je n'allais pas reluquer les petites derrière les grilles du harem…

— Mon ami, dit Savary, vous ne pouvez prétendre avoir souffert en captivité si vous n'avez pas été, comme moi, chez des Marocains. Ce sont les plus féroces parmi les musulmans. Ils ne plaisantent pas avec leur religion et ils haïssent les chrétiens en proportion. Les villes de l'intérieur sont interdites aux Blancs et même aux Turcs, qu'ils trouvent trop mous en religion. Ils m'ont envoyé dans une ville du désert appelée Tombouctou, pour les mines de sel. Quand ils ont vu que je ne me décidais pas à mourir ils m'ont ramené dans une autre ville, à Marrakech pour y travailler à la mosquée El Mouassine, et à celle de la sultane Vahidé.

— Hé ! Je me disais bien aussi que pour être si radin que toi et ne voyager qu'avec une bouteille de piquette pour tout bagage, ça ne mérite pas plus que de gâcher de la terre avec de la bouse d'ânes pour faire leurs fichus pâtés de mosquées impies.

— Mon ami, vous m'insultez. Vous n'avez jamais vu les mosquées de Es Sabat à Meknès et de Karaouine et de Bab Guissa de Fez et surtout le Palais royal, plus grand que Versailles !

— Des pâtés, vous dis-je, à peine couverts d'un peu de plâtre. Parlez-moi au contraire de Sainte-Sophie ou du château des Sept Tours à Constantinople. Ça, c'étaient de vraies constructions ! Seulement, c'étaient des constructions chrétiennes du temps où Constantinople s'appelait Byzance.

Maître Savary, tremblant d'indignation, essuya et remit plusieurs fois ses lunettes.

— En tout cas, ces pâtés marocains valaient bien ceux, turcs, que vous faisiez cuire pour votre pacha de Constantinople. Quant à ma bonbonne de piquette, comme vous dites, si vous saviez ce qu'elle contient, vous en parleriez avec plus de respect.

— Dame, si vous m'en offrez un verre, peut-être que je me dédirai et vous présenterai des excuses, grand-père.

Savary se leva, solennel. Il défit avec des précautions de nourrice le bouchon de liège scellé de cire rouge et porta la fiasque sous le nez de Melchior Pannassave.

— Appréciez cette odeur divine, capitaine. Pour le seul voyage de cette liqueur de roi, des rois de Perse vous paieraient dix sacs d'or !

— Pouah ! fit le Marseillais, ça n'est même pas du vin alors ? C'est une drogue ?

— De la pure moumie minérale, extraite du rocher sacré du roi de Perse.

— J'ai entendu parler de cette saloperie précieuse par des marchands arabes, mais ça ne me plaît pas beaucoup d'avoir cette mixture à mon bord.

Le Marseillais guignait la bonbonne d'un air méfiant, cependant mêlé d'une certaine considération. Le savant, satisfait de l'effet obtenu, sortit un bâton de cire rouge de ses poches ainsi qu'une tige d'amadou.

— Je vais la sceller de nouveau, mais je me placerai sous le vent, car l'essence même de la moumie peut s'enflammer. Je m'en suis rendu compte au cours de différentes expériences.

— Vous voulez nous faire flamber vifs ! cria Pannassave. Bonne Mère de Notre-Dame de la Garde, voilà comment je suis récompensé d'avoir eu pitié d'un pauvre vieillard qui me paraissait inoffensif. Tenez, je ne sais pas ce qui me retient de jeter à la flotte votre bouteille de malheur !

Il fit un geste menaçant en direction de la précieuse bonbonne. Savary la couvrit de son corps et le capitaine se retira en ricanant.

Angélique riait.

— Vraiment, vous avez réussi à sauver votre moumie, monsieur Savary ? Vous êtes merveilleux.

— Croyez-vous que j'avais affaire à mon premier naufrage ? dit le vieil homme en s'efforçant de prendre un air désinvolte bien qu'il fût très flatté.

❦

Le temps était redevenu magnifique. Dans le ciel, quelques gros nuages, pétris de lumière, couraient encore, poussés par un vent sec et sonore qui frisait de blanc la crête des vagues.

— Une chance que la tempête se soit calmée dès que nous avons été éloignés des côtes, reprit le Marseillais en bourrant sa pipe. Maintenant, jusqu'en Sicile, nous n'avons plus devant nous que la grande bleue.

— Et les Barbaresques, glissa maître Savary, à la cantonade.

— Ce que je ne comprends pas, dit Angélique, c'est qu'avec toutes les aventures que vous avez eues les uns et les autres, vous ayez encore le courage de reprendre la mer. Pourquoi naviguer ? Qu'est-ce donc qui vous entraîne, je me le demande ?

— Eh, mais… on dirait que vous commencez à prendre « l'assent ». C'est bon signe ! Pourquoi je navigue ? J'ai mon commerce, moi, madame. Je cabote d'un port à l'autre avec un peu de marchandises. Pour l'instant, ce que vous voyez là ce sont des petits paquets de feuilles d'étain contenant de la sauge et de la bourrache. Je m'en vais les échanger dans le Levant contre du thé de Siam. Tisane contre tisane, pas vrai ?

— Le thé n'est ni de la famille des myrtes ni de celle des fenouils, enseigna Savary. C'est la feuille d'un arbuste qui ressemble au laurier-rose et dont la décoction purifie le cerveau, éclaircit les yeux et est efficace contre les vents qu'on a dans le corps.

— Moi, je veux bien, fit le Marseillais, goguenard, mais je préfère le café turc. Mon thé, je le revends aux chevaliers de Malte, qui en font commerce avec les peuplades de Barbarie, les Algériens, les Tunisiens et les Marocains. Tous des buveurs de thé, à ce qu'il paraît. Je rapporterai aussi une petite cargaison de corail et, bien cachées dans ma ceinture, quelques belles perles de l'océan Indien. Et voilà !…

Le patron provençal s'étira puis s'étendit sur un des bancs, au soleil.

Angélique, à l'avant, se battait avec sa chevelure. Elle prit le parti de faire face au vent, laissant flotter derrière elle la souple toison d'or bruni qui se tordait, lui tirant légèrement la tête en arrière et qui l'obligeait à lever son visage et à le livrer à la brûlante caresse du soleil.

Melchior Pannassave l'observait entre ses yeux mi-clos.

— Hé ! Pourquoi je navigue ? reprit-il en souriant. Parce qu'il n'y a rien de mieux au monde pour un enfant de Marseille que de voguer sur une coque de noix entre la mer bleue et le ciel bleu. Et quand on a, en plus, une jolie fille sous les yeux qui laisse flotter ses cheveux dans le vent alors… on se dit que…

— Voile latine à tribord, annonça le vieux matelot en desserrant les dents.

— Tais-toi, bavard, tu troubles ma rêverie.

— C'est une fuste arabe.

— Envoie le pavillon de l'Ordre de Malte.

Le mousse se déplaça pour aller déployer à l'arrière un étendard rouge traversé d'une croix blanche.

Non sans anxiété, les occupants du petit voilier observèrent les réactions de la fuste.

— Ils s'éloignent, dit Pannassave en reprenant son repos avec satisfaction. Pour tout ce qui est brun et porte croissant en Méditerranée, il n'y a pas meilleur contrepoison que le pavillon de ces bons moines de l'Ordre de Saint-Jean-de-Jérusalem. Évidemment, ils n'y sont plus à Jérusalem, ni à Chypre, ni même à Rhodes. Mais ils sont encore à Malte. Ça fait des siècles que les musulmans n'ont pas de pire ennemi. Les Espagnols, les Français, les Génois, même les Vénitiens, ce sont des ennemis de passage. Mais l'Ordre de Saint-Jean, ça, c'est l'Ennemi, le moine-guerrier. Toujours prêt, avec sa croix blanche sur la poitrine, à vous fendre un Sarrasin en deux. C'est pourquoi moi, Melchior Pannassave, qui sais regarder les choses, je n'ai pas hésité à dépenser cent livres pour obtenir la franchise de leur pavillon. J'ai dû aller jusqu'à mille, mais, vous voyez, c'est une dépense bien placée. J'ai encore un pavillon français, une marque du duc de Toscane, un autre vague torchon qui, avec de la chance, pourrait m'éviter les Espagnols, et aussi un laissez-passer auprès des Marocains. Ce dernier papier, c'est un trésor. Il n'y en a pas beaucoup qui le possèdent. Je le garde pour la bonne bouche. Vous voyez, madame, Barbaresques ou non, nous sommes parés.

XVI

Sur le petit voilier provençal, il n'y avait ni cabine ni poste d'équipage.

Mutcho le mousse accrocha deux hamacs et déroula une toile imperméabilisée à l'huile de lin pour protéger un peu Angélique des embruns salés de la nuit. Le vent fléchit, tomba, mais presque aussitôt reprit en changeant de direction. Dans l'obscurité devenue presque totale, les matelots s'adonnèrent à la manœuvre des voiles.

— Vous n'allumez pas les lanternes ? demanda la jeune femme.

— Pour nous faire repérer !

— Par qui ?

— Sait-on jamais ? dit le Provençal avec un geste large vers l'horizon mystérieux.

Angélique écouta le murmure profond de la mer. Peu après la lune se leva, coulant un chemin d'argent jusqu'à eux.

— Ah ! je crois qu'on va pouvoir chanter, dit Melchior Pannassave en reprenant sa guitare avec satisfaction.

Angélique écoutait les notes vibrantes d'une canzonetta napolitaine s'épanouir dans le silence de la mer. Une idée faisait son chemin en elle. Sur la Méditerranée, on chante. Les forçats oublient leurs peines, les marins oublient les dangers qui les guettent. Les voix riches et pleines ont de tout temps été l'apanage des races méridionales.

« Et lui, qu'on appelait la Voix d'or du royaume, songea-t-elle, n'a-t-il pu chanter sans que sa réputation franchisse les terres et les mers… »

Soulevée d'un subit espoir, elle profita d'un moment où Pannassave reprenait souffle pour lui demander s'il n'avait pas entendu parler en Méditerranée d'un chanteur à la voix particulièrement belle et prenante. Le Marseillais réfléchit et lui nomma tous ceux qui, depuis les rives du Bosphore aux côtes d'Espagne en passant par celles de la Corse et de l'Italie, étaient célèbres par leur talent de ténor, mais aucun ne correspondait au signalement de l'ancien troubadour du Languedoc.

Elle s'endormit sur sa déception.

❦

Le soleil était déjà haut quand elle s'éveilla. La mer était belle. Le bateau filait à vitesse moyenne. Le patron paraissait somnoler au gouvernail. Le vieux matelot se reposait en mâchonnant du tabac. Angélique vit la silhouette recroquevillée de Flipot, et le petit mousse également endormi, sa chemise rouge ouverte sur sa poitrine brune. De Savary point. Ni trace de sa chère bouteille de moumie.

Angélique se précipita et secoua le patron à demi éveillé.

— Qu'avez-vous fait de maître Savary ? L'avez-vous débarqué de force pendant la nuit ?

— Si vous continuez à vous agiter comme ça, petite dame, il vaut mieux que je vous débarque à votre tour.

— Oh ! vous avez commis cette lâcheté !... Parce qu'il n'avait pas d'argent ? J'avais pourtant dit que je paierais pour lui.

— Oh là ! Oh là ! doucement. Vous êtes une vraie tarasque[1], ma parole ! Vous vous figurez alors qu'un bateau peut entrer dans un port la nuit, comme qui dirait dans un nuage, puis ressortir, tout ça sans bruit ni tintouin ni visites de l'amirauté, de la police de la quarantaine, quand ce n'est pas des pirates ?... Il faudrait que vous ayez le sommeil bien dur pour ne vous être aperçue de rien.

— Mais alors où est-il ? s'écria Angélique, désolée. Il est tombé à la mer ?

— C'est en effet bizarre, convint soudain le Marseillais en jetant un regard aux alentours.

À perte de vue, la mer était bleue et scintillante.

— Me voici, fit une voix caverneuse, qui aurait pu être celle du dieu des eaux.

Et une figure de charbonnier surgit, soulevant un panneau de cale. Le vieux savant réussit à s'extraire du trou et commença à essuyer son front maculé d'une main, tandis qu'il examinait un objet noir qu'il tenait dans l'autre.

Le Marseillais s'esclaffa :

— Ne vous fatiguez pas, grand-père, le *pinio*, ça ne s'enlève pas. C'est pis que la noix de galle.

1. Monstre des légendes méridionales.

— Étrange matière, dit le savant. On dirait du minerai de plomb.

Un coup de mer le fit trébucher et le morceau qu'il tenait en main chut avec un bruit lourd et mat.

Melchior Pannassave devint soudain furieux.

— Vous ne pouvez pas faire un peu attention ? Si c'était tombé à la mer, j'étais bon pour payer mille livres d'amende.

— Le minerai de plomb est devenu bien cher dans vos parages, dit pensivement l'apothicaire.

L'autre parut regretter ses paroles et se calma.

— J'ai dit ça comme ça, au hasard. Il n'y a pas de mal à transporter du plomb, mais j'aimerais mieux que vous fassiez comme si vous n'aviez rien vu. Qu'est-ce que vous y trafiquiez, dans ma cale ?

— Je voulais arrimer plus solidement ma bouteille afin qu'elle ne risque pas de rouler ou de recevoir un coup de pied dans les allées et venues sur le pont. Avez-vous un peu d'eau douce à me donner pour me débarbouiller, mon ami ?

— J'en aurais à perdre que je ne vous en donnerais pas pour cela. Il n'y a pas d'eau ou de pâte de savon qui puisse en venir à bout. Il faut du citron ou un vinaigre très fort et je n'en ai pas à bord. Vous devez attendre que nous touchions terre.

— Étrange matière ! répéta le savant, qui alla s'asseoir dans un coin, résigné à garder sa figure de charbonnier.

Angélique s'installa sur une voile pliée, dans le fond du bateau, un peu à l'abri du vent. Elle mâchonna sans conviction la tranche de salaison accompagnée de biscuits et de piment doux que Pannassave distribua à ses passagers. Elle fixait le morceau de *pinio* et de lointains souvenirs émergeaient de sa mémoire. Savary, tout savant qu'il fût, semblait ignorer que le *pinio* n'était pas du plomb brut, mais de l'argent poussiéreux et scoriacé, juste sorti d'amalgamation et sur lequel on avait brûlé des vapeurs de soufre afin de le rendre encore plus noir et plus terreux d'aspect. C'était ce camouflage qu'employait jadis le comte de Peyrac pour faire passer l'argent de sa mine d'Argentières en Espagne et en Angleterre et elle avait entendu dire que beaucoup de contrebandiers en Méditerranée agissaient de même.

Quand, à l'heure de midi, Melchior Pannassave entreprit de savourer sa petite sieste sur son banc favori, Angélique vint s'asseoir à ses côtés.

— Monsieur Pannassave ? héla-t-elle à mi-voix.

— Oui, ma belle dame.

— Une petite question. Est-ce pour le compte du Rescator que vous entreprenez ces transports d'argent ?

Le Marseillais était en train de déployer avec soin un grand mouchoir afin d'en couvrir son visage pour se préserver de l'ardeur du soleil.

Il se redressa brusquement. Son expression joviale avait disparu.

— Je n'entends pas bien ce que vous me dites, petite dame, fit-il sèchement. C'est dangereux de causer en l'air, vous savez. Le Rescator est un pirate chrétien allié aux Turcs et aux Barbaresques, c'est-à-dire un homme dangereux, *je ne l'ai jamais vu* et je ne demande pas à le voir. Et c'est du plomb que je transporte dans ma cale.

— Dans mon pays, les miniers appellent cela la « matte ». Vous, vous dites le *pinio*. Mais c'est la même chose : de l'argent brut maquillé, je le sais.

Les mulets de mon père en transportaient jadis jusqu'au rivage de l'Océan où l'on embarque les vilaines galettes noires sans l'estampille du roi. Je ne peux me tromper. Écoutez, monsieur Pannassave, je vais tout vous dire.

Elle lui raconta qu'elle recherchait un homme qu'elle aimait et qui jadis s'était occupé de ces questions minières.

— Et vous pensez qu'il pourrait travailler encore là-dedans ?

— Oui.

N'avait-il pas entendu parler, en s'occupant de ce trafic, d'un homme très savant, boiteux ?… au visage défiguré ?

Melchior Pannassave faisait « non » de la tête puis demanda :

— Comment s'appelle-t-il ?

— Je l'ignore. Il a dû être obligé de changer de nom.

— Et pas de nom avec ça ! conclut le Marseillais. Ah ! on peut dire que l'amour est vraiment aveugle et frappe où il veut.

Il se plongea dans une profonde méditation. Son visage s'était rasséréné, mais il demeurait méfiant.

— Écoutez, ma pitchoune, reprit-il enfin, je ne veux pas discuter de vos goûts ni vous demander pourquoi vous tenez tant à cet amoureux alors que le monde est plein de beaux garçons bien droits, avec de bonnes joues bien nettes, le nez en place au milieu du visage et qui portent fièrement le nom que le Bon Dieu et leurs parents leur ont donné le jour de leur baptême… Non, ce n'est pas à moi de vous faire la leçon. Vous n'êtes plus une gamine, vous savez ce que vous voulez. Mais il ne faut pas vous faire d'illusions. Le transport du *pinio*, on en a toujours fait en

Méditerranée et on en fera toujours. On n'a pas attendu que votre amoureux bancal vienne s'en occuper. Voulez-vous que je vous dise : mon père, il transportait déjà du *pinio*. C'était un « rescator », comme on disait. Oh ! un petit, pas un grand comme l'autre. Celui-là, c'est un requin. Il est venu d'Amérique du Sud, à ce qu'on dit, où le roi d'Espagne l'avait envoyé ramasser l'or et l'argent des trésors incas. Probable qu'ensuite il a voulu faire cavalier seul et s'installer dans son affaire. Ici, en Méditerranée, dès qu'il est apparu, il a mangé tous les petits trafiquants. Il a fallu travailler pour lui ou couler. Il a pris le monopole comme on dit. Ce n'est pas qu'on s'en plaigne… Les affaires vont maintenant mieux en Méditerranée. Les échanges sont facilités, on respire ! Avant il fallait pleurer misère pour trouver un peu d'argent sur le marché. Ça circulait au compte-gouttes. On en avait l'estomac serré. Quand un marchand voulait faire une grosse affaire de soieries ou autres avec l'Orient, il n'avait souvent d'autres ressources que d'obtenir l'argent à des taux usuraires près des banquiers. Les Turcs ne voulaient pas être payés en monnaie de singe, c'est normal. Et des opérations de ce genre, ça déséquilibrait tous les cours. Maintenant l'argent afflue en masse. D'où il vient ? Ça, on n'a pas besoin de le savoir. Le principal, c'est qu'il est là. Naturellement, cela n'a pas fait plaisir à tout le monde. À ceux qui jadis gardaient le magot pour eux et ne le lâchaient que quintuplé de sa valeur : les royaumes, les petits États… Le roi d'Espagne pour commencer qui croit que les richesses de tout le Nouveau Monde lui appartiennent et d'autres, moins gros, mais aussi gourmands : le duc de

Toscane, le doge de Venise, les chevaliers de Malte. Ils sont obligés de s'aligner avec les cours normaux.

— En somme, c'est un sauveur, votre patron !

Le visage du Marseillais s'assombrit.

— C'est pas mon patron. Je ne veux rien avoir à faire avec ce damné pirate.

— Pourtant, si vous transportez de l'argent et qu'il a le monopole…

— Écoutez, ma petite, je vais vous donner un conseil. Par ici, il ne faut jamais chercher à préciser. Personne ici ne cherche à voir de près. On n'a pas besoin de savoir d'où part la corde qu'on tient ni même de savoir où elle arrive. Moi, je prends un chargement à Cadix ou ailleurs, le plus souvent c'est en Espagne. Je dois le transporter dans les colonies du Levant, pas toujours au même endroit. Je dépose ma marchandise, on me paie soit en sacs soit par une lettre de change que je peux présenter partout en Méditerranée, à Messine, à Gênes, à Alger même s'il me prenait fantaisie d'y aller faire un tour. Après quoi, c'est fini. Retourne, Melchior, vers la Canebière !

Sur ces mots, le Marseillais déploya son mouchoir pour signifier clairement qu'il avait dit tout ce qu'il avait à dire.

« Il ne faut pas chercher à savoir où conduit la corde que l'on tient… » Angélique secouait la tête. Elle n'obéirait pas à la loi de ces lieux où se mêlaient trop de passions, d'intérêts contraires, d'où la nécessité du bienfaisant oubli, de la mémoire courte. Le fil ténu qu'elle avait saisi, elle ne le lâcherait pas qu'elle n'ait atteint son but.

Mais, par instants, ce fil même semblait s'évanouir entre ses doigts, devenir irréel et se fondre dans l'azur du ciel. Au mouvement indolent de la mer, à la brûlure du soleil, la réalité devenait légende, rêve inaccessible. On comprenait comment les mythes de l'Antiquité avaient pris naissance sur ces rivages.

« Ne suis-je pas moi-même en train de poursuivre un mythe… la légende d'un héros disparu, qui n'a plus sa place parmi le monde des vivants… J'essaie de deviner le chemin qu'il a pu suivre sur cette route “où l'on ne précise rien”, mais les mirages s'entrecroisent. »

— Vous m'avez raconté des choses bien intéressantes, monsieur Pannassave, dit-elle à voix haute, je vous en remercie.

Le Marseillais eut un geste noble avant de s'étendre sur son banc.

— J'ai un peu étudié, fit-il, condescendant.

❦

Le soir, le sommet neigeux d'une montagne scintilla à l'horizon.

— Le Vésuve, dit Savary.

Le mousse, qui avait grimpé dans les cordages du mât, signala une voile en vue. Ils attendirent que le bâtiment se fût rapproché. C'était un brigantin, vaisseau de guerre de belle prestance.

— Quel pavillon ?

— Français, cria Mutcho non sans joie.

— Envoie le pavillon de l'Ordre de Malte, commanda Pannassave, le visage tendu.

— Pourquoi n'abordons-nous pas notre marque à la fleur de lys, puisque ce sont des compatriotes ? demanda Angélique.

— Parce que je me méfie des compatriotes qui voyagent sur des vaisseaux de guerre espagnols.

Le galion semblait vouloir couper la route à *La Joliette*. Des oriflammes montaient le long de la drisse.

Melchior Pannassave étouffa un juron.

— Quand je vous le disais ! Ils exigent de visiter le bord. Ce n'est pas régulier : ils sont dans les eaux napolitaines et la France n'est pas en guerre avec l'Ordre de Malte. C'est certainement un quelconque flibustier comme il y en a tant et qui déshonorent notre pavillon. Attendons encore.

Le galion manœuvrait pour approcher *La Joliette*. Il réduisit ses voiles. Puis Angélique vit avec surprise le pavillon français descendre et à sa place apparut un drapeau inconnu.

— Drapeau du grand-duc de Toscane, dit Savary. Cela signifie que le navire est monté par des Français, mais qu'ils ont acheté le droit de vendre leurs prises à Livourne, à Palerme et à Naples.

— Ils ne nous ont pas encore, mes enfants, dit le Marseillais à mi-voix. Préparez-vous à la fête, s'ils insistent.

Sur la dunette du navire, un gentilhomme en redingote rouge et chapeau à plumes les observait à la longue-vue. Lorsqu'il laissa retomber l'instrument, Angélique découvrit qu'il était masqué.

— Mauvais ça, grommela Pannassave, ceux qui se masquent pour un abordage, c'est jamais des gens très catholiques.

Près du gentilhomme, un individu à mine patibulaire, qui devait être son second, lui tendit le porte-voix.

— Votre cargaison ? cria l'abordeur en italien.

— Du plomb venant d'Espagne pour l'Ordre de Malte, répondit Pannassave dans la même langue.

— Rien que cela ? s'exclama en français une voix impatiente et pleine d'insolence.

— Et de la tisane, compléta le Marseillais, également en français.

Un éclat de rire homérique secoua les hommes d'équipage du galion qui, penchés à la rambarde, suivaient l'interrogatoire. Pannassave cligna de l'œil.

— Une bonne idée cette tisane, ça va les dégoûter !

Mais après avoir délibéré avec son second, le gentilhomme reprenait son porte-voix :

— Faites tomber les voiles et préparez votre manifeste de chargement. Nous allons contrôler vos déclarations.

Le Marseillais vira au rouge-brun.

— Qu'est-ce qu'il s'imagine, ce pirate d'eau douce ? Qu'il peut faire la loi chez les honnêtes gens ? Je m'en vais le lui préparer, son manifeste.

Un caïque descendait au flanc du brigantin. Des mariniers armés de mousquets y prirent place sous la conduite du second de mauvaise mine, dont un œil était caché par un tampon noir, ce qui achevait de lui donner un aspect peu engageant.

— Mutcho, réduis la voilure, dit le capitaine. Scaïano, tiens-toi prêt à saisir la godille quand je te le dirai. Grand-père, vous qui êtes plus malin que vous n'en avez l'air, approchez-vous de moi sans hâte : on doit nous observer. Tournez-leur le dos. Bien. Voici la clé du coffre à poudre. Sortez aussi quelques boulets lorsque je virerai et que nous serons invisibles. Le canon est chargé déjà, mais il faudra peut-être de la réserve. Ne retirez pas encore la bâche qui est sur le canon. Ils peuvent ne pas l'avoir remarqué…

La voilure pendait, inerte. *La Joliette* se mit à dériver sous le vent. Vers elle, le canot des flibustiers faisait force rames, disparaissant dans le creux des vagues pour reparaître, chaque fois plus proche.

Melchior Pannassave cria encore dans son porte-voix :

— Je refuse le droit de visite.

Des rires ironiques lui parvinrent.

— Ça va maintenant pour la distance, murmura le Marseillais. Prenez la barre, grand-père.

Déjà il avait fait sauter la housse de camouflage de son petit canon. Il saisit une mèche qu'il fendit d'un coup de dents, l'alluma et la glissa dans la culasse du canon.

— À Dieu vat ! Calez-vous les enfants !

La détonation retentit et la secousse du voilier jeta au sol ses occupants.

— Loupé ! Sacramento ! jura Pannassave.

Dans le nuage épais qui l'environnait, il cherchait à tâtons à introduire une seconde charge.

Le coup avait manqué l'assaillant de quelques brasses, ne faisant que les asperger. Après un moment de saisissement, les flibustiers se virent sains et saufs. Ils éclatèrent en imprécations et entreprirent de charger leurs mousquets.

La Joliette continuait à dériver et présentait une proie facile à un ennemi très supérieur.

— La godille, Scaïano, la godille ! Et vous, grand-père, essayez de barrer en zigzaguant.

Une salve des mousquets cribla l'eau aux alentours. Le Marseillais poussa un grognement et se saisit le bras droit.

— Oh ! vous êtes blessé, s'écria Angélique en se précipitant.

— Les salauds ! Je m'en vais leur faire payer ça. Grand-père, est-ce que vous pouvez vous occuper du canon ?

— J'ai été artificier de Soliman Pacha.

— C'est bon ; alors refermez la culasse et préparez la mèche. Prends la barre, Mutcho.

La chaloupe n'était plus qu'à cinquante brasses et se présentait cette fois de face. Mauvaise cible. La mer était agitée et un vent irrégulier faisait monter et descendre le voilier et son assaillant.

— Rendez-vous, imbéciles ! cria l'homme au bandeau noir.

Melchior Pannassave, tenant toujours son bras, se tourna vers ses compagnons. Ils firent un signe négatif.

Alors, il cria :

— Vous ne vous êtes jamais entendu dire « m… » par un patron provençal, vous et votre pirate de capitaine ?

Puis il leva un doigt vers Savary et commanda à voix basse : « Feu ! »

Une seconde détonation ébranla la coque. Lorsque la fumée se dissipa on vit flotter des rames et des épaves, auxquelles se cramponnaient des hommes.

— Bravo ! murmura le Marseillais. Maintenant, toute la voilure et essayons de fuir.

Mais un choc sourd fit tressaillir *La Joliette*. Angélique eut l'impression que la rambarde à laquelle elle s'appuyait fondait comme du beurre, tandis qu'un sol mou et glacé se dérobait sous ses pieds. L'eau salée lui emplit la bouche.

XVII

Le capitaine du navire corsaire avait retiré son masque. Il découvrait un visage encore jeune et dont le hâle contrastait d'une manière avantageuse avec le gris de son regard et sa chevelure blonde. Mais des flétrissures le marquaient et lui donnaient une expression amère et sardonique. Des poches accentuées sous les yeux révélaient l'usure d'un tempérament qui s'était livré à tous les excès. Ses tempes s'argentaient.

Il s'approcha, en allongeant une lèvre dédaigneuse.

— De ma carrière, je n'ai vu une cargaison aussi minable. À part ce gaillard de Marseillais assez bien bâti, mais qui a trouvé le moyen de recevoir une balle dans l'épaule, il n'y a que deux gamins squelettiques et deux vieux rabougris dont l'un, on ne sait pourquoi, s'est maquillé en Noir.

Il saisit la barbiche de Savary et la lui tira méchamment.

— Espérais-tu que tu gagnerais au change, vieux bouc ? Nègre ou pas, je ne miserais pas vingt sequins sur ta carcasse !

Le second, au bandeau noir, un individu courtaud, brun, trapu comme un pot à tabac, désigna le vieillard d'un doigt tremblant.

— C'est lui… c'est lui… qui… a envoyé… notre canot… par le fond.

Il claquait du menton dans ses vêtements trempés. On l'avait repêché ainsi que trois autres rescapés, mais cinq autres membres de l'équipage du brigantin *Hermès* avaient trouvé la mort par la faute de ce petit voilier à l'apparence anodine.

— Vraiment ? C'est lui ? répéta le pirate en vrillant un œil froid de serpent sur le vieillard recroquevillé (mais son aspect était si piteux qu'il douta des affirmations de son second).

Il haussa les épaules et se détourna du groupe assez peu reluisant que formaient Savary, Flipot, le mousse et le vieux Scaïano, dans leurs hardes dégoulinantes d'eau de mer. Il jeta un regard au vigoureux Marseillais étendu sur le pont, le visage crispé de souffrance.

— Ces jobards de Provençaux, comment s'y fier… On les croit plaisantins, pas dangereux, et quand ils s'y mettent ils ne craignent pas d'affronter une flotte entière. Imbécile ! Qu'as-tu gagné à faire le matamore ? Te voilà sur le flanc à présent et ton voilier endommagé par un boulet. Si ce n'était pas une belle coque, je l'aurais laissée couler par le fond. Mais une fois radoubée, j'en tirerai peut-être quelque chose. Maintenant occupons-nous du jeune seigneur, qui m'a paru la seule marchandise appréciable de cette damnée coque de noix.

Il se dirigea d'un pas nonchalant vers Angélique, qu'il avait fait placer à l'écart. Elle grelottait aussi dans ses vêtements mouillés, car le soleil baissait à l'horizon et le vent devenait frais. Ses cheveux alourdis d'eau pendaient sur ses épaules.

Le capitaine l'examina avec la même attention froide qu'il avait portée aux autres naufragés.

Sous l'examen la jeune femme se sentit mal à l'aise. Elle avait conscience que l'étoffe de son habit collait à elle, accusant ses formes. Les sourcils pâles du pirate se rapprochèrent et son regard ne fut plus qu'une fente cruelle tandis qu'un sourire méchant entrouvrait ses lèvres.

— Eh bien, jeune homme, dit-il, on aime les voyages ?

Il tira brusquement son sabre et en appuya la pointe sur la poitrine d'Angélique, à l'encolure de sa chemise qu'elle essayait machinalement de refermer. Elle sentit la piqûre de l'acier sur sa peau mais ne broncha pas.

— Courageux ?

Il appuyait un peu. Les nerfs d'Angélique lui faisaient mal à craquer. Brusquement la lame glissa dans l'entrebâillement de son corsage et d'un mouvement sec rejeta l'étoffe de côté, découvrant un sein blanc.

— Tiens, une femme !

Les matelots qui étaient témoins de la scène éclatèrent en rires et en braillements grossiers. Angélique avait vivement ramené sur sa poitrine découverte, le vêtement déchiré. Ses yeux flambaient.

Le corsaire continua de sourire.

— Une femme ! Décidément, c'est jour de comédie aujourd'hui sur l'*Hermès*. Un vieillard qui se déguise en noir, une femme qui se déguise en homme, un Marseillais qui se déguise en héros et jusqu'à notre brave second, Coriano, qui se déguise en triton.

Les rires éclatèrent à nouveau et redoublèrent devant la mine maussade du nommé Coriano, l'homme au bandeau noir.

Angélique attendit que le tumulte fût apaisé.

— Un mufle qui se déguise en gentilhomme français ! lança-t-elle.

Il accusa le coup sans cesser de sourire.

— Tiens ! Tiens ! Les surprises continuent. Une femme qui a de la repartie… L'article est si rare aux Échelles du Levant ! La journée n'aura peut-être pas été mauvaise pour nous, messeigneurs. D'où êtes-vous, ma belle ? De Provence comme vos compagnons ?

Comme elle ne répondait pas, il s'approcha, posa la main sur sa taille et sans se formaliser de son recul, s'empara du poignard et de sa ceinture. Il soupesa cette dernière avec un sourire entendu, l'ouvrit et fit glisser les pièces d'or une à une dans sa main. Des hommes s'avancèrent, les yeux brillants. D'un regard, il les fit reculer.

Il fouillait encore dans la ceinture, en extirpait la lettre de change, elle-même à l'abri dans un étui de toile gommé. Après l'avoir déchiffrée, il parut perplexe.

— Madame du Plessis-Bellière…, fit-il.

Puis, se décidant :

— Je me présente. Marquis d'Escrainville.

La façon dont il la salua prouvait qu'il avait reçu une certaine éducation. Ses titres de noblesse devaient être authentiques. Elle espéra, du fait de leur condition sociale, recevoir de lui quelques égards.

— Je suis veuve d'un maréchal de France, dit-elle, et je me rendais à Candie où mon mari avait des intérêts.

Il eut un sourire froid qui ne gagnait pas ses yeux.

— On m'appelle aussi la Terreur de la Méditerranée, dit-il.

Cependant, après réflexion, il la fit conduire dans une cabine qu'il devait réserver à des passagers de marque et surtout à des passagères.

Là encore, dans le désordre d'un vieux coffre de cuir clouté, Angélique trouva des toilettes féminines européennes et turques, des voiles, des bijoux de toc, quelques chaussures et babouches.

Elle hésitait à se dévêtir. Elle ne se sentait pas en sûreté sur ce bateau. Il lui semblait que des yeux luisants la guettaient à travers les planches disjointes de la cabine. Mais ses vêtements l'enveloppaient comme d'un suaire glacé et elle claquait des dents sans pouvoir s'arrêter. À la longue, elle fit un suprême effort et se déshabilla. Elle revêtit avec dégoût une robe blanche à peu près de sa taille, démodée et d'une propreté douteuse, dans laquelle, se dit-elle, elle devait avoir l'air d'un épouvantail. Elle jeta sur ses épaules un châle espagnol et se sentit mieux. Elle se recroquevilla sur la couchette et demeura longtemps immobile à rouler des pensées moroses. Ses cheveux poisseux sentaient l'eau de mer comme le bois humide de la cabine. Cette odeur salée lui donnait la nausée.

Elle se sentait seule au milieu de la mer, perdue et abandonnée ainsi qu'une naufragée sur un radeau. Elle avait rompu de ses propres mains toutes les amarres qui la retenaient à son existence brillante, mais personne n'était là pour lui tendre la main sur l'autre rive… Où renouer le fil brisé ? En supposant que ce gentilhomme pirate voulût bien la mener à Candie, que ferait-elle là-bas, sans fortune ? Elle n'avait qu'un repère auquel se raccrocher, celui d'un marchand arabe, Ali Mektoub… Puis elle se souvint qu'un Français, gérant de sa charge de consul, devait s'y trouver. Elle pourrait s'adresser à lui. Elle chercha à se rappeler son nom : Rocher ?… Pocher ? Pacha ?… Non, ce n'était pas cela…

❦

Des cris et des sanglots de femme, tout proches, la tirèrent de sa torpeur. De minces rayons rouges filtraient à travers les planches et lorsqu'elle tira la porte, elle reçut en plein visage le reflet pourpre du crépuscule. Le soleil, telle une boule de feu, s'enfonçait dans la mer. Angélique mit la main sur ses yeux. À quelques pas d'elle, deux hommes d'équipage empoignaient une fille, presque une enfant, qui se débattait en hurlant. L'un des hommes lui tenait les bras tandis que l'autre la caressait avec fièvre, en ricanant.

Le sang d'Angélique ne fit qu'un tour.

— Laissez cette petite ! cria-t-elle.

Et comme ils ne paraissaient pas l'entendre, elle marcha sur eux et arracha le bonnet de laine de celui qui tenait l'enfant.

Privé de son couvre-chef qui, chez un marinier, fait partie de lui au même titre que sa tignasse, l'homme lâcha prise et tendit les mains.

— Hé, mon bonnet ! cria-t-il.

— Voilà ce que j'en fais, paillard, riposta Angélique en expédiant la coiffure par-dessus bord.

La fille s'était promptement dégagée. Tendue, à quelques pas, elle observait la scène avec stupeur… Les deux hommes n'étaient pas moins surpris. Après avoir contemplé bêtement le bonnet voguant sur les flots, leurs regards revinrent vers Angélique et ils se poussèrent du coude.

— Méfiance ! grommela l'un d'eux, c'est la gonzesse qu'on a repêchée tantôt, la gonzesse aux écus d'or. Des fois que notre marquis aurait des vues sur elle…

Ils s'éloignèrent sans insister. Angélique se tourna vers la jeune fille. Elle était plus âgée qu'elle ne l'avait pensé tout d'abord. Elle devait avoir une vingtaine d'années, d'après son visage pâle aux grands yeux noirs sous des cheveux sombres, abondants et frisés. Mais son corps frêle dans sa robe blanche était celui d'une adolescente.

— Comment t'appelles-tu ? demanda Angélique, sans grand espoir d'être comprise.

À son étonnement, l'autre répondit :

— Ellis.

Puis elle s'agenouilla et prenant la main de celle qui l'avait défendue, la baisa.

— Que fais-tu sur ce bateau ? demanda encore Angélique.

Mais l'autre eut soudain un bond de chat peureux et s'enfuit dans l'ombre qui maintenant tombait sur le navire.

Angélique se retourna. Le marquis d'Escrainville l'observait de l'échelle de la dunette et elle comprit qu'il était là depuis longtemps et qu'il avait assisté à toute la scène.

Il quitta son poste d'observation et vint à elle. De près, elle vit son regard brillant de haine.

— Je vois ce que c'est, fit-il. Madame la marquise se croit encore parmi ses domestiques. On donne des ordres, on fait la grande dame. Je vous apprendrai que vous êtes sur un bateau de flibustiers, ma chère !

— Vraiment ? Figurez-vous que je ne m'en étais pas encore aperçue, persifla-t-elle.

Les yeux du marquis d'Escrainville ressemblèrent à de l'acier en fusion.

— De l'esprit, maintenant ! Tu te crois dans les salons de Versailles ? Avec des hommes qui boivent les paroles précieuses que tu daignes laisser tomber de tes lèvres ?... Des hommes qui se traînent à tes pieds ?... Qui te supplient ? Qui pleurent ?... Et toi tu ris, tu te moques d'eux ? Tu dis : « Ah ! ma chère, si vous saviez comme il est ennuyeux, il m'adore »... Et puis tu feins, tu ruses, tu prépares tes sourires enjôleurs... Tu calcules froidement, tu fais manœuvrer tes pantins !... Une caresse à celui-ci, un regard à celui-là... et cet autre qui ne m'est plus utile, je le rejette... Il se désespère ! Qu'importe... Il veut mourir ?... Ah ! que c'est drôle... Ah ! ah !... Ah ! ces rires de coquette qui m'écorchent les oreilles, je les ferai taire.

Il leva la main comme s'il allait la frapper. Il s'était monté à mesure qu'il parlait, tremblant d'une rage qui lui mettait l'écume aux lèvres.

Angélique le fixait, ahurie.

— Baisse les yeux, dit-il, baisse les yeux, insolente... Tu n'es plus la reine ici. Tu vas enfin apprendre à obéir à ton maître... C'est fini le temps de la monnaie de singe, et des caprices. Je vais te dresser, moi !

Et comme elle continuait à le regarder paisiblement, il la frappa au visage avec une violence inouïe.

Angélique poussa un cri :

— Oh ! vous n'avez pas le droit !

Il ricana.

— J'ai tous les droits, ici… Tous les droits sur toutes les garces de ton espèce qui ont besoin d'apprendre à plier l'échine… tu ne vas pas tarder à comprendre. Pas plus tard que cette nuit, ma belle. Tu vas savoir une fois pour toutes ce que tu es et qui je suis.

Il l'empoigna par les cheveux et la jeta dans la cabine, dont il tira la porte en tournant la clé dans la serrure.

Peu après, de nouveau des cliquetis de ferraille annoncèrent une visite. Elle se redressa, prête à tout.

Mais ce n'était que le second, Coriano, une lanterne à la main et accompagné d'un négrillon qui portait un plateau. Il accrocha la lanterne contre la lucarne, fit poser le plateau à terre, puis promena un long regard de son œil unique sur la prisonnière. Après quoi, désignant de son doigt boudiné et chargé de bagues la nourriture, il intima :

— Mangez !

Quand il se fut retiré, Angélique ne put résister à l'odeur alléchante qui s'élevait du plateau. Il y avait des beignets de crevettes, une soupe aux coquillages et des oranges. Un flacon de bon vin accompagnait le repas. Angélique dévora tout. Elle était à bout de force, recrue de fatigue et d'émotion.

Lorsqu'elle entendit au-dehors le pas lent du marquis d'Escrainville qui se rapprochait, elle crut qu'elle allait hurler.

Le pirate tourna la clé dans la serrure et entra. Sa haute taille l'obligea de se pencher un peu sous le plafond bas. La lueur rousse de la lanterne l'éclairait par en dessous, et il eût été beau avec ses tempes argentées, son visage recuit et ses yeux clairs, sans ce rictus cruel qui déformait sa bouche.

— Alors, demanda-t-il en jetant un regard sur le plateau vide, madame la marquise a lampé sa pâtée ?

Elle dédaigna de répondre, le visage détourné. Il posa la main sur son épaule nue. Elle se déroba et se réfugia dans l'angle étroit de la pièce tout au fond. Elle cherchait des yeux une arme et n'en trouvait pas. Il la guettait comme un chat cruel.

— Non, fit-il, tu ne m'échapperas pas… Pas ce soir. C'est ce soir qu'on fait les comptes et que tu vas payer.

— Mais je ne vous ai rien fait, protesta Angélique.

Il rit.

— Si ce n'est toi, ce sont tes sœurs… Va ! Tu en as fait assez à d'autres pour mériter d'être cent fois corrigée. Dis, combien y en a-t-il qui se sont traînés à tes pieds ? Dis-le-moi, combien ?

Prise de panique devant la lueur de folie qui dansait dans son regard, elle cherchait des yeux une issue.

— Tu commences à avoir peur, hein ? J'aime plutôt ça… Tu n'es plus fière ? Tu vas me supplier bientôt. Je sais comment m'y prendre.

Il déboucla son baudrier et le jeta, ainsi que son sabre, sur la couchette. Il fit de même de son ceinturon et avec une cynique impudeur commença à se dégrafer.

Elle saisit ce qui lui tombait sous la main, un petit escabeau, pour le lui lancer. Il évita le projectile et en ricanant s'avança vers la jeune femme et la saisit à pleins bras. Comme il penchait son visage vers le sien, elle le mordit à la joue.

— Louve ! cria-t-il.

Pris d'une colère insensée, il l'empoigna et essaya de la jeter à terre.

Et ce fut une nouvelle lutte silencieuse et farouche, dans l'étroite cambuse dont les parois de bois résonnaient sous les chocs furieux de leurs deux corps enlacés.

Angélique sentit qu'elle s'épuisait vite. Elle tomba. Escrainville, haletant, la maintint collée au sol de tout son poids. Il surveillait les derniers sursauts de colère de sa victime. Elle était à bout et sentait toutes forces quitter ses membres, elle n'avait plus que la volonté de tourner la tête de droite à gauche pour fuir ce masque ricanant penché sur elle.

— Du calme, ma jolie… Du calme. Là, ça y est, te voilà sage… Laisse-moi te regarder de plus près.

Il déchira son corsage, et avec un grognement de plaisir posa sur elle ses lèvres avides. Révulsée, elle se tordait pour lui échapper encore, mais il resserrait son étreinte, écartait ses jambes, se rendait maître peu à peu de ce corps révolté. Au moment où il allait la posséder, elle eut un dernier sursaut de tout son être. Il jura et la meurtrit sauvagement tandis qu'elle hurlait de douleur. Durant d'interminables minutes, elle dut subir sa fureur aveugle qui la dévastait, accepter de le laisser s'assouvir sur elle avec des ahanements de bête dans sa bauge.

Lorsqu'il se redressa, elle brûlait de honte.

Il la releva puis, après avoir guetté son visage livide, il la repoussa et elle retomba lourdement à ses pieds.

— Voilà comment les femmes me plaisent, dit-il, il ne te manque que de pleurer.

Il rajustait son habit de drap rouge, bouclait son ceinturon.

Angélique se soutenait d'une main, en achevant de l'autre de ramener sur elle les lambeaux de sa robe. Ses cheveux blonds pendaient comme un voile devant son visage, découvrant sa nuque ployée.

Escrainville lui lança un dernier coup de pied.

— Pleure, mais pleure donc !

Elle ne pleura pas avant qu'il se fût éloigné. Alors un flot de larmes brûlantes inonda son visage. Péniblement, elle se releva et s'assit sur le bord de la couchette. L'âpreté des dangers qu'elle avait endurés au cours de ces derniers jours, ces combats perpétuels avec des mâles en rut commençaient à avoir raison de son courage et de sa résistance.

Les mots du vieux galérien sur la plage tournaient dans sa tête, comme un manège infernal : « La proie est au cormoran, le butin est au pirate, la femme est à tous. »

Elle était secouée de violents sanglots et demeura ainsi, jusqu'à ce que des grattements à la porte, vers le milieu de la nuit, vinssent la tirer de son désespoir.

— Qui est là ?

— C'est moi, Savary.

XVIII

— Me permettez-vous d'entrer ? chuchota le vieillard en passant son visage noirci par le *pinio* dans l'entrebâillement.

— Certes, répondit Angélique tout en essayant de se couvrir. C'est une chance que cette brute ne m'ait pas enfermée à clé.

— Hum ! fit Savary en jetant un regard sur le désordre éloquent de la cabine.

Il s'assit à l'extrémité de la couchette, les yeux pudiquement baissés.

— Hélas ! madame. Je dois avouer que depuis que je suis sur ce bateau je ne suis pas très fier d'appartenir à l'espèce masculine. Je vous en demande pardon pour elle.

— Ce n'est pas de votre faute, maître Savary.

Angélique, d'une main énergique, essuya ses joues mouillées et redressa la tête.

— C'est ma faute. On m'avait assez prévenue. Maintenant le vin est tiré, il faut le boire… Après tout, je ne suis pas morte. Vous non plus et c'est l'essentiel… Comment va le pauvre Pannassave ?

— Mal. Il délire de fièvre.

— Et vous ? Ne risquez-vous pas quelque grave sanction en me rendant ainsi visite ?

— Le fouet, la bastonnade, et d'être attaché par les pouces aux basses vergues, selon les distractions de notre distingué marquis.

Angélique frissonna.

— Cet homme est horrible, Savary ! On le sent capable de tout.

— C'est un fumeur de haschisch, dit le vieil apothicaire, soucieux. J'ai vu cela tout de suite à son regard, parfois halluciné. Cette plante d'Arabie provoque chez ceux qui en usent de véritables crises de folie. Notre situation est critique…

Il frotta ses mains maigres et blanches l'une contre l'autre. Angélique pensa, le cœur étreint, que ce frêle petit vieillard en guenilles, avec ses cheveux blancs folâtrant autour de son visage cadavérique bleu et vert, était tout ce qui lui restait comme soutien.

À voix basse, maître Savary commença à lui dire de ne pas perdre courage. D'ici quelques jours, ils pourraient s'évader.

— S'évader ! Oh ! croyez-vous que cela soit possible, maître Savary ? Mais comment…

— Chut ! Ce n'est pas, en effet, une entreprise facile, mais nous serons aidés cette fois-ci par le fait que Pannassave appartient aux hommes du Rescator. Vous vous en étiez doutée d'ailleurs. Il est l'un des multiples navigateurs, pêcheurs et commerçants, qui l'aident dans son trafic. Or, Pannassave m'a bien expliqué. Dans la confrérie, le plus humble transporteur de *pinio*, qu'il soit musulman ou chrétien, est assuré de ne jamais pourrir dans les cales des marchands d'esclaves.

Partout il s'assure des complicités pour sauver ses hommes. C'est pourquoi beaucoup travaillent pour lui.

Savary se pencha, sa voix devint un souffle.

— Ici même, sur ce bateau, il y a des complices. L'un des laissez-passer mystérieux que le Marseillais traînait dans son enveloppe cirée entre un pavillon des chevaliers de Malte et une marque du duc de Toscane, lui servira de signe de reconnaissance pour obtenir l'aide des sentinelles préposées à leur garde.

— Croyez-vous vraiment que les sentinelles de cet affreux Escrainville pourront se faire complices ? Elles risquent la mort…

— Ou la fortune ! Dans la confrérie des trafiquants d'argent, les complices d'une évasion touchent des sommes fabuleuses, paraît-il. Ainsi en a décidé le maître occulte, ce Rescator que nous avons déjà eu le périlleux honneur de rencontrer. On ignore si ce Rescator est de Barbarie, Turc, ou Espagnol, s'il est chrétien ou renégat ou simplement d'origine musulmane, mais une chose est certaine, c'est qu'il n'a pas partie liée avec les commerçants corsaires de la Méditerranée, blancs ou noirs, tous marchands d'esclaves. Il tire sa fabuleuse richesse de son commerce d'argent illicite. Cela fait enrager les autres qui n'ont rien compris à ce mystère d'un pirate pouvant réussir ses affaires sans se consacrer au trafic de chair humaine. Il a contre lui aussi bien les Vénitiens, les Génois, les chevaliers de Malte que les Algérois de Mezzo-Morte ou les Turcs marchands de Beyrouth. Mais il est puissant, car tous ceux qui travaillent pour lui s'en trouvent bien. Par exemple, lui Pannassave, qui a réussi à sauver une partie de son chargement, va toucher de quoi se racheter un bateau au moins aussi beau que *La Joliette*. Cependant il faut attendre que notre pauvre Marseillais se soit remis de sa blessure pour tenter l'aventure.

— Pourvu que ce ne soit pas trop long. Oh ! maître Savary, comment vous remercier de ne pas m'abandonner, alors que je ne peux plus vous être d'aucune aide ?

— Puis-je oublier, madame, combien vous vous êtes dévouée, avec quelle gentillesse, pour me procurer ma moumie minérale que l'ambassadeur persan apportait en présent à notre roi Louis XIV ? Vous avez beaucoup fait pour la cause de la science qui est mon unique raison de vivre. Mais plus encore que le service rendu c'est votre déférence pour la SCIENCE, madame, dont je vous remercie. Une femme qui a un tel respect pour la science et les travaux obscurs des savants ne mérite pas de disparaître dans le labyrinthe d'un harem pour servir de jouet à de lascifs musulmans. Je mettrai tout en œuvre pour vous épargner ce sort.

— Voulez-vous dire que c'est le sort que me réserverait le marquis d'Escrainville ?

— Je n'en serais pas autrement surpris.

— Ce n'est pas possible ! C'est un sale aventurier certes, mais il est Français, comme nous, et sa famille est de vieille noblesse. Un projet aussi monstrueux ne peut lui venir à l'idée.

— C'est un homme qui a toujours vécu aux colonies du Levant, madame. Sa défroque est celle d'un gentilhomme français. Son âme – s'il en a une – est orientale. On échappe difficilement à cela aussi, dit Savary avec un petit rire. En Orient, on respire le mépris de la femme avec l'odeur du café. Escrainville va essayer de vous vendre, ou vous garder pour lui.

— Aucune de ces perspectives ne m'inspire, je l'avoue.

— Inutile de vous mettre martel en tête. D'ici que nous arrivions à Messine, le plus proche marché d'esclaves, j'espère que Pannassave sera guéri et nous pourrons tirer nos plans.

❦

Grâce à la visite de son vieil ami, Angélique affronta le jour suivant avec un courage renouvelé. Elle eut la surprise en s'éveillant de trouver sur le coffre son costume gris lavé, séché et même repassé et dans un coin, ses bottes bien cirées. Elle s'habilla en s'efforçant de penser à Savary et à ses promesses et d'oublier l'affreuse scène de la veille. Elle voulut se persuader que c'était sans gravité et que de paraître trop abattue la ferait tomber définitivement sous la coupe du corsaire qui aimait tourmenter, que le mieux était de prendre les choses avec une apparente indifférence. Comme le soleil commençait à chauffer sa cabine, elle se glissa sur le pont, heureuse de trouver l'endroit désert… Elle s'était promis de rester bien tranquille et d'éviter de se faire remarquer. Mais, cette fois, ce furent des cris déchirants d'enfants qui l'arrachèrent à sa rêverie.

Il y a des choses qu'une femme qui est mère ne peut supporter sans que se réveille en elle un instinct primitif et aveugle de défense. Ce sont les cris d'appel ou d'effroi d'un enfant en danger. À cette petite voix, délirante de peur, qui vrillait l'air surchauffé au-dessus d'elle, Angélique sentit son échine se hérisser.

Elle fit quelques pas, hésitants encore. Il lui parut qu'à ces sanglots terrifiés se mêlaient des rires d'homme féroce et, brusquement, elle s'élança, escalada l'escalier de la dunette d'où venait le tumulte.

Elle fut un instant avant de comprendre le sens du spectacle qu'elle avait sous les yeux.

Un matelot, près de la rambarde, tenait suspendu au-dessus du vide un enfant de trois à quatre ans, qui hurlait. Il aurait suffi que l'homme lâchât le col de la petite chemise pour que le bambin allât s'engloutir huit toises plus bas, dans la mer.

Le marquis d'Escrainville, un sourire aux lèvres, regardait entouré de quelques hommes d'équipage qui, comme lui, paraissaient s'amuser prodigieusement.

À quelques pas, une femme aux yeux hagards maintenue par deux autres mariniers se débattait en silence. Escrainville s'adressa à elle dans une langue qu'Angélique ignorait, du grec sans doute.

La femme se mit à se traîner vers lui à genoux. Arrivée aux pieds du corsaire elle pencha la tête, puis marqua une subite hésitation.

Le marquis jeta un ordre. L'homme lâcha le petit garçon puis le rattrapa de l'autre main, tandis que l'enfant hurlait :

— Mamma !

La femme fut secouée de frissons atroces. Elle se pencha encore et posa sa langue sur les bottes du pirate.

Les hommes braillèrent de joie. Le marinier jeta l'enfant au sol comme un vulgaire chaton et, tandis que la mère s'en emparait farouchement, d'Escrainville riait incoerciblement.

— Voilà mon plus grand plaisir ! Une femelle qui me lèche les bottes. Ha ! ha !...

Tout ce qu'il y avait en Angélique de fierté, de conscience de sa dignité de femme, se révolta. Elle traversa la passerelle, vint au marquis d'Escrainville et le gifla de toutes ses forces.

— Hein ! fit-il en portant la main à sa joue.

Il regardait sans y croire la silhouette subitement surgie d'un jeune page aux yeux étincelants.

— Vous êtes l'être le plus abject, le plus vil, le plus répugnant que j'aie jamais rencontré, fit-elle, les dents serrées.

Un flot de sang monta au visage du corsaire. Il leva son fouet à manche court qui ne le quittait guère et cingla l'insolente. Angélique s'était protégée à deux bras. Elle redressa la tête, cracha sur Escrainville. Il reçut le crachat en pleine figure.

Les hommes se turent. Ils n'osaient bouger, à la fois terrifiés et gênés par l'humiliation de leur chef. Se faire traiter ainsi par une esclave, devant son équipage !...

Lentement, le marquis d'Escrainville tira son mouchoir et s'essuya la joue. Il était maintenant livide et la trace des doigts d'Angélique et de son coup de dents de la veille ressortait en marbrures rouges.

— Ah ! madame la marquise redresse la tête, fit-il d'une voix sourde et comme étouffée par la rage. Le petit traitement d'hier soir n'a pas suffi à apaiser ses humeurs guerrières ? Heureusement, j'ai d'autres moyens en réserve.

Tourné vers ses hommes, il rugit :

— Qu'est-ce que vous attendez vous autres pour l'attraper ? Descendez-la à la cale.

Angélique, solidement maintenue, fut poussée à travers les échelles de bois qui plongeaient dans les profondeurs du navire.

Le marquis d'Escrainville suivait. Après avoir longé un couloir obscur ils s'arrêtèrent devant une porte.

— Ouvre ! dit le chef au matelot qui veillait dans les ténèbres, près d'un maigre lumignon.

L'homme prit son trousseau de clés et tourna plusieurs verrous.

La cale basse où régnait un jour trouble, venu d'un seul sabord, était traversée par les assises du grand mât. Ce pilier central servait de support à de nombreux anneaux d'où partaient des chaînes. Tout autour, sur des bat-flanc, des hommes étendus se soulevèrent vaguement.

— Déferre-les, dit le marquis au geôlier.

— Tous ?

— Oui.

— Ils sont dangereux, vous savez ?

— Ça n'est pas pour me déplaire !... Fais ce que je te dis. Et, ensuite, qu'ils se rangent en face de moi.

Le geôlier alla tourner ses clés dans la serrure qui retenait un cercle de fer autour de la cheville de chaque prisonnier. Ceux-ci se levèrent, l'œil sournois. Leurs faces hirsutes, leurs fronts bas sous le bonnet de laine ou le foulard noué des flibustiers, n'étaient pas pour rassurer. Il y avait parmi eux des Français, des Italiens, des Arabes et aussi un Noir énorme, à la poitrine tatouée de signes barbares.

Le marquis d'Escrainville les considéra longuement, puis ses lèvres s'étirèrent sur un sourire cruel. Il se tourna vers Angélique.

— À ce qu'il paraît, un seul homme n'arrive pas à te mater ? Mais plusieurs, qui sait ? Regarde-les bien. Est-ce qu'ils ne sont pas mignons ?... Ce sont les plus fortes têtes de mon navire. Je suis bien obligé de les mettre aux fers de temps en temps pour leur rappeler la discipline. La plupart de ceux qui sont ici n'ont pas eu droit aux délices d'une escale depuis plusieurs mois. Je ne doute pas que ta visite ne les enchante.

Il la poussa brusquement vers eux et sa blondeur, dans la pénombre putride du cachot, fit l'effet d'une apparition.

— *Madona !* grommela un des prisonniers.

— C'est pour vous !

— Une femme ?

— Oui. Faites-en ce que bon vous semble.

Il tira la porte derrière lui et Angélique entendit tourner les clefs dans les serrures.

❦

Les hommes la contemplaient, immobiles et comme en arrêt.

— Ce n'est pas une femme ?

— Si.

Brusquement, deux mains énormes emprisonnèrent la jeune femme. Le Noir était venu à pas de loup derrière elle et l'avait saisie aux seins. Elle cria en se débattant, horrifiée par ces deux serres noires sur elle. Le rire caverneux du Noir éclata comme une fanfare. Les autres se rapprochèrent d'un bond souple.

— C’est bien une femme. Y a pas de doute.

Sous l’attouchement obscène, Angélique se tordit, lança son pied en avant. Sa botte atteignit une face hilare. Un homme brailla en se tenant le nez.

Maintenant, elle sentait partout l’emprise des mains qui la paralysaient. On lui tirait les bras en croix, on lui nouait des cordelettes autour des poignets. Un chiffon sale s’enfonça en bâillon dans sa bouche.

Puis le tourbillon brutal cessa comme par enchantement tandis que de vigoureux coups de fouet claquaient comme des charges de mousquet à travers la cale.

Angélique se retrouva un peu dépeignée et fripée mais indemne, en face du second, Coriano le borgne qui faisait tournoyer son fouet et contraignait les brutes à reculer.

— Remets-leur les fers et grouille-toi ! hurla-t-il en expédiant d’un coup de pied le geôlier vers sa besogne.

Et comme les prisonniers ne semblaient pas décidés à entendre raison et grondaient, le second prit son long pistolet et tira dans le tas. Un homme s’effondra en poussant des beuglements.

Le marquis d’Escrainville parut sur le seuil.

— De quoi te mêles-tu, Coriano ? C’est moi qui les ai fait déferrer.

Le second pivota sur lui-même avec une vivacité qu’on n’aurait pas attendue de ce gros pot-à-tabac.

— Vous êtes fou, non ? rugit-il. Vous leur avez donné cette femme ?

— Je suis seul juge des punitions que j’inflige aux esclaves indociles.

Coriano ressembla à un noir sanglier prêt à charger.

— Vous êtes fou, non ? répéta-t-il. Une femme qui vaut de l’or à ces fumiers, à ces verrats, à ces rebuts de l'humanité ! Ça ne vous suffit pas qu'on se soit fait capturer notre second brigantin par les chevaliers de Malte au large de Tunis… Ça ne vous suffit pas qu'on ait perdu toute la cargaison, pour six mille piastres de munitions et de pacotilles ?… Ça ne vous suffit pas de savoir que l'équipage n'a pas touché sa part de butin depuis six mois ?… Qu'on travaille à la petite semaine comme des miteux, avec le menu fretin des îles et des côtes d'Afrique ? Non ?… Il faut encore que vous laissiez passer la chance qui nous a amené cette femme dans nos filets… Une femme comme ça ! Blonde, blanche, des yeux comme de l'eau marine, bien faite, ni trop grande ni trop petite… Ni trop verte ni trop mûre… juste ce qu'il faut… Qui a eu assez de coquins pour lui apprendre à faire l'amour, sans la défraîchir… Est-ce que vous ne savez pas que les vierges ont baissé sur le marché ?… Que c'est justement cela qu'ils demandent à Constantinople… Cela, que vous avez jeté en pâture à ces sauvages !… Vous n'avez pas regardé leurs gueules ? Non ?… Y a des Maures, là-dedans… Une fois déchaînés, il aurait fallu y aller à la grenade pour les faire lâcher prise !… Est-ce que vous vous souvenez de l'état de la petite Italienne que vous avez offerte « à la cale » l'an passé ?… N'y a plus eu qu'à la jeter par-dessus bord !…

Coriano s'arrêta pour souffler un peu.

— Croyez-moi, patron, reprit-il plus calme, au batistan de Candie ils se l'arracheront. Des femelles comme ça, on peut faire trois fois le tour du monde sans jamais tomber dessus.

Il se mit à compter sur ses doigts :

— Primo : elle est française. L'article est recherché mais il est rare. Secundo : elle a de l'éducation, cela se voit à ses façons. Tertio : elle a du caractère, cela change un peu des méduses orientales. Quarto : elle est blonde…

— Tu l'as déjà dit, interrompit Escrainville avec humeur.

— Et c'est nous !… NOUS qui avons mis la main dessus. Quand on a une veine pareille, on ne va pas faire les cons. Moi je vous dis qu'on peut en tirer dix mille piastres, peut-être douze mille. De quoi racheter une coque !…

Le pirate fit la moue. Il réfléchissait. Enfin il tourna les talons et s'éloigna.

Coriano fit sortir Angélique de l'antre repoussant. Avec elle il remonta et l'installa dans sa cabine en la surveillant jalousement.

Elle tremblait encore.

— Je veux vous remercier, monsieur, dit-elle.

— De rien, grogna le borgne, farouche, c'est pas pour vous, c'est pour mes écus. J'aime pas qu'on gaspille la marchandise.

XIX

— Dame ! Dame belle !… Veux-tu boire ?…

La voix douce insistait. Angélique se souleva sur un coude. Sa tête lui faisait mal, son front était comme du plomb.

— Bois ! Tu as soif.

La jeune femme avança les lèvres vers la coupe qu'on lui tendait. L'eau fraîche lui fit du bien. Oui, elle avait soif, horriblement.

— Ellis…, dit-elle.

Le visage menu aux grands yeux noirs paraissait danser flou devant elle.

— Tu sais le français ?

— C'est le maître qui m'a appris.

— D'où viens-tu ?

— Je suis grecque.

— Pourquoi es-tu sur ce bateau ?

— Parce que je suis esclave. Il y a douze lunes que le maître m'a achetée. Mais maintenant il s'est lassé de moi… Il laisse ses hommes me tourmenter… L'autre jour, sans toi…

— Où sommes-nous ?

— Au large de la Sicile. J'ai vu la lueur du volcan dans le soir. Il fume, le maudit.

— La Sicile…, répéta machinalement Angélique.

Elle avança la main et caressa la chevelure bouclée. La présence quasi fraternelle de cette femme lui faisait du bien.

— Reste un peu près de moi.

La Grecque jeta des regards effrayés autour d'elle.

— Je n'ose pas rester longtemps… mais je reviendrai. Je te servirai parce que tu as été bonne pour moi… Veux-tu boire encore ?

— Oui, je veux bien. Aide-moi à ôter mes vêtements. Ils me brûlent à la peau… Est-ce toi qui hier les as séchés et repassés ?

— Oui.

Avec des gestes très doux, Ellis aida Angélique à retirer ses bottes, son habit, son haut-de-chausses et sa chemise. Elle voyait les cernes plombés qui marquaient les yeux de la captive française et elle lui jetait des regards effrayés.

Angélique s'enroula dans le drap et retomba lourdement sur sa couchette.

— J'avais trop chaud, dit-elle. Cela va mieux.

Elle n'entendit pas l'esclave se retirer furtivement. La marche rapide du navire l'entraînait dans son balancement rythmé. Au-dessus d'elle vibrait parfois le claquement sec des voiles gonflées de vent.

Le navire filait et Angélique se disait qu'elle s'en allait sur la mer vers son destin. Elle avait toujours rêvé à cela depuis le jour où son frère Josselin lui avait crié : « Je m'en vais sur la mer… »

Le bateau l'emmenait vers son amour… Mais son amour reculait vers l'horizon… « Joffrey de Peyrac se souvient-il encore de moi, veut-il encore de moi ? se demanda-t-elle avec une lucidité soudaine. J'ai renié son nom, il a renié mon souvenir… Les cendres du volcan tombent de toutes parts. Elles recouvrent les chemins où plus personne n'est passé depuis longtemps… On ne retrouvera pas leurs traces… Je vais mourir sous ses cendres. J'étouffe, j'ai tellement chaud, elles me brûlent partout, mais je sais maintenant que personne ne viendra à mon secours… »

La porte s'entrouvrit sur le halo d'une lanterne qui troua l'obscurité de la cabine. Dans la lueur fumeuse la face couleur d'argile craquelée du marquis d'Escrainville se penchait sur elle.

— Eh bien, belle furie, avez-vous médité ? Êtes-vous décidée à vous montrer docile ?

Elle était couchée sur le ventre, la tête entre ses bras. Elle ressemblait à une statue de marbre, avec la luisance de ses belles épaules pâles, dans la pénombre, et de sa chevelure épandue. Mais son immobilité n'était pas celle du sommeil.

Il fronça les sourcils, posa vivement la lanterne sur la tablette, et se pencha pour la soulever. Le corps d'Angélique s'abandonna sans réticence entre ses bras. Sa tête s'alourdit contre l'épaule du pirate.

La couverture glissa, révélant la beauté de son torse d'une blancheur dorée, modelée d'ombres douces.

Cette chair était brûlante sous la main. Le pirate sursauta. Il voulut relever son visage pour l'examiner. La tête d'Angélique chavira en arrière comme entraînée par le poids de sa lourde chevelure. Des mots précipités s'échappaient de ses lèvres qu'étirait un sourire secret.

— Mon amour ! Mon amour !

Entre les paupières mi-closes, le regard se dérobait, pâmé.

Les yeux du marquis d'Escrainville allèrent de cette physionomie bouleversée par une intense expression de douleur et de tendresse, à ce corps nu, pesant et souple contre lui.

Enfin il se redressa et, avec précaution, l'étendit sur la couchette et la recouvrit.

Dehors, il crut voir une silhouette qui s'échappait subrepticement. Il appela :

— Ellis !

Elle revint vers lui, ramenant d'une main son voile au-dessous de ses vastes yeux sombres.

Il eut un geste vers l'intérieur de la cabine :

— Cette femme est malade. Soigne-la.

❦

Angélique crut avoir un cauchemar. Elle était seule dans le noir sur un navire fonçant au milieu de la nuit vers une destination inconnue. Elle entendait le bruissement du vent dans les cordages, le claquement des voiles et le choc sourd des vagues contre le bois de la coque. Un souffle d'air passa sur elle. La porte de la cabine claquait, ouverte sur le pont. On voyait peu de cette nuit sans lune, mais une faible lumière filtrait en contrebas par un panneau et des chants en sourdine étranges, doux et – eût-on dit – religieux s'en échappaient par bouffées et montaient jusqu'à elle.

Angélique se dressa. Elle se sentait faible. Elle dut faire un effort prodigieux pour atteindre la porte et demeura appuyée au chambranle, ramenant machinalement sur son corps moite les pans d'un long châle qui l'enveloppait.

Dans un rare rayon de lune, ressortant d'un nuage, elle vit la promenade du pont devant elle, comme une route d'argent, et se mit à marcher, heureuse de sentir sous ses pieds nus, les planches encore tièdes.

Deux ombres passèrent devant elle et la courbe d'un sabre mauresque et le canon d'un mousquet étincelèrent.

— Des gardiens, se dit-elle.

Elle cherchait à comprendre, mais sa pensée fuyait comme du sable entre les doigts. La lune disparut. Tout fut sombre et elle se sentit vaciller à nouveau dans le néant. Pourtant elle était toujours là. Une lanterne se balançait près des sentinelles. Un panneau fut soulevé. La lueur rousse venue de l'intérieur s'agrandit, révélant la cale béante pauvrement éclairée de quinquets et de taches blanches et brunes de visages agglutinés qui se levaient vers l'ouverture. Une odeur fétide d'humanité entassée s'en échappa.

« C'était la même odeur à la cour des Miracles, se dit Angélique, et aussi dans la chiourme des galères. Ce sont les esclaves. Les pauvres esclaves… »

Elle continua son chemin, et passa près des sentinelles qui sursautèrent, puis se penchèrent l'une vers l'autre en chuchotant avec effroi. Peut-être avaient-elles cru apercevoir une âme errante ?

Une forme blanche venait à la rencontre d'Angélique. Un bras entoura ses épaules.

— Où étais-tu ? Je t'ai cherchée partout. Oh ! que tu m'as fait peur. Viens te recoucher ! Ne reste pas ici, la lune te fera du mal. Viens, mon amie. Viens ma sœur !…

❦

Le navire était maintenant à l'ancre. Angélique le sentit à son balancement léger et saccadé. Elle se redressa, appuya son dos las contre la boiserie. Le soleil entrait comme un boulet par l'ouverture. C'était sa chaleur presque incandescente qui avait réveillé la jeune femme. Elle se déplaça pour retrouver de l'ombre. Des bruits violents et confus avaient remplacé le silence de la nuit. Des galopades de pieds nus s'entendaient au-dessus d'elle. Des cris, des coups de sifflet dominant une rumeur de fourmilière bousculée.

— Où suis-je ?

Elle passait ses deux mains sur son visage pour essayer d'effacer le voile qui brouillait sa pensée. Ses doigts lui parurent diaphanes, transparents. Elle ne les reconnaissait pas. Ses cheveux, sur ses épaules étaient fluides, soyeux, et même imprégnés d'un léger parfum. On aurait dit que des mains soigneuses les avaient longuement brossés.

Elle chercha des yeux ses vêtements, les vit, bien pliés et propres sur le coffre.

— C'est Ellis qui a fait cela. Éllis, cette gentille esclave qui m'appelle « ma sœur ».

Elle commença à se vêtir, surprise de sentir le justaucorps flotter autour de sa taille. Ne trouvant pas ses bottes, elle enfila des babouches. Puis elle chercha longuement sa ceinture.

— Oh ! c'est vrai. C'est le pirate qui l'a prise.

La mémoire lui revenait peu à peu. Elle se leva. Ses jambes restaient incertaines. Cependant, en s'appuyant aux cloisons elle réussit à sortir. Le pont où elle déboucha était désert. Le bruit venait de l'avant. Elle s'approcha encore de quelques pas. L'air frais la fit vaciller et elle faillit tomber. Alors elle eut un faible cri d'extase. Une île était là, projetant sur un ciel d'or le profil blanc et pur d'un petit temple antique. Le monument se dressait solitaire au sommet d'une courte montagne mi-verte mi-grise, à la fois rocheuse et luxuriante, qui le portait, comme un diadème couronné d'une perle. Sa blancheur tremblait dans l'air limpide, saturé de lumière. Il semblait un vaisseau irréel prêt à s'élancer vers la sérénité des champs élyséens. Tout alentour, de multiples colonnes, dressées comme autant de lis parmi les herbes folles dessinaient le souvenir d'autres temples, d'autres autels disparus. Des ruines !...

Le regard d'Angélique descendit le long de la montagne, et trouva sur la rive un village de grossières maisons carrées groupées autour d'un clocher de style oriental. Des hommes et des femmes vêtus de noir, massés sur la plage, regardaient dans la direction du brigantin mouillé en rade. C'était là qu'avait lieu le spectacle.

Une porte claqua tout près d'Angélique et un homme sortit brusquement. Il passa près d'elle sans la voir. Elle reconnut sa redingote rouge, un peu déteinte, aux broderies éraillées, et surtout son visage hâlé, marqué de petites rides et qui accusait pour l'instant une expression de colère folle. « Le marquis d'Escrainville. » Elle l'avait vu, penché sur elle alors qu'elle se débattait contre une terrible sensation d'étouffement.

Ce visage grimaçant lui rappelait des heures de lutte harassante. Elle recula en se dissimulant de son mieux.

Une exclamation près d'elle la fit sursauter.

— Oh ! c'est donc vrai que tu es guérie, s'écriait Ellis… Voilà pourquoi tu t'es levée cette nuit… Te sens-tu mieux ?

— À peu près bien, oui. Mais quel est ce remue-ménage ?

La jeune Grecque s'assombrit.

— Un esclave s'est évadé cette nuit, ce petit vieillard qui était ton ami.

— Savary ! s'écria Angélique tandis qu'une sensation de vide se creusait en elle.

— Oui. Et le maître est furieux parce qu'il tenait beaucoup à lui, à cause de sa science.

Angélique voulut se précipiter vers l'avant, d'où venait la rumeur. Ellis la retint.

— Ne te montre pas… Le maître est fou !

— Il faut pourtant que je sache.

Ellis, résignée, la laissa faire. Elles s'approchèrent le plus possible et observèrent la scène en se dissimulant derrière des rouleaux de cordages.

❦

Tout l'équipage du navire était réuni à l'avant, au pied de la dunette, ainsi qu'une foule de gens disparates qui devaient être les esclaves entrevus au fond de la cale. Il y avait des femmes et des enfants, des hommes dans la force de l'âge, des jeunes gens et même des vieillards, toute une humanité blanche, basanée, brune ou noire, vêtue des costumes les plus variés, depuis les solides vestes brodées de couleurs éclatantes des paysans riverains de l'Adriatique jusqu'aux burnous arabes et aux voiles sombres des femmes grecques.

Escrainville promena sur eux un regard halluciné puis il apostropha Coriano, qui montait l'escalier de la dunette de son pas pesant et philosophe.

— Voilà bien où conduit la faiblesse ! hurla-t-il. Je me suis laissé flatter par ce damné vieux corbeau d'apothicaire. Sais-tu ce qu'il a fait ? Il s'est évadé. Le deuxième esclave qui s'échappe de mon bord en moins d'un mois. Auparavant cela ne m'était jamais arrivé, à moi. Moi qui suis la Terreur de la Méditerranée ! Ce n'est pas pour rien que j'ai reçu ce surnom. Et il faut que je me fasse rouler par un misérable cloporte dont je n'ai même pas pu tirer cinquante piastres à Livourne et qui m'a embobiné par ses discours jusqu'à me faire traîner dans ces îles de malheur sous prétexte que j'y trouverai la fortune par je ne sais plus quel produit miraculeux qui s'y ramasse à la pelle. Et dire que je l'ai cru, âne bâté que je suis ! J'aurais dû me souvenir que je l'avais recueilli avec ce damné Provençal qui a trouvé le moyen de filer avec son voilier. Une coque de noix que j'avais pris soin de faire radouber pour en tirer bon prix. Jamais on ne s'est moqué de moi de cette façon. Et aujourd'hui l'apothicaire !

— Il a eu des complicités, grogna Coriano, c'est certain. Soit parmi les sentinelles, soit parmi l'équipage ou les esclaves.

— C'est ce que je vais établir. Coriano, tout le monde est là ?

— Oui, monsieur.

— Alors, nous allons rire un peu. Ha ! ha ! On ne se gausse pas longtemps du marquis d'Escrainville.

Et si je retrouve un jour ce damné apothicaire je l'écraserai comme une punaise. J'aurais pourtant dû me souvenir que c'était encore ce vieux démon qui nous avait déjà envoyé un caïque par le fond. Allez. Venez tous !

Tout le monde étant là, personne ne bougea. Tous se taisaient, regardant avec inquiétude vers la dunette.

— Cette nuit, un caïque du bord a été détaché et a fui, emportant à son bord un esclave. Quelles étaient les sentinelles qui ont pris la relève durant la nuit ? Il y en a eu six. Que ces six se présentent. Dénoncez-vous. Vous aurez la vie sauve. Le ou les coupables, s'ils se dénoncent, n'auront d'autres sanctions que d'être bannis de mes équipages et débarqués dans cette île. Dénoncez-vous avant que j'aie terminé de traduire en italien, en grec et en turc.

Il répéta son discours dans les trois langues. Le capitaine Matthieu se chargea de l'arabe.

Un silence complet tomba sur cette déclaration, coupée par quelques babils de bébés vite rappelés à l'ordre par les mères apeurées. Un des gardes-chiourme se dressa enfin et cria quelque chose.

Escrainville et Coriano se consultèrent du regard.

— Ils ne savent rien. C'est classique. Eh bien ! Messeigneurs, puisque vous faites les mauvaises têtes, vous connaîtrez la punition habituelle. Les sentinelles vont tirer au sort. Celui que le sort désignera comme coupable sera pendu. Pour commencer. Toi là-bas et toi, avancez !

Les deux hommes désignés quittèrent leurs places et montèrent sur la dunette.

L'un était un beau Noir, l'autre un type méditerranéen, un Corse ou un Sarde peut-être, aux cheveux clairs près de la peau hâlée.

Aucun ne tremblait. C'était souvent l'usage chez les flibustiers de laisser le sort désigner celui qui devait payer pour la collectivité. Personne ne se dérobait.

— Voici un coquillage du jugement de Dieu, dit Escrainville. Face, c'est le dos en l'air. Pile, c'est l'ouverture cannelle en l'air. Face c'est la mort. À toi, Mustapha. Commence.

Les lèvres du Noir bougèrent.

— *Inch'Allah !*

Il prit la coquille et la lança en l'air.

— Pile.

— À toi, Santario.

Le Sarde se signa et lança la coquille.

— Face !

Une indicible expression de soulagement parut sur le visage du Noir. Le Sarde baissa la tête. Escrainville ricana.

— Le sort t'a désigné, Santario. Et pourtant tu n'es peut-être pas coupable ? Si tu avais parlé, tu aurais été épargné. Trop tard, maintenant ! Aux vergues !

Deux marins s'avancèrent et se saisirent de l'homme.

— Attendez, dit le pirate, on ne va pas le laisser partir là-haut tout seul. Aux esclaves maintenant. Ils n'ont rien vu de l'évasion, rien entendu et naturellement pas un ne parlera. Mais ils paieront aussi et le sort désignera l'un d'eux pour cela. Comme le précédent jugement s'est prononcé contre un chrétien, nous ne tirerons cette fois que parmi les seuls musulmans.

À peine avait-il achevé la traduction qu'un tollé s'éleva des rangs des captifs maures et turcs. Un homme âgé à la face fine d'Arabe, à la barbe roussie par le henné, protesta violemment. Coriano traduisit :

— Il dit que la justice de Dieu doit choisir elle-même entre fidèles et infidèles.

Escrainville ricana.

— Bien, bien, mes enfants, la captivité n'éteint pas vos querelles de croyants. Eh bien ! que ce vieux muezzin lance la coquille. Si c'est face, c'est lui-même qui désignera la victime parmi ses coreligionnaires.

Le vieillard se tourna vers le soleil levant, se prosterna trois fois, puis prononça quelques mots.

— Il dit que si Dieu choisit un mahométan pour payer, c'est lui-même qui acceptera la mort, car il est mollah, c'est-à-dire prêtre d'Alger.

— D'accord ! Pas tant de singeries. Lance ta coquille, vieux macaque !

Le religieux lança en l'air la légère parcelle.

— Pile ! cria Escrainville en éclatant d'un rire hystérique. Vieux comédien ! Tu as de la veine de t'en tirer à si bon compte. Maintenant c'est aux chrétiens de donner un prêtre de chez eux pour tirer la langue. Allez, vous autres, envoyez votre bénisseur. Quoi ? Pas de prêtre ? Pas de prêtre ?… Alors on va rigoler. On va tirer au sort entre le plus vieux et le plus jeune des esclaves chrétiens. Pas en dessous de dix ans, évidemment. Je ne suis pas le Minotaure.

Un silence de mort régna, puis des lamentations de femmes retentirent et des mères cherchèrent à faire un rempart de leurs corps à des gamins d'une douzaine d'années qui se cramponnaient à elles.

— Qu'on se dépêche ! hurla Escrainville, la justice doit être expéditive sur un navire. Sortez du rang ou je…

À ce moment même, une sourde et violente détonation qui paraissait venir de l'intérieur du navire retentit, coupant la parole à l'énergumène. Il y eut un instant de stupeur puis un cri s'éleva :

— Au feu !

❦

Une fumée blanche commençait à sourdre à l'arrière de l'*Hermès*, s'échappant lentement des ouvertures d'aération grillées de bois.

Un vent de panique secoua les esclaves, vite rappelés à l'ordre par les fouets des gardiens.

Escrainville suivi de son état-major se précipitèrent vers l'arrière.

— Où est le premier maître du pont ? hurla-t-il.

Un groupe de marins apeurés et hésitants se poussa en avant.

— Quatre hommes pour soulever le panneau et quatre hommes pour descendre voir ce qui se passe ! Cela vient de l'annexe des vivres à côté des cuisines.

Mais personne ne bougea d'un pouce. Les spectateurs paraissaient pétrifiés par quelque chose d'insolite.

— C'est le feu du diable, monsieur, bégaya un des marins. Regardez cette fumée, ça n'est pas une fumée naturelle, chrétienne…

En effet les nuages qui s'échappaient de l'écoutille se traînaient au ras du sol lourdement, de temps à autre d'une blancheur de gouache épaisse, pour soudain se diffuser comme une brume semblable à celle qui s'élève au creux d'un lieu humide. Escrainville s'avança comme s'il voulait en prendre dans le creux de la main et la porta à son nez.

— L'odeur est bizarre.

Il se ressaisit, arracha le pistolet de la ceinture de Coriano et vociféra :

— Je vous tire dans les fesses si vous ne descendez pas tout de suite, comme j'en ai donné l'ordre.

Soudain le panneau grillé parut se soulever parmi les vapeurs. Les témoins hurlèrent et Escrainville lui-même recula d'un pas.

— Un revenant !

— Un ressuscité !

D'un nuage particulièrement épais jaillit une forme enveloppée d'un linge blanc mouillé. Une voix étouffée en sortit.

— Je vous en prie, monsieur d'Escrainville, ne vous dérangez pas en personne. Ce n'est rien du tout…

— Que… que signifie ? bégaya le pirate, déconcerté. Alchimiste de malheur ! Non content de nous faire courir depuis le matin, tu mets le feu à mon bord ?

La figure sembla se dépêtrer de son cocon. Un instant la tête et la barbiche de Savary apparurent, puis il éternua, toussa, se recouvrit à nouveau de son linceul et, adressant plusieurs signes rassurants à l'assemblée, replongea derrière son panneau qui se rabattit sur l'apparition.

Angélique et tous ceux qui étaient présents croyaient avoir assisté à quelque sortilège. Mais bientôt Savary se montrait, montant cette fois par l'échelle qui communiquait avec le deuxième pont. Il paraissait calme et de fort bonne humeur, encore que couvert de suie et ses vêtements fripés, salis et déchirés imprégnés d'une odeur douceâtre et écœurante. Il expliqua posément qu'il n'y avait pas d'incendie mais que ces vapeurs et cette détonation avaient été simplement causées par « une expérience qui permettait les plus grands espoirs pour la science et celle de la navigation maritime en particulier ».

Le chef des pirates le toisa, furieux.

— Alors, tu ne t'es pas évadé ?

— Moi ? M'évader ? Pourquoi ? Je suis très bien sur votre navire, monsieur le marquis.

— Mais alors… le caïque ? Qui l'a détaché du bord ?

La face rousselée d'un jeune marin au nez pointu surgit à la rambarde. Il remontait l'échelle de corde au flanc du navire et s'arrêta, surpris devant cette assemblée.

— Le caïque, patron ?… C'est moi qui l'ai pris pour aller chercher du vin sur l'île, ce matin.

Escrainville se calma, tandis que Coriano se permettait de rire.

— Oh ! patron. Depuis l'histoire de ce damné Marseillais, vous voyez des évasions partout. C'est moi-même qui ai dit à Pierrik d'aller faire le plein de piquette ce matin.

— Imbécile !

Le pirate, vexé, haussa les épaules et se détourna.

C'est alors qu'il aperçut Angélique.

Son visage convulsé se détendit. Il parut faire effort pour s'adoucir et paraître presque aimable.

— Ah ! voici notre belle marquise. Vous êtes donc enfin guérie ? Comment vous sentez-vous ?

Elle restait appuyée à la paroi, le regardant avec un mélange d'horreur et d'incompréhension. Elle murmura enfin :

— Excusez-moi, monsieur, mais je ne parviens pas à réaliser ce qui m'est arrivé. Ai-je donc été si malade ?

— Plus d'un mois, dit le pirate avec une moue.

— Un mois ? Oh ! mon Dieu. Où suis-je maintenant ?

D'un geste, le marquis présenta l'île couronnée de ruines.

— Devant Kéos, chère madame, quelque part au milieu des Cyclades, archipel de la Grèce.

XX

Angélique se souvenait de s'être endormie au large de la Sicile et voici qu'elle se réveillait un mois plus tard au bout du monde, parmi ces îles grecques abandonnées des dieux, aux mains d'un pirate marchand d'esclaves.

Réfugiée à nouveau dans l'abri de son étroite cabine, elle chercha en vain à se rappeler ce qui s'était passé.

Ellis, accroupie à ses pieds, lui raconta comment Savary et elle-même l'avaient soignée de jour et de nuit pour l'arracher à la mauvaise fièvre qui la consumait. Parfois le marquis d'Escrainville venait. Il regardait, impassible, la forme inconsciente qui se débattait sur l'étroite couchette. Puis, les dents serrées, il leur disait qu'il les écorcherait vifs s'ils lui laissaient « crever un lot pareil ».

— Je t'ai bien soignée tu sais, mon amie… Quand tu as commencé à moins souffrir de la tête, j'ai brossé tes cheveux avec des poudres odoriférantes. Ils sont très beaux maintenant. Et bientôt tu redeviendras belle aussi.

— Donne-moi un miroir, dit Angélique, inquiète.

Elle se contempla avec une grimace : ses joues étaient creusées et blanches, ses yeux immenses. Elle songea que peut-être le pirate allait renoncer à la vendre.

— Est-ce que cela ne te fait pas honte d'être ainsi habillée en homme ? demanda Ellis.

— Non. Je crois que c'est préférable.

— Dommage ! Tu dois être si belle avec ces robes des Françaises dont on parle tant.

Pour lui faire plaisir, Angélique lui décrivit quelques-unes des toilettes qu'elle avait portées à Versailles. Ellis, enchantée, riait et battait des mains. En regardant son jeune visage aux doux yeux sombres, Angélique se demandait comment une créature qui avait vécu un an dans l'intimité d'un marquis d'Escrainville pouvait avoir conservé tant de joie spontanée.

Elle le lui dit. La jeune Grecque détourna les yeux.

— Oh ! tu sais… où j'étais avant, c'était pire… Lui, il n'est pas si mauvais. Il m'a donné des présents… Il m'a appris à lire, oui. Il m'a appris le français et l'italien… J'aimais quand il me tenait contre lui et qu'il me caressait… Mais il s'est lassé. Maintenant il ne m'aime plus.

— Qui aime-t-il ?

Un nuage de rancune flotta sur le front de l'esclave.

— Sa pipe de haschisch.

Elle soupira, résignée.

— Il fume parce qu'il pense toujours à quelque chose qu'il ne peut pas atteindre.

Coriano le borgne se présenta, un sourire qui se voulait aimable découvrant les quelques chicots noirs qui lui restaient. Il dit que la jeune dame devrait se rendre sur le pont. L'air était frais et ferait le plus grand bien à sa santé.

Ellis jeta sur les épaules d'Angélique un voile léger et l'installa sur un rouleau de cordages près de la coupée, en face de l'île. Un vent délicieux s'était levé et elles restèrent un long moment à regarder les couleurs irisées du ciel et de la mer.

Peu après, le marquis d'Escrainville s'approcha à son tour. Il eut la diplomatie de ne pas adresser la parole à sa prisonnière, se contentant de la saluer profondément. Puis il se tint près de la coupée ouverte sur l'échelle de corde, afin de vérifier l'embarquement de la « marchandise ».

❦

Une grande animation régnait sur l'île. On entendait parfois un cri perçant, suivi de plusieurs autres qui se taisaient brusquement.

Le caïque aborda l'*Hermès*. La « marchandise » monta à bord, représentée par un jeune garçon de dix-sept à vingt ans et un enfant d'une dizaine d'années, tous deux d'une beauté de statue, avec un teint de brugnon mûr sous de longues chevelures noires et frisées. Ils portaient sur l'épaule une veste de peau de mouton, la veste des pâtres, dont ils avaient le regard d'innocence. L'enfant tenait encore à la main la flûte de roseau à quatre notes qui lui servait à rappeler ses chèvres. Il tourna les yeux vers son île et se mit à crier en tendant les bras. Un matelot l'entraîna. Venait ensuite une femme. C'était elle qui, un instant plus tôt, faisait entendre des cris déchirants. Maintenant, elle semblait à demi évanouie. Un matelot la hissa et elle resta effondrée sur le pont, la tête inclinée, ses longs cheveux sombres épars sur le plancher visqueux du navire. Les femmes qui suivaient butaient contre elle. Il y eut ensuite des hommes et de nombreux vieillards. Le dernier, un marchand, fit hisser des paniers pleins de raisins noirs et les présenta à Escrainville. Celui-ci prit une grappe pour aller l'offrir à Angélique. La jeune femme refusa du bout des lèvres.

— Vous avez tort, dit le pirate, voilà qui ramènerait des couleurs sur vos joues. Les raisins de la charmante Kéos sont réputés et votre ami Savary prétend qu'il faut en manger pour éviter le scorbut. Tiens, où est-il encore passé, ce vieux singe ?

Un matelot répondit en s'esclaffant :

— Il est sur l'île, monsieur, en train de peigner les boucs.

Le marquis d'Escrainville rit à gorge déployée.

— En train de peigner les boucs !… Ha ! ha ! ha ! Je n'ai jamais entendu une fable aussi drôle. Et pourtant c'est bien lui qui a réussi à me faire accroire que je gagnerais une fortune à peigner tous les boucs des îles grecques. Ha ! ha ! ha !

Il entra subitement dans une colère rouge :

— Mais qu'il ne s'imagine pas que je vais me laisser mener comme un enfant. Où est-il ? Qu'on me le trouve ! Je n'ai pas l'intention de coucher ici, moi.

— Le voilà ! cria une voix.

Parmi les silhouettes noires sur la rive, on vit courir une sorte de négrillon affairé. Il attrapa, in extremis, le canot qui repartait.

Le petit apothicaire grimpa l'échelle de corde avec l'habileté d'un singe et sans interrompre pour autant ses discours volubiles. Il s'adressait à Escrainville :

— L'escale vous aura rapporté plus qu'une satisfaction, monsieur, une véritable fortune ! J'ai recueilli pour plus de cent onces de ladanum et n'oubliez pas que le fameux « baume noir » que l'on en extrait se vend plusieurs dizaines de livres l'once. Avec les parfums que vous allez obtenir, vous allez mettre dans votre poche toutes les Cours d'Europe.

Pour appuyer son geste, Savary, qui prenait pied sur la coupée enfonça dans son pourpoint sa main… qui en ressortit par un trou laissant échapper la pipe du vieux savant. Celui-ci voulut la rattraper mais la projeta involontairement par-dessus bord.

Sa mimique déchaîna l'hilarité des flibustiers. Les habits usés du vieillard étaient tout poissés d'une sorte de gomme. Il en avait jusque dans ses cheveux blancs échappés de sa calotte noire. Son teint était cadavérique et marqué de la plus étrange façon de traînées bleues et vertes, mais ses yeux demeuraient pétillants de vitalité. Il arracha des mains d'un mousse qui le suivait une petite cuvette, dont il mit le contenu sous le nez d'Escrainville.

— Regardez-moi cela. Voici du vrai ladanum, matière précieuse entre toutes et qui concurrence fort bien le musc des Indes, si difficile à se procurer… Madame, je vous salue, enfin vous voici guérie… Contemplez cette merveille. Il s'agit, dis-je, du ladanum, substance gommo-résineuse qui s'exsude spontanément, sous forme de gouttes, des feuilles de certains arbrisseaux du genre *Cistus ladaniferus*. On le récolte en peignant la barbe des boucs et des chèvres qui broutent les feuilles de ces arbrisseaux. La substance graisseuse que vous voyez là sera refondue et purifiée. Elle donnera du ladanum liquide ou baume noir, que j'enfermerai dans de petites vessies très minces.

— Et tu me promets que je pourrai tirer monnaie de cette saloperie ? demanda Escrainville, soupçonneux.

— Je m'en porte absolument garant. C'est ce produit même qui entre dans la composition des meilleurs parfums, pour les fixer. Les artisans parfumeurs de France et d'Italie le paient à prix d'or à ceux qui peuvent leur en procurer en quantité suffisante. Et je vous garantis une récolte abondante, particulièrement à Santorin…

— Je n'irai pas à Santorin, vieux corbeau ! cria le marquis-pirate, de nouveau en colère. Je veux bien te conduire encore à Délos et à Mykonos, mais après je dois rallier Candie. Tu veux me faire rater le grand marché de la saison ?

— Qu'est-ce à côté de la fortune que…

— Ça va, ne m'échauffe pas les oreilles ! Ramasse tes ustensiles et déguerpis ! Tu me ferais regretter de ne pas t'avoir vendu à Livourne comme tes compagnons.

Maître Savary, avec l'humilité empressée qu'il savait fort bien affecter, rassembla sa cuvette, deux grands peignes de bois, un morceau de toile de sac et, courbant le dos, fit mine de s'esquiver.

— Vous savez, chuchota-t-il en passant près d'Angélique, j'ai réussi à « la » sauver.

— Quoi donc ?

— Ma moumie minérale. La *Joliette* n'avait pas coulé, bien qu'elle fût en mauvais état. Ce filou de marquis l'avait fait hisser à bord. J'ai réussi un jour à m'y glisser et à reprendre ma bonbonne.

— Et maintenant la *Joliette* est loin, fit Angélique, amère.

— Hélas ! le pauvre Pannassave ne pouvait attendre votre guérison pour reprendre la mer. Il risquait de faire éventer son plan ou d'être vendu comme esclave avant d'avoir pu le réaliser. Déjà, à Livourne, le marquis a liquidé tout un lot, dont votre petit valet.

— Mon pauvre Flipot ! Vendu !

— Oui, et j'ai eu toutes les peines du monde à persuader notre maître de me garder à son bord.

❦

— Ah ! tu es encore là, baladin du diable, cria Escrainville en revenant avec un geste de menace.

Le savant fila comme un rat et disparut dans une écoutille. Mais lorsque Angélique eut regagné sa cabine, il reparut.

— Je voudrais vous parler, madame. Ma mignonne, dit-il à Ellis, charge-toi de faire le guet afin que nous ne risquions pas d'être dérangés.

— Ainsi vous êtes demeuré en esclavage à cause de moi, maître Savary ? demanda Angélique, émue.

— Pouvais-je vous abandonner ? fit le vieillard avec simplicité. Vous avez été très malade et vous n'avez pas encore bonne mine, mais tout s'arrangera.

— Vous-même n'avez-vous pas été malade ? Votre teint est marqué de taches bleues.

— C'est toujours le *pinio*, le plomb de Pannassave. C'est difficile de s'en débarrasser. J'ai essayé le citron, l'esprit-devin… Je crois que cela partira avec ma peau, conclut gaiement le savant, mais c'est sans importance. L'important… c'est de nous tirer des mains de ces dangereux pirates, glissa-t-il avec un regard alentour. Mais j'ai une idée. Chut !

— Croyez-vous que le marquis d'Escrainville va se rendre à Candie ?

— Certainement, car il a l'intention de vous présenter au batistan.

— Qu'est-ce que le batistan ?

— Le caravansérail où ont lieu les ventes des esclaves de prix. Les autres sont exposés dans les bazars et sur la place publique. Le batistan de Candie est le plus important de la Méditerranée.

Angélique eut la chair de poule.

— Ne vous affolez pas, reprit Savary, car j'ai eu une nouvelle idée. Pour la réaliser, il m'a fallu persuader ce coriace flibustier de nous conduire dans l'archipel sous prétexte de lui faire faire fortune avec des produits rares réservés à la parfumerie.

— Pourquoi ? demanda Angélique.

— Parce que nous avons besoin de complices.

— Et vous espérez en trouver dans les îles grecques.

— Qui sait ? dit Savary, mystérieux. Madame, je vais me montrer fort indiscret, mais puisque nous voici embarqués tous deux dans une méchante histoire, vous n'en voudrez pas à votre vieil ami de vous poser quelques questions. Pourquoi vous êtes-vous lancée, seule, dans un voyage plein d'aléas ? Moi, je courais après ma « moumie », mais vous ?

Angélique soupira. Après un instant d'hésitation, elle se confia au vieux savant.

Comment, après avoir cru durant des années que son mari, le comte de Peyrac, était mort, condamné, elle avait acquis la certitude qu'il avait échappé au supplice. Comment, d'une recherche à l'autre, elle avait dû partir pour Candie où subsistait un faible indice de retrouver la trace du disparu.

Savary hocha sa barbiche en silence.

— Vous trouvez que je suis folle et inconsciente de m'être lancée ainsi dans l'aventure ? dit Angélique.

— Certes, vous l'êtes. Mais je vous excuserai. Moi aussi, je suis un vieux fou. Je quitte tout et je m'en vais vers les dangers sans y penser. Je flaire mon rêve à la trace de ma « moumie », comme vous foncez tête basse dans les pires sottises, parce que là-bas, vous ne savez où, brille votre amour comme une étoile dans l'obscurité du désert. Est-ce nous qui sommes fous ? Je ne le crois pas. Il y a au-delà de la raison, un instinct qui nous guide et nous fait frémir. Ainsi fait la baguette de coudrier au-dessus de la source cachée. Avez-vous entendu parler du feu grégeois ? demanda-t-il en changeant subitement de sujet. Au temps de Byzance, une secte de savants le possédait. D'où le tenait-elle ? D'après mes recherches sur les lieux, ce seraient les adorateurs du feu de Zoroastre, dans la région de Persépolis située à la frontière de la Perse et de l'Inde. C'est ce secret qui donnait l'invincibilité à Byzance, tant que les savants byzantins ont su conserver la formule du feu inextinguible. Hélas, elle se perdit vers l'an 1203 avec l'invasion de Byzance par les croisés. Eh bien ! je suis certain que le secret réside dans la moumie minérale. Elle brûle sans s'éteindre et, traitée d'une certaine façon, elle dégage une essence volatile extrêmement inflammable et presque explosive.

J'en ai fait l'expérience ce matin sur une infime parcelle. Oui, madame, j'ai redécouvert le secret du feu grégeois !

Dans son exaltation, il avait élevé la voix. Elle lui rappela la prudence. Ils ne devaient pas oublier qu'ils n'étaient que deux pauvres esclaves aux mains d'un tortionnaire sans indulgence.

— Ne craignez rien, affirma Savary. Si je vous parle de mes découvertes, ce n'est pas parce que je retombe dans mes manies, mais parce qu'elles aussi nous aideront à reconquérir notre liberté. J'ai mon idée et vous en garantis la réussite, si nous pouvons parvenir jusqu'à l'île de Santorin.

— Pourquoi Santorin ?

— Je vous le révélerai, l'heure venue.

Savary s'éclipsa.

Avec l'approche du soir le navire s'emplit de nouvelles rumeurs. Des cris de femmes montèrent, mêlés à des voix d'hommes, à leurs jurons ; un bruit de coups, de galopades éperdues de pieds nus à travers le dédale du navire, des pleurs, puis de longs hurlements spasmodiques à demi étouffés par les voix de basse des hommes et leurs rires énormes.

— Que se passe-t-il encore ? demanda Angélique à sa compagne.

— Les hommes dressent les nouvelles captives.

— Que leur font-ils ?

La jeune Grecque détourna les yeux.

— Mais c'est horrible ! protesta Angélique d'une voix blanche, ce n'est pas supportable. Il faut faire quelque chose.

Tout proche, le gémissement suppliant d'une femme violentée s'éleva comme un sanglot.

Ellis retint Angélique :

— N'y va pas ! C'est toujours ainsi. C'est leur droit.

— Leur droit !

Ellis expliqua de sa voix douce que les pirates avaient droit de partage sur le butin. Ils « touchaient » en nature et en sequins après la vente. De plus, si les femmes très belles étaient réservées pour un usage voluptueux, un grand nombre étaient vendues surtout comme esclaves, c'est-à-dire servantes-bêtes de somme attachées à l'innombrable domesticité des caravansérails. Leur prix augmentait si on pouvait les mettre sur le marché grosses d'un enfant, futur esclave. Les hommes du marquis d'Escrainville s'évertuaient donc à valoriser la « marchandise ».

Angélique mit les mains sur ses oreilles, hurla à son tour qu'elle en avait assez de ces sauvages, qu'elle voulait s'en aller. Lorsque le second, Coriano, se présenta suivi de deux négrillons qui portaient un plateau chargé de victuailles, elle le couvrit d'injures et refusa d'avaler une bouchée.

— Mais il faut que vous mangiez ! s'écria le borgne, tragique, vous n'avez plus que la peau et les os. C'est une catastrophe !

— Qu'on arrête de tourmenter ces femmes ! Faites cesser cette orgie !

Elle envoya un coup de pied dans le plateau et renversa les marmites à terre.

— Faites cesser ces cris !

Coriano se hâta aussi vite que le lui permettaient ses courtes jambes. On entendit brailler Escrainville.

— Ah ! tu te félicitais qu'elle ait du caractère ! Tu es servi, j'espère ! Si mon équipage ne peut plus forniquer sur son propre navire !…

Elle le vit arriver à grands pas, tout mauvais.

— Il paraît que vous refusez de manger ?

— Si vous croyez que vos saturnales sont faites pour m'ouvrir l'appétit !

Angélique, amaigrie, hérissée, dans son justaucorps trop large, ressemblait à un adolescent buté. Un demi-sourire étira la lèvre du pirate.

— C'est bon ! J'ai donné des ordres. Mais de votre part, mettez-y un peu de bonne volonté. Madame du Plessis-Bellière, me ferez-vous l'honneur de venir souper avec moi sur la dunette ?

XXI

Les coussins étaient disposés autour d'une table basse. On avait apporté de rondes bassines d'argent pleines d'un lait acide et épais, dans lequel baignaient des boulettes de viande enveloppées de feuilles de vigne parfumées. Des sauces aux oignons, au piment, au paprika et au safran dans de petites soucoupes mettaient des taches vertes, rouges et jaunes sur la table.

— Goûtez au *dolma*, dit Coriano en versant une pleine louche dans l'assiette d'Angélique ; si cela ne vous plaît pas, on vous servira du poisson.

Le chef-pirate surveillait son second d'un air goguenard.

— Cela te va de faire la nourrice. Il n'y a pas de doute, tu es né pour ça !

Coriano se fâcha.

— Faut bien que quelqu'un se donne du mal pour réparer les dégâts, beugla-t-il. C'est déjà beau qu'elle ne soit pas morte. Si elle se laisse dépérir maintenant, on n'en finira jamais.

Le marquis se fâcha à son tour.

— Qu'est-ce que tu voudrais que je fasse de plus ? hurla-t-il. Je la laisse prendre ses grands airs, je l'invite à dîner avec des ronds-de-jambe, on marche sur la pointe des pieds. Mes hommes doivent se conduire comme des enfants de chœur ; au lit, bien bordés, à huit heures du soir…

Angélique éclata de rire.

Les deux flibustiers s'interrompirent pour la regarder bouche bée.

— Elle rit !

La physionomie hirsute de Coriano s'éclaira.

— *Madona !* Si elle pouvait rire comme ça sur le marché, on ferait deux mille piastres de plus.

— Imbécile ! fit Escrainville, méprisant. Tu en connais beaucoup qui rient sur le marché ? Et celle-là, crois-moi, ce n'est pas son genre. Nous pourrons déjà nous estimer heureux si elle se tient tranquille. Pourquoi riez-vous, ma belle chérie ?

— Je ne peux pas toujours pleurer, répondit-elle.

Elle céda à la détente d'un soir bleu, maintenant paisible. La petite île paraissait s'éloigner comme un vaisseau de rêve, derrière une brume légère, avec son temple touché d'argent, là-haut sous les rayons de la lune montante. Le marquis d'Escrainville suivit son regard et dit :

— Apollon, jadis, avait six temples. Dans cette île, chaque jour on dansait à la beauté.

— Maintenant vous y faites régner la terreur.

— Ne vous attendrissez pas. Il faut bien que ces Grecs dégénérés servent à quelque chose.

— Est-ce utile d'arracher des enfants à leur mère ?

— Ils étaient destinés à mourir de faim dans ces îles arides.

— Et ces malheureux vieillards sans forces que j'ai vus monter à votre bord ?

— Oh ! ceux-là c'est différent. Je les prends pour leur rendre service.

— Vraiment ? fit-elle, ironique.

— Eh oui ! Figurez-vous qu'à l'île de Kéos, une tradition veut qu'à soixante ans les habitants s'empoisonnent ou s'expatrient. On n'aime pas les gérontes dans le coin.

Il la guetta de son sourire sardonique.

— Vous avez encore bien des choses à apprendre sur la Méditerranée, belle dame.

Un esclave s'approcha et vint poser près de lui une pipe à eau turque. Il commença de fumer, la tête renversée en arrière.

— Regardez ce ciel étoilé. Demain, à l'aube, nous appareillerons pour Kyouros. Il y a là-bas, couché sous les lauriers-roses, un dieu Mars endormi. Les habitants de l'île ne l'ont pas encore pulvérisé pour en faire de la chaux. Je vais chaque fois le contempler. Aimez-vous les statues ?

— Oui. Le roi, à Versailles, en a paré ses jardins…

Le temple maintenant émergeait de la nuit, suspendu en plein ciel.

Angélique dit à mi-voix :

— Les dieux sont morts.

— Mais non les déesses.

Le marquis d'Escrainville la surveillait les yeux mi-clos.

— Ce costume ne vous va pas trop mal, à tout prendre. Il ménage des surprises agréables et laisse suffisamment deviner ce qu'il cache.

Angélique feignit de n'avoir pas entendu. Elle s'était mise à manger ne pouvant bouder plus longtemps son estomac, et la saveur du *mast*[1] n'était pas pour lui déplaire.

— Sommes-nous loin de Candie ? demanda-t-elle.

— Pas tellement. Nous y serions déjà si ce diable d'apothicaire ne m'avait embobiné avec ses discours et ne m'avait entraîné à perdre mon temps d'île en île. Quand il n'est pas là, j'ai envie de l'écraser comme une punaise, mais quand il vient et me prend par le bouton de l'habit pour me persuader qu'il m'apporte la fortune, je me laisse faire comme un enfant. Ah ! qu'importe ! C'est l'un des bienfaits de l'Orient que de pouvoir laisser le temps s'écouler sans hâte.

Il souffla une longue bouffée.

— Auriez-vous hâte d'arriver à Candie ?

— J'ai hâte de savoir le sort qui m'est réservé. Il paraît que vous avez vendu à Livourne le petit valet qui m'accompagnait ?

— Oui et j'ai même fait une bonne affaire. Je n'en espérais pas autant, mais j'ai eu la chance de tomber sur un seigneur italien qui cherchait un précepteur capable d'apprendre la langue française à son fils. Cela m'a permis de faire monter les prix.

— Flipot, maître de français ! s'exclama Angélique et de nouveau son rire léger s'égrena.

Elle eut du mal à retrouver son sérieux. Elle réussit cependant à demander au marchand d'esclaves s'il se rappelait le nom du seigneur italien auquel il avait vendu Flipot, afin, par la suite, de pouvoir racheter son pauvre serviteur.

---

1. Lait fermenté.

Ce fut le tour du marquis d'Escrainville de s'esclaffer bruyamment.

— Le racheter ? Espérez-vous donc redevenir libre vous-même ? Sachez, ma chère, qu'ON NE S'ÉCHAPPE PAS D'UN HAREM !

La jeune femme le regarda longuement, cherchant à deviner une trace d'humanité sur ce visage qui, près d'elle, sortait de l'ombre, éclairé par le fanal qu'on venait d'allumer.

— Vous voulez vraiment faire cela ?

— Et pourquoi donc croyez-vous que je garde à mon bord une garce de votre espèce ?

— Écoutez, dit-elle soulevée d'un espoir subit, si c'est de l'argent que vous voulez, je peux vous fournir ma rançon. Je suis très riche, en France.

Il secoua la tête.

— Non. Je ne veux pas me mêler d'affaires avec les Français. Ils sont trop malins. Pour toucher l'argent, il me faudrait me rendre à Marseille. C'est dangereux… Et c'est trop long. Je n'ai pas le temps d'attendre. Il faut que je puisse racheter un bateau… Aurais-tu assez d'argent pour cela ?

— Peut-être.

Mais elle-même se souvenait du mauvais état de ses affaires, à son départ. Elle avait dû hypothéquer son navire et sa future cargaison, pour faire face à ses dépenses à la Cour. De plus sa situation en France, à elle qui s'était attiré la colère du roi, n'était-elle pas des plus précaires ?

Elle se mordit les lèvres avec désespoir.

— Tu vois, fit-il, tu es bien entre mes mains. Je suis ton maître et je ferai de toi ce qu'il me plaira.

Le voyage continua. Chaque jour le pirate, maudissant Savary, jetait l'ancre devant une de ces îles sèches et gorgées de statues blanches. Le sol aride ne produisait que de la vigne et des ruines somptueuses. Les habitants fabriquaient le vin chaleureux et écrasaient à coups de maillet les marbres antiques pour les réduire en poussière, les brûler et en faire de la chaux à blanchir les maisons. On ne se nourrit pas de vins ni de dieux superbes.

Guettés par la famine, ils vendaient leurs vins, leurs sacs de chaux, leurs femmes et leurs enfants aux trop rares navires de passage. Le gendarme turc, que l'administration de Constantinople envoyait traîner son sabre courbe parmi ces îles déshéritées, fermait les yeux sur le trafic du pirate chrétien. Escrainville l'invitait à bord. Ils buvaient ensemble du café sur la dunette, fumaient le narguilé et le Turc, après avoir touché quelques sequins, présidait lui-même à l'installation de ses administrés dans la cale aux esclaves.

Passèrent Kythnos, Syra, Mykonos, Délos.

Malgré les promesses de Savary, Angélique était dévorée d'appréhensions et parfois Ellis ne savait comment la tirer de son abattement.

— Quel dommage, s'écria-t-elle un jour, que le Rescator soit allé rendre visite au roi du Maroc ! Il t'aurait rachetée.

Angélique bondit.

— Passer des mains d'un pirate à un autre pirate, je ne vois pas l'avantage.

— Ce serait mieux pour toi que d'être enfermée dans un sérail… Les portes d'un sérail, seule la mort les rouvre à celles que les eunuques y ont introduites un jour. Même la vieillesse ne les rend pas à la liberté. Je préfère les pirates, dit Ellis, d'un air raisonnable. Et celui dont je te parle n'est pas pour les femmes un maître comme les autres. Écoute, ma sœur, je vais te conter l'histoire de Lucia l'Italienne que les Barbaresques avaient razziée sur les côtes de Toscane. On me l'a contée quand j'étais au bagne d'Alger… une femme qui avait connu Lucia après que le Rescator l'eut ramenée dans son pays. Chez lui, dans son île fortifiée, elle avait des repas merveilleux, des bonbons tous les jours et beaucoup d'amour.

Angélique ne put s'empêcher de rire de la naïveté de la jeune fille.

— Je n'aime ni les bonbons ni l'amour… Tout au moins dans ces conditions-là.

— Mais Lucia les aimait, elle. Elle n'avait jamais mangé à sa faim dans sa pauvre Toscane. Et comme elle était belle comme une déesse, elle avait appris très tôt le plaisir. Alors elle était contente de bonbons et d'amour.

— Que veux-tu, je ne suis pas Lucia et je n'ai pas ses goûts d'odalisque.

Ellis parut déçue. Elle reprit, avec une subite inspiration :

— Écoute encore, ma sœur… Il y a eu, à Candie, Marie l'Arménienne. Au batistan, elle s'était couchée sur le sol. Il a fallu qu'Erivan, le maître des ventes, la prenne aux cheveux afin qu'on pût voir son visage… Et, bien qu'elle fût belle comme la nuit, personne ne voulait l'acheter à cause de cette langueur…

Le Rescator l'a achetée. Il l'a emmenée dans son palais de Mylos, hors de la ville. Il l'a comblée de présents. Mais rien ne pouvait la guérir. Alors le Rescator s'est embarqué et quand il est revenu il ramenait deux petits enfants, les enfants de Marie l'Arménienne, qu'on avait vendus à un Éthiopien.

La jeune Grecque se dressa soudain dans la lumière, mimant de ses membres graciles la scène qu'elle décrivait.

— Quand elle les a vus elle a crié comme une bête. Elle les a tenus sur ses seins tout le jour et personne ne pouvait l'approcher. Mais le soir venu, lorsqu'ils ont été endormis, elle s'est levée, elle s'est parfumé le corps, elle a mis les bijoux que le Rescator lui avait offerts. Elle est montée sur sa terrasse et elle s'est mise à danser devant lui pour qu'il la désire… Oh ! comprends-tu, ma sœur… Comprends-tu, qui est cet homme ?…

Les bras levés en amphore, elle tournait sur la pointe de ses pieds nus, dansant comme avait dansé Marie l'Arménienne, comme devaient danser jadis les vestales sous les blancs portiques des îles.

Puis elle revint se blottir aux pieds d'Angélique.

— Comprends-tu ce que je veux t'expliquer ?

— Non.

L'esclave dit, rêveuse :

— Il parle à chaque femme son langage. C'est un magicien.

❦

— Un magicien, fit le marquis d'Escrainville amer, voilà ce qu'elle raconte, la putain ! Il n'en faut pas beaucoup pour tourner leur cervelle d'oiseau. Un extravagant, oui, voilà ce qu'il est ce maudit Rescator.

— Vous aussi vous le traitez d'extravagant. Pourquoi ?

— Parce qu'il est le seul, entendez-vous, le *seul* pirate à ne pas commercer d'esclaves, et à être cependant le plus riche, par un invraisemblable marché d'argent qui désorganise tout et nous ruine. Magicien ?... Oui-da. Il trouve toujours le moyen de surgir là où on ne l'attend pas. Nul ne sait où il est basé. Il a été longtemps à Djidjelli, près d'Alger. Puis il était signalé à Rhodes. Ensuite à Tripoli. Je crois qu'il serait plutôt à Chypre. C'est un homme terrible parce qu'on ne comprend pas quels sont ses mobiles. Il doit être un peu fou. Cela arrive dans notre métier.

— Est-ce vrai qu'il libère parfois des cargaisons d'esclaves dont il s'est emparé ?

Escrainville grinça des dents et haussa les épaules.

— Un fou ! Riche pour lui, il s'amuse à désorganiser les marchés et à ruiner les autres. Les commerçants et les banquiers des grandes villes lui font des courbettes sous prétexte qu'il a régularisé le cours de l'argent. Il devient le maître partout. Mais cela ne durera pas. Il a beau se faire protéger par sa garde chérifienne, il se trouvera bien quelqu'un, un jour, pour l'envoyer ad patres, ce camard au nez tranché, ce masque de carnaval, ce magicien de pacotille... Le Magicien de la Méditerranée... Ha ! ha ! Moi je suis la Terreur de la Méditerranée... Nous verrons !... Je le hais, comme le haïssent tous les pirates, marchands d'esclaves : Mezzo-Morte, Simon Dantsat, Fabrice Oligliero, les frères Salvador, Pedro Garmantaz l'Espagnol, et même les chevaliers de Malte, et tous, et tous… Comment s'est-il mis dans les bonnes grâces de Moulay Ismaël, le roi du Maroc ? C'est un mystère ! Le redoutable sultan lui a prêté son pavillon et les Maures de sa garde. Mais assez parlé de cet individu. Voulez-vous des kébabs ?…

Il lui tendit le plat contenant des pâtés de viande à la graine acide de tamarin et rôtis dans de la graisse de mouton.

XXII

Chaque soir, le marquis d'Escrainville l'invitait ainsi à monter sur la dunette et à partager son repas. Il se montrait aussi courtois qu'il le pouvait, sans doute chapitré par Coriano. Par moments sa nature reprenait le dessus, il la tutoyait, lui disait des choses méchantes. À d'autres moments, il retrouvait son ancienne éducation et savait retenir l'attention de la jeune femme par sa conversation. Elle découvrait qu'il était très instruit, qu'il connaissait toutes les langues orientales et pouvait lire les classiques grecs dans le texte. Cela composait un étrange personnage.

À côté de sadiques caprices qui le portaient à tourmenter ses esclaves, il avait pour d'autres des attentions quasi paternelles. Souvent il faisait monter près d'eux sur la passerelle dix gentils négrillons qu'il avait achetés à Tripoli.

Les enfants s'agenouillaient, discrets, sur leurs pieds nus et demeuraient sages, leurs yeux d'émail blanc brillant dans la nuit tombante.

— Ne sont-ils pas beaux ? disait Escrainville en les couvant d'un œil attendri. Savez-vous qu'ils valent chacun son poids d'or, ces petits sauvages du Soudan ?

— Vraiment ?

— Ce sont des eunuques.

— Pauvres petits !

— Pourquoi ?

— N'est-ce pas horrible, cette mutilation ?

— Baste ! Leurs sorciers sont habiles pour mener cela tambour battant. Ensuite on arrose la plaie d'huile bouillante et on les enfouit jusqu'à la ceinture dans le sable brûlant du désert jusqu'à cicatrisation. La méthode est bonne puisque les chefs des tribus qui nous les acheminent vers la côte affirment qu'il n'en meurt pas plus de deux pour cent.

— Pauvres petits ! répéta la jeune femme.

Le pirate haussa les épaules.

— Croyez-moi, vous dispensez votre pitié à contre-sens. Quel sort plus heureux pouvaient attendre ces graines de cannibales ? Ils viennent de pays terribles où celui qui échappe à la dent du lion n'évite pas la sagaie de son ennemi qui le dévore tout vif. Dans leurs tribus, ils se nourrissaient de racines et de rats. Maintenant, ils mangent à leur faim. Quand je les aurai vendus, ils représenteront pour leurs propriétaires un objet de luxe. Jeunes, ils n'auront rien d'autre à faire que de jouer au trictrac ou aux échecs sur les marches d'un palais avec les fils du sultan ou de les accompagner à la chasse au faucon. Adultes, leur rôle deviendra de premier plan. Oubliez-vous que certains eunuques, dans l'Histoire, ont été couronnés empereurs de Byzance ? J'en connais combien qui, en fait, règnent sur l'esprit du maître aveuglé par ses plaisirs. Vous entendrez parler du chef des eunuques noirs du sultan des sultans, du chef des eunuques blancs, de son frère Soliman, un nommé Chamyl bey, ou encore d'Osman Ferradji, le Grand Eunuque de Moulay Ismaël, roi du Maroc. Un géant qui mesure près de deux toises. Un grand bonhomme sous tous les angles, féroce, félin, génial. C'est lui qui a mis Moulay Ismaël sur le trône en l'aidant à assassiner les quelques dizaines de prétendants qui lui barraient la route.

Il s'interrompit et, saisi par une idée méchante, se mit à rire.

— Oui ! oui ! Je pense bien que vous ne tarderez pas à mesurer le pouvoir des eunuques en Orient, belle captive.

❦

Angélique s'appuya à la colonne cannelée, sur laquelle ruisselait la lumière des Cyclades.

Elle froissa entre ses doigts un brin de basilic. Tout à l'heure, comme elle traversait le village, le pope orthodoxe, coiffé du *kamilafka* aux voiles noirs, était venu à sa rencontre et lui avait tendu le rameau odoriférant en signe d'accueil et de paix. Le pauvre vieillard, empêtré dans son ignorance, essayait de préserver ses ouailles de la férule des pirates. Il avait cherché à se faire comprendre de ce jeune corsaire blond qui débarquait sur la plage en compagnie des marins à mine patibulaire. Peut-être prendrait-il en pitié ces pauvres gens misérables ?…

Escrainville n'avait pas été long à le saisir par la barbe et à l'envoyer rouler au sol, l'injuriant en grec et le bourrant de coups de pied.

— Impie ! cria Angélique.

Le pope tourna vers elle ses mains décharnées avec des paroles volubiles. Le marquis éclata de rire.

— Il croit que vous êtes mon fils et il vous demande par l'amour que j'ai pour vous d'intercéder pour que nous épargnions ses deux filles. Ha ! ha ! ha ! C'est le plus drôle que j'aie jamais entendu.

— Et si je vous le demandais ?

Par-dessus le vieillard, il lui lança un long regard indéfinissable.

— Écartez-vous, dit-il. Vous n'avez pas à vous mêler de ce que nous faisons ici.

Elle s'était éloignée, se détournant du spectacle lamentable dont elle avait déjà été témoin tant de fois.

Depuis sa guérison, Coriano exigeait qu'elle descendît à chaque escale. L'air frais lui ferait du bien. Comme si elle en eût manqué sur le pont d'un navire ! Mais Coriano était intransigeant. Il fallait qu'elle prît de l'exercice.

La première fois, elle avait posé un pied timide sur la plage, surprise de trouver le sol dur et stable. Elle s'écartait du village, laissant les flibustiers disputer leur âpre marché. Elle trouvait alors un peu de solitude à l'ombre d'un temple, parmi de neigeux débris de statues renversées.

Le brin de basilic exhalait l'odeur même de cette terre consumée. Ici, point d'arbres. Tout était pauvreté et désolation et pourtant splendeur éternelle. L'eau manquait, mais non pas la sève poétique grâce à laquelle la légende et la fable s'étaient enracinées à jamais.

Des terres hautes venaient les cris aigus des pâtres tandis que Savary, armé de ses peignes de bois, s'ébattait allègrement à travers la campagne pour y peigner les chèvres et les boucs. Ce soir, il rapporterait sa provende de ladanum. Ce soir, les pleureuses seraient sur la plage à se déchirer le visage, à couvrir de cendre leurs cheveux gris…

Elle ferma les yeux. L'odeur de la plante la faisait rêver et le soleil répandait en elle le goût de vivre…

❦

À quelques pas, le marquis d'Escrainville l'examinait. Elle était appuyée à cette colonne blanche dans une pose gracieuse et jeune, le profil penché sous la nappe de ses cheveux blonds, les lèvres posées sur le rameau vert, les paupières rêveusement baissées et il se dit qu'il aimait le charme ambigu que lui conférait son travesti de garçon, qu'elle s'obstinait à mettre. Vêtue de robes, elle eût trop ressemblé à « l'autre ». Il aurait fini par la tuer. Elle eût été trop femme, trop sirène, trop désarmée aussi. Sans apprêt dans sa vieille veste de cavalier dont le col s'ouvrait sur son cou flexible, elle avait un charme équivoque en accord avec la subtile langueur de ces lieux où jadis venaient s'aimer les éphèbes.

Angélique sentit la pression d'un regard, releva les yeux, et eut un mouvement de recul.

Il fit un geste impérieux.

— Viens.

Elle s'avança sans empressement, touchant de la pointe de sa babouche les cailloux du sentier. Sous la boucle d'argent qui aux genoux serrait son haut-de-chausses, ses mollets nus étaient ronds et brunis.

Coriano avait été avisé dans ses conseils. Aujourd'hui, la captive avait retrouvé ses joues pleines et sa matité chaleureuse.

Escrainville la saisit au bras et, se penchant vers elle, lui dit avec une sorte de complicité railleuse :

— Réjouis-toi, mon fils ! Les filles du pope, tu sais ?… On les a laissées à leur crasse…

Elle le regarda pour savoir s'il parlait sérieusement. Les yeux gris du pirate étaient tout près des siens. Il y dansait une flamme inusitée.

Elle dit du bout des lèvres :

— J'en suis heureuse.

Il ne se défendit pas de l'avoir fait pour elle. Il la poussa près de lui dans le sentier et la fit monter le long de la côte escarpée qui dominait la mer. Elle sentait la brûlure de sa paume à travers l'étoffe des vêtements et l'espèce de tremblement qui l'agitait.

— Ne me regarde pas comme si j'allais te manger, dit-il. Me prends-tu pour le Minotaure ?

— Non, mais pour ce que vous êtes.

— C'est-à-dire ?…

— La Terreur de la Méditerranée.

Il parut assez satisfait et resserra la pression de sa main sur son bras. Ils étaient arrivés presqu'au sommet de l'île et dans un cercle d'azur, l'*Hermès* en rade semblait un beau jouet sur la transparence moirée du fond de mer.

— Maintenant, ferme les yeux, dit Escrainville.

Angélique frissonna. À quel jeu cruel allait-il se livrer ? Il eut un rictus devant son regard anxieux.

— Ferme les yeux, bête indocile.

Pour plus de sûreté il lui posa la main sur les paupières et l'entraîna encore, en la tenant contre lui. Sa main s'écarta. Elle la sentit sur son visage comme une caresse.

— Regarde.

— Oh !

Les quelques pas qu'ils venaient de franchir les avaient menés sur une esplanade où s'élevaient les ruines d'un temple.

Trois marches, au miroitement de sel, montaient jusqu'à un parvis dont les dalles éclataient, cernées de petites plantes courtes.

Et c'est là, parmi l'envahissement des framboisiers sauvages aux baies jaunes et roses, que commençait la merveille. Deux longues rangées de statues intactes, élancées chacune sur son piédestal, dans un envol immaculé. Une danse immobile et pétrie de lumière sur le bleu incandescent du ciel.

— Qu'est-ce donc ? murmura Angélique.

— Les déesses.

Il l'entraîna, à pas lents, au centre de l'allée, parmi ces sourires de marbre, ces bras délicats tendus vers eux, cette assemblée mélancolique et divine, oubliée sur la montagne avec le parfum des framboisiers pour seul encens et le souffle de la mer pour seule offrande et, toute à son admiration, elle ne se rendit pas compte qu'il continuait à la tenir serrée contre lui.

Au bout de l'allée, sur l'autel, il y avait un enfant, un triomphant petit dieu, tendant son arc, un adorable bambin de neige et d'or, battu par les vents.

— Éros !

— Qu'il est beau ! fit Angélique. C'est le dieu de l'Amour, n'est-ce pas ?

— Vous a-t-il jamais frappée de sa flèche ?

Le pirate s'était écarté d'elle. Du bout de son fouet, il tapotait ses bottes d'un geste nerveux. Angélique sentit l'enchantement se dissiper.

Elle ne répondit pas et alla s'appuyer, à la recherche d'un peu d'ombre, contre le socle d'une Aphrodite élancée.

— Vous devez être si belle quand vous êtes amoureuse, reprit-il après un long moment de silence.

Il fit une grimace excédéc. Son regard erra sur les déesses, revint vers Angélique, mais elle ne sut pas lire son expression tourmentée. Où voulait-il en venir ?...

— T'imagines-tu que tu m'en as imposé avec tes grands airs et que c'est pour cela que je ne viens pas te dresser un peu le soir comme tu le mérites ? fit-il hargneux. Tu es bien assez prétentieuse pour te faire des idées, mais détrompe-toi, ce n'est pas pour cela. Il n'y a pas d'esclave qui ait pu en imposer à la Terreur de la Méditerranée. Mais j'en ai assez des cris de haine et des coups de griffes. Une fois en passant cela peut donner du piment à l'aventure, mais ça lasse, à la longue. Est-ce que tu ne pourrais pas essayer d'être gentille avec moi ?

Elle lui jeta un regard froid, qu'il ne vit pas car il s'était mis à marcher de long en large. Ses bottes résonnaient sur les dalles de marbre, dominant de leur battement régulier la stridence inexorable des cigales.

— Vous devez être si belle quand vous êtes amoureuse, reprit-il d'une voix sourde. Avec ce visage que vous aviez un soir, renversée entre mes bras, les yeux clos, votre bouche entrouverte qui disait « Mon amour ! ».

Et répondant à son expression effarée :

— Vous ne pouvez pas vous rappeler. Vous étiez malade, vous déliriez. Mais moi, je ne cesse de me souvenir. Ce visage me hante. Vous devez être si belle dans les bras d'un homme dont vous êtes amoureuse.

Il arrêta sa marche, et leva vers le petit dieu Éros ses yeux pâles que traversait une expression pathétique.

— Je voudrais être cet homme, dit-il. Je voudrais que vous m'aimiez !...

Angélique s'attendait à tout sauf à une prière semblable.

— Vous aimer ? VOUS ! cria-t-elle.

Et cela lui parut si absurde qu'elle éclata de rire. Est-ce qu'il ne savait pas qu'il était un être abject, couvert de crimes, un tortionnaire sans âme et sans cœur ? Et il voulait qu'on l'aime !...

Son rire s'égrena, vibra dans ce silence des lieux désertés. L'écho le renvoya, aigu et moqueur, et le vent fut long à l'emporter.

— Vous aimer ? *vous !...*

Le marquis d'Escrainville était devenu aussi blanc que le marbre. Il marcha vers Angélique et la frappa deux fois du revers de la main. La bouche de la jeune femme s'emplit d'un goût salé de sang. Il la frappa encore et elle tomba à ses pieds. Du sang coulait au coin de ses lèvres.

— Ce rire ! hurla-t-il.

Il ouvrait la bouche comme s'il eût peine à retrouver son souffle.

— Putain !... Comment as-tu osé ! Tu es pire que l'autre ! Pire que toutes les autres ! Je te vendrai ! Je te vendrai à un pacha vicieux, à un marchand de bazar, à un Maure, à une brute qui te détruira... Mais tu n'auras pas pour d'autres ton visage d'amoureuse... Je te l'INTERDIS... Et maintenant va-t'en ! Va-t'en ! Je n'ai pas envie de me mettre Coriano et mes hommes à dos… Va-t'en ! Avant que je ne te tue !…

❦

Le surlendemain les navires jetèrent l'ancre devant Santorin. Le marquis d'Escrainville sortit de sa cabine, où depuis deux jours il demeurait prostré dans les fumées du haschisch.

— Tu m'as quand même mené où tu voulais, cancrelat du diable, cria-t-il, haineux, à Savary. Je me demande ce que tu peux bien trouver de miroitant à ce rocher, à ce caillou ? J'ai beau regarder, je n'vois pas plus de chèvres qu'ailleurs, même moins, qu'on dirait. Prends garde à ne pas m'avoir roulé vieux renard.

Maître Savary affirma que la récolte de ladanum dépasserait ce qu'on pouvait espérer, mais le pirate demeura défiant.

— Je me demande où tes boucs trouvent le moyen de se barbouiller de ta mixture. Pas un arbre, pas un buisson à l'œil nu.

C'était vrai. Santorin, l'antique Thêra, ne ressemblait pas aux autres îles. C'était un prodige naturel, une falaise à pic de trois cents toises, qui présentait en coupe colorée comme un sorbet napolitain tous les secrets de la terre maternelle. Au milieu des roches brunes, des cendres noires, des terres rouges superposées, couraient les veines blanches de la pierre ponce, révélant que cette île étrange n'était que la paroi du cratère d'un volcan dont la rade occupait le centre. En face, l'île de Thérasia représentait l'autre rive de ce cratère. Le volcan sous-marin était d'ailleurs toujours en activité. Les habitants se plaignaient des séismes fréquents qui secouaient leurs masures de pisé et de chaux et faisaient brusquement surgir de la mer des îlots de lave que la prochaine secousse engloutissait à nouveau.

Au-delà des petites maisons à coupoles du port, un sentier en escalier montait vers le sommet occupé par un moulin à vent aux ailes membranées rouge et vert et des ruines.

Angélique, dans sa promenade, s'assit à l'ombre du gymnase des éphèbes, en face de jeunes danseurs immobiles. Un bras rompu, une main aux doigts légers gisaient à terre, près d'elle, parmi le cailloutis. Cette chose gracieuse, bras de garçonnet ou d'adolescent pesait lourd, le poids des siècles. Angélique essaya de le soulever puis y renonça et se reposa à l'ombre d'un lanceur de disque. Elle se ressentait encore des coups reçus la veille. La tristesse l'accablait. Elle se demanda si elle ne pourrait pas essayer de s'évader, en s'enfonçant à l'intérieur, mais l'aridité du paysage la découragea.

Peu après, elle entendit un bruit de sonnailles et par le sentier apparut maître Savary, accompagné de ses inévitables chèvres et d'un Grec avec lequel il s'entretenait amicalement. Le visage du savant rayonnait.

— Je vous présente Vassos Mikolès, madame, dit-il. Que pensez-vous de ce beau garçon ?

Angélique dissimula poliment sa surprise. Elle avait parfois admiré la beauté des hommes grecs, dont certains conservaient la grâce et la vigueur de ces mêmes éphèbes qui dansaient autour d'eux. Mais le qualificatif ne convenait pas au garçon qui précisément lui paraissait particulièrement rabougri. Il y avait même dans son visage futé entouré d'une barbe brune mais rare et son torse maigre, un peu voûté, quelque chose qui l'apparentait à son introducteur. Les yeux d'Angélique allèrent de l'un à l'autre.

— Eh oui, fit Savary enchanté, vous avez bien deviné : c'est mon fils.

— Votre fils, maître Savary ! Vous avez donc des enfants ?

— Un peu partout dans le Levant, dit le vieillard avec un geste large. Hé ! hé ! Que voulez-vous, j'étais plus jeune et plus fringant qu'aujourd'hui lorsqu'il y a trente ans je débarquai pour la première fois dans l'île Santorin. Je n'étais qu'un petit Français comme tous les Français : pauvre mais galant.

II expliqua que, repassant par là quelque quinze ans plus tard, il avait constaté avec satisfaction que ce rejeton des Cyclades devenait un excellent apprenti pêcheur. C'était au cours de ce dernier voyage qu'il avait confié à la famille Mikolès, qui considérait le voyageur français avec autant de vénération que le grand Ulysse lui-même, un baril entier de moumie minérale ramenée de Perse au péril de sa vie.

— Mesurez-vous, madame, ce que cela signifie ? Un baril entier ! Maintenant, nous sommes sauvés !

Angélique ne voyait pas trop pourquoi ni comment le maigre rejeton du petit apothicaire parisien pourrait leur être d'un grand secours contre deux équipages de forbans. Mais Savary était confiant. Il avait trouvé des complices. Vassos et ses oncles les rejoindraient à Candie avec le baril de « moumie ».

Et alors, il se passerait de grandes choses au royaume des esclaves !

XXIII

Depuis déjà quelques heures, l'*Hermès* se balançait doucement devant le port de Candie. La lumière s'était alourdie. Tout un coloriage criard évoquait l'Orient. Et la brise de terre apportait un relent d'huile chaude et d'orange tiède.

Un sol très rouge saignait au bord du quai, au creux des ruelles. La poussière pastellisait de rose toute la ville et les remparts vénitiens, encore fraîchement blessés des derniers combats de la Crète, jadis île chrétienne, désormais possession musulmane. Les maîtres de l'heure manifestaient leur présence en y plantant les gros cierges blancs de leurs minarets parmi les clochers et les coupoles des églises grecques ou vénitiennes.

Escrainville, dès l'arrivée, avait pris le caïque et était parti à terre.

Angélique, sur le pont, regardait la ville enfin atteinte qui avait été le but de ses folles pérégrinations.

De l'ancienne Crète, lieu d'élection du Minotaure et du redoutable Labyrinthe, il restait Candie, cité dévorante et explosive, moderne labyrinthe où venaient se perdre et se confondre toutes les races car, située à égale distance de la rive d'Asie, de celle d'Afrique et de celle d'Europe, elle en était le nœud gordien.

Cependant on ne voyait guère de Turcs. Il avait suffi aux frégates corsaires de montrer le pavillon du duc de Toscane – vert et blanc – pour que du haut d'un fort on fît un grand signal du drapeau ottoman rouge à croissant blanc, ce à quoi se bornaient toutes les formalités de visite.

Une vingtaine de galères et de navires de guerre et plusieurs centaines de barques ou de voiliers se balançaient à l'ancre dans la rade ou le long du quai.

Angélique remarqua une galiote très coquette, aux dix canons miroitants, briqués de neuf.

— N'est-ce pas une galère française ? fit-elle, soulevée d'espoir.

Savary, qui se tenait assis près d'elle, son parapluie entre les genoux, jeta un regard distrait.

— C'est une galère de Malte. Voyez le pavillon rouge à croix blanche. La flotte de Malte est l'une des plus belles de la Méditerranée. Les chevaliers du Christ sont très riches. Par ailleurs, que pourriez-vous attendre des Français à Candie, vous qui êtes une captive ?...

Et il expliqua que Candie, qu'elle fût grecque, franque, vénitienne ou turque, demeurerait toujours ce qu'elle avait été au cours des siècles : le repaire des pirates chrétiens, comme Alexandrette était celui des pirates ottomans et Alger celui des pirates barbaresques.

Quitte à payer péage au gouverneur turc, les écumeurs des mers battant pavillon de Toscane, de Naples, de Malte, de Sicile, du Portugal et abritant souvent sous ses bannières les spécimens les moins recommandables de toute la chrétienté, revenaient irrésistiblement à Candie pour y faire leur marché.

Angélique considéra les marchandises entassées sur les quais et dans les barges : il y avait, certes, des tissus, des poissons, des barriques d'huile et des monceaux de pastèques et de melons, mais la quantité et la variété des produits n'avaient rien de comparable avec celles amoncelées dans un port de commerce et ne semblaient pas correspondre au nombre imposant des bateaux.

— Ce sont surtout des bateaux de guerre, remarqua-t-elle. Que font-ils là ?

— Et nous, que faisons-nous là ? dit Savary, l'œil pétillant. Observez la plupart de ces navires ; leurs cales sont fermées, alors qu'à l'ordinaire un bateau de commerce portant une honnête marchandise doit les OUVRIR en arrivant au port. Voyez les piquets de sentinelles renforcées sur les ponts. Que gardent-ils ? La marchandise la plus précieuse.

Angélique ne put se retenir de frémir.

— DES ESCLAVES ? Ce seraient tous des marchands d'esclaves ?…

Savary ne répondit pas, car un caïque misérable venait de se frayer un passage jusqu'à l'*Hermès*. Un Européen en chapeau à plumes défraîchies et en vêtements douteux se dressait à la poupe, arborant une minuscule marque, grande comme un mouchoir de poche : des lys d'or sur fond d'argent.

— Un Français, cria encore Angélique, qui malgré les avertissements sarcastiques du savant persistait à chercher des alliés parmi ses compatriotes.

Le passager du canot l'entendit et après quelque réflexion lui adressa un soupçon de coup de chapeau.

— Escrainville est-il à bord ? cria-t-il.

Personne ne se souciant de lui répondre, il grimpa à l'échelle qui pendait. Deux ou trois matelots, qui montaient une garde nonchalante, ne manifestèrent ni empressement ni contrariété de cette visite intempestive et continuèrent à jouer aux cartes et à croquer des graines de tournesol.

— Je demande si votre chef est là ? insista l'arrivant en se portant devant l'un d'eux.

— Peut-être bien que vous le trouverez dans le port, fit l'autre sans se lever.

— Il n'a pas laissé de colis pour moi ?

— J'suis pas magasinier du bord, remarqua le matelot en crachant une épluchure et en se remettant à son jeu.

L'homme frotta son menton mal rasé avec contrariété. Ellis sortit d'une cabine. Elle lui adressa un sourire éclatant puis alla jusqu'à Angélique et lui glissa à mi-voix :

— C'est le sieur Rochat, consul de France. Ne veux-tu pas lui parler ? Il pourrait te venir en aide… Je vais vous apporter du vin français.

— Oh ! maintenant je me souviens, dit Angélique. Le sieur Rochat ! C'est bien le nom du gérant de ma charge à Candie ! Peut-être va-t-il pouvoir quelque chose pour moi.

Cependant le sieur Rochat, après avoir décidé que le jeune homme qu'il apercevait à l'arrière était bien une femme en vêtements de cavalier, s'approchait.

— Je vois que ce vieux collègue Escrainville continue à avoir la chance avec lui. Souffrez que je me présente, belle voyageuse. Rochat, consul du roi de France à Candie.

— Et moi, répondit-elle, marquise du Plessis-Bellière, titulaire de la charge de consul du roi de France à Candie.

La physionomie du sieur Rochat refléta des sentiments fort mitigés, depuis la stupeur, l'incrédulité, jusqu'à l'appréhension et la méfiance.

— N'avez-vous pas entendu parler de moi lorsque j'ai acheté la charge ? demanda doucement Angélique.

— Certes, mais permettez-moi d'être surpris, madame. À supposer que vous soyez vraiment la marquise du Plessis-Bellière, quel dessein a pu vous encourager à vous fourvoyer jusqu'ici ? J'aimerais avoir des preuves de ce que vous avancez.

— Vous serez obligé de vous contenter de ma parole, monsieur. Votre « collègue » le marquis d'Escrainville m'a volé mes papiers, y compris ceux de ma charge, lorsqu'il nous a arraisonnés en mer…

— Je comprends !… dit le peu reluisant diplomate en jetant un regard désormais plus insolent sur le petit groupe qu'elle formait avec le vieux Savary, vous êtes en somme… des invités forcés de mon bon ami d'Escrainville ?

— Oui, et maître Savary que voici est mon intendant et conseiller.

Savary entra immédiatement dans la peau de son personnage.

— Ne perdons pas un temps précieux, décréta-t-il. Monsieur, nous vous proposons une petite affaire qui peut vous rapporter bientôt cent livres.

Rochat grommela qu'il ne voyait pas très bien comment des captifs…

— Ces captifs sont en pouvoir de vous procurer cent livres d'ici trois jours si vous leur accordez un peu d'aide à l'instant.

Le représentant parut se livrer à un débat de conscience. Il rectifia son rabat de dentelle froissée.

Ellis revenait, apportant un plateau avec une cruche et plusieurs verres qu'elle disposa devant eux, puis elle s'esquiva, en bonne servante. Son attitude vis-à-vis d'Angélique parut convaincre Rochat qu'il n'avait pas affaire à une esclave ordinaire mais à une dame de haut rang. Après quelques paroles où ils échangèrent les noms de relations communes, la conviction du fonctionnaire fut totale, ce qui le plongea dans un abîme de perplexités.

— Je suis désolé, madame. Tomber entre les mains d'Escrainville, c'était ce qui pouvait vous arriver de pire. Il déteste toutes les femmes et ce n'est pas facile de lui faire lâcher prise lorsqu'il a décidé d'en tirer vengeance. Personnellement, je ne peux rien. Les marchands d'esclaves ont droit de cité ici et, comme dit le proverbe, « le butin appartient au pirate ». Quant à moi je n'ai aucun pouvoir, ni financier ni administratif. Ne comptez pas sur moi pour me mettre en travers des desseins du marquis d'Escrainville, ni pour risquer de perdre les quelques minces avantages de ma charge de consul intérimaire.

Puis, tout en continuant à rectifier sa tenue débraillée et en regardant le bout de ses chaussures défraîchies, il entreprit d'une voix assourdie et passionnée de justifier sa conduite. Il était cadet de famille des comtes de Rochat, mais sans fortune, et à huit ans on l'avait envoyé dans une « colonie » du Levant comme « Enfant des Langues ». C'était une institution pour cadets pauvres, permettant aux enfants d'apprendre la langue et les mœurs du pays, afin de devenir plus tard interprètes de consulat. Il avait donc été élevé dans le quartier français réservé de Constantinople, suivant parfois les cours de l'école coranique et se mêlant aux jeux des fils des pachas. C'est là qu'il avait connu Escrainville, également « Enfant des Langues ». Ils avaient terminé ensemble leurs études et le jeune Escrainville avait débuté dans une assez brillante carrière de fonctionnaire colonial, jusqu'au jour où il était tombé amoureux d'une fort belle ambassadrice du roi à Constantinople. Celle-ci avait un amant qui avait des dettes. Pour les payer sans attirer l'attention de l'ambassadeur, la coquette s'adressa au jeune Escrainville, lui demandant de falsifier des chiffres. Il obéit, fasciné.

Naturellement c'est lui qui paya lorsque les fraudes devinrent trop flagrantes. La Beauté nia tout et trouva même quelques petits détails supplémentaires pour l'accabler.

C'était une histoire banale entre toutes. Escrainville en avait perdu la tête. Il avait vendu sa charge et acheté un petit bateau afin de pirater à son compte. En fait, il avait choisi une meilleure voie que son contemporain. Rochat, lui, s'était évertué à gravir les échelons de la carrière diplomatique, mais il s'était perdu dans l'imbroglio des charges et des postes que les courtisans, à Versailles, se vendaient et se revendaient. Tout ce qu'il savait, c'est qu'il avait droit à des frais de représentant figurant 2,5 % de la valeur des marchandises françaises transitant à Candie. Mais que, depuis quatre années, ni la Chambre du Commerce de Marseille ni le ministre Colbert ne s'avisaient de lui régler cet arriéré qui avait dû aller dans la poche du nouveau ou de la nouvelle bénéficiaire de la charge.

— Ne déformez-vous pas à dessein la situation en votre faveur ? demanda Angélique. Accuser le roi et le ministre est grave ! Les rendre responsables est injuste. Pourquoi ne vous êtes-vous pas rendu à Versailles avec tout votre dossier ?

— Je n'en avais pas les moyens. C'est encore une chance que j'arrive à vivre sans m'attirer d'ennuis avec les Turcs. Si vous croyez que j'exagère, sachez qu'un fonctionnaire autrement plus haut placé que moi et mieux apparenté – j'ai nommé notre ambassadeur en Turquie le marquis de La Haye – est en prison à Constantinople pour dettes, simplement parce qu'il n'a pas été payé par le ministre depuis des années. Vous voyez bien qu'il faut que je me débrouille. J'ai femme et enfants, que diable !

Avec un soupir il conclut :

— Je peux quand même essayer de vous rendre service, si cela ne m'engage pas vis-à-vis du marquis. Que puis-je pour vous ?

— Deux choses, déclara Savary. La première : trouver dans cette ville que vous connaissez bien un marchand arabe nommé Ali Mektoub et nanti d'un neveu, Mohammed Raki. Et le prier, pour faire œuvre de bien agréable au Prophète, de se trouver sur le quai de Candie à l'heure où les deux navires du pirate français déchargeront et sans doute vendront à l'encan une partie de leurs esclaves.

— Ceci m'est fort possible, acquiesça Rochat, soulagé. Je crois même savoir où loge ce marchand.

Mais la deuxième partie du programme s'avéra plus pénible. Il s'agissait de verser immédiatement dans les mains de Savary les quelques sequins contenus dans l'aumônière du représentant du roi. Il y consentit enfin, non sans grimaces.

— Puisque vous me promettez que mes quarante sequins me rapporteront cent livres... Et pour mon affaire de revente d'éponges à Marseille, comment cela se présente-t-il ? Escrainville m'avait aussi promis de me faire parvenir une barrique de banyuls. Où est-elle ?

Angélique et Savary n'étaient pas au courant.

— Tant pis ! Je n'ai pas le temps d'attendre le maître de céans. Quand vous le verrez, dites-lui que son camarade est passé et qu'il réclame le remboursement de ses éponges et son tonnelet de banyuls promis... Ou plutôt non, ne lui dites rien. Il vaut mieux qu'il ne sache pas que nous avons causé ensemble. On ne sait jamais...

— En Orient, la main droite doit toujours ignorer ce que fait la main gauche, dit Savary, sentencieux.

— Oui... Surtout qu'il ne soupçonne pas que je vous ai prêté de l'argent, à vous, des captifs... Quel ennui ! Je me demande si ma générosité ne va pas encore me retomber sur la tête. Ma situation est pourtant déjà assez compliquée et difficile. Enfin !...

Il s'en alla, oubliant de vider son verre, tant le troublaient les réminiscences auxquelles il s'était livré et les imprudences auxquelles il s'engageait.

Lorsque dans la soirée les esclaves furent débarqués sur le port, un Arabe drapé dans sa djellaba attendait près du môle. Angélique venait de mettre pied à terre, surveillée par le borgne Coriano. Savary s'était arrangé pour leur emboîter le pas étroitement. Il fourra subitement une poignée de sequins dans la main de Coriano.

— D'où sors-tu cet argent, vieille crapule ? grommela le flibustier.

— Si tu le savais cela ne te rendrait pas plus riche, ni d'en avertir ton patron, susurra l'apothicaire. Laisse-moi m'entretenir cinq minutes avec l'Arabe que tu vois là et je t'en donnerai autant après.

— Pour que tu ailles préparer ton évasion avec lui ?

— Et quand cela serait, quelle importance ? Crois-tu que la prime que tu vas toucher sur la vente de ma vieille carcasse égalera seulement les trente sequins que je te donne ?

Coriano fit sauter les pièces de cuivre dans sa main, soupesa un instant la justesse de ce raisonnement, puis se détourna et apporta toute son attention à la répartition des lots de sa marchandise : les vieillards et les infirmes dans un coin, les hommes bien bâtis dans l'autre, les femmes jeunes et belles à part, etc.

Savary avait trotté jusqu'à l'Arabe. Il revint peu après et glissa à Angélique.

— Cet homme est bien l'Ali Mektoub dont on vous a parlé et il a en effet un neveu appelé Mohammed Raki, mais celui-ci vit en Alger. Cependant son oncle dit qu'il se souvient que son neveu était allé à Marseille pour un homme blanc qu'il avait longtemps servi au Soudan où cet homme, qui était savant, fabriquait de l'or.

— Et comment était cet homme ? Peut-il le décrire ?

— Ne vous excitez pas. Je ne pouvais lui demander mille détails au débotté. Mais je dois le revoir plus longuement, ce soir ou demain.

— Comment ferez-vous ?

— C'est mon affaire. Ayez confiance.

Coriano les sépara. Angélique fut conduite sous bonne garde dans le quartier français de la ville. Le soir tombait et, des cafétérias ouvertes sur la rue, s'élevait le son des tambourins et des flûtes.

La maison où ils entrèrent avait l'apparence d'une petite forteresse. Escrainville était là dans son fief, au milieu d'un décor semi-européen où de beaux meubles et des portraits dans leurs cadres dorés voisinaient avec les divans orientaux et l'inévitable pipe à eau. L'odeur du haschisch rôdait.

Il l'invita à prendre du café, ce qui ne lui était pas arrivé depuis l'île des déesses.

— Eh bien ! ma belle, nous voici au port. Dans quelques jours, tous les amateurs de belles filles décidés à mettre le prix pour posséder un objet rare pourront admirer vos formes en détail. Et nous leur en laisserons le temps, croyez-moi !

— Vous êtes un grossier personnage, fit Angélique avec dédain. Mais je ne pense pas que vous allez avoir l'audace de me vendre… et de me vendre nue !

Le pirate s'esclaffa derechef.

— Je pense que plus j'en montrerai, plus je risquerai d'atteindre mes douze mille piastres.

Angélique bondit, les yeux fulgurants.

— Non, cela ne sera pas, cria-t-elle. Jamais je n'accepterai cette honte. Je ne suis pas une esclave. Je suis une grande dame de France. Jamais, jamais je n'accepterai. Essayez de me traiter de cette façon… Je vous ferai regretter au centuple d'y avoir seulement songé.

— Insolente ! rugit-il en saisissant son fouet.

Ce fut encore le second, borgne, qui s'interposa.

— Laissez-la patron. Vous allez l'abîmer. Ce n'est pas la peine de se mettre dans cet état. Un petit séjour au cachot va lui rabattre le caquet.

Le marquis d'Escrainville était incapable d'entendre raison, mais son second le bouscula sans ménagement et l'énergumène alla s'écrouler sur un divan, lâchant son fouet qui tomba à terre. Coriano revint pour saisir le bras d'Angélique. Elle se dégagea, disant qu'elle était bien capable de marcher seule. Elle n'avait jamais éprouvé de sympathie pour cet individu aux bras velus, tatoués de bleu comme un sauvage. Il avait vraiment trop l'air de ce qu'il était : un flibustier de bas étage, avec son tampon noir sur l'œil et son serre-tête d'un rouge passé sur des cheveux gras, qui s'étiraient en accroche-cœur le long de ses joues mal rasées. Il haussa les épaules et la précéda à travers les dédales de cette vieille maison, mi-forteresse mi-caravansérail. Après lui avoir fait descendre un escalier de pierre, il s'arrêta devant une grosse porte bardée de ferrures moyenâgeuses, tira un trousseau de clefs et fit manœuvrer les verrous grinçants.

— Entrez !

La jeune femme hésitait sur le seuil de l'antre obscur où il l'introduisait. Il la poussa en ricanant et ferma la porte.

Elle était seule maintenant dans un cachot très sombre que n'éclairait qu'une petite lucarne grillée de deux énormes barres de fer en croix. Même la paille faisait défaut à cette prison, qui n'avait pour tout ameublement que trois grosses chaînes à bracelets, scellées dans le mur. Au moins, la brute ne l'avait pas enchaînée.

« Ils ont peur de “m'abîmer”. »

Les épaules la brûlaient à l'endroit où le fouet l'avait cinglée. Elle se laissa choir sur la terre battue. De la sorte, elle pourrait réfléchir, sinon dans le confort, du moins dans le calme. La sérénité qu'elle éprouvait au fond d'elle-même lui venait de la récente nouvelle que lui avait glissée Savary à propos du marchand arabe Ali Mektoub. Celui-ci avait un neveu nommé Mohammed Raki qui lui avait parlé d'un homme blanc cherchant de l'or au Soudan et pour lequel il avait jadis fait un voyage à Marseille. Angélique se répétait chaque mot pour y puiser l'espoir. Elle ne pouvait pas s'être trompée. Elle avait eu raison d'essayer, malgré les pires vicissitudes, de parvenir à Candie puisque le fil ténu ne s'était pas rompu et que l'espoir continuait à luire au bout de la route. Il ne fallait pourtant pas se leurrer. Rien de précis dans sa recherche ne se dessinerait avant longtemps. Quand et où pourrait-elle joindre le neveu d'Ali Mektoub ? Elle ne savait même pas de quelle façon elle pourrait recouvrer la liberté et si le plus affreux destin de prisonnière dans un harem ne lui était pas réservé.

Elle dut néanmoins s'endormir assez profondément, car lorsqu'elle se réveilla, elle trouva à côté d'elle un plateau de cuivre sur lequel il y avait du café turc dégageant une odeur qu'elle trouva appétissante, des pistaches enrobées de sucre et des galettes au miel. Cela trahissait une main féminine et Angélique comprit à qui elle en était redevable en découvrant un long rouleau végétal, qui était la natte de la petite esclave libre Ellis.

Elle achevait sa collation lorsque des voix retentirent dans le couloir souterrain. Des pas s'approchèrent, le verrou et la clé grincèrent et le garde-chiourme borgne introduisit brutalement deux autres femmes dont l'une était voilée et qui toutes deux poussèrent des cris perçants en lui adressant de vives protestations en turc. Leur geôlier les injuria copieusement dans la même langue et, après avoir refermé, s'en alla en maugréant.

Les deux femmes se tinrent blotties dans un angle du cachot en jetant des regards d'effroi à Angélique, jusqu'au moment où elles s'aperçurent que c'était une femme. Alors elles pouffèrent de rire comme deux petites folles.

Angélique était maintenant habituée à la pénombre. Elle vit que la femme voilée était vêtue d'un pantalon bouffant, un saroual de soie noire et d'une veste de velours. Ses opulents cheveux noirs, assombris encore par la teinture du henné vert, étaient coiffés d'une galette de velours rouge emprisonnant une gaze qui dissimulait sa figure. Elle l'ôta, voyant qu'elle était en présence d'une femme et montra de très longs cils bleus ourlant des yeux de gazelle. Elle eût été d'une grande beauté sans son grand nez un peu trop proéminent. À son cou, elle portait une chaîne d'or dont elle retira une croix d'or qu'elle baisa, après quoi elle se signa d'un large geste de droite à gauche. Ayant observé l'effet de ce geste sur Angélique, elle alla s'asseoir près d'elle et, à sa grande surprise, se mit à lui parler en un français doux et hésitant, mais parfaitement correct. Elle était arménienne, de Tbilissi, dans le Caucase, et de religion orthodoxe, mais elle avait appris le français avec un père jésuite qui l'enseignait aussi à ses frères. Elle présenta sa compagne, blonde, comme une fille de Moscovie, capturée par les Turcs devant Kiev.

Angélique leur demanda comment elles étaient tombées entre les mains du marquis d'Escrainville.

Elles le connaissaient depuis peu, car on les avait débarquées récemment venant de Beyrouth en Syrie où elles avaient fait une longue et douloureuse escale, après être passées par Erzéroum et Constantinople. Toutes deux s'estimaient fort heureuses d'être à Candie, car elles savaient que cette fois elles n'allaient plus être traitées comme du bétail et exposées nues au bazar public, mais faire l'objet d'enchères à huis clos, réservées à des « marchandises de valeur ».

Angélique l'écoutait et la regardait, déconcertée. Cette Tchemichkian aurait été traînée des mois durant et exposée nue par les bazars du Levant et pourtant personne ne lui avait enlevé ses lourds bracelets d'or, couvrant ses poignets et jusqu'à ses chevilles, ni la lourde ceinture faite de sequins d'or qui tournait deux ou trois fois autour de sa taille ? Il y avait plusieurs livres d'or sur elle. Combien en fallait-il donc pour se racheter dans ce pays ?

L'Arménienne éclata de rire. Cela dépendait ! D'après elle, ce n'était pas tant une question d'argent mais plutôt de gagner un amateur-protecteur ayant prestige et autorité. Elle était certaine qu'elle en trouverait plus facilement ici, en approchant ce pays hier encore aux chrétiens et qui continuait à être le port d'attache des corsaires européens et port de relâche pour les flottes commerçantes de l'Occident. Elle avait vu des popes dans la rue qui lui avaient donné bon espoir.

La Slave conservait plus de distance ou bien était-elle moins bavarde. Son sort à venir semblait lui être indifférent, mais elle s'installa d'autorité sur la natte d'Angélique et en occupa bientôt la plus grande partie, pour s'endormir presque aussitôt.

— Celle-là n'est pas une concurrente dangereuse, fit l'Arménienne avec un clin d'œil entendu. Elle est belle, mais on voit tout de suite qu'il lui manque quelque chose pour séduire. Par contre, j'espère que votre présence ne me fera pas rater l'occasion de trouver un bon maître.

— Vous n'avez jamais songé à vous échapper ? demanda Angélique.

— M'échapper ? Pour aller où ? La route est très longue pour retourner au Caucase, chez moi. Elle passe par tout l'immense empire turc. Candie, qui était chrétien, ne vient-il pas d'être conquis par eux ? Et il n'y a plus de chez moi au Caucase : les Turcs y sont ! Ils ont massacré mon père et mes frères aînés et mes jeunes frères ont été châtrés sous mes yeux pour être vendus comme eunuques blancs au pacha de Kars. Non, pour moi, le mieux est de me trouver un maître aussi puissant que possible.

Puis elle s'enquit d'Angélique. Venait-elle du marché d'esclaves de Malte ? Sa voix marquait beaucoup de considération.

— Y a-t-il donc grand honneur à être parmi les esclaves razziés par les religieux de l'Ordre de Malte ? demanda Angélique avec ironie.

— Ce sont les plus grands seigneurs chrétiens du Levant, dit l'autre en roulant ses yeux ombrés, même les Turcs ont peur d'eux et leur témoignent de la considération, car le commerce des chevaliers est partout et ils sont immensément riches. Savez-vous que le batistan de Candie leur appartient ? Et l'on m'a dit qu'une de leurs galères était à quai à Candie et que le maître des Esclaves de l'Ordre serait présent aux enchères où nous serons vendues. Mais, au fait, je suis folle, vous êtes française et vous devez avoir aussi vos marchés d'esclaves en France. On dit que la France est très puissante. Racontez-moi. Est-ce aussi grand que Malte ?

Angélique protesta. Non, il n'y avait pas de marché d'esclaves en France. Et la France était dix mille fois plus grande que Malte. L'Arménienne lui éclata d'un rire insolent au nez. Pourquoi la Française inventait-elle des mensonges plus invraisemblables que les contes arabes ? On savait qu'il n'y avait pas de plus grande nation chrétienne que Malte. Angélique renonça à la convaincre. Elle dit que la perspective d'être vendue dans le batistan des nobles chevaliers ne la consolait pas pour autant de la perte de sa liberté et qu'elle espérait bien parvenir à s'évader. L'Arménienne hocha la tête. Elle ne croyait pas qu'on pût s'évader des griffes d'un marchand d'esclaves aussi important que le « pirate francèzé ». Elle avait été entre les pattes des Turcs depuis près d'un an et JAMAIS elle n'avait entendu parler d'un cas réussi d'évasion de femme.

Les plus « réussies » étaient celles où l'on retrouvait les évadées poignardées ou rongées par les chiens et les chats.

— Les chats ?

— Certaines tribus musulmanes dressent les chats pour garder les prisonnières. Et le chat est plus féroce et plus agile qu'un chien.

— Je croyais que c'étaient des eunuques qui gardaient les femmes ?

Elle apprit que les eunuques servaient à garder les femmes qui avaient réussi à s'élever jusqu'au harem. Mais les prisonnières capturées étaient confiées à la vigilance des « chats aux oreilles noires[1] » et des porcs auxquels on jetait parfois les rebelles pour être dévorées vives. Les immondes animaux commençaient par leur arracher les yeux et leur manger les seins.

Angélique frémit. Elle ne craignait pas la mort, mais pas CELLE-LÀ !

L'appétit de l'Arménienne ne faiblissait pas pour autant. Les friandises sucrées apportées par Ellis furent achevées en peu de temps à trois, car la Slave, qui s'était réveillée, en mangea à elle seule la majeure partie. Les prisonnières commencèrent à avoir soif. Malgré les appels particulièrement sonores de l'Arménienne, personne ne vint leur apporter à boire. Avec la fraîcheur de la nuit, la soif se calma et elles dormirent à peu près bien. Mais la soif redoubla avec le jour et personne ne répondit à leurs appels.

Des bouffées de chaleur pénétraient par l'étroit soupirail jusque dans leur cave profonde. Et les prisonnières avaient faim et soif. La lueur du dehors passa au rouge, puis au mauve et s'éteignit. Ce fut à nouveau la nuit, plus tourmentée que la précédente. Le dos d'Angélique la faisait souffrir. Le coup de fouet du pirate avait entamé les chairs et le sang s'était collé à ses vêtements.

Au matin, elles furent éveillées par une odeur délicieuse toute proche.

— C'est du chachlik caucasien, jugea l'Arménienne, les narines palpitantes, du rôti de mouton, entrelardé sur broche.

Et elles entendirent le choc agréable de plats de métal dans le couloir.

---

1. Des caracals, petits fauves alors nommés « chats du désert ».

— Posez cela ici, fit la voix d'Escrainville.

Le verrou sauta en même temps qu'un jet de lumière se projetait à l'intérieur.

— Un petit jeûne et une compagnie bien informée de la situation t'ont-ils porté conseil, ma belle ? Es-tu décidée à te conduire en esclave raisonnable ? Baisse la tête et dis : « Oui, mon maître, je ferai tout ce que vous voudrez… »

Le pirate sentait le vin et la drogue. Il était mal rasé. Devant le silence d'Angélique, il jura et observa que sa patience était à bout.

— Je ne peux pourtant pas me lancer dans les pourparlers des enchères sans avoir maté cette garce ? Elle me conduira à la faillite ! Répète avec moi, tête de bourrique : « Oui, mon maître… »

Angélique serra les dents. L'esclavagiste cracha de fureur. Une fois de plus, il brandit son fouet et une fois de plus le borgne s'interposa. Ramené à la raison, le pirate fit effort pour se contenir.

— Si je ne t'arrache pas la peau de la figure, c'est simplement pour ne pas déprécier les prix…

Il s'adressa aux matelots qui portaient les plats :

— Conduisez les autres prisonnières dans le cachot voisin pour bien se restaurer et s'abreuver, mais pas cette mule-là.

Au grand étonnement d'Angélique, l'Arménienne et sa compagne, la gourmande Moscovite, refusèrent un privilège que la troisième ne partagerait pas. La solidarité entre captifs était de règle.

Le tortionnaire envoya toutes les femmes au diable jurant que cette engeance ne devrait pas exister, et à grand fracas fit remporter ses plats.

XXIV

Le jour passa. La nuit et la faim retombèrent sur le petit groupe. Cette nuit-là, Angélique ne put dormir. Faudrait-il supporter encore une journée de souffrances pour les voir se transformer le surlendemain, en cette vente aux enchères dont le trio figurait sans doute l'attraction de choix ? Savary avait promis de l'arracher à son triste sort. Mais les chances d'un pauvre vieillard sans argent, lui-même captif, assisté de quelques Grecs ignorants, étaient bien minces dans ce redoutable guêpier où les plus hautes personnalités de la piraterie disposaient de toutes les commodités nécessaires pour mener à bien le lucratif et séculaire commerce d'esclaves.

Vers le milieu de la nuit, elle crut voir briller des yeux lumineux à la lucarne.

— Un chat ! hurla Angélique, que les récits de l'Arménienne hantaient.

Mais ce n'était qu'une lampe à huile à deux mèches. La lueur incertaine fut voilée et Angélique s'entendit interpeller doucement :

— *Signora Angelica*, ici… Ellis.

En titubant, elle s'approcha de la fenêtre pour recevoir dans les mains quelque chose de froid et de visqueux, qu'elle laissa choir avec horreur avant de s'apercevoir que c'étaient trois belles grappes de raisin.

— Le vieux médecin fait dire… quoi qu'il arrive il ne faut pas désespérer. Il viendra ici à l'aube lorsque vous entendrez le premier chant du muezzin de la Grande Mosquée.

— Merci, Ellis ! Tu es bonne !… Quel est ce bruit qu'on entend ? Est-ce un volcan souterrain ?

— Non ! C'est la tempête. La mer est très méchante cette nuit. On l'entend car elle est au pied de la maison du maître.

Elle s'en fut comme une ombre. Angélique se mit à dévorer le raisin, puis s'arrêta, se reprochant de ne pas l'offrir aux autres. Elle voulut les réveiller. N'y parvenant pas, elle laissa leur part et avala la sienne rapidement. Ensuite, la nuit lui parut interminable. Un peu rassasiée, elle souhaitait dormir, mais s'en empêchait, espérant Savary. Vers l'aube, les grondements de la mer en fureur se calmèrent. Angélique s'était accotée à la muraille, tout contre la lucarne ; elle finit par s'endormir.

❦

— Madame du Plessis, voulez-vous écrire cette lettre ?

Angélique sursauta. Elle parvint à discerner le vieil apothicaire essayant d'introduire entre les barreaux une feuille de papier, une corne à encre et une plume.

— Mais je n'y vois rien. Je n'ai pas d'écritoire…

— Ça ne fait rien. Appuyez-vous contre le mur ou par terre.

Angélique cala la feuille de papier contre un moellon rugueux. Savary tenait la corne à encre.

— Une lettre… une lettre pour qui ? demanda Angélique, reprenant ses esprits.

— Pour votre mari.

— Pour mon mari ?…

— Oui… J'ai revu Ali Mektoub et il est décidé à partir en Alger pour chercher son neveu et l'interroger. Il se pourrait que le neveu le mène tout droit à la retraite de votre mari. Alors il serait bon qu'il puisse lui remettre une lettre de vous avec votre écriture pour accréditer sa mission.

La main d'Angélique tremblait sur le papier froissé. Écrire à son mari ! Il cessait d'être un fantôme pour devenir un vivant. L'idée que ses mains à lui toucheraient peut-être cette lettre, que ses yeux la liraient, lui semblait insensée. Avait-elle jamais cru, se demanda-t-elle, à sa résurrection ?

— Que dois-je dire, maître Savary ? Je ne sais pas… Que faut-il mettre ?

— N'importe quoi, pourvu qu'il reconnaisse votre écriture.

Angélique écrivit, en entaillant le papier dans son émotion :

Souvenez-vous de moi qui ai été votre femme.
Je vous ai toujours aimé. – Angélique.

— Dois-je lui faire part de ma terrible situation, lui indiquer où je me trouve ?

— Ali Mektoub la lui expliquera verbalement.

— Croyez-vous vraiment qu'il puisse l'atteindre ?

— Il mettra en tout cas tout en œuvre pour cela.

— Comment avez-vous pu le décider à partir pour nous ? Nous qui sommes de pauvres esclaves démunis, sans argent…

— Vous savez, dit Savary, les musulmans n'obéissent pas toujours qu'à l'appât du gain. Avant cela, ils obéissent à deux ou trois grandes idées de leur cru et quand l'esprit souffle dans leurs voiles, ce n'est pas la peine d'essayer de les retenir. Le marchand Ali Mektoub a considéré votre histoire et celle de votre époux comme un signe d'Allah. Dieu a sur lui et sur vous des desseins impérieux. Votre recherche est une œuvre sainte et, pour sa part, il estime qu'il doit partir, sinon Allah le punirait. Il va accomplir ce voyage aussi pieusement que s'il se rendait à La Mecque, à ses frais, et c'est lui qui m'a avancé les cent livres promises au sieur Rochat en échange de ses services. Et je savais qu'il le ferait.

— C'est peut-être signe, en effet, que le ciel me prend en pitié. Mais ce voyage sera long… En attendant que vais-je devenir ? Vous savez qu'ils parlent de me vendre dans deux jours ?

— Je sais, dit Savary, soucieux, mais ne désespérez pas. J'aurai peut-être le temps de mettre au point un projet d'évasion. Cependant si vous pouviez gagner quelques jours avant d'être livrée aux enchères, cela renforcerait nos chances.

— J'ai réfléchi et je me suis renseignée près de mes compagnes. Il paraît qu'il y a des prisonnières qui parfois se mutilent ou se défigurent pour échapper à la vente. Je n'ai pas ce courage, mais j'ai pensé que si je coupais mes cheveux très ras cela embarrasserait fort mes geôliers. Ils fondent de grands espoirs sur le fait que je suis blonde, ce qui attirera les Orientaux. Privée de mes cheveux, j'aurais moins de prix. Ils n'oseront pas me mettre en vente et n'auront plus qu'à attendre qu'ils repoussent. Cela gagnera du temps.

— L'idée n'est pas mauvaise. Je crains cependant pour vous les fureurs de ce misérable.

— Ne craignez pas pour moi. Je commence à m'y habituer. Il me faudrait seulement une paire de ciseaux.

— Je vais essayer de vous en faire passer. Je ne sais si je pourrai revenir moi-même car je suis surveillé, mais je trouverai bien quelqu'un pour s'en charger. Bon courage et *Inch' Allah* !

❦

Le matin de ce troisième jour de captivité se leva. Angélique s'attendait à l'accentuation des sévices de la part de leur maître esclavagiste. Elle se sentait une légère fièvre. Elle avait la tête vide et les jambes faibles.

Lorsqu'elle entendit des pas battre le sol du couloir qui menait à leur geôle, elle tressaillit douloureusement.

Coriano parut, la fit sortir et sans un mot la conduisit au salon, où le marquis d'Escrainville faisait les cent pas avec une expression de rage concentrée.

Lorsque Angélique parut, il lui jeta un mauvais regard, puis des basques de son habit il tira une paire de longs ciseaux.

— Voici ce qu'on a trouvé sur un gamin grec qui essayait de se glisser jusqu'au soupirail du cachot.

C'était pour toi, n'est-ce pas ? Que comptais-tu en faire ?

Angélique ne répondit pas et détourna dédaigneusement les yeux. Sa ruse avait échoué.

— Elle avait sûrement une idée de derrière la tête, dit Coriano. Vous savez ce qu'elles peuvent imaginer quelquefois pour échapper à la vente !... Vous vous rappelez la Sicilienne qui s'était vitriolée volontairement... Et cette autre qui s'est jetée du haut des remparts... Une perte sèche.

— Ne parle pas de malheur ! fit le pirate.

Il recommença à marcher de long en large. Puis il revint à Angélique, lui saisit les cheveux pour la regarder au visage.

— Tu as décidé que tu ne serais pas vendue, hein ? Que tu ferais n'importe quoi pour y échapper ? Tu vas crier ? Hurler ? Te débattre ?... Il faudra te tenir à dix pour te dévoiler ?

Il la lâcha et reprit son va-et-vient.

— Je vois cela d'ici. Un beau scandale ! Les chevaliers de Malte, propriétaires du batistan, n'aiment pas cela, ni les amateurs de filles dociles.

— On pourrait la droguer ?

— Tu sais bien que cela ne plaît pas. Elles ont l'air abruties, amorphes. Ça n'est pas encourageant. Et pourtant il me les faut, mes douze mille piastres !

Il s'arrêta devant Angélique.

— Si tu es docile, je suis sûr de les faire... Mais *tu ne seras pas docile* et, jusqu'au dernier moment, tu vas nous préparer des coups fourrés. C'est moi qui te le dis, Coriano ! Cette garce-là, je paierai plutôt pour qu'on m'en débarrasse.

Le borgne poussa une sorte de grognement outré :

— Faut la mater !

— Comment ? On a tout essayé.

— Non.

L'œil unique du second s'alluma.

— Elle n'a pas encore été faire un petit tour dans le cachot des remparts. Cela lui ferait comprendre ce qui l'attend si elle s'arrange pour nous faire rater votre vente.

Un hideux sourire s'ouvrait sur sa bouche édentée. Escrainville répondit à ce sourire d'un air entendu.

— L'idée est bonne, Coriano. On peut encore essayer.

Il s'approcha de la captive.

— Tu veux savoir le genre de mort que je te réserve si tu me fais rater la vente ? Tu veux savoir le genre de mort que je te réserve si tu n'atteins pas douze mille piastres ?... Si tu t'arranges pour dégoûter les acheteurs ?...

La tenant aux cheveux, il penchait vers elle sa face convulsée, lui soufflait au visage son haleine douceâtre de drogué.

— Car tu mourras, n'espère pas ma pitié !... À moins de douze mille piastres, je te retirerai des enchères et tu mourras. Tu veux savoir comment ?...

❦

La porte de ce nouveau cachot se referma sur elle. Comme les autres, il était humide et obscur, mais ne présentait rien d'étrange. Elle resta debout longtemps, puis finit par s'asseoir sur un bat-flanc dans un coin. Elle n'avait pas voulu montrer au marquis d'Escrainville la peur qui la dévorait, mais elle avait peur, horriblement ! Au moment où il refermait la porte du cachot, elle avait été sur le point de se jeter aux pieds du pirate, de le supplier, de promettre tout ce qu'on voulait… Un suprême sursaut de fierté l'avait retenue.

— Que j'ai peur, fit-elle à voix haute, mon Dieu que j'ai peur !…

Depuis tant de jours qu'il la tourmentait, ses nerfs commençaient à lâcher.

Ici, c'était comme une tombe. Elle mit les mains sur son visage et attendit.

Elle crut surprendre un choc lourd, comme quelque chose qui serait tombé non loin d'elle, puis à nouveau le silence.

Mais elle n'était plus seule dans le cachot. Une présence indéfinissable rôdait, un regard pesait sur elle. Très lentement, elle écarta les doigts et retint un hurlement d'horreur. Au centre du cachot, un énorme chat la regardait.

Ses yeux phosphorescents vacillaient dans la pénombre. Angélique demeura immobile. Elle aurait été incapable de faire un mouvement.

Puis un autre apparut entre les barreaux du soupirail et sauta à son tour, un troisième suivit, un quatrième, un cinquième. Maintenant elle était tout environnée de présences félines et rampantes. Dans l'ombre du cachot, elle ne voyait que leurs yeux étincelants, aux aguets, leurs oreilles en plumeau noir caractéristique des « chats » karrah-kulaks. L'un d'eux s'approcha, ramassant les reins, prêt à bondir. Elle avait l'impression qu'il la visait aux yeux. D'un coup de pied, elle essaya de l'écarter. La bête répondit par un feulement de fureur que les autres reprirent en chœur, dans une sorte de concert diabolique.

Angélique avait sauté sur ses pieds. Elle voulait gagner la porte. Elle sentit un poids sur ses épaules, des griffes s'enfonçaient dans sa chair, d'autres s'accrochaient à ses vêtements.

Les bras sur ses yeux, elle se mit à hurler comme une démente :

— Non… pas cela… pas cela… Au secours ! Au secours !…

La porte fut repoussée et Coriano entra, lançant de grands coups de fouet, des coups de botte et des imprécations. Il eut du mal à disperser les horribles bêtes affamées. Il traîna au-dehors Angélique pantelante et hors d'elle-même, hurlante, recroquevillée sur sa terreur.

Escrainville la contempla ainsi abattue, enfin brisée. Elle n'était plus qu'une femme soumise. Ses nerfs fragiles avaient cédé à la torture. Sa faiblesse de femme avait eu raison de sa farouche volonté. Elle n'était plus qu'une femme comme les autres.

Un rictus déforma la bouche du pirate. C'était sa plus belle victoire… la plus amère. Il eut soudain envie de crier de douleur et serra les dents.

— Tu as compris ? fit-il. Tu seras docile ?

Elle sanglotait, répétant :

— Non, pas cela… Pas les chats ! Pas les chats !…

Il lui releva la tête.

— Tu seras docile ?… Tu te laisseras conduire au batistan ?

— Oui, oui.

— Tu te laisseras présenter, déshabiller, dénuder ?

— Oui, oui… *tout*… Tout ce que vous voudrez… mais pas les chats.

Les deux bandits se regardèrent.

— Je crois que c'est gagné, patron, dit Coriano.

À son tour, il se pencha vers Angélique écroulée, secouée de sanglots déchirants et montra son épaule arrachée.

— Je suis entré dès qu'elle a commencé à appeler, mais ils ont quand même eu le temps de lui faire une belle estafilade. Le hammantchi du batistan et Erivan, le commissaire-priseur, vont nous chanter pouilles.

Le marquis d'Escrainville essuya son front poissé de sueur.

— Avec elle, c'était le moindre des dégâts. Heureux encore qu'elle ne se soit pas laissé crever les yeux.

— Vous pouvez le dire ! D'aussi coriace, j'en avais pas encore rencontré, *Madona* ! Aussi longtemps que je vivrai, sous tous les cieux de la terre où je bourlinguerai, j'en parlerai, de la Française aux yeux verts.

XXV

À partir de cette horrible scène, Angélique vécut dans une sorte d'abattement résigné, ne cherchant plus à rassembler ses pensées, ni à se rebeller.

Ses deux compagnes échangèrent un coup d'œil entendu en voyant la Française, tantôt si insolente, rester de longues heures prostrée, l'œil perdu. Le pirate connaissait le moyen de mater les plus rebelles. C'était un homme de grande expérience. Il leur inspirait de la considération et comme une certaine fierté d'être tombées en son pouvoir.

Le lendemain un des gardes maures de l'*Hermès* fit son entrée, suivi de deux Noirs très gras. Au premier abord, Angélique les prit en effet pour des hommes car ils en portaient le costume, coiffés d'énormes turbans turcs, avec un sabre à la ceinture. Mais, en les examinant de plus près, elle vit que c'étaient deux femmes d'un certain âge… car leurs seins affaissés se devinaient sous le boléro de velours brodé et leurs visages aux nombreux bourrelets étaient imberbes. La plus vieille se planta devant Angélique et dit d'une voix de fausset :

— Hammam !

La Française tourna vers l'Arménienne des yeux interrogateurs.

— Hammam ? Est-ce que cela ne veut pas dire : bain, en persan ?

— *Evet, cok iyi*[1], approuva la vieille femme avec un sourire éblouissant.

Puis elle ajouta en pointant son index teinté d'orange vers la Moscovite :

— *Bania*[2].

Enfin elle retourna son doigt vers sa poitrine en disant :

— *Hammamtchi !*

— C'est le baigneur en chef, dit Tchemichkian, très excitée.

Elle expliqua que c'étaient deux eunuques qui venaient les chercher pour les emmener au bain turc, les épiler, les garder et les habiller. La Slave parut se réveiller et babilla très vite et fort aimablement avec les hideux personnages. Elle et sa compagne paraissaient enchantées.

— Ils disent que nous pourrons choisir les vêtements les plus chers dans le bazar et des bijoux. Mais avant il faudra que vous acceptiez de vous voiler. L'eunuque prétend que c'est indécent pour vous d'être habillée en homme et qu'il en éprouve de la honte pour lui.

On les fit remonter dans la maison, où un repas leur était préparé, de beignets et de viande avec des jus de citrons et d'oranges. Les eunuques les surveillaient.

1. « Oui, très bien », en turc.
2. « Bain », en russe.

Angélique sursauta lorsque la main aux ongles orange du vieil eunuque se posa sur son épaule et repoussa ses cheveux pour examiner son dos. Le marquis d'Escrainville parut sur ces entrefaites.

L'eunuque lui adressa des paroles véhémentes en turc. L'Arménienne chuchota :

— Il lui demande s'il n'est pas fou d'avoir frappé une aussi belle femme avant la vente ? Il ne garantit pas qu'il puisse effacer cette marque pour le soir.

Escrainville répondit grossièrement aux reproches, dans la même langue. L'eunuque pinça des lèvres de matrone outragée et se tut.

Les yeux du corsaire étaient injectés de sang, sa bouche amère. Son regard fuyait et ne se posa pas sur Angélique. Au bout d'un moment, il sortit en faisant claquer ses bottes.

Des serviteurs apportèrent les vêtements de sortie pour les femmes. Angélique dut enfiler par la tête un ample tchador noir ouvert à hauteur des yeux par une voilette blanche.

Plusieurs ânes bâtés attendaient dehors, tenus en laisse par des gamins en haillons. L'Arménienne fit remarquer qu'être montées sur des ânes montrait leur valeur marchande élevée. Puis elle et sa camarade slave se mirent à discuter en turc avec le vieil eunuque et Angélique, qui ne pouvait pas comprendre, fut tenue à l'écart.

Le vieil eunuque s'avéra un homme fort affable et bavard. Il commença par acheter des morceaux d'une gelée tremblotante rouge et verte, qu'il offrit aux trois femmes en spécifiant que c'était du rahat-loukoum de framboises et de menthe, mais qu'il ne fallait pas en abuser avant le bain. Quand Angélique, trouvant insipide et écœurante cette sucrerie à base d'algues, voulut l'offrir au gamin qui conduisait son âne, le Noir la lui arracha et administra un coup de « courbache », cravache de nerf de bœuf, sur les mollets du garçonnet.

Après ces journées d'internement, l'air du dehors lui faisait du bien. La tempête s'était éloignée. La mer, que l'on apercevait parfois au bout d'une ruelle, gardait une teinte violette mouchetée de blanc, mais le ciel était bleu et pur, la chaleur moins étouffante. Le petit cortège s'avançait fort lentement parmi la cohue des rues déjà envahies malgré l'heure matinale. De même que sur le port, toutes les races de la Méditerranée se côtoyaient au creux de ces étroits boyaux ménagés entre deux parois aveugles de maisons grecques ou les balcons renflés des petits palais vénitiens. Des Grecs des montagnes, paysans des environs, reconnaissables à leurs jupettes blanches et leurs genoux nus, y voisinaient avec des marchands arabes en djellabas brunes ou brodées. Des Turcs, assez rares, se distinguaient par leurs immenses turbans, globes de mousseline blanche ou de satin rutilant retenus par des gemmes, leurs sarouals bouffants et leurs ceintures aux tours innombrables. Des Maltais olivâtres côtoyaient des Sardes et des Italiens en costumes de leurs pays. C'était pour la plupart des petits marchands venus sur des barques, en cabotant le long des côtes. Le fait d'avoir échappé aux corsaires leur permettait d'aborder Candie en hommes libres, traitant d'égal à égal pour la liquidation de leur fret, comme eût pu le faire Melchior Pannassave si la chance lui avait mieux souri. On apercevait beaucoup d'habits européens et de grands chapeaux à plumes, des bottes à revers, mais aussi des souliers à talons. Habits plus ou moins râpés, jabots plus ou moins fripés de fonctionnaires coloniaux oubliés sur cette île lointaine, velours et plumes d'autruche, cuir fin, d'un banquier venu d'Italie ou d'un commerçant prospère.

Tous les cent pas on rencontrait un pope en noir et barbu portant sur la poitrine une immense croix de bois travaillé ou d'argent ou d'or.

L'Arménienne demandait à chacun sa bénédiction que le religieux lui accordait distraitement en traçant en l'air un signe de croix.

Au quartier des tailleurs, l'eunuque en chef se plongea dans de nombreuses emplettes, acheta des rouleaux de voile de toutes couleurs et des bijoux. Ensuite, il proposa de revenir par le port.

La petite caravane reprit sa marche, traversant une enfilée de souks, les uns ouverts sur le ciel bleu et brûlant, les autres voûtés et sombres, tel le souk des chaudronniers où cinquante échoppes travaillaient le cuivre dans un tintamarre assourdissant. La foule devenait de plus en plus dense. Des marchands ambulants s'y glissaient sans compromettre l'équilibre de leur immense plateau de bois qu'ils soutenaient moitié sur leur turban, moitié sur un tabouret de bois accroché à l'épaule. On trouvait de tout sur ces plateaux : des fruits, des noix, des friandises et jusqu'à des aiguières d'argent contenant du café, entre deux petites tasses, et l'inévitable verre d'eau cher aux Orientaux.

Des enfants de toutes couleurs, nus ou vêtus de quelques hardes bariolées, se battaient avec les chiens dans les pattes des baudets. Enfants et chiens étaient maigres. Par contre, les chats, également bigarrés, étaient gras à souhait. Angélique regardait avec horreur ces matous fourrés et sournois, accroupis à l'auvent de chaque boutique, de chaque corniche, dans l'ombre de tous les piliers et de tous les balcons. Sur une placette, un homme coiffé d'un haut bonnet rouge, portant sur les épaules des brochettes de viande crue, était entouré d'une assemblée miaulante. C'était le marchand de foies de mouton, chargé par la ville de distribuer des douceurs à l'animal favori de la civilisation ottomane.

Puis la file des bourricots rejoignit un quai dallé de grosses pierres noires et couvert de monceaux de fruits : dattes, melons, pastèques, oranges, cédrats, figues. Une forêt de mâts et de gréements de vaisseaux apparut.

Sur le pont d'une galiote qui battait pavillon de Tunis, une sorte d'ogre chevelu et barbu, en culotte godronnée et hautes bottes de cuir rouge, rugissait comme le dieu des mers.

Les eunuques firent arrêter les ânes afin de profiter du spectacle et échangèrent des commentaires avec les captives. Gentiment, Tchemichkian traduisit pour Angélique. Elle lui apprit que c'était le renégat danois Éric Jansen, passé depuis vingt ans chez les Barbaresques, auxquels il avait appris à construire des bateaux ronds à la manière du Ponant.

Cette nuit, en route pour l'Albanie, il avait été entraîné par l'ouragan et n'avait évité le naufrage de son navire trop chargé qu'en jetant une partie de sa cargaison – à peu près une centaine d'esclaves – par-dessus bord. Le vieux Viking tempêtait, sa barbe blonde au vent sous son turban rouge, surveillant la vente d'un autre contingent d'esclaves « endommagés » par l'atroce nuit passée dans les cales d'un bateau quasi naufragé. Hommes blessés, femmes et enfants à demi morts de terreur, il les liquidait à bas prix sur les quais de Candie, ne gardant que les pièces les plus intéressantes de ses dernières razzias. Tous ces déboires commerciaux l'avaient mis de méchante humeur et les coups de fouet des gardes-chiourme, excités par ses grondements de lion, claquaient sec.

Le troupeau lamentable était hissé sur des piles de mâts ou sur des tonneaux afin d'être bien en vue du public. Des Arabes en burnous blanc de l'équipage du Barbaresque faisaient l'article en s'égosillant. Les acheteurs éventuels avaient le droit de toucher, de palper, de dévoiler les femmes. Elles se dressaient au bord du quai, frissonnantes et nues, exposées à tous les regards. Certaines cherchaient à se voiler de leurs cheveux, mais d'un coup sec les gardiens refusaient ces gestes de pudeur. Ce n'était qu'un bétail à marchander. On leur faisait ouvrir la bouche afin de montrer si elles n'étaient pas trop édentées.

Angélique eut un sursaut de honte à ce spectacle.

« Ce n'est pas possible, se dit-elle, pas moi… pas cela. » Et elle chercha autour d'elle un secours improbable. Elle aperçut un vieux marchand d'oranges qui la fixait dans l'entrebâillement de sa vaste djellaba. Il lui adressa un petit signe et se perdit dans la foule.

Un commerçant noir était en train d'arracher une femme hébétée et les yeux fous à trois enfants nus et hurlants.

— C'était ainsi lorsqu'on a pris mes frères à ma mère, fit l'Arménienne avec tristesse.

Elle écouta les commentaires et reprit :

— Cette femme est achetée pour un harem égyptien très loin à l'intérieur du désert. Le marchand ne peut s'encombrer d'enfants si jeunes, ils mourraient en route.

Angélique ne répondait rien. Une sorte d'indifférence l'habitait.

— On va les racheter pour quelques piastres, continuait l'Arménienne… ou bien ils vont errer dans Candie avec les chiens et les chats. Maudit !… Maudit soit le jour où ils sont nés !

La jeune Orientale dodelina longuement la tête.

— Notre sort est heureux. Au moins nous, nous ne souffrons pas de la faim.

Puis, gaiement, elle demanda à aller admirer les deux galères de Malte, dont les pavillons rouges à croix blanche battaient au vent.

Ici la vente était sur le point d'être achevée. Des « servants d'armes » – soldats de l'Ordre de Malte –, hallebarde au poing, maintenaient le calme autour des chaînes de captifs que leurs nouveaux propriétaires emmenaient. Bottés et coiffés de casques, ces militaires se distinguaient des mercenaires habituels par leurs chasubles noires portant sur la poitrine une grande croix blanche à huit pointes.

La jeune Arménienne orthodoxe demeura en extase devant les représentants de la plus grande flotte de la chrétienté.

L'eunuque dut se fâcher pour l'arracher à son admiration. Certes, il n'avait pas voulu refuser aux captives qui demain partiraient pour de lointains harems d'assister une dernière fois au *tomascha*, le spectacle de la rue si cher au cœur de tout Oriental qu'on ne doit même pas le refuser au condamné à mort, mais maintenant il fallait se hâter. L'heure de la vente approchait.

— Hammam ! Hammam ! répétait-il, pressant sa troupe.

Ce fut devant les bains turcs qu'Angélique revit le mendiant aux paniers d'oranges. Il trébucha juste entre les pattes de son âne et elle reconnut Savary.

— Ce soir, chuchota-t-il, lorsque vous sortirez du batistan, tenez-vous prête. Une fusée bleue sera le signal. Mon fils Vassos vous guidera. Mais s'il ne peut vous joindre, mettez tout en œuvre pour gagner la tour des croisés, sur le port.

— C'est impossible. Comment pourrais-je échapper à mes gardiens ?

— Je pense qu'à ce moment-là vos gardiens, quels qu'ils soient, auront autre chose à faire qu'à vous surveiller, ricana Savary avec un éclair diabolique derrière les verres de ses lunettes. Tenez-vous prête !…

XXVI

Le soleil était déjà à son déclin, lorsque les palanquins aux rideaux tirés, portés par des esclaves, amenèrent les trois femmes devant le batistan de Candie.

Celui-ci était situé sur la hauteur. Il présentait de l'extérieur l'apparence d'un grand établissement carré de style byzantin, s'ouvrant par de grandes grilles ouvragées. La foule était dense aux abords et les femmes captives, toujours sous la surveillance de leurs eunuques, durent piétiner à l'entrée, où un groupe s'agglutinait devant une sorte de tableau noir fait d'une dalle de marbre non poli. Un homme au teint bistré et au nez proéminent, vêtu d'une lévite brochée, mais ne portant pas de turban, écrivait avec soin en deux langues : italien et turc. Angélique connaissait assez d'italien pour pouvoir déchiffrer les inscriptions. Ce qui donnait à peu près ceci :

Grecs schismatiques :	50 écus or.
Russes très forts :	100 écus.
Maures et Turcs :	75 écus.
Français en vrac, à l'échange :	30 écus.

COURS DES ÉCHANGES

1 *Français* = 3 *Maures à Marseille.*
1 *Anglais* = 6 *Maures à Tana.*
1 *Espagnol* = 7 *Maures à Monte-Christi (Agadir).*
1 *Hollandais* = 10 *Maures à Livourne ou à Gênes.*

Une poussée de ses gardiens fit avancer Angélique et le petit groupe pénétra dans une vaste cour-jardin pavée d'un carrelage de précieuse faïence bleue très ancienne alternant avec des massifs de rosiers, de lauriers-roses et d'orangers. Une fontaine, joyau d'art vénitien, murmurait au centre. Les rumeurs de la ville mouraient à l'intérieur des épaisses murailles de ce caravansérail où les allées et venues, pour n'en être pas moins affairées, revêtaient la dignité plus solennelle du haut commerce. Car ici on n'était pas aux bazars. Alentour du jardin, des colonnes ciselées et couvertes d'anciennes peintures byzantines aux finesses d'enluminures soutenaient un long péristyle couvert, sur lequel s'ouvraient les portes de salles intérieures où avaient lieu les ventes.

Après avoir traversé le jardin dans toute sa longueur, le *hammamtchi* laissa ses ouailles devant le péristyle pour aller s'informer de la salle qui leur était destinée.

Angélique étouffait sous les multiples voiles dont on l'avait revêtue. L'impression de mauvais rêve s'accentuait. Prise dans l'engrenage, elle se voyait ce soir au seuil de ces halles de chair humaine où des hommes de toutes races, à l'œil concupiscent, allaient se la disputer. Elle écarta le voile qui lui cachait le visage afin de respirer un peu. Le jeune eunuque lui signifia avec véhémence de se recouvrir. Elle ne l'écouta pas.

Elle suivait, d'un regard morne et effrayé, la venue des acheteurs turcs, arabes ou européens qui traversaient les jardins et pénétraient sous les colonnes en se saluant courtoisement.

Soudain elle aperçut Rochat, le consul intérimaire, qui franchissait les grilles. Il avait une barbe de huit jours, à son habitude, et portait une liasse de papiers sous le bras.

Angélique soudain s'élança et traversa le jardin en courant.

— Monsieur Rochat, fit-elle en l'abordant, essoufflée, écoutez-moi vite. Votre ignoble camarade Escrainville a décidé de me vendre. Essayez de me venir en aide, je saurai vous en être reconnaissante. J'ai de la fortune en France, et souvenez-vous que je ne vous ai pas trompé pour les cent livres que je vous avais promises. Je sais que vous ne pouvez pas intervenir personnellement, mais pourriez-vous intéresser à mon terrible sort des acheteurs chrétiens, par exemple des chevaliers de Malte, qui sont si puissants ici ? Je tremble d'être acquise par un musulman et d'être emmenée dans un harem. Faites comprendre aux chevaliers que je suis prête à payer n'importe quelle rançon s'ils réussissent à gagner les enchères et à m'arracher aux griffes de ces infidèles. Ne pourront-ils avoir pitié d'une femme chrétienne ?

Le représentant français avait commencé par paraître très ennuyé et prêt à se dérober, puis s'était rasséréné à mesure qu'elle parlait.

— Mais c'est une excellente idée, fit-il en se grattant la nuque, c'est tout à fait réalisable. Le commissaire des Esclaves de l'Ordre de Malte, Don José de Almada, de la Langue de Castille, est présent ce soir ainsi qu'un très haut personnage de l'Ordre, le bailli Charles de La Marche, de la Langue d'Auvergne, un de nos compatriotes. Je vais m'employer à les intéresser à votre cas. Je ne vois d'ailleurs pas ce qui pourrait les en détourner.

— Ne sera-t-on pas étonné de voir des religieux se porter acquéreurs d'une femme ?

Rochat leva les yeux au ciel.

— Ma pauvre enfant, on voit bien que vous n'êtes pas d'ici. Il y a beau temps que l'Ordre achète et revend des femmes au même titre que les autres esclaves. Personne n'y trouve à redire. Nous sommes en Orient et n'oublions pas que ces bons chevaliers font vœu de célibat et non de chasteté. De toute façon, ce n'est pas la bagatelle qui les intéresse, mais *la rançon*. La Religion a besoin d'argent pour soutenir la vigueur de sa flotte guerrière. Or, je vais pouvoir me porter garant de vos titres, de votre rang et de votre fortune. De plus, les chevaliers sont toujours heureux de se faire bien voir du roi de France et j'ai entendu dire que vous étiez bien en cour auprès de Sa Majesté Louis XIV. Tout cela les convaincra de vous porter assistance.

— Oh ! merci, monsieur Rochat… Vous êtes mon sauveur !

Elle oubliait qu'il était veule, miteux et mal rasé… Il allait faire quelque chose pour elle. Elle lui serra les mains avec effusion. Il dit, ému et gauche :

— Ne me remerciez pas… Je suis heureux si je peux vous être utile… Je me tourmentais à votre sujet, mais je n'y pouvais rien, n'est-ce pas ? Enfin, maintenant gardez confiance.

Le jeune eunuque qui les avait rejoints poussait des cris d'orfraie. Il finit par saisir Angélique par le bras afin de faire cesser cet aparté scandaleux.

Rochat s'éloigna rapidement.

Furieuse de sentir des mains noires sur son bras, Angélique se retourna et gifla les joues flasques de l'eunuque. Celui-ci tira son sabre et demeura indécis, ne sachant comment se servir de son arme contre une marchandise précieuse qu'on lui avait instamment recommandée. C'était un jeune eunuque, venu d'un petit sérail de province où il n'avait eu sous sa garde que de douces femmes indolentes. On ne lui avait pas encore enseigné comment il fallait s'y prendre avec des étrangères récalcitrantes. Ses grosses lèvres firent la moue comme s'il allait pleurer.

Le *hammamtchi* leva les bras au ciel en apprenant l'incident. Il n'avait plus qu'une hâte, c'était de se débarrasser de ses responsabilités. Par bonheur pour lui, le marquis d'Escrainville arrivait. Les deux eunuques lui firent un récit détaillé de leurs difficultés.

Le pirate jeta un regard haineux à la femme voilée en laquelle il avait peine à reconnaître le jeune chevalier du voyage. Sous la retombée des mousselines et des soies, toute la féminité d'Angélique était mise en valeur. L'antiquité, qui drapa les femmes au lieu de les corseter, savait ce que la retombée d'une étoffe peut révéler d'un corps épanoui et désirable.

Escrainville grinça des dents. Sa main étreignit le bras d'Angélique jusqu'à la faire pâlir de douleur.

— Est-ce que tu ne te souviens pas, putain ? Ce que je t'ai promis si tu ne marchais pas doux ? Ce soir même, tu seras entre les mains des eunuques ou bien livrée aux chats… Aux chats…

Une grimace horriblement cruelle déformait ses traits. Elle pensa qu'il ressemblait au démon.

Il se ressaisit parce qu'un invité remontait l'allée, un banquier vénitien, bedonnant, couvert de plumes, de dentelles et de dorures.

— Monsieur le marquis d'Escrainville, s'exclama le nouveau venu avec un fort accent, je suis heureux de vous revoir. Comment vous portez-vous ?

— Mal, répondit le gentilhomme pirate, en essuyant son front en sueur. J'ai la migraine. Ma tête éclate. J'aurai la migraine tant que je n'aurai pas réussi à vendre la fille que vous voyez là.

— Belle ?

— Jugez-en vous-même.

D'un geste de maquignon, il écarta le voile d'Angélique. L'autre sifflota.

— *Pfut !...* Vous avez la chance avec vous, monsieur d'Escrainville. Cette femme va vous rapporter de l'or.

— J'y compte bien. Je ne la laisserai pas aller à moins de douze mille piastres.

Le visage aux bajoues tremblotantes du banquier prit une expression déçue. Il devait penser que la belle captive était nettement au-dessus de ses moyens.

— Douze mille piastres… Certes, elle les vaut, mais vous êtes vorace !

— Il y a des amateurs qui n'hésiteront pas à monter jusque-là. J'attends le prince tcherkesse Riom Mirza, un ami du Grand Sultan chargé par celui-ci de lui dénicher la perle rare et aussi Chamyl bey, le grand eunuque du pacha Soliman Aga, qui ne regarde pas au prix pour les plaisirs de son maître…

Le Vénitien poussa un profond soupir.

— Il nous est difficile de lutter avec les prodigieuses fortunes de ces Orientaux. Pourtant, j'assisterai à la vente. Ou je me trompe, ou nous allons avoir un spectacle de choix. Bonne chance, cher ami !

❦

La salle des ventes ressemblait à un immense salon. Des tapis précieux couvraient le sol et des divans bas étaient disposés le long des murs, se faisant face. Le fond de la pièce était occupé par une estrade à laquelle on accédait par quelques marches. Au plafond, de précieux lustres de Venise reflétaient de leurs mille pendeloques les lumières que des valets maltais achevaient d'allumer.

La salle était déjà à demi pleine. La foule ne cessait d'augmenter. Des serviteurs turcs à longues moustaches et coiffés d'un cornet pointu en lamé d'or ou d'argent s'affairaient à distribuer de petites tasses de café et des assiettes de friandises sur des tables basses de cuivre ou d'argent. D'autres déposaient près de ceux qui le désiraient l'inévitable pipe à eau, dont le glougloutement discret se mêlait au bourdonnement des conversations.

Les vêtements orientaux dominaient. Cependant, une dizaine de corsaires blancs côtoyaient de leurs culottes goudronnées, les caftans brodés. Certains, comme le marquis d'Escrainville, avaient pris la peine de passer un justaucorps ou un habit pas trop défraîchi, de coiffer un chapeau aux plumes encore fournies, mais tous gardaient la parure belliqueuse de leurs nombreux pistolets ou de leurs sabres d'abordage. Des pipes hollandaises, à petit fourneau et long tuyau, faisaient concurrence, sous les moustaches, à leur frère oriental le narguilé.

Le renégat danois Éric Jansen entra, escorté de trois gardes du corps tunisiens et alla s'asseoir, hautain et barbu, près du vieux marchand soudanais. Ce Noir, en robe barbare africaine, était un haut personnage, représentant les trafiquants du Nil chargés d'approvisionner les harems d'Arabie et d'Éthiopie et ceux de tous les sultans et roitelets de l'intérieur de l'Afrique. Ses cheveux blancs et crépus, sous une calotte brodée de perles, contrastaient avec sa peau noire, un peu jaunie aux pommettes et à l'arête du nez.

❦

Les trois femmes voilées et guidées par les eunuques traversèrent la salle dans sa longueur. On les fit franchir les marches de l'estrade, puis on les poussa dans le fond. Un rideau pouvait les dissimuler à demi et là, il y avait des coussins pour s'asseoir.

L'Arménien, qui tout à l'heure écrivait les cours de la Bourse des esclaves à l'entrée du batistan, s'approcha d'elles en compagnie du marquis d'Escrainville.

C'était Erivan, le commissaire-priseur, ordonnateur des cérémonies. Il portait une ample robe brune, une barbe assyrienne aux boucles bien peignées, une chevelure également bouclée et parfumée, et l'on sentait qu'il devait opposer à la fièvre des ventes, aux pleurs des esclaves et aux revendications des propriétaires, le même sourire onctueux et rempli d'aménité.

Il salua Angélique en français avec beaucoup de déférence, s'enquit en turc auprès de la Slave et de l'Arménienne si elles ne désiraient pas qu'on leur apporte du café et des sorbets, des confitures et des confiseries, afin de prendre patience.

Puis une vive discussion l'opposa au marquis d'Escrainville.

— Pourquoi lui relever les cheveux ? protestait celui-ci. Vous verrez, c'est une véritable cape d'or.

— Laissez-moi faire, dit Erivan, les yeux mi-clos. Il faut ménager les surprises.

Deux petites servantes furent appelées d'un claquement de mains. Sur les indications d'Erivan, elles tressèrent les cheveux d'Angélique et les relevèrent sur la nuque en un lourd chignon maintenu par des épingles à tête de perles. Puis elles l'enveloppèrent à nouveau de ses voiles.

Angélique se laissa faire, indifférente. Toute son attention se portait à guetter la venue d'un de ces chevaliers de Malte dont Rochat lui avait promis l'aide. Par la fente du rideau, elle essayait en vain de distinguer parmi les caftans et les redingotes, le sobre manteau noir à croix blanche des gentilshommes de l'Ordre. Des sueurs froides perlaient à ses tempes à la pensée que Rochat ne trouverait pas les arguments nécessaires pour convaincre ces prudents commerçants de lui accorder créance.

La vente commença. On présenta un Maure, spécialiste de navigation, et un silence appréciateur ne tarda pas à s'établir, devant cette statue de bronze dont le corps avait été soigneusement huilé afin de faire ressortir ses muscles noueux et ses formes herculéennes.

Puis de nouveaux remous troublèrent l'attention, qui fut un instant détournée par l'entrée de deux chevaliers de Malte. Drapés dans leur ample manteau noir à croix d'argent, ils traversèrent la salle en s'inclinant devant les notabilités de Constantinople, s'avancèrent jusqu'à l'estrade et dirent quelques mots à Erivan. Celui-ci leur désigna le coin des captives.

Angélique se redressa, pleine d'espoir.

Les deux chevaliers s'inclinèrent devant elle, la main sur la poignée de leur épée. L'un était Espagnol, l'autre Français, tous deux apparentés aux plus grandes familles d'Europe, car il fallait justifier d'au moins huit quartiers de noblesse pour obtenir le titre de chevalier dans le plus grand Ordre de la chrétienté. La sévérité de leur costume n'écartait pas un certain luxe. Sous leurs manteaux, ils portaient une courte chasuble noire, également marquée d'une croix blanche et recouvrant leurs justaucorps.

Mais leurs manchettes et leurs cravates étaient de dentelle de Venise, leurs bas de soie soulignés d'une baguette d'argent et leurs chaussures également à boucles d'argent.

— Est-ce vous la noble dame française dont M. Rochat vient de nous entretenir ? demanda le plus âgé qui portait une perruque blanche dans le meilleur goût de Versailles.

Il se présenta :

— Je suis le bailli de La Marche, de la Langue d'Auvergne, et voici Don José de Almada, de la Langue de Castille, commissaire des Esclaves pour l'Ordre de Malte. C'est à ce titre qu'il peut s'intéresser à vous. Il paraît que vous avez été capturée par le marquis d'Escrainville, ce vautour puant, alors que vous vous rendiez à Candie, mandatée d'une mission par le roi de France.

Angélique bénit en pensée le pauvre Rochat d'avoir présenté les choses de cette façon. Il lui montrait la route à suivre.

Elle s'empressa de parler du roi en personne habituée à la Cour, nomma ses relations les plus importantes, depuis M. Colbert jusqu'à Mme de Montespan, elle parla du duc de Vivonne, qui avait mis sa galère amirale et l'escorte de l'escadre royale à sa disposition. Puis elle raconta comment la croisière avait été désorganisée par l'attaque du Rescator…

— Ah ! le Rescator !… firent les chevaliers en levant des regards de martyrs vers le ciel.

Comment par la suite elle avait essayé de poursuivre sa mission avec des moyens de fortune sur un petit voilier, lequel n'avait pas tardé à être la proie d'un autre pirate, le marquis d'Escrainville.

— Voici les effets déplorables du désordre qui règne en Méditerranée depuis que les infidèles en ont chassé la discipline chrétienne, dit le bailli de La Marche.

Ils l'avaient écoutée tous deux en hochant la tête, vite convaincus de sa sincérité. Les personnages qu'elle nommait, les détails qu'elle donnait sur son rang à la Cour de France, ne pouvaient leur laisser aucun doute.

— C'est une histoire déplorable, concéda l'Espagnol, lugubre. Nous devons au roi de France et à vous-même, madame, d'essayer de vous tirer de ce mauvais pas. Hélas, nous ne sommes plus les maîtres à Candie ! Mais, en tant que propriétaires du batistan, les Turcs nous doivent quelque considération. Nous allons poser nos enchères. Je suis commissaire des Esclaves de l'Ordre, j'ai donc certaines disponibilités pour des affaires de mon choix présentant de bonnes garanties.

— Escrainville est exigeant, fit remarquer le bailli de La Marche, il voudrait au moins douze mille piastres.

— Je peux vous promettre le double pour ma rançon, dit vivement Angélique. Je vendrai mes terres s'il le faut, je vendrai mes charges, mais vous rentrerez dans vos débours, je m'y engage. La Religion n'aura pas à regretter de m'avoir sauvée d'un sort horrible. Songez que si je suis emmenée dans un sérail de Turquie, désormais personne, même le roi de France, ne pourra rien pour moi.

— C'est hélas vrai ! Mais gardez confiance. Nous allons intervenir de notre mieux.

Cependant Don José paraissait soucieux.

— Il faut s'attendre à de grosses enchères. Riom Mirza, l'ami du Grand Seigneur, est annoncé. Le sultan l'avait chargé de rechercher pour lui une esclave blanche d'une beauté exceptionnelle. Il paraît qu'il a déjà visité les marchés de Palerme et même d'Alger sans obtenir satisfaction. Il s'apprêtait à revenir bredouille lorsqu'il a entendu parler de la Française capturée par le marquis d'Escrainville. Nul doute qu'il ne s'accroche s'il découvre que Mme du Plessis représente l'idéal poursuivi en vain pour satisfaire son auguste ami.

— On parle aussi, comme concurrents possibles, de Chamyl bey et du riche orfèvre arabe Naker Ali.

Les deux chevaliers s'éloignèrent de quelques pas afin de discuter à mi-voix, avec volubilité, puis revinrent.

— Nous irons jusqu'à dix-huit mille piastres, dit Don José. C'est une marge énorme et certainement nos concurrents les plus tenaces se décourageront. Comptez sur nous, madame.

Un peu soulagée, elle les remercia d'une voix éteinte et regarda s'éloigner, le cœur serré, les deux silhouettes drapées dans leurs manteaux noirs à croix blanche. Auraient-ils été aussi généreux s'ils avaient su que la grande dame qu'ils désiraient sauver, avait encouru la disgrâce du roi ?

Mais il fallait parer au danger le plus pressant. Esclavagiste pour esclavagiste, elle aimait mieux se retrouver du côté de la Croix que de celui du Croissant.

XXVII

Pendant le colloque des deux chevaliers avec la captive, les enchères s'étaient poursuivies.

Le Maure avait été adjugé à un corsaire italien, Fabrice Oligliero, pour son équipage.

On mettait à prix un géant slave aux cheveux blonds, à la musculature magnifique. Pour la forme, Don José de Almada et le Danois de Tunis se le disputèrent. Quand l'esclave russe se vit adjugé au renégat de Tunis, il se jeta à genoux, en suppliant. Toute sa vie, criait-il, il serait donc condamné à voguer sur les galères barbaresques ! Il ne reverrait jamais les plaines grises, balayées par le vent de son pays natal. Des Maltais, valets chargés d'assurer la police du batistan sous les ordres des chevaliers, vinrent le saisir pour le remettre aux gardes de son nouveau propriétaire.

Puis l'on fit monter sur l'estrade un groupe de jeunes enfants blancs. L'Arménienne enfonça ses doigts dans l'épaule d'Angélique.

— Regarde, contre le pilier, c'est mon frère Arminak.

— On dirait une petite fille. Il est fardé jusqu'aux yeux.

— Il est eunuque, je te l'ai déjà raconté, et tu sais bien qu'on farde les garçons chez nous. Je ne m'attendais pas à l'apercevoir ici, mais tant mieux. Cela prouve qu'ils l'ont trouvé digne d'une grosse enchère. Pourvu que quelqu'un de très riche l'achète : il est malin et tu verras que dans vingt ans il possédera la fortune de son idiot de maître qui en aura fait son confident et son vizir.

Le vieillard soudanais pointa son doigt rougi de henné vers l'adolescent et jeta un chiffre guttural. Le gouverneur turc de Candie renchérit. Un religieux en soutane noire portant l'insigne de la croix blanche était venu s'asseoir près des deux chevaliers. C'était un chapelain de l'Ordre de Malte. Il vint saisir le commissaire-priseur par son caftan et lui chuchota quelques mots. L'autre hésita, interrogea du regard le gouverneur turc, qui d'un geste bénisseur vers la scène, consentit à la demande. Alors les adolescents se mirent à chanter. Le chapelain, qui était italien, les écouta chacun séparément et en retira cinq du groupe, dont le frère de la compagne d'Angélique.

— Mille piastres pour le lot, dit-il.

Un personnage à peau blanche, un Circassien sans doute, coiffé d'un turban brodé, se dressa et cria :

— Mille cinq cents piastres.

L'Arménienne chuchota :

— Quel bonheur ! C'est Chamyl bey, le chef des eunuques blancs de Soliman Aga. Si mon frère réussit à entrer dans ce sérail réputé, sa fortune est faite.

— Deux mille, renchérit le chapelain de l'Ordre de Malte.

Ce fut à lui que le lot fut adjugé. Tchemichkian pleura, en essuyant du coin de son voile les larmes qui brûlaient ses yeux noircis de khôl.

— Hélas ! Mon pauvre Arminak a beau être malin, il n'arrivera jamais à tromper la vigilance de ces religieux qui ne se laissent pas étourdir par les plaisirs et ne songent qu'à amasser de l'or pour soutenir leurs armes. Et je suis sûre que le prêtre l'a acheté simplement à cause de sa voix de castrat pour le faire chanter dans une église catholique. Quel déshonneur ! Peut-être sera-t-il emmené à Rome pour y chanter devant le pape !

Elle cracha sur ce mot avec colère.

Sur l'estrade, l'enchère se poursuivit. Il ne resta que deux garçons chétifs dont personne ne voulait et que le vieux Soudanais accepta pour un prix dérisoire, à force de protestations, en disant qu'il perdait sa réputation de goût et de commerçant avisé.

Puis un brouhaha souleva la salle. L'envoyé personnel du sultan de tous les croyants faisait son entrée. Le prince tcherkesse, coiffé de son bonnet d'astrakan, portait un uniforme de soie noire et, sur la poitrine, des multitudes de petits cornets de poudre à fusil en or ciselé accrochés par des cordonnets de soie rouge, qui lui composaient une broderie guerrière. Le poignard et le sabre étaient sertis de rubis. Il s'avança suivi de sa garde, salua distraitement le gouverneur turc, puis tomba en arrêt devant le grand eunuque Chamyl bey et entama avec lui une discussion animée.

— Ils se disputent, chuchota l'Arménienne, le prince dit qu'il n'admettra pas que l'eunuque de Soliman se porte acquéreur de la belle captive, car celle-ci est destinée au sultan des sultans. J'espère que la belle captive, c'est moi.

Elle cambra son buste et ondula des reins.

Angélique, malgré ses appels intérieurs à la raison, faillit éclater en sanglots. Ces hommes venus pour se la disputer statuaient déjà sur son sort. Un vertige la saisit. Ce fut à peine si elle entendit la suite des opérations, la vente des jeunes eunuques noirs d'Escrainville, puis celle de la Russe et enfin de la pauvre Tchemichkian. Elle ne sut jamais si la jeune Caucasienne avait vu combler enfin ses vœux d'être choisie pour un harem princier ou bien était tombée entre les mains du vieil entremetteur soudanais, ou plus tristement encore dans celles d'un corsaire qui la revendrait plus tard après avoir usé d'elle.

Erivan, avec son sourire permanent entre ses boucles bien huilées, s'inclinait devant elle.

— Veuillez me suivre, belle dame.

Le marquis d'Escrainville fut sur ses talons et il attrapa Angélique par l'épaule.

— Souviens-toi, dit-il. Les chats…

Ce fut la pensée de la mort horrible qui la menaçait et l'espoir d'y échapper par l'intervention des chevaliers de Malte qui permirent à Angélique d'affronter les centaines de regards brûlants qui accueillirent son apparition.

Un silence trouble régna. Depuis trois jours, la réputation de la Française mettait Candie en fièvre.

Penchés en avant, les spectateurs s'interrogeaient sur le mystère de cette créature voilée, enfin présentée à leur convoitise.

Erivan adressa un signe au jeune eunuque de service qui s'approcha et fit tomber le voile dissimulant le visage de la captive.

Angélique sursauta. Ses yeux étincelèrent. Sous la lumière chatoyante des lustres, elle voyait ces visages tendus, ces regards fixes et attentifs de mâles aux aguets et la pensée qu'on allait l'offrir nue, tout à l'heure, à leur concupiscence, la raidit dans une révolte qui la fit pâlir tandis qu'un long frisson la parcourait.

Ce frémissement sauvage, le regard hautain et presque impérieux de ses prunelles d'eau marine parurent électriser la salle jusqu'alors assez indolente. Un mouvement subit d'intérêt et de passion fit onduler les têtes. Erivan lança un chiffre :

— Cinq mille piastres.

Dans son coin le pirate d'Escrainville sursauta. C'était le double du chiffre convenu pour la mise à prix.

Damné cloporte d'Erivan ! Dès le premier instant, il avait senti naître, chez son public, la brusque poussée des convoitises qui justifie toutes les folies. Des hommes allaient se livrer aux passions jumelées du jeu et du désir.

— Cinq mille piastres.

— Sept mille, cria le prince tcherkesse.

Le chef des eunuques blancs murmura un chiffre. Fougueux et résolu à emporter l'enchère, Riom Mirza cria :

— Dix mille piastres.

Ensuite plana un silence religieux.

Angélique regarda du côté des chevaliers de Malte qui n'avaient pas encore parlé. Don José, un sourire au coin de sa lèvre sévère, se pencha.

— Prince, dit-il, le dernier imam du Grand Seigneur prêchait la plus haute économie. Je rends hommage à la fortune du sultan, mais dix mille piastres, n'est-ce pas le prix de tout un équipage de galère ?

— Le sultan des sultans peut sacrifier une de ses innombrables galères si telle est son auguste fantaisie, riposta sèchement le Caucasien.

Et il jeta un regard triomphant à l'eunuque Chamyl bey dont le visage de femme grasse et douce reflétait la plus grande tristesse. Le grand eunuque de Soliman Aga eût été si fier de rapporter cette esclave précieuse et insolite à son illustre maître, mais gérant lui-même de sa fortune, il connaissait mieux qu'un autre ses possibilités et se reprochait déjà de les avoir dépassées.

Le silence se prolongeait. Angélique sentit tout à coup les mains agiles du jeune eunuque sur ses épaules tandis qu'avec habileté il déroulait l'étoffe qui voilait sa poitrine. Elle fut nue jusqu'aux reins, pâle sous la lumière ambrée des chandelles. Une fine sueur d'angoisse perlait à la surface de sa peau et donnait à sa chair des luisances de nacre.

Elle recula d'un pas, mais, déjà, l'eunuque avait ôté les épingles qui retenaient sa chevelure et ses cheveux croulaient en cascade dorée sur ses épaules. Elle eut le geste instinctif de toute femme qui éprouve la sensation de perdre son chignon, leva les bras pour retenir la masse soyeuse de ses boucles, et dans ce mouvement découvrit ses seins fermes et parfaits et offrit l'image secrète et pleine de grâce d'une femme à sa toilette.

Un murmure parcourut l'assistance. Un corsaire italien jura longuement. Une houle d'énervement et de passion remua les masses agglomérées de caftans, d'habits, d'uniformes, et d'oripeaux glorieux.

L'eunuque Chamyl bey décida que son maître lui pardonnerait des difficultés financières pour un tel trésor, et lança :

— Onze mille piastres.

Le vieux marchand soudanais se dressa et récita une longue phrase sur un ton de mélopée. Erivan traduisit :

— Onze mille cinq cents piastres pour un pauvre vieillard mettant toute sa fortune à acquérir cette turquoise dont les cheikhs d'Arabie, les *reis* d'Éthiopie, les rois du Soudan et même de la lointaine Kampar africaine se disputeront les faveurs.

Une nouvelle pause s'établit.

Angélique regardait avec terreur le vieux Noir des contrées lointaines, qui, par son audace de commerçant, allait décourager les deux puissants acquéreurs.

Le chevalier de Malte abaissa ses hautes paupières bistrées.

— Douze mille piastres, dit-il.

— Treize mille, cria Riom Mirza.

Encore une fois, l'Espagnol ironisa.

— Croyez-vous que le sultan des sultans vous saura gré de le ruiner ? Le désordre de ses finances n'est un secret pour personne.

— Je ne parle plus pour le sultan, répondit le prince tcherkesse, mais pour moi, je veux cette femme.

Ses yeux noirs ne quittaient pas Angélique.

— Dans un cas comme dans l'autre, ne risquez-vous pas d'avoir la tête tranchée ? insista le commissaire des Esclaves de Malte.

Pour toute réponse le prince répéta avec impatience :

— Treize mille piastres.

Don José soupira.

— Quinze mille piastres.

On murmura. Chamyl bey se taisait, livré aux affres de l'incertitude. Allait-il se laisser entraîner à déséquilibrer son budget pour de longs mois, ou céder à la vanité de mettre dans le sérail de Soliman Aga cette perle rare ?…

— Seize mille, cria Riom Mirza.

Mais il commençait à faiblir, car il souleva son bonnet d'astrakan pour s'éponger le front.

— Qui dit plus ? cria le commissaire-priseur, puis il répéta son cri en plusieurs langues.

Un silence oppressé plana. Les corsaires européens n'avaient pas ouvert la bouche. Ils avaient vu dès le début que l'enchère s'élevait tout de suite trop au-dessus de leurs ambitions permises. Sacré Escrainville ! Il avait su pêcher le bon numéro. Avec cette fille, il allait avoir la possibilité non seulement de payer toutes ses dettes mais encore de s'acheter un deuxième navire avec tout son équipage.

— Qui dit mieux ? répétait Erivan avec un geste dans la direction de Don José.

— Seize mille cinq cents, fit celui-ci sèchement.

Le prince s'entêta.

— Dix-sept mille.

Les chiffres partaient comme des balles. Le son des voix et des mots, tantôt en français, en italien ou en grec s'entrechoquait dans la tête d'Angélique. Elle n'arrivait pas à suivre. Elle avait peur. Elle voyait se crisper la figure brune de Don José et le bailli de La Marche s'assombrir. Elle tremblait, essayant de ramener sa chevelure sur elle. Quand donc ce supplice allait-il prendre fin ?

Un grand Arabe drapé dans son burnous blanc se leva au fond de la salle, et d'un pas souple de panthère, ployé en nombreuses salutations, s'approcha de l'estrade.

Angélique entendit Erivan le nommer : Naker Ali. Sous son turban rayé rouge et blanc, ses yeux s'ouvraient sombres comme la nuit, dans un visage bistré, au nez en bec d'aigle, à la barbe noire et brillante.

Il s'accroupit sans quitter la jeune femme du regard et prit dans une large poche sur sa poitrine des objets que l'on vit ensuite sur sa paume étalée. C'étaient les plus belles parmi les pierres précieuses rapportées de son dernier voyage aux Indes : deux saphirs, un rubis gros comme une noisette, une émeraude, un béryl bleu, des opales, des turquoises. De l'autre main, Naker Ali extirpa sa légère balance d'orfèvre ambulant, faite d'un piquant de porc-épic en fléau et d'un plateau de cuivre. Il y posa les pierres une à une. Erivan, penché sur lui, se livrait des doigts et des lèvres à des calculs aussi rapides que compliqués. Il annonça enfin, triomphant :

— Vingt mille piastres !

Angélique jeta un regard de panique vers Don José. Le chiffre limite que le chevalier de Malte s'était fixé était dépassé.

Le bailli de La Marche supplia, presque à voix haute :

— Frère, encore un effort !

Le prince tcherkesse Riom Mirza grinçait littéralement des dents. Pour sa part, il renonçait. Mais on n'allait pas laisser cette superbe Française à un vulgaire marchand de la mer Rouge, riche mais commun personnage, dont le harem de boutiquier dans quelque maison de bois de Candie ou d'Alexandrette devait puer l'huile rance et les sauterelles grillées.

Il prit à partie Don José, l'apostrophant, le sommant de se prononcer sans tarder, sinon il le tuerait de sa propre main. Le chevalier de Malte, les yeux au plafond, avait l'air d'un martyr de retable espagnol. Il laissa passer le tumulte, puis jeta pour en finir :

— Vingt et un mille piastres !

Le gouverneur turc de Candie, les yeux plissés de malice retira le bout de son narguilé d'entre sa barbe blanche et dit doucement :

— Vingt et un mille cinq cents.

Le regard de Don José fut une dague empoisonnée. Il savait pertinemment que le Turc ne pouvait assumer une telle créance et qu'il n'agissait que pour damer le pion à l'État souverain de Malte, première nation chrétienne. Il fut tenté d'arrêter l'enchère et de laisser le vieux pacha facétieux se débrouiller avec ses vingt et un mille cinq cents piastres à verser et sa trop belle esclave à honorer. Mais l'expression pathétique d'Angélique le remua, quoiqu'il se défendît d'agir par sentiment.

Erivan, qui savait aussi que la dernière offre n'était qu'une plaisanterie de la part du gouverneur, traîna habilement l'enchère, le temps de laisser ce dernier regretter et se jurer qu'il ne recommencerait plus, puis proposa, tourné vers le commissaire des Esclaves de l'Ordre de Malte :

— *Arracho*[1] ?

— Vingt-deux mille, trancha Don José de Almada.

1. « Qui dit mieux ? »

Le silence cette fois fut très long, hésitant. Mais Erivan n'avait pas abattu ses derniers atouts. Il savait par expérience que la passion des hommes est bien plus forte que leur âpreté commerciale.

Don José de Almada, qui se battait pour une « affaire » ne pourrait apporter aux enchères la constance d'un homme dont le désir de possession s'était emparé.

L'Arabe Naker Ali, agenouillé au pied de l'estrade levait sur la blanche captive un regard halluciné. Ses lèvres fines tremblaient et par moments il portait la main à la poche de sa robe, puis s'arrêtait, retenu par une suprême hésitation.

L'eunuque s'approcha et tira sur l'agrafe qui retenait la ceinture du dernier voile. L'étoffe légère tomba aux pieds d'Angélique.

Elle perçut le trouble violent qui secouait les hommes et les tendait vers la forme blanche apparue, aussi belle que ces statues grecques que l'on rencontre, sous les lauriers-roses, dans les îles.

Mais cette statue vivait. Elle tremblait et les frissons de son beau corps torturé étaient perceptibles à tous, gages de volupté, promesse d'émois et d'abandons, pour celui qui saurait la séduire.

Chacun rêva d'une conquête difficile et d'une victoire grisante.

Chacun rêva d'être le maître qui saurait la faire défaillir de plaisir.

Une vague brûlante avait envahi Angélique, succédant à une sensation de froid mortel.

Et pour ne plus subir ces regards dévorants elle cacha son visage dans son bras replié. Elle était terrassée par un sentiment de honte et de désespoir qui la rendait aveugle et sourde désormais à tout ce qui se passait autour d'elle.

Elle ne vit pas Naker Ali ramener au jour sur sa paume étalée un diamant blanc assez gros et d'une eau admirable qu'il posa sur sa balance.

— Vingt-trois mille piastres, cria Erivan.

Don José détourna la tête.

— *Arracho ? Arracho ?* murmura Erivan, et il tendit les doigts vers sa clochette de fin de vente.

Le prince tcherkesse poussa un rugissement et se laboura le visage de ses ongles en signe de désespoir. Un lent sourire monta au visage de l'Arabe.

Alors Chamyl bey, le grand eunuque blanc, se leva. Les dernières enchères lui avaient donné le temps de rechercher les diverses combinaisons financières par lesquelles il rétablirait la fortune ébranlée de son maître et comblerait cette brèche importante. Froid, impassible, il laissa tomber du bout des lèvres :

— Vingt-cinq mille piastres.

La flamme s'éteignit sur le visage de Naker Ali. Il ramassa ses pierres précieuses, les remit sur sa poitrine puis, se levant, s'éloigna lentement, s'enfonça dans l'ombre et quitta la salle des ventes.

Tourné vers Chamyl bey, Erivan éleva lentement sa sonnette.

Puis sa main resta suspendue comme paralysée et ne bougea plus.

Le silence devint pesant et étrange, interminable… Se prolongeant indéfiniment, total et tellement insolite qu'Angélique en prit conscience et d'instinct releva la tête. Alors elle reçut un choc. Violent comme un coup. Un de ces coups terribles qui font vaciller la raison et crier au délire.

Parce que, au pied de l'estrade, où il parvenait d'un pas tranquille, après avoir traversé sans hâte le salon parmi les rangées de regards stupéfaits, il y avait un immense et sombre personnage. Noir des pieds à la tête, noir avec ses gants de cuir à crispins cloutés d'argent, noir par son masque du même cuir qui lui couvrait toute la face jusqu'aux lèvres encadrés d'une barbe sombre et qui donnait à cette apparition soudaine une allure de cauchemar.

Derrière lui elle reconnut la silhouette trapue du capitaine Jason.

Erivan très doucement baissa le bras qui tenait la sonnette de fin des ventes. Il ne l'avait pas fait tinter. Il s'inclina jusqu'à terre et susurra d'une voix onctueuse :

— Cette femme est à vendre. Vous intéresse-t-elle, monseigneur le Rescator ?

— Où en sont les enchères ?

La voix qui sortait de sous le masque noir était basse et rauque.

— Vingt-cinq mille piastres, dit Erivan.

— Trente-cinq mille !

L'Arménien demeura bouche bée.

Ce fut le capitaine Jason qui, se tournant vers l'assemblée, répéta d'une voix de stentor :

— Trente-cinq mille piastres pour mon maître, Mgr le Rescator. Qui dit mieux ?

Chamyl bey retomba sur ses coussins et se tint prostré sans un mot.

Angélique entendit le tintement grêle de la clochette. Cette forme ténébreuse qu'elle fixait d'un air hagard, lui parut grandir encore, s'approcher et elle sentit l'enveloppement du lourd manteau de velours noir, que le Rescator avait fait glisser de ses épaules sur les siennes. Les plis du vêtement lui tombèrent jusqu'aux pieds. D'un geste furieux, elle le serra autour d'elle. Jamais, jamais de sa vie elle n'oublierait la honte qu'elle avait dû subir.

Des mains inconnues continuaient à la tenir solidement, des mains possessives, dont la force la maintenait debout. Elle s'aperçut alors que ses jambes se dérobaient sous elle et que sans ce secours, elle serait tombée à genoux.

La voix sourde et rauque, disait :

— Belle soirée pour vous, Erivan ! Une Française !... Et de quelle qualité ! Quel est le propriétaire ?

Le marquis d'Escrainville s'avança en titubant comme un homme ivre. Ses prunelles flambaient dans son visage de craie. Il tendit un doigt tremblant vers Angélique.

— Une garce ! fit-il d'une voix bégayante et morne, la pire garce que la terre ait portée. Prends garde, maudit magicien, elle te dévorera le cœur !...

Coriano le borgne bondit des coulisses, d'où il avait suivi la vente derrière un rideau. Il s'interposa, découvrant sa bouche édentée dans le plus obséquieux des sourires.

— Ne l'écoutez pas, monseigneur, c'est la joie qui lui fait perdre la tête. Cette dame est charmante... Très charmante. Tout à fait docile et tendre.

— Menteur ! fit le Rescator.

Il porta la main à l'aumônière de toile d'or qui pendait à sa ceinture et en tira une bourse gonflée d'écus qu'il lança à Coriano, dont l'œil s'arrondit démesurément.

— Mais, monseigneur, bafouilla le flibustier, j'aurai ma part sur le butin.

— Prends toujours ça en acompte.

— Pourquoi ?

— Parce que je veux que tout le monde soit content ce soir.

— *Bravo ! Bravissimo !* brailla Coriano en jetant en l'air son bonnet. Vivat pour Mgr le Rescator !

Celui-ci leva la main :

— La fête commence.

Le capitaine Jason transmit l'invitation que le plus grand trafiquant d'argent de la Méditerranée offrait à la noble assemblée. On allait faire venir des danseuses, des vins, du café, des musiciens, et du mouton rôti. Des bœufs entiers seraient remis aux équipages de tous les bateaux corsaires mouillés dans le port, ainsi que trente barriques de vins de Smyrne et de Malvoisie, à mettre en perce à tous les carrefours de la ville. Des valets passeraient avec des corbeilles de galettes et des brochettes de viande à travers les rues et des pluies de piécettes seraient jetées du haut des toits.

Candie serait en liesse cette nuit en l'honneur de la Française. Ainsi le voulait Mgr le Rescator.

— El vivat ! criait-on.

— *Pâh ! Pâh ! Pâh !* lancèrent les Turcs en reprenant place sur les divans de la salle qu'ils s'apprêtaient à quitter.

Tous, corsaires ou princes, se rasseyaient, prêts aux nouvelles réjouissances. Seuls les deux chevaliers de Malte gagnèrent la porte. Le Rescator les rappela lui-même :

— *Caballeros ! Caballeros !* Ne voulez-vous pas être des nôtres ?

Don José le foudroya du regard et en compagnie du bailli de La Marche, très digne, se retira.

XXVIII

Ce fut seulement alors qu'Angélique comprit qu'elle était vendue. Vendue à un pirate qui l'avait payée le prix d'un navire et de son équipage !… Qu'elle n'avait fait que passer des mains d'un maître dans celles d'un autre, sort qui désormais allait poursuivre son existence de femme trop belle, toujours convoitée. Un cri aigu s'échappa de ses lèvres, où elle exhalait enfin toute sa détresse, toute l'horreur de ce qu'elle avait enduré, toute sa révolte de femme prise au piège.

— Non… Pas vendue ! Pas VENDUE !…

Elle se rua vers le cercle mouvant et bariolé qui se refermait, infernal, autour d'elle, lutta un instant contre les janissaires du Rescator qui la retinrent solidement puis la jetèrent sans douceur aux pieds de leur maître. Hagarde, elle répétait :

— Non, pas vendue…

— Est-ce la coutume des dames de France de s'enfuir aussi peu vêtues ? Attendez au moins d'être habillée, madame.

La voix sourde et ironique du Rescator descendait vers elle.

— J'ai là quelques robes à vous présenter. Voyez si elles vous conviennent. Choisissez celle qui vous plaira.

Le regard chargé d'incompréhension d'Angélique monta le long de cette silhouette noire qui la dominait, jusqu'au masque redoutable et figé où vivait seul le rayonnement d'un regard moqueur. Il se mit à rire.

— Relevez-vous, dit-il en lui tendant la main.

Et lorsqu'elle eut obéi, il écarta les cheveux qui retombaient en désordre sur son visage, et lui caressa la joue comme à une enfant déraisonnable.

— Vendue ?… Mais non. Ce soir vous êtes mon invitée, c'est tout. Maintenant, choisissez votre toilette.

Il lui désignait trois négrillons à turbans rouges qui, ainsi que dans les contes, présentaient chacun une robe somptueuse, l'une de faille rose, l'autre de brocart blanc, la troisième de satin vert-bleu ornée de passementeries de nacre indienne, qui miroitaient sous les lumières.

— Vous hésitez ?… Quelle dame n'hésiterait pas… Mais comme la fête nous attend, je me permettrai de vous conseiller. Mon choix va à celle-ci, fit-il en désignant la robe nacrée. À vrai dire je l'ai choisie pour vous, car j'avais entendu dire que la Française avait des yeux couleur de mer. Vous aurez l'air d'une sirène là-dedans. C'est presque un symbole. La jolie marquise sauvée des eaux !…

Et comme elle se taisait toujours :

— Je vois ce qui vous déconcerte. Comment, au fond de cette lointaine Candie peut-on se procurer des toilettes à la dernière mode de Versailles ? Ne creusez pas votre petite cervelle. J'ai d'autres tours dans mon sac. N'avez-vous pas entendu dire que je suis un magicien ?…

Le pli ironique de sa bouche, cachée par la courte barbe sarrasine, la fascinait. Par instants un sourire mettait un éclair dans cette face ténébreuse. Sa voix difficile et lente causait à Angélique un malaise proche de la peur. Lorsqu'il s'adressait à elle, un frisson lui parcourait l'échine. Elle se sentait absolument hébétée.

Elle ne réagit que lorsque les deux petites esclaves qui l'aidaient à revêtir ses atours s'empêtrèrent dans les rubans, les crochets et les plastrons de la robe européenne. Agacée de leur maladresse, elle fixa d'un geste vif les épingles et noua les lacets. Ses gestes n'échappèrent pas au Rescator. Il eut à nouveau un rire étouffé qui le fit tousser.

— Qui dira la force et le pouvoir des gestes maintes fois accomplis, dit-il quand il eut repris haleine. Même un pied dans la tombe vous n'accepteriez pas d'être fagotée, n'est-ce pas ? Ah ! ces Françaises ! Maintenant, voyons les parures.

Il s'était penché sur un coffret que lui présentait un page, en avait retiré un superbe collier de trois rangs de lapis-lazuli.

Il le mit lui-même à son cou. Lorsqu'il souleva ses cheveux pour joindre l'agrafe, elle sentit que ses doigts s'attardaient sur la marque qu'avaient laissée en travers de son dos les griffes de l'horrible chat. Mais le nouveau propriétaire d'Angélique ne dit mot.

Il l'aida à fixer ses boucles d'oreilles.

Derrière la haie des janissaires qui montaient la garde, le brouhaha ne faisait que croître. Les musiciens venaient d'arriver, ainsi que les danseuses. Et de nouveaux plateaux supportant des piles de fruits et de confiseries apparaissaient.

— Êtes-vous gourmande ? demanda le Rescator. Avez-vous envie de *klabou*, ce dessert aux noix ?… Connaissez-vous le nougat persan ?

Et, devant son silence :

— Je sais ce dont vous avez envie… Pour l'instant, les sucreries et tous les plaisirs de ce monde ne vous tentent guère. Vous avez seulement très envie de pleurer.

Les lèvres d'Angélique tremblèrent et sa gorge se noua.

— Non, fit-il, pas ici. Quand vous serez chez moi vous pourrez pleurer tant qu'il vous plaira, mais pas ici, pas devant ces infidèles. Vous n'êtes pas une esclave. Vous êtes petite-fille de croisé, que diable ! Regardez-moi.

Deux prunelles de feu prenaient possession de son regard, l'obligeaient à redresser la tête.

— Voilà qui est mieux. Regardez-vous dans le miroir… Vous êtes reine ce soir… La reine de la Méditerranée. Donnez-moi votre main.

Ce fut ainsi, en robe princière, la main dans celle du Rescator, qu'Angélique descendit les degrés de l'estrade infamante. Les échines se courbèrent sur son passage.

Le Rescator prit place au côté du pacha représentant le pouvoir du Grand Sultan et fit asseoir Angélique à sa droite. Dans les nuages qui s'échappaient des cassolettes, les danseuses étiraient leurs longs voiles vaporeux, aux sons des tambourins et des « nân », petites guitares à trois cordes aux sons clairs et bondissants.

— Buvons du bon café de Candie, proposa le Rescator en lui tendant une des minuscules tasses de porcelaine qui garnissaient le plateau posé devant eux sur une table basse, rien n'est meilleur pour dissiper les humeurs chagrines et fortifier les cœurs dolents. Humez cet arôme délicat, madame.

Elle prit la tasse qu'il lui tendait et but à petits coups.

Elle avait appris à aimer le café à bord de l'*Hermès* et retrouva avec plaisir sa saveur brûlante.

Les yeux du redoutable pirate la guettaient à travers les fentes de son masque. Ce n'était pas un masque ordinaire, de ceux qui se posent sur l'arête du nez et soulignent à peine les pommettes. Il descendait très bas, comme un heaume, jusqu'aux lèvres. La forme du nez était entièrement modelée avec deux trous à la place des narines. Angélique ne put s'empêcher de songer à la face hideuse que ce masque dissimulait. Comment une femme pouvait-elle accepter de voir se pencher sur elle ce visage de cuir sachant qu'il cachait d'horribles mutilations…

Un tremblement la secoua.

— Oui ?… fit le pirate, comme s'il avait perçu en lui-même ce frisson. Dites-moi donc un peu le sentiment que je vous inspire…

— Je croyais que vous aviez aussi la langue tranchée ?

Le Rescator se renversa en arrière pour rire à son aise.

— Enfin, dit-il, j'entends le son de votre voix. Et c'est pour apprendre quoi ? Que vous ne me trouvez pas suffisamment chargé de disgrâces. Ah ! mes ennemis ne se lasseront jamais d'ajouter au noir tableau.

Que je sois manchot, cul-de-jatte par-dessus le marché, les comblerait d'aise. Et mort, si possible ! Pour ma part, il me suffit d'être couvert de cicatrices comme un vieux chêne qui aurait affronté cent ans la foudre et l'alcyon. Mais Dieu merci, il me reste encore assez de langue pour parler aux dames. J'avoue que ce serait pour moi un pénible sacrifice que de ne pouvoir employer au moins les ressources du langage afin de séduire ces délicieuses créatures, parures de la Création.

Penché vers elle il l'entretenait comme s'ils eussent été seuls et elle sentait sur elle la lueur attentive de ses yeux de feu.

— Parlez encore, madame. Vous avez une voix ravissante… Je reconnais que ce n'est pas mon cas. Ma voix s'est rompue certain jour que je lançai un appel à quelqu'un de très loin. J'appelai et ma voix s'est brisée…

— Qui appeliez-vous ? demanda-t-elle, ahurie.

Il pointa un doigt vers le plafond embrumé d'encens.

— Allah !… Allah dans son paradis… C'est loin. Ma voix s'est rompue. Mais elle avait porté… Allah m'a entendu et m'a accordé ce que je lui demandais : la vie.

Elle pensa qu'il se moquait d'elle et en éprouva une légère mortification.

Le café la ranimait. Du bout des dents, elle consentit à grignoter une galette.

— Chez moi, fit-il remarquer, je vous offrirai les mets du monde entier. De tous les pays où je suis passé, j'ai ramené un homme spécialisé dans l'art de son pays. Je peux ainsi répondre à tous les désirs de mes hôtes.

— Chez vous… y a-t-il des chats ?

Malgré ses efforts sa voix chevrota sur ces derniers mots.

Le pirate parut étonné, puis il comprit et jeta un regard meurtrier au marquis d'Escrainville.

— Non, chez moi il n'y a pas de chats. Il n'y a rien qui puisse vous effrayer ou vous déplaire. Il y a des roses… des lampes… des fenêtres ouvertes sur le large. Allons, quittez cet air transi qui ne vous va pas du tout. Faut-il que mon bon ami Escrainville ait eu la poigne dure pour faire de vous une femme aux yeux battus prête à lécher les bottes de son maître !

Angélique sursauta, cinglée, se redressa et lui lança un regard fulgurant. Il rit à nouveau, toussa encore et put enfin parler :

— Voilà ! Exactement ce que j'attendais. Vous redevenez la superbe marquise, grande dame de France, arrogante, fascinante.

— Pourrais-je jamais le redevenir ? murmura-t-elle. Je ne crois pas que la Méditerranée rende facilement ses proies.

— Il est vrai que la Méditerranée dépouille les êtres de leurs faux déguisements. Elle brise les fantoches, mais rend d'or pur aux rivages ceux qui ont eu la force de l'affronter et de regarder en face ses mirages.

Comment avait-il compris qu'elle songeait moins à un retour en France, qu'à l'impossibilité morale de se retrouver, sous les lambris de Versailles, cette femme triomphante qui s'imposait à tous quelques mois auparavant ?… Cela lui semblait si loin, si irréel et comme fané auprès de la magie orientale.

Et ce fut elle qui chercha tout à coup les yeux énigmatiques du pirate pour y trouver une réponse. Et elle s'interrogeait sur le pouvoir de cet homme qui en quelques mots semblait s'être emparé de son âme. Depuis des jours elle vivait brisée, traquée, humiliée. Le Rescator l'avait soudain relevée et tirée du fond du gouffre. Il l'avait secouée, fouaillée, charmée, et comme une plante qui retrouve la fraîcheur, elle avait quitté son attitude humiliée. Elle se tenait droite. Ses yeux retrouvaient leur étincelle de vie pensive et sereine.

— Fière créature, fit-il avec douceur, c'est ainsi que je vous aime.

Elle le fixait comme on prie, comme on regarde un dieu pour lui demander la vie. Et elle ne savait même pas qu'il y avait dans ces yeux cette expression affamée que l'on adresse à ceux de qui l'on attend tout.

Et à mesure que le regard du Rescator versait en elle sa force, son cœur affolé se calmait. Le décor des têtes enturbannées, des visages boucanés des flibustiers sous leurs foulards de soie, s'effaçait ainsi que s'effaçait le brouhaha des voix et de la musique.

Elle était seule, dans un cercle enchanté, aux côtés de cet homme qui lui prêtait toute son attention. Elle percevait les effluves du parfum d'Orient dont les vêtements du pirate étaient imprégnés, une senteur balsamique qui lui rappelait l'odeur des îles et qui se mêlait à celle du cuir précieux de son masque, à celle du tabac de sa longue pipe, à celle du café brûlant sans cesse versé dans les tasses.

Une langueur subite, une immense fatigue s'appesantirent sur elle. Elle eut un grand soupir et ferma les yeux.

— Vous êtes lasse, fit-il. Chez moi dans mon palais hors de la ville, vous dormirez. Il y a très longtemps que vous n'avez pas dormi. Vous vous étendrez sur la terrasse, face aux étoiles… Mon médecin arabe vous fera boire quelque tisane aux herbes calmantes et vous dormirez… aussi longtemps que vous voudrez. En écoutant le souffle de la mer… et les chants de la harpe de mon page musicien. Ces projets vous agréent-ils ? Qu'en pensez-vous ?

— Je pense, murmura-t-elle, que vous n'êtes pas un maître exigeant.

Un éclair de gaieté passa dans les yeux du corsaire.

— Peut-être le deviendrai-je un jour ? Votre beauté n'est pas de celles qu'on puisse longtemps dédaigner… Mais ce ne sera pas sans votre consentement, j'en fais promesse… Ce soir, je ne vous demanderai qu'une chose, pour moi sans prix… un sourire de vos lèvres… Je veux être certain que vous n'êtes plus triste ni terrifiée… Souriez-moi.

Les lèvres d'Angélique s'entrouvrirent. Ses yeux s'emplissaient de lumière… Elle n'était plus consciente que du silene de la salle, qui rejoignait son étourdissement.

Il y eut soudain comme un rugissement inhumain qui domina les bruits et le marquis d'Escrainville, tel un fantôme rouge parmi les vapeurs de plus en plus denses, s'avança en titubant. Il gesticulait avec son sabre nu en main et personne n'osait l'approcher.

— C'est toi qui l'auras, râlait-il. C'est à toi qu'elle montrera son visage d'amante, maudit Magicien de la Méditerranée… Pas à moi… Moi je suis seulement la Terreur… Vous entendez, vous autres, la Terreur…

Pas le magicien !… Mais cela ne sera pas. Je te tuerai…

Il fonça le sabre en avant. D'un coup de pied le Rescator lui envoya dans les jambes le plateau et le samovar et, tandis que l'énergumène trébuchait, il bondit, tirant son sabre à son tour. Les deux armes se croisèrent. Escrainville se battait avec la fureur de la démence. Les deux pirates reculèrent parmi le désordre des coussins et des plats jusqu'à l'estrade où le marquis, acculé, dut monter, tandis que les danseuses s'enfuyaient avec des cris aigus.

Le combat était meurtrier. Silhouette rouge contre silhouette noire, les deux duellistes avaient chacun une profonde connaissance de leur arme : le sabre d'abordage. Les valets maltais n'osaient intervenir pour ramener l'ordre au sein du batistan, dont ils assuraient la police. Le Rescator leur avait fait distribuer à chacun vingt sequins d'argent pur et une boule de tabac d'Amérique… Aussi ce fut dans un silence religieux que toute l'assistance attendit l'issue du combat.

Enfin le sabre du Rescator entama le poignet du forcené qui lâcha son arme. Escrainville hoquetait, une mousse blanche au coin des lèvres. Erivan, fort courageusement, se précipita pour le ceinturer et l'entraîner afin de le remettre à Coriano.

— Dommage ! fit simplement le Rescator en rengainant son arme.

Sans l'intervention du petit Arménien, le cadavre du marquis d'Escrainville aurait certainement été offert, à cette place même, en holocauste pour toutes les victimes qu'il y avait vendues.

Le Rescator leva les deux mains.

— La fête est finie ! cria-t-il.

Il s'inclinait à droite et à gauche, saluant en turc, en italien, en espagnol.

Dans un brouhaha de réunion mondaine, les assistants s'écoulèrent hors de la salle.

Le Rescator revint vers Angélique. Derechef, il s'inclina très bas, balayant le sol de la plume noire de son chapeau.

— Me suivrez-vous, madame ?

En cet instant, elle l'aurait suivi jusqu'au bout du monde.

Elle ne reconnut pas le décor du jardin, traversé tout à l'heure dans l'angoisse.

À nouveau le pirate lui jetait sur les épaules son riche manteau.

— La nuit est fraîche… mais combien parfumée.

Devant le batistan, sur la place, un bœuf entier rôtissait sur un énorme brasier dont les lueurs illuminaient les faces satisfaites des hommes d'équipage et de la populace conviée au festin. Des ruelles de Candie montaient les chants des flibustiers, faisant honneur au vin de Smyrne.

À la vue du Rescator, les vivats éclatèrent.

Une longue fusée bleue jaillit derrière un toit et retomba en parasol de lumière.

« Tiens, un feu d'artifice… »

❦

À quel instant les visages changèrent-ils d'expression ? L'horreur remplaça-t-elle la joie sur les faces hilares ?

Le Rescator fut le premier à flairer quelque chose d'insolite. Il s'écarta d'Angélique et courut vers les remparts qui dominaient la ville.

Au même moment, des déflagrations ébranlèrent la nuit et l'on entendit les glaces et les lustres voler en éclats à l'intérieur du batistan. Un halo rouge illumina le ciel.

Une lueur mouvante, venue du bas de la ville, dansa sur les visages noirs et pétrifiés des janissaires et eux aussi coururent vers les remparts.

Des cloches s'étaient mises à sonner. Un cri longuement répété, en toutes langues, dominait :

— L'incendie !...

Angélique fut subitement rejetée par la ruée de la foule qui voulait voir. Elle dut se traîner sur les pavés jusqu'au renfoncement d'une porte. Une main soudain crocha la sienne.

— Viens ! Viens !...

Elle vit la face malicieuse de Vassos Mikolès et elle se souvint des paroles de Savary : « Quand vous sortirez du batistan, la fusée bleue donnera le signal... »

Elle lui avait demandé de l'arracher à son acheteur et de lui donner la liberté et il avait tenu sa promesse.

Et elle demeurait pétrifiée, glacée jusqu'au cœur, incapable de faire un mouvement, tandis que le petit Grec insistait avec angoisse :

— Viens ! Viens !

Enfin elle bougea et le suivit. Ils coururent à travers les ruelles, emportés par le courant irrésistible de la foule qui descendait vers le port.

Une agitation indescriptible régnait partout. On écrasait les enfants et jusqu'aux chats qui, hérissés, miaulant, bondissaient de corniches en balcons, comme des djinns griffus profilés en noir sur les lueurs du feu. Un autre cri sortait de toutes les bouches :

— Les navires !…

Quand Angélique, guidée par Vassos Mikolès, parvint au bord de la mer, près de la tour des croisés, elle comprit.

Dans le port, le brigantin du marquis d'Escrainville, l'*Hermès*, flambait comme un fagot. Déjà il ne montrait plus que le fantôme de sa carcasse embrasée.

Activés par le vent, des brandons enflammés retombaient en pluie sur les navires à l'amarre. La galère du renégat danois était déjà la proie des flammes. D'autres incendies se déclaraient et, sur cette illumination dantesque, Angélique reconnut le chébec du Rescator. Le feu couvait à la proue, sur lequel s'acharnaient en vain les gardes restés à bord et qui commençaient à reculer, suffoqués par la chaleur environnante.

— Savary !

— Je vous attendais, dit Savary jubilant. Vous ne regardez pas du bon côté, madame, regardez là !

Dans l'ombre de la porte des croisés, que la sentinelle turque avait désertée pour courir au feu, il lui montra une barque qui achevait de préparer sa voile au départ. L'obscurité la dissimulait presque entièrement et seuls de subits reflets rouges de l'incendie révélaient des visages un peu hagards d'esclaves fugitifs qui s'y entassaient et de mariniers grecs qui procédaient à la manœuvre. C'était la barque de Vassos Mikolès et de ses oncles.

— Venez vite !

— Mais ce feu, Savary, ce feu, c'est…

— C'est le feu grégeois, explosa le vieux savant, en sautant sur place, dans sa jubilation. J'ai allumé le feu inextinguible. Ah ! ah ! ils peuvent toujours essayer de l'éteindre. C'est le secret antique… Le secret de Byzance, et JE L'AI RETROUVÉ !…

Il dansait, comme un gnome surgi de l'enfer. Vassos Mikolès vint se saisir de son auguste père pour l'embarquer. Une femme sur le rivage s'approcha d'Angélique.

— C'est le papier qui était dans ta ceinture et qu'il t'avait pris. Adieu ma sœur, mon amie. Que les saints de l'Église te protègent !

— Ellis ! Tu ne viens pas ?

La jeune Grecque tourna son visage vers le port. Les mâts de l'*Hermès*, semblables à de translucides colonnes d'or, s'effondraient dans une gerbe d'étincelles.

Le marquis d'Escrainville arrivait comme un fou. Il regardait le spectacle avec des yeux hallucinés.

— Non, je reste avec lui, cria Ellis.

Et elle se mit à courir vers la fournaise.

❦

Angélique monta dans la barque et celle-ci s'écarta silencieusement du bord. Les pêcheurs essayaient de se tenir dans la zone d'ombre du promontoire mais la lueur de l'incendie s'élargissait sans cesse et parfois les rejoignait.

Dressé à la poupe, Savary se repaissait de la vue du port illuminé où la population s'agitait comme en une fourmilière.

— J'ai bourré les deux navires d'étoupe en maints endroits, dans l'épaisseur de la coque, expliquait-il.

Pendant tout le voyage des îles, chaque jour je suis descendu dans les cales et j'ai tout préparé. Puis, ce soir, j'ai arrosé de ma moumie transformée en essence, cette matière qui la rend mille fois plus brûlante, l'avant des deux navires, à l'intérieur et à l'extérieur. Les artificiers m'ayant requis pour les aider dans leur besogne, ce me fut un jeu d'expédier sur le tillac des deux navires, au bon endroit, des fusées de ma composition. Le feu a pris comme un ouragan…

Angélique, à ses côtés, se crispa subitement. Elle se redressa, incapable de prononcer un mot, les yeux dilatés. Savary se tut. Sa main chercha sa vieille lunette à sa ceinture et il la porta à ses yeux.

— Que fait-il ? Il est fou, cet homme !

Ils venaient de distinguer, sur la dunette enfumée de l'*Aigle des mers*, l'ombre du Rescator. Les mariniers maures avaient rompu les amarres et le chébec où s'étendait le feu dérivait sur les eaux du port, s'éloignant du brasier mais lui-même déjà atteint.

La flamme s'éleva plus forte et violente. Le mât de beaupré s'effondra. Puis il y eut une sourde explosion.

— La soute aux poudres, murmura Angélique.

— Non.

Savary lui écrasait les pieds de ses lourdes chaussures. Vassos Mikolès essayait en vain de convaincre son auguste père de se tenir tranquille.

— Ce nuage blanc à fleur d'eau, cria le savant, qu'est-ce que c'est ? QU'EST-CE QUE C'EST… ?

Une fumée jaune et lourde s'échappait du centre du chébec en feu et « coulait » jusqu'à la mer, puis en peu d'instants, elle recouvrit tout le navire, sauf le mât le plus haut. La lueur du feu s'étouffa et simultanément l'obscurité tomba sur le chébec enveloppé dans son cocon de vapeur.

Le port, encore illuminé par les incendies, s'éloignait. Les Grecs faisaient force rames. Bientôt ils dressèrent la voile latine. La barque des fugitifs bondit sur les flots noirs.

Savary laissa retomber sa lunette.

— Que s'est-il passé ? On dirait que cet homme a réussi à éteindre le feu à son bord par des moyens magiques.

Son esprit déjà travaillait sur le mystère. Son fils en profita pour l'installer respectueusement au fond de la barque. Angélique, pour d'autres raisons, partageait la même impression d'irréalité.

Candie s'éloignait. Longtemps, longtemps, son reflet rouge dansa sur les flots.

Angélique s'aperçut qu'elle avait gardé sur ses épaules le manteau du Rescator.

Alors une douleur insensée lui monta à la gorge et mettant son visage dans ses mains, elle poussa un long gémissement.

La femme qui était à côté d'elle lui toucha le bras.

— Qu'as-tu ? N'es-tu pas heureuse d'avoir recouvré la liberté ?

Elle parlait en grec mais Angélique la comprit.

— Je ne sais pas, dit-elle avec un sanglot, je ne sais pas. Oh ! je ne sais plus.

Après ce fut la tempête.

XXIX

Pendant deux jours, la tempête malmena la barque des fugitifs.

À l'aube du second jour seulement, la violence des flots se calma. La barque surnageait toujours. Son mât et son gouvernail brisés n'étaient plus qu'une épave. Par miracle, tous les passagers étaient encore là. Aucun enfant n'avait été arraché aux bras de sa mère, aucun matelot n'avait été enlevé du tillac où il luttait pour maintenir l'esquif à flot. Mais ce n'étaient plus que des naufragés, trempés, grelottants, attendant du ciel leur secours et ignorant dans quels parages ils se trouvaient. La mer semblait désertée. Enfin, vers le soir, une galère de Malte les aperçut et les recueillit.

❦

Angélique s'appuya au balcon de marbre. Les lueurs rouges du soleil couchant plongeaient à travers sa chambre et faisaient miroiter le dallage noir et blanc. Près d'elle, sur un guéridon, il y avait une corbeille débordante de beaux raisins que le chevalier de

Rochebrune lui avait fait porter. Cet aimable gentilhomme conservait à Malte ces façons courtoises qui déjà, à la Cour, le faisaient apprécier. Il avait été très heureux, en tant que chef de la Langue de France de l'Ordre de Malte, d'offrir à Mme du Plessis-Bellière l'hospitalité de son auberge. Ce titre modeste désignait chacun des splendides palais que chacune des Langues avait fait construire pour ses ressortissants. Il y en avait huit, symbolisés par les huit branches de la Croix, insigne des chevaliers.

La Langue de Provence, celle d'Auvergne, de France, d'Italie, d'Aragon, de Castille, d'Allemagne et d'Angleterre. Cette dernière avait été supprimée depuis la Réforme. Son palais servait d'entrepôt.

Angélique prit un grain de muscat qu'elle suça rêveusement. Elle avait été contente d'arriver à Malte. Après ce bazar désordonné et sensuel de l'Orient, elle avait trouvé l'atmosphère décente, corsetée d'acier du grand fief de la chrétienté. Somptuosité et austérité semblaient être les deux mots d'ordre paradoxaux des moines chrétiens.

Au sein de l'Auberge de France, vaste et somptueux caravansérail, ouvragé de sculptures, percé de loggias et de vestibules aux glaces de Venise, elle avait trouvé tout le confort d'un appartement français. Il y avait des tapisseries aux murs, un lit à colonnes couvert d'un baldaquin de brocart, et dans une pièce attenante une installation d'eau digne de Versailles. Ces appartements des étages étaient réservés aux hôtes de luxe. Mais en bas, des cellules aux simples lits de planches accueillaient chevaliers, chapelains ou frères servants, et parfois en passant Angélique apercevait les Français mangeant par quatre dans la même écuelle de bois un brouet monastique.

❦

En entrant dans l'Ordre de Malte, les cadets des grandes familles ne prononçaient pas à la légère les trois vœux d'obéissance, de pauvreté personnelle et de célibat. Ils trouvaient dans la guerre sans relâche aux infidèles la satisfaction de leurs appétits belliqueux, un idéal religieux joint à la gloire d'appartenir à un ordre redouté et redoutable. La richesse de l'Ordre, solidement établie, leur permettait de fournir l'effort guerrier auquel ils s'étaient engagés. Sa flotte était l'une des plus belles des nations européennes. Les galères de Malte, toujours prêtes à offrir et à accepter le combat, sillonnaient la Méditerranée en une croisière perpétuelle et faisaient subir au commerce de l'Islam le sort que celui-ci réservait aux chrétiens.

Plus particulièrement, après ses dernières aventures, Angélique avait été sensible à la courtoisie des mœurs qui régnaient à Malte.

La discipline était sévère à ce sujet dans les commanderies et si, au cours d'expéditions dangereuses ou de grisantes victoires, il arrivait aux chevaliers de se laisser gagner momentanément par les charmes d'une belle esclave lascive, à Malte, bastion de la Religion, la plus grande décence régnait.

Il n'y avait point de femmes libres, hors les Maltaises, paysannes de l'île entortillées dans leurs voiles noirs et les esclaves ne représentaient qu'une valeur d'échange. Peu d'invitées de passage accompagnant leurs amants, plus rarement leurs époux, au cours d'une campagne, à bord d'une flotte espagnole, anglaise ou française.

Le cas d'Angélique était moins fréquent. Grande dame, méritant les égards dus à son rang, elle n'en avait pas moins été recueillie avec une poignée d'esclaves fugitifs. Elle avait fort bien compris qu'elle devait à l'Ordre de Malte la reconnaissance de ses services en espèces sonnantes et trébuchantes.

Il avait été convenu avec l'économe français du Trésor de l'Ordre, qu'elle écrirait à son intendant, maître Molines, pour le prier de remettre au prieur du Temple de Paris une certaine somme pour sa rançon de naufragée.

Mais elle s'était indignée lorsque, après avoir demandé ce que l'on avait fait de « ses » Grecs, elle les avait découverts, relégués parmi les esclaves, dans l'un des entrepôts de l'île. Les pauvres pêcheurs de Santorin avaient été comptés à la pièce comme captures d'infidèles.

Dans une grande salle où, sur des litières de paille, hommes, femmes et enfants de toutes couleurs attendaient d'être revendus avec ces mêmes regards résignés et passifs qu'elle avait vus à Candie sur les quais ou dans les cales du bateau d'Escrainville, elle avait pu joindre Savary, Vassos Mikolès et ses oncles, ses femmes et ses enfants qui s'étaient joints à l'expédition, et les quelques esclaves fugitifs qu'ils avaient pris à leur bord. Ils étaient rassemblés dans un coin et grignotaient des olives, patiemment.

Angélique ne cacha pas à l'économe du Trésor, M. de Sarmont, qui l'accompagnait, ce qu'elle pensait de l'inhumanité des prétendus soldats du Christ. Le religieux fut très choqué.

— Que voulez-vous dire, madame ?

— Que vous êtes de vils marchands d'esclaves comme les autres.

— Voilà qui est fort !

— Et ça ? fit-elle en montrant le ramassis de Grecs, de Turcs, de Bulgares, de Maures, de Noirs, de Russes, qui rêvassaient sous les arcades ouvragées du vaste entrepôt, croyez-vous qu'il y ait grande différence entre votre bagne à vous et ceux de Candie ou d'Alger ? Vous pouvez toujours vous référer à la grandeur de votre mission, c'est de la piraterie !

L'économe se raidit.

— Vous vous trompez, madame, fit-il sèchement. Nous ne razzions pas, nous capturons.

— Je ne vois point la différence.

— Je veux dire que nous n'allons pas écumer les rivages d'Italie, de Tripolitaine, voire d'Espagne ou de Provence pour y faire notre plein comme les autres pirates. Les esclaves qui tombent entre nos mains viennent des galères ennemies contre lesquelles nous nous sommes battus. Nous y enlevons Maures, Turcs et nègres pour nos chiourmes mais nous délivrons aussi chaque fois des milliers d'esclaves chrétiens qui sans nous seraient destinés à voguer jusqu'à la mort pour l'Infidèle. Savez-vous que Tunis, Alger et le royaume du Maroc totalisent entre eux plus de cinquante mille chrétiens captifs, et que l'on ne peut dénombrer ceux des Turcs ?

— J'ai entendu dire que votre Ordre, entre Chypre, Livourne, Candie et Malte, en totalisait plus de trente-cinq mille !

— C'est possible, mais nous ne les faisons pas travailler pour nous, nous n'en faisons pas usage pour nos plaisirs personnels. Nous ne les utilisons que pour les échanges ou pour en tirer l'argent nécessaire à soutenir notre flotte. Ne savez-vous pas qu'en Méditerranée les esclaves représentent la seule bonne monnaie d'échange et de spéculation ? Pour obtenir la libération d'un chrétien, il nous faut donner trois ou quatre musulmans.

— Mais ces pauvres Grecs qui, eux, sont chrétiens schismatiques et recueillis naufragés de surcroît, pourquoi les ranger parmi les esclaves ?

— Qu'en pourrions-nous faire ? Nous les avons nourris, vêtus, hébergés. Faudrait-il de plus fréter une expédition pour les ramener gentiment un à un dans leurs îles grecques sous juridiction turque ?... Si nos galères devaient servir à rapatrier par charité tous les esclaves errants de la Méditerranée, notre flotte n'y suffirait pas. Et avec quoi pourrions-nous payer l'entretien de nos vaisseaux et de nos équipages ?

Angélique dut reconnaître le bien-fondé de ces raisonnements. Elle demanda que Savary, son médecin, fût logé décemment à l'Auberge de France et proposa pour les autres de payer leur rachat et leur traversée, lorsqu'un vaisseau de Malte irait patrouiller dans le Moyen-Orient.

❦

Maintenant elle attendait. Il fallait laisser le temps d'aboutir à ces tractations financières. Elle n'était pas sans secrètes inquiétudes. Sa lettre ne risquerait-elle pas d'être interceptée au passage ? Et si le roi, dans sa colère, avait mis ses biens sous séquestre ?

De toute façon, elle ne se sentait pas impatiente de quitter Malte. Elle était à l'abri au sein de ce dernier bastion des croisés. Au-dessous d'elle, autour d'elle, la cité Valette, au marbre patiné par la morsure saline des embruns, se dressait comme une châsse d'or, sur l'horizon pourpre du ciel et de la mer. C'était un prodigieux amoncellement de clochers, de dômes, de palais encastrés dans le rocher et d'ouvrages de défense bardés de canons qui descendait jusqu'au magnifique port naturel dont les bassins se ramifiaient d'îles en îles hérissées de fortins ainsi que les multiples tentacules d'une pieuvre géante.

« Une ville bâtie par des gentilshommes, pour des gentilshommes » selon le mot du seigneur de La Valette, l'un des grands maîtres de l'Ordre, qui en avait entrepris la construction lorsque, au XVIe siècle, les derniers chevaliers de Rhodes chassés par les Turcs, s'étaient réfugiés avec reliques et galères, sur ce rocher perdu entre la Sicile et Tunis.

Avec l'aide des Maltais, population frondeuse et d'âpre caractère, ils avaient fait de cette petite île une forteresse imprenable.

C'est en vain que cinq années plus tôt, le sultan de Constantinople était venu l'investir. Il avait dû battre en retraite, avec sa flotte décimée non seulement par les boulets et l'assaut des galères de la Religion, mais aussi par la ruse des plongeurs d'élite, qui formaient à Malte une curieuse phalange d'hommes-poissons, aux poumons exercés à tenir longtemps sous l'eau et qui de nuit nageaient jusqu'au sein de la flotte ottomane pour faire sauter les navires et allumer les incendies.

Oui, Angélique pouvait se sentir en sécurité. Le comte de Rochebrune lui avait appris que les effectifs de défense de Malte comprenaient deux régiments de sept cents hommes, mercenaires ou Maltais, quatre cents vaisseaux de bataille, trois cents galères, mille deux cents chasseurs d'élite, cent canonniers, mille deux cents matelots servant les canonniers, autant de chasseurs de la milice et quelque trois cents hommes qui composaient les nouvelles milices.

Pour l'Ordre de Malte, la guerre était un état permanent depuis les temps lointains où les Hospitaliers de Saint-Jean-de-Jérusalem avaient commencé à patrouiller sur les routes de Palestine au secours des chrétiens en détresse. Ordre d'infirmiers, fondé pour accueillir les pèlerins de la Terre Sainte, ils n'avaient pas tardé à troquer la bassine d'eau chaude qui leur servait à laver les pieds des voyageurs contre la cotte de mailles et la lourde épée. Un quatrième vœu était venu s'ajouter à leurs engagements : celui de défendre le Saint-Sépulcre et le signe de la Croix jusqu'à la dernière goutte de leur sang et de combattre l'Infidèle partout où ils le rencontreraient.

Aujourd'hui, la confrérie des moines guerriers chassée de Jérusalem à la forteresse de Margat, de l'île de Chypre à l'île de Rhodes, puis à Malte, était devenue par la force des circonstances cet État souverain et militaire poursuivant sans répit sa lutte contre les fils de Mahomet.

Les galères qui, ce soir, rentraient lentement au port, l'oriflamme rouge à croix blanche déployée avaient peut-être attaqué, quelques heures auparavant, un pirate barbaresque. Elle emmenait des prisonniers maures qui à leur tour viendraient ramer sur les galères chrétiennes, des chrétiens libérés que l'Ordre de Malte achemineraît vers leurs familles, après avoir discuté du prix de leurs services.

C'était par une de ces galères de guerre qu'Angélique et ses compagnons naufragés avaient été recueillis. La petite barque dématée ayant été aperçue, les malheureux Grecs avaient été hissés à bord, enveloppés de couvertures, restaurés, réchauffés d'un verre de vin d'Asti. Un peu plus tard, se sentant remise, Angélique s'était présentée au commandant, un chevalier allemand d'une cinquantaine d'années, le baron Wolf de Nesselhood, immense et blond Germain aux tempes blanches, ce qui seyait à son front hâlé que barraient trois rides pâles. Sa réputation de marin et d'homme de guerre était considérable. Les Barbaresques le redoutaient, le considéraient comme leur pire adversaire et l'on disait que Mezzo-Morte, l'amiral d'Alger, avait juré, s'il le capturait, de le faire écarteler par quatre galères. Il avait pour second un Français d'une trentaine d'années, le chevalier de Roguier, garçon au franc visage, sur lequel Angélique avait paru faire une profonde impression.

Ayant décliné ses titres et qualités, elle avait fait aux deux chevaliers le récit de ses tribulations.

Accueillie à La Valette en hôte de marque par le comte de Rochebrune, compatriote et ancien ami de Versailles, elle avait appris que le duc de Vivonne la cherchait. L'escadre française avait relâché deux semaines à La Valette, où chevaliers et gentilshommes français avaient pu épiloguer à leur aise sur les méfaits des pirates.

L'annonce du naufrage de la *Royale* sur les côtes de Sardaigne avait plongé Vivonne dans un état épouvantable. En tant qu'amiral du roi, il était profondément atteint. En tant qu'amoureux – car cette fois, il le craignait, il était amoureux d'Angélique –, il ne se consolait pas de penser à la fin horrible de cette si jolie femme. Après le fils, la mère. Il s'accusait de leur avoir porté malchance, tous deux noyés, dans des conditions presque analogues, parlait de signes contraires inscrits dans le ciel, de destins maudits… On ne comprenait rien à son délire jusqu'au jour où un message du lieutenant de Millerand, prisonnier du baron Paolo de Visconti, leur était parvenu. Le lieutenant demandait qu'on envoyât rapidement en Corse la somme coquette de mille piastres réclamée par le brigand génois en échange de sa libération. Il confirmait la fin de la *Royale*, attirée sur les récifs par les naufrageurs, mais donnait des nouvelles de la marquise du Plessis, saine et sauve. Cependant l'intrépide voyageuse avait réussi à fausser compagnie à leur geôlier. Apparemment, elle devait voguer vers Candie, à bord d'un petit cotre provençal.

Tout heureux, le duc de Vivonne avait oublié ses déboires. Une fois ses galères radoubées dans les bassins de La Valette, il avait appareillé à son tour pour Candie, rêvant de retrouver là-bas la belle marquise, laquelle mettait le pied quelques jours plus tard sur les quais de La Valette, serrant sur sa robe salie et brûlée d'eau de mer, le manteau noir du Rescator.

Étrange partie de cligne-musette ! Angélique eut un vague sourire désenchanté : Vivonne, les forçats, l'apparition fantomatique d'un Nicolas galérien, et sa mort, tout cela semblait loin déjà. L'avait-elle vécu ?

La vie marchait vite. Des souvenirs plus terribles et plus proches marquaient encore sa chair. Une semaine après son arrivée à Malte, elle avait rencontré, au hasard d'une promenade, Don José de Almada récemment débarqué ainsi que son compère le bailli de La Marche.

Angélique, deux fois naufragée, trois fois fugitive, n'en était plus à rougir devant un homme qui l'avait vue exposée, dans le plus simple appareil, aux enchères d'un batistan, et le blasé commissaire des Esclaves avait depuis longtemps dépassé le stade des timidités mal placées. Ils s'abordèrent avec un égal plaisir de se revoir, en vieux amis qui ont mille choses à se demander et à se raconter.

L'austère Espagnol s'était un peu départi de sa raideur, dans la joie très sincère qu'il éprouvait à la retrouver, bien en vie et hors des mains des pirates.

— J'espère, madame, que vous ne nous en voulez pas trop d'avoir été obligés de vous abandonner devant les folles prétentions des enchérisseurs. Jamais, au grand jamais, une vente n'a atteint des chiffres pareils… Une folie. J'ai poussé aussi loin qu'il était possible.

Angélique dit qu'elle avait conscience des efforts qu'ils avaient faits pour la sauver et que, du moment qu'elle avait réussi à échapper à son triste sort, elle leur demeurerait toujours reconnaissante de leur intervention.

— Dieu vous garde de retomber entre les mains du Rescator ! soupira le bailli de La Marche ; il vous doit certainement la plus cuisante mésaventure de sa carrière : laisser s'enfuir la nuit même de la vente – incendie ou pas – une esclave que l'on a payée la somme insensée de trente-cinq mille piastres…

Joli tour que vous lui avez joué là, madame. Mais prenez garde !

Ils lui firent le récit de ce qui s'était passé ensuite à Candie, au cours de la nuit dantesque.

L'incendie s'était communiqué aux vieilles maisons de bois du quartier turc qui avaient flambé comme des torches. Dans le port, beaucoup de navires avaient été consumés ou fortement endommagés. Le marquis d'Escrainville était tombé comme frappé du haut mal, tandis que l'*Hermès* s'engloutissait parmi les sifflements ct les jets de vapeur, sous ses yeux.

Par contre, le Rescator avait sauvé son chébec. Il avait réussi à maîtriser le feu à son bord grâce à un procédé mystérieux.

❦

Désormais, le vieux Savary passait son temps à l'Auberge d'Auvergne ou à celle de Castille pour arracher aux chevaliers les plus infimes détails sur l'affaire : comment, avec quoi, en combien de temps le Rescator avait-il réussi à maîtriser le feu ? Don José l'ignorait. Le bailli avait entendu parler d'un liquide arabe qui, au contact du feu, se transformait en gaz. Nul n'ignore que les Arabes sont très versés dans une science appelée chimie. Après avoir sauvé son navire, le pirate de l'argent avait d'ailleurs aidé à l'extinction d'autres foyers. Les dégâts n'en étaient pas moins considérables, le feu s'étant déclaré avec une rapidité foudroyante.

— Hé ! hé ! Je m'en doute, ricanait Savary, tandis qu'un éclair brillait derrière ses lunettes… le feu grégeois !…

Il finit par attirer les soupçons de ses interlocuteurs.

— Seriez-vous un des misérables, des esclaves sans doute, qui ont provoqué cette terrible catastrophe ? Nous y avons laissé une de nos galères.

Savary se retira prudemment.

Il vint confier à Angélique ses perplexités. Vers quelle voie devait-il se diriger désormais ? Devait-il retourner à Paris pour y rédiger une thèse sur ses sensationnelles études et expériences de la moumie afin de la communiquer à l'Académie des Sciences ? Ou bien se lancer à la recherche du Rescator pour lui arracher son secret sur la mystérieuse substance ignifuge ? Ou encore reprendre le cours d'un voyage aussi aléatoire que dangereux pour aller recueillir de nouvelles provisions de moumie aux sources persanes ? À vrai dire, Savary était un peu comme une âme en peine depuis qu'il n'avait plus sa précieuse fiasque à transporter et préserver.

Et elle-même, Mme du Plessis-Bellière, quelle direction comptait-elle prendre ? Elle ne savait.

Une voix lui murmurait : « Cela suffit. Rentre au bercail. Implore la clémence du roi. Et puis… »

Elle butait sur cet avenir. Et malgré elle, son regard errant sur la mer cherchait une suprême espérance. Renoncer après un tel espoir ? Non, impossible ! Son regard se perdait dans ce décor marin.

❦

Le soleil disparaissait à l'horizon. Les galères, dessinées en sombre sur une nappe d'or miroitante, ressemblaient à de grands oiseaux nocturnes avec les ailes baissées de leurs vingt-quatre rames. Les galériens maures ou turcs regagnaient les entrepôts où on les enchaînerait pour la nuit, tandis que les hommes-plongeurs, le corps frotté d'huile, descendaient sous l'eau vérifier les chaînes et les filets tendus qui fermaient l'entrée du port.

Les cloches des multiples églises se mirent à sonner l'angélus du soir. Il y avait plus de cent églises, de toutes dimensions et de tous genres, bâties comme œuvre pie, le dimanche, par les mains d'une population farouchement religieuse. Lorsque toutes les cloches s'ébranlaient, cela finissait par rouler comme un tonnerre grondant et, trois fois par jour, Malte se transformait en un monstre sonore, mugissant la gloire de la Vierge Marie, parmi les battements d'ailes des oiseaux de mer affolés.

Angélique ferma la fenêtre et se retira précipitamment. On n'aurait pas saisi un mot hurlé à deux pas. Elle s'assit au bord de son lit pour attendre la fin du vacarme.

Le manteau du Rescator était là, posé en travers de la couverture de brocart.

Elle n'avait pas gardé la robe aux broderies de nacre indienne que la tempête avait massacrée. Mais elle n'avait pas voulu se séparer du manteau de lourd velours qu'au soir de Candie le pirate avait jeté sur ses épaules. N'était-ce pas une sorte de trophée ? Soudain Angélique se laissa glisser, étendue sur son lit, et cacha son visage dans les plis du vêtement.

Même le vent de la mer et ses embruns furieux n'avaient réussi à en chasser le parfum pénétrant. Elle n'avait qu'à le respirer pour faire surgir en sa mémoire une silhouette impérieuse. Elle entendait sa voix rauque et basse et elle revivait cette heure étrange à

Candie, parmi les jeux irréels des fumées d'encens et de tabac, les vapeurs odorantes du café brun et les grincements des petites harpes à trois cordes.

Entre les fentes d'un masque de cuir deux yeux brûlants la guettaient…

Elle gémit, serrant contre elle l'étoffe froissée et roula sa tête de droite à gauche, hantée par un regret auquel elle ne voulait pas donner de nom.

Les cloches s'apaisaient, leurs voix s'espaçaient. Un bourdon répondait encore au petit chant pressé d'un carillon.

À travers les dernières vagues sonores, Angélique perçut enfin les coups répétés que l'on frappait à sa porte et que le vacarme l'avait empêchée d'entendre.

— Entrez ! cria-t-elle en se redressant.

Un page, en chasuble noire, parut sur le seuil de la porte.

— Madame, pardonnez-moi d'interrompre votre repos, dit-il en élevant la voix pour couvrir les suprêmes tintements des cloches, mais il y a un Arabe en bas qui vous demande. Il dit qu'il se nomme Mohammed Raki et qu'il vient de la part de votre mari.

XXX

À partir de l'instant où ces surprenantes paroles furent prononcées, Angélique agit comme un automate. Sans un mot, elle se leva, traversa la pièce, glissa tel un fantôme le long de l'escalier de marbre, franchit le vestibule. Sous le péristyle à colonnades vénitiennes, un homme attendait.

Il avait le teint pâle de ces peuplades berbères qui ont donné à la Barbarie son vocable. Un turban étroit de linge blanc autour du front retenait sur sa tête une haute calotte rouge.

Ses vêtements étaient assez semblables à ceux d'un paysan du Moyen Âge français, comportant des braies, des savates pointues et une sorte de blouse à capuchon avec des manches ouvertes à la hauteur du coude pour laisser passer l'avant-bras. Une barbe rare et incolore couvrait son menton.

Il s'inclina profondément tandis qu'elle le regardait les mains jointes, les yeux dilatés.

— Vous vous nommez Mohammed Raki ?

— Pour vous servir, madame.

— Vous connaissez le français ?

— Je l'ai appris d'un seigneur français dont j'ai été longtemps le domestique.

— Le comte Joffrey de Peyrac ?

Un sourire étira les lèvres de l'Arabe. Il dit qu'il n'avait pas rencontré d'homme portant le nom étrange qu'elle venait de prononcer.

— Mais alors ?…

Mohammed Raki eut un geste apaisant. Le seigneur français qu'il avait servi se nommait Jeffa el-Khaldoun.

— Tel est le nom qu'on lui a donné en islam. J'ai toujours su qu'il était français et de haute naissance. J'ignorais, je l'avoue, sous quel titre, qu'il n'a jamais livré à quiconque. Et lorsqu'il m'envoya à Marseille, il y a quatre années, pour y joindre un père lazariste et lui confier la mission de rechercher une certaine dame de Peyrac, j'ai pris bien soin d'oublier même ce nom-là, pour complaire à celui qui a été plus pour moi un ami qu'un maître.

Angélique respira profondément et s'aperçut que ses jambes se dérobaient sous elle.

Elle fit signe à l'Arabe de la suivre et gagna le salon, où elle se laissa choir sur l'un des nombreux divans qui le garnissaient.

L'homme s'accroupit devant elle, dans une attitude humble.

— Parlez-moi de lui, fit Angélique faiblement.

Mohammed Raki ferma les paupières et commença d'une voix monocorde, lente, comme s'il récitait une leçon.

— C'est un homme grand, maigre et qui ressemble à un Espagnol. Son visage est tout marqué de glorieuses cicatrices et parfois son aspect effraie. Sur sa joue gauche, les blessures forment un signe en pointe, comme ceci.

Le doigt à l'ongle rougi de l'Arabe traçait un « V » sur sa joue.

— Et sur la tempe une autre ligne qui traverse l'œil. Allah l'a gardé d'être aveugle car il était promis à un grand destin. Les cheveux sont noirs ; ils sont abondants et sombres comme la crinière d'un lion de Nubie. Ses yeux sont noirs et vous percent l'âme comme ceux d'un oiseau de proie. Il est agile et fort. Il professe une grande habileté à manier le sabre et à dompter les plus fougueux coursiers, mais plus grande encore est la science de son esprit qui a tenu en admiration les docteurs de l'école de Fez, la ville si célèbre et secrète des médersas musulmanes.

Un peu de chaleur recommençait à circuler dans les veines d'Angélique.

— Mon mari serait-il renégat ? demanda-t-elle effrayée, tout en pensant que cela lui serait égal.

Mais c'était une pensée impie et sacrilège.

Mohammed Raki secoua négativement la tête.

— Il n'est pas fréquent, dit-il, qu'un chrétien puisse se déplacer impunément au royaume de Marocco sans avoir adhéré à notre loi. Mais Jeffa el-Khaldoun vint à Fez et à Marocco, non comme esclave, mais comme l'ami du très vénéré marabout Abd el-Mecchrat, avec lequel depuis de longues années il correspondait pour des travaux d'alchimie, dont ils étaient tous deux férus. Abd el-Mecchrat prit ce chrétien sous sa protection et interdit qu'on touchât à un seul cheveu de sa tête. Ils allèrent ensemble au Soudan pour y faire de l'or et c'est à cette occasion que je fus attaché au service de ce grand Français. Ces deux savants des secrets de la Nature travaillaient pour l'un des fils du roi du Tafila.

L'homme s'interrompit, les sourcils froncés, comme s'il cherchait à se rappeler un détail important.

— Un Noir fidèle le suivait partout qui répondait au nom de Kouassi-Ba.

Angélique se cacha le visage dans ses mains. Plus encore que la description très précise que l'Arabe lui avait faite de la physionomie de son mari, le nom du bon serviteur maure Kouassi-Ba déchirait le voile et la mettait en face de la réalité aveuglante. La piste suivie dans le tâtonnement et la douleur débouchait en pleine lumière, le port était atteint, la résurrection s'était accomplie, et ce qui n'était qu'un rêve insensé se matérialisait, prenait une forme humaine, que l'on pourrait bientôt étreindre.

— Où est-il, supplia-t-elle, quand viendra-t-il ? Pourquoi ne vous a-t-il pas accompagné ?

L'Arabe eut un sourire indulgent devant son impatience. Voici bientôt deux ans qu'il avait quitté le service de Jeffa el-Khaldoun. Lui-même Mohammed Raki, vers cette époque s'était marié et avait pris un petit commerce en Alger. Mais il avait de fréquentes nouvelles de son ancien maître qui voyageait beaucoup, puis qui s'était fixé à Bône, ville de la côte d'Afrique où il continuait à se livrer à de nombreux travaux scientifiques.

— Je n'ai donc qu'à me rendre à Bône, dit Angélique, fébrile.

— Certainement, madame. À moins d'une malchance qui en aurait éloigné le maître pour un court voyage, vous le trouverez sans peine car chacun vous indiquera le lieu de sa demeure. Il est célèbre dans toute la Barbarie.

Elle faillit tomber à genoux et remercier Dieu. Un martèlement régulier de hallebarde sur les dalles lui fit lever les yeux. C'était Savary qui s'introduisait, frappant les mosaïques du bout de son énorme en-cas de toile gommée.

À sa vue, Mohammed Raki se leva et s'inclina, disant sa joie de connaître l'honorable vieillard dont son oncle lui avait parlé.

— Mon mari vit ! dit Angélique d'une voix entrecoupée de sanglots. Il me l'affirme. Mon mari est à Bône où je vais pouvoir le rejoindre.

Le vieil apothicaire examinait l'homme d'un air sagace, par-dessus le bord de ses lunettes.

— Tiens ! Tiens ! fit-il, j'ignorais que le neveu d'Ali Mektoub fût berbère.

Mohammed Raki parut étonné et enchanté de la remarque. En effet, sa mère, sœur d'Ali Mektoub, était arabe et son père berbère des montagnes de Kabylie. Il avait hérité tous les traits de ce dernier.

— Tiens ! Tiens ! répéta Savary, c'est un cas rare. Il y a généralement peu d'alliances entre les deux races, qui se haïssent : l'Arabe conquérant venu d'Arabie et le Berbère, d'origine européenne, vaincu par lui.

L'autre sourit derechef. L'honorable vieillard connaissait bien l'Islam.

— Comment se fait-il que ton oncle ne t'ait pas accompagné ?

— Nous étions en route pour Candie quand, par un navire que nous avons croisé, nous avons appris que la femme française avait fui et se trouvait maintenant à Malte. Mon oncle a continué sur Candie, pressé de retrouver son commerce délaissé, alors que je montais à bord du navire pour retourner en arrière.

Entre ses longs cils touffus, il jeta à Savary un regard mi-triomphant, mi-ironique.

— Les nouvelles vont vite en Méditerranée, messire. Elles volent aussi vite que les pigeons voyageurs.

Lentement, des plis de sa djellaba, il tira un étui de cuir et en sortit, pliée, la feuille qu'Angélique avait écrite d'une plume tremblante dans sa prison de Candie : « *Souvenez-vous de moi qui ai été votre femme. Je vous ai toujours aimé. – Angélique.* »

— N'est-ce pas la missive que vous avez remise à mon oncle Ali Mektoub ?

Savary ajusta ses lunettes pour regarder de plus près.

— C'est bien elle, en effet. Mais pourquoi n'a-t-elle pas été remise à son destinataire ?

Le visage de Mohammed Raki se crispa d'une expression peinée et ce fut d'une voix geignarde et psalmodiante qu'il se plaignit des doutes que Savary semblait émettre à son égard : l'honorable vieillard ignorait-il que Bône était une enclave espagnole aux mains des chrétiens, catholiques les plus fanatiques qui soient et que deux pauvres Maures, fils de Mahomet, ne pouvaient y pénétrer sans y risquer leur vie.

— Tu es bien venu à Malte, fit remarquer Savary.

Avec patience, l'autre expliqua que tout d'abord Malte ce n'était pas l'Espagne, qu'ensuite il avait profité de l'occasion unique de se glisser dans la suite du *reis* Ahmet Sidi qui se rendait à Malte pour négocier la rançon du prince Laï Loum, frère du roi d'Aden, récemment capturé par la Religion.

— Notre galère est entrée il y a une heure dans le port, arborant la bannière de rachat et sitôt à terre je me suis empressé de partir à la recherche de la dame française. Tant que les pourparlers pour Laï Loum ne sont pas conclus, je ne risque rien de la part des chrétiens.

Savary approuva. Il se rassurait visiblement.

— N'est-il pas de mon devoir de me montrer méfiant ? dit-il à Angélique comme pour s'excuser de ses réticences.

Une idée lui vint et il pointa son index vers le Berbère.

— Et qui me prouve que tu es Mohammed Raki, neveu de mon ami Ali Mektoub, et serviteur du seigneur français recherché ?

L'homme se crispa encore et ses yeux se fermèrent à demi dans une expression de colère. Mais il se maîtrisa.

— Mon maître m'aimait, dit-il d'une voix sourde. Il m'en a laissé un gage.

De la même pochette de maroquin, il tira un bijou d'argent surmonté d'une pierre précieuse. Angélique la reconnut aussitôt : LA TOPAZE !

Ce n'était pas un bijou d'une grande valeur, mais Joffrey de Peyrac y attachait beaucoup de prix, car il était depuis des siècles dans sa famille. Et il aimait à dire que la topaze était sa pierre bénéfique, à la fois couleur d'or et de flamme. Elle l'avait vu la porter en sautoir au bout d'une chaîne d'argent sur un pourpoint de velours. Plus tard, il l'avait fait montrer au R.P. Antoine, à Marseille, en signe de reconnaissance.

Elle prit le bijou des mains du Maure et passionnément, les yeux clos, y posa ses lèvres. Le vieux Savary la regardait en silence.

— Que comptez-vous faire ? demanda-t-il enfin.

— Essayer de partir pour Bône, coûte que coûte.

XXXI

Ce ne fut pas une chose facile que de convaincre les chevaliers de Malte de prendre la jeune marquise française à bord d'une de leurs galères, afin de la déposer à Bône. Elle entreprit le comte de Rochebrune, le bailli de La Marche, le chevalier de Roguier et jusqu'à Don José de Almada, chacun cherchant à la dissuader d'une telle folie.

Une chrétienne, disaient-ils, ne pourrait aborder en Barbarie sans risquer les plus grands périls.

La Barbarie comprenait toute l'Afrique du Nord, c'est-à-dire les royaumes de Tripolitaine, de Tunis, d'Alger et de Marocco. Fanatiques et pirates, d'une civilisation moins raffinée que les Turcs dont ils supportaient avec impatience le protectorat, les Barbaresques représentaient les plus féroces adversaires des chevaliers de Malte.

La femme y était une esclave soumise aux plus basses besognes ou une odalisque enfermée dans un harem. Seules les juives allaient le visage découvert et librement, et cependant elles se gardaient bien de dépasser l'enceinte du *Mellah*, le quartier réservé.

— Mais je vais à Bône, insista-t-elle, l'enclave catholique.

C'était encore pire. Dans ces enclaves de la côte d'Afrique où les Espagnols s'accrochaient comme des tiques pour agacer le lion barbaresque, il y avait de tout mais surtout de la misère. Qu'allait-elle faire, grande dame de France parmi ce ramassis de petits commerçants médiocres et mercantiles, gardés par une garnison d'Andalous, aussi sombres et féroces que les Maures qui, derrière les remparts, leur décochaient flèches et balles ? Que pouvait-elle chercher dans un des points les plus déshérités de la terre, sans âme, sans cœur, sans visage ? Souhaitait-elle retomber dans les dangers sans nombre auxquels elle avait, par la grâce de Dieu, échappé ?…

Angélique finit par s'adresser au Grand Maître de l'Ordre lui-même, le prince Nicolas Cotoner, Français d'origine anglaise, de haut lignage et, selon la formule précédant ses actes publics : « Frère par la grâce de Notre-Seigneur de la maison hospitalière de l'ordre militaire de Saint-Jean-de-Jérusalem, gardien du Saint-Sépulcre et humble maître des pauvres. » Ce prince, à Rome, occupait la première place à la droite du pape lorsque le souverain pontife tenait chapitre. Il avait aussi le privilège de veiller, avec ses chevaliers, à la garde du Conclave et, lorsque le pape était introduit, l'ambassadeur de Malte le précédait armé de toutes pièces et portant le grand étendard rouge à croix blanche des galères de la Religion.

Angélique fut impressionnée par le beau vieillard à perruque blanche et au regard plein d'autorité. Elle lui parla en toute franchise, lui faisant le récit de son dramatique et romanesque amour. Comment, après avoir pleuré pendant dix ans un époux bien-aimé, elle était sur le point de le revoir, ayant enfin appris où il vivait. Était-ce trop demander à la bonté de Son Altesse Éminentissime de l'autoriser à monter à bord d'une des galères partant en croisière sur les côtes de Barbarie et d'obtenir que cette galère fît escale à Bône pour l'y déposer ?

Le Grand Maître l'écoutait avec attention. De temps en temps il se levait, s'approchait de la fenêtre et portant à l'œil l'extrémité d'une longue-vue, il suivait en rade l'évolution des navires.

Sur son habit à la française, il portait en sautoir l'écharpe de l'Ordre de Malte, où se trouvaient inscrits en broderies d'or les mystères de la Passion.

Il resta longtemps silencieux puis soupira. Bien des choses dans ce récit lui paraissaient invraisemblables, et plus encore qu'un grand seigneur chrétien tel qu'elle décrivait son mari eût trouvé refuge dans ce bouge misérable de Bône.

— Vous me dites qu'auparavant il avait parcouru impunément les pays barbaresques ?

— C'est en effet ce qu'on m'a dit.

— Alors c'est un renégat qui vit à la façon de l'Islam avec un harem de cinquante femmes. Le rejoindre vous entraînera aux plus grands malheurs pour votre âme et pour votre vie.

Angélique se sentit le cœur broyé d'angoisse mais elle resta calme.

— Je ne sais s'il est pauvre ou renégat, dit-elle. Je ne sais qu'une chose, c'est qu'il est mon époux devant Dieu et que je veux le retrouver.

Le visage sévère du Grand Maître de l'Ordre s'adoucit.

— Heureux l'homme qui vous a inspiré un tel amour !

Cependant il hésitait encore.

— Ah ! mon enfant, votre jeunesse et votre beauté m'inquiètent. Que ne peut-il vous arriver dans cette Méditerranée, jadis le grand lac intérieur chrétien, aujourd'hui livré à l'islam. Quelle tristesse pour nous, les chevaliers de Jérusalem, lorsque nous mesurons le recul de nos armes ! Jamais, jamais nous ne combattrons assez âprement les infidèles. Ce ne sont pas seulement les lieux saints qu'il nous faut reconquérir mais Constantinople, l'ancienne Byzance où régnait la grande Église, où le premier christianisme s'épanouit sous les coupoles de Sainte-Sophie maintenant devenue mosquée.

Il demeura sombre, plongé dans ses visions mystiques.

Angélique dit brusquement :

— Je sais pourquoi vous ne voulez pas me laisser aller. C'est parce que vous n'avez pas encore reçu le prix de ma rançon.

Une expression amusée éclaira le visage du vieux prélat.

— J'avoue que j'aurais été assez content du prétexte pour vous éviter de commettre une folie. Mais, précisément, je viens d'apprendre par l'intermédiaire de notre banquier de Livourne que la somme convenue avec vous avait été remise par votre intendant à notre grand prieur de Paris.

Ses yeux brillèrent, caustiques.

— C'est bon, madame. J'admets qu'un être humain qui a gagné sa liberté, peut l'employer à se détruire si bon lui semble. La galère que commande le baron de

Nesselhood doit prendre la mer dans une semaine pour une croisière au large de Barbarie. Je vous donne l'autorisation de monter à son bord.

Et comme le visage d'Angélique s'illuminait de joie, il refusa de s'attendrir. Fronçant ses blancs sourcils et, pointant vers elle un doigt où brillait l'améthyste du prélat, il lui cria :

— Souvenez-vous de ce dont je vous avertis. Les Barbaresques sont des fanatiques cruels, lubriques, intraitables. Les pachas turcs eux-mêmes les craignent car ces pirates vont jusqu'à leur reprocher leur tiédeur religieuse. Si votre mari s'est trouvé en bonne amitié avec eux c'est qu'il est devenu comme eux. Mieux vaudrait pour votre salut que vous demeuriez du côté de la Croix, madame.

Puis voyant qu'elle ne fléchissait pas, il ajouta d'une voix plus douce :

— Agenouillez-vous, mon enfant, et laissez-moi vous bénir.

XXXII

La galère s'éloigna, laissant derrière elle Malte dans ses remparts couleur d'ambre. Le carillon des cloches s'estompa, remplacé par le halètement des flots et le choc sourd venant des bancs des rameurs.

Le chevalier-baron de Nesselhood martelait la passerelle de son pas assuré de général de mer.

Dans le poste au-dessous, deux marchands français, trafiquants de corail, s'entretenaient avec un solennel banquier hollandais et un jeune étudiant espagnol, allant retrouver son père officier de la garnison de Bône et qui, avec Angélique et Savary, représentaient les rares passagers civils de la galère.

Naturellement, la conversation roulait sur les chances qu'ils avaient tous d'échapper ou non aux Barbaresques pendant ce court voyage que l'audace des pirates, chaque jour plus grande, rendait pourtant fort dangereux.

Les deux trafiquants de corail, vieux rouliers de l'Afrique, se plaisaient à se montrer pessimistes, afin d'émouvoir leurs compagnons recevant le baptême d'une traversée méditerranéenne.

— Autant dire que quand on prend la mer on a une chance sur deux de se retrouver à poil sur la place du grand marché d'Alger.

— À poil ? demanda le banquier hollandais dont le français manquait de nuances.

— Dans le costume d'Adam, monsieur. C'est ainsi qu'on nous vendra si nous nous faisons capturer. On vous regardera les dents, on vous tâtera les biceps, on vous fera courir un peu pour se rendre compte de ce que vous valez.

Le banquier ventripotent ne se voyait pas du tout dans ce rôle.

— Oh ! cela ne saurait arriver. Les chevaliers de Malte sont invincibles et l'on dit que celui qui nous mène, le baron de Nesselhood, un Germain, est un homme de guerre dont la seule réputation fait fuir les plus hardis corsaires.

— Hum ! hum ! On ne sait jamais. C'est que les corsaires deviennent de plus en plus hardis. Pas plus tard que le mois dernier, il paraît que deux galères algéroises se sont postées pas loin du château d'If devant Marseille et ont capturé une barque dans laquelle se trouvaient une cinquantaine d'habitants, dont plusieurs dames de haut rang, qui allaient en pèlerinage à la Sainte-Baume.

— On se doute du pèlerinage qu'elles vont faire chez les Barbaresques, dit son compère en jetant un coup d'œil égrillard dans la direction d'Angélique.

Maître Savary, d'habitude si prolixe, ne prenait pas part à la conversation. Il comptait ses os. Non pas les siens propres mais ceux qu'il tirait soigneusement d'un grand sac posé près de lui. Son embarquement avait encore donné lieu à un incident tragi-comique.

La cloche du bord résonnait déjà à toute volée, annonçant le départ, lorsqu'il était apparu portant un énorme sac.

Le baron de Nesselhood s'avançait, sévère. Il ne fallait aucun excédent de poids sur la galère déjà encombrée.

— Excédent de poids ? Voyez, messire chevalier !

Maître Savary, tel un baladin, fit quelques tours en tenant son sac à bout de bras entre le pouce et l'index.

— Cela ne pèse pas plus de deux livres.

— Qu'avez-vous là-dedans ? s'étonna le baron.

— Un éléphant.

Après avoir joui de sa plaisanterie, il confirma sa déclaration. Il s'agissait, dit-il, d'un « proboscidien fossile » ou éléphant nain, phénomène rarissime datant de la genèse du monde, dont l'existence semblait alors aussi problématique que celle de la licorne.

— C'est un ouvrage de Xénophon, *Les Équivoques*, qui fut le point de départ de ma théorie hardie. Je compris à sa lecture que si le « proboscidien » avait existé on le trouverait dans le sous-sol des îles de Malte et de Gozo, jadis rattachées à l'Europe et à la Grèce. Cette découverte m'ouvrira à coup sûr l'entrée de l'Académie des Sciences si Dieu me prête vie !

La galère de la chrétienté était plus spacieuse que la galère royale française. Sous l'estrade du tabernacle, une cabine était aménagée où les passagers pouvaient se reposer sur des banquettes rustiques.

Angélique se sentait malade d'impatience et aussi, pourquoi ne pas se l'avouer, d'appréhension. Car rien ne ressemblait à son rêve. Si elle n'avait vu la topaze, elle eût douté même du messager qui la lui avait apportée. Elle lui trouvait le regard faux. C'est en vain qu'elle avait essayé d'obtenir de lui d'autres détails. L'Arabe ouvrait les mains avec un bizarre sourire étonné. « J'ai tout dit. »

Les prophéties violentes de Desgrez lui revenaient en mémoire. Quel serait l'accueil de Joffrey de Peyrac après tant d'années ? Des années qui avaient passé sur eux et les avaient marqués dans leur chair et dans leur cœur. Chacun avait connu d'autres luttes, d'autres recherches… d'autres amours… Difficile revoir !…

Elle avait une mèche de cheveux blancs parmi ses cheveux blonds. Mais elle était en pleine jeunesse, plus belle encore qu'au temps des épousailles, alors que ses traits n'avaient pas pris toute leur personnalité, que ses formes n'avaient pas atteint leur plein épanouissement et que sa démarche n'avait pas acquis cette allure de reine qui la rendait parfois intimidante. Cette transformation s'était accomplie loin du regard de Joffrey de Peyrac et de son influence. C'était la main du destin brutal qui l'avait modelée dans sa solitude.

Et lui ? Chargé d'avanies et de malheurs innombrables, dépouillé de tout, arraché à son monde, à ses travaux, à ses racines, qu'avait-il pu préserver de son « moi » ancien, de celui qu'elle aimait ?

— J'ai peur !… murmura-t-elle.

Elle avait peur que l'instant merveilleux ne fût à jamais gâché, perdu, sordide. Desgrez l'en avait avertie. Mais la pensée de la déchéance d'un Joffrey de Peyrac ne l'avait jamais effleurée.

Le doute qui l'envahit la courba presque à genoux. Comme une enfant puérile, elle se répétait qu'elle voulait le revoir « lui », son amour, « son » amant du palais du Gai Savoir, et non pas « l'autre », cet homme inconnu sur un sol inconnu. Elle voulait entendre sa voix merveilleuse. Mais Mohammed Raki n'avait pas parlé de cette voix célèbre. Peut-on chanter en Barbarie ? Sous le soleil cruel ? Parmi ces humains à peau sombre qui coupent des têtes comme on fauche une bottée d'herbes. Le seul chant qui puisse s'élever, c'est celui des muezzins au sommet des minarets. Toute autre expression de joie est sacrilège.

Oh ! qu'avait-il pu devenir ?...

Elle chercha désespérément à ressusciter dans son souvenir le passé, s'évertua à retrouver sous les arcades du Gai Savoir la présence du comte languedocien. Mais l'image la fuyait.

Alors elle voulut dormir. Le sommeil dissiperait les voiles terrestres qui lui cachaient son amour.

Elle se sentait lasse...

Une voix lui chuchotait : « Vous êtes lasse... Chez moi vous dormirez... Il y a des roses... des lampes... des fenêtres ouvertes sur le large... »

❦

Elle se réveilla avec un cri aigu. Savary se penchait sur elle et la secouait.

— Madame du Plessis, il faut vous éveiller. Vous allez ameuter toute la galère !

Angélique se redressa sur sa couche et s'appuya contre la cloison. La nuit était tombée. On n'entendait plus les « han » d'effort des rameurs, car la galère naviguait sous petite voilure et les longues rames de vingt toises étaient rangées le long de la coursive. Dans ce silence inhabituel, le pas du chevalier-baron de Nesselhood martelait le plancher au-dessus d'eux.

L'indigence de la lumière du grand fanal prouvait le souci de ne pas attirer l'attention des pirates sans doute embusqués dans cet étranglement de la Méditerranée, entre l'île de Malte et les côtes de la Sicile à bâbord et celle des Barbaresques de Tunis à tribord.

Angélique poussa un profond soupir.

— Un magicien me poursuit en rêve, murmura-t-elle.

— Si ce n'était qu'en rêve !… dit Savary.

Elle sursauta et chercha à distinguer son expression dans l'obscurité.

— Que voulez-vous dire ? Que pensez-vous, maître Savary ?

— Je pense qu'un pirate aussi audacieux que le Rescator ne vous laissera pas courir sans chercher à reprendre son bien.

— Je ne suis pas son bien, protesta Angélique, révoltée.

— Il vous a achetée le prix d'un navire.

— Mon mari me protégera désormais, fit-elle d'une voix mal assurée.

Savary demeurait silencieux. Le ronflement du banquier hollandais s'éleva et décrut.

— Maître Savary, chuchota Angélique, croyez-vous que… cela pourrait être un piège ?… J'ai vu tout de suite que vous vous méfiiez de ce Mohammed Raki et pourtant n'a-t-il pas donné des gages indubitables de sa mission ?

— Il les a donnés.

— Il a certainement vu son oncle Ali Mektoub, puisqu'il possédait ma lettre. Et sur mon mari il m'a donné des précisions que moi seule pouvais connaître et dont je me souvenais à peine, mais qui me sont revenues en mémoire aussitôt… Il l'a donc approché de près. À moins que… Oh ! Savary, croyez-vous que je puisse être victime d'un envoûtement, d'images projetées à distance et qui me feraient voir comme un mirage ce que je désire le plus au monde afin de mieux m'attirer dans un piège ? Oh ! Savary, j'ai peur !…

— Ces phénomènes peuvent arriver, dit le vieil apothicaire, mais je ne crois pas que ce soit le cas. Il y a autre chose. Un piège, peut-être, marmotta-t-il, mais pas de magie. Ce Mohammed Raki nous cache la vérité. Attendons d'être au but. Nous verrons bien.

Il tourna longuement une petite cuillère dans un gobelet d'étain.

— Avalez cette médecine. Vous reposerez mieux.

— Est-ce encore de la moumie ?

— Vous savez bien que je n'ai plus de moumie, dit tristement Savary. Je n'ai pas voulu en distraire une seule parcelle qui n'allumât l'incendie de Candie.

— Savary, pourquoi avez-vous tenu à m'accompagner dans ce voyage que vous n'approuviez pas ?

— Pouvais-je vous abandonner ? dit le vieillard comme s'il réfléchissait à une question scientifique ardue. Non, je ne le crois point. J'irai donc en Alger.

— À Bône.

— C'est la même chose.

— Les chrétiens y courent de moins grands dangers pourtant qu'à Alger.

— Qui sait ? dit Savary en branlant la tête comme un devin qui voit au-delà des apparences.

❦

Une nouvelle journée de navigation vers l'ouest se poursuivit plus lentement, car le vent était tombé et l'on n'avançait plus qu'avec les rames de la chiourme.

La galère de Malte croisa plusieurs navires, dont un gros convoi de commerçants hollandais, qui avançaient tout de même grâce à leur forte voilure, escortés de deux vaisseaux de guerre de cinquante à soixante canons chacun. C'était la méthode adoptée par les nations du Ponant, Anglais, Néerlandais et autres, pour commercer en Méditerranée.

Ils y pénétraient en force, par véritable flotte gardée et défendue qui décourageait l'audace des corsaires.

Vers midi, le vent devint plus favorable et les deux voiles furent hissées. Très loin devant se profila une île montagneuse. Le chevalier de Roguier attira l'attention d'Angélique :

— C'est Pantellaria, qui appartient au duc de Toscane.

Ils auraient pu y faire escale, mais un vaisseau de guerre ne devait rien laisser deviner de ses desseins afin d'éviter les embûches de l'ennemi infidèle. Il valait mieux éviter tout contact, même avec des amis, avant d'être parvenu au but assigné : Bône.

Le vent gonflait les voiles.

— Si cela continue aussi bien, nous pourrions être à Bône après-demain, dit le jeune chevalier.

Désormais, seule l'étendue de la mer bleue légèrement moutonnante se déploya devant le navire de Malte.

Vers le soir éclata un incident. On découvrit qu'une main criminelle avait percé le réservoir d'eau douce à bord. Parmi les aides du cuisinier, un jeune Espagnol interrogé un peu rudement avait tiré un couteau et menacé l'argousin qui le questionnait. Or, il était interdit à tout homme d'équipage de garder sur soi un couteau en dehors des besognes qui en nécessitaient l'emploi. Selon la coutume de toutes les marines du monde, le mousse dut subir la barbare punition réservée à celui qui enfreignait ce point du règlement : avoir la main clouée au grand mât par ce même couteau, objet du litige et demeurer là un nombre d'heures qui variait suivant la gravité de sa conduite.

Le chevalier de Roguier vint avertir Angélique de ce contretemps.

— C'est un incident stupide, mais qui va nous retarder car nous devons maintenant chercher à gagner Pantellaria pour y faire l'aiguade, c'est-à-dire renouveler notre provision d'eau douce. Cela prouve aussi qu'on doit toujours se montrer méfiant en Méditerranée et ne pas accorder des générosités facilement. La jeunesse de ce garçon lui avait épargné la chiourme. Nous le laissions aller et venir librement. Et aujourd'hui, pour nous remercier, il enfonce une vrille dans le réservoir d'eau douce.

— Pourquoi a-t-il commis cet acte ? demanda Angélique, angoissée.

Le chevalier eut un geste dubitatif et ne répondit pas. La galère avait brusquement changé de cap. Elle n'allait plus vers le nord, mais vers le sud, ce qui était visible par la position du soleil couchant.

Les passagers reçurent une ration de vin fin dont il y avait des réserves, mais l'équipage et les esclaves de la chiourme firent entendre des murmures, car on ne pouvait faire de cuisine à bord.

La journée, fort chaude, s'acheva.

Angélique ne put dormir. Vers minuit, elle remonta sur le pont pour respirer un peu d'air frais. La nuit était opaque car l'éclairage, déjà faible, de la nuit précédente avait été complètement supprimé. Seule la lueur diffuse d'étoiles lointaines éclairait le bateau marchant à voiles réduites et avec l'aide d'un seul poste de chiourme, les deux autres au repos. On entendait les respirations des galériens dormant au fond de leurs fosses puantes, mais on ne voyait rien. Angélique fit quelques pas en direction de la coursive. Elle pensait que les deux chevaliers étaient à l'avant et elle aurait voulu leur parler. Un bruit l'arrêta.

Une voix étouffée et hoquetante de délire marmonnait faiblement en arabe une plainte où le mot d'Allah revenait souvent. Puis la voix se taisait et recommençait. Elle devina plutôt qu'elle ne vit la silhouette du petit renégat, cloué au grand mât par un couteau enfoncé dans sa main. Il devait souffrir terriblement et aussi de la soif. Elle n'avait plus de vin mais elle avait gardé un morceau de pastèque, qu'elle alla chercher. Lorsqu'elle voulut approcher du grand mât, un servant d'armes s'interposa.

— Laissez-moi, dit-elle. Vous êtes des marins et des hommes de guerre. Je ne juge pas vos actes. Mais je suis une femme et j'ai un fils presque de son âge.

L'homme s'inclina. Presque à tâtons, elle réussit à glisser des morceaux de pastèque entre les lèvres brûlantes du jeune Espagnol. Il avait des cheveux frisés comme ceux de Florimond. Sa main martyre se crispait comme une serre, striée de sang séché.

« Je vais demander au baron de Nesselhood de lever la punition, c'en est trop ! » se dit Angélique, le cœur chaviré.

Soudain le champ de vision fut éclairé par une lueur fauve qui changea plusieurs fois de teinte, pour finir dans un éclaboussement multicolore.

— Une fusée !

Le jeune Maure l'avait aperçue aussi.

— *Allah ouakbar !*

Un remue-ménage général secoua la torpeur du navire. Les frères servants d'armes et les mariniers allaient et venaient en s'interpellant. Quelques lanternes sourdes balancèrent leur œil rond.

Angélique réveilla Savary. Cette scène lui rappelait trop les prémices de celle qui avait précédé le combat avec le chébec du Rescator.

— Savary, croyez-vous que nous allons encore rencontrer ce pirate ?

— Madame, vous vous adressez à moi comme si j'étais stratège militaire ayant de plus le pouvoir magique de me trouver à la fois sur une galère de Malte et sur celle de son adversaire. Une fusée turque n'est pas l'indicatif du seul Rescator, votre propriétaire. Elle peut aussi bien signifier qu'un guet-apens algérien, tunisien ou marocain se prépare.

— On aurait dit qu'elle avait été lancée du navire lui-même.

— C'est donc qu'il y a un traître à bord.

Sans éveiller les autres passagers, ils remontèrent. La galère paraissait naviguer en zigzag, sans doute pour essayer de dérouter l'ennemi qui pouvait se cacher dans l'obscurité.

Angélique entendit la voix du chevalier de Roguier qui revenait de la proue avec le chevalier allemand.

— Frère, le moment est-il venu de mettre nos cottes écarlates ?

— Pas encore, mon frère.

— Avez-vous fait rechercher le traître qui a lancé la fusée de votre bord ? leur demanda-t-elle.

— Oui, mais sans résultat. De toute façon il faut remettre la justice à plus tard. Regardez donc là-bas !

Loin devant la proue on apercevait une ligne de lumières.

« Une côte ou une île », songea-t-elle.

Mais la côte paraissait vaciller et onduler. Les lumières étaient clignotantes et se rapprochaient en ligne, puis en demi-cercle.

— Flotte d'embuscade devant nous. Alerte ! cria d'une voix tonnante le chevalier de Nesselhood.

Chacun fut à son poste et l'on commença à dresser l'arambade, palissade haute de six pieds, destinée à attaquer les navires plus élevés.

Angélique avait compté une trentaine de lumières sur l'eau.

— Les Barbaresques ! fit-elle à mi-voix.

Le chevalier de Roguier qui passait l'entendit.

— Oui, mais rassurez-vous, ce n'est qu'une flottille de petites barques, qui n'oseront certainement pas nous attaquer si elles ne possèdent pas un renfort d'unités marines. Cependant il s'agit sans aucun doute d'un guet-apens. Était-il préparé à notre intention ? Le lancement de la fusée semblerait l'indiquer… De toute façon nous n'allons pas gaspiller nos munitions en escarmouches, alors qu'il est facile de leur échapper sans peine. Vous avez entendu que notre chef ne juge pas l'instant venu de revêtir notre livrée de combat : la cotte de mailles rouge des chevaliers de Malte.

Nous ne devons l'enfiler qu'au moment du combat afin que nos hommes ne nous perdent pas de vue dans la bataille. Le baron de Nesselhood est un lion de la guerre mais il lui faut au moins trois galères devant lui pour qu'il estime le gibier assez important pour risquer ses hommes et son navire.

Malgré les assurances du jeune homme que ces barques musulmanes n'étaient pas de force contre eux, Angélique se rendait compte qu'elles gagnaient sur la lourde galère très chargée. Celle-ci appareilla toute sa voilure, fit manœuvrer les trois postes de chiourme, vira de bord, et fonça vers l'ouverture encore largement ouverte de l'encerclement ennemi.

Bientôt les lumières de la flottille s'éloignèrent et disparurent. Peu après la masse sombre d'une île montagneuse assez proche se dessina vers l'avant. À la lueur d'une lanterne, les deux chevaliers consultèrent leur carte de bord.

— C'est l'île de Cam, dit le baron allemand. Le passage dans la crique est très étroit, mais nous le tenterons avec l'aide de Dieu. Cela nous permettra de faire notre ravitaillement d'eau douce en nous tenant à l'abri des galères de Bizerte ou de Tunis, qui ne vont pas tarder sans doute à rejoindre la flottille que nous avons rencontrée. Ce n'est pas la population de quelques pêcheurs misérables qui nous empêchera de nous installer : il n'y a ici aucun fort, ni même un seul fusil.

Apercevant Angélique immobile et silencieuse à quelques pas, le chevalier de Nesselhood ajouta d'un ton bourru :

— Ne croyez pas, madame, que les chevaliers de Malte ont ainsi coutume de fuir le combat. Mais j'ai à cœur de vous amener à Bône, puisque aussi bien notre Grand Maître m'a prié de vous y conduire. Nous retrouverons nos adversaires au retour.

Elle le remercia, la gorge serrée.

La voile fut sacquée et le chevalier allemand s'installa à l'arrière pour prendre la barre du timonier et servir de pilote.

L'ombre, noir d'encre, des falaises surplombant la mer cacha la clarté diffuse de la nuit. Angélique se sentait oppressée et malgré la réussite de la fuite, puis la trouvaille du point d'eau presque miraculeusement situé sur leur route grâce à la science de navigation du moine-amiral, elle se sentait accablée de pressentiments. Elle savait bien qu'en Méditerranée on n'arrivait jamais droit au but, mais en l'occurrence le moindre retard lui infligeait une torture et il lui semblait que ses nerfs ne pourraient y résister. Préoccupée par les remarques de Savary, elle imaginait le pire. Ses yeux fouillaient les rochers noirs, s'attendant à voir jaillir une nouvelle fusée éclairante de la trahison. Mais rien de tel ne se passa : la clarté du ciel de nuit reparut et la galère se trouva en eau calme où se reflétaient les étoiles. Une petite plage se dessinait dans le fond de la crique avec quelques masures de torchis et une frise de palmiers et d'oliviers révélant la source.

Le ciel commença à blanchir. Angélique demeurait sur le pont. « Je n'aurai plus le courage de dormir avant d'être à Bône », se dit-elle.

Par excès de prudence, la galère demeurait à l'entrée du goulet, attendant le jour pour s'enfoncer plus avant. Le baron de Nesselhood inspectait les alentours et, à mesure que la brume matinale découvrait un autre coin de paysage, son œil bleu se fixait, fouillant les buissons, les falaises. Il avait l'air, avec son visage levé et circonspect, d'un massif chien de garde, soupçonneux jusqu'à la moelle et qui ne veut rien laisser au hasard. Son immobilité fascinait Angélique. Allait-il bouger enfin, parler, laisser tomber le mot rassurant de ses lèvres minces et serrées ? Ses narines bougeaient. Positivement, il flairait. Angélique resta persuadée par la suite qu'il avait reconnu l'odeur avant de voir. La bouche du chevalier s'avança en une moue tandis que ses yeux se rétrécissaient jusqu'à n'être plus qu'une fente aiguë.

Il se tourna vers Henri de Roguier et tous deux rentrèrent brusquement à l'intérieur du tabernacle. Ils en ressortirent vêtus de leur cotte de mailles rouge.

— Que se passe-t-il ? cria Angélique.

Les yeux clairs du Germain étaient de l'acier en fusion. Il tira son épée, et le vieux cri séculaire de son Ordre lui jaillit des lèvres :

— Les Sarrasins ! Mes frères ! Aux armes !

Au même instant une pluie de mitraille tombant des hauteurs balaya la proue, fauchant l'éperon qui resta suspendu, à demi brisé.

Le jour était levé. Maintenant l'on distinguait entre les buissons l'étincellement de six batteries disposées en surplomb et toutes pointées vers les galères. Au milieu du fracas des coups de canon, le chevalier donna l'ordre de virer de bord et d'essayer de sortir du goulet pour trouver le grand large.

Au fond de cette crique, la galère était destinée à être transformée en charnier, en passoire et à couler sous le tir plongeant des batteries mauresques, sans qu'on pût seulement se défendre.

Tandis que la manœuvre s'effectuait péniblement, les servants d'armes transportaient sur le pont des petites bombardes mobiles et les mettaient en place.

Les autres militaires, armés de mousquets, ripostaient de leur mieux, mais rien ne pouvait les abriter et la mitraille les fauchait. Le tillac était déjà couvert de blessés et de morts. Des cris montaient de la chiourme, où un banc entier avait été décimé par deux volées de boulets.

Pourtant une bombarde maltaise pointa longuement l'une des batteries. Le coup partit. Un Noir bascula du haut de la falaise et tomba dans l'eau. Un canonnier des bombardes réussit à toucher à grenaille de plein fouet les deux servants d'une autre batterie située au fond de la crique.

— Plus que quatre ! hurla le chevalier de Roguier. Désarmons-les. Quand ils n'auront plus de quoi tirer, nous reprendrons l'avantage.

Mais les crêtes environnantes se garnissaient d'une nuée de têtes sombres emmaillotées de turbans blancs ou coiffées de toques rouges. Les échos se renvoyaient leurs hurlements épouvantables.

— Rendez-vous, fils de chiens, porcs d'infidèles !

Et l'entrée du goulet était obstruée par l'arrivée des barques, des petites felouques dont le barrage dans la nuit avait chassé la galère de Malte vers le guet-apens préparé.

❦

Dès les premiers coups de la canonnade, Savary avait tiré Angélique à l'abri de la cabine, mais elle voulait demeurer près de la porte et suivait, hallucinée, ce combat désordonné et inégal.

Les musulmans étaient cinq ou six fois plus nombreux et la supériorité de l'artillerie de Malte, à part quelques coups heureux, ne servait pas, car les vingt-quatre pièces d'artillerie scellées dans l'armature de la galère n'étaient faites que pour tirer de mer à niveau, et non en hauteur. La mousqueterie du bord réalisait en vain des prodiges de précision, décimant de préférence les *reis* ou chefs musulmans, reconnaissables à leurs casques pointus, et espérant ainsi désorganiser l'offensive. Les pirates se multipliaient et dans l'hystérie de la conquête se jetaient à l'eau, en masses noires, pour atteindre la galère à la nage sans attendre l'aide des pontons. Plusieurs barques étaient déjà parvenues à se glisser dans la baie et lâchaient aussi un essaim de nageurs transportant sur leurs turbans des torches de résine allumée.

Les tireurs d'élite de Malte les prirent sous leur feu et en firent un carnage ; les eaux devinrent rouges. Mais plus il en disparaissait, plus il en surgissait. Et bientôt, malgré mousquets et bombardes, les abords de la galère furent couverts par un fouillis de barques à flot ou renversées, mais desquelles, inexorable, la marée humaine montait, hurlante, brandissant torches, poignards, sabres et mousquets.

La galère de Malte ressemblait à une grande mouette blessée assaillie par une multitude de fourmis. Les Maures montaient à l'abordage en hurlant :

— *Allah ! Allah ouakbar !*

— Vive la vraie Foi ! répondit le chevalier de Nesselhood en transperçant de son épée le premier Arabe à demi nu qui prit pied sur le pont.

Mais il en arrivait d'autres et toujours d'autres. Les deux chevaliers entourés de quelques frères servants se reculèrent, en ferraillant, jusqu'au pied du grand mât où pendait toujours comme une masse informe le jeune Maure supplicié.

Le corps-à-corps était partout. Personne parmi les assaillants ne semblait même songer au pillage mais rien qu'à la rage d'égorger le plus possible de ceux qu'il trouvait en face de lui.

Angélique, horrifiée, vit un des marchands de corail aux prises avec deux jeunes Maures. Entrelacés, ils ne cherchaient qu'à mordre et étrangler. On eût cru à une bataille de chiens enragés.

Seul le retranchement au pied du grand mât présentait un exemple d'ordre : les deux chevaliers se battaient comme des lions. Il y avait deux trouées devant eux, deux demi-lunes vides que bordait un rempart bigarré de cadavres amoncelés. Il fallait déblayer des corps pour les approcher et les plus hardis commençaient à reculer devant cette résistance acharnée lorsque le coup d'un franc-tireur, qui de la poupe avait pris le temps d'ajuster sa cible, atteignit le chevalier de Nesselhood qui s'effondra. Roguier eut un geste vers lui. Un coup de cimeterre lui trancha les doigts.

Le marchand de corail, ayant échappé aux jeunes forcenés, dévala l'échelle de la cabine, repoussa Angélique à l'intérieur, où se trouvait son compagnon ainsi que Savary, le banquier hollandais et le fils de l'officier espagnol.

— Cette fois c'est fini, dit-il, les chevaliers sont tombés. Nous allons être capturés. C'est le moment de jeter nos papiers à la mer et de revêtir d'autres vêtements afin de tromper nos nouveaux maîtres sur notre position sociale. Vous surtout, le jeune, dit-il en s'adressant à l'Espagnol. Priez la Vierge qu'ils ne se doutent pas que vous êtes le fils d'un officier de la garnison de Bône, sinon ils vous garderont en otage et au premier Maure abattu sous les remparts espagnols, ils enverront à votre père votre tête en cadeau et ce que je pense avec.

Cependant tous ces messieurs, sans se préoccuper de la présence d'une dame, retiraient hâtivement leurs effets, les roulaient en ballot avec leurs papiers et les expédiaient à la mer par le hublot, tout en revêtant d'informes guenilles tirées d'un coffre.

— Aucune robe de femme là-dedans, dit l'un des marchands, atterré. Madame, ces pillards vont voir tout de suite à vos atours que vous êtes de haut rang. Dieu sait la fortune qu'ils vont demander pour votre rançon !

— Moi je n'ai besoin de rien, dit Savary, qui attendait, très calme, avec son parapluie après avoir noué avec soin les cordons de son sac d'os paléontologiques. « Ils » commencent toujours par vouloir me jeter à la mer tant la prise leur paraît misérable.

— Que dois-je faire de ma montre, de mon or et de mes écus ? demanda le banquier hollandais, très mal à l'aise dans ses haillons loqueteux destinés à tromper les ravisseurs sur sa valeur marchande.

— Faites comme nous. Avalez tout ce que vous pourrez, dit l'un des marchands.

Son compagnon déjà ingurgitait, non sans grimaces et hoquets, le contenu de sa bourse, pistole après pistole. Piqué d'émulation, l'étudiant espagnol avala ses bagues. Le raisonnable banquier néerlandais contemplait cette épidémie de chrysophagie d'un air offusqué.

— Je préfère encore les jeter à la mer !

— Vous avez tort. Si vous les jetez à la mer, vous ne les retrouverez jamais. Tandis que si vous les avalez, vous pourrez les récupérer.

— Comment cela ?

L'apparition au sommet de l'échelle d'un énorme Noir, sa face de charbon animée de deux boules d'ivoire qui se mouvaient aussi hideusement que son cimeterre large et courbe, laissa en suspens la réponse. Le banquier fut pris l'or à la main, ce qui lui fit perdre aussitôt le bénéfice de son déguisement.

•

XXXIII

Un silence coupé seulement par les gémissements des blessés avait succédé aux clameurs.

Les passagers captifs furent poussés sur le tillac.

Par l'entrée du goulet, quatre galères très basses, bardées de canons, portant oriflammes vertes et pavillons rouges à tête blanche d'Alger, pénétraient dans la crique. À la poupe de la première galère, se tenait le *reis bachi*, chef de la petite flotte. Il portait le casque à longue pointe, semblable à celui des Sarrasins que combattirent les croisés. Drapé dans une djellaba de fine laine blanche brodée, il monta à bord de la galère maltaise, escorté de ses officiers, le *reis el-assa* son second, le *khopa* ou écrivain, le *vaoh-todji*, maître d'artillerie chargé de vérifier les avaries de la prise maltaise, et le *reis*-comptable chef des prises qui fit la grimace, car la belle galère lui parut trop endommagée par les fanatiques imbéciles de l'embuscade. Il fit des réflexions amères à ce sujet puis donna l'ordre de commencer méthodiquement le recensement des richesses capturées.

Les galériens de la chiourme qui étaient de la province d'Alger furent délivrés. Les autres furent transportés sur les galères algéroises. L'équipage maltais fut chargé de chaînes. Angélique vit passer, couvert de sang, Henri de Roguier, les poignets encerclés de fer, puis le chevalier de Nesselhood porté par trois colosses, mais lui aussi enchaîné, malgré les terribles blessures dont le sang dégouttait sans relâche.

Une escouade de *joldaks* ou janissaires débarquait pour prendre la place de l'équipage.

Les nouveaux captifs furent amenés devant le *reis* qui s'appelait Ali Hadji. Il ne se laissa pas prendre à leur triste mine, examina avec soin leurs mains pour voir si l'apparence convenait aux professions par eux déclinées. Certes, les mains du banquier n'étaient pas celles d'un tailleur, qu'il prétendait être. Et d'ailleurs la montre en or sertie de petits diamants, que l'état-major barbaresque se passa révérencieusement de main en main, promettait déjà beaucoup sur ses possibilités de rachat. On ne se fâcha pas trop de le voir refuser énergiquement de dire son nom et son adresse ainsi que sa nationalité. Cela viendrait en employant les moyens nécessaires. Les marchands confessèrent avec les mines de la plus grande sincérité qu'ils étaient des « officiers de fortune », ce qui en général sous-entendait qu'ils n'en avaient point.

La vue de Savary déchaîna tour à tour des moues de déception et la plus grande hilarité. On lui tâta les côtes, on examina la trame usée de ses vêtements. Le contenu du sac qu'il serrait sur son cœur provoqua l'ahurissement mêlé d'une certaine crainte superstitieuse. Puis un plaisantin dut faire remarquer que le sac et son propriétaire pourraient être réservés aux chiens maigres d'Alger. On le mit de côté, pour ne pas dire au rebut.

L'attention des rapaces se portait sur Angélique. Les yeux sombres des officiers algériens l'examinaient avec une curiosité qui n'était pas dénuée de déférence et même d'admiration. Ils échangèrent quelques mots brefs entre eux et le *reis* Ali Hadji lui fit signe d'avancer.

La capture par les Barbaresques était une éventualité si commune pour ceux qui se risquaient aux voyages qu'Angélique n'avait pas été sans l'envisager. Elle avait déjà dressé ses plans et sa décision était prise. Elle ne feindrait pas. Et elle jouerait de sa fortune et de sa situation d'épouse recherchant son mari, pour essayer coûte que coûte de regagner sa liberté. Les Algérois n'étaient pas des pillards désordonnés attaquant, brûlant, violant, pour la seule passion de la guerre et de ses plaisirs. Leur « industrie » de la course était organisée selon des lois assez rigides. Le butin devait être partagé et du moindre bout de voile au capitaine du vaisseau capturé, tout était catalogué pour être converti en espèces sonnantes. En ce qui concernait les femmes, surtout les blanches européennes, prises plus rares et de haute valeur, la cupidité l'emportait généralement sur la lubricité.

Angélique déclina son nom, ce nom qu'elle avait caché de longues années. Elle était la femme d'un grand seigneur français, Joffrey de Peyrac, qui l'attendait à Bône et qui certainement s'interposerait pour sa rançon. Il lui avait envoyé un messager, un de leurs coreligionnaires, Mohammed Raki, qui devait se trouver parmi les prisonniers et témoignerait pour elle.

L'interprète traduisit et le *reis* demeura impassible. Il demanda qu'on fît venir les musulmans repris.

Angélique craignait que Mohammed Raki n'eût été blessé ou tué au cours de la bataille, mais elle le vit et le désigna, suite à quoi ordre fut donné de l'embarquer séparément. Puis ce fut le tour des captifs chrétiens. Ils montèrent à bord d'une des galères barbaresques et furent entassés à la poupe où déjà étaient rangés pêle-mêle les blessés de l'équipage de Malte.

Les deux chevaliers étaient assis le dos appuyé contre la rambarde, défigurés par le sang coagulé de leurs plaies. Le soleil, maintenant au zénith, les accablait cruellement.

Angélique appela le Noir qui les gardait et lui signifia impérativement qu'elle mourait de soif. L'autre transmit la demande de la captive et le *reis* Ali Hadji lui fit porter aussitôt une aiguière d'eau douce. Sans se préoccuper des réactions que son geste provoquerait, Angélique alla s'agenouiller près du baron de Nesselhood, le fit boire puis lava doucement son visage tailladé à coups de cimeterre, tandis que le chevalier de Roguier se désaltérait à son tour.

Le *reis* ne s'était pas interposé. L'esclave chrétien qui avait apporté l'aiguière se pencha et dit à mi-voix :

— Si cela peut vous rendre service, messires les chevaliers, je vous dirai que je me nomme Jean Dillois et que je suis français de Martigues et depuis dix ans en esclavage à Alger. On me fait confiance. Je vous dirai donc que Mezzo-Morte, l'amiral d'Alger, savait que vous alliez à Bône et avait préparé le guet-apens où vous êtes tombés.

— Il ne pouvait pas le savoir, dit le gentilhomme allemand, remuant péniblement sa lèvre fendue.

— Il le savait, messire chevalier. Vous avez été trahis par les vôtres.

Un coup de plat de cimeterre sur les épaules le fit taire et il se retira avec l'aiguière.

— Nous avons été trahis. Souvenez-vous de cela, frère, quand vous reverrez Malte, murmura le chevalier de Nesselhood.

Ses yeux bleus se levèrent sur l'azur foncé du ciel.

— Moi, je ne reverrai pas Malte.

— Ne parlez pas ainsi, frère, protesta Henri de Roguier. D'autres chevaliers que nous ont vogué sur les galères de l'Infidèle qui se sont retrouvés libres ensuite, avec leurs tortionnaires dans la chiourme. Ce sont les hasards de nos combats.

— J'ai des comptes à rendre à Mezzo-Morte. Il a juré de me faire écarteler par quatre galères.

Une expression d'horreur passa sur le visage du jeune chevalier. La main enchaînée du baron de Nesselhood se posa sur la sienne.

— Souvenez-vous aussi de cela, mon frère, à quoi vous vous êtes engagé en prononçant vos vœux sous la bannière de Malte. Ce n'est pas une bonne mort pour un chevalier que de mourir dans une commanderie provinciale, paisible refuge des guerriers fatigués. C'en est une meilleure que de mourir l'épée à la main sur le pont de son navire. Mais la vraie mort des chevaliers, c'est LE MARTYRE !...

❦

Abandonnant la crique sanglante, la petite flotte avait franchi le goulet étroit et retrouvé la pleine mer. Les galères algériennes, vraies bêtes de course, taillées pour filer au creux vert des vagues comme le renard dans un vallon, étaient basses, étroites, et une fois installé à bord personne ne devait plus bouger de crainte de déranger son équilibre et de compromettre sa vitesse. Seuls les comites, Noirs ou Maures, couraient sur la coursive abattant leurs fouets sur l'échine des forçats chrétiens.

Chiourme et gardiens avaient échangé la couleur de leur peau, mais c'était de nouveau la mer et son aventure.

Le *reis* Ali Hadji à fréquentes reprises regarda vers Angélique. Elle devinait qu'il parlait d'elle avec son *keteb*[1], mais ne pouvait comprendre ce qu'ils disaient. Le vieux Savary avait réussi à se glisser près d'elle.

— Je ne sais si Mohammed Raki soutiendra mes déclarations, lui dit-elle. Et mon mari, que va-t-il penser de tout cela ? Peut-il payer ma rançon ? Viendra-t-il à mon secours ? J'allais vers lui et je m'aperçois que j'ignore tout de lui. S'il a longtemps vécu en Barbarie, il pourra mieux qu'un autre s'entremettre avec nos ravisseurs. Ai-je eu raison de me présenter ainsi ?

— Vous n'avez pas eu tort. La situation était assez compliquée pour que vous n'ayez pas de scrupules à l'embrouiller davantage. Vous y gagnerez au moins, si vous tombez sur des juristes de l'Islam, de ne pas risquer les « derniers outrages ». Le Coran interdit qu'un de ses adeptes acquière une femme qui a encore son mari vivant, car le péché d'adultère est fortement réprouvé. Par contre, j'ai entendu ce que le *reis* disait lorsque vous lui avez été présentée : « C'est elle ? — Oui, c'est elle. — Notre mission est donc accomplie. Mezzo-Morte et Osman Ferradji seront contents. »

— Qu'est-ce que cela signifie, Savary ?

Le vieillard eut un geste d'ignorance.

---

1. « Écrivain. »

Malgré le vent le soleil brûlait. Angélique, courbaturée par sa position incommode, assise à même le plancher de la galère, essayait de dérober son visage aux rayons cuisants. Ce devait être un cauchemar, cette capture si près du port. C'était par trop injuste ! Que son mari, le ressuscité qu'elle avait tant pleuré fût à si peu de distance et qu'un sort malin la détournât encore, cela ressemblait à ces poursuites vaines et épuisantes que créent les phantasmes du sommeil.

La nuit les galères algéroises passèrent au large de Bône. Angélique, qui ne dormait pas et comptait les étoiles, le devina. De nouveau son esprit se débattit. C'était trop bête et trop affreux de le manquer de si peu !

Puis l'espoir renaissait. Après tout, rien n'était perdu, mais simplement retardé. À Alger, l'amiral des Barbaresques était un renégat d'origine italienne, ce Mezzo-Morte qui avait grand renom. Elle pourrait s'expliquer avec lui, et son mari accourrait pour la délivrer, car elle ne doutait pas qu'il fût devenu influent, sinon riche. Elle s'endormit et crut entendre son pas boiteux résonner sur les dalles d'un long vestibule désert. Mais le pas inégal ne se rapprochait pas d'elle. Elle avait beau tendre l'oreille, il s'éloignait, s'éloignait toujours jusqu'à se perdre dans les rumeurs de la mer.

Troisième partie

Le Grand Eunuque

XXXIV

Alger la Blanche s'éveille. Le soleil dore les deux vieilles tours espagnoles, vestige de l'occupation ibérique, qui dut, au XIVe siècle, céder le pas au Turc asiatique. La lumière atteint la pointe des minarets d'un vert ou d'un gris très doux, de hauts minarets quadrangulaires, osseux et volontaires, qui ne ressemblent pas aux énormes cierges d'Orient. Sali Hassan, pacha de la Sublime Porte, songe une fois de plus qu'il n'aime pas ces minarets d'Alger. Ils sont à l'image de ces Algériens anguleux, toujours au bord de la dissidence, et plus encore de ces *reis* renégats qui apportent parmi l'oisiveté chère aux Orientaux l'ardeur, l'activité, l'âpreté au gain des chrétiens et des races septentrionales. Maudits soient Endj' Ali, le Calabrais, et Ali Bitchin le Vénitien, et le Flamand Uver, et le Rochelois Soliman, et les Danois Simon Dantsat et Éric Jansen, et les Anglais Sanson et Edward, et le pire de tous, ce Mezzo-Morte, lui aussi fils de Calabre, en Italie. Ce sont eux, les renégats qui ont fait d'indolents musulmans des aigles de mer rapaces et infatigables et qui ont transmis le virus de la course aux janissaires eux-mêmes. Peu s'en fallut l'an dernier que Sali Hassan, pacha d'Alger, ne fût assassiné par ses propres troupes, pour les avoir encouragées à se contenter de leur solde. Il a fallu céder et les laisser s'embarquer à leur tour comme volontaires pour tenter leur chance.

Sali Hassan Pacha, délégué du grand Divan turc en cette forteresse sauvage d'Alger, se console en se disant que ce sont eux aussi, les renégats, qui ont fait d'Alger la grande écumeuse des mers. Et le huitième des richesses razziées ne revient-il pas de droit au pacha ? Il a acheté son *pachalik*[1] par de coûteux présents. Il lui faut rentrer dans ses débours et faire fortune dans le court délai de trois ans qui lui est accordé. S'il n'est pas assassiné ou empoisonné d'ici là, il retrouvera Constantinople et son luxe indolent. Mezzo-Morte a bien raison d'armer sans cesse, d'encourager les *reis*, d'entraîner ses troupes et ses mariniers. La ville ne vit que d'eux et par eux. Il n'est à Alger ni industrie ni commerce. Si la Course s'arrêtait, la population mourrait littéralement de faim. Le pacha, privé du plus important de ses revenus, ne pourrait même plus payer la solde mensuelle des janissaires ; l'émeute éclaterait et se terminerait par le meurtre du souverain vice-roi et de ses conseillers, le renversement du Divan. Le maintien de l'ordre et de l'existence d'une population de cent mille âmes dépend de la piraterie, depuis la subsistance du plus misérable fellah jusqu'à celle du chef suprême de l'État. Pour cela, il faut razzier encore, razzier toujours. Le jour

1. « Sa charge. »

qui se lève amènera-t-il au port d'autres vaisseaux victorieux ?

Sali Hassan Pacha se pourlèche les lèvres en songeant au grand galion de Naples que Mezzo-Morte a capturé la semaine passée. Chargé de blé, de dix mille paires de bas de soie, vingt caisses de fil d'or, dix mille caisses de brocatelle, soixante-dix canons, dix mille boulets et cent trente captifs dont beaucoup de qualité, qui vont payer d'énormes rançons. Mais de telles aubaines ne se renouvellent pas tous les jours. Cependant, on peut toujours les espérer. C'est là l'attrait subtil de la Course, la chance, le coup de dé.

Le pacha s'installe devant la fenêtre de son palais, qui domine la mer. Et tandis que ses pages entreprennent d'enrouler autour de son auguste tête des aunes et des aunes de mousseline verte, il demande sa longue-vue de marine, d'ébène cerclé d'or, et guette l'horizon.

❦

Le soleil est descendu de la pointe des minarets, où les muezzins psalmodient la prière du matin, jusqu'aux toits plats qui s'étagent de terrasse en terrasse. On voit alors s'y étirer de souples formes blanches. Les femmes ont dormi là, chassées de leurs appartements par la chaleur étouffante. Elles se sont étendues face aux étoiles, écoutant avec curiosité les rumeurs de la ville et celles de la mer, l'aboiement des chiens maigres et les cris des rixes qui viennent du bagne des esclaves chrétiens. Maintenant c'est le jour. Les eunuques vigilants pressent leurs administrées de rentrer au bercail, c'est-à-dire de regagner les profondeurs grillagées et ombrées du harem, au sein des riches habitations des citadins d'Alger.

Ces habitations sont groupées près de la mer, dans la partie occidentale de la ville. C'est le quartier de la Marine, fief de la puissante corporation des *reis*, la Taïffe, que le pacha résident de Constantinople considère non sans inquiétude du haut de la colline. Là vivent l'amiral d'Alger, et les grands *reis*, ceux qui prennent encore la mer et ceux qui se sont retirés après fortune faite. Ils y ont pour voisins et pour vassaux leurs équipages et aussi toute cette population qui vit de la mer : cordiers, constructeurs de bâtiments, fabricants de goudron et de brai, marchands de biscuits et de poissons salés et, un peu plus loin, les marchands d'esclaves et ceux qui trafiquent sur les cargaisons prises, et les juifs, changeurs de monnaie, accroupis à la turque devant leurs petites tables où ils ont des paras, des piastres ou patagons, des écus d'or en piles.

❦

Un rayon de lumière s'est glissé par les étroites ouvertures du bagne du pacha, ou de celui d'Ali-Rami, ou de celui des Corlourlis, celui du Beylik, derrière la cassine des janissaires ou d'Ali Arabadji près de la mosquée. Sur leurs nattes de jonc ou leurs lits de bois grossier, les esclaves s'éveillent. Ils ont rêvé du ciel gris de l'Angleterre ou de la Normandie, de la terre rouge espagnole, des oliveraies d'Italie. Ils ouvrent les yeux et voient la pièce froide et nue du bagne. Le mot vient de *baño*, le bain en espagnol et s'est longtemps prononcé « baing ». C'est dans le bâtiment isolé réservé au bain qu'on a enfermé tout d'abord les esclaves, mais plus tard les particuliers n'ayant pas de bain assez vaste pour contenir leurs centaines d'esclaves, on a fait construire des bâtiments spéciaux. Le nom est resté. L'intérieur du bagne ressemble à celui de toutes les maisons d'Alger : une cour intérieure entourée d'une galerie surmontée d'un étage. Des cloisons y aménagent des chambres qui peuvent contenir de quinze à vingt personnes. Aucun ameublement en dehors des nattes et des lits fabriqués par les captifs eux-mêmes, quelques écuelles et jarres de terre cuite destinées à contenir l'eau et à préparer les aliments. Le patron s'occupe peu de la nourriture de l'esclave. Celui-ci a deux heures par jour pour se trouver à manger.

Le gardien Bachi presse les esclaves de partir au travail. Cet utile fonctionnaire est habituellement un renégat qui parle toutes les langues. Sa place est fort recherchée, car lucrative et peu fatigante. Quelques aides l'assistent. Son rôle se borne à maintenir un certain ordre à l'intérieur du bagne, à exiger que les chambres et les galeries soient nettoyées et blanchies à la chaux une fois par semaine et à s'assurer que tous les captifs sont bien rentrés au moment du couvre-feu. C'est encore lui qui, lors de la formation des équipes de Course, répartit la chiourme par escouades et désigne à chacun la place qu'il devra occuper à bord comme *bogavant*, *postice* ou *tercerol*. Il va les inspecter soigneusement pour s'assurer qu'aucun d'entre eux n'est atteint de maladie contagieuse et les faire entièrement laver et raser avant le départ. Il leur distribue en même temps cinq aunes de toile pour se fabriquer un caleçon et une chemise de galère : c'est la seule occasion où le patron daigne s'occuper de l'habillement de ses esclaves.

On rencontre de tout aux bagnes d'Alger : l'Italien souple et retors côtoie le Moscovite brutal et dur. L'Espagnol hautain et vindicatif méprise l'Anglais qui se laisse facilement gagner par la mélancolie. Catholiques, luthériens, calvinistes, puritains, schismatiques et nicolaïtes, toutes les proliférations de l'arbre chrétien s'y rassemblent, et princes et valets, militaires et marchands. Et les bonnets de laine et les culottes goudronnées et fripées se mêlent aux soutanes et aux robes de bure, aux boléros brodés et aux vestes bariolées d'Albanie ou d'Italie.

❦

La clarté du jour pénètre de plus en plus au cœur de la ville. Elle rôde près de la porte Bab-Azoun et découvre un haut mur. Le long de ce mur sont fixés d'énormes crochets en forme d'hameçon, la pointe dressée en l'air. Ce sont les « ganches », le mur du supplice favori des Algérois. Du haut de la muraille, la victime a été jetée sur ces crocs qui la transpercent au hasard dans une partie quelconque du corps. En ce clair matin, deux corps agonisent, retenus par les aisselles, le ventre traversé. C'est le troisième matin qui ramène sur eux la brûlure du soleil et le lent tournoiement des mouettes voraces et criardes qui leur ont déjà crevé les yeux.

XXXV

Pour les galères venant du large, ce fut d'abord le silence subit. On ne percevait plus que le bruit de l'étrave dans une eau qui se calmait peu à peu.

Angélique redressa sa nuque engourdie. Elle vit que le baron de Nesselhood avait le visage tourné vers l'avant.

— Alger, murmura-t-il.

Et soudain, ils commencèrent à entendre la ville. Elle envoya vers eux sa rumeur grondante, sa voix faite de mille voix.

Entre deux môles prolongés de tours, elle apparut blanche, aride.

La galère capitane pénétra dans le port, traînant derrière elle, dans les flots, la bannière de l'Ordre de Saint-Jean-de-Jérusalem.

Le pavillon en lamé d'or du *reis* Ali Hadji, au sommet du mât, se joignait aux multiples banderoles qui flottaient au vent. L'étendard rouge à figurine blanche et le pavillon vert aux croissants de lune étaient déployés. La première galère tira un coup de canon, auquel répondirent les canons des forts d'Alger.

La foule s'assembla sur le quai, poussant des cris aigus de joie.

Les captifs furent descendus à quai, les deux chevaliers de Malte les premiers, dans leurs cottes de mailles rouges de combat, puis les mariniers et les soldats, enfin les passagers. Angélique fut isolée du groupe par des janissaires en armes.

Les autres, enchaînés deux par deux et escortés par l'équipage triomphant des Barbaresques, furent poussés le long de la rampe de la Marine et acheminés vers la Jemina, la demeure du pacha, auquel ils devaient d'abord être présentés afin que celui-ci pût faire son choix parmi eux.

La foule continuait à les presser de toutes parts. Une clameur aiguë, lancinante, jaillissait de cette masse de spectres blancs, aux faces d'ocre où roulaient des yeux terribles. Il s'y mêlait des faces blêmes d'esclaves chrétiens, barbus et déguenillés, qui braillaient dans toutes les langues. Ils criaient leurs noms avec l'espoir que dans le nouvel équipage capturé se trouvaient des compatriotes qui pourraient leur donner des nouvelles de leurs familles.

— Je suis Jean Paraguz, de Collioure… Connaissez-vous les miens ?

— Je suis Robert Toutain, de Sète…

Les janissaires turcs, aux paupières bridées et aux shakos emplumés, brandissaient des fouets de nerfs de bœuf dont les coups tombaient au hasard, tandis que sur Alger la Barbaresque, le soleil d'Afrique achevait de tirer son tendelet de soie d'or.

Dès l'arrivée au batistan, Angélique fut conduite à l'étage dans une petite pièce obscure, blanchie à la chaux. Elle se recroquevilla dans un coin, écoutant les rumeurs démentes qui venaient du dehors.

Peu après, le rideau se souleva et une vieille musulmane, brune et ridée comme une nèfle, se présenta.

— Mon nom est Fatima, dit-elle avec un beau sourire sympathique, mais les captives m'appellent Mireille la Provençale.

Elle apportait deux galettes de miel, de l'eau vinaigrée et légèrement sucrée, ainsi qu'un carré de dentelle pour mettre sur son visage afin de ne pas le hâler. Précaution qui venait un peu tard : Angélique se sentait cuite par le soleil, et même des sensations de brûlure lui démangeaient le front. Elle aspirait aussi à se laver. Sa robe était toute fripée par les embruns et le goudron fondu des planchers.

— Je te conduirai aux bains après la vente des autres esclaves, dit la vieille femme. Il faut attendre un peu car cela ne peut avoir lieu avant la prière de Dohr.

Elle parlait le franco, ce sabir des esclaves fait d'espagnol, d'italien, de français, de turc et d'arabe.

Mais peu à peu, le français qui avait été sa langue natale lui revint. Elle raconta qu'elle était née près d'Aix-en-Provence. À seize ans, elle était entrée en service chez une grande dame marseillaise. C'était en accompagnant sa maîtresse qui allait rejoindre son époux à Naples, qu'elle avait été razziée par les Barbaresques. Petite servante sans attraits, elle avait été vendue quelques sequins à un musulman pauvre, tandis que la grande dame était gardée pour un harem princier.

Mireille-Fatima, devenue vieille et veuve, gagnait maintenant quelques piastres en allant au batistan s'occuper des nouvelles captives. Des marchands, soucieux d'exposer une marchandise attrayante, demandaient ses services. Elle lavait, peignait, réconfortait les malheureuses, souvent mises à mal par une traversée épouvantable et la terreur de leur nouvelle condition.

— Que je suis fière, s'exclama-t-elle, d'avoir été désignée pour m'occuper de toi ! Tu es cette Française que le pirate Rescator a achetée trente-cinq mille piastres et qui s'est enfuie aussitôt. Mezzo-Morte avait juré de te capturer avant que son rival ne remette la main sur toi.

Angélique la regardait avec des yeux horrifiés.

— Ce n'est pas possible, bégaya-t-elle. Mezzo-Morte pouvait-il savoir où j'étais ?

— Oh ! il sait tout. Il a des espions partout. Avec Osman Ferradji, le Grand Eunuque du sultan du Maroc qui est venu sur la côte pour trouver des femmes blanches, ils ont frété une expédition pour te capturer.

— Mais pourquoi ?

— Parce que tu as la réputation d'être la plus belle captive blanche de la Méditerranée.

— Oh ! Je voudrais être horrible, s'écria Angélique en se tordant les mains. Difforme, affreuse, un laideron…

— Comme moi, dit la vieille Provençale. Lorsqu'on m'a capturée, je n'avais pour moi que mes dix-huit ans et une grosse poitrine. Je claudiquais un peu. Celui qui m'a achetée, mon mari, était un brave artisan, un potier, qui est resté pauvre toute sa vie et n'a jamais eu de quoi se payer une concubine. J'ai trimé comme un âne, mais je préférais cela. Nous autres chrétiennes, nous n'aimons pas le partage.

Angélique passait sa main sur son front douloureux.

— Je ne comprends pas. Comment ont-ils pu tendre ce piège ?

— J'ai entendu dire que Mezzo-Morte avait envoyé vers toi, à Malte, son conseiller favori Amar Abbas afin de te décider à t'embarquer pour une destination où l'on pourrait te surprendre.

Angélique secouait la tête, ayant peur de comprendre.

— Non… Je n'ai reçu personne… Seul un ancien serviteur de mon mari, nommé Mohammed Raki…

— C'était lui, Amar Abbas.

— Non, impossible !

— L'homme que tu as reçu n'était-il pas un Berbère, avec une petite barbe sans couleur ?…

Angélique était incapable d'articuler un mot.

— … Attends, reprit la vieille esclave, il me vient une idée. Tout à l'heure j'ai vu Amar Abbas qui discutait sur la place intérieure du batistan avec le *oulik*, Sadi Hassan. Je vais voir s'il est encore là et te le désignerai.

Elle revint quelques instants plus tard, portant sur ses bras un grand voile.

— Enveloppe-toi là-dedans. Cache ton visage. Ne montre que tes yeux.

Elle la guida le long de la galerie couverte qui faisait le tour de l'étage. De là, leurs regards plongeaient sur la tour carrée du batistan.

❦

La vente était commencée. Les nouveaux esclaves étaient nus. Leurs corps pâles et velus d'Européens, entassés, tranchaient sur l'assemblée de djellabas blanches, de caftans orangés, vieux rose ou vert Nil, des turbans crème qui sertissaient étroitement les médailles de bronze des visages mauresques et des amples potirons de mousseline dominant la face pain d'épices des Turcs. À droite, on voyait assis sur de somptueux coussins les chefs de la milice des chaouchs et de la Taïffe et aussi tous les anciens corsaires maures ou renégats que des expéditions heureuses avaient enrichis et qui jouissaient maintenant de leur fortune auprès de leurs harems sans cesse renouvelés par de nouvelles captives, dans leurs maisons de campagne où des centaines d'esclaves plantaient des oliviers, des orangers et lauriers-roses.

Entouré de négrillons qui l'éventaient mollement de grands éventails à long manche, un des favoris du pacha, son *oulik* ou chargé d'affaires, avait pris place. Avec les grands bourgeois et les officiers de la Taïffe, il représentait les maîtres du marché.

— Regarde, dit la vieille Mireille, l'homme qui se trouve à côté de lui et qui parle…

Angélique se pencha et reconnut Mohammed Raki.

— C'est lui, dit-elle.

— Oui, c'est bien lui Amar Abbas, le conseiller de Mezzo-Morte.

— Non, non, cria Angélique désespérée, il m'a montré la topaze et la lettre.

❦

Tout le jour, elle demeura prostrée, cherchant à comprendre ce qui était arrivé. Savary n'avait-il pas eu raison de se méfier du messager berbère ? Où était Savary ? Elle n'avait pas pensé à le chercher parmi la masse misérable des esclaves mis en vente. Elle savait seulement qu'elle n'avait pas aperçu les deux chevaliers.

Peu à peu, les rumeurs du batistan s'étaient apaisées. Les acheteurs étaient repartis vers leurs demeures, emmenant leurs nouveaux esclaves. Le banquier hollandais apprendrait-il ce soir à tourner la noria du puits dans la cour de quelque fellah ?…

La nuit tombait sur Alger la Blanche.

Seul, dans le silence nocturne de l'Islam, un lieu demeurait rouge, bruyant, sonore. Jusqu'au batistan, on entendait ses clameurs.

Fatima-Mireille s'était couchée sur sa natte, près du divan où Angélique essayait de trouver le sommeil. Elle souleva sa tête ridée et dit :

— C'est la Taverne du Bagne.

Pour endormir la prisonnière, elle lui parla longuement de ce lieu unique, la Taverne du Bagne d'Alger, où le vin et l'eau-de-vie coulaient à flots. Là les esclaves venaient échanger ce qu'ils avaient dérobé contre une petite portion de nourriture, là ceux qui étaient malades ou blessés venaient se faire soigner.

Et lorsqu'à l'aube, les quinquets d'huile commençaient à fumer et à grésiller, c'était là qu'on entendait les plus belles histoires du monde. Les Danois et les Hambourgeois contaient leurs pêches à la baleine, en Groenland, en quel temps le soleil paraît en Islande et quand la nuit de six mois s'achève, les Hollandais parlaient des Indes orientales, du Japon et de la Chine, les Espagnols rêvaient aux délices de Mexico et aux richesses du Pérou et les Français décrivaient Terre-Neuve, le Canada ou la Virginie. Car presque tous les esclaves sont gens de mer.

XXXVI

Le lendemain, on fit sortir de nouveau Angélique et on la conduisit au môle d'embarquement. Elle se trouva devant le *reis bachi*, Ali Hadji, entouré d'une nuée de jeunes garçons vêtus d'un simple pagne de soie jaune dans le nœud duquel était piqué un couteau. Un turban de même couleur les coiffait. La plupart étaient maures ou noirs, mais certains ne devaient leur peau brune qu'au soleil, et même l'un d'eux ouvrait des yeux bleus de nordique dans son visage couleur de pain doré.

Ils semblaient considérer la captive d'un air où le mépris le disputait à l'arrogance et à une froide haine. Elle eut l'impression de se trouver entourée de lionceaux, ou plutôt de jeunes tigres féroces, à côté desquels le corsaire arabe dans la force de l'âge semblait un être amène et sympathique.

Un caïque se balançait au pied du môle. Dix galériens enchaînés, blonds et roux, sans doute des Russes, tenaient les rames et un chaouch turc à grande courbache attendait, impassible, croisant ses forts bras musclés. Un des enfants sauta en voltige jusqu'à l'arrière et prit la barre.

Angélique s'installa, sous les regards insolents des enfants aux couteaux, perchés comme des cormorans sur le rebord.

Où allait ce caïque ? Pas vers le quai. Il se dirigea vers le large, contourna le môle, puis fila à toutes rames hors d'Alger, vers un promontoire montagneux. De là s'entendaient des coups sourds de mousquet, auxquels répondaient les claquements plus nasillards des pistolets.

— Où allons-nous ? demanda-t-elle.

Personne ne répondit. Un des jeunes garçons cracha dans sa direction sans l'atteindre et ricana ouvertement lorsque le *reis* lui adressa une observation menaçante. Ces voyous ne semblaient craindre personne.

L'éclaboussure de quelques balles de fusil ricochant sur les flots, rejaillit.

Angélique eut un geste nerveux et considéra tour à tour les occupants du caïque. Le *reis bachi* n'avait pas eu un tressaillement, mais voyant le regard interrogateur de sa captive, sa bouche s'étira dans un sourire suave et il eut un geste empressé comme s'il l'invitait à assister à un spectacle de choix.

Deux groupes apparurent au détour du promontoire. Une felouque à deux mâts montée par des chrétiens barbus, armés de sabres et de fusils et un essaim de jeunes nageurs à turbans jaunes, qui s'étaient jetés de quelques barques fort éloignées avaient rejoint la felouque à la nage et entreprenaient de l'assaillir. Ils plongeaient, passant sous le bateau pour reparaître à un endroit moins défendu, grimpaient comme des singes, coupaient les cordages et se battaient à mains nues contre les esclaves, esquivant leurs coups de plat de sabre pour finalement en venir à bout dans une lutte au corps à corps.

Du haut de la dunette, un homme en djellaba courte et coiffé également d'un turban jaune, encadré de deux pages chamarrés, suivait avec attention la feinte de combat, qu'il dirigeait. De temps en temps, il saisissait son porte-voix et vomissait un flot d'injures en arabe, franco et italien, destiné aux maladroits cadets qui se faisaient expédier par-dessus bord ou ceux qui, blessés et rompus de fatigue, hésitaient à repartir à l'assaut.

L'escorte des jeunes lions du caïque entra en transes à la vue du combat. Pressés de reprendre part à l'exercice, ils sautèrent comme une nuée de grenouilles et nagèrent vivement vers le navire. Les rameurs, distraits par le spectacle, ralentissaient leur vogue. Un coup de courbache les rappela à l'ordre. Le caïque bondit en avant et s'approcha de la poupe du navire.

❦

— Ye soui Mezzo-Morte soi-même, dit l'homme en un français teinté d'un fort accent italien.

Il bomba le torse sous la djellaba de satin rouge qui le faisait ressembler à un bourgeois du Moyen Âge. Ses longues babouches de cuir niellées d'or et d'argent complétaient sa ressemblance. Il était assez trapu et les multiples bijoux dont il se couvrait les mains, les diamants qui scintillaient sur son turban, ne donnaient pas le change sur ses origines. Parti de très bas, on devinait, sous sa défroque de prince des *Mille et une Nuits*, le pauvre pêcheur calabrais rustaud, affamé, avide, qu'il avait été dans sa jeunesse.

Cependant l'œil était noir, perspicace, avec une flamme d'ironie mordante. De son temps de pauvre pêcheur calabrais, il conservait à l'oreille un petit anneau d'or. Angélique se souvint à temps qu'elle avait devant elle le grand amiral d'Alger, chef de la Taïffe et de la flotte corsaire la plus redoutée de la Méditerranée. Il pouvait dicter ses ordres au pacha et la ville entière dépendait de lui. Elle esquissa une révérence, ce qui parut combler d'aise l'éminent personnage. Il la considéra d'un air de satisfaction profonde puis, s'adressant au *reis* Ali Hadji, il lui parla avec volubilité. Angélique devina à leur mimique et aux quelques mots d'arabe qu'elle comprenait qu'il le félicitait d'avoir si parfaitement accompli sa mission. Elle était angoissée car ces clins d'œil entendus lui semblaient plus chargés de menaces que le regard de connaisseur dont un marchand d'esclaves jauge une nouvelle captive.

— Amiral, dit-elle, lui donnant le titre que la chrétienté même lui reconnaissait, voulez-vous avoir la bonté de me rassurer sur mon sort ? Considérez que je n'ai pas cherché à tromper vos gens par un nom d'emprunt ni à leur cacher que je possède une fortune en France et que j'ai entrepris ce voyage pour retrouver mon mari, qui réside à Bône et pourra s'interposer pour ma rançon.

Mezzo-Morte l'écoutait en branlant la tête affirmativement. Ses yeux se plissaient de plus en plus et elle fut étonnée de le voir pouffer et s'étrangler dans une quinte de rire silencieux.

— C'est très juste, madame, fit-il en reprenant son souffle. C'est une grande satisfaction pour moi de savoir que nous n'aurons pas à aller plus loin que

Bône pour les pourparlers de votre rédemption. Mais êtes-vous bien sûre de ce que vous avancez ?

Angélique affirma avec force qu'elle ne mentait pas, n'y ayant par ailleurs aucun avantage. Si l'on doutait d'elle, on pouvait questionner le musulman Mohammed Raki qui se trouvait avec elle sur la galère de Malte. C'était un messager que son mari lui avait envoyé de Bône.

— Je sais, je sais, marmonna Mezzo-Morte, tandis que la terrible lueur ironique de son regard prenait une intensité presque cruelle.

— Connaîtriez-vous mon mari, demanda Angélique. En islam, il s'est fait nommer Jeffa el-Khaldoun.

Le renégat branla la tête d'un geste qui ne signifiait ni oui ni non. Puis il éclata de rire de nouveau. Ses deux pages, ennuagés de soieries vert pistache et framboise, firent chorus. Il leur jeta un ordre bref. Les deux garçonnets se précipitèrent pour apporter un coffret rempli de rahat-loukoum. Mezzo-Morte s'en emplit la bouche puis, le visage impénétrable, il se remit à examiner le combat qui se déroulait toujours sur le pont, tout en mâchonnant les sucreries. C'était un travers qu'il partageait avec son collègue d'en face, le grand amiral de la flotte française, le duc de Vivonne.

— Amiral, insista Angélique soulevée d'espoir, je vous en supplie, dites-moi la vérité ! Vous connaissez mon mari ?

Mezzo-Morte fixa sur elle son regard noir.

— Non ! fit-il brutalement. Et vous n'avez pas à me parler sur ce ton ! Vous êtes une captive, ne l'oubliez pas ! Nous vous avons trouvée sur une galère de Malte, la pire nation ennemie de l'Islam, et commandée par mon pire ennemi le baron de Nesselhood, qui m'a coulé mille cinquante barques, trente et une galères, onze vaisseaux, onze mille hommes d'équipage, délivré quinze mille captifs. Pourtant, c'est un beau jour pour moi. Nous avons fait d'une pierre deux coups. C'est ainsi que l'on dit en français, je crois ?

Malgré son fort accent, son français était fourni et volubile. Elle avait peine à le suivre.

Elle protesta avec véhémence que si elle se trouvait à Malte, c'est qu'elle avait été recueillie par une galère de la Religion alors qu'elle était sur le point de faire naufrage sur une malheureuse barque venant de Candie.

— Vous veniez de Candie ? Que faisiez-vous là-bas ?

— À peu près la même chose qu'ici, dit Angélique avec amertume. J'avais été capturée par un pirate chrétien et j'ai été vendue comme esclave. Mais j'ai réussi à m'échapper, acheva-t-elle en le regardant avec défi.

— C'est donc bien vous cette esclave française que le Rescator avait acquise pour le prix extravagant de deux galères et qui lui a échappé le soir même ?

— Oui, c'est moi, en effet.

Brusquement, un rire homérique secoua Mezzo-Morte. Il sautillait et s'administrait des claques sur les cuisses, accompagné dans cette danse exubérante par ses deux mignons poussant des cris aigus.

Un peu calmé, il demanda comment elle avait fait pour échapper au Magicien de la Méditerranée.

— J'ai mis le feu au port, répondit Angélique en exagérant à peine.

— C'est donc bien vrai, cet incendie dont ils se lamentaient tous ?

Les yeux de Mezzo-Morte pétillaient d'une joie intérieure difficilement contenue. Il demanda encore s'il était exact que le Rescator l'avait « soufflée » au sultan de Constantinople et à l'Ordre de Malte, qui avait poussé ses enchères jusqu'à vingt-cinq mille piastres ?

— Et pourquoi n'êtes-vous pas restée à goûter les délices de ce damné magicien ? Ne venait-il pas de vous prouver qu'il vous comblerait de richesses ?

— Je ne cours pas après la richesse, répondit Angélique. Je ne suis pas partie en Méditerranée pour jouer les odalisques près des pirates chrétiens ou musulmans, mais pour retrouver mon époux dont j'ai été séparée dix années et que j'ai longtemps cru mort.

Mezzo-Morte se tordit à nouveau de rire et Angélique fut saisie de rage. Cet homme était-il fou ? Ou bien, était-ce elle qui le devenait ?

Le renégat ne se calmait pas : il en pleurait. De temps en temps son hilarité s'apaisait, puis il paraissait songer à un détail particulièrement comique de ce qu'il venait d'apprendre et il éclatait de nouveau.

— C'est la même, hoquetait-il, entends-tu, Ali Hadji, c'est la même !…

Le *reis* arabe, quoique avec plus de discrétion, riait aussi.

Angélique avec patience répéta ce qu'elle avait déjà exposé et qui pourrait les ramener, espérait-elle, à une plus saine raison : elle avait de l'argent, elle pourrait en faire venir de France pour son propre rachat. Mezzo-Morte se dédommagerait largement des frais d'expédition du guet-apens organisé par lui à l'île de Cam…

Le rire de l'Italien se cassa net, sa voix se fit incisive.

— Car vous jugez que c'est un guet-apens ?

Elle fit un signe affirmatif. Mezzo-Morte leva le doigt et dit que dans sa longue carrière de marin et de razzieur, c'était la seule femme qu'il eût rencontrée ayant un jugement sûr et le conservant malgré le trouble de la captivité.

— C'est bien la même, Ali Hadji. Cette Française qui avait rendu fou cet idiot d'Escrainville qui n'a pu en venir à bout, à ce qu'il paraît, et que le Rescator a payée le prix qu'on ne vit jamais payer une esclave et pour la perdre ensuite… parce qu'elle a mis le feu au port. Ha ! ha !

Il observa Angélique avec acuité, détaillant sa silhouette dans sa robe fatiguée, son visage rougi par le soleil, ses cheveux qu'elle n'avait pu coiffer et que le vent emmêlait. Elle soutint son regard avec fermeté. Mezzo-Morte était un rustre, mais il avait reçu en don du ciel, avec un flair de marin infaillible, celui de sentir les êtres, ce qui l'avait mené assez rapidement à les dominer. L'apparence piteuse de sa captive ne le trompa pas. Ses yeux de bandit calabrais se mirent à briller comme du jais et un rictus féroce et sardonique découvrit ses dents blanches.

— Je comprends maintenant, fit-il à mi-voix. C'est bien la même, Ali Hadji, la même femme de la lettre et la même qu'*il* a achetée à Candie. C'est vraiment trop beau, c'est inespéré ! Maintenant je le tiens, le Rescator, maintenant il lui faudra bien s'humilier, passer par les fourches caudines. J'ai trouvé le défaut de la cuirasse, celle de tous ces imbéciles : la « Femme ». Ah ! il nous dominait. Ah ! il s'amusait à nous désorganiser notre trafic d'esclaves. Ah ! il se croyait déjà le maître, avec son argent inépuisable. Sans lui, je serais déjà grand amiral du sultan, mais je sais qu'il m'a desservi près du Grand Seigneur. Il se glissait partout et du Maroc à Constantinople, les mains pleines d'or et d'argent, il n'avait que des alliés. Mais maintenant, je le réduirai à merci. Il devra quitter la Méditerranée, entends-tu, Ali Hadji. Il quittera la Méditerranée et JAMAIS N'Y REVIENDRA !

Il étendit les bras comme en extase.

— Et alors je serai LE MAÎTRE. J'aurai vaincu mon pire ennemi, le Rescator… Mon pire ennemi.

— Vous avez beaucoup de pires ennemis, ce me semble, dit Angélique, ne pouvant dissimuler son ironie.

Son ton cinglant coupa net le délire du renégat.

— Oui, beaucoup en effet, riposta-t-il, glacial, et vous verrez bientôt comment je les traite. *Perbacco !* je commence à comprendre comment vous avez failli rendre fou ce pauvre Escrainville qui n'a déjà pas la tête très solide. Asseyez-vous donc.

Angélique se laissa tomber plutôt qu'elle ne s'assit sur le matelas de velours vert qu'il lui désignait. Elle ne voyait plus clair. L'amiral d'Alger s'accroupit à la turque près d'elle et, prenant le coffret de rahat-loukoum, le lui tendit. Dans son état de faiblesse et d'inanition, Angélique accueillit avec joie ces friandises à base d'algue qui lui avaient fort déplu à Candie. Elle avança la main, mais la retira aussitôt, frappée d'une vive douleur. Sur sa chair quatre longues raies saignaient. Les ongles rouges d'un des mignons de l'amiral l'avaient griffée cruellement.

L'incident rendit sa bonne humeur à Mezzo-Morte.

— Ah ! ah ! les petits agneaux, fit-il avec un rire gras. Vous avez éveillé leur jalousie. Ils n'ont pas coutume de me voir m'intéresser de si près à une femme, jusqu'à partager avec elle les sucreries qui leur sont réservées. Il est vrai que la chose est inhabituelle. Pas de femme ! C'est le principe qui fait la puissance des grands chefs et des grands eunuques. La femme c'est le désordre, la faiblesse, les idées troublées, la tête à l'envers et finalement la cause des plus grandes sottises que peut commettre un homme qui, à part cela, avait tout pour triompher. Mais la méthode des eunuques pour se préserver de ce péril me paraît trop radicale. J'ai d'autres goûts.

Il rit encore, caressa la tête crépue de son farouche favori, un jeune Noir fardé jusqu'aux yeux. L'autre favori, fardé aussi, était un Blanc aux yeux noirs. Un petit Espagnol sans doute. Ces enfants razziés sur les côtes méditerranéennes étaient destinés à devenir renégats, de gré ou de force. En employant tour à tour les caresses et les menaces, leur maître finissait toujours par obtenir leur adhésion, car ce consentement était nécessité : nul ne pouvait être circoncis avant d'avoir prononcé la formule sacramentelle : « Il n'y a de Dieu que Dieu et Mahomet est son prophète. » Les nouveaux croyants pouvaient devenir ensuite les Narcisses et les Pallas des grands *reis* et des pachas.

— Les enfants sont fanatiques. On peut se les attacher corps et âme. Si je leur en donnais l'ordre, mes cadets vous dépèceraient comme des loups. Voyez les regards qu'ils vous jettent. Quand ils monteront à l'abordage d'une barque chrétienne, ils boiront du sang des chrétiens. Ils n'ont pas droit au vin, que voulez-vous !…

Angélique était trop lasse pour montrer sa répugnance. Mezzo-Morte la couva d'un regard lourd.

Elle l'avait mortellement offensé, tout à l'heure, et il n'était pas homme à pardonner.

— Vous êtes fière, dit-il. Je hais la fierté chez les femmes comme je la hais chez les chrétiens. Ils n'en sont pas dignes.

Brusquement il se remit à rire, d'un rire féroce qui n'en finissait pas.

— Pourquoi riez-vous ? demanda Angélique.

— Parce que vous êtes fière, arrogante, et parce que moi seul SAIS CE QUI VA VOUS ARRIVER. C'est cela qui me fait tant rire, comprenez-vous ?

— J'avoue que non.

— Qu'importe ? Vous comprendrez bientôt.

XXXVII

Cette nuit-là, Angélique dormit à bord d'une galère de Mezzo-Morte, mouillée dans le port.

Fatima-Mireille se présenta pour la servir.

Angélique lui donna un de ses bracelets et lui demanda de passer la nuit auprès d'elle. La présence haineuse et jalouse des cadets à turbans jaunes qui gardaient le navire la hantait. La vieille s'installa sur une natte, en travers de sa porte. Angélique dormit comme une masse, recrue de fatigue. Le lendemain, la vieille dut aller à terre et ne revint que le soir, très excitée. La ville était en liesse. Ce matin, on avait vu surgir une vingtaine de vaisseaux ronds que l'on croyait à jamais perdus sous les flots. C'était ce qui restait de l'énorme flotte qui avait quitté Alger deux ans plus tôt pour une expédition vers la plus grande mer, celle qu'on atteint en passant sous le feu des Espagnols, entre Ceuta et Gibraltar.

Dans les lointains de l'océan immense, les Barbaresques s'étaient engloutis et voici qu'ils revenaient, les yeux emplis de visions étranges, d'un pays de brumes s'ouvrant sur des montagnes de glace. Ils décrivaient le monde immobile et gelé où trois soleils tournent dans des halos bleus et roses au cours d'une nuit sans fin. Bien des navires avaient péri dans des tempêtes démoniaques où tous les djinns des vents se rassemblent pour craquer les vaisseaux comme des noix. Ceux qui y avaient échappé ramenaient cependant huit cents esclaves, toute la colonie islandaise installée là-bas par le roi du Danemark.

Tout Alger défilait pour contempler ces créatures du Septentrion, blanches comme la neige avec des cheveux d'une blondeur de lune. Les femmes entassées nues sur le quai, avec leurs chevelures irréelles flottant sur le bleu de la mer, ressemblaient à des sirènes exilées. Mais la vieille Provençale hochait la tête : elles étaient camardes, disait-elle, sans cils et sans sourcils, les yeux chassieux et qui ne semblaient pas pouvoir supporter l'éclat du soleil d'Afrique, et l'affreux voyage qu'elles venaient de subir les avaient réduites à l'état de squelettes. Le premier moment de curiosité passé, elles ne se vendraient pas cent patagons chaque. On n'imaginait pas un de ces bons musulmans quelque peu superstitieux mettant volontiers dans sa couche une de ces larves gelées et hébétées. Ce qu'il leur fallait aux hommes de l'Islam, c'étaient des femmes bien en chair, au sang chaud, le muscle souple, le tempérament affamé et jamais lassé du travail de l'amour, tout ce qu'elle avait été elle-même, Fatima, dans son jeune temps. Et Allah pouvait témoigner que son mari avait eu tant à faire pour la contenter, qu'il en perdait l'envie de courir après d'autres concubines. Elle les connaissait, les mâles de l'Islam. Ils étaient avides de femmes blanches et blondes, mais pas trop blanches ni trop blondes. Angélique correspondait exactement à leur idéal. C'est pourquoi, sans doute, elle avait bénéficié d'un traitement spécial, ce qui avait failli créer une émeute entre le Divan turc et la Taïffe algéroise. Mais l'arrivée des hardis navigateurs d'Islande avait détourné l'attention. La vieille Fatima se demandait à quel haut personnage Mezzo-Morte la réservait.

— Je ne serai pas vendue car je dois payer rançon, affirma Angélique.

— L'un n'empêche pas l'autre, dit sententieusement la vieille renégate.

❦

Alger se préparait à une grande fête le lendemain. Peut-être la captive d'honneur pourrait-elle y assister ? Angélique s'impatientait, car elle n'avait pas revu le grand amiral d'Alger et elle aurait voulu obtenir des prévisions sur son sort à elle. Sur le navire-palais, elle était en réalité plus isolée et gardée que dans une prison terrestre. Mezzo-Morte s'était vanté que ce navire était de conception personnelle, empruntant à la fois à la galiote vénitienne par sa densité d'armement et la force de son artillerie, à la galère antique par ses huit paires de rames et au chébec algérois par sa ligne renflée et basse sur l'eau, malgré ses deux mâts.

Bien plus qu'un palais flottant, c'était un très puissant navire de guerre, doublé d'une autre felouque d'exercice. Les deux bateaux portaient nuit et jour une garde double des féroces cadets janissaires à turbans jaunes. Ils étaient en état permanent d'alerte et prêts à appareiller en quelques minutes, au cas d'un soulèvement de la ville ; une révolte servile étant toujours prévisible avec ses trente mille esclaves chrétiens ou un coup de main de la Taïffe, syndicat des *reis* d'Alger, le jour où le grand amiral aurait cessé de leur plaire. Ou encore une rébellion des janissaires turcs en garnison d'occupation, ces terribles *joldaks* qui avaient maintes fois assassiné déjà soit le dey ou le pacha, soit le *reis*-amiral en place, pour obtenir une augmentation de solde ou le droit au partage des prises.

Mezzo-Morte régnait sur un volcan et il le savait. C'est pourquoi du reste il régnait. Car il avait tout prévu. La darse construite par le célèbre Barberousse au XVIe siècle, qui protégeait le port, était minée par ses soins et, en cas d'alerte extrême, les guetteurs à ses ordres avaient mission de la faire sauter, tandis que Mezzo-Morte, à bord de ses navires chargés de ses richesses, appareillerait vers un autre destin.

L'autre côté de la tenaille refermée sur Angélique était la presqu'île de la Marine, avec ses remparts bourrés de canons et de garnison, presqu'île montagneuse ne formant qu'une seule forteresse, où l'on voyait ce matin-là régner une grande activité.

Des files d'esclaves accompagnés de chaouchs y traînaient des poutres, mâts et planches et installaient une sorte de tribune comme si on devait, du haut des remparts, suivre des régates dans le bassin même du port d'Alger.

À bord de sa prison, Angélique remarqua aussi une agitation, prélude de la fête. Tous les cadets avaient revêtu leur tenue de parade : turban de soie jonquille et pantalon saroual de même couleur, veste verte, babouches rouges et poignards ou sabres à la place du simple couteau. Les plus âgés s'armaient de mousquets à la crosse incrustée d'or et d'argent.

Certains des jeunes guerriers échangeaient des quolibets en se désignant deux petits pontons qu'on venait d'ancrer au milieu du bassin du port et sur chacun desquels un mât dressé se reliait à l'autre par une longue perche. Cela représentait l'ossature d'un porche ou d'un arc de triomphe flottant, sous lequel trois barques eussent pu passer de front mais pas une felouque cependant. Angélique se demanda qui on devait recevoir en si modeste équipage. Les regards des jeunes cadets ne lui semblaient pas rassurants. Enfin elle vit arriver sa vieille esclave qui monta allègrement l'échelle de la coupée. Ses yeux pétillaient d'excitation au-dessus de son haïk noir. Comme elle l'avait deviné, la « captive d'honneur » devait aussi être amenée au spectacle. Tous les captifs d'ailleurs étaient conviés et l'on irait jusqu'à sortir ceux de la prison souterraine ou *mazmore*, dont certains reverraient à cette occasion le jour pour la première fois depuis des années.

Deux esclaves suivaient, portant un gros ballot. Angélique y découvrit ses robes achetées à Malte et plusieurs autres, plus belles encore, provenant de diverses rapines de mer.

❦

Un peu plus tard, elle se trouva installée en bonne place sur l'un des gradins couverts de tapis qu'elle avait vu dresser le matin au sommet de la forteresse, aux côtés d'un Noir gigantesque, vêtu comme un roi, un vrai mage d'enluminure. Une longue toge en poil de chameau, tissée et brodée de dessins géométriques aux teintes profondes où dominaient le rouge, le vert et le noir sur une trame blanche, se drapait en plis antiques sur ses larges épaules. Ce manteau étrange, une merveille de goût et de sobriété, s'ouvrait sur un caftan incarnat boutonné de multiples petits boutons jusqu'au col et rebrodé d'arabesques de fil d'or. La couleur faisait paraître plus sombre le noir bleuté du visage, étroitement encadré d'un turban de soie blanche dont les plis passaient sous le menton avant de s'élever en une haute coiffure qu'enserrait une bande de lamé or qui lui donnait des allures de diadème. Au regard d'Angélique, hypnotisée par ce somptueux voisinage, le Noir répondit en se levant et en s'inclinant profondément. Il avait le nez aquilin des sémites, leurs joues légèrement évidées sur une ossature délicate.

— Vous admirez mon manteau, je crois, dit-il.

Elle sursauta, surprise de l'entendre parler un français hésitant, mais sa voix agréable, aux inflexions un peu hautes, causa à la jeune femme une impression rassurante.

— Oui, dit-elle. Il ressemble à l'étendard des croisés.

Le visage docte du grand Noir se contracta, un sourire effleura sa bouche sinueuse. Il s'accroupit de nouveau, jambes croisées à la turque, sur les coussins, et commença d'un air affable :

— Il y a fort longtemps que je n'ai plus parlé français et vous m'excuserez, noble dame… Exactement depuis la mort malheureuse de mon professeur, un jésuite de grand renom et de grande science qu'Allah a mis sur ma route pour le bénéfice de mon esprit… Nous préférons les chrétiens français aux Espagnols fanatiques. Leur esprit est plus proche de la souriante sagesse voulue d'Allah… Un étendard des croisés, dites-vous en parlant de ma pauvre djellaba ? C'est ma vénérée mère qui me l'a tissée, sur le haut Nil, au Soudan. Elle en posa le premier fil huit jours après ma naissance et commença le manteau que je devais porter arrivé à l'âge d'homme. Et ces dessins sont ceux que toutes les femmes soudanaises exécutent depuis les temps les plus reculés. Vos croisés chrétiens les ont en effet copiés sur leurs étendards, séduits qu'ils furent par leur grande beauté.

Angélique inclina la tête. Elle n'était pas en état d'entamer une polémique sur l'origine des tapisseries occidentales et orientales, mais la personnalité du Noir l'attirait. Il n'était pas particulièrement beau ni laid. Son regard était franc et doux et surtout pénétré d'une profonde sagesse et d'une sorte de bienveillance non dépourvue d'une pointe d'humour. Elle ne voulut pas lui déplaire et se borna à le féliciter de la façon dont il parlait français.

— J'ai toujours eu plaisir à m'entretenir avec les Français, affirma-t-il. Ce sont des gens plaisants et sans arrogance, mais ils ont le grand tort d'être chrétiens.

Angélique répondit que les chrétiens étaient persuadés que les païens, juifs et musulmans avaient le grand tort de ne pas être chrétiens, mais qu'elle était femme et savait que le domaine religieux n'était pas de son ressort.

Le mage approuva cette preuve de modestie. La science de Dieu n'est pas un domaine où les esprits fragiles des femmes peuvent se hasarder inconsidérément.

— C'eût été mon ambition d'être prêtre, avoua-t-il, mais Allah en a décidé autrement. Et il m'a remis en main un troupeau moins facile à mener que les moutons que je gardais dans mon enfance.

— Vous étiez berger ?

— Oui, belle *Firouzé*.

Angélique tressaillit. Le Noir possédait-il la double vue ? Comment devinait-il qu'un prince persan l'avait appelée jadis *Firouzé*, Turquoise ? Ce souvenir, en éveillant celui de Versailles et de la jalousie que le roi avait éprouvée contre le ministre du Chah, fit mesurer à Angélique l'abîme qui la séparait d'une existence encore si proche. Combien, parmi les esclaves qui s'assemblaient là-bas sur les quais d'Alger, pouvaient faire la même comparaison ? La foule blanche et rousse, ponctuée de la noirceur des visages, montait et gonflait comme la marée, dans la touffeur ardente, précédée de la ligne blême des captifs dans leurs oripeaux, certains traînant leurs fers. Les toits des maisons étaient garnis ainsi que les embrasures des créneaux de la forteresse.

❦

Un silence se fit. Un gros poussah maure, somptueusement vêtu, prenait place sur les gradins après s'être extrait péniblement d'une chaise à porteurs. Deux hommes, couverts sommairement d'un saroual rouge et portant pour tout attirail un long cordon noir en bandoulière l'escortaient.

— C'est Son Excellence le dey d'Alger, dit le grand Noir en se penchant familièrement vers Angélique. Il est parent du sultan de Constantinople et possède l'honneur insigne d'avoir dans sa garde deux « muets du sérail », de la fameuse cohorte des étrangleurs.

— Pourquoi des étrangleurs ? Que font-ils ?

— Ils étranglent, dit le Noir avec un petit sourire, puisque telle est leur raison d'être.

— Qui sont leurs victimes ?

— Nul ne le sait puisqu'ils sont muets. On leur a arraché la langue. Ce sont des serviteurs utiles. Mon maître en possède aussi.

Angélique pensa que ce devait être un haut diplomate barbaresque, peut-être un ambassadeur de ce Soudan auquel il avait fait allusion ? Le dey le salua profondément, et Mezzo-Morte fit de même, portant la main à son turban lorsqu'il parut, précédant le pacha Sali Hassan que son insolence faisait grimacer de rage.

Les trois maîtres d'Alger s'installèrent parmi les compagnies de *joldaks* en vestes et turbans écarlates, les milices de la ville et les chaouchs d'Alger et de leurs officiers. Les grands bourgeois, honnêtes marchands d'esclaves, les *reis* les plus réputés prenaient place à leur tour.

Une clameur subite comme un ouragan courut. Les regards se tournèrent vers le fond de la baie, où abordait une escorte de cavaliers turcs précédée d'un groupe de gardes turcs plus semblables à des portefaix, torse et jambes nues et leurs crânes rasés couverts d'une calotte rouge. Ils encadraient un prisonnier chrétien nu et chargé de chaînes.

Un frisson violent secoua Angélique tandis qu'une horrible appréhension l'envahissait. Malgré l'éloignement, elle était certaine de reconnaître, dans ce misérable enchaîné, le chevalier de Nesselhood, amiral de la Religion.

Au bas du quai, un grand caïque engloutit le prisonnier, ses quatre geôliers, les hommes d'escorte et deux autres galériens, chargés de rouleaux de corde. Le caïque vogua vers les deux pontons au centre de la rade, où ses occupants débarquèrent.

Simultanément, quatre galères quittèrent les rangs de la flotte ancrée le long des quais et de la darse glissant sur les flots lentement, elles s'approchèrent des pontons comme des squales guettant leur proie. Alors Angélique se souvint des paroles que le chevalier germanique avait lancées un jour : « Mezzo-Morte a juré de me faire tirer par quatre galères », et encore « Souvenez-vous, frère, que la vraie mort d'un chevalier, c'est le martyre ».

Ces paroles prenaient soudain une signification aveuglante. Et aussi celles de Mezzo-Morte : « Je vous montrerai bientôt comment je traite mes ennemis. »

Elle tourna des yeux horrifiés vers le renégat. Celui-ci la fixait d'un regard où luisait une satisfaction démoniaque. Elle était là pour assister à l'un des plus affreux supplices, sur la personne d'un être qu'elle estimait et qui représentait l'un des grands noms du monde chrétien. Elle se raidit, se jurant aussitôt qu'elle ne se donnerait pas en spectacle à ces infidèles. Elle aurait voulu crier d'horreur et s'enfuir mais elle était gardée de toutes parts et placée de telle sorte qu'aucun détail de ce qui allait se dérouler au centre de l'arène bleue ne pourrait lui échapper.

Par une manœuvre compliquée mais impeccable, les quatre galères avaient viré de bord afin de présenter leurs poupes en direction des pontons, et stoppaient à une trentaine de toises.

Maintenant le chevalier de Nesselhood était suspendu tel un pantin humain au centre de la poutre. Une ceinture de cuir le retenait au bout d'une corde, et de ses poignets et de ses chevilles partaient, comme des fils d'araignée, les câbles qui le reliaient à l'arrière de chacune des quatre galères.

Le public haletait d'un même souffle ; toute une foule hystérique, sous l'œil rond des canons braqués de la forteresse.

— *La illa ! Ha illa la !...*

La clameur pointue s'éleva sous le ciel de feu.

Angélique se couvrit le visage de ses mains.

Les hululements des femmes et des enfants se frappant la bouche en cadence vrillaient l'air de mille endroits différents.

— Le chœur des cigales de l'Enfer, dit la voix du grand mage.

Il souriait.

La folie gagnait les spectateurs, les dressant, déchaînés. Plus encore qu'à un supplice, c'était à une compétition qu'on assistait, au triomphe de la première galère qui réussirait à arracher un membre du corps pantelant et à dominer la force des autres.

Les comites à bord couraient comme des bourdons en furie, hurlant, abattant leurs fouets sur les dos nus et sanglants des galériens. Ce soir on dénombrerait des morts dans les chiourmes.

L'immense clameur ne cessait de rouler, couvrant le cri rauque du supplicié.

— Dieu ! Dieu ! Miséricorde !…

— *La illa ! Ha illa la !...*

— Mon Dieu, suppliait Angélique. Mon Dieu, vous qui avez créé les hommes !

Une voix demanda, venue de très loin :

— La croyance des chrétiens n'accorde-t-elle pas le paradis à ceux qui meurent pour la Foi ?

Le grand mage était le seul à demeurer impassible, parmi le courant de violence qui ravageait et tordait les gens autour de lui. D'un œil sagace, il considérait l'âpre lutte des galères, puis reportait un intérêt discret sur la captive chrétienne, à ses côtés. Elle ne tremblait pas, elle ne s'évanouissait pas, mais il ne voyait d'elle qu'une ample chevelure épandue, couvrant ses épaules, et son front incliné dans l'attitude de ces pleureuses bibliques que peignent les chrétiens idolâtres, sur leurs livres de prière, les missels, dont le jésuite lui avait laissé un exemplaire en souvenir.

Cependant, lorsqu'une clameur triomphale tonna, puis une autre, il la vit redresser la tête et, au vu de tous les infidèles, elle traça sur elle le signe de la Croix. Deux cadets de Mezzo-Morte l'aperçurent. Ils bondirent comme des loups, l'écume aux lèvres. Mais le grand Noir se dressa de toute sa haute stature et, tirant son poignard, les yeux étincelants, leur enjoignit impérativement de se tenir tranquille.

Angélique n'avait pas eu conscience de cette courte scène. Au silence morne et comme épuisé qui tombait sur la foule, elle savait que c'était fini. Quatre galères fuyaient vers le large, traînant dans leur sillage sanglant les lambeaux du corps du chevalier martyr. Elles accompliraient une sorte de vogue triomphale dans la direction du soleil levant, où se trouve La Mecque, pèlerinage des croyants, puis reviendraient à l'heure où la prière du muezzin du haut du minaret incline l'Islam prosterné.

Mezzo-Morte, le renégat, vint se planter devant Angélique. Elle refusait de le voir, regardant au loin s'éloigner les galères. Elle était pâle, mais il enragea qu'elle ne se montrât pas plus bouleversée et abattue. Un rictus féroce tordit sa bouche.

— À vous, maintenant, dit-il.

XXXVIII

Un petit cortège montait du chemin qui, du quartier de la Marine, conduisait à l'une des portes de la ville. Ce chemin était bordé d'un côté par les remparts, de l'autre par des masures séparées de ruelles étroites comme des gouffres, où le crépuscule déjà s'amoncelait. Angélique marchait en butant parfois sur les cailloux pointus, précédée de Mezzo-Morte, qu'escortait sa garde habituelle. À la porte Bab-Azoun, ils firent halte. Les officiers des gardes vinrent s'incliner devant le grand amiral qui fréquemment se livrait à des inspections de ce genre. Mais tel n'était pas son but ce soir. Il semblait attendre quelqu'un. Peu après, d'une rue, déboucha un cavalier suivi d'une garde noire armée de lances. À son manteau versicolore, Angélique reconnut son voisin du spectacle des galères. Il mit pied à terre, salua Mezzo-Morte qui lui rendit son salut, encore plus profond que le sien.

Le redoutable Italien semblait porter au sombre prince qui le dépassait de trois têtes, une grande considération. Ils échangèrent des salamalecs et de nombreuses protestations d'amitié en arabe puis, d'un même mouvement, se tournèrent vers la captive. Les mains tendues, paumes tournées vers le ciel, le Noir la salua encore. Les yeux de Mezzo-Morte scintillaient d'un sardonique plaisir.

— J'oubliais, s'exclama-t-il. J'oubliais les bons usages de la Cour du roi de France. Je ne vous ai pas présenté, madame, mon ami Son Excellence Osman Ferradji, Grand Eunuque de Sa Majesté le sultan du Maroc Moulay Ismaël.

Angélique jeta sur le gigantesque Noir un regard plus surpris que terrifié. Eunuque ? À la réflexion, elle aurait pu s'en aviser déjà. Elle avait mis sur le compte de la race sémite la féminité de ses traits et sa voix trop harmonieuse. Son menton imberbe ne pouvait être un signe révélateur, car la plupart des Noirs ne voient pousser leur barbe qu'à un âge avancé. La haute stature trompait par l'impression de vigueur et de majesté qu'elle inspirait et il semblait moins gras que ne le sont en général les eunuques, dont bajoues et double menton donnent à leur physionomie l'aspect maussade de femmes quadragénaires. Tels se présentaient les six Noirs de sa garde particulière.

Ainsi c'était lui, Osman Ferradji, Grand Eunuque du sultan du Maroc.

Elle en avait beaucoup entendu parler, mais elle ne savait plus où ni par qui. Elle était si lasse, au point de ne plus se poser de questions.

— Nous attendons encore quelqu'un, la prévint Mezzo-Morte.

Il jubilait, semblant se réjouir de mettre en place une excellente comédie, dont chaque acteur jouerait le rôle par lui dévolu.

— Ah ! le voici.

C'était Mohammed Raki qu'Angélique n'avait pas revu depuis le combat de l'île de Cam. Il ne lui jeta pas un regard mais se prosterna servilement devant l'amiral d'Alger.

— Allons maintenant.

❦

Ils sortirent de la ville et, hors des remparts, reçurent au visage l'éclaboussure rouge d'un soleil qui se couchait derrière les collines fauves et mauves. La sente à peine tracée dans le cailloutis suivait l'enceinte à gauche, bordant à droite une pente assez raide qui, très vite, aboutissait à une faille à pic et qui, pleine d'ombres empourprées par le couchant, ressemblait à un gouffre de l'enfer. L'endroit avait un aspect maudit qu'accentuaient les vols incessants et tournoyants des mouettes, des corbeaux et des vautours. Leurs cris désolés emplissaient le ciel et le frisson de la peur gagnait avec les ombres du soir.

— Là !

Mezzo-Morte désignait sur la pente en contrebas un monticule de pierres et de cailloux amoncelés. Angélique regarda sans comprendre.

— Là ! insista-t-il.

Elle discerna alors, dépassant l'amas de pierraille, une main humaine, une main blanche.

— Ci-gît le second chevalier qui commandait votre galère, un Français comme vous, Henri de Roguier. Les Tagarins et les Andaleuces l'ont amené là pour le lapider à l'heure de la prière El Dharoc.

Angélique se signa.

— Cessez vos simagrées, hurla le renégat. Vous allez attirer le malheur sur la ville.

Il reprit sa marche et évita de lui faire remarquer plus loin un second tas de pierres blanches. Là gisait le corps mutilé du jeune homme espagnol, autre passager de la galère. Mezzo-Morte n'était pas tout à fait responsable de ces deux exécutions, dues à la fureur des Maures espagnols qui, venant d'apprendre la nouvelle d'un autodafé de l'Inquisition à Grenade, où six familles musulmanes avaient été brûlées vives, réclamaient vengeance. On leur avait livré deux victimes : un Espagnol et un chevalier de Malte. Alors pour Henri de Roguier, l'ancien page de la Cour de France, insouciant cadet de famille, et pour l'étudiant espagnol, avait commencé un douloureux calvaire à travers la ville.

Précédés par les maîtres qui les avaient achetés la veille et qui, au son d'une musique barbare, faisaient la quête pour rentrer dans leurs débours, suivis par la foule hurlante, les malheureux, nus jusqu'à la ceinture, les mains attachées derrière le dos, s'étaient acheminés lentement, sous les injures et les coups des femmes et des enfants, jusqu'à l'emplacement situé hors de la porte Bab el-Oued. Quand ils y étaient parvenus, ils n'avaient plus figure humaine. Les cheveux arrachés par poignées, la face meurtrie de coups et couverte de boue et d'ordures, le corps hérissé de petits morceaux de roseaux pointus que les enfants s'étaient amusés à leur planter dans les chairs, ils offraient l'aspect pitoyable d'infortunés livrés à une foule qui s'enivrait de sa propre férocité. La lapidation avait mis fin à leurs tortures.

Angélique ne savait pas tout cela, mais elle le devinait. Était-ce vers son propre calvaire qu'elle s'élevait à son tour ?

Enfin l'escorte s'arrêta devant un haut mur de la citadelle. Des crochets en forme d'hameçon étaient plantés à intervalles irréguliers du haut en bas de la muraille. C'étaient les « ganches ». Du rempart on jetait les suppliciés, qui s'empalaient dans leur chute et agonisaient ensuite pendant de longs jours. Deux corps accrochés et à demi dévorés par les oiseaux de proie, pendaient encore, lambeaux horribles, détachant leurs ombres suppliciées sur la muraille que le soleil couchant patinait de vieil or.

Angélique, recrue d'horreurs pour la journée, détourna les yeux. Alors Mezzo-Morte insista d'une voix doucereuse :

— Regardez-les bien !

— Pourquoi ? Est-ce là le sort que vous me réservez ?

— Non, dit le renégat en riant, ce serait dommage. Je ne suis pas grand connaisseur mais une femme comme vous doit servir à autre chose qu'à décorer les murs d'Alger pour la seule satisfaction des corbeaux et des cormorans. Regardez bien cependant. Vous connaissez l'un d'eux !

Angélique fut traversée d'un horrible doute : Savary ? Malgré sa répugnance, elle jeta un regard vers la muraille et vit qu'il ne s'agissait que de deux Maures.

— Excusez-moi, fit-elle, ironique, mais je n'ai pas comme vous l'habitude de contempler des cadavres. Ceux-ci ne me rappellent aucun souvenir.

— Je vous dirai donc leurs noms. À gauche, c'est Ali Mektoub, l'orfèvre arabe de Candie auquel vous aviez confié une lettre pour votre mari… Ah ! je vois que « mes » cadavres commencent à vous intéresser. Êtes-vous curieuse de savoir le nom de l'autre ?

Elle le regarda intensément. Il jouait d'elle comme un gros chat avec une souris. Pour un peu il se serait léché les babines.

— L'autre ? Eh bien, c'est Mohammed Raki, son neveu.

Angélique poussa une exclamation et se tourna vers l'homme qui s'était présenté à elle à l'Auberge de Malte.

— Je vois ce que vous pensez, dit Mezzo-Morte, mais le phénomène est simple, simplissime. Celui-ci est un espion que j'ai envoyé vers vous, mon conseiller Amar-Abbas. Un « faux » Mohammed Raki. Le vrai est là-haut.

Angélique eut un simple mot :

— Pourquoi ?

— Comme les femmes sont curieuses !… Vous voulez des explications ? Je suis bon prince, je vous en donnerai. Ne perdons pas de temps sur les circonstances qui ont amené entre mes mains cette lettre d'Ali Mektoub… Je la lis. J'apprends qu'une grande dame française est à la recherche de son époux disparu depuis de longues années, qu'elle est prête à faire n'importe quoi et à se rendre n'importe où pour le rejoindre. L'idée germe en mon cerveau. J'interroge Ali Mektoub : la femme est-elle belle, riche ? Oui. Ma décision est prise. Je la capturerai. Il s'agit de pouvoir l'attirer dans un piège et le mari servira d'appât. J'interroge le neveu, Mohammed Raki. Il a connu cet homme et l'a servi de longues années à Tétouan où celui-ci avait été acheté par un vieux savant alchimiste avant de devenir son aide et quasi son héritier. Le signalement est facile à retenir : le visage couvert de cicatrices, grand, maigre, brun. Et pour comble de chance, il a donné à Mohammed Raki un bijou personnel que sa femme ne pourra pas manquer de reconnaître. Mon espion écoute et garde le bijou. Ensuite, le plus difficile est de retrouver la femme qui risque d'avoir été vendue à Candie dans l'intervalle. Mais bien vite je suis renseigné. Elle est à Malte, après avoir échappé au Rescator, qui l'a achetée trente-cinq mille piastres.

— Je croyais vous avoir appris ce détail que vous ignoriez ?

— Non, je ne l'ignorais pas. Mais cela m'amusait tellement de me l'entendre dire... Ah ! tellement ! Après, tout a été facile. J'ai envoyé mon espion à Malte sous le nom de Mohammed Raki et nous avons préparé le guet-apens de l'île de Cam qui a fort bien marché, grâce aux complicités que mon espion s'est ménagées à bord. Entre autres, un jeune mousse musulman. Dès que j'ai eu appris, par pigeon voyageur, la réussite du guet-apens, j'ai fait exécuter Ali Mektoub et son neveu.

— Pourquoi ? dit encore Angélique d'une voix blanche.

— Seuls les morts ne parlent pas, fit Mezzo-Morte avec un sourire cynique.

Angélique frémit. Elle le méprisait et le haïssait tellement qu'il ne lui faisait même plus peur.

— Vous êtes ignoble, dit-elle, mais surtout vous êtes un menteur !... Votre histoire ne tient pas debout ! cria-t-elle. Est-ce à moi que vous allez faire croire que pour capturer une femme que vous n'avez jamais vue et dont vous ne pouvez mesurer la rançon à l'avance, vous mettez en branle une flotte de six galères et de trente felouques et caïques et sacrifiez au moins la valeur de deux équipages dans le combat de Cam ? Sans compter les munitions, vingt mille piastres, le radoub des galères, dix mille piastres, les *reis* que vous avez engagés et payés pour cette unique expédition qui ne devait guère leur rapporter, cinquante mille piastres. Une dépense d'au moins cent mille piastres pour une seule captive ! Je veux bien croire à votre cupidité, mais pas à votre stupidité !

Mezzo-Morte l'écoutait avec attention, les yeux mi-clos.

— Comment avez-vous eu connaissance de ces chiffres ?

— Je sais calculer, c'est tout.

— Vous feriez un bon armateur.

— Je suis armateur… Je possède un bateau qui fait le commerce des Indes occidentales. Oh ! je vous en prie, reprit-elle ardemment, écoutez-moi. Je suis très riche et je peux, oui… je peux, non sans peine, mais je peux vous payer une rançon exorbitante. Que pouvez-vous demander de plus de ma capture qui fut peut-être une erreur de votre part et que vous regrettez déjà ?

— Non, dit Mezzo-Morte en secouant la tête doucement, ce n'est pas une erreur et je ne regrette rien… Au contraire, je me félicite.

— Je vous dis que je ne vous crois pas ! cria de nouveau Angélique, emportée par la colère. Même si vous avez gagné dans l'affaire la mort de deux chevaliers de Malte, *vos pires ennemis*, cela ne justifie pas toutes vos ruses à mon sujet. Vous n'étiez même pas sûr que je m'embarquerais sur une galère de

Malte. Et pourquoi n'avoir pas songé plutôt à vous mettre en relation avec mon mari pour parachever votre guet-apens ? Il a fallu ma sottise pour me contenter des faibles preuves que m'apportait votre espion. J'aurais dû douter, exiger une preuve écrite de cet appel de mon mari.

— J'y ai pensé, mais c'était impossible.

— Pourquoi ?

— Parce qu'il est mort, fit sourdement Mezzo-Morte. Oui, votre époux, ou supposé tel, est mort de la peste il y a trois ans. Il y a eu à Tétouan plus de dix mille victimes. Le maître de Mohammed Raki, ce savant chrétien nommé Jeffa el-Khaldoun, a terminé là sa vie.

— Je ne vous crois pas, dit-elle, je ne vous crois pas. Je ne vous crois pas !

Elle lui criait au visage pour dresser un barrage entre son espérance et l'effondrement que ces quelques mots venaient de creuser en elle. « Si je pleure maintenant, je suis perdue », songeait-elle.

Les cadets du grand amiral, qui n'avaient jamais vu un être au monde parler sur ce ton à leur chef, grondaient et s'excitaient, la main sur le manche de leur poignard. Les eunuques, énergiques et sereins, s'interposaient entre eux et c'était un spectacle singulier que celui de cette femme criant au centre du ballet formé par la garde noire des eunuques et celle des turbans jaunes, tandis qu'une ombre bleu indigo, venue de la mer, envahissait jusqu'au sommet de la muraille sinistre où s'attardaient quelques lueurs rouges.

— Vous ne m'avez pas tout dit !...

— C'est possible, mais je ne vous dirai rien de plus.

— Libérez-moi. Je paierai rançon.

— Non !… Pour tout l'or du monde, entendez-vous, pour tout l'or du monde je ne le ferais pas. Je cherche plus loin que la richesse, moi aussi : la PUISSANCE. Et vous m'êtes un moyen de l'atteindre. C'est pour cela que votre capture était sans prix… Vous n'avez pas besoin de comprendre.

Angélique leva les yeux vers la muraille. Le soir effaçait les détails, noyait dans l'ombre les ganches et leur charge macabre. Ce Mohammed Raki, joaillier arabe, neveu d'Ali Mektoub, était le seul homme dont elle eut la certitude qu'il avait connu Joffrey de Peyrac dans sa seconde existence. Et maintenant il ne parlerait plus !

« Si j'allais à Tétouan, peut-être retrouverais-je des gens qui l'ont connu… Mais pour cela il me faut ma liberté… »

— Voici quel sera votre sort, disait Mezzo-Morte. Étant donné que votre beauté est aussi grande que votre réputation le laissait prévoir, je vais vous compter parmi les présents que j'envoie par l'intermédiaire de Son Excellence Osman Ferradji à mon très cher ami le sultan Moulay Ismaël. Je vous remets à Son Excellence. Vous apprendrez à être moins fière sous son égide. Il n'y a que les eunuques qui sachent dresser les femmes. Voilà une institution qui manque fort à l'Europe…

Angélique l'avait à peine écouté. Elle ne comprit qu'en le voyant s'éloigner suivi de son escorte, tandis que la main noire du Grand Eunuque se posait sur son épaule.

— Veuillez me suivre, noble dame…

« Si je pleure maintenant, je suis perdue… Si je crie, si je me débats, je suis perdue… enfermée dans un harem… »

Elle ne dit pas un mot, ne fit pas un geste, suivit, calme et docile, les Noirs qui redescendaient vers la porte Bab el-Oued.

« Dans quelques secondes, ce sera la nuit… ce sera le moment… Si je manque ce moment-là, je suis perdue… »

Sous la voûte de la porte Bab el-Oued, les quinquets n'avaient pas encore été allumés. L'obscurité d'un tunnel engloutit le groupe. Angélique se glissa comme une anguille, bondit, plongea dans une ruelle aussi noire que la voûte. Elle courait, ne sentant pas ses pieds effleurer le sol. D'une ruelle quasi déserte, elle déboucha dans une artère plus large et encombrée ; elle dut ralentir sa marche, se faufilant entre les djellabas laineuses, les paquets blancs et mouvants qu'étaient les femmes voilées, les petits ânes chargés de couffins. Pour l'instant, l'heure sombre la protégeait, mais on ne tarderait pas à remarquer cette captive au visage dévoilé et à l'air hagard. Elle obliqua vers la gauche dans un autre boyau étroit et s'arrêta pour reprendre haleine. Où pourrait-elle se diriger ? À qui demander secours ? Elle avait renouvelé victorieusement le coup de son évasion à Candie mais ici, il n'y avait pas de complicité préparée. Elle ignorait ce qu'avait pu devenir Savary.

Tout à coup, elle crut entendre des clameurs qui allaient en se rapprochant. On la poursuivait. Elle reprit sa course éperdue. La ruelle descendait en marches vers la mer. C'était une impasse bordée de murs aveugles que marquait à rares intervalles une petite porte noire en fer à cheval. L'une de ces portes s'ouvrit. Angélique bouscula un esclave qui sortait, une gargoulette sur l'épaule. La gargoulette alla à terre et se brisa en mille miettes. Angélique entendit un « Cornebleu ! » retentissant, suivi d'une bordée de jurons que n'eût pas désavoués un vaillant militaire de Sa Majesté Louis XIV. Angélique revint sur ses pas.

— Monsieur, fit-elle haletante, vous êtes français ? Monsieur, pour l'amour du ciel, sauvez-moi !

La clameur se rapprochait. D'un geste presque instinctif, l'esclave la poussa dans l'entrebâillement de la porte qu'il referma. Une galopade de pieds nus et de babouches passa dans un tourbillon de hurlements. Angélique étreignait les épaules de l'esclave. Son front s'appesantit contre une large poitrine vêtue d'une infâme souquenille. Elle eut une courte défaillance. La rumeur des démons lancés à sa poursuite dans les rues d'Alger décrut.

Elle respira un peu.

— C'est fini, murmura-t-elle, ils sont passés.

— Hélas, ma pauvre petite, qu'avez-vous fait ! Vous avez essayé de vous enfuir ?

— Oui.

— Malheureuse ! Vous allez être fouettée jusqu'au sang et estropiée peut-être pour la vie…

— Mais ils ne pourront pas me reprendre. Vous allez me cacher. Vous allez me sauver !

Elle parlait, cramponnée dans une obscurité totale à un inconnu dont elle ignorait tout mais qui était de sa race et qu'elle devinait jeune et sympathique, comme lui-même pouvait pressentir, aux formes du corps qui se serrait étroitement contre lui, que cette femme était jeune et belle.

— Vous n'allez pas m'abandonner ?

Le jeune homme poussa un profond soupir.

— C'est une situation affreuse ! Vous êtes ici chez mon patron, Mohammed Celibi Oigat, un marchand d'Alger. Nous sommes entourés de musulmans. Pourquoi vous êtes-vous enfuie ?

— Pourquoi ?… Mais je ne veux pas être enfermée dans un harem.

— Hélas ! C'est le sort de toutes les captives.

— Il vous semble donc si léger que je doive m'y résigner ?

— Celui des hommes n'est pas meilleur. Croyez-vous que je m'amuse depuis cinq années que moi, comte de Loménie, je transporte des gargoulettes d'eau et des fagots d'épines pour la cuisine de ma patronne ? J'ai les mains dans un état ! Que dirait ma délicate maîtresse parisienne, la belle Suzanne de Raigneau, qui doit m'avoir, hélas, remplacé depuis longtemps !

— Le comte de Loménie ? Je connais l'un de vos parents, monsieur de Brienne.

— Oh ! quel heureux hasard ! Où l'avez-vous rencontré ?

— À la Cour.

— Vraiment ? Puis-je savoir votre nom, madame ?

— Je suis la marquise du Plessis-Bellière, dit Angélique après une hésitation (elle se souvenait que d'avoir revendiqué son titre de comtesse de Peyrac ne lui avait pas porté chance).

Loménie rappela ses souvenirs.

— Je n'ai pas eu le plaisir de vous rencontrer à Versailles, mais voici cinq années que je subis mon dur esclavage et les choses ont dû bien changer. N'empêche ! Vous connaissez mon parent et peut-être pourrez-vous me donner quelque raison pour expliquer le silence de ma famille. C'est en vain que j'ai envoyé ma demande de rançon. J'ai confié ma dernière lettre aux pères rédemptoristes qui sont venus en Alger le mois dernier. Espérons qu'enfin elle atteindra son but. Mais que vais-je faire pour vous ? Ah ! Je crois avoir une idée… Attention, on vient.

Le halo d'une veilleuse s'avançait du fond de la cour profonde où traînaient des relents de graisse de mouton et de semoule tiède.

Le comte de Loménie fit passer Angélique derrière lui et la dissimula en attendant de reconnaître qui s'avançait.

— C'est ma patronne, murmura-t-il avec soulagement. Une brave et honnête femme. Je crois que nous allons pouvoir lui demander son aide. Elle a pour moi quelque faiblesse…

La musulmane levait haut sa lampe à huile afin de distinguer les silhouettes qui murmuraient sous le porche. Se trouvant en sa propre demeure, elle était dévoilée et montrait un visage de femme mûre et grasse aux vastes prunelles ornées de khôl. On comprenait sans peine le rôle que jouait près d'elle l'esclave chrétien, beau garçon, aimable et vigoureux, sur lequel elle avait jeté son dévolu en allant le choisir au batistan.

Le petit marchand Mohammed Celibi Oigat n'avait pas les moyens de se payer un eunuque pour garder ses trois ou quatre femmes. Il laissait à sa première épouse le soin de gouverner sa maison et comprenait la nécessité d'un esclave chrétien pour les basses besognes, sans aller chercher plus loin.

La femme avait aperçu Angélique. Le comte de Loménie, à voix basse, commença à lui parler en arabe. La femme hochait la tête, faisait la moue, haussait les épaules. Toute sa mimique exprimait qu'à son avis le cas d'Angélique était désespéré et qu'il eût mieux valu la rejeter aussitôt dans les ténèbres extérieures. Enfin, elle se laissa prendre aux arguments de son favori et s'éloigna, pour revenir un instant plus tard avec un voile dont elle fit signe à Angélique de se draper. Elle accrocha elle-même le haïk, qui est le *tchabek* des Mauresques, puis ouvrit la porte, guetta la ruelle, fit signe à l'esclave et à la captive évadée de sortir. Au moment où ils franchissaient le seuil, elle se mit soudain à glapir un flot d'injures.

— Que se passe-t-il ? chuchota Angélique. Va-t-elle se raviser et nous perdre ?

— Non, mais elle a aperçu les morceaux de la gargoulette et ne me mâche pas ce qu'elle en pense. Il faut d'ailleurs avouer que je n'ai jamais été très adroit et que je lui consomme pas mal de sa vaisselle plate. Baste ! Je sais le moyen de l'amadouer et m'en chargerai tout à l'heure. Nous n'allons pas loin.

En quelques enjambées, ils atteignaient une autre petite porte de fer et le jeune homme frappait deux ou trois coups de reconnaissance. Une lueur filtra, une voix chuchota :

— C'est vous, monsieur le comte ?

— C'est moi, Lucas.

La porte s'ouvrit et la main d'Angélique se crispa sur celle de son compagnon en apercevant un Arabe drapé dans sa djellaba et coiffé d'un turban. Il tenait haut une chandelle.

— N'ayez pas peur, dit le comte en poussant la jeune femme à l'intérieur, c'est Lucas, mon ancien valet de chambre. Il a été capturé en même temps que moi sur le vaisseau de guerre qui m'emmenait à mon nouveau poste militaire de Gênes. Mais comme à mon service il avait déjà fait ses armes de fin larron, les courtiers d'Alger ont apprécié ses qualités et son maître l'a pressé de se faire musulman, afin de pouvoir lui confier ses affaires ; le voici devenu un gros bonnet de la spéculation.

L'ancien valet, sous son turban pas très bien drapé, ouvrait des yeux méfiants. Il avait un nez en pied de marmite et des taches de rousseur.

— Que m'amenez-vous là, monsieur le comte ?

— Une compatriote, Lucas. Une captive française qui vient de fausser compagnie à son acheteur.

Lucas eut la même réaction que son ex-maître.

— Seigneur ! Pourquoi a-t-elle fait cela ?

Le comte de Loménie fit claquer ses doigts, désinvolte.

— Caprice de femme, Lucas. Maintenant le fait est là. Tu vas la cacher.

— Moi, monsieur le comte ?

— Oui, toi ! Tu sais bien que je ne suis qu'un pauvre esclave qui doit partager sa natte de jonc avec les deux chiens de la maison et qui n'a même pas un coin de cour à lui. Toi, tu es un homme arrivé. Tu ne risques rien.

— Que le feu, la croix, le pal, les flèches, les ganches, l'enterrement tout vif ou la lapidation ! Il y a le choix pour la mort des convertis qui cachent des chrétiens.

— Tu refuses ?

— Oui, je refuse !

— Je te ferai donner une volée de coups de bâton !

L'autre se drapa avec dignité dans sa djellaba.

— Monsieur le comte oublie-t-il qu'un esclave chrétien n'a pas le droit de porter la main sur un musulman ?

— Attends un peu que nous soyons retournés au pays. Je te flanquerai mon pied au cul et je te ferai brûler vif comme relaps par le Saint-Office… Lucas, n'as-tu pas mis quelques petites douceurs de côté pour moi ? Depuis ce matin, je n'ai dans le ventre qu'une poignée de dattes et un gobelet d'eau pure. Et je ne sais si cette dame s'est nourrie d'autre chose que d'émotions aujourd'hui.

— Si fait, monsieur le comte, j'avais prévu votre visite et je vous ai préparé… ah ! devinez, vous aimiez tant cela autrefois… une croustade.

— Une croustade ! s'exclama le pauvre esclave, les yeux brillants de convoitise.

— Chut !… Installez-vous. Le temps de me débarrasser de mon commis et de fermer boutique, je suis à vous.

Il posa la chandelle et revint peu après avec un flacon de vin et une petite marmite d'argent d'où s'échappait une odeur délicieuse.

— C'est moi-même qui ai confectionné la pâte, monsieur le comte, avec du beurre de chamelle et la sauce avec du lait d'ânesse. Ça ne vaut pas du bon lait et du bon beurre de vache, mais il faut prendre ce qu'on a. Je manquais de quenelles de brochets et de champignons, mais je pense que les petites langoustines et les piments doux que j'ai utilisés feront l'affaire. Si madame la marquise veut prendre la peine de se servir…

— Ce Lucas, dit le comte attendri, c'est un Maître Jacques exceptionnel. Il sait tout faire. « Fameuse, ta croustade ! » Je te ferai bailler cent écus, mon gars, quand nous serons de retour au pays.

— Monsieur le comte est bien bon.

— Sans lui, je serais mort, madame ! Ce n'est pas que mon patron, Mohammed Celibi Oigat, soit mauvais homme et ma patronne encore moins, mais elle est tant soit peu avare et ce sont des êtres qui se nourrissent d'un rien. Ce n'est pas assez pour un homme auquel on demande des travaux de force. Je ne parle pas seulement du portage de l'eau et du bois… Mais les musulmanes ont trop de goût pour les chrétiens. Le Coran aurait dû prévoir cela… D'un autre côté, cela peut procurer des avantages.

Angélique dévorait. L'ancien valet de chambre déboucha le flacon.

— Du vin de Malvoisie ! J'en ai distrait quelques gouttes au chargement de barriques qu'Osman Ferradji est venu acquérir pour le harem du sultan du Maroc. Quand on pense, monsieur le comte, que nous sommes originaires tous les deux de Touraine et que l'on voudrait nous contraindre à nous abreuver d'eau claire ou de thé à la menthe, quelle déchéance ! J'espère que nos petites libations ne vont pas m'attirer d'ennuis avec le Grand Eunuque. C'est qu'il a l'œil, cet homme. Enfin, quand je dis cet homme, c'est une façon de parler… Je ne peux guère m'habituer à ce genre d'individus comme il en pullule dans ce coin. Quand il me parle, il m'arrive de l'appeler « Madame » ! Mais il a l'œil, croyez-moi. Ce n'est pas lui qu'il faut essayer de tromper sur la quantité et la qualité de la marchandise.

Le nom d'Osman Ferradji avait coupé l'appétit d'Angélique. Elle reposa la petite tasse d'argent. L'angoisse revenait. Le comte de Loménie se leva en disant que sa patronne allait s'impatienter. Sa chemise crasseuse et en loques jurait avec son profil de jeune muguet qu'il avait conservé malgré les rigueurs de la captivité et du soleil d'Afrique. Il se tourna vers Angélique et la voyant mieux à la lueur de la chandelle, il s'exclama :

— Mais c'est que vous êtes ravissante !

Doucement, il dégagea de son front une mèche blonde.

— Pauvre petite ! murmura-t-il, assombri.

Angélique lui dit qu'il fallait essayer de retrouver son ami Savary. C'était un vieillard industrieux et plein d'expérience, qui aurait certainement une idée. Elle donna son signalement et aussi celui des passagers de la galère de Malte : le banquier hollandais, les deux Français trafiquants de corail et le jeune Espagnol. Le comte s'éclipsa, courbant l'échine à l'avance pour subir les reproches de son irascible et exigeante patronne.

— Que madame la marquise se mette à son aise, dit Lucas en retirant les plats.

Angélique savoura la brève détente que lui procurait la présence d'un valet stylé qui l'appelait « madame la marquise ». Elle se lava les mains et le visage dans l'eau parfumée qu'il lui présentait, avec une serviette, et s'étendit sur les coussins.

Lucas le Tourangeau allait et venait, traînant ses babouches et s'empêtrant dans sa longue djellaba arabe.

— Ah ! ma pauvre dame, soupira-t-il, faut-il en voir quand on navigue ! Pourquoi diable avons-nous eu l'idée saugrenue, mon maître et moi, de mettre les pieds sur cette galère !

— Oui, pourquoi ? soupira Angélique, qui pensait à sa propre inconséquence.

Elle avait pris pour des outrances méridionales les avertissements de Melchior Pannassave qui, à Marseille, lui avait prédit qu'elle finirait dans le harem du Grand Turc. Maintenant, cela s'avérait une sinistre réalité et le Grand Turc aurait peut-être été encore préférable à Moulay Ismaël, le sauvage souverain du royaume marocain.

— Voyez, madame, où ça m'a mené. Un brave bougre comme moi qui me suis toujours bien entendu avec la Sainte Vierge et les saints, me voici devenu renégat !... Bien sûr, je ne voulais pas, mais quand on vous bâtonne, qu'on vous brûle la plante des pieds, qu'on vous menace de vous écorcher vif, de vous couper certaine partie et de vous enterrer dans le sable pour vous écraser la tête avec des galets, que voulez-vous ?... On n'a qu'une vie et qu'une... enfin, vous me comprenez. Comment avez-vous fait pour vous échapper ? Les femmes vendues pour les grands harems, on ne les revoit jamais et, à vous regarder, on se doute que vous avez été achetée pour un grand personnage.

— Pour le sultan du Maroc, dit Angélique.

Et cela lui parut si drôle tout à coup qu'elle pouffa de rire. Le petit vin de Malvoisie commençait à faire son effet.

— Hein ? dit Lucas, qui ne trouvait pas l'annonce plaisante. Voudriez-vous dire que vous faisiez partie des mille et un présents que Mezzo-Morte se propose d'envoyer à Miquenez pour gagner les bonnes grâces du sultan Moulay Ismaël ?

— C'est quelque chose comme cela, d'après ce que j'ai compris.

— Comment avez-vous fait pour vous échapper ? répéta-t-il.

Angélique lui fit le récit de sa fuite, profitant d'un coin d'obscurité et de l'inattention des eunuques qui formaient la garde d'Osman Ferradji.

— Et c'est cet individu que vous avez à vos trousses ? Miséricorde !

— Vous êtes en affaires avec lui ?

— Il le faut bien, mais quel calvaire ! J'ai essayé de lui refiler quelques jarres d'huile avariée, comme il se doit sur une grosse commande de cinq cents jarres. Pensez-vous ! Il est revenu ici avec des esclaves portant exactement les dix jarres en question et peu s'en est fallu qu'il ne me coupe la tête. C'est ce qu'il a fait par ailleurs à un de mes collègues qui lui avait vendu de la semoule un peu trop piquée des vers.

— Parlons-nous du même homme ? fit Angélique rêveusement. Je l'avais pris pour un haut personnage et il m'avait paru affable et courtois, et presque timide.

— C'est un haut personnage, madame, et il est affable et courtois, c'est vrai. Ça ne l'empêche pas de couper les têtes… courtoisement. Ces êtres-là, faut comprendre, ça n'a pas d'entrailles. Ça leur est aussi égal de regarder une femme nue que de la couper en morceaux. C'est pour cela qu'ils sont dangereux.

Quand je pense que vous lui avez fait ce coup-là, sous son nez !...

Maintenant Angélique se rappelait qui lui avait parlé d'Osman Ferradji. C'était le marquis d'Escrainville. Il avait dit : « Un grand bonhomme sous tous les rapports : génial, félin, féroce. C'est lui qui a aidé Moulay Ismaël à conquérir son royaume... »

— Que ferait-il s'il me reprenait ?

— Ma pauvre dame, il faudrait mieux pour vous que vous avaliez tout de suite une boulette de poison. À côté de ces Marocains, les Algérois sont des agneaux. Mais ne vous faites pas trop de bile. On va tâcher de vous tirer de là. Je ne sais pas trop comment, par exemple !

Le comte de Loménie revint le lendemain, laissant dans un coin de la cour de son ancien valet, sa charge de fagots. Il n'avait pu trouver trace de Savary. Les marchands de corail qui se trouvaient au bagne de la Jenina comme esclaves de rançon ne savaient rien du petit vieillard.

— Il a dû être acheté par des paysans et mené à l'intérieur.

Par contre, Loménie avait entendu parler de la fuite d'une superbe captive française réservée au harem du sultan du Maroc. Cinq Noirs de la garde du Grand Eunuque, responsables de cette évasion, avaient été exécutés, le sixième bénéficiant de la circonstance atténuante d'avoir été nouvellement engagé par Osman Ferradji. Mezzo-Morte, furieux de l'affront fait à son hôte, ordonnait de son côté des recherches et les janissaires fouillaient les maisons, accompagnés de l'eunuque qui, méticuleux, dévoilait chaque femme.

— Peut-on te soupçonner, Lucas ?

— Je ne sais. Malheureusement, je me trouve dans le quartier où on soupçonne l'esclave fugitive d'avoir trouvé refuge. Notre patronne saura-t-elle se taire, monsieur le comte ?

— Tant que sa jalousie ne prendra pas ombrage de l'intérêt que j'ai montré à ma compatriote.

L'angoisse des deux Français n'était pas feinte. Angélique les écoutait discuter à mi-voix. Le dernier voyage des pères rédemptoristes, ces hardis religieux qui n'hésitaient pas à affronter les pires difficultés pour le rachat des captifs, avait eu lieu le mois dernier. Leur petit groupe était reparti emmenant à peine une quarantaine d'esclaves. Et d'ailleurs, leur intervention n'aurait pu être d'aucun secours pour Angélique puisqu'il ne s'agissait pas d'une question de rançon. Fallait-il essayer de la faire monter à bord du navire marchand français libre ? C'était une idée que bien d'autres captifs avaient lorsque la voile d'un bateau libre de leur nation se balançait dans le port. Certains se jetaient à la nage, d'autres s'amarraient sur des bouts de planche et pagayaient avec leurs mains, cherchant à gagner l'asile inviolable. Mais les Algériens faisaient bonne garde, la Marine et le môle étaient couverts de sentinelles et les felouques croisaient incessamment. Avant le départ du navire, celui-ci était fouillé de fond en comble par une escorte de janissaires ou de chaouchs, de sorte que ces « fuites à bord » étaient devenues quasiment impossibles. Il n'y avait donc pas de regrets à avoir.

Plus impossible encore était la fuite par terre. Joindre Oran, autre enclave espagnole, le point le plus rapproché où se trouvaient des troupes chrétiennes, cela représentait des semaines de marche dans un pays inconnu, hostile et désertique, livré aux dangers de s'égarer ou d'être dévoré par les fauves. Aucun de ceux qui parfois tentaient l'aventure n'avait réussi.

On les ramenait pour subir la bastonnade ou les mutilations et les tortures si leur évasion s'était accompagnée de la moindre violence commise sur les gardiens.

Loménie parla des Majorquins. En effet, les îles Baléares n'étaient pas très éloignées. À la rigueur, une bonne balancelle pouvait faire le trajet en vingt-quatre heures environ et les audacieux îliens, depuis près de deux siècles, avaient eu le temps de mettre au point une entreprise prospère de libération d'esclaves. Ils avaient des bâtiments légers affrétés presque uniquement à cet usage. La plupart du temps, ils avaient été captifs eux-mêmes et connaissaient parfaitement les lieux.

Les entrepreneurs d'évasions risquaient beaucoup. S'ils étaient pris, ils étaient brûlés vifs. Mais l'industrie était lucrative et la plupart des hardis marins qui l'entreprenaient avaient dans le sang la haine des musulmans, trop proches voisins de leurs petites îles catholiques. Aussi l'on trouvait toujours des équipages prêts à affronter tous les périls pour arracher aux Algérois quelques-uns de leurs captifs chrétiens.

Par des espions, on prenait contact avec un groupe de captifs décidés à la fuite et qui avaient réuni la somme nécessaire. On arrêtait le jour et l'heure. On choisissait une nuit sans lune et l'on convenait d'un signal et d'un mot de passe. Lorsque le moment était venu, le navire sauveteur qui, pendant le jour, avait abattu sa mâture et était resté assez éloigné des côtes pour ne pas être aperçu, s'approchait avec précaution du lieu désigné. Cependant les captifs, qui avaient eu soin de se faire employer à la culture des jardins situés en dehors de la ville, s'étaient silencieusement embusqués le long du rivage et attendaient impatiemment l'heure du départ. Enfin une barque arrivait sans bruit, portée par des avirons graissés et garnis d'étoupe. Le mot de passe était échangé, l'embarquement se faisait, silencieux et rapide et l'on reprenait immédiatement le large. Mais aussi combien de périls ! On était à la merci d'une barque de pêche attardée, de l'insomnie d'un riverain, de l'aboiement d'un chien de garde. Aussitôt retentissait le cri : « Les chrétiens ! Les chrétiens ! » Les postes aux portes de la ville donnaient l'alarme, les galères de garde, toujours armées et prêtes, sortaient en toute hâte de la darse. Et, maintenant surtout, où la construction de forts récents rendait les abords de la côte plus périlleux ! On essayait de se débrouiller seul.

Lucas rappela l'odyssée de Yossef le Candiote qui était parti sur un petit bateau construit par lui, de roseaux et de toile cirée. Et les cinq Anglais qui avaient gagné Majorque sur leur esquif de toile à voiles. Et les deux aventuriers brestois qui avaient réussi à détourner la felouque où ils étaient employés comme mariniers pour la conduire à Civita-Vecchia. Mais voilà. Pas question de ce genre d'exploits pour une jeune dame ! D'ailleurs, on n'avait jamais vu de femme s'enfuir !…

Enfin le comte de Loménie se leva en disant qu'il chercherait à voir Alférez le Majorquin, le tenancier de la Taverne du Bagne, qui se plaisait tant en Alger qu'il ne voulait plus rentrer chez lui, mais qui cependant gardait quelques contacts avec ses compatriotes.

Le comte revint le soir, cette fois plus encourageant. Il avait vu Alférez et celui-ci en grand secret lui avait assuré qu'il se préparait une évasion et qu'un nouveau captif serait bien accueilli dans l'expédition, car un de ceux qui devaient y prendre part, venait de mourir.

— Je n'ai pas dit qu'il s'agissait d'une femme, ni de vous, expliqua Loménie, car votre évasion a fait déjà trop de bruit et l'on a promis une grosse prime à qui dénoncerait le lieu de votre retraite. Mais donnez-moi un gage et j'obtiendrai le lieu du rendez-vous et la date, pour vous y conduire.

Angélique donna des bracelets et des écus d'or qu'elle conservait dans une poche intérieure de son vaste jupon.

— Mais vous-même, monsieur de Loménie, pourquoi ne profitez-vous pas de ces renseignements pour vous enfuir aussi ?

Le gentilhomme eut l'air étonné. Il n'avait jamais envisagé d'affronter les risques d'une évasion.

❦

Angélique put dormir cette nuit-là dans le réduit étouffant où le fidèle Lucas la consignait. Comme beaucoup de captifs qu'excèdent la chaleur et le ciel trop serein d'Afrique, elle rêva d'une nuit de neige, une nuit de Noël froide et ouatée. Elle arrivait dans une église dont les cloches sonnaient et elle pensait qu'elle n'avait jamais rien ouï de plus agréable que le carillon de ces cloches catholiques. Il y avait une crèche dans cette église avec des santons bien rangés sur la mousse : la Sainte Vierge, saint Joseph, l'Enfant Jésus, les bergers et les rois mages. Le roi Balthazar avait un curieux manteau et un haut turban d'or semblable à un diadème.

Angélique bougea et crut s'éveiller. Mais il y avait déjà un moment qu'elle avait les yeux ouverts et qu'elle le voyait.

Osman Ferradji, le Grand Eunuque, était devant elle !

XXXIX

C'était le silence de la nuit. Et sur le sol envahi de clarté lunaire, la grille de la fenêtre projetait une dentelle noire. Un parfum de menthe et de thé vert flottait. Angélique sortit de sa prostration et se redressa. C'était le silence, parfois rompu d'un long cri aigu et lointain. Elle savait qui poussait ce cri d'animal pris au piège : l'une des deux Islandaises que le Grand Eunuque ramenait dans ses bagages, comme présent pour son maître.

Angélique, elle, n'avait pas crié. Elle s'était laissé emmener, maintenue par deux eunuques qui l'avaient chargé dans un palanquin escorté d'une garde de dix eunuques. Ce qui ne l'avait pas empêchée de surprendre au passage les clameurs du pauvre comte de Loménie, que son maître Mohammed Celibi Oigat faisait bâtonner vigoureusement. Elle ignorait ce qu'était devenu le valet Lucas et qui les avait trahis. Peut-être le commis, peut-être la musulmane jalouse ?... Cela n'avait plus d'importance maintenant. Elle était séparée du monde. « Enfermée dans un harem », et la solitude dans laquelle on l'avait laissée depuis sa reprise ne présageait rien de bon. C'était moins la peur qui l'accablait qu'un sentiment de défaite totale. En lui dévoilant son piège tortueux, Mezzo-Morte lui avait ôté jusqu'au goût de se débattre. Rien n'était vrai dans ce qui l'avait soutenue et lui avait donné tous les courages. La présence proche de son mari qui, pendant quelques jours, l'avait habitée comme d'une certitude, n'était plus qu'un leurre. Il n'y avait RIEN derrière cela. Il n'était pas à Bône, il n'était nulle part ! Il était peut-être mort, peut-être vivant, mais Mohammed Raki, lui, était mort certainement. Et l'insaisissable souvenir de l'évadé français se perdait donc, s'estompait. Et Angélique s'était laissé capturer pour « rien ». Elle s'était jetée tête baissée dans la destinée absurde et dramatique promise trop souvent aux voyageuses imprudentes de l'époque.

La souricière était close. Le clapet aux délicieuses arabesques de fer forgé était retombé. Comme maintes fois en des occasions où son impulsivité l'avait jetée dans des situations sans issue, elle tourna sa colère contre elle-même et la pensée de ce que dirait Mme de Montespan, si elle venait à apprendre le sort fait à sa rivale, la brûla comme un fer rouge.

« Mme du Plessis-Bellière… Savez-vous ? Ha ! ha ! ha ! Capturée par les Barbaresques !… Ha ! ha ! ha ! On dit que le grand amiral d'Alger l'a offerte en présent au sultan du Maroc. Ha ! ha ! Que c'est drôle ! La pauvre chère !… »

Le rire moqueur de la belle Athénaïs résonna à ses oreilles. Angélique se leva, cherchant quelque chose à briser. Il n'y avait rien. Elle était dans une cellule nue que le revêtement à la chaux eût rendue monastique sans l'opulence du divan garni de coussins où on l'avait jetée comme un paquet. Pas de fenêtres, et pour seule ouverture, cette sacrée grille de fer forgé ! Angélique se rua sur cette grille pour la secouer. Elle eut la surprise de la sentir céder au premier chef. Hésitante d'abord, puis rapidement, elle enfila la galerie qui s'ouvrait devant elle. La silhouette sombre d'un eunuque se leva, sortit de l'ombre et la suivit. Un autre, avec sa hallebarde, se trouvait au sommet d'un escalier. Il avança le bras pour lui barrer le passage. Angélique se sentait la force d'un torrent. Elle écarta l'homme d'un coup d'épaule. Il la saisit au poignet. Toute la maîtrise de la tenancière du Masque Rouge qui jetait les ivrognes à la porte lui revint. Elle gifla les joues flasques du garde, le saisit au collet et l'envoya rouler à terre. Les deux eunuques se mirent à glapir comme des singes, tandis qu'Angélique dévalait les marches, pour trouver au bas trois autres Noirs hurlant à leur tour et contre lesquels elle se débattit en vain. Leurs voix de fausset s'entrecroisaient au-dessus d'elle. Elle se débattait comme une tigresse, mais elle fut bientôt immobilisée. Un gros poussah brandissant son fouet, un martinet garni de nœuds, s'approcha. Osman Ferradji, qu'on était allé chercher de toute urgence, le calma d'un signe. Il n'avait pas son grand manteau et son turban d'apparat, ne portant qu'une sorte de gilet de satin cramoisi sans manches et un long pantalon bouffant retenu par une ceinture de métal précieux. Son turban, fermé d'une aigrette, coiffait étroitement sa tête fine. Dans cette tenue d'intérieur, on distinguait mieux l'ambiguïté de son sexe. Ses bras lisses et ronds, garnis de bracelets et ses mains baguées eussent pu appartenir à une très belle négresse.

Il abaissa un regard serein sur Angélique échevelée et dit en français, de sa voix harmonieuse :

— Voulez-vous boire du thé ? Ou du sirop de citron ? Voulez-vous qu'on vous fasse porter des brochettes de mouton grillé ? Du hachis de pigeon à la cannelle ? Ou des cornes de pâte d'amandes ? Vous devez avoir faim et soif !

— Je veux l'air libre, cria Angélique. Je veux voir le ciel, je veux sortir de cette prison.

— N'est-ce que cela ? dit doucement le Grand Eunuque. Veuillez me suivre, je vous prie.

Si l'offre était libérale, les gardes n'en lâchèrent pas pour autant la jeune femme qui était devenue leur terreur depuis que son évasion avait entraîné l'exécution de cinq d'entre eux.

Elle dut remonter l'escalier étroit, puis un autre. Tout à coup, elle se trouva sur un toit en terrasse avec toute l'immense voûte étoilée du ciel, déployée au-dessus d'elle. La lueur lunaire imprégnait la fraîche brume exhalée de la mer et qui devenait d'un bleuâtre clair enveloppant tout, donnant un aspect vaporeux jusqu'à la lourde coupole d'une mosquée proche. Et son haut minaret semblait transparent, perméable aux rayons de la lune, donnant le vertige à regarder dans ce brouillard de lumière bleue tant il semblait agrandi, inconsistant et léger.

Des aboiements de chiens voguaient par intermittence dans le silence, portés sur la tiédeur douce de la nuit, avec le soupir du ressac. Les clameurs de la Taverne du Bagne ne parvenaient pas jusqu'à ce quartier environné de beaux jardins où les aristocrates d'Alger avaient leur sérail. C'était le silence nocturne des nuits musulmanes, aussi passionnées et fertiles que le jour et peut-être plus encore, car c'est la nuit que se trament les intrigues, que s'exécutent les complots, que les muets étranglent et que les femmes prisonnières ont le droit d'aller rêver devant l'immensité du monde interdit. Leurs formes blanches se devinaient de toit en toit, lovées sur les divans et les coussins, ou bien se mouvant en de lentes promenades. Elles avaient le visage enfin découvert, et goûtaient la brise et le sel venus de la mer. Au murmure des flots répondait le murmure de leurs voix caquetant avec des rires discrets, dans un tintement de gobelets d'argent et une odeur fraîche de thé à la menthe et de pâtisserie.

De temps à autre, un des eunuques gardiens se levait et faisait sa ronde, suivant le rebord étroit des toits et les cours des maisons. Ils allaient, noirs et lents sur le ciel lunaire, l'œil soupçonneux, fouillant le creux des ruelles où pourrait se cacher l'amant audacieux, mais se montrant indulgents aux échanges de rires et de salutations de voisinage.

Les gardiens avaient lâché Angélique. Elle se tourna et découvrit la mer, immense nappe d'améthyste sillonnée d'argent. Il était difficile d'imaginer que de l'autre côté de cette féerie existaient les rives européennes et leurs hautes maisons de pierres brunes ou grises, ouvertes de mille yeux curieux, mais closes vers le ciel.

Angélique s'assit au bord du rempart. Sur cette terrasse où elle se trouvait, il y avait aussi d'autres femmes, accroupies sur des coussins, mais elles demeuraient silencieuses et même les servantes qui leur versaient le thé et passaient les plateaux de gâteaux semblaient timides car elles étaient toutes des esclaves acquises par le Grand Eunuque ou offertes par Mezzo-Morte et elles ne se connaissaient pas encore.

Osman Ferradji observait Angélique avec une grande attention. Il dit, comme saisi d'une inspiration subite :

— Voulez-vous du café turc ?

Les narines d'Angélique palpitèrent. Elle sut brusquement que ce qui lui manquait le plus depuis qu'elle était à Alger, c'était le café turc !

Sans attendre son approbation, Osman Ferradji frappa dans ses mains et donna des ordres brefs. En quelques instants, un tapis fut déroulé, des coussins amoncelés, une table basse apportée, et la vapeur odorante du café noir s'éleva. Osman Ferradji fit signe aux servantes de s'écarter. Assis sur le tapis, ses longues jambes croisées, il tenait à servir lui-même la captive française. Il lui présenta le sucre et lui proposa le poivre pilé et la liqueur d'abricots, mais elle refusa. Elle buvait le café juste à peine sucré. Ses yeux se fermèrent sous l'effet d'une nostalgie violente.

« L'odeur du café me rappelle Candie… et la salle des ventes où son parfum se mêlait si fort à celui de la fumée du tabac… et je voudrais retourner à Candie, à ce moment où une main m'a relevé la tête… le café sentait bon. J'étais heureuse à Candie… »

Elle but trois gorgées et enfin se mit à pleurer, la gorge remuée de sanglots véhéments qu'elle essayait en vain de retenir. Elle n'aurait pas voulu cette faiblesse, cette défaite devant les yeux du Grand Eunuque, d'autant plus que l'absurde de son sentiment lui apparaissait total. À Candie, elle n'était qu'une malheureuse esclave brutalisée, elle avait été mise en vente au batistan. Mais, à Candie, elle avait encore de l'espoir à revendre, un but ! Elle avait aussi son vieil ami, l'industrieux Savary, pour l'encourager, la secouer, la guider, pour lui passer des lettres à signer par les grilles de son cul-de-basse-fosse, ou lui faire des signes cabalistiques sous ses oripeaux de mendiant. Où se trouvait-il, le pauvre Savary ? Peut-être lui avait-on crevé les yeux pour tourner la noria du puits à la place de l'âne ? Ou l'avait-on jeté à la mer ou aux chiens ?… Ils en étaient bien capables !…

— Je ne comprends pas, dit la voix douce d'Osman Ferradji, que vous pleuriez, ni que vous criiez, que vous vous débattiez et vous énerviez ainsi…

— Ah vraiment ? fit Angélique entre deux sanglots. Vous ne comprenez pas qu'une femme qu'on sépare des siens et qu'on emprisonne puisse pleurer ! Je ne suis pas la seule, il me semble. Écoutez donc l'autre en bas qui hurle.

— Mais VOUS, ce n'est pas la même chose.

Il leva la main, ouvrant en éventail ses longs doigts bagués aux ongles rouges et compta.

— La femme qui a rendu fou le marquis d'Escrainville, la Terreur de la Méditerranée, qui a poussé Don José de Almada, le plus prudent commerçant de ma connaissance, à monter jusqu'à vingt-cinq mille piastres une enchère dont il n'avait que faire, celle qui a échappé à l'invincible Rescator, celle qui a parlé en face à Mezzo-Morte sur un ton injurieux qu'aucun de ses ennemis même n'eût osé. Et j'ajouterai : la première femme qui s'est évadée des mains du Grand Eunuque Osman Ferradji ! C'est une grande référence, cela. Quand on est cette femme-là, madame, on ne pleure pas et on n'a pas de crise de nerfs !…

Angélique chercha son mouchoir et avala d'un coup sa tasse de café qui refroidissait. Le palmarès que lui dédiait Osman Ferradji n'était pas sans l'impressionner sur ses propres ressources et réveillait sa combativité. Elle songea :

« Pourquoi, après tout, ne serais-je pas aussi la première femme qui réussirait à s'échapper d'un harem ? »

Ses yeux verts se posèrent sur le Grand Eunuque, en face d'elle. Elle retrouvait le sentiment de sympathie et de déférence qu'il lui avait spontanément inspiré quand elle s'était assise à ses côtés, le jour du supplice du chevalier allemand. Éclairé par la lune, ce visage semblait d'un bronze délicat, aux ombres pleines et trop ciselées pour un homme, mais ses sourcils bas lui donnaient un air de gravité sévère lorsqu'il ne souriait pas. Mais le Grand Eunuque sourit. Il pensait que les yeux verts de cette femme pouvaient ressembler à ceux d'une panthère. Elle était de la même race et ses pleurs ne signifiaient rien d'autre que le dépit de s'être laissé vaincre. Il saurait captiver son ambition.

— Non, fit-il en secouant la tête, moi vivant vous ne vous échapperez pas ! Voulez-vous des pistaches ? Elles viennent de Constantinople. Sont-elles au moins bonnes ?

Angélique grignota du bout des dents et dit qu'elle en avait mangé de meilleures.

— Où cela ? fit Osman Ferradji, subitement très anxieux. Avez-vous retenu le nom et l'adresse du marchand ?

Il ajouta que c'était un souci pour lui que de satisfaire la gourmandise des centaines de femmes de Moulay Ismaël. On attendait monts et merveilles de son voyage en Alger où il était venu pour se réapprovisionner en vins grecs de Malvoisie et en bonbons d'Orient. Les harems de Moulay Ismaël étaient les mieux fournis de Barbarie grâce à ses soins. Quand elle serait à Miquenez, elle verrait…

Angélique se dressa, toutes griffes dehors.

— Je n'irai jamais à Miquenez. Je veux ma liberté.

— Qu'en ferez-vous ?

C'était une question si doucement étonnée que la révolte d'Angélique se dégonfla comme une baudruche crevée. Elle aurait pu crier qu'elle voulait retrouver les siens, revoir son pays, mais tout à coup elle ne savait plus, et son existence lui apparaissait comme une dérision. Elle n'avait plus d'attaches, à part ses deux jeunes fils et eux-mêmes ne les avait-elle pas entraînés déjà dans la confusion de ses projets insensés ?

— Ici ou là, murmura la voix du Grand Eunuque, où Allah nous veut, goûtons les saveurs de la vie. Les femmes ont une grande faculté de s'adapter. Vous avez peur car nos peaux sont noires ou brunes et notre langue vous est inconnue, mais qu'y a-t-il parmi nos mœurs qui puisse vous causer tant d'effroi ?

— Vous croyez qu'un petit spectacle comme l'exécution du chevalier de Malte, à laquelle nous avons assisté l'autre jour, me prédispose à trouver agréables les mœurs musulmanes ?

Osman Ferradji parut sincèrement surpris.

— N'y a-t-il pas dans votre pays des exécutions où l'on tire les hommes à quatre chevaux ? Les Français avec lesquels j'en ai parlé m'en ont fait le récit.

— C'est exact, convint Angélique. Mais… pas tous les jours. Ce supplice ne s'applique qu'aux régicides.

— Celui du chevalier de Malte était aussi un événement rare. C'est reconnaître la valeur d'un ennemi, la peur qu'il inspire et le mal qu'il a infligé que de l'avoir traité ainsi. C'était un grand honneur pour lui. Vous avez peur, madame, parce que vous êtes ignorante comme tous les chrétiens qui ne veulent pas savoir ce qu'est l'Islam. Ils s'imaginent que nous sommes des sauvages. Vous verrez nos villes du Maghreb, du pays du couchant suprême. Marocco qui est rose comme un feu au pied des montagnes de l'Atlas où la neige scintille comme des pointes de diamant. Fez, dont le nom veut dire « or », et Miquenez, capitale du sultan, qui semble bâtie dans de l'ivoire. Nos villes sont plus belles et plus riches que les vôtres.

— Non, c'est impossible. Vous ne savez pas ce que vous dites. Vous ne pouvez comparer à Paris ce ramassis de cubes blancs…

Elle eut un geste vers Alger endormie à leurs pieds et s'arrêta. C'était un monde inimaginable, hors du temps, comme un rêve.

Là, à ses pieds, une ville bâtie par la magie de la lune, dans une porcelaine translucide, au bord d'une mer d'améthyste ; un rêve, et sous les oripeaux criards de la ville des pirates, la révélation de l'âme lente et méditative de l'Islam.

— Vous n'êtes point faite pour la peur, disait Osman Ferradji en hochant la tête. Soyez docile et il ne vous sera fait aucun mal. Je vous laisserai le temps de vous habituer à nos mœurs islamiques.

— Je ne sais si je m'habituerai jamais à ce mépris que vous avez de la vie humaine.

— La vie humaine mérite-t-elle tant d'inquiétude ? Il est vrai, en effet, que les chrétiens ont une peur effroyable de la mort et de la torture. Votre culte semble mal vous préparer à supporter la vue de Dieu.

— Mezzo-Morte m'a déjà dit quelque chose de ce genre.

— Ce n'est qu'un renégat, un « Turc de profession », fit le Grand Eunuque sans cacher son dédain, mais j'aime à croire qu'il ne fut pas seulement attiré vers nous par l'esprit de lucre et d'ambition, mais aussi par cette liberté de croyance qui donne le goût de vivre et le goût de mourir et non la peur de l'un et de l'autre, comme chez vous, chrétiens.

— Il est en effet regrettable que vous n'ayez pu vous faire marabout, Osman bey. Vous prêchez bien. Croyez-vous parvenir à me convertir ?

— Vous n'aurez pas le choix. Vous deviendrez musulmane en étant l'une des femmes de notre grand seigneur Moulay Ismaël.

Angélique serra les lèvres pour éviter de répondre. Elle pensa irrévérencieusement « Compte là-dessus ! ».

Le croquemitaine marocain qu'on lui réservait pour maître était loin, heureusement ! D'ici là, il lui faudrait bien trouver la possibilité de s'échapper. Et elle la trouverait. Osman Ferradji avait eu raison de lui faire boire du café !…

XL

Et tout d'abord, elle retrouva maître Savary. Signe certain que le ciel veillait sur elle.

Le caravansérail où les Marocains recevaient l'hospitalité d'Alger était un bâtiment dépassant en dimensions le batistan de Candie et qui tenait, comme lui, de l'hôtel et de l'entrepôt. Même plan général : un immense rectangle, comme un cadre de tableau, comportant deux étages de chambres en profondeur, s'ouvrant sur un grand patio intérieur à colonnes, encadrant lui-même une cour-jardin avec trois jets d'eau, des lauriers-roses, des citronniers et des orangers.

On ne pouvait entrer que par une seule porte, défendue par un corps de garde en armes. Pas une fenêtre ne donnait sur la rue. Tous les murs vers l'extérieur étaient aveugles, les toits étaient plats, avec rebords et créneaux à meurtrières, où les sentinelles se tenaient en permanence.

Les quarante ou soixante pièces de cette imposante construction, véritable forteresse au cœur d'Alger, étaient bourrées de monde et de bêtes. Plusieurs pièces du bas servaient d'écurie, d'étable, aux chevaux de selle fougueux, aux ânes, aux chameaux. C'était par là qu'Angélique avait vu surgir un curieux animal, au long cou serpentin et tacheté, surmonté d'une minuscule tête avec deux larges yeux attendrissants et de petites oreilles. L'animal ne semblait pas méchant, se contentant d'allonger son long cou par-delà les colonnades du patio pour atteindre et brouter les feuilles d'un laurier-rose. Angélique le contemplait avec étonnement quand une voix française l'avertit :

— C'est une girafe.

Un tas de paille remua pour laisser apparaître la silhouette courbée et de plus en plus haillonneuse de son ami le vieil apothicaire.

— Savary, oh ! mon cher Savary, murmura-t-elle en étouffant un cri de joie. Comment êtes-vous là ?

— Quand j'ai su que vous étiez entre les mains du Grand Eunuque Osman Ferradji, je n'ai eu de cesse de pénétrer jusqu'à vous. Le hasard m'a aidé. J'avais été acheté par un portefaix turc qui est chargé de balayer la cour des janissaires. Mais l'importance de cet indispensable fonctionnaire l'obligeait à avoir un esclave pour pousser le balai à sa place. Il avait pour ami le gardien de cette ménagerie. J'appris que l'éléphant était malade. Je me proposai et je pus le guérir. Le gardien m'a racheté au portefaix et me voici dans la place.

— Savary, qu'allons-nous devenir ? On veut m'emmener au Maroc, pour le harem de Moulay Ismaël.

— Ne vous désolez pas. Le Maroc est un pays très intéressant et voici longtemps que je souhaitais avoir l'occasion d'y retourner. J'ai laissé là-bas des connaissances.

— Encore un autre fils ? interrogea Angélique avec un pâle sourire.

— Non, deux ! L'un est fils d'une juive. Il n'y a que ces liens de sang pour créer de sincères complicités. Je dois vous l'avouer, à mon grand regret, je n'ai point d'héritier à Alger. Cela rend toute possibilité d'évasion extrêmement difficile. Vous avez vu vous-même ce que vous risquiez en cherchant à vous évader.

— Vous avez entendu parler de mon évasion ?

— Les choses s'apprennent vite ici. Une esclave française en fuite et introuvable : ce ne pouvait être que vous. N'avez-vous pas été trop sévèrement châtiée ?

— Non. Osman Ferradji s'est montré plein d'attentions à mon égard.

— La chose est fort singulière, mais réjouissez-vous.

— Je suis même assez libre. On me laisser aller et venir dans la maison et même quitter l'appartement des femmes. En somme, ce n'est pas encore le harem, Savary. La mer est proche. Ne serait-ce pas le moment d'essayer encore une tentative de fuite ?

Savary soupira, prit une brosse dans un baquet et se mit à frotter vigoureusement la girafe. Il demanda enfin ce qu'était devenu Mohammed Raki. Angélique lui fit le récit des révélations de Mezzo-Morte. Tout espoir pour elle s'effondrait. Elle n'aspirait plus qu'à une chose : fuir, regagner la France.

— On veut toujours fuir, constata Savary, et après l'on regrette. C'est ça, la magie de l'islam. Vous verrez. Mais commençons toujours par fuir, puisque tels se présentent les premiers symptômes de la maladie.

❦

Le soir, Osman Ferradji vint trouver Angélique et lui demanda courtoisement si le vieil esclave chrétien qui nettoyait les écuries était son père ou son oncle ou quelqu'un de ses parents. Angélique rougit devant ce témoignage d'une surveillance à laquelle elle croyait échapper. Elle répliqua vivement que cet homme était un compagnon de voyage pour lequel elle avait de l'amitié et que c'était de plus un grand savant, mais que les musulmans l'avaient mis à balayer le crottin car telle était leur façon d'humilier les chrétiens en mettant le valet à la place du maître et les grands esprits dans la fange. Osman Ferradji secoua la tête avec indulgence devant ces éclats de fillette révoltée.

— Vous êtes dans l'erreur, comme tous les chrétiens le sont. Car le Coran a dit : « Au jour du Jugement, l'encre du savant pèsera plus dans la balance que la poudre du guerrier. » Ce digne vieillard est-il médecin ?

Sur la réponse affirmative, le visage du Grand Eunuque s'éclaira. La femme islandaise était malade et aussi l'éléphant, deux précieux présents de l'amiral d'Alger au sultan et il était lamentable d'envisager que ces présents se trouveraient endommagés avant même d'avoir quitté la ville.

Savary joua de bonheur et parvint à faire tomber la fièvre des deux malades, grâce à un remède de sa composition. Angélique s'étonnait qu'il réussît à conserver, au milieu de toutes les intempéries et au fond de poches de plus en plus trouées, ces poudres, ces pastilles, ces herbes dont il avait le secret. Le Grand Eunuque lui fit donner une djellaba décente et l'attacha à sa maison.

— Et voilà, conclut Savary. On commence toujours par vouloir me jeter à la mer ou aux chiens et puis, bien vite, on ne peut plus se passer de moi.

Angélique se sentait maintenant moins seule. La vieille esclave chrétienne Fatima, avec son français enfantin, contribuait aussi à lui dévoiler le langage et les coutumes de ce monde étranger.

Lorsqu'elle avait demandé au Grand Eunuque l'autorisation de prendre à son service la vieille Fatima, Osman Ferradji avait dit qu'il doutait qu'elle consentît à pénétrer dans le royaume de Marocco où il n'existait pas de propriétaires privés d'esclaves, mais où le roi seul était propriétaire de tous les esclaves chrétiens, près de quarante mille ! Or, la vieille Fatima était libre dans tout l'Islam, bien qu'elle s'entêtât à toujours se considérer comme esclave et elle aurait peur, certainement, d'aller chez des Arabes ayant un autre accent et que les Algérois, malgré leurs courbettes, considéraient comme des sauvages.

Mais, contre toute attente, Fatima était venue déclarer qu'elle sentait qu'elle n'avait plus beaucoup d'années à vivre et qu'étant désormais seule à Alger, elle préférait mourir sous la protection d'une compatriote qui était marquise comme sa première maîtresse, au temps où elle s'appelait Mireille.

— C'est la preuve, commenta Osman Ferradji, que la vieille sorcière vous voit environnée d'heureux présages et que « l'ombre de Moulay Ismaël tombera sur vous » pour vous appeler à la très grande faveur que votre beauté et votre intelligence méritent.

Angélique se retenait de le détromper. Elle se disait que le chef du harem présentait pour elle le seul espoir de quelque humanité à côté des autres puissants du jour qu'elle avait pu côtoyer dans ce pays hostile : Mezzo-Morte et ses jeunes loups, le dey d'Alger et ses « muets » du sérail, les *reis* et leur

Taïffe, tous associations de pirates et de voleurs de grands chemins. Le grand Noir avait par contre fait montre à son égard d'une indulgence dont il n'était pas coutumier, car pour lui la discipline et l'ordre primaient tout. Pour être apparue dévoilée au patio de l'étage alors que des chameliers se trouvaient dans la cour, la petite Circassienne Matriamti avait été fouettée sur l'ordre du Grand Eunuque. Par contre, Angélique, qui s'était permis de descendre dans cette même cour, non seulement dévoilée, mais dans ses « indécents » vêtements européens, n'avait reçu aucun blâme. Il ne lui demandait de se voiler que pour l'accompagner deux ou trois fois dans les rues, chez des commerçants.

Depuis son séjour sur le palais flottant de Mezzo-Morte, elle éprouvait une peur terrible des gamins musulmans. Outre les cadets aux turbans jaunes, il y avait ces bandes d'enfants qui jetaient des tessons de bouteilles dans les ouvertures des prisons mazmores ou qui enfonçaient des roseaux dans le dos des galériens chrétiens enchaînés. On imaginait assez bien ce que pouvait être le sort d'une esclave pourchassée lorsque l'hallali était donné. Elle avait donc échappé au pire ! Elle constatait aujourd'hui une inquiétante invasion d'enfants dans son caravansérail. Car il y en avait maintenant des centaines, parqués sur les pelouses et autour des jets d'eau et ils paraissaient n'avoir rien d'autre à faire que de croquer des pistaches et manger des beignets et des sucreries.

Elle s'informa près d'Osman bey.

— Ils font partie des présents que daigne accepter de ces chiens d'Algérois, mon illustre seigneur le roi de Marocco. Le roi adore la jeunesse qui vient de tous les points du monde : du lointain Caucase comme de l'Égypte, de Turquie comme du sud de l'Afrique, de Grèce ou d'Italie. Il formera ces pages pour ses troupes d'assaut. Car ce n'est point pour un luxurieux usage que Moulay Ismaël aime les jeunes garçons, mais parce qu'ils sont des guerriers en puissance. N'oubliez pas qu'il est appelé « l'Épée de l'Islam ». Il sait ce qu'il doit à Allah. Chez nous le ramadan, ce grand jeûne, dure DEUX mois et non un seul comme chez ces mollassons d'Algérois. Il nous faut doublement souffrir pour parer à la tiédeur religieuse des soi-disant musulmans d'ici. Certes, ils se battent assez bien contre les chrétiens, mais ils sont trop malhonnêtes en affaires et ils abhorrent le travail. Où sont leurs constructions ? Chez nous au Maroc, on bâtit beaucoup. J'ai suggéré au sultan de former des phalanges de conquérants à la fois guerriers et bâtisseurs. Quinze mille enfants noirs apprennent d'abord à construire et à faire des briques. Cela dure deux ans. Après, pendant deux ans encore, ils montent à cheval et gardent les troupeaux. À seize ans, ils font leur apprentissage des armes et participent aux combats.

La compagnie du Grand Eunuque et sa conversation ne manquaient jamais d'intérêt. Il paraissait avoir pour la captive française une estime singulière qui n'était pas sans la flatter, bien qu'elle s'en défendît. Elle se demandait dans quelle mesure ce Noir à la froide intelligence pourrait devenir son allié. Pour l'instant, elle dépendait entièrement de lui. Les autres femmes, esclaves chrétiennes auxquelles se mêlaient une dizaine de belles Kabyles et des Noires éthiopiennes, le redoutaient beaucoup. Dès que la haute stature d'Osman Ferradji projetait son ombre sur le dallage, elles se figeaient, étouffaient leurs rires et prenaient des mines de pensionnaires en faute. L'œil olympien du grand Noir errait sur ce troupeau indocile et sournois. Il leur parlait sans violence, mais aucun détail ne lui échappait.

Ce jour-là, il lui parut préoccupé. Il finit par lui avouer son tracas. La noble captive française qu'il avait l'honneur de conduire au sérail du roi du Maroc, n'avait-elle pas parlé un jour de commerce qu'elle faisait pour son compte ? Mœurs étranges d'ailleurs que celles de grandes dames s'occupant de trafics jugés par ailleurs vils. Bien à tort, puisque Mahomet lui-même, dans sa grande sagesse qu'il tenait de Dieu en personne, ne s'était point fait faute de rappeler que tous les métiers étaient nobles pour un vrai croyant, et que sur les quarante apôtres reconnus par l'islam, Adam n'avait-il point été cultivateur, Jésus charpentier, Job gueux, Salomon roi, et plusieurs autres des marchands ? La Française n'avait donc pas à avoir de honte pour s'être livrée autrefois au négoce avant sans doute de parvenir au titre élevé de marquise et, cela étant, elle devait s'y connaître en drap, cette étoffe si spécifiquement chrétienne, mais dont un bon musulman sait mal reconnaître la qualité. Le saurait-elle toujours, l'inestimable Turquoise ?

Angélique avait écouté avec bonne volonté la longue complainte commerciale du Grand Eunuque. Elle accepta de le suivre près d'un ballot dont l'emballage laissait voir du drap vert et du drap écarlate. Ce n'était guère sa spécialité, mais les doléances de Colbert l'avaient initiée jadis aux fluctuations de cette monnaie d'échange la plus courante avec les pays musulmans.

Elle en tâta un coin froissé et le regarda à la lumière.

— Voici deux draps qui ne valent pas grand-chose… L'un, ce rouge, est fait de laine, je n'en disconviens pas, mais avec de la laine « morte », c'est-à-dire des poils de mouton perdus et ramassés sur les ronces et non pas tondus, comme il se devrait. De plus, il est teint non avec de la garance, mais avec je ne sais quoi d'autre : ça m'étonnerait qu'il ne pâlisse pas au soleil.

— Et l'autre ballot ? demanda Osman bey, dont l'habituelle sérénité cédait devant une anxiété qu'il avait peine à dissimuler.

Angélique palpa l'étoffe verte, trop raide.

— C'est du dernier rebut ! Meilleure laine, certes, mais mélangée de fil et trop empesée ; si l'étoffe reçoit de l'eau, elle se chiffonnera, rétrécira et ne pèsera que moitié.

Le Grand Eunuque devint cendreux. D'une voix mal assurée, il demanda encore à sa captive d'expertiser deux autres rouleaux de drap. Angélique affirma que ceux-ci étaient de la meilleure qualité possible. Elle ajouta après un moment de réflexion :

— Je suppose que ce sont ces deux rouleaux qui vous ont été présentés comme échantillons pour vous encourager à commander un lot plus important ?

Le visage d'Osman Ferradji s'éclaira :

— Et vous devinez juste, madame *Firouzé*. C'est Allah qui vous a envoyée vers moi. Sinon, je risquais de perdre la face devant le royaume de Marocco et les régences d'Alger et de Tunis. Et la reine si difficile, la sultane Leila Aïcha, aurait eu beau jeu de me discréditer dans l'esprit de mon maître. Ah ! vraiment, c'est Allah lui-même qui a arrêté mon bras lorsque, dans ma colère devant votre fuite, j'avais décidé de vous torturer sous les yeux des femmes esclaves afin que votre exécution leur serve de leçon. Et ensuite de vous trancher la tête de mon sabre, que j'avais fait spécialement affûter pour cela. Mais la sagesse a arrêté mon bras et mon plus beau sabre en est réduit à se garnir d'ignobles taches de rouille dans ce trou de rats qu'est Alger, nid d'immondes marchands trompeurs. Ah ! mon sabre, console-toi ! L'heure est venue de t'arracher à cette pénible inaction pour une œuvre utile et de Justice.

La dernière phrase avait été prononcée en arabe, mais Angélique en comprit sans peine le sens en voyant l'immense Osman Ferradji tirer son cimeterre d'un geste théâtral et le faire miroiter au soleil. Des servantes accourues revêtirent la captive d'un ample haïk de soie, elle fut enfournée dans une chaise à porteurs escortée de gardes en armes et se retrouva aux côtés du Grand Eunuque dans la boutique du marchand véreux.

Celui-ci était déjà à se prosterner le front contre terre. Le Marocain, très serein, pria Angélique de répéter les avis qu'elle avait donnés sur la qualité des draps. Les ballots d'étoffe avaient été apportés et déroulés. Un esclave français, commis du marchand, traduisait en bégayant un peu et en louchant vers le sabre que le Grand Eunuque tenait en main.

Le négociant algérois protesta hautement de sa bonne foi. Il y avait un malentendu évident. Jamais il ne se serait permis de tromper sciemment l'envoyé du grand sultan du Maroc. Il allait lui-même se rendre dans son arrière-boutique pour trier toutes les pièces de la commande du vénéré et Très Haut Vizir du roi Moulay Ismaël. Le dos rond, il fila vers son antre obscur.

Osman Ferradji considéra Angélique avec un sourire satisfait. Ses yeux étaient brillants et se plissaient comme ceux d'un chat qui s'apprête à sauter sur une souris. Il eut un clin d'œil vers l'arrière-boutique. On entendit des cris affreux et le marchand réapparut solidement maintenu par trois gardes noirs qui l'avaient cueilli alors qu'il essayait de s'échapper par-derrière.

On le fit s'agenouiller et poser la tête sur l'un de ses ballots de drap.

— Non, vous n'allez pas lui couper la tête ? s'écria Angélique.

La voix française arrêta le bras déjà levé du Grand Eunuque.

— N'est-ce pas un devoir de supprimer une bête puante ? demanda-t-il.

— Non, non vraiment, protesta la jeune femme, horrifiée.

Le sens de son intervention échappait totalement au chef du sérail de Moulay Ismaël. Mais il avait ses raisons pour vouloir ménager la sensibilité de la captive française. En soupirant, il remit l'exécution du marchand qui avait failli le déshonorer, lui le plus avisé intendant de l'énorme maison du roi du Maroc. Il lui couperait seulement la main, comme aux voleurs. Ce qu'il fit immédiatement, d'un coup sec, comme s'il eût tranché banalement un morceau de canne à sucre.

— Il est vraiment temps que nous quittions cette ville et ce pays de voleurs ! disait quelques jours plus tard Osman Ferradji.

Angélique sursauta. Elle ne l'avait pas entendu s'approcher. Trois négrillons le suivaient, l'un apportant du café, l'autre un gros livre, un rouleau de papier, de l'encre et un stylet de roseau, le troisième un tison ardent et une brassée d'épines.

Angélique demeura dans l'expectative. Avec cet étrange personnage, ne fallait-il pas s'attendre à tout ? N'était-ce pas l'attirail d'un supplice spécial et raffiné, à son intention ?

Le Grand Eunuque souriait. Il sortit à son tour de sa djellaba un grand mouchoir à carreaux rouges et noirs dont il défit le nœud et y prit une bague.

— Ceci est un cadeau personnel pour vous : une bague. Certes, elle est bien petite, car bien que je sois très riche, je dois laisser au roi, mon maître, le seul privilège de vous faire des présents de grande valeur. Je vous offre celle-ci en signe d'alliance. Et maintenant, je vais commencer à vous apprendre l'arabe.

— Mais… ce feu ? demanda Angélique.

— C'est pour purifier l'air autour du Coran que vous allez commencer à étudier. N'oubliez pas que vous êtes encore une chrétienne, donc que vous polluez tout ce qui vous entoure. Partout où vous passerez au cours du voyage, je serai obligé de purifier la place par des rites, et souvent par le feu. C'est fort dérangeant, je vous prie de le croire…

❦

Il se révéla un professeur amène, patient et cultivé. Angélique ne tarda pas à trouver de l'agrément à ces leçons. Elles la distrayaient. Apprendre l'arabe ne pouvait que lui être utile, et l'aiderait à se créer des complicités et à s'échapper un jour.

Comment ? Quand ? Et où ? Cela elle n'en savait rien. Elle se répétait seulement que si elle restait en vie et en possession de sa raison, elle parviendrait à fuir !

Parmi les choses qu'il lui fallait apprendre, c'était que la notion du temps n'existe pas en Orient. Ainsi, lorsque le Grand Eunuque lui avait répété un certain nombre de fois « qu'ils partaient incessamment » pour le Maroc, Angélique avait pris d'abord cette affirmation à la lettre. Elle s'attendait tous les jours à se voir jucher sur un chameau d'une caravane. Mais les jours passaient. Osman Ferradji ne manquait pas de vitupérer une nouvelle fois contre les paresseux et voleurs Algérois « dont plus voleurs encore il n'y avait que juifs et chrétiens », mais visiblement rien n'était prévu pour le départ.

Par contre, un jour il apportait à la Française une coupe de velours de Venise pour connaître son avis, une autre fois il la consultait sur le choix d'un cuir de Cordoue destiné à fabriquer des selles.

Il l'avertissait qu'il attendait un chargement d'un certain musc d'Arabie, de même que des pistaches et des abricots de Perse, et aussi du *giaze* persan, ce nougat dont celui d'Alger et du Caire n'était qu'une infecte imitation.

Angélique, entraînée malgré elle par ces confidences ménagères, se laissa aller à lui confier que le Persan Bachtiari bey lui avait donné la recette exacte du nougat d'origine fait de miel mélangé avec de la pâte d'amandes et certaines farines dont l'une n'était autre que la fameuse manne du désert. Ces cristaux de sucre exsudés par des arbustes en assez grande quantité formaient parfois, lorsque le vent entraînait ces flocons, de véritables dunes neigeuses. Le mélange était pétri au pied dans des cuves de marbre et fourré de pistaches et de noisettes.

L'austère Noir battit des mains comme un enfant et se mit aussitôt en quête de faire venir de cette manne, spécialité des déserts bibliques. Cela promettait une prolongation indéfinie de séjour. Angélique ne savait si elle devait s'en réjouir. Tant qu'elle se trouvait devant la mer, elle gardait l'illusion d'une évasion possible. La servitude de milliers d'esclaves dont certains se trouvaient là depuis vingt ans donnait pourtant un démenti à cette espérance. Alger était une ville dont on ne s'évadait pas. Un moment, Angélique envisagea que la caravane fît une partie du voyage par mer. Toute une nuit, elle se persuada que les vaisseaux marocains ne pourraient manquer d'être arraisonnés par des chevaliers de Malte ou des pirates chrétiens, et cette certitude éclairait son visage lorsque le Grand Eunuque, au cours d'une de ses leçons d'arabe, lui dit, comme s'il concluait une conversation à ce sujet.

— S'il n'y avait pas sur la mer cette maudite flotte de Malte, c'est dans moins de vingt jours que j'aurais pu avoir l'avantage de vous présenter à votre maître, le puissant commandeur des croyants, Moulay Ismaël.

Il plissait ses yeux de Noir sémite jusqu'à les fermer presque et qu'ils ne soient plus qu'une fente d'or, au rayonnement intense.

La jeune femme savait déjà que c'était sa manière de solliciter son appréciation, voire son conseil déguisé, et aussi parfois de lui signifier qu'il la devinait.

❦

Maintenant le chef du sérail semblait avoir mis la dernière main à son imposante caravane. Chaque jour le départ était imminent. Mais chaque jour, pour des motifs mystérieux – peut-être n'y en avait-il aucun –, l'ordre de départ était annulé et Osman Ferradji se remettait à attendre quelque nouveau signe invisible, voire imprévisible.

Entre autres, une des causes du retard fut le souci que donnait la santé de l'éléphant nain. On ne pouvait entraîner sur les routes de montagnes et de désert un animal aussi précieux que rare et auquel Sa Majesté ferait un accueil enthousiaste. Moulay Ismaël raffolait des animaux. Il avait mille chevaux dans ses écuries et quarante chats dans ses jardins, tous répondant à leur nom. Il fallait attendre que l'éléphant fût bien remis. Chaque jour, son docteur, le vieil esclave Savary, était longuement consulté.

Ensuite, il fallut attendre la capture par des Tripolitains d'un navire qu'on savait chargé du meilleur vin de Malvoisie. À cette occasion, Angélique dut subir un interrogatoire attentif. Que fallait-il penser des vins sucrés français, portugais, espagnols et italiens ? Étaient-ce des vins de liqueur, à servir aux dames du harem ou fallait-il les considérer comme vins enivrants et donc interdits par la religion de l'islam ?

Angélique suggéra, avec une pointe d'ironie, de s'adresser aux docteurs coraniques pour régler ce point épineux et l'eunuque fut charmé d'une telle réponse montrant la sagesse de son élève et la compréhension de sa leçon où il lui enseignait qu'Islam signifie « soumis à Dieu ».

Les vins de Malvoisie furent acceptés par Mahomet et l'on attendit leur capture. Le Grand Eunuque eût été fort marri de revenir en son pays sans rapporter une boisson rare et savoureuse pour flatter la gourmandise de ces dames, toujours à l'affût de nouveautés derrière les grilles de leur harem. Au début de son séjour à Alger, il avait fait achat de plusieurs barriques d'un vin qu'on lui avait dit réputé, mais Angélique lui ayant révélé que c'était une piquette détestable, il s'était trouvé encore une fois sur le point d'être déshonoré. Et rien n'avait retenu son sabre vengeur de s'abattre sur le cou du fripon qui lui avait vendu lesdites barriques et qui osait par-dessus le marché exciper de sa qualité d'ancien pèlerin de La Mecque et de son titre de *hadj* !…

Angélique écoutait patiemment ces bavardages qui ressemblaient d'assez près à des commérages de femme. Parfois, elle s'étonnait d'avoir au début pris ce Noir pour un authentique descendant des rois mages. Elle se disait qu'il était mesquin comme une commère, aussi bavard et même plus velléitaire qu'une femme. On avait l'impression qu'il piétinait toujours et recherchait à tâtons sa voie :

— Détrompez-vous, madame, lui dit le vieux Savary en hochant la tête alors qu'elle lui confiait ses doutes. Cet Osman Ferradji, c'est LUI qui a fait de Moulay Ismaël le sultan du Maroc et qui cherche en ce moment à l'établir comme le commandeur de tout l'Islam et peut-être de l'Europe. Ménagez-le, madame, et priez Dieu qu'il vous aide à sortir de ses mains, car Dieu seul le peut.

Angélique haussait les épaules. Voici que Savary parlait comme ce fou d'Escrainville. Peut-être commençait-il à baisser un peu ? Il y avait certes de quoi, avec toutes ces aventures. Pour que le vieil apothicaire, toujours ingénieux et mijotant des complots, s'en remît soudain au ciel, c'était qu'il ne se trouvait plus dans son état normal ! Ou qu'il jugeait la situation particulièrement grave…

Savary était libre de circuler en ville, en qualité de « moukanga », ce qui signifie médecin ou féticheur en soudanais. Aussi fouillait-il les souks et les bazars à la recherche des herbes ou des produits chimiques nécessaires à ses médicaments et rapportant surtout moisson de nouvelles glanées auprès des esclaves récemment capturés. À Alger, rassemblant des gens venus de tous les coins d'Europe, on connaissait les nouvelles peut-être mieux que les rois de France, d'Angleterre ou d'Espagne. On apprenait déjà que Rakóczi était devenu roi de Hongrie et que Louis XIV s'était lancé dans une campagne contre la Hollande.

Ces nouvelles paraissaient à Angélique dérisoires et irréelles. Ce roi de France qui déclenchait la guerre contre l'Europe, était-ce le même que celui qui l'avait tenue dans ses bras, la suppliant tout bas de ne pas se montrer cruelle envers lui ? Et si elle l'appelait à son secours, ferait-il tonner ses canons pour la délivrer ? Elle n'y avait pas encore songé et elle refusa cette pensée, car c'était déjà pour elle une défaite. Ces innombrables esclaves, venant du monde entier, ne parlaient jamais d'un homme défiguré et boiteux qui se serait nommé Joffrey de Peyrac. Elle avait pu établir avec certitude qu'il était venu en Méditerranée, mais sa trace semblait s'être évanouie depuis plusieurs années déjà. Fallait-il accepter la version de Mezzo-Morte que le comte fût mort de la peste depuis longtemps ? Quand cette idée s'imposait à elle, peu à peu, elle en éprouvait une sorte de soulagement.

L'incertitude est parfois la pire des tortures. Mieux vaut que la plaie soit débridée, ouverte. « J'ai trop couru après mon espérance… »

Par moments, elle croyait mieux comprendre Savary. Il avait vécu ardemment des années pour sa « moumie minérale ». Son acte de bravoure, l'incendie de Candie, n'était qu'une expérience scientifique. Et maintenant, il tâtonnait. Le squelette de l'éléphant nain et les soins à prodiguer à son descendant vivant ne semblaient pas une matière suffisante à sa cervelle de savant. Il était, comme elle, entraîné ailleurs par un destin aveugle. Toute la vie n'était-elle, au fond, qu'un piétinement sans but ? Non, elle ne voulait pas se laisser amollir par la chaleur et la claustration dorée dont on l'environnait. Elle voulait fuir, et c'était déjà un but !

Avec une nouvelle ardeur, elle se pencha vers le parchemin où elle inscrivait des signes. Et elle tressaillit, parce que le regard d'Osman Ferradji la fixait. Elle avait oublié sa présence. Il lui semblait qu'il avait toujours été là, hiératique et mystérieux, avec ses longues jambes croisées sous les plis de sa djellaba de laine blanche. Il portait un caftan gris tourterelle et un haut bonnet noir dont les broderies étaient du même rouge que ses ongles.

— La volonté est une arme magique et dangereuse, fit-il.

Angélique le regarda, secouée d'une brusque colère comme chaque fois qu'elle se sentait devinée par lui.

— Voulez-vous dire qu'il est préférable de se laisser mener par la vie et les événements comme un chien crevé au gré des flots ?

— Notre destinée n'est pas entre nos mains et ce qui est écrit est écrit.

— Voulez-vous dire qu'on ne peut jamais changer le sort ?

— Si, on le peut, fit-il gravement. Tous les humains possèdent une infime possibilité de contrarier le sort. Cela ne s'obtient qu'à force de volonté. Et c'est pourquoi je dis que la volonté est une forme de magie, puisqu'elle force la nature. Et qu'elle est dangereuse, car un tel résultat ne peut se payer que fort cher et entraîne les épreuves de la vie. C'est pourquoi les chrétiens qui emploient la volonté personnelle à tout propos et pour des buts mesquins sont sans cesse en désaccord avec leurs destinées et accablés des maux dont on les entend si souvent se plaindre.

Angélique secoua la tête.

— Je ne puis vous comprendre, Osman bey. Nous appartenons à deux mondes différents.

— La sagesse ne peut s'acquérir en un jour, surtout lorsqu'on a été élevé parmi la folie et l'incohérence. Et parce que vous êtes sage et belle, je veux vous mettre en garde contre ces maux qui vont vous accabler si vous vous obstinez à forcer le sort dans le sens que vous réclamez, alors que vous ignorez les voies et les buts qu'Allah vous réserve.

Angélique eût voulu détourner les yeux et répliquer hautainement qu'on ne pouvait comparer l'éducation coranique avec les richesses de la civilisation gréco-latine. Cependant, elle ne parvenait pas à se sentir offusquée. Elle éprouvait l'impression apaisante d'être « suivie » et gardée au-delà d'elle-même par un esprit lucide et serein qui avait le don de projeter de hardis coups de clarté dans les ténèbres encore épaisses de son destin.

— Osman bey, êtes-vous un mage ?

Le sourire qui erra sur les lèvres du Grand Eunuque ne manquait pas de bonté.

— Non, je ne suis qu'un être humain dépouillé des passions qui ôtent à beaucoup la clairvoyance. Et je voudrais surtout te rappeler ceci, *Firouzé* : qu'Allah accorde toujours ce qu'on veut si la prière est juste et quotidienne !

XLI

Ainsi qu'une immense chenille, la caravane s'étirait, ondulant à travers le paysage fauve, sous un ciel d'indigo foncé, dans un lent et irrésistible assaut des monts Ouarsenis du Moyen Atlas algérien.

La caravane comprenait deux cents chameaux, autant de chevaux et trois cents bourricots, sans compter l'éléphant nain et la girafe.

Un gros contingent de cavaliers armés, en majorité des Noirs, marchait en tête, un autre formait l'arrière-garde, enfin des paquets de défenseurs s'éparpillaient en flanc-garde.

Une centaine de piétons cheminaient par groupes, répartis en chapelet le long de l'énorme caravane, « la plus importante depuis les cinquante dernières années » faisait remarquer, non sans fierté, le chef du safari, le Grand Eunuque Osman Ferradji.

Du groupe d'avant-garde se détachaient constamment des méharistes ou des cavaliers qui se portaient en avant, accélérant l'allure chaque fois que l'approche d'un col ou d'un défilé pouvait faire craindre une embuscade dangereuse. Les guetteurs se postaient sur des pitons d'où les pillards pouvaient être repérés et ils les signalaient à coups de fusil, alors que d'autres détails étaient signalés à coups de miroirs solaires.

Angélique avait pris place sous un palanquin hissé entre les bosses d'un chameau velu. C'était un insigne honneur pour elle car beaucoup de femmes, même celles réservées au harem, allaient à pied ou à dos d'âne.

Le voyage progressait au travers des montagnes tantôt nues, tantôt couvertes de cèdres ou d'acacias. Les porteurs étaient surtout des Arabes, mais tous les Noirs, même les enfants de dix ans, étaient par contre à cheval et armés. Les mêmes enfants qui, à Alger, se montraient indolents, gourmands et sournois, se révélaient d'emblée sur la route d'infatigables cavaliers, rieurs, sobres et disciplinés et la seule contrainte qui semblait leur peser était de ne pouvoir se précipiter sans cesse à la poursuite des bandits et de ne pas faire de continuels assauts de prouesses équestres, comme de se lancer au galop en décapitant au sabre les branches des arbres.

Contrastant avec cette jeunesse turbulente, cheminaient, hiératiques et les traits figés, les Noirs adultes de l'escorte, encore plus richement armés, porteurs de fusils et de lances et vêtus d'un uniforme à turban rouge et saroual de soie rouge. C'étaient les terribles « bouakers » faisant partie du corps d'élite du sultan du Maroc. À côté d'eux, les quelques sections de janissaires turcs que le pacha d'Alger et Mezzo-Morte avaient conviés à escorter la caravane de leur hôte très illustre pendant la traversée du Moyen Atlas faisaient figure de parents pauvres.

Osman Ferradji était le berger incontesté de ce troupeau qui s'avançait lentement dans un nuage de poussière dorée.

Monté sur son cheval blanc, il inspectait sans cesse la colonne, maintenait le contact avec les officiers, surveillait l'exubérance des cadets, prenait soin de faire porter fréquemment des rafraîchissements aux plus intéressantes de ses captives.

Il était drapé dans son manteau soudanais aux vives couleurs et son haut turban de lamé d'or étincelait au soleil lorsqu'il se dressait sur son cheval, guettant les lointains ou se retournant pour lancer un ordre de sa voix harmonieuse de femme qui contrastait si curieusement avec son apparence austère de géant.

C'était lui qui entrait en pourparlers avec les chefs des bandits lorsque l'escarmouche amorcée menaçait de dégénérer en combats sérieux. Les pillards étaient si nombreux que les massacrer tous eût exigé une dépense de munitions anormales. Mieux valait, en nombreuses circonstances, régler le droit de péage de quelques sacs d'or et de blé. Ces brigands étaient pour la plupart des Berbères, des Kabyles vêtus de bleu, à la peau presque blanche, tribus de montagnards ou d'agriculteurs, que leur existence misérable poussait à rançonner les caravanes.

Armés d'arcs et de flèches, ils n'étaient pas de taille à lutter contre les mousquets du roi de Marocco.

— Voici bien l'image du désordre que les régences d'Alger et de Tunisie font régner sur leur pays, disait Osman Ferradji, méprisant. Voilà ce que coûte à l'Islam de se laisser diriger par des renégats occidentaux qui ne songent qu'au profit immédiat. Cela changera, vous verrez, quand nous arriverons au Maroc. Les chefs adouars répondent de leur tête que le moindre objet appartenant à un voyageur qu'ils abritent ne lui soit dérobé. Aussi les routes sont-elles plus sûres que dans nul autre pays au monde !

Osman Ferradji avait hâte d'atteindre les frontières de son royaume de prédilection. L'importance de la caravane et les richesses qu'elle transportait attiraient les bandits comme des mouches à miel. Fatima avait décrit par le menu la liste des présents que l'amiral d'Alger envoyait à son très puissant souverain Moulay Ismaël.

Un trône d'or étincelant de pierreries qui avait son histoire. Mezzo-Morte l'avait razzié sur une galère de Venise, laquelle l'avait saisi sur un corsaire venant de Beyrouth, où ce trône avait été volé au chah de Perse lors de son voyage d'inspection près de ses tribus chiites et ismaéliennes. Rien qu'en poids d'or, sa valeur était de quatre-vingt mille piastres.

Il y avait aussi deux exemplaires du Coran incrustés de joyaux.

Un rideau richement brodé de la porte de la Casbah.

Trois sabres enrichis de pierreries, un lavabo dont les soixante-dix-neuf pièces étaient d'or, mille pièces de mousseline pour les turbans, deux charges de soie de Perse, de la plus fine, et cinq cents charges plus communes de soie de Venise.

Cent jeunes garçons, vingt eunuques noirs de la Somalie, de la Libye et du Soudan, dix Éthiopiens noirs et sept blancs, de la race dite chaldéenne, soixante chevaux arabes, dont les sept premiers avec des selles. Plus, des harnais garnis d'or, des housses brodées de perles, le petit éléphant nain du Soudan, recouvert d'écarlate, la girafe du Bahr el-Ghazal, dans le haut Nil, et vingt-cinq charges de fusils druzes. Et vingt femmes, parmi les plus belles de toutes les races…

Il y a des inventaires qu'une personne habituée au luxe ne peut s'empêcher d'apprécier. La valeur de ce trésor n'était sans doute pas loin de représenter deux millions de livres, estima Angélique, impressionnée. Cela relevait singulièrement le prestige du Calabrais renégat qu'elle avait traité si cavalièrement. Oui, Mezzo-Morte était puissant ! Mais elle lui avait tenu tête. Et elle tiendrait tête aussi à ce Moulay Ismaël, si redoutable fût-il ! Là, Angélique commençait à frissonner et sortait de la torpeur où la plongeaient les longues journées aux balancements nauséeux de sa monture.

C'était le soir lorsque les tentes étaient dressées et que les fumées de bivouacs commençaient à troubler la limpidité d'un ciel rafraîchi, couleur d'orange ou de citron. Pour distraire les femmes du harem, Osman Ferradji leur envoyait quelques jongleurs, un charmeur de serpents à la flûte angoissée et lancinante, un derviche qui avalait des scorpions, du verre pilé et des cactus, un danseur qui, au son d'un tambourin garni de médailles, exécutait des bonds prodigieux. Il y avait aussi un chanteur aveugle grattant une minuscule guitare. Accroupi devant la tente et dressant vers le ciel son visage de prune violette, il dévidait d'interminables mélopées à la gloire de Moulay Ismaël, et l'arabe était désormais une langue assez accessible à Angélique pour qu'elle suivît le déroulement de la complainte :

Il est beau et jeune et d'une force peu commune. Il change souvent de couleur suivant la passion qui l'étreint. La joie le rend presque blanc. La colère le rend noir et ses yeux deviennent rouges de sang. Il a l'esprit vif et présent. Il prévient les pensées de ceux qui s'adressent à lui. Il est fin et rusé et sait toujours venir à son but. Il prévient les périls et est sans cesse sur la défensive. Il est intrépide et courageux quand le danger est arrivé et d'une constance et fermeté merveilleuses dans la mauvaise fortune... Il est plus fier que feu le calife Haroun Al-Rachid et plus humble que le dernier mendiant galeux. Il est grand en tout, car c'est le Prophète qui voit en lui.

Angélique écoutait machinalement, bercée par la voix criarde et monotone. Elle se tenait à l'entrée de la tente confortable et garnie de moelleux coussins qu'elle partageait avec une adolescente circassienne, ravissante et triste, et qui ne cessait de pleurer en pensant à son pays et à ses parents.

La marche à dos de chameau avait converti Angélique au port du costume des femmes turques qu'elle avait mis incidemment à Candie. Long saroual d'étoffe légère, chemise à longues manches de mousseline, boléro lâche garni de broderies. La vie de caravane au désert ne se prêtait guère à la raideur des vertugadins, des plastrons et des corsets.

Angélique grignotait des pistaches roulées dans du gros sucre et frites à la graisse de mouton, en se disant que, pour achever ses malheurs, elle allait fatalement devenir obèse…

Le chanteur continuait à psalmodier :

Il a vaincu ses ennemis et il règne seul.

Que d'infidèles, le soir, ont eu la tête séparée du tronc ! Combien râlent encore alors qu'on les traîne au sol !

À combien de gorges nos lances servent de colliers ! Que de pointes de javelot se sont plantées dans les poitrines ennemies !

Que de captifs, que de morts gisent à terre ! Que de blessés dont le sang se répand !

Les oiseaux de proie passent et s'en abreuvent.

Pendant toute la nuit les chacals s'en nourrissent.

Les chacals et les vautours disent : Moulay Ismaël est passé par là.

Le matin, ses troupes étaient grisées et pleines d'ivresse sans avoir bu de boissons fermentées.

Son lieutenant Ahmet lui a envoyé du Tafilelt six mille têtes coupées dans deux chars. En arrivant à Miquenez, il manquait dix têtes. Moulay Ismaël a pris son sabre et a coupé les dix têtes des gardes négligents...

La longue taille d'Osman Ferradji se ploya aux côtés d'Angélique et le Grand Eunuque s'informa, aimable :

— Comprenez-vous assez l'arabe pour suivre les paroles du poète ?

— Oui, assez pour avoir des cauchemars. Votre Moulay Ismaël me semble surtout un sauvage assoiffé de sang !

Osman Ferradji ne répondit pas aussitôt. Il prit entre trois doigts la petite tasse dans laquelle un esclave lui présentait le café bouillant.

— Quel empire ne s'est pas construit sur le meurtre, les guerres et le sang ? dit-il. Moulay Ismaël parvient à peine à la fin de sa haute lutte contre son frère Moulay Archy. Il descend de Mahomet par son père. Sa mère était une négresse soudanaise.

— Osman Ferradji, vous ne pensez pas sérieusement à me présenter à votre souverain pour être l'une de ses innombrables concubines ?

— Non pas, mais pour être sa troisième femme et sa favorite en titre.

Angélique s'était résolue à employer un stratagème auquel nulle femme au monde ne se résigne de plein gré. Elle avait décidé d'ajouter cinq… non, sept… finalement, dix bonnes années à son âge véritable.

Elle avoua donc au chef du sérail qu'elle atteignait la quarantaine. Comment pouvait-il songer, lui pourvoyeur des plaisirs d'un souverain aussi difficile, à présenter comme favorite une femme sur son déclin, alors que lui-même lui confiait dernièrement les soucis que lui causait l'entretien des concubines délaissées qu'il devait parquer dans quelque lointaine casbah, tandis que le harem se renouvelait sans cesse de fraîches jouvencelles entre quinze et vingt ans ?

Osman Ferradji l'écoutait, un sourire gouailleur au coin des lèvres.

— Ainsi, vous êtes très âgée, dit-il.

— Oui, très, confirma Angélique.

— Ce n'est pas pour déplaire à mon maître. Il est fort capable d'apprécier l'esprit, la sagesse et l'expérience d'une femme âgée, surtout lorsque cet esprit se dissimule dans un corps qui a gardé toutes les séductions de la jeunesse.

Il la regarda en face, un peu moqueur.

— Un corps de jeune fille, un regard de femme mûre, la force, la langueur, la science amoureuse et peut-être la perversité d'une femme au sommet de son épanouissement, il y a tout cela en toi, et ces contrastes piquants ne sont pas pour déplaire à mon maître. Lui-même les devinera au seul regard qu'il posera sur toi, car il est vrai que sa divination des autres est pénétrante malgré sa jeunesse et malgré son tempérament frénétiquement voluptueux, que sa filiation nègre a contribué à lui conserver. Il pourrait sombrer, la flamme de ses sens brûlant d'un feu toujours avivé par la variété des séductions qu'on lui présente. Il pourrait perdre son temps et ses forces dans une lutte épuisante pour la satisfaction de ses appétits. Mais déjà, il se révèle homme de génie. Il se montre physiquement et moralement supérieur à la tentation comme à la fatigue. Sans négliger les attraits de ses concubines ou plutôt sachant les négliger à temps, il est capable de s'attacher à une seule femme s'il reconnaît vraiment en elle le reflet de sa propre force morale. Sais-tu l'âge de sa première femme, sa favorite, près de laquelle il vient chercher conseil ? Au moins quarante années… mais bien réelles cette fois. Elle est énorme et si grande qu'elle le domine d'une tête, lui déjà de belle taille… Et noire comme le fond d'un chaudron. En la voyant, on peut se demander par quel endroit elle a tellement gagné le cœur du roi qu'elle a si grand pouvoir sur son esprit. Sa seconde femme, par contre, ne doit pas avoir beaucoup plus de vingt ans… C'est une Anglaise, que les corsaires de Salé ont capturée alors qu'elle se rendait avec sa mère à Tanger, où son père était en garnison. Elle est blonde et rose et d'une grâce extraordinaire. Elle eût pu asservir l'esprit de Moulay Ismaël, mais…

— Mais ?

— Mais Leila Aïcha, la première femme, l'a prise sous sa domination et elle ne fait rien sans lui en référer et lui obéir. C'est en vain que j'ai essayé de former son esprit et de la dégager de cette influence. La petite Daisy, qu'on appelle Valina depuis qu'elle est musulmane, n'est point sotte pourtant, mais la sultane Leila Aïcha ne la laissera point s'échapper.

— N'êtes-vous pas le fidèle serviteur de votre souveraine Leila Aïcha ? demanda Angélique.

Le Grand Eunuque s'inclina à plusieurs reprises, portant la main à l'épaule et au front et protestant hautement qu'il était tout dévoué à la sultane des sultanes.

— Et la troisième femme ?

Les yeux d'Osman Ferradji se rétrécirent, selon sa mimique habituelle.

— La troisième femme aura la cervelle solide et ambitieuse de Leila Aïcha et le corps de neige et d'or de l'Anglaise. En elle, mon maître goûtera à toutes les voluptés au point qu'il n'y aura plus d'autres femmes à ses yeux.

— Et elle suivra aveuglément et en tout les conseils du Grand Eunuque, chef du sérail ?

— Et elle s'en trouvera fort bien et mon maître aussi, et le royaume de Marocco également.

— C'est pour cela que vous ne m'avez pas fait couper la tête, à Alger ?

— Sans doute.

— Pourquoi ne m'avez-vous pas fait fouetter jusqu'au sang, comme chacun me le promettait ?

— Tu ne me l'aurais jamais pardonné ! Aucune parole, aucune promesse, aucune attention n'auraient pu désormais effacer ton ressentiment, n'est-il pas vrai, petite *Firouzé* ?

Pendant qu'ils parlaient, la nuit tombait et les feux rouges s'épanouissaient çà et là, au sein de la caravane assemblée pour la nuit, dans un bourdonnement confus de voix, de sons de flûtes grêles et de tambourins. Parfois éclataient les cris hideux des chameaux, le hennissement des chevaux, les bêlements des moutons, dont on emmenait tout un troupeau pour en immoler un chaque soir.

À chaque foyer, on voyait se soulever dans les chaudrons le cœur onctueux de la semoule de blé dur. Arabes, porteurs, guerriers, esclaves aussi, se pressaient, avalant à petites gorgées la soupe brûlante, parfumée de coriandre, relevée d'un semblant d'huile, douce comme de la crème. Les plats de kébab circulaient, offrant les morceaux de viande hachée, roulés sur la cuisse et frits au suif de mouton. La viande n'était réservée qu'aux maîtres, mais les esclaves avaient cependant droit aux légumes bouillis corsés de piment.

La chaleur ne tombait plus du ciel mais s'exhalait de la terre, baignant les êtres et les choses dans une haleine de four où s'exaspéraient des odeurs de suint et de friture dominées par des bouffées d'exquise menthe fraîche.

La voix d'un chanteur s'éleva, puissante, effaçant les sons monocordes et criards de la musique musulmane. C'était un esclave napolitain auquel le ciel étoilé et le réconfort du bivouac dans le silence du désert redonnaient la joie du cœur. Il oubliait sa servitude. Tout à coup, il se sentait uni aux charmes de cette vie errante, image de liberté même pour celui qui marche enchaîné.

Et parce que Angélique se sentait glisser sur la pente d'une tentation semblable, celle de consentir à sa captivité, elle dit vivement :

— Ne comptez pas sur moi, Osman Ferradji ! Ma destinée n'est pas de devenir l'odalisque d'un sultan demi-nègre.

Le Grand Eunuque ne se froissa pas.

— Qu'en sais-tu ? La vie que tu laisses derrière toi vaut-elle la peine d'être regrettée ?

« Où voudrais-tu donc vivre ? Pour quel monde as-tu été créée, ma sœur Angélique ? » lui disait Raymond, son frère, en la regardant de ses yeux perçants de jésuite.

— Dans le harem du grand sultan Ismaël, tu auras tout ce qu'une femme peut désirer : puissance, volupté, richesse…

— Le roi de France lui-même a mis toutes ses richesses et sa puissance à mes pieds et je les ai refusées !

Elle avait quand même réussi à l'étonner.

— Est-ce possible ? Tu t'es refusée à ton souverain alors qu'il t'en suppliait ? Serais-tu alors une femme insensible aux jouissances de l'amour ? C'est impossible. Il y a en toi une liberté, une démarche de femme qui se trouve à l'aise parmi les hommes. Tu possèdes l'élan vital, la hardiesse du sourire et du regard des courtisanes-nées. Je ne peux m'y tromper…

— Pourtant, c'est ainsi, insista Angélique, enchantée de le voir soucieux. J'ai déçu tous mes amants et, devenue veuve, j'ai préféré mener une vie tranquille et dépouillée de ces ennuis que causent les intrigues amoureuses. Ma froideur a désespéré le roi Louis XIV, il est vrai, mais qu'y puis-je ? Bien vite, je l'aurais déçu lui aussi et il me l'aurait fait payer cher, car pour un monarque, certains dédains sont des insultes. Votre Moulay Ismaël vous saura-t-il gré de mettre dans sa couche une maîtresse indifférente ?

Osman Ferradji se déploya, immense, et frottant ses longues mains princières avec perplexité. Il avait de la peine à dissimuler la contrariété profonde que lui causaient ces révélations. C'était un obstacle (et de taille !) surgi dans l'engrenage bien huilé de son plan. Que faire d'une esclave d'une beauté surprenante, promettant, selon les apparences, d'apporter la fougue de son tempérament à satisfaire les appétits du blasé Ismaël et qui se montrerait d'une passivité maladroite entre ses bras ? Déplorable vision ! Osman Ferradji en avait à l'avance des sueurs froides. Déjà il croyait entendre rugir Moulay Ismaël.

Celui-ci ne s'était-il pas plaint de la lassitude que lui causaient trop de vierges insipides, belles, mais ne lui apportant que la gaucherie décevante de l'inexpérience ? Plus savantes, les femmes étaient déjà flétries.

Le Grand Eunuque avait entrepris un long et pénible voyage aux confins des grandes forêts du cœur de l'Afrique, où il savait trouver les sectes des « tchicombi », vierges initiées par les sorciers. Mais Moulay Ismaël avait fait la moue. Il en avait assez des Noires. Il voulait des Blanches. Le Grand Eunuque était parti pour Alger. Sauf Angélique, ce qu'il en ramenait n'était pas *a priori* pour satisfaire le sultan. Son Grand Eunuque avait trié un nombre incalculable d'esclaves, en avait retenu de fort belles, mais trop vertes sans aucun doute. L'Islandaise aux cheveux de lune et aux yeux de poisson frit ne pouvait figurer qu'à titre de curiosité. Rien ne la sortait de sa torpeur et d'ailleurs elle mourrait vite.

Il avait donc tout misé sur cette femme aux yeux de turquoise, aux brusques sursauts de tigresse ardente, aux imprévisibles gaîtés enfantines. La Méditerranée avait parlé d'elle. C'était sur les instances du Grand Eunuque que Mezzo-Morte s'était mis en tête de la capturer et, contrairement à ce qu'Angélique s'imaginait, elle ne faisait pas partie des présents, mais Osman Ferradji l'avait achetée à prix d'or au renégat calabrais, car c'était lui seul qui avait financé toute l'expédition de l'île.

Et voici qu'elle lui faisait l'aveu d'une infirmité impardonnable pour une courtisane qu'il voulait voir s'élever au rang de favorite appelée à retenir la passion de Moulay Ismaël par toutes les séductions de l'intelligence et des sens.

Brusquement, il devint inquiet car, en effet, il avait remarqué, en la laissant aller et venir librement dans le caravansérail, qu'elle ne cherchait jamais à attirer les hommes. Elle ne se troublait pas sous les regards hardis des chameliers ou des guerriers et elle n'avait jamais de ces coups d'œil sournois des femmes vers les jambes musclées ou les reins d'un beau mâle.

Il savait que les chrétiennes occidentales sont souvent froides et très peu savantes aux travaux de l'amour, qu'elles semblent redouter et considérer avec honte.

Il trahit son désarroi en s'exclamant tout haut en arabe.

— Que vais-je faire de toi ?

Angélique comprit et envisagea l'occasion inespérée de gagner du temps.

— Vous n'avez pas besoin de me présenter à Moulay Ismaël. Dans ce harem où vous dites qu'il y a près de huit cents femmes, je pourrai fort bien me tenir à l'écart, me mêler aux servantes. J'éviterai toutes occasions de me trouver en face du sultan. Je porterai toujours un voile et vous pourrez raconter que je suis une malheureuse défigurée par une maladie de peau…

Osman Ferradji arrêta d'un geste agacé ces imaginations. Il dit qu'il allait réfléchir. Angélique, avec ironie, le regarda s'éloigner. Tout au fond, elle éprouvait un certain remords de l'avoir tellement attristé…

— Vous n'avez pas besoin de me présenter à Mlle Jay-Israel. Dans le harem où vous dites qu'il y a près de huit cents femmes, je pourrai fort bien me tenir à l'écart, me mêler aux servantes. J'éviterai toutes occasions de me trouver en face du sultan. Je porterai toujours un voile et vous pourrez raconter que je suis une malheureuse défigurée par une maladie de peau.

Osman Ferradji arrêta d'un geste ces imaginations. Il dit qu'il allait réfléchir. Angélique avec tristesse le regarda s'éloigner. Tout au fond, elle éprouvait pourtant un remords d'avoir tellement insisté.

XLII

L'arrivée au Maroc marqua un changement immédiat. Les bandits s'évanouirent de l'horizon. À leur place se dressèrent les casbahs de pierres grossières, trapues, que Moulay Ismaël faisait bâtir par ses légions en tous les coins de son royaume. La garnison, composée des Noirs à turban rouge, galopait au-devant de la caravane. On campait aux alentours de douars dont le chef s'empressait aussitôt d'apporter volailles, lait et moutons. Après le départ de la caravane, il faisait brûler des fagots de roseaux blancs avec leurs feuilles afin de purifier la terre du passage des esclaves chrétiens. On était dans un pays sérieux et très religieux. Des nouvelles parvinrent. Moulay Ismaël était en guerre contre un de ses neveux, Abd el-Malek, qui avait soulevé des tribus et s'était enfermé dans Fez. Mais déjà l'on célébrait la victoire du Grand Sultan. Un messager apporta à Osman Ferradji les souhaits de bienvenue de son souverain qui se réjouissait de revoir son meilleur ami et conseiller. Fez venait de tomber entre ses mains et les bouakers noirs y passaient au tranchant du cimeterre tous ceux qu'ils trouvaient les armes à la main.

La caravane se trouvait alors à deux journées de Fez, bivouaquant au pied d'une haute forteresse aux tours carrées et crénelées. Le caïd Alizin qui la gouvernait décida d'offrir de grandes réjouissances en l'honneur de ces triomphes et de la visite du Grand Eunuque et Grand Vizir Osman Ferradji.

Au milieu du vacarme des longs fusils jetant leurs flammes, dans la zébrure des flèches lancées vers le ciel, dans l'envol des burnous jaunes, verts, rouges, les magnifiques chevaux noirs et blancs tournoyèrent la fantasia, la *diffa*.

Angélique avait été conviée au repas du caïd. Elle n'avait point osé refuser cette invite qui avait pris la rigidité d'un ordre sur les lèvres du Grand Eunuque, fort sombre depuis quelques jours. La tente était dressée au pied de la citadelle. Elle était immense, faite de poil de chameau et de tapis, et les pans relevés laissaient apercevoir la foule des curieux, lumineux, sous le soleil.

Jusqu'au soir, les plats défilèrent : moutons rôtis, salmis de pigeons accompagnés de fèves et d'amandes, pâtisseries feuilletées, le tout rehaussé de poivre qui incendiait la bouche.

Maintenant, c'était le soir, l'heure des danses et des chants. Deux grands brasiers remplaçaient la lueur du soleil, éclairant en arrière-plan la falaise rouge du mur de la casbah.

Aux sons frêles des flûtes et du battement des tambourins, les danseuses se dressaient, prenaient place, empaquetées dans leurs jupes de couleur superposées, faisant tinter leurs bracelets d'or. Elles avaient le visage découvert, marqué de signes bleus. Elles formaient un demi-cercle, étroitement serrées l'une contre l'autre. Derrière elles s'amassaient les hommes, puis les cavaliers.

La danse commença. C'était la danse de l'amour, l'*ahidous*. Peu à peu, on devinait, derrière le voile épais des robes superposées, le tressautement spasmodique des ventres, tandis que les musiciens, courant çà et là comme des diables, excitaient de leurs instruments la fiévreuse incantation. Cela dura longtemps, le rythme s'accélérant sans cesse. Les danseuses ruisselaient de sueur.

Leurs visages aux yeux clos, aux lèvres entrouvertes, dévoilaient leur volupté secrète. Sans un attouchement, elles atteignaient au paroxysme du plaisir et, sous les yeux dévorants des hommes tendus, avides, livraient le visage mystérieux de la femme comblée où se reflète à son insu joie et douleur, extase et peur. Comme frappées par la foudre invisible que la danse avait développée en elles, elles défaillaient, ne tenaient plus debout que par leur pression étroite, épaule contre épaule. L'instant allait venir où elles se renverseraient sur le sol, offertes.

La sensualité qui émanait de cette foule était si oppressante qu'Angélique baissa les yeux. La contagion de cette fièvre d'amour la gagnait.

À quelques pas d'elle, un Arabe fixait son visage dévoilé. C'était un des officiers de l'alcaïd, son neveu, Abd el-Kharam. Angélique avait remarqué sa beauté de statue, son teint de palissandre où luisaient deux prunelles sombres et une denture blanche quand il avait souri aux compliments d'Osman Ferradji.

Maintenant, il ne souriait plus. Il ne quittait pas des yeux la captive française dont le visage si blanc et surprenant luisait dans la pénombre.

Angélique finit par être attirée et tourna la tête. Elle tressaillit en recevant l'appel de ses grands yeux noirs exigeants et passionnés. Elle voyait frémir ses lèvres fortes et son menton glabre, frappé d'une fossette, qui avait la beauté pleine des bronzes romains. Angélique chercha à ses côtés Osman Ferradji. Le Grand Eunuque s'était-il aperçu de l'attention dont sa captive était l'objet ?...

Mais il venait de s'éloigner et c'était peut-être cette absence qui avait donné au jeune prince l'audace de la fixer ainsi.

Les flammes se mouraient, projetant des ombres gigantesques sur le mur, dont peu à peu la tache pourpre rentrait dans les ténèbres.

Les soubresauts des flammes semblaient accompagner ceux des corps et des voix qui ne s'élevaient que pour s'éteindre, passant d'un cri rauque à un sourd murmure, à un râle informulé, pour s'élancer à nouveau... retomber...

Des silences naissaient où l'on entendait se froisser sur le sable les piétinements infatigables des danseuses. Lorsque le piétinement s'arrêterait, lorsque le dernier tison aurait jeté sa lueur, un élan pousserait l'un vers l'autre le groupe des hommes et des femmes.

❦

Invinciblement, les yeux d'Angélique revenaient vers ce visage immobile et comme fasciné du jeune prince. D'autres la regardaient aussi, mais celui-ci la désirait avec une ardeur presque effrayante, comme l'avait désirée Naker Ali. Le goût de répondre à ce désir se glissa en elle. Elle reconnut la faim qui creuse soudain jusqu'aux entrailles et se sentit faible et prise de vertige. Elle voulut baisser les yeux puis le regarda encore. Elle devait avoir une expression éloquente, car un sourire triomphant étira les lèvres du jeune homme. Il fit un signe.

Angélique détourna vivement la tête et ramena son voile sur son visage.

La nuit s'épaississait. Dans cette ombre complice, le mouvement des danseuses se ralentissait. Elles s'effondraient une à une, et c'était vers elles, du rang des hommes, des glissements furtifs, des bonds silencieux de chasseur sur la proie longtemps guettée.

Après l'attente infinie des danses et des rites venait l'instant de l'aboutissement, du rite suprême.

Les instruments de musique s'étaient tus. Le feu lançait un dernier éclat.

❦

La captive, gardée par les eunuques, fut ramenée à sa tente, à travers les ténèbres. Elle fut jetée sur son divan de soieries et le pan de l'ouverture retomba. Elle appela sa compagne, la Circassienne, mais celle-ci n'était pas là ce soir. Angélique se retrouva devant la solitude et son trouble dévorant.

Au-dehors, les eunuques, indifférents à la fièvre érotique qui envahissait le campement, reprenaient la garde des femmes réservées.

Angélique respirait avec peine. La nuit était lourde. Tous les bruits semblaient s'être tus, hormis ceux, révélateurs, de l'immense accouplement qui se déchaînait au-dehors, à même le sol, réitéré, inlassable.

Elle se sentait malade et honteuse de sa fièvre, les nerfs à fleur de peau.

Elle ne perçut pas le crissement léger d'un poignard fendant l'étoffe, à l'arrière de la tente, ni le glissement d'un corps souple à l'intérieur. Ce ne fut que lorsqu'une main fraîche et ferme se posa sur sa chair brûlante qu'elle sursauta, mortellement effrayée.

Une lueur diffuse lui permit de reconnaître le visage triomphant et altéré qui se penchait sur elle.

— Vous êtes fou !

À travers la mousseline de sa chemise, elle sentait qu'il la caressait et la cherchait, tandis que le sourire du prince Abd el-Kharam ressemblait à un éclat de lune au-dessus d'elle.

D'un coup de reins, elle se mit à genoux sur les coussins. Les mots arabes fuyaient sa mémoire. Elle réussit cependant à composer une phrase.

— Va-t'en ! Va-t'en ! Tu risques la mort.

Il répondit :

— Je sais. Mais qu'importe ! Il faut… C'est la nuit d'amour.

Il était aussi à genoux près d'elle. Ses bras musclés entourèrent sa taille d'un cercle d'acier.

Alors elle vit qu'il était venu à demi nu, vêtu seulement d'un pagne, prêt pour l'amour. Sa chair lisse, à l'odeur poivrée, se collait à la sienne. Elle essaya de le repousser sans bruit, mais il la ployait déjà sous la force sauvage de son désir. Il la renversait lentement et elle défaillait, livrée à cette possession inconnue, irrésistible et violente.

La menace de mort qui planait sur eux augmentait la tension de son corps.

Le silence redoutable accompagna leurs gestes à la fois mesurés et passionnés et rendit plus savoureux, comme un fruit interdit, le déferlement du plaisir.

Soudain, les eunuques furent là, les entourant. Ils étaient entrés, noirs et furtifs comme des démons. Angélique les devina avant son amant, plongé dans les délices de sa voluptueuse besogne. Elle poussa un cri aigu…

Ils se saisirent de l'homme, les arrachèrent l'un à l'autre, et le traînèrent au-dehors…

❦

Au matin, la caravane passa sous les remparts rouges de la forteresse. Angélique était à cheval. Aux branches d'un vieil olivier argenté, elle aperçut un corps supplicié. L'homme était suspendu par les pieds. À terre, au-dessous de lui, fumaient les restes d'un feu qui avait calciné la tête et les épaules. Angélique tira sur les mors. Elle ne pouvait détacher les yeux de l'affreux spectacle. Elle était sûre, certaine que ce corps était celui du beau dieu bronzé qui l'avait visitée cette nuit-là. Le cheval blanc du Grand Eunuque vint se ranger à ses côtés. Angélique se tourna lentement vers lui.

— Vous l'avez fait exprès, Osman bey, fit-elle d'une voix entrecoupée. Vous l'avez fait exprès, n'est-ce pas ?… C'était pour cela que la Circassienne n'était pas sous ma tente. Vous saviez qu'il allait chercher à m'atteindre… Vous l'avez laissé glisser, ramper, parvenir jusqu'à moi. J'ai de la haine pour vous, Osman bey… DE LA HAINE !…

À son regard farouche, Osman Ferradji opposait le miroir impénétrable de ses vastes yeux égyptiens. Il répondit par un sourire.

— Sais-tu qu'il a parlé avant de mourir ? Il a dit que tu étais chaude et fougueuse et que la mort n'était rien pour l'homme qui avait goûté le plaisir entre tes bras… Tu m'avais menti, *Firouzé* ! Tu n'es pas indifférente ni inexpérimentée aux tâches de l'amour.

— J'ai de la haine pour vous, répéta Angélique.

Mais elle avait peur aussi. Elle commençait à comprendre qu'elle ne serait pas de force avec lui.

❦

Aux approches de Fez, les traces des batailles qui s'étaient déroulées se révélèrent. Chevaux morts, cadavres couchés dans les plis du sol rose et gris. Un nuage tournoyant de vautours remuait son ombre au-dessus de la ville. Aux remparts couleur d'or, trois mille têtes saignaient, fichées aux crocs de fer prévus pour ces macabres exhibitions et une vingtaine de croix de bois, plantées par trois, où agonisaient des corps liés et mutilés, donnaient aux collines environnantes des allures de Golgotha.

La puanteur des charniers était telle qu'Osman Ferradji ne voulut pas entrer dans la ville et alla camper à l'écart.

Le lendemain, des messagers apparurent, portant au Grand Eunuque les souhaits de son roi et l'heureuse annonce que le neveu félon Abd el-Maleck avait été capturé et que des régiments de janissaires le ramenaient vivant. Moulay Ismaël venait lui-même au-devant du vaincu avec deux mille chevaux et mille fantassins, quarante esclaves chrétiens qui portaient une grande chaudière, un quintal de goudron et autant de suif et d'huile. Ils étaient suivis d'une charretée de bois et de six bouchers, tous le couteau à la main.

On était proche de Miquenez. La caravane se divisa, certains groupes prenant les chemins de la ville, d'autres établissant le campement, tandis qu'Osman Ferradji prenait avec lui un groupe de cavaliers, les jeunes garçons de Mezzo-Morte montés sur leurs chevaux, trois des plus belles femmes qu'il installa, l'une sur un chameau blanc, l'autre sur un chameau gris, la troisième sur un chameau roux. Des porteurs et des esclaves suivaient, avec quelques-uns des plus beaux cadeaux de l'amiral d'Alger. Le Grand Eunuque aborda Angélique, qui se tenait à l'écart sur son cheval.

— Enveloppe-toi étroitement dans ton haïk de laine, si tu ne veux pas que Moulay Ismaël te connaisse aujourd'hui, recommanda-t-il sèchement.

La jeune femme ne se le fit pas dire deux fois. Fatima, sa suivante, l'aida à se transformer en cocon, ce qui ne la mettait pas à l'aise pour conduire sa monture. Elle eût souhaité que le chef du sérail la laissât au campement ou la dirigeât sur la ville, mais le maître tenait à ce qu'elle fût présente. Cependant trois eunuques, auxquels le chef du sérail avait fait des recommandations spéciales de silence, escortaient la captive française et étaient chargés à l'occasion de décourager les curiosités à son endroit. Elle devait voir sans être vue. Très vite d'ailleurs, il se précisa que la foule qui s'assemblait sous le ciel de feu aurait le choix d'un spectacle qui lui ôterait l'envie de toute autre curiosité.

XLIII

En débouchant sur le rebord d'un petit plateau rocheux, Angélique découvrit la cavalerie de Moulay Ismaël en pleine fantasia. D'admirables chevaux paraissaient voler sans densité dans la lumière incandescente, avec lesquels semblaient faire corps les cavaliers dont le vent et la charge gonflaient les burnous. Ils parcouraient la plaine dans un ébouriffement de crinières et de queues, voletant, repartant, s'arrêtant net en frémissant.

Formant contraste avec ce tableau exubérant de couleurs et de vivacité, débouchait sur la gauche un groupe d'esclaves chrétiens couverts de sueur et de poussière, la barbe et les cheveux hirsutes, leurs caleçons haillonneux retroussés jusqu'en haut des cuisses laissant voir leurs jambes striées de coups de courbache, et qui portaient en ahanant un énorme chaudron de fonte qu'on eût dit dérobé aux cuisines de l'Enfer. Plus prosaïquement, cette vaste cuve, où deux hommes entiers eussent pu cuire comme des poulets, avait été destinée aux rhumeries des Américains, mais les corsaires saléites[1] en avaient fait don à leur souverain.

Les esclaves l'avaient portée sur quatre lieues depuis Miquenez et se demandaient avec angoisse si l'on avait l'intention de prolonger longtemps la promenade. Ils arrivaient à un carrefour où poussaient au bord d'un puits des palmiers indolents. La charrette avec les bourreaux et le bois venait d'arriver. Auprès d'eux, assis, jambes croisées sur un carré de pourpre, se tenait un personnage vêtu de jaune que deux petits Noirs éventaient. Ce fut vers lui qu'Osman Ferradji descendu de sa monture se dirigea, ployant sa haute taille en multiples saluts, pour se prosterner, enfin, le front dans la poussière.

Le personnage en jaune, sans doute un caïd haut placé, répondit en touchant de la main son front et son épaule et en la posant ensuite sur la tête d'Osman Ferradji. Puis il se leva et le Grand Eunuque l'imita. Tout homme près de ce dernier paraissait de petite taille. Le caïd, plus grand que la moyenne, lui atteignait l'épaule. Ses vêtements étaient simples : une ample robe dont il relevait les manches pour laisser ses bras nus et un burnous d'un safran plus foncé que la robe, avec une capuche terminée d'une touffe noire. Un turban de mousseline crème assez volumineux le coiffait. Comme il approchait, Angélique vit que c'était un jeune homme aux traits négroïdes dont le teint foncé montrait cependant des zones de clarté, des luisances de bois clair aux pommettes, au front, à

1. Salé était le principal port des corsaires marocains, fort proche de l'actuel Rabat.

l'arête du nez. Une courte barbe noire garnissait son menton bien modelé. Il se mit à rire avec gaîté en voyant sept des caravaniers d'Osman Ferradji s'avancer vers lui, tenant chacun par la bride les splendides chevaux sellés qu'envoyait Mezzo-Morte au sultan du Maroc. Les Noirs se prosternèrent le front contre terre.

Angélique se pencha vers l'un des eunuques, le gros poussah Rafaï, et lui chuchota en arabe :

— Qui est cet homme ?

Les yeux du Noir brillèrent.

— C'est LUI… Moulay Ismaël, notre souverain.

Il ajouta, en roulant ses prunelles blanches comme des billes d'agate :

— Il rit, mais c'est nous qui devons trembler. Car il a revêtu le jaune, la couleur de sa colère.

Cependant les captifs, croulant sous le poids de leur charge, entamèrent un concert de gémissements.

— Que faisons-nous du chaudron, seigneur ? Que faisons-nous du chaudron ?

Moulay Ismaël le leur fit déposer sur un vaste feu de bois qu'on venait d'allumer. On versa la poix, l'huile et le suif pour la délier. Les heures suivantes se passèrent à présenter les premiers cadeaux algérois.

Dans la chaudière, le goudron commençait à fumer lorsqu'un vacarme assourdissant de tambourins, de salves de mousquets et de cris déchirants annonça l'arrivée du rebelle vaincu.

Le neveu du sultan, Abd el-Maleck, était du même âge que l'oncle qu'il avait combattu, c'est-à-dire fort jeune. Il était monté sur une mule, les poings liés derrière le dos. Son lieutenant, Mohammed el-Hamet, le suivait, également ligoté sur une mule, et toute sa smala poussée en avant par les janissaires qui les avaient rattrapés dans leur fuite. Les femmes se déchiraient le visage avec leurs ongles et poussaient des hurlements farouches.

Moulay Ismaël, d'un signe fit avancer son cheval noir et bondit en selle. Il parut soudain se transformer, grandir, se gonfler étrangement dans l'envol de son burnous couleur de soleil, tandis qu'il faisait cabrer à plusieurs reprises sa monture aux yeux de feu. Sur l'émail bleu du ciel, son visage prit des reflets de bronze, les nuances mouvantes de l'acier en fusion traversé d'éclairs et de zones obscures. Son regard, sous l'arcade des sourcils charbonneux, devint pénétrant et redoutable. Il brandit son javelot et se lança dans un court galop, stoppant net à quelques pas de ses ennemis enchaînés.

Abd el-Maleck, descendu de sa mule et se jetant à terre, se prosterna à plusieurs reprises. Le roi lui appuya sa lance sur l'estomac. Le malheureux prince jetait ses regards sur la chaudière où bouillonnait la poix et sur les bouchers armés de leur coutelas et l'effroi le gagnait. Il ne craignait pas la mort, mais Moulay Ismaël était réputé pour la cruauté des supplices qu'il infligeait à ses ennemis. Abd el-Maleck et Moulay Ismaël avaient été élevés ensemble dans le même harem. Ils avaient fait partie de la même bande redoutable que représentait la descendance d'un grand chérif, troupe de petits loups cruels que personne n'osait corriger et dont la plus innocente des distractions consistait à cribler des flèches de leurs sarbacanes les esclaves chrétiens au travail. Ils avaient le même jour mis les pieds dans leurs premiers étriers, tué ensemble leurs premiers lions au javelot et ensemble participé aux raids de soumission du Tafilelt. Ils s'aimaient comme des frères, jusqu'au jour où les tribus du Sud et des montagnes de l'Atlas s'étaient tournées vers Abd el-Maleck pour lui faire remarquer que ses droits au trône de Marocco étaient plus certains que ceux d'un fils de concubine soudanaise. Abd el-Maleck, de race pure, Maure d'ascendance kabyle, avait répondu à l'appel de son peuple. Ses chances, au départ, dépassaient de loin celles de son oncle. La ténacité, le sens de la guerre, l'impérieux pouvoir que Moulay Ismaël avait sur les êtres avaient amené la victoire de ce dernier.

Abd el-Maleck s'écria :

— Pour l'amour d'Allah, n'oublie pas que je suis ton parent !

— Tu l'as bien oublié toi-même, chien !

— Souviens-toi que nous avons été comme des frères, Moulay Ismaël !...

— Mes propres frères, j'en ai tué six de ma main et fait occire dix autres. Alors que m'importe toi, un neveu !

— Pour l'amour de Mahomet, pardonne-moi.

Le roi ne lui répondit pas. Il fit signe qu'on le prît et qu'on le fît monter sur la charrette. Deux gardes s'y juchèrent avec lui. Ils lui prirent le bras droit, l'un par le coude, l'autre par la main et appuyèrent son poignet sur un billot.

Le roi appela l'un des bouchers et lui ordonna de faire l'exécution. Le Maure hésitait. Il était de ceux qui avaient secrètement désiré la victoire d'Abd el-Maleck. Seul, ce jeune prince avait drainé avec lui toutes les aspirations des tribus, avides de fonder une dynastie de noble extraction comme celle des Almoravides ou des Almohades. Avec sa mort, ce rêve disparaissait. L'obscur boucher-bourreau avait dissimulé ses sentiments, mais il fallait croire que l'œil de Moulay Ismaël l'avait percé à jour. Il s'apprêta à monter, puis s'arrêta et faisant un pas en arrière dit qu'il ne couperait jamais la main à un homme d'une aussi noble naissance, au propre neveu de son souverain, qu'il préférait qu'on lui coupât la tête.

— Qu'il en soit donc fait ainsi ! cria Moulay Ismaël et, tirant son sabre, il la lui trancha d'un seul coup précis qui révélait une longue habitude de ce cruel exercice.

L'homme s'effondra, sa tête roula, le sang s'élargit sur le sable brûlant.

Un autre boucher désigné, intimidé par cet exemple, montait en chancelant sur la charrette. Pendant qu'il montait, le roi fit approcher les enfants, les femmes et les parents d'Abd el-Maleck et leur dit :

— Venez voir couper la main de ce cornard qui a osé prendre les armes contre son roi et voyez couper ce pied qui a osé marcher contre lui !

Des hurlements désespérés s'élevèrent dans l'air surchauffé et couvrirent le cri du prince, auquel le boucher venait de couper la main. On lui coupa ensuite le pied. Le sultan s'approcha et lui dit :

— Eh bien, Cara, me reconnais-tu à présent pour ton roi ? Tu ne me connaissais pas auparavant ?

Abd el-Maleck ne répondit, regardant couler le sang de ses artères. Moulay Ismaël se mit à caracoler sur place, tournant vers le ciel son visage terrible, en proie à une agitation qui glaçait de terreur tous ceux qui le regardaient. Soudain, il leva sa lance et tua d'un coup au cœur le boucher qui avait fait l'exécution.

Ce que voyant, son ancien rival écroulé dans son sang cria :

— Voyez donc le vaillant homme, voyez sa bravoure ! Il tue celui qui lui obéit, il tue celui qui ne lui obéit pas. Tout ce qu'il fait est vain, Allah est juste, Allah est grand !

Moulay Ismaël se prit à rugir pour couvrir la voix de sa victime. Il criait qu'il avait apporté la chaudière pour y faire connaître au traître le suprême supplice, mais que parce qu'il était grand et magnanime, la poix de ce supplice servirait au contraire à le sauver, qu'il avait agi comme un roi outragé devait agir, mais qu'il laisserait à Allah le soin de décider si Abd el-Maleck devait vivre ou mourir. Ainsi il ne serait point dit que c'est lui qui avait tué son frère car trop de choses les liaient et il connaissait aujourd'hui la plus grande douleur de sa vie. Le couteau du boucher lui avait tranché, à lui aussi, la main et le pied semblait-il. Et pourtant Abd el-Maleck n'était qu'un traître qui, s'il avait triomphé, l'aurait égorgé de sa propre main. Il le savait. Pourtant, il lui faisait grâce !…

Il ordonna qu'on mît le bras et la jambe de son neveu dans le goudron bouillant, afin d'arrêter le sang.

Ensuite, il fit faire une décharge générale par ses mascarins et chargea quatre caïds de conduire son neveu vivant à Miquenez.

Les officiers s'informèrent du sort qu'il réservait au lieutenant Mohammed el-Hamet.

Moulay Ismaël le livra à ses chasserots qui étaient de petits Noirs de douze à quinze ans. Ils entraînèrent le cheikh sous les murs de la ville. On ne sait ce qu'ils lui firent, mais quand ils le ramenèrent à la tombée du jour, il était mort et bien mort et aucun des siens n'eût pu le reconnaître…

Moulay Ismaël et son escorte, et la caravane brune et multicolore d'Osman Ferradji, avaient atteint Miquenez à l'heure du couchant, à l'heure où les bannières montaient aux boules d'or des minarets et que l'appel impérieux et plaintif des muezzins planait sur la ville couleur de bel ivoire, allongée sur son éperon rocheux dans l'ardeur d'un ciel écarlate.

La gueule noire de la massive porte de guerre engouffrait les silhouettes fourmillantes, avalait sa ration de guerriers et de cavaliers, d'esclaves et de princes, de chameaux et d'ânes, avant de laisser le bled désertique à la nuit. La ville emmagasinait derrière ses remparts tous ces bruits humains, les cris et les pleurs, la fièvre et les passions.

En passant sous la porte Neuve, Angélique détourna les yeux.

Un esclave nu et qui lui parut gigantesque était cloué au vantail par les deux mains. Sa tête blonde et embroussaillée retombait en avant comme celle d'un Christ mort.

XLIV

Angélique se boucha les oreilles. Du fond du palais, les cris hystériques des femmes d'Abd el-Maleck montaient, vrillaient, se prolongeaient en une mélopée coupée de hoquets, qui durait depuis des heures.

Une migraine lancinante martelait les tempes d'Angélique. Des frissons la secouaient.

Fatima essayait en vain de lui proposer quelque boisson chaude ou glacée, des fruits ou des gâteaux. Leur seule vue, la vue de ce confort sucré et gourmand des odalisques, la révulsait comme si tout cet amas de pâtisseries roses et vertes, de parfums choisis, d'onguents douceâtres dont les servantes mauresques l'avaient massée pour la reposer des fatigues du voyage, lui rappelait obstinément sa condition effroyable : enfermée dans un harem du prince le plus cruel que l'Univers ait enfanté.

— J'ai peur. Je veux m'en aller d'ici, répétait-elle d'une voix hachée, enfantine.

La vieille esclave provençale ne comprenait pas les raisons de cette subite dépression alors qu'on était arrivé au terme d'un long voyage durant lequel sa maîtresse avait fait preuve de courage et de résignation édifiante. Fatima-Mireille estimait déjà qu'on ne pouvait trouver mieux que cet immense caravansérail où la poigne de fer du Grand Eunuque faisait régner une discipline rassurante. Malgré le désordre des événements récents, l'effervescence dans laquelle se trouvait la ville, l'appréhension que faisait peser sur tous la fureur de Moulay Ismaël bafoué par son eunuque, et bien que le Grand Eunuque eût été immédiatement retenu par le roi pour l'entretenir et le conseiller après cette longue absence, les arrivantes et tous les membres de la caravane avaient trouvé un accueil opulent et efficace.

Les bains des sultanes étaient prêts, la vapeur fumait dans les hammams de mosaïques vertes et bleues où une armée de jeunes eunuques et de servantes s'empressait. La vieille Mireille s'était immédiatement découvert, placés sous ses ordres, trois négresses et autant de négrillons et de négrillonnes qu'il lui fallait pour aller chercher les innombrables choses qui manquent fatalement dans tout nouveau lieu, fût-il royal. Les cuisines déversaient sans cesse des plateaux de victuailles odorantes. Chaque courtisane nouvelle avait trouvé son appartement personnel préparé selon sa valeur, les jeunes garçons de grands dortoirs où des magisters, la règle à la main, commençaient déjà à dresser cette jeunesse turbulente, tandis que des jongleurs étaient promus à les distraire en cette première période de leur adaptation. Les chevaux avaient été conduits vers l'estable magnifique pour y être pansés et bichonnés. Il était de source connue que Moulay Ismaël avait encore plus de passion pour ses chevaux que pour ses femmes. L'éléphant nain dévorait une montagne de douce herbe sèche et odoriférante, la girafe un enclos de bananiers, et les autruches avaient la joie de renouer, dans une autrucherie modèle, d'agréables relations avec leurs congénères venant du lointain Sud.

C'était une maison bien réglée que le sérail du Grand Eunuque. Fatima jouissait d'en sentir l'abri se refermer sur elle après les années difficiles qu'elle avait vécues dans la casbah puante d'Alger, petite vieille sans racine, nourrie d'une poignée de figues et d'une gorgée d'eau pure. Ici il y avait beaucoup de vieilles femmes, pleines d'expérience et de ragots à colporter en toutes les langues anciennes, esclaves élevées au rang de servantes ou de gouvernantes de grande maison ou, au contraire, anciennes concubines du roi et de son prédécesseur ; celles-ci n'ayant pas droit à la retraite dorée des sultanes préférées, dans de lointaines forteresses, apportaient leur fiel et leur goût des intrigues dans les rangs de la domesticité.

Responsables de chacune des courtisanes ou des favorites, de leurs vêtements, de leur parure, de leur beauté, elles avaient fort à faire, occupées de les farder, de les épiler, de les coiffer, de les conseiller, de satisfaire leurs caprices, de leur glisser de précieuses recettes d'amour pour retenir les faveurs de leur seigneur et maître. Fatima se sentait en force. On lui avait même parlé déjà d'une suivante de la sultane Leila Aïcha, très appréciée de sa maîtresse et qui était comme elle marseillaise. Et puis c'était un harem où les eunuques se montraient en général fort polis. Ce n'est pas le cas dans tous les harems. Mais Osman Ferradji ne mésestimait pas l'influence des vieilles servantes sur ses pensionnaires et savait se les attacher pour en faire d'excellentes geôlières.

Plus elle y réfléchissait, plus Fatima trouvait ce sérail plein de qualités. Elle n'était pas loin de penser que même celui du grand sultan de Constantinople ne pouvait le dépasser en opulence et en raffinement. La seule ombre au tableau était le comportement de la captive française. Bientôt elle aussi semblait sur le point de se mettre à pleurer, à hurler et à s'égratigner le visage, comme les femmes indigènes d'Abd el-Maleck dans la pièce voisine, ou comme la petite Circassienne promise au lit royal dès ce soir, et que les eunuques avaient emportée hurlante de terreur à travers le dédale des couloirs et des patios. Quand les femmes se mettent à s'énerver, quand il y a en a plus de mille assemblées, on peut prévoir un beau tapage et de regrettables excès. En Alger, Fatima avait vu des captives se jeter du haut des balcons et se fracasser le crâne sur les dalles des cours. D'étranges nostalgies saisissent parfois les étrangères. Angélique lui paraissait sur le point de céder à l'une de ces humeurs dangereuses et sombres. Fatima ne savait plus où donner de la tête. Il lui fallut dégager sa responsabilité. Elle requit les avis du second parmi les eunuques, le bras droit d'Osman Ferradji, le gros Rafaï. Celui-ci prescrivit de lui faire boire un calmant. On en avait déjà préparé pour la Circassienne.

Angélique hébétée, hagarde, la tête brisée d'élancements douloureux, les regardait comme des figures de cauchemar, haïssant la présence de la vieille renégate, celle des négrillons naïfs aux yeux écarquillés et plus encore celle du sournois Rafaï avec son faux air de bonne nourrice navrée. C'était lui qui ordonnait toujours la flagellation des femmes indociles. Son martinet ne le quittait jamais. Elle les haïssait tous… L'odeur pénétrante des boiseries de cèdre augmentait sa migraine. Les cris aigus, mais lointains, tout à coup la faisaient moins souffrir que des rires féminins, parvenant d'une haie grillagée, avec un parfum de menthe et de thé vert.

❦

Elle sombra dans un sommeil nauséeux, pour retrouver, en s'éveillant dans la nuit, un autre visage noir penché sur elle, qu'elle pensa tout d'abord être celui d'un eunuque. Mais à la façon dont il était voilé et au signe bleu de Fatima, la fille de Mahomet, marquant son front, elle comprit que c'était une grande et énorme femme, drapant dans des plis de mousseline bleu sombre son ample poitrine de négresse abreuvée du lait gras des chamelles.

Elle penchait sur Angélique sa face lippue, au regard perçant et avisé, tenant en main une lampe à huile qui noyait d'un halo de lumière jaune son apparition nocturne et celle, à ses côtés, claire comme une aurore, d'un ange au teint de dragée rose, aux cheveux de miel sous des mousselines nuageuses. Les deux femmes, la Blanche et la Noire, parlaient à mi-voix en arabe.

— Elle est belle, disait l'ange rose.

— Beaucoup trop belle, disait le démon noir.

— Crois-tu qu'elle le captivera ?

— Elle a tout ce qu'il faut pour cela. Maudit soit Osman bey, ce tigre sournois !

— Que vas-tu faire, Leila ?

— Attendre. Il se peut qu'elle ne plaise pas au roi. Qu'elle ne soit pas assez habile pour le retenir.

— Et si cela était ?

— J'en ferais ma créature.

— Et si elle restait celle d'Osman Ferradji ?

— Il y a de l'esprit-de-sel ou de l'esprit de vitriol pour détruire les visages trop beaux et des cordelettes de soie pour étouffer les trop brillants.

Angélique poussa un cri perçant, un cri de femme en transe, tel que ceux qui continuaient à s'élever dans les profondeurs du palais.

L'ange et le démon se fondirent dans la nuit.

❦

Angélique se leva brûlante, dévorée d'un feu qui la soulevait et lui donnait une force démente. Elle criait sans arrêt.

Fatima, affolée, et les servantes et les négrillons couraient en tous sens, trébuchaient dans les coussins tandis que la vieille s'évertuait à allumer toutes les lampes pour éclairer la situation.

Osman Ferradji apparut. Son ombre gigantesque s'allongea sur le dallage, et comme l'autre fois, la seule apparition de cette ombre calma Angélique. Lui était grand et serein, implacable, et son intelligence était vaste comme le monde. Elle n'était pas enfermée parmi les démons, puisqu'il y avait cet homme dans ce harem. Elle glissa à genoux, enfouit son visage dans les plis de la djellaba du roi mage, et sanglota en répétant :

— J'ai peur ! J'ai peur !

Le Grand Eunuque s'inclina pour poser sa main sur ses cheveux.

— De quoi peux-tu avoir peur, *Firouzé*, toi qui n'as pas craint la colère de Mezzo-Morte ni de t'enfuir dans Alger ?

— J'ai peur de cette brute sanguinaire, votre Moulay Ismaël, j'ai peur de ces femmes qui sont venues et qui veulent m'étrangler…

— Tu es brûlante de fièvre, *Firouzé*. Lorsque la fièvre sera calmée, tu n'auras plus peur.

Il donna des ordres pour qu'on la remît sur son lit, qu'on la couvrît bien et qu'on allât chercher des bouillons fébrifuges.

Angélique haletait, appuyée sur les coussins. La fatigue du voyage, l'ardeur du soleil, l'horreur des spectacles auxquels elle avait dû assister et aussi les exhalaisons malsaines des charniers avaient réveillé en elle un nouvel accès de cette fièvre méditerranéenne qui l'avait abattue lorsqu'elle était prisonnière sur le voilier d'Escrainville.

Le Grand Eunuque s'accroupit près de sa couche. Elle gémit :

— Osman bey, pourquoi m'avez-vous infligé cette épreuve ?

Il ne demanda pas laquelle. Il admettait fort bien qu'Angélique eût, devant le spectacle de Moulay Ismaël rendant la justice, des réactions extrêmes car il avait déjà remarqué que les chrétiennes des nations d'Occident sont plus enclines à s'émouvoir de la vue du sang que les Mauresques ou les chrétiennes d'origine orientale. Il n'avait pas encore décidé s'il s'agissait là d'une hypocrisie de façade ou d'une répulsion sincère. Toute femme n'est-elle pas, au fond d'elle-même, une panthère qui sommeille et se pourlèche jusqu'à la jouissance de voir souffrir ? Ses pensionnaires, aussi bien les silencieuses Moscovites que les riantes petites négresses, ne préféraient-elles pas à toutes les jongleries, danses ou festins qu'il organisait pour les distraire, la récompense d'aller voir martyriser les chrétiens ? Mais l'Anglaise Daisy-Valina, depuis dix ans musulmane et fort amoureuse du roi, continuait à tenir son voile devant ses yeux ou à regarder entre ses doigts lorsque certains spectacles devenaient trop sanglants.

Il fallait patienter. Celle-ci, plus intelligente, se débarrasserait vite de sensibleries stériles. Il l'avait vue réagir avec fermeté devant le cadavre de celui qui avait été – un bref instant – son amant. Et il s'étonnait de la trouver maintenant plus profondément bouleversée par l'exécution d'un prince comme Abd el-Maleck qui ne lui était rien et qu'elle n'avait jamais vu auparavant.

Il murmura, perplexe :

— J'ai cru nécessaire de te faire connaître dans sa force et sa gloire, le maître que je t'ai choisi… et que tu dois asservir.

Angélique éclata d'un rire nerveux qui s'interrompit en portant la main à ses tempes. Chaque soubresaut la faisait souffrir.

Asservir un Moulay Ismaël ! Elle le revoyait tourbillonnant, gonflé de rage et de douleur dans son manteau jaune couleur de sa colère et tranchant d'un seul coup la tête du boucher noir.

— Je ne sais pas si vous comprenez bien le sens du mot français : asservir, que vous venez d'employer, Osman bey ? Votre Moulay Ismaël ne me semble pas d'une pâte assez molle pour qu'une femme puisse le mener par le bout du nez.

— Moulay Ismaël est un prince d'une force écrasante. Il voit clair et loin. Il agit promptement et à l'heure juste. Mais c'est un taureau insatiable. Il a besoin de femmes et il est sans cesse menacé de tomber sous l'influence d'une cervelle fragile et mesquine. Il a besoin d'une femme près de lui pour discipliner les lubies de son esprit inquiet... Pour combler la solitude de son cœur... pour magnifier ses songes de conquérant. Alors il sera un grand prince. Il pourra aspirer au titre de Mir el-Moumenine, le commandeur des croyants...

Le Grand Eunuque parlait avec lenteur et non sans hésitation. Cette femme, qu'il avait beaucoup cherchée et enfin trouvée, qui l'aiderait à faire passer en Moulay Ismaël ses propres ambitions, il n'était pas encore sûr d'elle. Il la voyait abattue mais la sentait soudain glisser entre ses mains, loin de lui, bien qu'elle se fût accrochée puérilement à sa robe.

Les femmes sont des êtres difficiles. Leurs pires faiblesses cachent d'implacables réveils.

Une fois de plus, Osman Ferradji, Grand Eunuque du sérail de Sa Majesté le sultan du Maroc, remerciait le Très-Haut, que le sort et la main habile d'un féticheur soudanais, l'eussent mis à l'écart, dès sa jeunesse, des servitudes naturelles qui poussent parfois un homme à l'esprit élevé à se transformer en grotesque hochet de ces poupées capricieuses.

— Ne l'as-tu pas trouvé beau et jeune ? s'informa-t-il encore avec douceur.

— Et plus chargé de crimes que d'années d'âge, sans doute. À combien s'évalue le nombre des meurtres qu'il a commis de sa propre main ?

— Mais à combien d'attentats n'a-t-il pas échappé ? Tous les grands empires s'édifient sur le meurtre, je te l'ai déjà dit, *Firouzé*. C'est la Loi de la Terre, *Inch' Allah* ! Je voudrais, *Firouzé* – écoute-moi, car telle est ma volonté –, je voudrais que tu glisses en Moulay Ismaël ce poison subtil que toi seule possèdes, qui met au cœur des mâles une langueur, une soif de toi dont ils ne peuvent guérir, comme ce pantin, le pirate d'Escrainville, mais aussi comme ton grand souverain, le roi des Francs, que tu as blessé à jamais. Tu le sais bien que ton roi des Francs ne peut t'oublier. Il t'a laissée t'enfuir et maintenant il se consume. Je veux que tu uses de ton pouvoir sur Moulay Ismaël. Je veux que tu lui enfonces dans le cœur le dard de ta beauté… Mais moi, je ne te laisserai pas t'enfuir, ajouta-t-il plus bas.

Les yeux clos, Angélique écoutait cette voix claire et jeune comme celle d'une amie, qui parlait français avec un accent un peu enfantin, et elle s'étonnait en soulevant ses paupières endolories de découvrir une face si noire à l'expression austère et marquée de la sagesse séculaire des grands peuples africains.

— Écoute-moi, *Firouzé*. Rassure-toi, aussi. Je laisserai à ta fièvre et à ta peur le temps de s'apaiser, à ta raison le temps de comprendre, à ton corps le temps de désirer. J'attendrai pour faire mention de toi auprès du souverain. Il t'ignorera jusqu'au jour où, toi consentante, je te révélerai à lui.

Angélique sentit s'alléger subitement ses malaises. Elle avait gagné la première manche !

Elle serait plus cachée dans cette mêlée de courtisanes qu'une aiguille dans une botte de foin et elle comptait bien mettre ce temps à profit pour se libérer et s'enfuir. Elle demanda :

— Ne bavardera-t-on pas ? Une indiscrétion ne risque-t-elle de me révéler à Moulay Ismaël ?

— Je donnerai des ordres. Mes ordres priment tout dans le sérail, même ceux du roi. Tous doivent s'y plier… y compris Leila Aïcha, la reine. Elle se taira, y trouvant son avantage, car elle ne tardera pas à te redouter.

— Elle veut déjà me vitrioler et m'étrangler, murmura Angélique. C'est un début…

Osman Ferradji balaya d'un geste indulgent ces menaces banales :

— Toutes les femmes qui convoitent les faveurs d'un seul maître se haïssent et se combattent. Les chrétiennes sont-elles différentes ? N'as-tu jamais connu de rivalités autour du roi des Francs ?

Angélique avala péniblement sa salive.

— Certes, dit-elle, voyant passer dans un éclair d'azur l'invincible Montespan.

Ici ou là, la vie n'était que luttes, rêves tronqués, illusions meurtries. Elle était lasse à mourir.

Osman Ferradji observait son visage pâli, creusé par la fièvre. Loin de voir dans ce masque épuisé les prémices d'une défaite, il découvrait ce que la vivacité d'expression d'Angélique et ses joues habituellement pleines dissimulaient parfois : l'ossature harmonieuse trahissant une volonté farouche. La base d'un caractère indomptable se lisait tracée comme une épure sous la tendresse de la chair. Ce fut comme s'il la voyait telle qu'elle serait plus tard, dans sa vieillesse. Elle ne s'affaisserait pas, ne connaîtrait ni les bajoues ni les bourrelets gonflés, mais s'affinerait. Sa chair se rétracterait, tendue sur l'admirable dessin des os. Elle vieillirait comme l'ivoire, en s'ennoblissant comme les femmes volontaires, au génie personnel, qui surgissent enfin dans leur plénitude des trompeurs travestis de la jeunesse. Elle serait, très longtemps, très belle, même griffée de rides, même sous une couronne de cheveux blancs. L'éclat de ses yeux ne s'éteindrait qu'avec sa vie. Le crépuscule des années pâlirait, éclaircirait encore leur eau de turquoise et leur donnerait une limpidité insondable, un pouvoir magnétique.

C'était cette femme qu'il fallait auprès de Moulay Ismaël car si elle le voulait, il la réclamerait toujours près de lui. Osman Ferradji connaissait quels doutes assaillaient parfois le tyran. Ses tourbillons de fureur fauchant des têtes à coups de sabre étaient souvent l'expression d'un vertige qui le saisissait devant la sottise des humains, devant l'immensité de la tâche à accomplir et la conscience de sa propre faiblesse ou des embûches qui l'attendaient. Il était saisi alors d'un besoin démoniaque de se prouver à lui-même et aux autres son pouvoir.

S'il trouvait dans une femme sensuelle et attentive un refuge, il ne s'en lasserait point !

Elle serait l'assise, le point d'appui d'où il s'élancerait pour conquérir l'Univers dans les plis de l'étendard vert du Prophète.

Il murmura en arabe :

— Toi, tu peux tout…

Angélique l'entendit dans son demi-sommeil. Elle donnait bien souvent à d'autres cette impression d'être invincible. Et pourtant elle se sentait si faible. « Vous POUVEZ tout », lui disait le vieux Savary lorsqu'il lui demandait de reprendre sa chère moumie minérale au roi Louis XIV. Et elle avait réussi. Il était loin, ce temps-là ! Le regrettait-elle ? Mme de Montespan avait voulu l'empoisonner, tout comme Leila Aïcha et l'Anglaise…

— Voulez-vous que je fasse venir près de vous ce vieil esclave qui connaît de nombreuses médecines et avec lequel vous aimez vous entretenir ? demanda Osman Ferradji.

— Oh ! oui. Oh ! je voudrais tant revoir mon vieux Savary. Le laisserez-vous donc pénétrer dans le harem ?

— Il le peut avec ma haute permission. Son âge, sa grande science et ses vertus l'y autorisent. Personne ne se scandalisera de le voir, car il a toutes les qualités et l'aspect d'un santon[1]. S'il n'était pas chrétien, je serais tenté de le prendre pour un de ces êtres que nous vénérons comme étant pénétrés de l'esprit d'Allah. Durant le voyage, il a paru se livrer à des travaux magiques, car des vapeurs étranges s'échappaient du chaudron où il faisait cuire ses *bilongos* et j'ai vu deux Noirs qui étaient hallucinés et étourdis pour avoir respiré ces vapeurs. T'a-t-il révélé les secrets de sa magie ? interrogea le Grand Eunuque avec intérêt.

Angélique secoua la tête.

— Je ne suis qu'une femme, dit-elle, sachant que cette modeste réponse rehausserait l'estime d'Osman Ferradji pour la sagesse et la science mystérieuse de Savary.

---

1. Personnage religieux que l'on nommait aussi marabout.

XLV

Elle eut quelque peine à le reconnaître. Il s'était teint la barbe en rouge-brun, ce qui lui donnait l'apparence d'un ermite marocain, apparence accentuée par une sorte de djellaba couleur de rouille en poil de chameau, dans laquelle se perdait son corps fluet. Il paraissait en bonne forme physique quoique maigre comme un vieux sarment et tanné comme une noix. Elle le reconnut à sa paire de grosses lunettes, derrière lesquelles ses yeux rayonnaient.

— Tout va bien, chuchota-t-il en croisant ses jambes pour s'asseoir près d'elle, jamais je n'aurais pu imaginer que les événements s'arrangeraient si merveilleusement. Allah… hum ! je veux dire Dieu, nous a guidés par la main.

— Vous avez trouvé des complices, un moyen de fuir ?

— Fuir ?… Ah ! oui, oui, cela viendra en son temps, ne vous impatientez pas. En attendant, regardez.

Des plis de sa houppelande, il mit au jour une sorte de poche d'étoffe et, avec un sourire qui joignait les deux oreilles, se mit à en extraire des fragments d'une matière noire et poisseuse.

Les yeux fatigués par la fièvre, Angélique dit avec lassitude qu'elle ne voyait pas ce qu'il lui présentait.

— Eh bien ! si vous ne voyez pas, sentez, dit Savary en lui mettant sous le nez la chose innommable.

L'odeur fit sursauter Angélique et, malgré elle, un sourire lui échappa.

— Oh ! Savary… La MOUMIE !…

— Oui, la moumie, dit Savary, jubilant. La moumie minérale, la même que celle qui coule des rochers sacrés en Perse, mais cette fois à l'état solide.

— Mais… comment est-ce possible !

— Je vais tout vous raconter, dit le vieil apothicaire en se rapprochant encore.

Avec des regards furtifs et des accents de prophète, il fit le récit de sa découverte. C'était arrivé au cours de la longue marche de la caravane, en traversant la région des étangs salés, les chotts Naâma, aux confins de l'Algérie et du Maroc.

— Vous vous souvenez de ces longues étendues arides, miroitantes de sel au soleil ? Rien de précieux ne semble être détenu par ces paysages désolés. Et c'est alors… devinez ce qui s'est passé ?

— Un miracle, sans doute, dit Angélique, touchée de tant de foi naïve.

— Oui, un miracle, vous l'avez dit, chère marquise, s'exclama Savary, exalté. Si j'étais un fanatique, je parlerais du « miracle du chameau »… Écoutez…

❦

Il avait remarqué, dit-il, un chameau squameux, pareil à un vieux rocher de mousse jaune, que la gale avait mis à nu, en partie. Un soir, à la halte, ce chameau s'était mis à humer le sol. Il avait pris le vent et s'était enfoncé vers le désert, reniflant à intervalles le sol des dunes. Savary, qui ne dormait pas, le suivit, désireux de ramener la bête vagabonde au chamelier qui récompenserait l'esclave d'une ration supplémentaire de semoule. Ou peut-être poussé par une « prémonition », le doigt d'Allah… hum… de Dieu. Les sentinelles, qui le confondaient souvent avec un Arabe ou un juif, ne prirent guère garde à lui. Elles somnolaient pour la plupart. Il n'y avait pas à craindre d'attaques de bandits et encore moins d'évasions d'esclaves chrétiens dans ces zones où l'on pouvait marcher des jours et des jours sans trouver trace de nourriture et d'eau potable.

Le chameau alla, longtemps, dépassant les dunes, où Savary faillit être englouti par du sable meuble, puis il sortit sur un espace plus dur, de terre et de sel agglutiné. Avec ses pattes étranges, qui ne sont pas des sabots mais des sortes de semelles élastiques, le chameau s'étais mis à écarter les blocs de cette croûte, puis à arracher avec sa gueule des morceaux et à creuser un trou.

— Un chameau creusant un trou avec ses pattes qui ne peuvent supporter le contact des cailloux, avec ses genoux, avec ses dents, j'ai vu cela. Vous ne me croyez pas ? interrogea Savary en regardant Angélique avec un soudain soupçon.

— Mais si…

— Vous vous imaginez que j'ai rêvé ?

— Certes non.

— … Alors la bête déterra de cette terre brune, que vous-même n'avez pas manqué de reconnaître aussitôt. Puis il en sortit avec sa gueule de pleines pelletées, qu'il aligna sur le bord du trou, formant méthodiquement un matelas, sur lequel il se roula et se frotta de toutes parts.

— Et sa gale guérit miraculeusement ?

— Elle guérit, mais vous devriez savoir qu'il n'y a là-dedans rien de miraculeux, rectifia Savary. Vous avez déjà constaté, comme moi, l'heureux effet médicinal de la moumie sur les maladies de peau. Cependant, en faisant moi-même provision de ces morceaux de terre, je n'avais pas encore remarqué l'analogie existant entre eux et la divine liqueur persane et je comptais m'en servir aussi comme onguent pour mes malades. Mais voici que je LA reconnus ! Et, en même temps, je faisais une découverte scientifique prodigieuse.

— Ah ? Encore ? Laquelle ?

— Celle-ci, madame. Le SEL SUIT la moumie minérale. C'est exactement comme en Perse. D'ailleurs, plus n'est besoin pour moi d'aller en Perse. Je sais qu'en retournant dans le Sud algérien, je retrouverai des gisements peut-être immenses de la substance précieuse et qui ont au moins le mérite de n'être pas gardés comme les gisements de Perse réservés au shah. Je pourrai y retourner librement.

Angélique soupira.

— Les gisements ne sont peut-être pas gardés comme en Perse, mais c'est vous qui l'êtes, au Maroc, mon cher Savary. Est-ce que cela change beaucoup votre sort ?

Elle se reprocha son scepticisme envers son seul ami et, se ravisant, félicita chaudement Savary qui fondit de gratitude, proposant aussitôt de faire venir une brassée d'épineux et un plat de cuivre ou de terre.

— Pour quoi faire, grand Dieu ?

— Pour vous distiller de ce produit. J'ai fait l'expérience de le brûler dans un pot de terre clos et cela explosa comme un coup de canon.

Angélique le dissuada de procéder de nouveau à cette expérience, en plein harem. Son mal de tête se dissipait sous l'action des tisanes que lui avait fait boire le Grand Eunuque. Une sueur abondante commençait à mouiller son corps.

— La fièvre vous quitte, lui dit Savary en jetant par-dessus ses lunettes un coup d'œil professionnel.

L'esprit d'Angélique devenait en effet plus lucide.

— Croyez-vous que votre moumie pourrait encore nous servir à quelque chose dans notre fuite ?

— Vous songez donc toujours à fuir ? demanda Savary d'un ton neutre, en remettant avec soin les morceaux de sable bitumineux dans leur enveloppe.

— Plus que jamais, s'écria Angélique en se redressant d'un sursaut indigné.

— Moi aussi, dit Savary. Je ne vous cache pas que j'ai désormais hâte de rentrer à Paris pour me livrer aux travaux qu'exige ma récente découverte. Là seulement, dans mon laboratoire, j'ai les alambics de distillation et les cornues convenant à la poursuite de l'étude scientifique de ce combustible minéral qui mènera, je le sens, l'humanité entière vers l'avant…

Il ne put se retenir, reprit un fragment de terre et l'examina avec une petite loupe d'écaille et d'ébène. C'était un des arts du vieux Savary que de posséder, dans le plus complet dénuement, les objets les plus variés qu'il semblait créer pour les besoins de la cause, avec une habileté de prestidigitateur. Angélique lui demanda d'où il tenait cette loupe.

— C'est mon gendre qui m'en a fait présent.

— Je ne l'avais jamais remarquée auparavant.

— Je ne la possède que depuis quelques heures. Mon gendre, ce charmant garçon, voyant ma convoitise, me l'a remise en signe de bienvenue.

— Mais… Qui est votre gendre ? demanda Angélique, croyant que le vieillard divaguait.

Savary plia la minuscule loupe et l'escamota dans les plis de son vêtement.

— Un juif du *Mellah* de Miquenez, murmura-t-il, un changeur de métaux précieux, ainsi que l'était déjà son père. C'est vrai, je n'ai pas eu l'occasion de vous tenir au courant, mais j'ai assez bien employé les quelques heures qui se sont écoulées depuis notre arrivée dans cette bonne ville de Miquenez. Elle a beaucoup changé depuis le temps de Moulay Archy. Moulay Ismaël fait construire partout : on circule au milieu des échafaudages comme à Versailles.

— Mais… et votre gendre ?

— J'y arrive. Je vous avais dit que j'avais eu deux agréables aventures marocaines du temps de mon premier esclavage.

— Et deux fils.

— C'est cela, sauf que mes souvenirs étaient un peu imprécis, car de Rébecca Maïmoran, j'avais eu, paraît-il, la joie d'avoir une fille et non un fils. C'est donc cette fille que j'ai retrouvée aujourd'hui dans la fleur de l'âge et mariée à Samuel Cayan, le changeur qui a eu l'amabilité de me donner cette loupe…

— … en signe de bienvenue. Oh ! Savary, dit Angélique, ne pouvant se retenir de rire faiblement, vous êtes tellement français que cela me fait du bien de vous écouter. Quand vous prononcez les mots « Paris » ou « Versailles », il me semble que j'échappe à cette odeur bizarre de cèdre, de santal, de menthe et que je suis à nouveau la marquise du Plessis-Bellière.

— Vous désirez vraiment le redevenir ? Vous désirez vraiment fuir ? insista Savary.

— Mais je vous l'ai déjà répété ! s'exclama Angélique avec un brusque mouvement de colère. Pourquoi faut-il que je vous répète cette affirmation cent fois ?

— Parce qu'il faut que vous sachiez à quoi vous vous exposez. Vous aurez l'occasion de mourir cinquante fois avant de vous trouver seulement hors du sérail, de mourir vingt fois avant de franchir les portes de l'alcassave, le palais de Moulay Ismaël, de mourir dix fois avant d'avoir quitté Miquenez, de mourir quinze fois avant d'avoir atteint Ceuta ou Sainte-Croix, de mourir trois fois avant de pénétrer dans l'un ou l'autre de ces bastions chrétiens…

— De sorte que vous ne me laissez que deux chances sur cent de réussir dans une pareille entreprise ?

— Certes.

— Je réussirai quand même, maître Savary !

Le vieil apothicaire secoua la tête d'un air soucieux.

— Je me demande parfois si vous n'êtes pas trop têtue. Forcer le sort dans cette mesure, ce n'est pas sain.

— Oh ! vous parlez maintenant comme Osman Ferradji, dit Angélique d'une voix étouffée.

— Souvenez-vous : à Alger, vous vouliez absolument essayer une évasion que même les plus anciens esclaves, ennuyés par quinze ou vingt années de captivité, n'auraient pas osé tenter. J'ai eu bien de la peine à vous faire prendre patience. Eh bien ! voyez, n'avons-nous pas été récompensés… J'ai trouvé la « moumie » sur les chemins du désert et de l'esclavage ! Alors, parfois, je pensais que si ce sérail princier vous avait convenu, si la… personnalité du grand Moulay Ismaël ne vous avait pas trop déplu… ce serait plus simple… Oh ! je n'ai rien dit, consolez-vous…

Il lui avait pris la main et la tapotait doucement. Pour rien au monde, il n'aurait voulu faire pleurer cette grande dame qui s'était toujours montrée pour lui une amie hors pair, qui avait toujours écouté avec patience ses élucubrations de vieillard et qui avait reçu pour lui, des mains de Louis XIV, la bonbonne du précieux liquide persan.

Pourquoi cette jeune femme, qui pouvait tout, n'était-elle pas devenue la maîtresse du roi ? Ah ! oui, il y avait l'histoire de ce mari dont Mezzo-Morte s'était servi comme appât pour l'attirer dans un piège. Il eût été plus raisonnable qu'elle n'y pensât plus.

— Nous fuirons, lui dit-il, indulgent, nous fuirons, c'est entendu !

❦

Il lui exposa qu'à Miquenez, les chances de réussir un pareil exploit étaient quand même meilleures qu'à Alger. Les captifs, tous aux mains du roi, formaient une sorte de caste qui commençait à s'organiser. Ils avaient un chef élu, un Normand de Saint-Valéry-en-Caux, nommé Colin Paturel, esclave depuis douze ans, et qui avait pris un grand ascendant sur ses compagnons de misère. Pour la première fois dans l'histoire de l'esclavage, les chrétiens de différentes confessions cessaient de se haïr et de s'entre-déchirer, car il avait formé une espèce de Conseil où un Moscovite et un Candiote représentaient les orthodoxes, un Anglais et un Hollandais les protestants, un Espagnol et un Italien les catholiques. Lui, le Français, rendait la justice et tranchait les différends.

Il avait toutes les hardiesses pour s'adresser à Moulay Ismaël, que bien peu osaient aborder car ils y risquaient leur vie, et on ne savait pas par quelle persuasion ou habileté il avait réussi à se faire écouter du tyran. De ce fait, la situation des esclaves, tout en demeurant terrible et sans espoir en apparence, s'était améliorée. Un trésor commun, fondé sur le montant des fortunes de chacun, permettait de payer des complicités. Piccinino le Vénitien, ancien commis de banque, avait la haute main sur les comptes de ce trésor secret. Des Maures, attirés par l'appât d'un gros gain, acceptaient de servir de guides aux fugitifs. On les appelait les *métadores*. Sous leur égide, six évasions déjà avaient été tentées le mois dernier. Une avait réussi. Le roi des captifs, Colin Paturel, jugé responsable, avait été condamné à être attaché aujourd'hui même par les deux mains avec de gros clous à la porte de la ville et à demeurer ainsi suspendu jusqu'à ce qu'il expirât. La révolte avait grondé parmi les captifs devant cette condamnation qui les privait de leur chef. À coups de bâton et bientôt de lance, les gardes noires faisaient reculer les esclaves jusque dans leur enclos, lorsqu'on avait vu reparaître Colin Paturel, appelant au calme ses frères.

Ses mains s'étant déchirées après douze heures de supplice, il était tombé vivant au pied de la porte et, loin de s'enfuir, il était rentré paisiblement dans la ville et avait demandé à parler au roi.

Moulay Ismaël n'était pas loin de le considérer comme protégé d'Allah. Il craignait et estimait l'hercule normand et se distrayait à s'entretenir avec lui.

— Tout ceci pour vous expliquer, madame, qu'il est infiniment préférable d'être esclave dans le royaume du Maroc que dans ce nid pourri d'Alger. Ici, l'on vit intensément, vous comprenez ?

— Et l'on meurt pareillement ?

Le vieux Savary eut un mot superbe :

— C'est la même chose. Le principal, madame, pour un esclave, c'est de pouvoir se battre, et lorsqu'un homme traverse assez de tourments pour se féliciter chaque soir d'être encore vivant, cela le maintient en bonne santé. Le roi du Maroc s'est constitué un peuple d'esclaves pour bâtir ses palais, mais cela deviendra bientôt une plaie à son flanc. L'on murmure que le Normand vient de réclamer au roi de faire venir les pères de la Trinité pour la rédemption des captifs, comme dans les autres États barbaresques. J'ai songé à une chose. Si jamais une Mission parvenait jusqu'à Miquenez, pourquoi ne lui confieriez-vous pas une missive à transmettre à Sa Majesté le roi de France pour lui exposer votre triste état ?

Angélique rougit et sentit la fièvre battre à nouveau ses tempes.

— Croyez-vous que le roi de France lèverait des légions pour venir à mon secours ?

— Il se peut que son intervention et ses réclamations ne soient pas indifférentes à Moulay Ismaël.

Il professe une grande admiration pour ce monarque qu'il voudrait imiter en tout et surtout dans son ambition de bâtisseur.

— Je ne suis pas tellement sûre que Sa Majesté soit vraiment soucieuse de me tirer de ce mauvais pas.

— Qui sait ?…

Le vieil apothicaire parlait la voix de la sagesse, mais Angélique eût préféré souffrir mille morts qu'une humiliation de ce genre. Tout s'embrouillait dans sa tête. La voix de Savary devint lointaine et elle s'endormit profondément tandis qu'une nouvelle aube se levait sur Miquenez.

XLVI

— Nous irons au spectacle ! Nous irons au spectacle !... pépiaient les petites courtisanes en faisant tinter leurs bracelets.

— Voyons, mesdames, un peu de calme, recommanda Osman Ferradji, solennel.

Il passa entre les deux rangs de silhouettes voilées, vérifiant sévèrement la tenue et le luxe de chacune et la bonne fermeture des haïks de soie ou de mousseline qui ne laissaient paraître que des yeux tantôt sombres, tantôt clairs, mais tous pétillants d'excitation.

Toutes ces femmes parées pour la promenade se ressemblaient, offrant la même apparence de tas de linge amoncelés, en forme de poire, montés sur de minuscules babouches de cuir jaune ou rouge. Il n'y avait là que la première centaine des favorites du harem, celles parmi lesquelles Moulay Ismaël aimait venir faire son choix, tenant en main le mouchoir qu'il laisserait tomber devant l'élue du jour ou plutôt de la nuit. On lui avait dit que c'était ainsi que procédait le grand seigneur de Constantinople dans son sérail.

Lorsqu'une femme avait depuis fort longtemps été négligée par l'attention du roi, Osman Ferradji la retirait du cercle et la renvoyait à d'autres étages et à d'autres travaux. C'était le pire des bannissements que de ne plus être parmi les « présentées ». On perdait désormais l'espoir de se voir admise à partager les plaisirs du sultan. C'était le commencement de l'oubli, de la vieillesse, un exil cruel à quelques pas du lieu des félicités. Le Grand Eunuque, maître de ces renvois ou de ces promotions, savait à bon escient suspendre la menace au-dessus de la tête des indociles. Quand on ne faisait plus partie des « présentées », on était désormais privée de bien des agréments, par exemple des promenades, des spectacles, des multiples voyages et villégiatures dans lesquels Osman Ferradji n'hésitait pas à emmener la plus importante partie du harem.

Ce jour-là, les délaissées, qui entendaient les coups de fusil et la rumeur de la foule annonçant la fête, éclatèrent en sanglots et hululements désespérés.

Osman Ferradji alla lui-même leur recommander de se calmer. Le roi était las d'entendre des plaintes dans son sérail. Voulaient-elles donc subir le sort des femmes et des filles d'Abd el-Maleck ? L'exemple était pourtant récent. À la mort d'Abd el-Maleck, survenue huit jours après son exécution, la gangrène s'étant mise dans ses plaies, ses femmes avaient recommencé leurs cris et leurs pleurs, en sorte que le roi avait été contraint de menacer de mort toutes celles qu'il entendait pleurer. Pendant plusieurs jours, tant que le roi était dans l'alcassave, elles avaient retenu leurs soupirs, mais dès qu'il était sorti, les lamentations recommençaient. Alors le roi en fit étrangler quatre sous ses yeux.

À ce salutaire rappel, les délaissées revinrent à un silence exemplaire et ce fut à qui chercherait une issue, une meurtrière où grimper sur les terrasses pour essayer d'apercevoir quand même quelque chose du spectacle.

En revenant, le Grand Eunuque passa par l'appartement d'Angélique. Ses servantes achevaient de l'envelopper de voiles. Ce n'est pas elle qui aurait pleuré parce qu'on la laissait au bercail, mais le chef du sérail voulait multiplier pour la future favorite toutes les occasions de voir son futur maître sans que celui-ci la remarquât.

Angélique devait donc sans cesse se mêler au groupe des femmes qui descendaient vers les jardins. L'Anglaise au teint de dragée rose apparut dévoilée, tenant par la main deux adorables petites mulâtresses aux cheveux blonds et au teint d'ambre, les jumelles qu'elle avait eues du sultan et dont la naissance l'avait écartée du rang de première femme, laissant le titre à Leila Aïcha, qui était mère d'un prince.

Pour marquer son rang, Leila Aïcha parut la dernière, elle aussi dévoilée et venant de son appartement par un autre escalier que l'escalier commun. Elle avait sa garde d'eunuques personnelle et faisait porter devant elle, par une servante, le sabre du pouvoir. Son imposante stature se drapait dans des voiles rouges et bariolés. Par leurs visages nus, les deux femmes montraient à Osman Ferradji qu'elles ne se sentaient plus tenues envers lui à une stricte obéissance. Leila Aïcha méditait depuis longtemps de faire monter au rang de Grand Eunuque du sérail le chef de ses gardes, Raminan, sa créature dévouée, un eunuque d'anthracite aux tempes parsemées des graines bleues d'un tatouage qui était celui de la famille des Loudais, alors qu'Osman Ferradji était un Harrar. La petite guerre qui se livrait dans les secrets du harem n'était autre que la suite, sous le feu couvant, de séculaires rivalités africaines.

Le petit prince Zidan suivait sa mère. Il devait à sa double ascendance négroïde, un rond visage de chocolat enfoui sous des turbans de mousseline crème, enrobé de satin noisette et de soie pistache ou framboise. Angélique, qu'il amusait, le surnommait le prince Bonbon, bien que son caractère ne tînt pas d'aussi douces promesses. Du haut de ses six ans, ce jour-là, il contemplait le sabre de vrai acier que son père venait de lui donner. Enfin, ce n'était plus un sabre de bois et il pourrait couper la tête à Mathieu et Jean Badiguet, les deux petits esclaves français qui partageaient ses jeux. Il s'y essaierait dès aujourd'hui, après le spectacle.

Les deux favorites ne se voilèrent qu'en franchissant la dernière porte donnant sur les jardins du palais, où l'on risquait de rencontrer des esclaves depuis que Moulay Ismaël y faisait construire une mosquée, des bains, un amphithéâtre et creuser un étang. Mais aujourd'hui, les chantiers étaient déserts, les outils, les échelles et les moellons gisaient parmi l'ébauche des murs édifiés, parmi le miroitement argenté des oliviers.

Une rumeur lointaine et grondante parvenait au-delà des premiers murs de l'alcassave. On n'en finissait plus de passer d'un compartiment à l'autre de l'immense palais que Moulay Ismaël entreprenait d'édifier pour y loger, avec son impérieuse magnificence, ses femmes, ses courtisans et ses esclaves. Seul le bâtiment principal, qui renfermait quarante-cinq pavillons avec chacun sa fontaine dans sa cour, était achevé et les écuries colossales et somptueuses pour douze mille chevaux. Ensuite s'allongeait un énorme dédale de cours, de magasins, de mosquées, de jardins, certains clos étroitement de murs, d'autres se confondant avec les faubourgs de la ville. C'était de là que venait la rumeur et du camp des esclaves, où chacun avait sa case de terre battue et de roseaux, chaque nation son quartier sous la direction d'un chef et d'un Conseil.

Le groupe des femmes, étroitement entouré par les eunuques, fut pris en charge par les gardes à cheval du roi. Ils se heurtèrent au cortège royal qui arrivait, Moulay Ismaël marchant à pied sous un parasol tenu par deux négrillons. Ses principaux caïds l'entouraient, ainsi que ses conseillers préférés, le juif Samuel Baïdoran, le renégat espagnol Juan di Alfero, appelé Sidi Mouchady depuis son apostasie, et cet autre renégat français, Romain de Montfleur, dit Rodani, qui présidait aux magasins de guerre.

Le sultan fit de grandes démonstrations à la vue d'Osman Ferradji qui prit place parmi les notables.

La foule arabe bouillonnait dans la touffeur ardente et des cris violents noyaient les ritournelles de flûtes et les battements de tambourins essayant de se faire jour à travers le tumulte.

Ceux qui poussaient ces cris apparurent soudain lorsque le cortège déboucha sur la place centrale de Miquenez. La foule des burnous blancs repoussés laissa à découvert sur l'esplanade une masse grise et blafarde, un grouillement de haillons et de faces blêmes et barbues qui criait férocement.

Pareils aux damnés de l'*Enfer* de Dante, les captifs chrétiens maintenus en respect par les Noirs, le bâton ou le fouet levés, tendaient leurs mains en direction de Moulay Ismaël. De ces cris en toutes les langues d'Europe, un nom se détachait :

— Le Normand ! Le Normand ! Grâce pour Colin le Normand !

❦

Moulay Ismaël fit halte, un sourire aux lèvres comme s'il se délectait de ces cris et de ces supplications au même titre que d'applaudissements. Il n'avançait plus, se maintenant à une certaine distance de la foule des esclaves, houleuse. Puis il monta sur une petite estrade avec les gens de sa suite. Ses femmes furent installées en bonne place. Angélique vit alors ce qui séparait le roi et son cortège de la masse des esclaves.

C'était, au centre de la place, un trou rectangulaire, large, et profond de vingt pieds environ. Le sol en était tapissé de sable blanc. Des rochers et quelques plantes du désert lui donnaient l'aspect d'un petit jardin. Une odeur âcre de fauves s'en exhalait dans l'air surchauffé : la fosse aux lions ! Des débris de carcasses s'empilaient dans les coins. Au fond, deux trappes fermées par des vantaux de bois dissimulaient l'orifice des couloirs menant aux cages des fauves.

Moulay Ismaël leva la main. L'un des clapets fut actionné invisiblement et glissa pour dégager une entrée.

Les esclaves se portèrent en avant d'un mouvement irrésistible qui faillit précipiter ceux des premiers rangs dans la fosse aux lions. Ils tombèrent à genoux, cramponnés des deux mains au rebord, le cou tendu vers le rectangle noir que dessinait l'ouverture béante dans la lumière.

Une forme bougea et émergea lentement. Celle d'un esclave aux mains et aux pieds chargés de lourdes chaînes. Derrière lui, la trappe se refermait. L'esclave cligna des yeux pour s'habituer à l'éclat du soleil. De l'estrade, on pouvait distinguer un homme d'une taille et d'une vigueur peu communes. La chemise et le caleçon court qui représentaient l'habillement des esclaves, découvraient ses jambes et ses bras musclés, une poitrine large comme un bouclier, velue comme celle d'un ours, où brillait une médaille sainte. La barbe et les cheveux incultes étaient blonds. Dans leur broussaille couleur de paille mangeant les joues, on ne distinguait plus que la lueur de deux petits yeux bleus et rusés. De près, on aurait pu voir que sa barbe se salissait de fils gris. C'était un homme de quarante ans et qui était esclave depuis douze ans. Un murmure courut, qui dégénéra de nouveau en clameurs :

— Colin ! Colin Paturel ! Colin le Normand !…

Un maigre garçon roux cria en français, penché vers lui :

— Colin, mon compagnon, bats-toi. Tue, assomme, mais ne meurs pas, NE MEURS PAS !

L'esclave, dans la fosse aux lions, leva ses deux mains massives d'un geste apaisant. Angélique vit à cet instant les trous sanglants au creux de ses paumes et se souvint que c'était lui l'homme qui avait été crucifié sur la porte Neuve. D'un pas tranquille, en se dandinant légèrement, il s'avança jusqu'au centre de la fosse et leva la tête vers Moulay Ismaël.

— Je te salue, seigneur, fit-il en arabe, d'une voix bien timbrée et qui ne tremblait pas. Comment te portes-tu ?

— Mieux que toi, chien, répondit le sultan. As-tu compris enfin que le jour est venu de payer les insolences dont tu m'abreuves depuis des années ? Hier encore, tu as osé m'échauffer les oreilles de ta demande de faire venir des *pappas*[1] dans mon royaume pour leur vendre mes propres esclaves… Mais je ne veux pas vendre mes esclaves, cria Moulay Ismaël en se dressant dans sa robe blanche. Mes esclaves m'appartiennent. Je ne suis pas d'Alger ni de Tunis, je n'ai pas à imiter ces marchands pourris qui oublient ce qu'ils doivent à Allah pour ne se souvenir que de leurs intérêts… Tu as usé ma patience. Non dans le sens que tu espérais. T'imaginais-tu hier, quand je t'ai comblé de caresses et de promesses en te renvoyant, que tu te trouverais aujourd'hui dans la fosse aux lions ? Ha ! ha ! le pensais-tu ?

— Non, seigneur, répondit le Normand d'un ton humble.

— Ha ! ha ! et tu jubilais et tu te vantais près des tiens de me tourner comme tu le voulais. Colin Paturel, tu vas mourir.

— Oui, seigneur.

Moulay Ismaël se rassit d'un air sombre. Les cris recommencèrent à fuser dans les rangs des esclaves et les gardes noirs levèrent leurs mousquets dans leur direction. Le sultan regarda aussi dans cette direction. Son expression s'assombrit :

1. Pères de la Trinité, ordre religieux qui rachetait les captifs chrétiens.

— Il ne me plaît pas de te condamner à mort, Colin Paturel. Je m'y suis déjà résigné plusieurs fois et me suis félicité ensuite de te voir revenir sain et sauf des tourments dans lesquels je voulais te faire périr. Mais, cette fois, sois-en certain, je ne laisserai pas aux démons la possibilité de te secourir. Je ne quitterai la place que devant ton dernier os rongé. Cependant, il me déplaît tant de te voir mourir ! De penser surtout que toi tu meurs dans l'aveuglement de tes croyances et que tu seras damné. Je peux encore t'accorder ta grâce. Fais-toi musulman !

— C'est impossible, seigneur.

— Quelle impossibilité, rugit Moulay Ismaël, y a-t-il pour un homme qui sait l'arabe à prononcer ces mots : « Il n'y a de Dieu que Dieu et Mahomet est son prophète » ?

— Si je les prononçais, je serais musulman. Et alors tu serais bien marri, seigneur. Car pourquoi te déplaît-il de me voir mourir et souhaites-tu me conserver la vie ? Simplement parce que je suis le chef de tes captifs de Miquenez, que grâce à moi ils ont plus de cœur et d'obéissance pour construire tes palais et tes mosquées et que tu as besoin que je demeure parmi eux. Mais si je me fais Maure, je deviens renégat et qu'ai-je à faire désormais parmi les esclaves chrétiens ?… Je me coifferai du turban, j'irai à la mosquée et je n'aurai plus à manier la truelle à ton service. Renégat, tu me perds par ta grâce, chrétien tu me perds par tes lions.

— Chien, ta langue fourchue m'a déjà assez tourné la tête. Meurs donc !

Un pesant silence était tombé sur la foule car, alors que l'esclave parlait encore, on avait vu se lever derrière lui la seconde trappe. Avec lenteur, un superbe lion de Nubie sortit de l'ombre. Il dodelinait sa lourde tête couronnée d'une crinière noire et s'avançait de la démarche à la fois souple et pesante des fauves. Derrière lui s'étira une lionne, plus fine, puis encore un lion de l'Atlas au pelage de sable chaud, à la crinière presque rousse. Ils firent quelques foulées, silencieusement, et se trouvèrent près de l'esclave qui n'avait pas bronché. Le lion de Nubie se mit à se fouetter nerveusement les flancs, mais c'était beaucoup plus la présence des têtes avides penchées là-haut qui paraissait l'agacer, plutôt que la présence de l'humain immobile dans leur demeure. Il grommela, promenant le regard de ses yeux impavides sur la foule, puis tout à coup rugit à plusieurs reprises, les reins tendus.

Angélique se cacha le visage dans son haïk. Elle entendit murmurer la foule et regarda de nouveau. Le lion, complètement dégoûté par la curiosité malsaine dont il était l'objet, était allé se coucher à l'ombre d'un rocher, passant près du captif avec une indifférence totale. Pour un peu, il lui aurait frôlé les jambes comme un gros matou.

La foule arabe, frustrée dans son attente, se mit à pousser des cris hystériques, à jeter des pierres et des mottes de terre pour exciter les fauves. Ceux-ci rugirent en chœur, puis après avoir tourné en rond, allèrent se coucher devant les trappes fermées, manifestant ainsi le désir de retourner poursuivre leur sieste dans un endroit plus tranquille.

Les yeux de Moulay Ismaël lui sortaient des orbites.

— Il a la baraka, hoqueta-t-il à plusieurs reprises, il a la baraka.

Il se leva et, dans son excitation, s'approcha tout au bord de la fosse.

— Colin Paturel, les lions ne veulent pas te faire de mal. Quel est ton secret ? Dis-le-moi et je t'accorde la vie.

— Accorde-moi d'abord la vie et je te dirai mon secret.

— Soit ! Soit ! dit le roi avec impatience.

Il fit un signe et les valets des cages levèrent les trappes. Les lions en bâillant, réintégrèrent l'ombre et disparurent tandis que les vantaux retombaient.

Une immense acclamation jaillit de la poitrine oppressée des esclaves. Les chrétiens se jetaient dans les bras les uns des autres en pleurant. Leur chef était sauvé !

— Parle ! Parle ! cria Moulay Ismaël, impatient.

— Encore une grâce, seigneur. Permets que les pères de la Trinité viennent jusqu'à Miquenez pour s'occuper du rachat des esclaves.

— Ce chien a donc juré de me donner sa peau ! Qu'on me passe mon mousquet que je l'abatte de ma propre main !

— J'emporterai mon secret avec moi.

— Eh bien ! soit encore. Faites venir vos sacrés *pappas*. On verra bien ce qu'ils m'apporteront comme cadeaux et si je leur dois quelque chose en échange. Sors de là, Colin Paturel.

Avec agilité malgré ses lourdes chaînes, l'hercule escalada les échelons de pierre incrustés dans la façade sur un côté de la fosse. Il émergea parmi les Arabes haineux et déçus, mais ceux-ci n'osèrent ni le toucher ni l'injurier. Devant le trône de Moulay Ismaël, l'esclave chrétien se prosterna, front contre terre. Les lèvres épaisses du tyran eurent comme une crispation, une sorte de sourire indéfinissable et il appuya sa babouche sur l'échine noueuse.

— Relève-toi, chien maudit !

Le Normand se dressa de toute sa haute taille. Angélique ne put s'empêcher d'observer avec intensité les deux personnages qui s'affrontaient. Elle était placée si près qu'elle n'osait pas bouger et à peine respirer.

L'un avait tous les pouvoirs, l'autre était chargé de chaînes, mais il se trouvait que le roi et l'esclave, le musulman et le chrétien, se reconnaissaient un adversaire commun : Azraël, l'ange de la mort.

Devant des humains de cette espèce, Azraël reculait, épouvanté. Il s'en allait ailleurs cueillir des vies blêmes, faucher des herbes folles et languides… Il faudrait bien qu'un jour il arrachât leurs vies, à Moulay Ismaël malgré la cotte de mailles qu'il portait en permanence sous son burnous, à Colin Paturel malgré sa ruse, mais la lutte qu'ils livreraient à l'ange serait acharnée et ce n'était pas encore pour demain qu'Azraël triompherait. Il n'y avait qu'à les regarder l'un et l'autre !…

— Parle donc, dit Moulay Ismaël. De quelle magie te sers-tu pour apaiser les lions ?

— Il n'est pas question de magie, seigneur. Mais en ordonnant pour moi ce supplice, as-tu oublié que j'ai été longtemps employé aux cages et que j'aide encore souvent les belluaires ? Les lions me connaissent donc. J'ai déjà impunément pénétré dans leur cage. Hier encore, je me suis proposé pour remplacer les valets portant la nourriture des fauves et je leur ai fait servir double ration. Double !… que dis-je ! Triple ration.

Ces trois bêtes que tu as choisies parmi les plus féroces pour me dévorer sont entrées dans la fosse bourrées jusqu'à la gueule comme un canon. C'est trop peu dire qu'elles n'avaient pas faim. La seule vue d'un morceau de viande, sur pied ou saignante, leur soulevait l'estomac, d'autant que j'avais joint à leur nourriture une herbe qui prédispose à la somnolence.

Moulay Ismaël devenait noir de rage.

— Chien impudent ! Tu as l'audace de dire à la face de mon peuple que tu t'es moqué de moi ! Je vais te faire sauter la tête.

Il se dressa et tira son sabre. Le roi des captifs protesta :

— Je t'ai donné mon secret, seigneur. J'ai tenu ma promesse. Tu as la réputation d'être un prince qui tient les siennes. Tu me dois la vie pour ce jour et tu as promis de faire venir les pères de la Trinité pour notre rédemption.

— Ne m'échauffe pas à nouveau les oreilles ! hurla le tyran en faisant tournoyer son cimeterre.

Mais il le rengaina en marmonnant :

— Pour ce jour ! Oui, POUR CE JOUR !…

Le défilé des serviteurs apportant dans un grand bassin de cuivre la nourriture du roi, créa une diversion. Moulay Ismaël avait donné l'ordre qu'on lui servît son dîner sur la place, car il prévoyait que l'appétit des lions exciterait le sien ?

Les serviteurs manquèrent tomber à la renverse en voyant le « repas des lions » debout près de leur maître.

Le roi s'assit sur son matelas de coussins et fit assembler autour de lui ses notables qui partageaient son dîner.

Il demanda encore :

— Comment as-tu pu deviner que je me préparais à te faire jeter dans la fosse aux lions ? Je n'en ai dit mot à quiconque avant le chant du coq. Au contraire, le bruit que je t'avais écouté favorablement se répandait dans le palais.

Les yeux bleus du captif se rétrécirent.

— Je te connais, seigneur, je te connais !

— Veux-tu dire que mes ruses sont grossières et que je ne sais pas tromper ceux qui m'approchent ?

— Tu es habile comme un renard, mais moi je suis normand.

Les dents blanches du sultan jetèrent un éclair sur sa face ténébreuse. Il riait.

Ce qui déclencha l'hilarité des esclaves, parmi lesquels le « secret » de Colin Paturel circulait.

— J'aime les Normands, dit Moulay Ismaël, débonnaire. Je vais donner des ordres aux corsaires de Salé d'aller croiser du côté de Honfleur et du Havre pour m'en ramener des tas. Il n'y a qu'une chose qui me déplaît en toi, Colin Paturel. Tu es vraiment trop grand. Tu me dépasses par la taille et c'est une insolence que je ne peux supporter.

— Tu as plusieurs moyens de remédier à cela, seigneur. Tu peux me couper la tête. Ou bien me faire asseoir à tes côtés. Tu seras ainsi plus grand que moi avec ton turban.

— Soit, dit le roi après un moment de réflexion où il décida de ne pas se fâcher. Assieds-toi.

L'esclave plia ses longues jambes et s'assit sur les soieries somptueuses, près du redouté sultan qui lui tendit un pigeonneau.

Les caïds et les grands personnages de la suite du roi et jusqu'aux deux reines Leila Aïcha et Daisy-Valina murmurèrent, outrés.

Moulay Ismaël jeta un regard à la ronde.

— Qu'avez-vous à marmonner ? Ne vous a-t-on pas servi, à vous aussi, des viandes ?

L'un des vizirs, Sidi Acmeth, un renégat espagnol, répondit avec humeur :

— Ce n'est pas de la nourriture que nous nous plaignons, seigneur, mais de voir un esclave puant assis à tes côtés.

Les yeux du roi jetèrent des éclairs.

— Et pourquoi donc suis-je obligé de traiter d'égal à égal avec un esclave puant ? interrogea-t-il. Je vais vous le dire. Parce que aucun de mes ministres ne veut se salir à prendre la parole pour eux. Si les esclaves veulent me demander quelque chose, il faut qu'ils s'adressent directement à moi et cela est cause que je me vois dans la peine de les punir de leur insolence et que je perds ainsi chaque fois un esclave par votre faute. Ne serait-ce pas à *vous* de vous interposer entre eux et moi, à vous surtout, Sidi Acmeth Mouchady et à toi, Rodani, qui fûtes chrétiens jadis ? Pourquoi n'est-ce pas toi, Acmeth, qui t'es chargé de me demander de faire venir des *pappas* ? N'as-tu pas pitié de tes anciens frères ?

Moulay Ismaël s'échauffait à mesure qu'il parlait. L'Espagnol ne se troubla pas. Il connaissait la solidité de ses positions. Il était le lieutenant principal du roi dans ses campagnes contre les tribus rebelles. Officier de Sa Majesté Philippe IV, il se rendait en Amérique du Sud avec des troupes de conquête lorsqu'il avait été capturé par les Barbaresques. Le sultan avait eu l'occasion de constater ses qualités de stratège au cours d'une retraite dans le Moyen Atlas, où Juan di Alfero, parti comme esclave, était revenu à la tête d'une compagnie de janissaires. Moulay Ismaël, qui voulait se l'attacher, avait su le contraindre par les tortures d'embrasser la foi de Mahomet.

Aux reproches véhéments du sultan, il répondit, en jetant un regard méprisant vers les captifs chrétiens :

— J'ai renié le maître. Je ne vois pas pourquoi je m'occuperais des serviteurs.

XLVII

— Puis-je manger, seigneur ? demanda humblement Colin Paturel qui, son pigeonneau aux doigts, attendait. Il subissait là un supplice digne de ceux que Moulay Ismaël se plaisait à inventer, car son estomac sous-alimenté depuis des années n'avait connu de longtemps pareille aubaine.

La question jeta le roi dans une nouvelle fureur. En effet, il s'aperçut que les caïds s'étaient mis à manger sans l'attendre et il éclata en imprécations.

— Mange ! hurla-t-il au Normand, et vous autres goinfres, cessez de vous empiffrer comme si c'était vous qui étiez esclaves et nourris de pain et d'eau et non pas riches de tout l'or que vous me volez.

Il ordonna à ses Noirs de les desservir et de porter immédiatement ce qui restait aux captifs. Les caïds voulaient au moins retirer le plat, disant que les chrétiens étaient indignes de manger dans le même bassin que le roi. Mais il le leur fit donner tel qu'il était, rempli de poules, de pigeons et de blé au safran.

Les captifs se ruèrent sur la provende royale et ce fut une bataille de chiens enragés autour de la mangeoire.

Angélique regardait avec pitié ces pauvres malheureux, avilis par une captivité rigoureuse et sans espérance. Il y avait certainement parmi eux des nobles, de grands noms, des ecclésiastiques, des gens de qualité, mais la misère les revêtait tous de la même grisaille uniforme, des mêmes loques. Elle remarqua leur maigreur et pensa à maître Savary dont les doigts lui avaient paru secs et durs comme des petits bâtons. Le pauvre homme mourait en réalité de faim et elle n'avait même pas songé à lui donner un massepain !...

De sa place, elle avait pu entendre le colloque du roi et du Normand et en comprendre presque tout le sens. Elle s'aperçut que la personnalité violente, sans cesse en mouvement de Moulay Ismaël, l'attirait et la révulsait à la fois. Dompter un homme de cette sorte, c'était domestiquer un fauve et qui resterait toujours un fauve, gardant sa détente sauvage, son goût du sang.

Contre son épaule, la petite Circassienne voilée de vert Nil s'appuya. Ses prunelles ne quittaient pas le profil du sultan. Elle avait fait à Angélique des confidences hésitantes, dans un arabe aussi inhabile que celui de sa compagne, mais ses gestes et sa mimique langoureuse suppléaient à son éloquence.

— Il n'est pas terrible, tu sais... Il a cherché à me faire rire pour sécher mes larmes... Il m'a donné un bracelet. Sa main était douce sur mon épaule. Sa poitrine est comme un bouclier d'argent... Je n'étais pas femme et maintenant je le suis... Et j'apprends chaque nuit de nouveaux plaisirs.

« La Circassienne plaît à Moulay Ismaël, avait dit Osman Ferradji. Elle le distrait et le retient comme une petite chatte. C'est bien ainsi. Cela me donne le temps de lui préparer sa tigresse. »

Angélique haussait les épaules. Elle disait non, mais soutenait chaque jour plus difficilement une lutte insidieuse, fourrée de pâte d'amandes et de confitures, de soins de beauté et de confidences érotiques que se chuchotaient l'une à l'autre les courtisanes, jalouses de se prouver les attentions du maître. Dans le harem, tous les sens étaient exaltés, soigneusement nourris et ne tournaient qu'autour de la personne omnipotente et invisible de Moulay Ismaël. Il était partout présent. Cela devenait une obsession. Angélique se réveillait en sursaut la nuit, certaine de le voir surgir de l'ombre.

Quand elle avait l'occasion de l'apercevoir pour de bon, en chair et en os, comme maintenant, elle était satisfaite. Il reprenait forme et densité, un homme avec ses limites, et non plus un mythe abstrait, quasi religieux. Angélique n'avait jamais perdu pied devant un homme. Elle prendrait la mesure de celui-ci, comme des autres, et alors… on verrait bien.

❦

— Quand feras-tu venir les pères ? demandait Colin Paturel tout en dévorant à belles dents.

Il fonçait vers son but avec la ténacité de l'aurochs.

— Ils n'ont qu'à venir en toute assurance quand ils voudront. Fais-leur savoir que je veux bien traiter avec eux.

Le Normand suggéra d'écrire immédiatement deux lettres. L'une de la part du roi au caïd Ali, fils d'Abdallah, qui assiégeait Ceuta, la ville espagnole, afin qu'il nouât cette négociation. L'autre aux pères de la Trinité, qui la recevraient par l'intermédiaire de marchands français de Cadix.

Tous deux expéditifs en affaires, sur-le-champ Moulay Ismaël fit prendre la plume à son *keteb* et Colin Paturel fit approcher son écrivain, le maigre rouquin qui tout à l'heure l'avait encouragé : « Tue. Ne meurs pas ! » On l'appelait Jean-Jean de Paris. Il était l'un des rares captifs à être de la capitale de la France. Ancien clerc de magistrat, il avait accompagné son patron en Angleterre pour une affaire. Le bateau, pris dans la tempête, avait dérivé, failli se briser vingt fois contre les côtes de Bretagne et s'était enfin retrouvé dans le golfe de Gascogne où des corsaires barbaresques les avaient pris en chasse et capturés.

Colin Paturel lui dicta une lettre adressée au R.P. supérieur, le suppliant d'organiser une mission de rachat pour les captifs de Miquenez, qui avaient été jusque-là fort délaissés par rapport à ceux d'Alger et de Tunis. Il recommandait d'apporter de riches présents pour plaire au roi, particulièrement des pendules, très grandes, avec un battant d'or représentant le soleil. Les yeux du sultan brillèrent. Il fut soudain plein de hâte de faire partir ses messagers.

Piccinino le Vénitien, banquier des captifs, tira de la cagnotte commune quatre ducats pour le scribe qui avait écrit la lettre du caïd Ali. Celle-ci fut sablée, scellée, glissée dans un étui que le messager devait porter à même la peau, sous l'aisselle. Un souci obscurcissait encore le visage d'Ismaël.

— Les *pappas* se nomment pères de la Trinité, as-tu dit ?

— Oui, seigneur. Ce sont de dévoués religieux qui parcourent nos campagnes et récoltent les oboles des gens pieux afin de pouvoir racheter aussi les captifs sans fortune.

Le souci du sultan était d'un autre ordre.

— La Trinité ? N'est-ce pas ce dogme que vous professez, que Dieu se divise en trois personnes ? Ce n'est pas vrai. Il n'y a de Dieu que Dieu seul. Je ne veux pas faire venir dans mon royaume des Infidèles qui relèvent d'une aussi insultante croyance.

— Eh bien ! adressons ma lettre aux pères de la Rédemption, dit, bonasse, le Normand en faisant rectifier l'adresse.

Le messager partit enfin dans un nuage de poussière rousse et Moulay Ismaël continua son réquisitoire.

— Vous autres chrétiens, vous dites qu'il y a le Père, le Fils et le Saint-Esprit. Vous infligez une insulte à Dieu. Je crois que Jésus était le Verbe de Dieu. Je crois qu'il était l'un des plus grands parmi les prophètes car le Coran a dit : « Tout homme qui naît du sein de sa mère est souffleté par Satan, excepté Jésus et sa mère. » Mais je ne crois pas qu'il était Dieu en personne, car si je le croyais… Si je le croyais, je ferais brûler tous les juifs qui sont dans mon royaume ! rugit-il en tendant le poing vers Samuel Baïdoran.

Le ministre juif arrondit l'échine. Le cœur de Moulay Ismaël était un maquis de violentes rancunes religieuses qui l'envahissaient jusqu'à l'étouffement. La plupart de ses actes découlaient du sentiment d'un Dieu frustré, bafoué, avili par la sottise des incroyants et qu'il devait, lui, commandeur des croyants, faire respecter.

Le sultan respira profondément.

— Je voudrais discuter de la Loi avec toi, Colin Paturel. Comment un homme de bon sens peut-il se complaire dans le mal qui apporte la damnation ?

— Je ne suis pas bon théologien, répondait Colin Paturel en rongeant son aile de pigeon, mais qu'appelles-tu Bien et Mal, seigneur ? Pour nous, tuer son semblable représente un crime.

— Imbéciles ! Imbéciles qui mêlez des détails terrestres aux grandes vérités. Le Mal… le seul Mal impardonnable, c'est de refuser son salut, c'est de refuser la Vérité ! Et c'est le crime que vous commettez tous les jours, vous autres chrétiens, et dont vous vous rendez coupables, et plus encore les juifs, qui ont reçu, les premiers, la Vérité… Les juifs et les chrétiens ont pollué nos saints livres, le Livre de Moïse, les Psaumes de David, les Évangiles… et leur ont fait dire ce qu'ils n'ont jamais dit. Comment peux-tu vivre ainsi dans l'erreur ? Vivre ainsi dans le péché ? Réponds, chien bâtard !

— Je ne peux te répondre. Je ne suis qu'un pauvre marinier normand, natif de Saint-Valéry-en-Caux. Mais je t'enverrai Renaud de Marmondin, un chevalier de Malte, qui est très versé dans la science de Dieu.

— Où est-il, ton chevalier ? Amène-le-moi.

— Il n'est pas dans Miquenez. Il est parti de grand matin avec la colonne qui va à l'oued chercher les paniers de gravier pour le mortier.

Ces mots arrachèrent soudain Moulay Ismaël à ses préoccupations métaphysiques. Son sang de bâtisseur ne fit qu'un tour en réalisant qu'une partie de ses esclaves se reposaient depuis trois heures.

— Que font là ces chiens à se repaître des restes de ma table ? hurla-t-il. Je les avais conviés à assister à ton supplice et non à se gausser de l'humiliation que tu m'as imposée. Hors de ma vue, infâme pourceau ! Je t'ai fait grâce pour ce jour. Mais demain… Prends garde !… DEMAIN !…

Et il fit administrer cent coups de bâton à tous les Français captifs qui, ce matin, avaient manqué le travail pour voir mourir Colin Paturel.

XLVIII

Les jardins de Miquenez étaient merveilleux. Angélique s'y rendait souvent, mêlée au groupe de quelques femmes, ou dans une chaise à deux roues tirée par deux mules. Les portières glissées la dissimulaient aux regards, mais elle pouvait voir et jouir de la beauté des fleurs et des arbres, exaltée par la lumière ardente du soleil. Elle appréhendait parfois ces promenades, anxieuse que la diplomatie du Grand Eunuque n'ait prévu une rencontre avec le maître au détour d'une allée.

Or, cela arrivait souvent, Moulay Ismaël ayant pour la promenade dans les jardins un goût qui l'apparentait à son lointain exemple de souverain, à Louis XIV. Il voulait voir, lui aussi en personne, la marche des travaux. Cependant, l'heure était favorable pour l'aborder sous son meilleur jour. Principalement lorsqu'il tenait entre ses bras un de ses fils derniers-nés ou l'un de ses chats, tout en parcourant d'un pas très mesuré les allées ombragées, suivi de quelques grands personnages de sa Cour. Chacun savait que c'était le moment de lui présenter une requête difficile. Moulay Ismaël ne se fâchait alors jamais, de peur de troubler la petite poupée brune et parée qu'il tenait contre son sein ou l'opulent matou qu'il caressait. Il avait pour les bébés et les animaux une passion et une douceur qui frappaient tous ceux qui l'approchaient, autant qu'étonnait sa brutalité sauvage envers ses semblables. Les jardins, les palais étaient pleins d'animaux rares. Les chats de toutes les espèces, soignés par une armée de serviteurs, étalaient partout, dans les arbres, dans les cours, sur les pelouses, sous les fleurs, leurs opulentes fourrures grises, blanches, noires ou tachetées. Leurs yeux pers, leurs prunelles d'or fluide, suivaient longuement les promeneurs au long des allées. Cela faisait de multiples présences invisibles et veloutées, qui hantaient les jardins comme des djinns protecteurs et leur donnaient une âme rêveuse et secrète.

On les choyait pour eux-mêmes, ce qui les rendait doux et satisfaits. Les bêtes étaient heureuses chez Moulay Ismaël. Les chevaux, l'espèce animale qu'il adorait le plus avec les chats, avaient des écuries splendides, aux voûtes de marbre, avec, de place en place, entre les deux galeries, des fontaines et abreuvoirs de mosaïques vertes et bleues.

Au bord d'un étang, des flamants roses, des ibis, des pélicans s'ébattaient sans frayeur.

Par endroits, la verdure était si dense, l'alignement des oliviers et des grands eucalyptus si bien ordonné, que la perspective d'un grand bois s'offrait à la vue, faisant oublier la prison des murailles crénelées qui les gardaient.

Les eunuques accompagnaient généralement les femmes dans leurs promenades car, malgré les remparts de l'alcassave, trop d'allées et venues suspectes avaient lieu à l'intérieur de l'immense enceinte, à cause des travaux. Seules les petites cours des patios avec leurs jets d'eau et leurs buissons de lauriers-roses leur étaient librement accessibles.

❦

Ce matin-là, Angélique songeait à aller rendre visite à l'éléphant nain. Elle espérait ainsi rencontrer Savary, qui était le premier médecin du précieux animal. La petite Circassienne et deux autres concubines de Moulay Ismaël se joignirent à elle : une grande et gaie Éthiopienne, Mouïra, et une Peuhle à l'impassible visage très clair, couleur de bois de citronnier.

Elles prirent le chemin de la ménagerie sous l'égide de trois eunuques dont Raminan, le chef de la garde de la reine, qui portait sur son bras le petit prince Zidan. Celui-ci ayant entendu parler de l'éléphant avait réclamé à cor et à cri qu'on l'emmenât.

Les prévisions d'Angélique s'avérèrent justes. On trouva Savary armé d'une énorme seringue de plomb et qui s'apprêtait, avec l'aide de deux autres esclaves, à administrer un clystère à son patient. L'éléphant avait mangé trop de goyaves. Le petit prince voulut immédiatement lui en offrir encore. Le médecin n'eut garde de s'opposer à ce caprice. Quelques goyaves de plus ou de moins n'ajouteraient rien à l'indisposition du pachyderme et mieux valait ne pas encourir la colère du royal négrillon.

Angélique en profita pour glisser à Savary deux petits pains mollets qu'elle gardait sous ses voiles. Le poussah Rafaï la vit mais ne dit rien. Il avait des ordres très précis en ce qui concernait la captive française. Il ne fallait pas la braver par une discipline tatillonne.

Angélique murmura :

— Prévoyez-vous quelque plan pour notre évasion ?

Le vieil apothicaire jeta un regard inquiet et répondit entre ses dents :

— Mon gendre, le juif Samuel Cayan, ce charmant garçon, est prêt à m'avancer une somme importante pour payer les métadores qui nous serviraient de guides. Colin Paturel en connaît et qui ont déjà réussi des évasions.

— Sont-ils sûrs ?

— Il s'en porte garant.

— Pourquoi alors ne s'est-il pas encore échappé lui-même ?

— Il est toujours enchaîné… Son évasion est au moins aussi difficile que la vôtre. Il dit que jamais une femme n'a essayé de s'évader… Ou, si elle a essayé, on ne l'a jamais su. À mon avis, attendez plutôt la venue des pères de la Rédemption et faites intervenir Sa Majesté le roi de France.

Angélique voulut répliquer vivement, mais un grognement de Rafaï lui fit comprendre que le colloque secret, dont il ne pouvait comprendre un mot, n'avait que trop duré.

Dès lors, les gardes pressèrent les femmes de repartir. On eut plus de peine à convaincre le prince Bonbon. Raminan dut le reprendre sur son bras. Sa colère se calma lorsqu'il rencontra au détour d'une allée un vieil esclave à demi chauve, Jean-Baptiste Caloëns, un Flamand, qui ramassait les feuilles tombées. L'enfant cria qu'il voulait lui couper la tête parce qu'il était chauve et ne servait plus à rien. Il fit un caprice épouvantable, si bien que les eunuques conseillèrent à l'esclave de tomber aussitôt qu'il aurait été frappé. Le petit prince leva son cimeterre miniature et frappa de toutes ses forces. Le vieux se laissa tomber à terre et fit le mort. Il n'en avait pas moins le bras bien entamé d'une grosse coupure. À la vue du sang, le charmant marmot fut rasséréné et continua gaiement sa promenade.

Ils passèrent près d'un jardin très enfoncé qui était rempli de trèfle pour les chevaux du palais. Une balustrade suivait la terrasse. Un peu plus loin, ce fut un petit bois d'orangers et de roses. C'était le lieu le plus charmant de l'alcassave dont le plan avait été tracé par un jardinier espagnol et qui mariait non seulement les coloris des arbres d'un vert-bleu où s'allumaient les grosses lanternes des oranges, avec ceux des massifs de roses qui étaient à leur pied, mais aussi les parfums délicats des fruits et des fleurs. Deux esclaves étaient au travail. En passant, Angélique les entendit parler français. Elle se retourna pour les regarder. L'un des deux, beau gaillard à l'air fin, racé, qu'on imaginait fort bien avec une perruque et un jabot de dentelles, lui adressa un clin d'œil joyeux. Il faut qu'un Français soit bien accablé par le joug de l'esclavage pour ne pas sourire au passage de mystérieuses beautés voilées, dût-il y laisser sa vie. La petite Circassienne s'écria tout à coup :

— Je veux cette orange si belle, là-haut. Dites aux esclaves de me la cueillir.

En réalité, elle avait remarqué le beau garçon et désirait s'arrêter, l'examiner. L'expérience de l'amour aux bras du voluptueux Ismaël avait fait de la fillette ignorante une femme curieuse et désireuse d'essayer ses charmes sur d'autres mâles. Ceux-ci, malgré leur carcasse de mal-nourris et leurs haillons misérables, étaient les premiers qu'elle rencontrait en dehors du roi depuis que celui-ci lui avait révélé les premières règles du jeu subtil et violent qui, depuis que le monde est monde, oppose et rapproche Ève et Adam.

Ses yeux magnifiques au-dessus du voile de mousseline examinaient avidement les esclaves à la peau blanche. Ils étaient vraiment très musclés et poilus !…

Mais le grand jeune homme au sourire d'ange avait des poils blonds et soyeux. Cela devait être étrange de se trouver nue dans ses bras. Comment les chrétiens se comportent-ils dans l'amour ?… On dit qu'ils ne sont point circoncis…

— Je veux qu'on me cueille cette belle orange là-haut, insista-t-elle.

Le gros Rafaï lui fit remarquer sévèrement qu'elle n'avait pas le droit de réclamer des fruits qui tous appartenaient exclusivement au roi. La petite se mit en colère et riposta que ce qui appartenait au roi lui appartenait à elle aussi. Car elle avait tout pouvoir sur lui désormais. Il le lui avait assuré. Et elle se plaindrait au roi de l'insolence des eunuques, qui seraient châtiés.

Les deux esclaves suivaient du coin de l'œil la discussion. Le jeune homme blond qui était le marquis de Vaucluse, captif depuis quelques mois, souriait avec indulgence, heureux d'entendre une voix féminine et capricieuse, mais son compagnon, un Breton, Yan Le Goën, vieux routier de l'esclavage avec ses vingt ans de Maroc, lui conseilla vivement à voix basse de détourner son regard et de s'absorber dans sa tâche, car il était interdit aux esclaves de regarder les femmes du roi, sous peine de mort. Le marquis haussa les épaules. Elle était gentille, cette petite, du moins ce qu'on en devinait. Qu'est-ce qu'elle voulait au juste ?

— Elle veut qu'on lui cueille une orange, traduisit le Breton.

— Peut-on refuser cela à une aussi jolie fille ? dit le marquis de Vaucluse qui, laissant là sa serpette, redressa sa taille élégante sous un pourpoint défraîchi pour tendre la main vers l'oranger.

Il cueillit le fruit et, s'inclinant devant la Circassienne comme il l'eût fait devant Mme de Montespan, il lui remit l'orange.

Ce qui fondit sur eux ensuite arriva avec la vitesse de l'ouragan.

Quelque chose siffla dans l'air et la pointe d'un javelot lancé presque à bout portant transperça la poitrine du marquis de Vaucluse qui s'effondra.

À l'orée d'un sentier herbeux, Moulay Ismaël dressé sur son cheval blanc apparaissait, le visage convulsé de fureur. Il enleva sa bête d'un coup d'éperon pour s'approcher, arracha sa lance du cadavre et se tourna vers l'autre esclave pour le transpercer à son tour. Mais le Breton, plongeant en avant, s'était précipité entre les pattes du cheval, criant lamentablement en arabe :

— Grâce, seigneur, grâce par la sainteté de ton cheval sacré, pèlerin de La Mecque.

Moulay Ismaël cherchait à l'atteindre sous le ventre de l'animal, mais le captif, au risque de se faire assommer par les sabots de l'animal inquiet, ne quittait pas son abri. Certains des chevaux de Moulay Ismaël avaient la réputation d'être sacrés, particulièrement ceux qui avaient été à La Mecque et qui étaient *hadj*. Yan Le Goën avait reconnu à temps une des bêtes, la plus admirée et la plus aimée du sultan. Celui-ci finit par céder, par amour pour Lanilor.

— C'est bon, dit-il à l'esclave, au moins tu connais nos usages sacrés. Mais ôte-toi de ma vue, immonde vermisseau, et que je n'entende plus jamais parler de toi !

Le Breton s'élança de sous le cheval, enjamba le corps de son compagnon mort et s'enfuit à toutes jambes à travers le petit bois fleuri et parfumé.

Moulay Ismaël se retourna, la lance levée. Il cherchait parmi les eunuques celui qu'il allait frapper le premier pour les punir de leur négligence, mais à son tour Raminan trouva le moyen de l'attendrir en tendant vers lui le petit Zidan que tout ce spectacle enchantait.

— Par la grâce de ton fils, seigneur, par la grâce de ton fils !...

Avec volubilité, l'eunuque expliqua que la Circassienne s'était vantée de les faire punir par lui, le maître, alors qu'il avait toujours accordé entière confiance à ses eunuques pour dompter ces indociles. Elle voulait une orange ! Elle prétendait que ce qui appartenait au roi lui appartenait !

Moulay Ismaël devint sombre comme la nuit, puis un sourire sardonique découvrit ses dents.

— Tout ici m'appartient à moi seul. Tu l'apprendras à tes dépens, Marryamti, fit-il d'un ton lourd.

Faisant faire volte-face à sa monture, il partit au galop.

❦

Les femmes furent ramenées dans le harem. Tout le jour, une atmosphère angoissée pesa sur les appartements et les cours où les courtisanes prenaient languissamment le thé en chuchotant.

La petite Circassienne était blême. Ses immenses yeux erraient sur les visages de ses compagnes, cherchant à y lire le secret de sa condamnation. Moulay Ismaël allait la supplicier. L'horrible verdict ne faisait pas de doute.

Lorsqu'elle avait appris, par Raminan, l'incident, la négresse Leila Aïcha avait préparé elle-même sur un brasero une boisson d'herbes connues d'elle seule et avait envoyé deux servantes la porter à la Circassienne. Que l'enfant la bût tout de suite : elle s'endormirait sans douleur dans la mort ! Ainsi elle échapperait aux tortures atroces que le maître lui préparait pour la châtier de son insolence.

Lorsque la Circassienne comprit enfin ce qu'on lui recommandait, elle jeta un cri d'horreur et repoussa le bol de poison qui se renversa. Leila Aïcha fit une moue de guenon vexée. Elle avait agi par pure bonté d'âme, disait-elle. Maintenant, qu'importait ! On laisserait faire le destin…

Cependant l'un des chats ayant lapé le liquide répandu, trépassait à l'instant. Les femmes, affolées, l'enterrèrent en secret. Il ne manquait plus que le roi apprît le décès d'un de ses animaux chéris.

La petite Circassienne s'était réfugiée dans les bras d'Angélique. Elle ne pleurait pas. Elle tremblait comme une bête forcée par la meute. Et pourtant, tout était silence. Le parfum des fleurs s'exhalait dans le soir qui doucement tendait au-dessus des patios un ciel de jade. Mais l'esprit du chasseur sadique et invisible planait sur sa proie désignée et dispersait dans l'ombre des appartements les créatures muettes et oppressées.

Angélique caressait les cheveux bleu de nuit de Marryamti. Elle rassemblait quelques mots d'arabe pour la rassurer.

— Pour une orange !… Ce n'est pas possible qu'il te punisse si cruellement… Peut-être te fera-t-il fouetter. Mais il l'aurait déjà ordonné… Rien ne se passera. Rassure-toi !…

Mais elle-même ne parvenait pas à se rassurer. Elle sentait battre, inégal, le cœur de la malheureuse.

Soudain, la Circassienne poussa un hurlement.

Du fond de la galerie, les eunuques s'avançaient. En tête marchait Osman Ferradji. Ils avaient leurs bras croisés sur leur gilet de satin rouge. Un saroual du même rouge était serré à la taille par une ceinture noire où pendait leur cimeterre. Ils ne portaient pas de turban et l'on voyait leurs crânes rasés avec une seule mèche nattée sur l'occiput. Ils s'avançaient, sombres et muets, et aucune expression ne se jouait sur leurs visages gras.

Les femmes s'enfuirent. Elles avaient reconnu le costume des exécutions.

La jeune fille tourna sur elle-même comme une bête affolée cherchant une issue. Puis elle se jeta de nouveau aux genoux d'Angélique, s'accrochant à elle de toutes ses forces. Elle ne criait pas mais son regard pathétique appelait désespérément au secours.

Osman Ferradji détacha lui-même les doigts frêles.

— Que va-t-on lui faire ? interrogea Angélique haletante, en français. Ce n'est pas possible qu'on lui fasse du mal… pour une orange !

Impassible, le Grand Eunuque dédaigna de répondre. Il remit la victime à deux autres des gardes, qui l'entraînèrent. Elle criait maintenant, dans sa langue natale, appelant son père et sa mère que les Turcs avaient tués, suppliant les saintes icônes de la Sainte Vierge de Tiflis de la sauver.

La terreur décuplait ses forces. Ils durent la traîner sur le dallage. Ainsi l'avaient-ils déjà emmenée vers l'Amour. Ce soir, ils l'emmenaient vers la Mort.

Angélique demeura seule, les nerfs à bout. Elle vivait un cauchemar, et le doux murmure du jet d'eau, dans sa perfection, lui causa une terreur animale comme un objet monstrueux dans son inconscience. Elle vit l'Éthiopienne qui, de la galerie du haut, lui faisait signe de venir, avec un large sourire. Elle rejoignit un groupe de femmes penchées par-dessus la balustrade.

— D'ici on entend tout !

Un long cri monta, aigu, puis d'autres, d'autres encore.

Angélique se boucha les oreilles et s'écarta comme d'une tentation. Pour ces accents d'agonie et de douleurs inhumaines qu'un tyran sadique arrachait au corps d'une petite esclave coupable seulement d'avoir voulu une orange, elle éprouvait une sorte de fascination horrible, quelque chose qu'elle n'avait jamais éprouvé depuis sa toute petite enfance. Elle revit la nourrice, une flamme dans ses yeux de Mauresque, leur contant à elle et à ses sœurs les tourments que Gilles de Rais infligeait aux innocents qu'il enlevait pour Satan…

Elle erra le long des galeries.

— Il faut faire quelque chose ! On ne peut pas laisser faire cela !

Mais elle n'était qu'une esclave enfermée dans un harem, dont la vie était aussi en jeu.

Elle aperçut une femme qui se penchait, l'oreille tendue vers les appartements du roi. Ses longues tresses blondes pendaient. C'était l'Anglaise, Daisy. Angélique s'approcha d'elle. Elle se sentait de sa race parmi les trop brunes Orientales, Espagnoles et Italiennes. C'était la seule blonde avec la pauvre Islandaise, inutilisable, et qui n'en finissait plus de mourir.

Elles ne s'étaient encore jamais parlé. Cependant quand elle s'approcha, l'Anglaise lui mit un bras autour des épaules. Et sa main était glacée.

De là aussi, on « entendait ».

À un gémissement plus inhumain, Angélique répondit par un gémissement sourd. L'Anglaise l'étreignit. Elle murmura en français :

— Oh ! pourquoi, pourquoi n'a-t-elle pas bu le poison que Leila Aïcha lui a envoyé ? Je ne peux m'habituer à ces choses !

Elle parlait le français avec un fort accent, mais assez couramment, car elle étudiait les langues pour se distraire, ne parvenant pas à céder à la paresse intellectuelle des autres courtisanes. Longtemps, Osman Ferradji avait aussi misé sur cette chrétienne nordique, sans passion, mais Leila Aïcha la lui avait prise.

Ses yeux clairs cherchèrent le visage d'Angélique.

— Il vous fait peur, n'est-ce pas ?… Pourtant, vous êtes une femme dure comme un sabre. Quand Leila Aïcha vous regarde, elle dit que vous portez des couteaux dans vos yeux… La Circassienne prenait la place qu'Osman Ferradji vous réserve… Et vous tremblez de son supplice ?

— Mais enfin, que lui font-ils ?

— Oh ! l'imagination du seigneur n'est pas à court pour inventer des supplices raffinés. Savez-vous comment il a fait périr Mina Varadoff, la belle Moscovite qui lui avait parlé avec insolence ? En lui coupant les seins avec le couvercle d'un coffre sur lequel il fit peser deux bourreaux. Et ce n'est pas la seule femme qu'il a fait torturer ainsi… Regardez donc mes jambes.

Elle releva le bas de son saroual. Ses pieds et ses chevilles portaient les traces roses et boursouflées d'affreuses brûlures.

— On m'a plongé les pieds dans l'huile bouillante pour me faire apostasier. Je n'avais que quinze ans. J'ai cédé… et l'on aurait dit qu'il m'aimait doublement de la résistance que je lui avais imposée. J'ai connu des jouissances merveilleuses entre ses bras…

— Est-ce de ce monstre que vous parlez ?

— Il a besoin de faire souffrir. C'est chez lui une forme de luxure… Chut ! Leila Aïcha nous observe.

L'énorme négresse se tenait debout au seuil d'une porte.

— La seule, l'unique femme qu'IL aime, chuchota Daisy avec un mélange de rancœur et d'admiration. Il faut être AVEC elle. Alors il ne vous arrivera rien de fâcheux… Mais méfiez-vous du Grand Eunuque, ce tigre doucereux et implacable…

Angélique s'enfuit, suivie du regard des deux femmes. Elle se réfugia dans son appartement. Fatima et les servantes lui présentèrent en vain des pâtisseries et du café. Sans cesse, elle les envoyait aux nouvelles : la Circassienne était-elle morte ?

Mais Moulay Ismaël ne se rassasiait pas de ses tortures et les pires précautions étaient prises pour que la mort ne survînt pas trop vite.

— Oh ! que la foudre tombe sur ces démons ! disait Angélique.

— Mais ce n'était ni ta fille ni ta sœur, s'étonnaient les servantes.

Elle finit par s'anéantir sur son divan, les mains sur les oreilles, des coussins par-dessus la tête. Quand elle émergea, la lune se levait. Le silence régnait. Elle crut voir passer dans la galerie le Grand Eunuque faisant sa ronde. Elle se précipita et descendit à sa rencontre.

— Elle est morte, n'est-ce pas, cria-t-elle. Ah ! pour l'amour du ciel, dites-moi qu'elle est morte.

Osman Ferradji regarda avec perplexité ces mains suppliantes, ce visage défait par l'angoisse.

— Oui, elle est morte, dit-il. Elle vient d'expirer…

Angélique poussa un soupir de soulagement qui ressemblait à un sanglot.

— Pour une orange ! POUR UNE ORANGE ! Et voilà le sort que vous me réservez, Osman bey. Vous voudriez que je devienne SA favorite pour qu'il me fasse mourir ainsi dans les supplices, au moindre geste.

— Non, cela ne pourra t'arriver. Je te protégerai.

— Vous ne pouvez rien contre la volonté de ce tyran !

— Je peux beaucoup… Presque tout.

— Alors pourquoi ne l'avez-vous pas protégée, elle ? Pourquoi ne l'avez-vous pas défendue ?

Un étonnement peiné parut sur le visage du Grand Eunuque.

— Mais… elle n'était guère intéressante, *Firouzé*. C'était une toute petite cervelle. Avec un beau corps, certes, une science instinctive de l'amour et déjà perverse. C'est par ce côté qu'elle s'attachait Moulay Ismaël. Il commençait même à avoir beaucoup trop de goût pour elle. Il le savait et lui en voulait. Sa colère a été bonne conseillère. L'exécution d'aujourd'hui l'a débarrassé d'une obsession qui l'avilissait… et laisse la place libre *pour toi* !…

Angélique se recula jusqu'à sa couche, le revers de la main sur ses lèvres.

— Vous êtes un monstre, dit-elle à mi-voix. Vous êtes tous des monstres. Vous me faites horreur !

Elle se rejeta sur les coussins, secouée d'un tremblement convulsif.

Un peu plus tard, Fatima-Mireille se présenta avec un bol de tisane calmante que le Grand Eunuque l'avait chargée de porter. Avec le bouillon, elle ramenait des cuisines des détails tout chauds sur les divers supplices qu'avait subis la Circassienne et brûlait d'en faire le récit horrifié à sa maîtresse. Mais, dès les premiers mots, celle-ci la gifla et piqua une crise de nerfs dont la vieille Provençale eut bien de la peine à venir à bout.

XLIX

Elle écoutait la nuit. À l'intérieur du harem, les bruits s'étouffaient. Chacune des femmes devait rentrer dans son pavillon ou son appartement. Assez libres d'aller et venir, le jour, d'un patio à l'autre et de se rendre visite, la nuit elles demeuraient chez elles, sous la garde d'un eunuque et de leurs servantes noires. Qui aurait osé passer outre à ces prescriptions ? La nuit, la panthère Alchadi était lâchée en liberté. Toute imprudente qui aurait par hasard échappé à la surveillance des gardes, risquait de se trouver soudain en face du félin qui avait été dressé à bondir sur les silhouettes féminines.

Que de petites servantes maures envoyées par leurs maîtresses aux cuisines pour leur chercher telles ou telles gourmandises dont elles voulaient sur-le-champ étaient ainsi égorgées ! Le matin, deux eunuques qui avaient élevé le félin galopaient à travers le palais, à sa recherche. Lorsqu'elle était enfin rattrapée, il sonnait d'une sorte de trompe « Alchadi est enchaînée ». Alors seulement chacune respirait et le harem commençait à s'animer.

Une seule femme trouvait grâce devant la panthère : Leila Aïcha, la magicienne. L'énorme négresse ne craignait ni les fauves, ni le roi, ni ses rivales. Elle ne craignait qu'Osman Ferradji, le Grand Eunuque. C'est en vain qu'elle convoquait contre lui ses sorciers et leur faisait préparer des charmes. Le Grand Eunuque y échappait car lui aussi possédait la science de l'Invisible.

Angélique regardait du bord de son balcon la flamme sombre des cyprès dressés sur la pâleur des murs. Ils jaillissaient de la petite cour intérieure, d'où montaient leur parfum amer et celui des roses, et le bruit du jet d'eau.

Cette cour fermée serait désormais tout son horizon ! De l'autre côté, du côté où se trouvaient la vie et la liberté, les murs étaient aveugles. C'étaient les murs d'une prison. Et elle en arrivait à envier les esclaves, hommes certes affamés et accablés de travaux, mais qui pouvaient aller et venir de l'autre côté de ce mur. Eux se plaignaient d'être contraints et dans l'impossibilité de sortir de Miquenez et de gagner le bled.

Mais pour Angélique, il lui semblait que si elle arrivait à franchir ce mur clos du harem, le reste de l'évasion ne serait que facilité. Il y avait d'abord l'impossibilité de gagner des complicités au-dehors. C'était miracle qu'elle ait pu, grâce à l'indulgence très calculée du Grand Eunuque, parler deux fois à Savary.

Il pouvait organiser l'évasion du dehors, elle seule pourrait s'échapper du harem. Et son esprit inventif se trouvait en défaut, se heurtait à trop d'obstacles sournois. D'abord, tout semblait facile. Tout était dur et cruel, en fait.

La nuit : la panthère. Le jour et la nuit : les eunuques, qu'aucune passion ne pouvait affaiblir, dressés aux portes dans le clair de lune avec leurs lances, ou faisant la ronde au sommet des terrasses, le yatagan en main. Immuables ! Implacables !

Les servantes ? Angélique s'interrogeait. La vieille Fatima l'aimait bien et lui était profondément dévouée. Mais ce dévouement n'irait pas jusqu'à aider sa maîtresse dans une aventure où elle risquerait elle-même, si elle échouait, la mort, et qu'elle jugeait pour sa part stupide. Angélique lui avait demandé un jour de faire passer un petit papier à Savary. La vieille s'était défendue de son mieux. Si on la surprenait avec un papier de la part d'une concubine du roi pour un esclave chrétien, elle serait jetée au feu comme un vieux fagot. Pour le moins ! Quant à l'esclave chrétien, on n'osait pas imaginer ce que serait son sort. Craignant pour Savary, Angélique n'insista pas.

Mais elle ne savait plus que faire. Parfois, pour se rendre courage, elle évoquait ses deux petits garçons chrétiens et lointains : Florimond et Charles-Henri, mais cela ne suffisait plus à stimuler sa volonté. Elle ne pouvait franchir tant d'obstacles pour les rejoindre !

Elle pensait que l'odeur des roses était exquise et que la timide mélodie d'un oud, dont une petite esclave maure pinçait les cordes un peu plus loin pour endormir sa maîtresse, semblait la voix même de cette nuit pure. Pourquoi lutter ? Il y aurait de la « pastilla » demain, ce gâteau feuilleté à la finesse de dentelle recelant la surprise d'une hachis de pigeons où le poivre lutte avec la cannelle et le sucre… Et elle avait aussi terriblement envie d'une tasse de café. Elle savait qu'elle n'avait qu'à frapper dans les mains pour que la vieille Provençale, ou la négresse qui l'assistait, ranimât les charbons ardents d'un réchaud de cuivre et fit bouillir l'eau toujours prête dans la bouilloire étincelante.

L'arôme du noir breuvage dissiperait son angoisse et lui ramènerait comme un songe apaisant le souvenir d'une heure étrange qu'elle avait connue à Candie.

Alors Angélique mettait ses bras sous sa nuque et rêvait…

Sur la mer bleue, il y avait un navire blanc, penché comme une mouette sous le vent… Un homme qui l'avait achetée le prix d'un navire ! Cet homme qui l'avait follement voulue pour lui, où était-il ? Se souvenait-il encore de la belle captive qui lui avait échappé ? Pourquoi avait-elle fui ? se demandait-elle maintenant. Certes, c'était un homme inquiétant, peut-être hideux sous son masque, mais il ne lui avait inspiré aucune crainte… À partir de l'instant où son regard obscur et magnétique avait capté le sien, elle avait su qu'il n'était pas venu pour la prendre, mais pour la sauver. Elle savait maintenant de quoi : de sa propre folie imprudente. Folle naïve de s'être imaginée qu'en Méditerranée, une femme seule pouvait être libre de son destin. Or, elle n'était libre – et encore – que de choisir son maître. Et pour avoir refusé celui-là, elle était tombée entre les mains d'un autre, combien plus implacable !

Angélique versa des larmes amères, sentant peser sur elle son double esclavage de femme et de captive.

— Prends donc du café, chuchota la Provençale, cela ira mieux après. Demain, je te porterai de la pastilla toute chaude. Les marmitons font déjà la pâte aux cuisines…

Le ciel verdissait au-dessus de la pointe noire des cyprès. Portée par les ailes de l'aube, du haut des minarets, la voix plaintive de muezzins appelait les fidèles à la prière et, dans les couloirs du harem, les eunuques couraient, appelant Alchadi la panthère.

L

Un jour, tout près de son appartement mais dissimulée par un recoin du mur, Angélique regarda par une meurtrière de la façade aveugle qui donnait du côté de la ville.

C'était une fenêtre en forme de serrure, trop étroite pour qu'elle pût s'y pencher, trop élevée pour qu'elle pût appeler quiconque, mais qui donnait sur une vaste place où passait beaucoup de monde.

Désormais, elle y restait de longues heures. De là, elle voyait les esclaves chrétiens s'épuisant aux incessants travaux de Moulay Ismaël. Il bâtissait, bâtissait. Pour n'avoir, semblait-il, que la satisfaction de démolir pour rebâtir. Ses procédés de bâtisseur permettaient une grande rapidité d'exécution. Il faisait faire du mortier avec une terre graveleuse, de la chaux et un peu d'eau, et la faisait battre fortement entre deux planches écartées l'une de l'autre, de l'épaisseur de la muraille à élever. Les briques et la pierre n'étaient employées qu'aux jambages et aux linteaux des portes.

Ce fut vite pour Angélique un spectacle très familier que celui de ces chantiers dont elle n'apercevait qu'un coin au bord de la place. Les chaouchs noirs aux bâtons sans cesse levés sur l'échine des captifs, ceux-ci poursuivaient leurs tâches sans relâche sous l'implacable soleil. Et souvent apparaissait Moulay Ismaël, surgissant à cheval ou à pied sous son parasol, suivi de ses caïds.

Alors le morne tableau s'animait. Angélique se laissait prendre au piège de sa curiosité d'oisive forcée.

Moulay Ismaël paraissait et tout de suite il se passait quelque chose.

C'était Colin Paturel venant lui demander de célébrer demain la fête de Pâques en ne travaillant pas, et le sultan lui faisait donner cent coups de bâton sur-le-champ. C'était un esclave abattu par lui d'un coup de mousquet parce qu'il se reposait un peu, ne l'ayant pas aperçu, et qu'il faisait dégringoler du haut de la muraille de trente pieds. C'était deux ou trois gardes noirs décapités de sa main parce qu'il les rendait responsables de la lenteur des travaux.

Elle n'entendait ni les voix ni les paroles. Le théâtre de la petite meurtrière jouait pour elle de courtes scènes, tragiques jusqu'au burlesque dans leurs mimiques silencieuses. Des marionnettes qui tombaient, fuyaient, suppliaient, qui frappaient, qui grimpaient le long des échelles et des échafaudages, qui ne s'arrêtaient jamais qu'avec l'ombre du soir.

À cette heure, la place blanche voyait se prosterner les musulmans le front dans la poussière, tournés vers La Mecque, la ville du tombeau du prophète.

Les esclaves regagnaient leurs quartiers ou les prisons souterraines des mazmores.

Angélique finissait par en reconnaître quelques-uns. Sans savoir leurs noms, elle distinguait leurs races :

les Français qui pouvaient accueillir un coup de bâton avec le sourire et se mettaient souvent à discourir avec leurs noirs geôliers jusqu'à ce que ceux-ci, ahuris sans doute de leurs arguments, les laissassent faire ce qu'ils voulaient : se reposer un peu, fumer une pipe à l'ombre de la muraille.

Les Italiens qui savaient chanter. Chanter dans la poussière âcre de la chaux vive et des moellons. On voyait bien qu'ils chantaient, parce que leurs compagnons s'arrêtaient pour les écouter. Les Italiens prenaient aussi des colères noires, quitte à y laisser leur vie.

Les Espagnols se remarquaient par la condescendance lointaine avec laquelle ils maniaient la truelle et ne se plaignaient jamais de l'ardeur du soleil, ni de la faim, ni de la soif. Par contre, les Hollandais accomplissaient avec soin leur besogne, ne se mêlant pas des querelles, vivant les uns près des autres. On reconnaissait les protestants à cette même sérénité sévère. Les catholiques et les schismatiques se haïssaient cordialement et se livraient à de vraies batailles de chiens enragés que les bâtons des chaouchs séparaient difficilement. Les gardes en étaient souvent réduits à aller chercher Colin Paturel, dont l'autorité ramenait vite le calme.

Le Normand était toujours chargé de chaînes. Il avait fréquemment les bras et le dos couverts de plaies sanglantes dues aux flagellations et bastonnades que son audace à réclamer justice lui occasionnait. Il n'en chargeait pas moins sur son échine herculéenne de pesants sacs de chaux, montait ainsi, avec ses chaînes ballantes, les degrés des échelles jusqu'au plus haut sommet des constructions. Il prenait les charges des plus faibles et personne n'osait rien lui dire. Un jour, des chaînes de ses poignets rassemblées dans une main, il assomma l'un des Noirs qui s'acharnait sur le chétif Jean-Jean de Paris. Les gardes accourus le sabre en main reculèrent : c'était Colin le Normand ! Seul le roi avait le droit de le châtier.

Lorsque celui-ci vint le soir sur les travaux des esclaves, comme il en avait l'habitude, il posa sa lance sur la poitrine de l'esclave.

Angélique croyait entendre le fatidique :

— Musulman ! Fais-toi musulman !

Colin Paturel secouait la tête négativement. Allait-il s'effondrer là, expirer enfin, l'invincible géant blond, en butte depuis des années à une persécution dont il aurait dû cent fois mourir ? Azraël allait-il enfin saisir sa proie ?

Angélique se mordait les poings. Elle avait envie de lui crier, en français, d'apostasier et ne comprenait pas l'espèce d'entêtement qui maintenait l'homme en face de son bourreau, la mort sur son cœur.

Moulay Ismaël jeta enfin sa lance de côté avec colère. Angélique sut plus tard qu'il avait dit : « Ce chien veut donc être damné ! »

L'entêtement de Colin Paturel à vouloir brûler parmi les démons et à refuser le paradis des croyants, causait au roi du Maroc une amertume proche du chagrin.

Angélique soupira de soulagement derrière ses murs et alla boire une tasse de café pour se remettre. Avec étonnement, elle s'interrogeait sur ces milliers de captifs, la plupart de braves gens ordinaires, des gars de mer de tous les pays du monde, qui trouvaient le courage de braver la mort ou des années de captivité pour un Dieu dont ils ne se souciaient peut-être guère du temps de leur liberté. Si l'un de ces misérables, affamés, torturés, désespérés apostasiait, il avait aussitôt de quoi manger. Une vie confortable, une charge honorable et autant de femmes que Mahomet en permettait à ses fidèles.

Et il y avait certes beaucoup de renégats dans Miquenez et en Barbarie, mais peu en regard des centaines de milliers de captifs qui passaient aux mains des sultans depuis des générations.

Ce qu'Angélique contemplait du haut de sa meurtrière, c'est ce qu'un homme peut tirer de mieux de sa pauvre carcasse tentée. Eux ne le savaient même pas ! Ils travaillaient, ils souffraient, ils espéraient…

Par la fenêtre, Angélique vit passer un convoi de nouveaux captifs envoyés au roi par les corsaires de Salé. Ils n'avaient pas mangé depuis huit jours. Leurs vêtements fripés et salis n'avaient pas eu encore le temps de ressembler aux uniformes loqueteux des esclaves. On distinguait les dorures du grand seigneur sur son habit et le gilet rayé du matelot. Bientôt, ils seraient tous frères : chrétiens captifs en Barbarie. Et certains avaient dû porter les têtes de leurs camarades morts en chemin, les gardes craignant d'être accusés de les avoir vendus pour leur compte.

Là aussi, au centre de cette place où le soleil de feu projetait des ombres couleur d'indigo, dans leur intensité, un lieu pour créer des mirages, Angélique aperçut un matin le personnage le plus étonnant, le plus incongru qu'elle se fût attendue à voir : un homme en habit et qui portait perruque. Ses hauts talons et ses souliers à boucles ne témoignaient pas d'une longue marche, ses manchettes étaient propres.

Il fallut qu'un caïd s'approchât du personnage avec trois salutations pour qu'elle fût persuadée qu'elle ne rêvait pas.

Alors elle se précipita à l'intérieur pour envoyer une servante demander de quoi il s'agissait. Puis elle réfléchit que cela trahirait son poste d'observation. Elle dut donc attendre que la nouvelle se répandît d'elle-même… ce qui vint vite.

L'envoyé extraordinaire à la perruque n'était autre qu'un honnête marchand français de Salé, le sieur Bertrand qui, à titre d'ancien résident sur les côtes du Maroc, s'était chargé de venir annoncer à Miquenez l'arrivée des pères de la Rédemption tant réclamée.

Bon chrétien, désireux de venir en aide à ses frères malheureux, le marchand avait mis son expérience du pays et des Marocains au service des Rédemptoristes, qui débarquaient pour la première fois dans le royaume jalousement clos de Moulay Ismaël.

Les religieux arrivaient avec leurs présents et leurs lettres de recommandation, par petites étapes, montés sur des ânes.

❦

Ce fut aussitôt l'effervescence parmi les captifs. Les gens de mer, dont certains avaient déjà subi plusieurs esclavages en Alger ou à Tunis et n'en étaient sortis que par l'intervention des pères, aimaient ces religieux qu'ils appelaient aussi les Mathurins, ou les Frères-aux-ânes, car on était habitué à les voir courageusement s'enfoncer à l'intérieur des terres, jusque dans les douars les plus éloignés, pour racheter les captifs. Mais l'accès du Maroc leur avait été interdit depuis quinze ans.

Ce n'était pas une mince victoire qu'avait obtenue Colin Paturel en faisant céder l'humeur bizarre du roi sur ce point.

Ils arrivaient. Le vieux Caloëns, le doyen des captifs, avec ses soixante-dix ans et ses vingt années de bagne, s'écroula à genoux et remercia le ciel. Enfin, il entrevoyait la liberté ! Ses compagnons s'étonnaient car le vieux Caloëns, jardinier du roi dont il soignait avec amour les gazons, avait toujours paru très heureux de son sort. Il expliqua que c'était vrai et qu'il ne quitterait pas la terre du Maroc sans verser de larmes, mais il devait partir car il devenait chauve. Or, le roi n'aimait pas les chauves. Quand il en apercevait un, il lui courait sus et lui fracassait le crâne avec le pommeau de cuivre de sa grosse canne. Le vieux Caloëns, si vieux qu'il fût, n'avait pas encore envie de mourir, surtout de cette façon-là.

Les Frères-aux-ânes arrivaient. Le roi laissa aller tous les esclaves à leur rencontre, avec des palmes vertes en signe de bienvenue.

❦

Angélique n'y put tenir. Pour la première fois, elle demanda au Grand Eunuque de lui accorder une faveur : celle d'assister à l'audience que Moulay Ismaël donnerait aux religieux français. Osman Ferradji ferma à demi ses longs yeux de chat, parut supputer ce que pouvait cacher cette demande et l'accorda.

Il fallut attendre longtemps, la Mission avait été logée dans le quartier des juifs et y resta enfermée une semaine, sous prétexte qu'il n'était point permis aux pères de faire la moindre visite avant d'avoir été reçus par le roi.

Les caïds, les ministres, les renégats haut placés vinrent visiter les présents des pauvres pères et tâter de l'argent qu'ils pourraient obtenir d'eux.

Enfin, un matin, la captive française reçut avis de se préparer pour la promenade. Osman Ferradji la conduisit jusqu'à sa chaise à rideaux rouges attelée d'une mule et solidement escortée. Le véhicule franchit plusieurs enceintes. À la porte qui donnait sur l'esplanade de l'alcassave, le Grand Eunuque fit arrêter la chaise. Angélique pouvait voir à travers l'entrebâillement des rideaux.

Le roi était déjà installé, assis à terre les jambes nues et croisées, avec des babouches jaunes à ses pieds. Ce jour-là, ses habits et son turban étaient verts, signe de son excellente humeur. Il se couvrait la bouche d'un pan de son turban et cela donnait un éclat intense à son regard. Lui aussi était curieux de voir de près les prêtres chrétiens, et avide de contempler les présents qu'ils lui avaient apportés. Le renégat Rodani lui avait affirmé qu'il y avait deux horloges. Mais surtout, Moulay Ismaël se concentrait pour livrer un assaut qui lui tenait à cœur. S'il pouvait arracher l'impiété du cœur de ces *pappas* qui sont les imans des religions chrétiennes, quelle victoire pour Allah ! Il avait bien préparé son discours ; il se sentait plein de feu et de conviction.

Il n'avait voulu avoir autour de lui qu'une trentaine de ses gardes noirs armés de leurs longs mousquets à crosse d'argent. Derrière lui étaient deux petits Noirs dont l'un remuait l'éventail tandis que l'autre tenait le parasol.

Des caïds et des renégats en grand habit, coiffés de turbans à aigrettes et vêtus de robes brochées, l'entouraient, assis sur les talons.

Les pères de la Rédemption arrivèrent du fond de la place, suivis de douze esclaves qui portaient leurs présents. Ils étaient présentés par le renégat français Rodani, le juif Zacharie et le caïd Ben Messaoud.

Pour cette mission extraordinaire et qu'ils avaient essayé en vain d'obtenir depuis des années, les pères de la Rédemption avaient choisi avec soin leurs représentants. Ils étaient six, dont trois parlaient l'arabe commun et tous l'espagnol ; ils avaient chacun accompli au moins trois missions de rachat en Alger et Tunis et étaient connus pour leur grande habitude du monde musulman. Leur supérieur était le R.P. de Valombreuze, cadet d'une grande famille berrichonne, docteur en Sorbonne. Il apportait aux pourparlers des subtilités de paysan et une dignité de grand seigneur. On ne pouvait trouver homme mieux préparé à affronter Moulay Ismaël.

Les robes de religion, blanches frappées d'une croix rouge sur le devant, les barbes des pères, firent bonne impression sur le roi. Ils ressemblaient aux pieux ermites appelés « santons » et tant révérés par les musulmans.

Le roi parla le premier, commençant par le salut de bienvenue et louant le zèle et la charité des prêtres qui leur avaient fait chercher leurs frères si loin. Il loua ensuite le grand roi de France. Le R.P. de Valombreuze, bien en cour à Versailles, put lui donner la réplique sur ce point et lui assurer que le roi

Louis XIV représentait, par sa magnificence et la valeur de ses actes, le plus grand roi de la chrétienté.

Moulay Ismaël approuva, puis entama l'éloge de son grand Prophète et de sa Loi.

Angélique, lointaine, ne pouvait suivre ce long discours mais elle voyait Moulay Ismaël s'animer de plus en plus. Son visage alors resplendissait comme les nuées d'orage que le soleil traverse un instant. Il devenait curieusement, par le jeu du soleil, tantôt noir tantôt d'or. Il tendait ses poings serrés comme deux masses, abjurant ses interlocuteurs de reconnaître leurs erreurs et de voir enfin avec clarté que la religion de Mahomet était la seule vraie, la seule pure, désignée et définie par les prophètes depuis Adam. Certes, il ne leur commandait pas d'abjurer car ils étaient venus en ambassadeur et non en esclaves, mais il les y exhortait pour ne pas avoir à répondre devant Dieu de ne l'avoir point fait.

C'était une grande souffrance pour lui d'avoir sur son sol des êtres aussi bornés et enfoncés dans l'erreur. Heureux encore qu'ils n'appartinssent pas à ce dogme sacrilège de la Trinité, qui ose avancer qu'il y a trois dieux en Dieu !

— Certes, Dieu est l'Unique, et bien au-dessus de la qualité d'avoir un fils. Jésus est semblable à Adam, qu'Il a créé avec de la terre. Il est seulement l'envoyé de Dieu et son Verbe est un esprit de Lui qu'il a projeté sur Marie, fille d'Amram. Il n'a pas été souffleté par Satan, ni elle. Croyez donc en Dieu et en son Prophète et ne dites pas que Dieu a trois personnes, vous vous en trouverez bien…

Les courageux pères de la Rédemption subirent avec patience ce long prêche, qui les punissait de tous ceux qu'ils avaient infligés aux autres.

Ils se gardèrent de faire remarquer au roi que leur Ordre était bien, en fait, celui des pères de la Trinité, qui portait comme autre titre, à l'occasion : « pères de la Rédemption ». Colin Paturel, dans sa lettre, leur avait recommandé instamment de se présenter sous ce vocable et ils comprenaient maintenant pourquoi.

Ils remercièrent le roi du soin qu'il prenait de vouloir les rendre saints et que c'était bien pour atteindre ce but, selon les maximes du christianisme, qu'ils venaient de si loin pour délivrer leurs frères et que malgré le désir qu'ils avaient de lui plaire, ils ne pouvaient apostasier puisqu'ils n'avaient accompli ce pénible voyage que pour racheter des captifs chrétiens.

Le roi se rendit à leurs raisons et fit effort pour ne pas montrer sa déception.

Les esclaves avaient défait les cordes autour des caisses contenant les présents et fait sauter les couvercles. Les religieux offrirent au roi plusieurs pièces de riches étoffes en des toiles de Cambrai et de Bretagne, enveloppées d'étuis damasquinés d'or. Ils offrirent aussi, à découvert, trois bagues et trois colliers. Moulay Ismaël mit les bagues à ses doigts et posa les colliers à terre près de lui. De temps en temps, il les prenait et les examinait. Enfin on déballa les horloges. Leurs cadrans n'avaient pas trop souffert du voyage. La plus grande avait un battant d'or représentant le soleil et les chiffres étaient d'émail bleu cloisonné d'or.

Leur vue remplit Moulay Ismaël d'une joie puérile. Il assura qu'il écouterait favorablement la demande des pères et qu'il leur rendrait deux cents esclaves. Jamais l'on n'avait osé espérer un tel chiffre !…

Le soir même, pour montrer leur joie et remercier le roi, les esclaves vinrent près du canal de l'alcassave et firent un grand feu d'artifice ; Jean Davias, du Pouliguen, et Joseph Thomas, de Saintonge, étaient tous deux de savants artificiers et organisèrent un spectacle tel que les Maures n'en avaient jamais vu.

Un vaisseau de feu, une galère, un arbre voguaient sur le canal et un oiseau voltigeant embrasait tous ces éléments du feu sortant de son bec.

Du haut de sa terrasse, Moulay Ismaël contemplait ces merveilles. Il était fort ému. Il dit qu'il n'y avait que les esclaves qui l'aimaient vraiment, car lorsqu'il accordait des bienfaits aux siens ou à son peuple, ceux-ci au lieu de le remercier en demandaient d'autres, tandis que les captifs chrétiens le ravissaient de leur joie.

Il s'était fait faire le jour même un vêtement de drap vert de Bretagne, qu'il trouvait particulièrement beau.

LI

Angélique et ses compagnes avaient aussi contemplé, de loin, le feu d'artifice. Après beaucoup d'hésitation, voyant que le climat était à l'indulgence, Angélique demanda au Grand Eunuque s'il ne pouvait lui permettre une entrevue avec l'un des pères de la Mission. Elle avait besoin des secours de sa religion. Osman Ferradji ne crut pas devoir lui refuser cette rencontre.

Deux eunuques furent envoyés à la maison des juifs où les pères attendaient le résultat des pourparlers en cours et recevaient sans cesse les visites des captifs, chacun venant supplier d'être sur la liste des deux cents Français rachetés.

Le R.P. de Valombreuze fut prié de suivre les gardes noirs : une des femmes de Moulay Ismaël désirait lui parler. À l'entrée du harem, on lui banda les yeux. Il se retrouva devant un grillage de fer forgé derrière lequel se trouvait une femme très voilée et ce ne fut pas sans étonnement qu'il l'entendit parler français.

— Je crois que vous êtes satisfait de votre mission, mon père ? demanda Angélique.

Le père fit remarquer, avec prudence, que tout n'était pas encore achevé. L'humeur du roi pouvait tourner. Les récits que lui faisaient chaque heure les captifs venant le voir n'étaient pas pour le rassurer. Avec quelle hâte il souhaitait se retrouver à Cadix en compagnie de ses pauvres captifs, dont l'âme était en si grand péril sous le règne de ce roi sanguinaire.

— Et puisque vous fûtes chrétienne vous-même, madame – je n'en doute pas à votre langue –, je vous prierai d'intercéder auprès du roi, votre seigneur, pour que son indulgence et ses bonnes dispositions nous soient conservées.

— Mais je ne suis pas renégate, protesta Angélique. Je suis chrétienne.

Le père de Valombreuze caressa sa longue barbe avec embarras. Il avait entendu dire que toutes les femmes ou concubines du sultan étaient considérées comme musulmanes et devaient suivre ouvertement la religion de Mahomet. Elles avaient une mosquée pour elles, bâtie à l'intérieur de l'alcassave.

— J'ai été capturée, répéta Angélique, ce n'est pas de mon plein gré que je suis ici.

— Je n'en doute pas, mon enfant, murmura le prêtre, conciliant.

— Mon âme aussi est en grand péril, dit Angélique en se cramponnant à la grille avec un subit désespoir, mais cela vous est bien égal. Personne ne cherchera à me sauver, personne ne cherchera à me racheter. Parce que je ne suis qu'une femme…

Elle ne parvenait pas à s'exprimer, dire qu'elle commençait à redouter plus que les tortures cette vague de sensualité dorée qui ouatait le harem, la lente désagrégation de son âme qu'envahissaient peu à peu les plantes vénéneuses de la paresse, de la volupté et de la cruauté. C'était cela qu'avait voulu Osman Ferradji. Il connaissait l'éternel féminin en sommeil et les moyens de le mettre au jour. Le religieux entendit pleurer cette femme voilée. Il hocha la tête avec compassion.

— Prenez votre sort en patience, ma fille. Vous au moins vous n'avez pas à souffrir de la faim et de la fatigue des travaux dont vos frères sont accablés.

Même aux yeux du bon père, la perte de l'âme d'une femme paraissait moins importante que celle d'un homme. Moins par dédain que parce qu'il pensait que la complexion et l'irresponsabilité féminines lui méritaient quelque indulgence de la part de Dieu.

Angélique se reprit. Elle tira une des bagues de son doigt, un très gros diamant qui portait à l'intérieur la devise et le nom des Plessis-Bellière. Elle hésita, gênée par la présence du Grand Eunuque qui la surveillait. Elle avait bien réfléchi. Le temps lui était compté maintenant, elle le savait, où Osman Ferradji la ferait conduire dans l'appartement de Moulay Ismaël. Il lui avait donné la possibilité de comprendre qu'elle devait suivre ses avis. Elle perdrait son appui à le décevoir, elle s'aliénerait le roi à le braver, elle y laisserait sa vie et périrait dans les tortures.

Et elle en arrivait à se demander, avec terreur, si elle n'était pas impatiente que l'heure de sa défaite sonnât, plutôt que de se nourrir de fausses espérances. Nul ne pouvait l'aider, ni au-dedans ni au-dehors. L'industrieux Savary n'était qu'un pauvre vieil esclave qui avait trop présumé de ses forces. On ne jouait pas n'importe quel tour au sultan Moulay Ismaël. Et si les captifs chrétiens se lançaient dans une de ces impossibles évasions que quelques audacieux méditaient, ils n'iraient pas s'encombrer d'une femme. « On ne s'échappe pas d'un harem. » Au moins pouvait-elle essayer de n'y point finir ses jours. Elle ne voyait qu'un seul être qui pût se dresser et subjuguer l'intraitable Ismaël jusqu'à lui faire rendre une de ses proies.

Elle tendit le bijou à travers les fleurons de la grille.

— Mon père, je vous supplie… Je vous adjure de vous rendre à Versailles dès votre retour. Vous demanderez audience au roi, vous lui remettrez cette bague. Il y verra mon nom gravé. Alors vous lui raconterez tout, que j'ai été capturée, que je suis prisonnière. Vous lui direz…

Son ton baissa et elle acheva d'une voix étouffée :

— Vous lui direz que je lui mande son pardon et que je l'appelle à mon secours.

❦

Les négociations n'étaient, hélas, pas terminées lorsque Moulay Ismaël apprit par un renégat français que le vocable des pères de la Rédemption cachait l'Ordre des pères de la Trinité.

Sa colère fut terrible.

— Tu m'as encore trompé avec ta langue fourchue, rusé Normand, dit-il à Colin Paturel. Mais cette fois-ci, tu n'as pas eu le temps de mener à bien ta plaisanterie.

Il lui fit remplir la barbe, le nez et les oreilles de poudre à canon avec l'intention d'y mettre le feu. Puis il se ravisa. Il ne ferait pas encore mourir Colin

Paturel. Il se contenta de le faire lier sur une croix et de l'exposer, nu, au soleil brûlant de la place, avec deux Noirs armés d'un mousquet ; ceux-ci devaient tirer sur les vautours qui essayaient de lui crever les yeux. L'un des gardes ayant tiré maladroitement blessa le chrétien à l'épaule. Le roi l'ayant appris, vint et trancha la tête du garde d'un coup de sabre.

Angélique frissonnante, l'œil collé à la fente étroite de la meurtrière, ne pouvait détacher le regard de ce gibet horrible. Elle voyait parfois se tordre les muscles du captif cherchant à se redresser pour libérer ses membres tuméfiés par les cordes. Sa grosse tête blonde aux longs cheveux retombait en avant. Mais très vite, il se redressait. Il tournait lentement son visage de droite à gauche, regardait vers le ciel. Il bougeait sans cesse, comme pour empêcher la circulation de se ralentir dans ses membres torturés.

Sa complexion prodigieuse eut raison du supplice. Lorsque le soir on le descendit, non seulement il n'était pas mort, mais le roi lui ayant fait donner à boire un bouillon d'épices, il se redressa, et ses compagnons, qui déjà le pleuraient, le virent arriver vers eux, marchant la tête haute, malgré le sang de ses blessures.

Les nouvelles circulaient très vite et l'on vivait dans une tension orageuse. Dans sa colère, le roi avait craché sur les présents des pères. Il avait donné les colliers et les bagues à ses négrillons. Il avait déchiré le vêtement de drap vert. Il n'alla pas cependant jusqu'à casser les pendules.

Les pères, qui reçurent l'ordre de sortir incessamment de Miquenez sous peine d'être brûlés vifs dans leur maison, étaient dans la consternation.

Ils se consultèrent sur ce qu'ils devaient faire. Très courageusement, les deux marchands de Salé, les sieurs Bertrand et Chappe-de-Laine, qui n'avaient pas été désignés pour l'exécution de ce départ, dirent qu'ils allaient demander audience au roi et obtenir des explications tandis que les religieux, pour ménager son humeur intraitable et fantasque, rassemblaient déjà leurs affaires et montaient sur leurs ânes.

Mais Colin Paturel, prévoyant les obstacles, avait allumé un contre-feu moral que cette lamentable situation déclencha. Les jours précédant l'arrivée des pères, il était allé voir toutes les familles des Maures ayant des captifs sur les galères de France et leur avait fait miroiter l'espoir qu'un échange allait se négocier, qui bientôt leur permettrait de les faire revenir.

Maintenant, voyant que par l'humeur du roi les négociations s'en allaient sans que rien fût traité, les Maures se ruèrent en foule vers l'alcassave, injuriant et suppliant tour à tour le roi de ne pas laisser passer cette occasion qu'ils avaient, pour la première fois, de faire revenir leurs captifs musulmans pris par les chrétiens.

Moulay Ismaël fut obligé de céder. Ses gardes galopèrent derrière les pères et leur ordonnèrent de rentrer dans Miquenez sous peine d'être décapités.

Les pourparlers reprirent et furent orageux ; ils durèrent trois semaines.

Enfin, les pères obtinrent douze captifs au lieu des deux cents promis. Chacun devait être échangé contre trois Maures et trois cents piastres. Les pères les ramèneraient sous Ceuta où ils attendraient jusqu'à ce que l'échange fût fait.

Le roi choisit lui-même les douze esclaves, parmi les plus vieux et les plus faibles. Il les fit passer en revue devant lui et, naturellement, ils marchaient de l'air le plus pitoyable qu'ils pouvaient. Moulay Ismaël se frottait les mains et dit avec satisfaction :

— Ils sont vraiment tous pauvres et misérables…

Le gardien approuva :

— Tu dis bien, seigneur !

Pour plus de certitude, le roi se tourna vers son *keteb* et s'enquit de ce qu'il en pensait. Le *keteb* approuva.

— Tu as bien dit, seigneur, quand tu as dit qu'ils étaient pauvres et misérables.

On allait les enregistrer quand un captif boiteux se présenta soudain et fit remarquer que le vieux Caloëns n'était pas français, car il avait été pris sous la bannière d'Angleterre. L'affaire datait de vingt ans et on n'avait guère le temps de vérifier. Le vieux Caloëns se retrouva à la porte de la cour comme à celle du paradis terrestre. Le boiteux prit sa place.

Les pères hâtèrent leur départ, voyant que chaque jour on leur suscitait de nouvelles avanies. La jalousie et le chagrin aigrissaient les captifs qui les poursuivaient de leurs plaintes. Il fallait payer et combler de cadeaux tous ceux des caïds et des renégats qui prétendaient leur avoir rendu service.

Ils quittèrent Miquenez sous les huées et les pierres, tant des musulmans que des chrétiens qui, désormais, ne voyaient plus de fin à leur misère.

Le vieux Caloëns pleurait.

— Ah ! quand reviendront les Frères-aux-ânes !… Moi, je suis perdu !

Il croyait sentir sur sa tête chauve le pommeau de la canne du roi. Il se rendit dans la palmeraie et se pendit. Colin Paturel arriva à temps pour le dépendre.

— Ne désespère pas, grand-père, dit-il, nous avons tout essayé pour améliorer notre sort. Maintenant, il reste encore une issue : la fuite. Il faut que je m'en aille. Mes jours sont comptés. Renaud, le chevalier, prendra ma place. Si tu ne te sens pas trop vieux, tu viendras avec nous.

Ce n'est pas sans raison que Colin le Normand avait insisté près des pères pour qu'ils apportassent des pendules. Au bout de quinze jours, elles ne marchaient plus. Un horloger genevois, Martin Camisart, se proposa pour les réparer. Il lui fallait absolument une multitude de petits instruments, des tenailles, des limes, des pinces… Quelques-uns s'égarèrent on ne sait comment, et lorsque les pendules retrouvèrent leur tic-tac, le Genevois avait mis de côté assez d'outils pour venir à bout des chaînes de Colin Paturel et le libérer le jour venu.

Il briserait aussi celles de Jean-Jean de Paris, le « talbe » des captifs. Avec ces deux-là, inséparables depuis dix ans, il y aurait encore Piccinino le Vénitien, le marquis de Kermœur, gentilhomme breton, Francis Bargus surnommé l'Arlésien, natif de Martigues, Jean d'Harrostegui, un Basque de Hendaye.

Les fortes têtes du bagne, tous assez fous pour risquer cent fois la mort avant de se retrouver en terre chrétienne. À eux se joindrait le pauvre Caloëns, le chauve condamné, et ce vieil apothicaire nommé Savary qui avait su leur soumettre, idée après idée, les mille façons les plus saugrenues de fausser compagnie à Moulay Ismaël et les convaincre enfin que l'impossible était devenu possible.

LII

Quel pouvait être le visage de Moulay Ismaël lorsqu'il se penchait sur une femme désirée ? Son visage de bronze doré, inquiétant comme celui d'une idole africaine, durement taillé et pourtant lisse et modelé par le pouce audacieux d'un sculpteur antique.

Des lèvres et des narines de Noir, des prunelles de félin. Non celles du tigre, mais celles du lion, qui peut regarder en face le soleil et voir au-delà des apparences.

Quelle pouvait être l'expression du conquérant achevant sa conquête ?...

Angélique sentait le piège se refermer sur elle. On ne pouvait s'empêcher de s'interroger sur Moulay Ismaël et, lorsqu'elle errait à travers les allées des jardins délicieux, peu à peu le vertige la prenait à considérer la nature du maître qui les avait créés, le gouffre d'un être oscillant entre les extrêmes des passions.

Il jetait ses captifs dans la fosse aux lions, inventait des cruautés si affreuses que le suicide, pour y échapper, était le plus doux recours, mais aimait les fleurs rares, l'eau murmurante, les oiseaux et les bêtes et croyait en Allah miséricordieux de toute son âme. Héritier du Prophète dont il avait la bravoure froide et illimitée, il eût pu avouer comme Mahomet : « J'ai toujours aimé les femmes, les parfums et la prière. Mais seule la prière a satisfait mon âme… »

Autour d'elle, les courtisanes chuchotaient, rêvaient, intriguaient.

Toutes ces femelles, à l'aise dans la tiédeur des coussins, se laissaient aller à l'animalité de leurs beaux corps voués à l'amour.

Lisses et douces, parfumées, parées, elles étaient faites avec leurs courbes fondantes, pour l'étreinte d'un maître impérieux. Elles n'avaient d'autres raisons d'exister et vivaient dans l'attente du plaisir qu'il leur donnerait, enragées de leur oisiveté et de leur continence forcée. Car trop peu souvent y en avait-il parmi ces centaines de femmes assemblées qui recevaient l'hommage princier.

Les chaudes houris[1] réservées à la volupté d'un seul trompaient leur attente en de sournois complots. On jalousait Daisy l'Anglaise et la sombre Leila Aïcha, les seules qui semblaient avoir retenu et découvert les secrets de son étrange cœur. Elles le servaient dans ses repas. Il les consultait parfois. Mais nulle n'oubliait que le Coran autorise au croyant seulement quatre femmes légitimes.

Quelle serait alors la troisième ?

La vieille Fatima était vexée que sa maîtresse, qu'elle embellissait chaque jour, n'eût pas encore été présentée au roi et ne fût pas encore devenue favorite.

1. Les femmes du paradis musulman.

Cela ne pouvait manquer. Le roi n'aurait qu'à la voir. Il n'y avait pas dans le harem de femme plus belle que la Française. Son teint, préservé par la pénombre des appartements, s'était purifié. Dans la carnation chaleureuse, les yeux verts brillaient d'un éclat qui ne semblait pas naturel. Fatima avait foncé la couleur des cils et des sourcils avec du henné bleu mêlé de lait de chaux qui leur donnait la douceur d'un sombre velours. Par contre, elle avait éclairci l'abondante chevelure avec des bains de plantes spéciales et chaque mèche en était souple et brillante comme de la soie. La chair était nacrée, ayant macéré dans des bains d'huile d'amandes ou d'extrait de nénuphars.

Elle était à point, estimait Fatima.

Qu'attendait-on alors ?

La Provençale entretenait Angélique de ses doutes et de ses impatiences. Elle finissait par lui communiquer ses rancœurs d'artiste qui voit négliger son œuvre. À quoi bon être si belle ? L'instant était propice pour s'imposer au tyran et devenir sa troisième femme. Désormais, elle n'aurait plus à craindre la vieillesse ni d'être reléguée au fond d'un lointain caravansérail de province ou pire, envoyée aux cuisines pour y mener jusqu'à la fin de ses jours une vie de servante.

Le Grand Eunuque les laissait s'engluer dans une attente peut-être propice à ses desseins, mais peut-être non calculée. Voyait-il seulement passer les jours ? Une fois encore, il semblait guetter un signe et considérait, songeur, l'odalisque nouvelle qu'il avait créée, belle comme les images impies des peintres d'Italie. Il hochait la tête longuement. « J'ai vu dans les astres… », murmurait-il. Ce qu'il avait vu et ne disait pas le rendait indécis.

Il passait de longues nuits au sommet de la tour carrée du ksar à interroger le ciel de ses instruments d'optique. Il possédait les plus beaux et les plus perfectionnés du monde civilisé. Le Grand Eunuque avait des faiblesses de collectionneur. Avec les instruments d'optique, pour l'acquisition desquels il s'était rendu non seulement à Venise et à Vérone, mais jusqu'en Saxe, où les verreries commençaient à être réputées pour leurs lentilles de précision, il collectionnait aussi les plumiers persans, de nacre et d'émaux cloisonnés, dont il possédait les plus rares.

Il aimait aussi les tortues. Il en faisait élever de toutes espèces dans les jardins des villas de la montagne, où Moulay Ismaël parquait ses concubines délaissées. Non seulement les pauvres femmes étaient éloignées à jamais de Miquenez, mais il leur fallait finir leurs jours en la compagnie de cette multitude d'aimables monstres, ces lentes tortues, géantes ou minuscules, qui leur attiraient au surplus les visites fréquentes du redouté Grand Eunuque.

Le long personnage paraissait avoir le don d'ubiquité. Pour les pensionnaires du harem, il se trouvait toujours là au moment précis où on le préférait ailleurs. Moulay Ismaël l'avait à ses côtés chaque fois qu'une soudaine inspiration lui faisait souhaiter l'avis immédiat de son Grand Eunuque.

Il visitait fréquemment chaque ministre, recevait journellement le rapport de multiples espions, se livrait à de nombreux voyages et pourtant paraissait passer ses jours à méditer sur la perfection des émaux persans et ses nuits, l'œil rivé à une lunette d'astronomie.

Ce qui ne l'empêchait pas d'accomplir religieusement les rites musulmans des cinq prières, le front contre terre.

— Le Prophète a dit : « Travaillez pour ce monde comme si vous deviez toujours y vivre, et pour l'autre comme si vous deviez mourir demain », aimait-il à répéter.

Sa pensée semblait demeurer en communication invisible avec ceux et celles qu'il tenait sous sa juridiction. Telle une araignée guetteuse, il tissait d'eux à lui la toile dont ils ne pourraient jamais se dégager.

— Ne te languis-tu pas, *Firouzé* ? lui demanda-t-il un jour, ne te languis-tu pas de l'heureux délire de la volupté ? Il y a longtemps que tu n'as point connu d'homme…

Angélique détourna les yeux. Elle se serait fait plutôt hacher que d'avouer la fièvre qui rendait ses nuits agitées et l'éveillait, exacerbée, souhaitant tout bas : « Un homme ! N'importe quel homme ! »

Osman Ferradji insista :

— Ton corps de femme qui ne craint point l'homme, qui a de l'amitié et du goût pour lui, et ne redoute pas sa violence comme tant de filles trop neuves, ne brûle-t-il pas de le rencontrer à nouveau ? Moulay Ismaël te comblera… Oublie tes pensées et ne songe qu'à ton plaisir… Veux-tu que je te présente enfin ?…

Il était assis près d'elle sur un escabeau bas. L'attention d'Angélique fut attirée par lui. Elle le contempla d'un air songeur, ce grand exilé de l'amour !… Il lui inspirait des sentiments complexes de répulsion et d'estime et elle ne pouvait se défendre d'une bizarre tristesse lorsqu'elle distinguait sur cet homme les signes de son état : la courbe alourdie du menton, les bras lisses et trop beaux et, sous le gilet de satin, la forme des seins qui viennent parfois aux eunuques dans leur âge mûr.

— Osman bey, dit-elle à brûle-pourpoint, comment pouvez-vous parler de ces choses ? Ne regrettez-vous jamais de ne pas y avoir droit ?

Osman Ferradji haussa les sourcils ; il eut un sourire indulgent et presque gai.

— On ne regrette pas ce qu'on n'a point connu, *Firouzé* ! Envies-tu le fou qui traverse la rue en riant aux phantasmes de son esprit débile ? Il est pourtant heureux à sa manière, ce fou, sa vision le comble. Pourtant tu ne voudrais en rien partager ce qui le contente et tu remercies Allah de ne point être à sa place. Ainsi m'apparaît le comportement auquel entraîne l'impérieuse servitude du désir et qui, d'un homme plein de bon sens, peut faire un bouc bêlant derrière la plus stupide des chèvres. Et je remercie Allah de ne pas m'y avoir assujetti. Je n'en admets pas moins la réalité de cette force première et je travaille à la mener vers le but que je poursuis, qui est la grandeur du royaume de Marocco et la purification de l'Islam !

Angélique se dressa à demi, éprouvant l'exaltation d'un stratège remaniant le monde à son gré.

— Osman bey, on dit que vous avez guidé Moulay Ismaël au pouvoir, que pour y parvenir vous lui avez indiqué ceux qu'il fallait tuer ou faire tuer. Mais il y a encore un assassinat que vous n'avez pas perpétré. LE SIEN ! Pourquoi conserver ce fou sadique sur le trône du Maroc ? N'y seriez-vous pas mieux que lui ? Sans vous il ne serait qu'un aventurier débordé par ses ennemis. Vous êtes sa ruse, sa sagesse et sa protection occulte. Pourquoi ne pas prendre sa place ?… Vous le pourriez. N'a-t-on pas couronné jadis des Eunuques, empereurs de Byzance ?

Le Grand Eunuque souriait toujours.

— Je te suis très obligé, *Firouzé*, de la si haute opinion que tu as de moi. Mais je ne tuerai pas Moulay Ismaël. Il est bien sur le trône du Maroc ! Il a exactement la fougue des conquérants. Que peut créer celui qui ne possède pas la sève de la fécondation ?… Le sang de Moulay Ismaël est une lave brûlante. Le mien est glacé comme celui d'une source ombreuse. Et c'est bien ainsi ! Il est le glaive de Dieu. Et je lui ai transmis ma sagesse et ma ruse. Je l'ai élevé et enseigné depuis qu'il n'était qu'un petit chérif, perdu parmi les cent cinquante fils de Moulay Archy qui ne se préoccupait guère de leur éducation. Il s'occupa seulement de Moulay Hamet et d'Abd el-Ahmed. Mais moi, je m'occupais de Moulay Ismaël. Et il a vaincu les deux autres. Moulay Ismaël est *mon fils* plus qu'il ne l'est de Moulay Archy qui l'a engendré… Je ne puis donc le détruire. Il n'est pas un fou sadique, comme tu le juges dans ton esprit étroit de chrétienne. Il est le glaive de Dieu ! N'as-tu pas entendu dire que Dieu fit pleuvoir le feu sur les villes coupables de Sodome et de Gomorrhe ?… Moulay Ismaël réprime les vices honteux pratiqués par tant d'Algériens et de Tunisiens. Il n'a jamais pris une femme ayant un mari vivant, car l'adultère est interdit par la Loi et il prolonge d'une lune entière le jeûne du Ramadan… Lorsque tu seras sa troisième femme, tu apaiseras les excès de sa nature exaltée… Mon œuvre sera accomplie. Veux-tu que je t'annonce à Moulay Ismaël ?

— Non, fit-elle avec agitation, non… pas encore.

— Laissons donc faire le destin !…

❦

Le couperet du destin tomba, un matin fluide et frais où Angélique fit conduire sa chaise à rideaux tirée par deux mules dans la palmeraie. Elle avait reçu de Savary un billet, remis non sans réticence par Fatima, où il la priait de se rendre dans la palmeraie près de la case réservée aux jardiniers. La femme de l'un d'eux, une esclave française, dame Badiguet, lui indiquerait alors où se trouverait son vieil ami.

Sous la molle retombée des palmes luisait l'ambre des dattes mûres. Des esclaves les ramassaient. À la case des jardiniers, dame Badiguet s'approcha de la chaise dont Angélique entrouvrit à peine les rideaux. Cette esclave avait été prise alors qu'elle se rendait avec son mari, pour s'établir, des Saintes-Maries à Cadix. Ses deux sœurs, capturées avec elle, avaient été mises dans le harem d'Abd el-Ahmed, mais elle avait eu le droit de rester avec son mari, car Moulay Ismaël pratiquait la Loi qui dit que l'adultère est interdit et il n'aurait jamais séparé une femme de son mari vivant. Elle avait eu quatre garçons, tous nés dans l'esclavage et qui étaient les compagnons de jeu du petit prince Zidan.

Elle glissa un regard furtif aux alentours et chuchota que le vieux Savary travaillait non loin dans la palmeraie. Il ramassait les dattes tombées qui fournissaient un apport au pain ranci des esclaves. La troisième allée sur la gauche… Était-elle sûre des deux eunuques qui conduisaient l'attelage ? Oui. C'étaient heureusement deux jeunes gardes qui ne savaient qu'une chose : qu'Osman Ferradji leur avait recommandé de ne pas contrarier la captive française.

Elle fit donc conduire la chaise dans l'allée désignée et ne tarda pas à apercevoir Savary, petit gnome brunâtre, ramassant allègrement sa provende, dans le chatoiement émeraude et or des palmiers. L'endroit était désert. On n'entendait que le bourdonnement incessant des mouches autour des régimes poissés de sucre.

Savary s'approcha. Les eunuques voulurent s'interposer.

— Arrière, mes gros bébés ! leur dit aimablement le vieillard. Laissez-moi présenter les hommages à cette dame.

— C'est mon père, intervint Angélique, vous savez bien qu'Osman bey me le laisse quelquefois rencontrer…

Ils n'insistèrent pas.

— Tout va bien, chuchota Savary, le regard rayonnant derrière ses lunettes.

— Avez-vous encore trouvé un gisement de moumie minérale ? interrogea Angélique avec un pâle sourire.

Elle le regardait avec attendrissement. Il ressemblait de plus en plus aux lutins barbus et malicieux qui viennent danser autour des tables de pierre dressées dans les champs du Poitou. Elle n'était pas loin de croire que Savary n'était autre qu'un des vieux génies de son enfance qu'elle avait si longtemps guettés dans l'herbe humide de rosée et qui la suivait fidèlement pour la protéger.

— Six esclaves vont risquer une évasion. Leur plan est parfait. Ils ne vont pas se lier avec des métadores qui trop souvent trahissent ceux qu'ils doivent emmener en terre chrétienne. Ils ont rassemblé les renseignements d'esclaves évadés et qui avaient été repris. Ils ont tracé la route jusqu'à Ceuta, les chemins qu'il faut suivre et ceux qu'il faut éviter. Le temps propre pour fuir sera dans un ou deux mois. C'est la saison des équinoxes parce que les Maures ne couchent plus dans la campagne, n'ayant ni blé ni fruits à garder. Il ne faut voyager que la nuit. Je les ai persuadés d'emmener une femme avec eux. Ils ne voulaient pas. On n'a jamais vu une femme s'évader, une femme fugitive. Je leur ai fait remarquer que précisément votre présence les protégerait, car si l'on aperçoit la présence d'une femme parmi eux, on pensera qu'il s'agit de marchands et non de captifs chrétiens.

Angélique lui serra la main avec effusion.

— Oh ! mon cher Savary, et moi qui vous accusais de m'abandonner à mon triste sort !

— Je tissais ma toile, dit le vieil apothicaire, mais tout n'est pas dit. Il faut que vous puissiez sortir de la forteresse. J'ai étudié toutes les issues qui du harem s'ouvrent hors de l'alcassave ; il y a du côté nord, sur l'une des façades qui donnent sur une colline d'immondices, non loin du cimetière des juifs, une petite porte qui n'est pas toujours gardée. Je me suis informé près des servantes. Elle donne sur une cour appelée « cour du secret », à deux pas d'un escalier qui communique avec le harem. C'est par là que vous pourriez en sortir. L'un des conjurés vous attendrait au-dehors une nuit. Maintenant, il faut savoir que cette petite porte ne s'ouvre que de l'extérieur et que deux personnes seulement en ont la clé : le Grand Eunuque et Leila Aïcha. Cela leur permet des retours impromptus alors qu'on les a vus sortir en grande pompe par-devant... Vous arriverez bien à leur subtiliser cette clé et à la faire passer à l'un de nous, qui viendra vous ouvrir...

— Savary, soupira Angélique, vous avez tellement l'habitude de soulever les montagnes que tout vous semble simple. Subtiliser une clé au Grand Eunuque, affronter la panthère !...

— Vous avez bien une servante dont vous êtes sûre ?

— C'est-à-dire... je ne sais...

Maître Savary subitement posa un doigt sur ses lèvres. Il s'éloigna avec une vivacité de furet, sa vannerie à demi pleine de dattes sous le bras.

Angélique entendit un galop de cheval se rapprocher. Moulay Ismaël surgit d'une allée transversale, son burnous jaune flottant au vent, et suivi de deux caïds. Il s'arrêta en apercevant entre les arbres la chaise aux rideaux rouges.

Savary renversa son panier au milieu de l'allée et se mit à pousser des lamentations.

L'attention du sultan se détourna vers lui. Il vint au petit pas de son cheval. La maladresse et la terreur feinte du vieil esclave excitaient son impérieux besoin de tourmenter.

— Oh ! n'est-ce pas le petit santon chrétien d'Osman Ferradji ? On raconte des merveilles sur toi, vieux sorcier. Tu soignes admirablement mon éléphant et ma girafe.

— Sois remercié de ta bonté, seigneur, chevrota Savary en se prosternant.

— Relève-toi. Il n'est pas bon qu'un santon qui est un être sacré par lequel parle Dieu se tienne dans des postures humiliantes.

Savary se redressa et reprit son panier.

— Attends !… Je te dirai qu'il ne me plaît pas qu'on t'attribue le titre de santon, à toi qui demeures dans l'erreur de tes infâmes croyances. Si tu as des secrets magiques, ils ne peuvent venir que de Satan. Fais-toi musulman et je t'attacherai à moi pour me traduire mes songes.

— J'y réfléchirai, seigneur, affirma Savary.

Mais Moulay Ismaël était d'humeur mauvaise. Il leva sa lance et raccourcit son bras, prêt à frapper.

— Fais-toi musulman, répéta-t-il, menaçant. Musulman !… Musulman !…

L'esclave fit mine de ne pas entendre. Le roi le frappa une première fois.

Le vieux Savary tomba à demi et porta les doigts à son flanc, où suintait le sang. De l'autre main, tremblante, il redressa ses lunettes et leva alors vers le sultan un regard brillant d'indignation.

— Musulman ?… Un homme comme moi ! Pour qui me prends-tu, seigneur ?…

— Tu insultes la religion d'Allah ! rugit Moulay Ismaël en lui enfonçant de nouveau le fer de sa lance dans le ventre.

Savary l'en arracha et chercha à se redresser pour fuir. Il réussit à peine quelques pas en titubant, mais Moulay Ismaël le suivait à cheval, répétant : « Musulman !… Musulman ! » et chaque fois le perçant de sa lance.

Le vieillard s'écroula de nouveau.

❦

Horrifiée, Angélique regardait l'affreuse scène entre ses rideaux. Elle mordait ses doigts pour ne pas crier. Non ! elle ne pouvait pas laisser ainsi massacrer son vieil ami. Elle s'élança hors de la chaise et courut comme une folle, s'accrocher à l'arçon de Moulay Ismaël.

— Arrête, seigneur, arrête ! supplia-t-elle en arabe. Pitié, c'est mon père !…

Le sultan demeura la lance levée, stupéfait de l'apparition de cette femme splendide et inconnue, dont les cheveux dénoués s'épandaient comme une nappe dans un rayon de soleil. Il baissa le bras.

Angélique hagarde s'élança vers Savary. Elle souleva le petit vieillard, si fluet qu'elle ne sentait pas son poids, et le traîna jusqu'au pied d'un arbre pour l'y appuyer.

Sa vieille robe était poissée de sang. Ses lunettes étaient brisées. Elle les lui ôta doucement. Les taches rouges s'élargissaient, envahissant l'étoffe usée de la robe et Angélique voyait avec effroi le teint du vieillard blanc comme le suif, sur lequel ressortait sa petite barbe rouge teinte au henné.

— Oh ! Savary ! dit-elle, la voix hachée par les battements de son cœur, oh mon cher vieux Savary, je vous en supplie, ne mourez pas !

La dame Badiguet, qui avait assisté de loin au drame, se précipita vers sa maison pour y chercher un remède.

La main de Savary tâtonna pour trouver dans un repli de vêtement un petit morceau de terre noire et visqueuse. Ses yeux troubles aperçurent Angélique.

— La moumie !… dit-il. Hélas ! madame, PERSONNE ne connaîtra plus le secret de la terre… Il n'y avait que moi qui savais… et je m'en vais… je m'en vais.

Ses paupières prirent une teinte plombée.

La femme du jardinier revenait, portant un breuvage de graine de tamaris additionné de cannelle et de poivre.

— Ah ! les épices ! murmura-t-il, l'odeur des voyages heureux… Jésus, Marie, recevez-moi…

Ce fut sur ces mots que le vieil apothicaire de la rue du Bourg-Tibourg expira. Sa tête chenue s'inclina et il rendit l'âme.

Angélique tenait entre ses mains les mains devenues inertes et froides.

— Ce n'est pas possible, répétait-elle, égarée, ce n'est pas possible !

Ce n'était pas l'agile et invincible Savary qui gisait là comme un pitoyable pantin brisé dans la lumière d'émeraude de la palmeraie !

C'était un mauvais rêve ! Un de ses tours de génial baladin !… Il allait reparaître, lui chuchoter « Tout va bien, madame ».

Mais il était mort, percé de coups de lance.

Elle sentit alors un poids terrible s'appesantir sur elle. Le poids d'un regard qui la fixait. Elle aperçut près d'elle, dans le sable, les sabots d'un cheval arrêté et elle leva la tête.

Moulay Ismaël la couvrait de son ombre…

LIII

Osman Ferradji entra dans le hammam où les servantes aidaient Angélique à sortir de la grande piscine de marbre. L'on y descendait par des marches de mosaïque.

De mosaïques bleues, vertes et or, fleuries d'arabesques, étaient aussi les voûtes du hammam que l'on disait imité des bains turcs de Constantinople. Un architecte chrétien schismatique qui avait travaillé en Turquie avait édifié cette délicate merveille pour le confort des femmes de Moulay Ismaël.

La vapeur, au parfum de benjoin et de rose, ouatait le contour des colonnes serties d'or et créait l'apparence d'un palais de rêve, entrevu à travers les fantasmagories d'un conte d'Orient.

À la vue du Grand Eunuque, Angélique chercha vivement un voile pour se couvrir. Elle ne s'était jamais habituée à voir les eunuques participer à l'intimité de la vie féminine et moins encore supportait-elle la présence du haut personnage, chef du sérail.

Osman Ferradji avait une expression impénétrable. Deux jeunes eunuques aux joues rebondies le suivaient,

portant des échafaudages de mousselines irisées roses, finement rebrodées d'argent.

D'un ton sec, Osman Ferradji pria les servantes de les déballer un à un.

— Les sept voiles y sont-ils ?

— Oui, maître.

D'un œil critique, il considéra le corps harmonieux d'Angélique. Ce fut la seule fois de sa vie où elle souffrit d'être femme et d'être belle. Elle se sentit un objet d'art dont un collectionneur apprécie les qualités, l'originalité, suppute la valeur et compare. C'était un sentiment odieux, révoltant, comme si on lui avait enlevé son âme !...

La vieille Fatima, d'une main respectueuse, attacha autour des hanches de la jeune femme un premier voile qui tombait jusqu'aux chevilles et laissait deviner, sous sa transparence, les jambes fuselées, aux reflets lisses de porcelaine, les reins épanouis et les modelés ombreux du ventre. Deux autres voiles couvrirent avec la même indiscrète impudeur les épaules et le buste. Un autre, plus vaste, enroba les bras. Le cinquième avait la longueur d'une chape. Ensuite, la chevelure fut couverte, prise dans le très vaste enveloppement d'un voile plus grand que les autres. Le dernier était le haïk, qu'on lui attacherait tout à l'heure devant le visage, ne laissant plus de visible que ses yeux verts, auxquels les sentiments contenus qui l'agitaient donnaient un éclat particulier.

Angélique fut reconduite à son appartement. Osman Ferradji l'y rejoignit. Angélique trouva que sa peau noire avait aujourd'hui un reflet d'ardoise bleue. Elle-même devait être un peu pâle sous les fards. Elle le fixa bien en face.

— Pour quelle cérémonie propitiatoire me préparez-vous ainsi, Osman bey ? demanda-t-elle d'une voix concentrée.

— Tu le sais fort bien, *Firouzé*. Je dois te présenter tout à l'heure à Moulay Ismaël.

— NON, dit Angélique, cela ne sera pas !

Ses fines narines palpitaient et elle devait lever la tête pour regarder au visage le Grand Eunuque.

Les prunelles de celui-ci se rétrécirent, devinrent aiguës et brillantes comme une lame.

— Tu t'es montrée à lui, *Firouzé*... Il t'a vue ! J'ai eu quelque peine à lui expliquer pourquoi depuis si longtemps je t'ai cachée. Il s'est rendu à mes raisons. Mais maintenant, il veut tout connaître de ta beauté, qui l'a ébloui.

Sa voix devenait basse et lointaine.

— Mais tu n'as jamais été si belle, *Firouzé* ! Tu le séduiras, n'aie aucune crainte. Il ne sera pour toi qu'attentions et désir. Tu as tout pour lui plaire. Ta blancheur, tes cheveux dorés, ton regard ! Il n'est pas jusqu'à ta fierté qui ne frappera son esprit habitué à trop de faiblesses. Il n'est pas jusqu'à ta pudeur, si étrange chez une femme qui a déjà connu l'amour et dont tu ne peux te défendre même devant moi, qui n'étonnera et n'adoucira son cœur. Je le connais. Je sais la soif qui le tourmente. Tu peux être pour lui la source. Tu es celle qui peut lui apprendre la douleur. Tu es celle qui peut lui apprendre la crainte... Tu peux tenir son destin entre tes deux mains fragiles... Tu peux tout, *Firouzé* !

Angélique se laissa tomber sur son divan.

— NON, dit-elle, non, cela ne sera pas !

Elle prit une attitude aussi désinvolte que le lui permettaient les nombreux voiles qui l'enveloppaient.

— Vous n'avez jamais eu de Françaises dans votre collection, Osman bey ? Vous allez apprendre à vos dépens de quelle étoffe elles sont faites…

L'on vit alors le solennel Osman Ferradji porter ses deux mains à ses tempes et se mettre à gémir en se balançant comme une femme dolente.

— Hay ! hay ! Oh ! mais qu'ai-je fait à Allah pour avoir à répondre d'une tête de mule pareille !

— Qu'avez-vous ?

— Mais, malheureuse, tu ne comprends donc pas qu'il ne peut être question pour toi de te REFUSER à Moulay Ismaël ? Bouder un peu, si tu le veux, au début… Une légère résistance n'est pas pour lui déplaire. Mais tu dois l'accepter pour maître. Sinon, il te tuera et te fera périr dans les tortures.

— Eh bien ! tant pis, dit Angélique, je mourrai. Je périrai dans les tortures !

Le Grand Eunuque leva les bras au ciel.

Puis il changea de tactique, se pencha vers elle.

— *Firouzé*, comment n'es-tu pas avide de sentir les bras d'un homme se refermer sur ton beau corps ? La chaleur du désir te tourmente… Tu n'ignores pas que Moulay Ismaël est un mâle exceptionnel. Il est bâti pour l'amour comme il est bâti pour la chasse et pour la guerre car il a du sang noir en lui… Il peut contenter une femme sept fois dans une nuit… Je te ferai boire des liqueurs qui exalteront ta fièvre amoureuse… Tu connaîtras de telles jouissances que tu ne vivras plus que dans l'attente de les sentir se renouveler…

Angélique, le visage enflammé, le repoussa. Elle se leva et marcha vers le fond de la galerie. Il la suivit comme un félin patient, intrigué de la retrouver en contemplation devant une petite meurtrière qui donnait sur la place où travaillaient les esclaves. Et il se demandait quel spectacle avait ramené sur sa physionomie tourmentée par de féminins désirs, cette expression de paix.

— Chaque jour à Miquenez, murmura Angélique, des captifs chrétiens meurent, martyrs de leur foi. Pour y être fidèles, ils acceptent le travail, la faim, les coups, les tortures… Et pourtant, ce ne sont pour la plupart que de simples gens de mer, frustes et sans instruction. Et moi, Angélique de Sancé de Monteloup, qui ai eu des rois et des croisés dans mon ascendance, ne serais-je pas capable d'imiter leur constance ? On ne m'a certes pas mis une lance sur la gorge en me disant : « Musulman ! » Mais on m'a dit par contre : « Tu te donneras à Moulay Ismaël, le tortionnaire des chrétiens, celui qui a massacré mon vieux Savary ! » Et cela revient exactement au même que si l'on m'avait demandé de renier ma foi. Je ne renierai pas ma foi, Osman Ferradji !

— Vous périrez dans les tortures les plus atroces !

— Eh bien ! tant pis ! Dieu et mes ancêtres m'assisteront !

Osman Ferradji soupira. Il était pour l'instant à bout d'arguments. Il savait bien qu'il finirait par la faire céder. Lorsqu'il lui aurait montré les instruments du bourreau et décrit quelques-uns des supplices que Moulay Ismaël réservait à ses femmes, sa belle ardeur fléchirait ! Mais aussi le temps pressait… Le sultan attendait, impatient.

— Écoutez, dit-il en français. Ne me suis-je pas montré un ami pour vous ? Je n'ai point manqué à ma parole, et sans votre propre imprudence, Moulay Ismaël ne vous réclamerait pas aujourd'hui. Ne pouvez-vous alors, par considération pour moi, accepter seulement d'être présentée ? Moulay Ismaël nous attend. Je ne peux plus trouver aucune excuse pour vous dérober à lui. Même à moi, il me fera sauter la tête. Mais la présentation n'engage à rien… Qui sait, peut-être lui déplairez-vous même ? Ne serait-ce pas la meilleure solution ? J'ai prévenu le sultan que vous étiez très farouche. Je saurai le faire patienter encore un peu de temps.

Le temps de quoi ? D'avoir peur ? De faiblir ? Mais aussi, pensait Angélique : peut-être le temps de fuir…

— J'accepte… à cause de VOUS, dit-elle.

Cependant, elle refusa avec colère l'escorte des dix eunuques.

— Je ne veux pas être conduite comme une prisonnière ou un mouton qu'on va égorger !

Osman Ferradji céda, décidément prêt à toutes les conciliations. Il l'accompagnerait seul avec un petit eunuque chargé de tenir les voiles que le chef du sérail ôterait un à un.

Moulay Ismaël attendait dans une chambre étroite où il aimait se retirer solitaire et méditer.

Sur des cassolettes de cuivre brûlaient des parfums qui embaumaient la pièce.

Angélique eut l'impression de se trouver pour la première fois en sa présence. Elle n'était plus séparée de lui par les barrières de l'inconnu. Le fauve, aujourd'hui, la voyait. Il se redressa à leur entrée.

Le Grand Eunuque et son petit acolyte se prosternèrent le front contre terre. Puis Osman Ferradji se releva, passa derrière Angélique et la prit aux épaules pour l'amener doucement devant le sultan.

Celui-ci se tendit ardemment vers la silhouette voilée. Les yeux dorés du roi et ceux d'Angélique se rencontrèrent. Elle baissa les paupières. Pour la première fois depuis des mois, un homme la regardait en femme désirable. À l'apparition de son visage, que le Grand Eunuque venait de découvrir, elle savait qu'il manifesterait cet enchantement surpris que la vue de ses traits parfaits, de sa bouche renflée, grave et un peu moqueuse, avait éveillé en tant de regards d'hommes. Elle savait que les larges narines de Moulay Ismaël palpiteraient à la vue de la si rare chevelure croulant comme une soie d'or sur ses épaules.

Les mains d'Osman Ferradji l'affleuraient et, les paupières obstinément baissées, elle ne voyait, ne voulait voir que la danse de ces longues mains noires aux ongles rouges et aux bagues de rubis et de diamants. C'était curieux ! Elle n'avait jamais remarqué que leurs paumes fussent si pâles, comme déteintes, et d'une couleur de rose séchée…

Elle s'efforçait de penser à autre chose pour supporter le supplice de l'exhibition sous le regard du maître intraitable auquel elle était destinée. Pourtant, elle ne put s'empêcher de se crisper lorsqu'elle sentit ses bras dénudés. Les mains d'Osman Ferradji lui imposèrent une rapide pression. Il lui rappelait le danger… Sa main se porta sur le sixième voile, qui dénuderait ses seins et révélerait la finesse de sa taille, son dos souple et long comme celui d'une jeune fille.

La voix du roi lui dit en arabe :

— Laisse… Ne l'importune pas. Je devine qu'elle est très belle !

Il se leva du divan et vint près d'elle.

— Femme, dit-il en français de sa voix rauque qui savait être si sauvage, femme... montre-moi... TES YEUX !...

Il dit cela d'un tel ton qu'elle ne put résister et leva ses prunelles sur la face redoutable. Elle vit un signe tatoué près de ses lèvres, et le grain de sa peau, curieusement jaune et noir.

Un lent sourire étira ses lèvres épaisses.

— Des yeux semblables, je n'en ai jamais vu ! dit-il en arabe à Osman Ferradji. Il ne doit pas y en avoir d'autres au monde.

— Tu l'as dit, seigneur, approuva le Grand Eunuque.

Il ramenait les nombreux voiles autour d'Angélique. À mi-voix, il lui conseilla en français :

— Incline-toi devant le roi. Il sera satisfait.

Angélique ne broncha pas. Moulay Ismaël, s'il comprenait peu le français dont il n'avait que quelques rudiments, était assez fin pour saisir la mimique. Il eut encore un sourire et ses yeux brillèrent d'un éclat allègre et sauvage. Pour cette femme, surprise inédite et merveilleuse que lui avait réservée le Grand Eunuque, il se sentait à l'avance plein de patience et d'intérêt. Elle portait en elle tant de promesses qu'il n'éprouvait même pas de hâte à les découvrir aussitôt. Elle était comme un pays inconnu et dont se découvre lentement l'horizon, un lieu ennemi à conquérir, un adversaire à pénétrer. Une ville close dont il faut trouver la faiblesse. Il faudrait qu'il interrogeât le Grand Eunuque qui la connaissait bien. Cette femme était-elle sensible à l'attrait des présents, à la douceur, ou à la brutalité ? Avait-elle le goût de l'amour ? Oui. L'eau limpide de ses yeux avouait son trouble ; la chaleur des élans qu'elle dissimulait sous la froideur de son corps de neige. Ce n'était pas de peur qu'elle tremblait. Elle était d'une race inaccessible à la peur, mais déjà, sous le regard lourd du roi, son visage qui cherchait à se dérober, prenait cette expression épuisée et vaincue qu'elle devait avoir après l'amour. Elle n'en pouvait plus !... Elle voulait échapper à l'emprise, et comme l'oiseau fasciné, cherchait des yeux une issue, paralysée entre ces deux hommes cruels et attentifs à son émoi.

Moulay Ismaël sourit encore...

LIV

Angélique avait été conduite dans un autre appartement, plus vaste et plus riche que celui qu'elle avait occupé jusque-là.

— Pourquoi ne me ramène-t-on pas chez moi ?

Les eunuques et les servantes ne lui répondaient pas. Fatima, le visage figé pour dissimuler sa satisfaction, lui servit son repas mais elle n'y put toucher. Elle attendait avec anxiété qu'Osman Ferradji reparût, afin de lui parler. Il ne vint pas. Elle le réclama. L'eunuque lui dit que le chef du sérail allait venir mais les heures s'écoulèrent en vain. Elle se plaignit que l'odeur pénétrante des bois précieux qui garnissaient l'appartement lui donnait la migraine. Fatima sur un réchaud fit brûler des graines d'encens et l'odeur devint encore plus envoûtante. Engourdie, Angélique sentait la nuit venir sur elle. À la lueur de veilleuses allumées, le visage de la vieille esclave ressemblait à celui de la sorcière Mélusine qui, jadis, dans la forêt de Nieul, faisait brûler des herbes pour convoquer le diable. La sorcière Mélusine était de ces Poitevines auxquelles une goutte de sang arabe donne des yeux noirs et farouches.

Si loin jadis était remontée la vague des conquérants aux sabres courbes et aux vertes oriflammes !…

Angélique enfouit son visage dans les coussins, tourmentée de la honte qui la poursuivait depuis que le regard de Moulay Ismaël avait éveillé en elle l'appel éternel. Il l'avait tenue sous son regard comme il allait la tenir dans ses bras, attendant peut-être, en arrêt, qu'elle s'offrît elle-même. Elle ne pourrait résister au contact de ce corps exigeant.

« Je ne suis pas de force, songea-t-elle, oh ! je ne suis qu'une femme… Que puis-je faire ? »

Elle s'endormit dans ses larmes, comme une enfant. Son sommeil restait troublé. La chaleur du désir la poursuivait. Elle entendait la voix rauque de Moulay Ismaël : « Femme ! Femme !… » Une invocation ! Une prière !…

Il fut là, penché sur elle à travers les vapeurs de l'encens, avec ses lèvres d'idole africaine et ses prunelles immenses, insondables comme le désert. Elle sentit la douceur de sa bouche sur son épaule et le poids de son corps sur le sien. Elle éprouva la délicieuse oppression de son étreinte qui la soulevait, la soudait à sa poitrine lisse et musclée. Alors, défaillante, elle jeta les bras autour de ce corps dont la réalité peu à peu émergeait de son rêve.

Ses doigts glissèrent sur la peau d'ambre, au parfum de musc, caressèrent le flanc dur que serrait à la taille une ceinture d'acier. Alors ses doigts rencontrèrent la forme anguleuse et froide d'un petit objet : c'était le manche d'un poignard. Sa main se crispa dessus et ce fut comme un souvenir venu du tréfonds d'une vie ancienne : marquise des Anges ! Marquise des Anges ! Te souviens-tu de ce poignard de Rodogone l'Égyptien que tu tenais en main lorsque tu égorgeas le Grand Coësre de Paris ?… Comme tu savais alors le tenir, ce poignard !…

Et elle le tenait, ce poignard. Ses doigts le serraient et la froideur du métal la pénétrait, l'arrachait à sa torpeur. De toutes ses forces, elle le tira et frappa…

Ce furent les muscles d'acier de Moulay Ismaël qui le sauvèrent. La détente qui le projeta en arrière à l'instant où il sentit la lame effleurer sa gorge était celle d'un tigre aux réflexes foudroyants.

Il demeura courbé en avant, les yeux agrandis d'une stupeur immense. Il sentait le sang couler sur sa poitrine, réalisait qu'à une seconde près, il aurait eu la carotide tranchée…

Sans la quitter du regard – mais maintenant elle ne pouvait plus rien – il alla vers un gong et frappa.

Osman Ferradji, qui ne devait pas être loin, fit irruption. Un seul coup d'œil lui suffit pour comprendre la scène. Angélique, à demi soulevée sur sa couche, le poignard à la main. Moulay Ismaël sanglant, fou de rage, les yeux exorbités, incapable de parler.

Le Grand Eunuque fit un signe. Quatre Noirs entrèrent en courant, saisirent la jeune femme aux poignets, la tirèrent hors de sa couche, la jetèrent aux pieds du sultan, le front contre les dalles…

Le roi éclatait enfin, il mugissait comme un taureau. Sans la protection d'Allah, il serait maintenant étendu la gorge ouverte par la faute de cette chrétienne maudite qui avait voulu l'égorger avec son propre poignard. Il la ferait mourir dans des tourments épouvantables. Et sur l'heure… Sur l'heure !… Qu'on allât donc chercher les captifs, les fortes têtes !… Surtout les Francs. Ils verraient supplicier une femme de leur propre race. Ils verraient comment doit périr l'audacieuse qui ose porter la main sur la personne sacrée du commandeur des croyants…

LV

Maintenant tout allait très vite, tout était déclenché. Il n'y avait plus à se poser de questions. On nouait les poignets d'Angélique, on les tirait vers le haut pour les lier à l'une des colonnes de la salle.

Son dos fut dénudé. Elle commença à sentir les coups de fouet comme l'attouchement de brèves flammes qui se précipitaient et devenaient brûlure intense. Elle pensa : « Je voyais cela autrefois dans les belles images de mon livre des saints martyrs de l'Église… » Maintenant, c'était ELLE qui était liée au poteau. Son dos la brûlait de plus en plus. Elle sentit le long de ses jambes le ruissellement tiède du sang. Alors elle pensa : « Ce n'est pas si terrible !… »

Mais la suite viendrait !… Qu'importe ! Tout était déclenché !… Elle ne pouvait plus l'arrêter. Elle était le galet roulé par les eaux du torrent. Elle revit les gaves bondissants des Pyrénées qu'elle avait connus au temps de son premier mariage. Elle commençait à avoir très soif et sa vue se brouillait…

Les coups cessèrent et, dans cette accalmie, la douleur de sa chair s'irradia et devint intolérable.

On dénoua ses poignets, mais ce n'était que pour la retourner face à la salle et la lier de nouveau au poteau.

À travers la brume qui tremblait devant ses yeux, elle aperçut le bourreau avec son brasero où rougeoyaient des charbons ardents et d'effrayants instruments qu'il déposait sur une petite planche. C'était un eunuque envahi de graisse, à la face de gorille. D'autres eunuques l'entouraient. Ils n'avaient pas eu le temps de revêtir la tenue des exécutions. Ils avaient seulement ôté leurs turbans…

Moulay Ismaël était assis sur la gauche. Il avait refusé qu'on le pansât. Sa blessure n'était que superficielle. Il voulait qu'on vît le sang qui déjà se coagulait. Il voulait qu'à cette vue chacun prit conscience du sacrilège.

Et dans le fond de la pièce une vingtaine d'esclaves français étaient assemblés. Colin Paturel et ses chaînes, Jean-Jean de Paris le petit rouquin, les traits chavirés, le marquis de Kermœur et d'autres, regardant atterrés, bouche bée, cette femme si blanche à demi nue qu'on torturait. Des gardes les tenaient en respect, le fouet et le sabre en main.

Osman Ferradji se pencha vers Angélique. Il parla en arabe, très lentement :

— Écoute. Le grand roi de Marocco est prêt à pardonner ton acte insensé. Consens à lui obéir et il te fait grâce. Consens-tu ?

Le visage noir d'Osman Ferradji dansait, imprécis. Elle pensa que c'était le dernier visage qu'elle verrait en ce monde. Et c'était bien ainsi… Osman Ferradji était si grand ! Et la plupart des êtres sont si petits, si mesquins. Puis ce fut la face bourrue et blonde de Colin Paturel aux côtés de celle du Grand Eunuque.

— Ma pauv' petite… Il me demande de vous adjurer dans notre langue de consentir… Vous n'allez pas vous laisser massacrer ainsi… Ma pauv' petite !…

« Pourquoi vous êtes-vous laissé crucifier, Colin Paturel ? » avait-elle envie de lui demander.

Mais ses lèvres ne pouvaient plus s'entrouvrir que sur un seul mot :

— NON !

— On va t'arracher les seins ! On va te mutiler avec des tenailles rougies au feu, dit Osman Ferradji.

Les paupières d'Angélique retombèrent. Elle voulait rester seule avec elle-même et la douleur. Les êtres s'effaçaient. Ils étaient déjà très loin.

Est-ce que ce serait long ?…

Elle entendit gronder les captifs dans le fond de la salle et frissonna. Que préparait le bourreau ?…

Puis il y eut une attente interminable. Puis ses mains furent dénouées et elle glissa le long de la colonne très loin, très loin, très longtemps…

❦

Quand elle reprit conscience, la joue sur un coussin de soie, elle était couchée sur le côté et les mains d'Osman Ferradji semblaient posées non loin de là, immobiles.

Angélique se souvint. À ces mains patriciennes, aux ongles plus rouges que les rubis de ses bagues, elle s'était cramponnée dans son délire.

Elle se tourna un peu. La mémoire lui revint tout à fait et elle fut envahie par l'allégresse particulière qu'elle avait éprouvée au moment où ses enfants venaient de naître et quand elle comprenait que les douleurs étaient finies et qu'elle avait accompli quelque chose de merveilleux.

— Est-ce que c'est fini ? demanda-t-elle. Est-ce que j'ai été martyrisée ? Est-ce que j'ai bien résisté ?

— Est-ce que je suis morte ? la singea Osman Ferradji en ricanant. Sotte petite rebelle ! Allah fut bien miséricordieux lorsqu'il te plaça sur ma route. Je t'apprendrai que si tu es encore en vie et sans autre mal que ton dos un peu flagellé, c'est que j'ai averti Moulay Ismaël de ton consentement. Mais comme tu n'étais pas en état de prouver à l'instant ta docilité, il a bien voulu te laisser emmener et soigner. Il y a trois jours que tu te débats dans la fièvre et tu ne seras à nouveau présentable qu'à la prochaine lune.

Les yeux d'Angélique se remplirent de larmes.

— Alors, tout est à recommencer ? Oh ! pourquoi avez-vous fait cela, Osman Ferradji ? Pourquoi ne m'avoir pas laissée mourir cette fois-ci ? Je n'aurai plus le courage de recommencer.

— Tu céderas ?

— NON ! Vous savez bien que non !

— Alors, ne pleure pas, *Firouzé*. Tu as jusqu'à la prochaine lune pour te préparer à ton nouveau martyre, dit le Grand Eunuque avec ironie.

❦

Il revint la voir dans la soirée. Elle reprenait des forces et pouvait appuyer à demi sur les coussins son dos couvert d'emplâtres.

— Vous m'avez volé ma mort, Osman Ferradji, dit-elle. Mais vous ne gagnerez rien pour attendre. Je ne serai *jamais* la troisième femme ni même la favorite de Moulay Ismaël et je le lui dirai en face dès que l'occasion se présentera… Et… tout recommencera ! Je n'ai pas peur. Il est vrai que Dieu envoie sa grâce aux martyrs. Après tout, cette flagellation, ce n'était pas si terrible.

Le Grand Eunuque renversa la tête en arrière et se permit de rire, ce qui lui arrivait rarement.

— Je m'en doute, fit-il. Sais-tu seulement, sotte, qu'il y a plusieurs manières de fouetter ? Des coups appliqués d'une certaine façon arrachent des lambeaux de chair à chaque fois et d'autres effleurent à peine la surface de la peau, suffisamment pour la faire saigner et offrir le spectacle impressionnant de l'autre jour. Il y a aussi des fouets dont les lanières ont été trempées dans des narcotiques et dont l'attouchement engourdit la plaie et communique au patient un abrutissement bienfaisant. Ce n'était pas si terrible ?… Pardi ! Mais j'avais donné des ordres pour te ménager.

Angélique passa par des sentiments divers et sa surprise finit par dominer sa vexation d'avoir été dupée.

— Oh ! pourquoi avez-vous fait cela pour moi, Osman bey ? demanda-t-elle avec gravité. Je vous avais pourtant déçu. Espériez-vous que je me raviserais encore ? Non. Je ne me raviserai jamais. NON. Je ne céderai jamais. Vous savez bien que c'est IMPOSSIBLE !

— Certes, je le sais, dit le Grand Eunuque avec amertume.

Ses traits hiératiques s'affaissèrent et il eut, fugitive, cette expression triste des Noirs accablés par le destin.

— J'ai éprouvé la force de ton caractère… Tu es comme le diamant. Rien ne te brisera.

— Alors pourquoi ?… Pourquoi ne pas m'abandonner à mon triste sort ?

Il se mit à branler la tête de plus en plus rapidement.

— Je ne peux pas… Je ne pourrai jamais voir Ismaël te massacrer. Toi la plus belle et la plus parfaite des femmes. Je ne crois pas qu'Allah ait créé souvent un être semblable à toi. Tu es *La Femme*, en vérité. Enfin je t'ai trouvée après tant de recherches sur les marchés du monde !… Je ne laisserai pas Moulay Ismaël te détruire !

Angélique se mordait les lèvres avec perplexité. Il vit son regard incertain et dit avec un sourire :

— Ces propos te semblent étranges, venant de moi. Je ne puis te désirer en effet, mais je puis t'admirer. Et peut-être as-tu inspiré mon cœur…

Un cœur ? Lui qui avait suspendu le cheikh Abd el-Kharim au-dessus du feu et qui avait conduit sans sourciller la petite Circassienne au supplice ?…

Il se mit à parler d'une voix lente et méditative.

— C'est ainsi. J'aime l'accord de ta beauté et de ton esprit… La perfection avec laquelle ton corps reflète ton âme. Tu es un être noble et fantasque… Tu connais les pièges de la femme, tu as sa cruauté et ses ongles pointus et tu as su garder pourtant la tendresse des mères !… Tu es changeante comme l'horizon et immuable comme le soleil… Tu sembles t'adapter à tout et tu restes cependant naïvement latine dans ta volonté braquée sur un seul but… Tu ressembles à toutes les femmes et tu ne ressembles à aucune… J'aime les promesses non encore écloses derrière ton front sage, les promesses de ta vieillesse… J'aime aussi que tu aies pu désirer follement Moulay Ismaël, impudique comme Jézabel et que tu aies essayé de le tuer, comme Judith tua Holopherne. Tu es la jarre précieuse où le Créateur semble avoir versé les trésors universels de la féminité…

Il conclut :

— Je ne peux pas te laisser détruire. Dieu me punirait !

Angélique l'avait écouté, un faible sourire sur ses lèvres pâlies.

« Si un jour l'on me demande, songea-t-elle, quelle a été la plus belle déclaration d'amour que j'ai reçue dans ma vie, je répondrai : ce fut celle du Grand Eunuque Osman Ferradji, gardien du harem de Sa Majesté le sultan du Maroc. » Un immense espoir se levait en elle. Elle fut sur le point de lui demander de l'aider à s'enfuir. Une prudence instinctive la retint cependant. Elle avait trop pénétré les lois implacables du sérail pour savoir que la complicité du Grand Eunuque était une utopie. Il fallait être naïvement latine, comme il disait, pour l'envisager.

Les yeux du Noir regardaient au loin, à travers la muraille.

— Il y a encore trois semaines avant la nouvelle lune.

— Que peut-il se passer avant la nouvelle lune ?

— Comme tu es impatiente ! Ne peut-il se passer mille et mille choses en trois semaines, alors qu'Allah d'un signe peut détruire le monde dans la seconde qui va suivre nos paroles !… *Firouzé*, cela te plairait-il de respirer l'air frais de la nuit du haut de la tour Mazagreb ?… Oui. Alors, suis-moi, je vais te montrer les étoiles.

L'observatoire du Grand Eunuque se trouvait au sommet de la tour Mazagreb, moins haute que les minarets, mais plus élevée que les murailles. Entre les merlons pointus, on voyait luire le bled désertique, tacheté par les houppes sombres de quelques oliviers et, plus loin, nu et pierreux sous la lune.

La puissante lunette d'astronome, le sextant, les compas, les globes et tous les beaux instruments de précision, accrochaient dans leurs cuivres et leurs vernis le reflet de l'astre nocturne et celui des étoiles particulièrement brillantes sur un ciel qu'aucune vapeur n'altérait.

Un savant turc qu'Osman Ferradji avait ramené de Constantinople, frêle petit vieillard croulant sous le poids de son turban et le nez chaussé d'énormes bésicles, servait d'assistant. Lorsqu'il pratiquait l'astrologie, Osman Ferradji aimait revêtir son manteau soudanais et coiffer son turban de lamé or. Ainsi grandi encore, il se déployait sous la coupole immense du firmament ponctué d'étoiles et seul un trait argenté détachait son noir profil de la nuit. Il devenait un peu immatériel.

Intimidée, Angélique s'assit à l'écart sur des coussins. Le sommet de la tour Mazagreb avait l'aspect d'un sanctuaire de l'esprit. « Une femme n'aurait jamais dû y pénétrer », pensa-t-elle. Mais le Grand Eunuque n'avait pas pour l'intelligence des femmes le même dédain que les vrais hommes. À l'abri de l'aveuglement des sens, il les jugeait à leur mesure, avec une objectivité attentive, éloignait la sotte, mais se rapprochait de celle dont la forme d'esprit paraissait digne d'intérêt et dont il se trouvait lui-même instruit agréablement. Angélique lui avait beaucoup appris, non seulement en ce qui concernait le drap français et le nougat persan, mais sur le caractère des Occidentaux et sur celui du grand roi Louis XIV. Tous les renseignements qu'il avait obtenus seraient précieux à l'occasion de l'ambassade qu'un jour Moulay Ismaël enverrait au potentat de Versailles.

Ç'aurait été trop simple d'affirmer qu'Osman Ferradji avait une fois pour toutes renoncé à voir Angélique devenir la troisième femme de Moulay Ismaël. Le projet mirifique s'éloignait seulement, fuyait dans l'espace comme ces planètes capricieuses qu'on n'aperçoit qu'une fois par existence mais qui n'en demeurent pas moins suspendues au-dessus des destinées humaines. Les conjonctions et quadratures mystérieuses ne s'étaient pas encore prononcées. Les nébuleuses s'assemblaient-elles ou se divisaient-elles ?... Aux yeux d'un latin, la situation était sans issue autre que tragique. Mais Osman Ferradji attendait... Les astres étaient là, qui les premiers lui avaient révélé qu'il allait vers une amère déconvenue. Le destin de la Française ne croisait que brièvement celui de Moulay Ismaël. Elle s'éloignait, comme l'étoile filante. Mais encore, était-ce dans la mort ?... Les signes pressentis avaient fait courir un long frisson sur sa nuque et depuis il en demeurait oppressé, comme par le passage d'Azraël.

Au point que ses doigts ne touchaient plus qu'avec appréhension le métal froid de la lunette d'optique. Ce soir, où il voulait arracher au ciel de plus profonds secrets, il avait fait venir la femme dont il interrogeait le destin, afin de renforcer le magnétisme qui, des êtres humains, rejoint les courants naturels émanant des objets de la Création.

La force invisible que possédait Angélique était d'une nature très particulière. Il en avait mésestimé l'attrait en premier lieu. Il s'avouait aujourd'hui qu'elle était l'un des rares êtres dont il n'avait pas su mesurer aussitôt le fluide réel. Grave erreur, qu'il n'expliquait que par le mystère de sa féminité, enrobant comme un déguisement trompeur une force invincible. Il devait se rendre à l'évidence que sa beauté de femme voilait un caractère inattendu et un destin exceptionnel, dont elle était elle-même inconsciente.

Tout en mettant au point le mécanisme de son instrument d'observation, il se demandait s'il ne s'était pas égaré jusqu'au leurre.

❦

Angélique regardait les étoiles. Elle préférait les voir petites et allumées de reflets ainsi que des bijoux sur un velours noir, plutôt que grossies au bout de la lorgnette.

Que cherchait donc Osman Ferradji dans cette assemblée de mondes immenses ?

Sa propre cervelle à elle, Angélique, ne se sentait plus à la hauteur d'une science aussi hermétique. Et parce que, de se voir ainsi étendue au sommet d'une tour, sous un ciel étoilé, lui rappelait les lointaines nuits de Toulouse, elle se souvint que son mari, le savant comte de Peyrac, l'avait aussi parfois introduite dans son laboratoire et s'était donné la peine de lui expliquer certains de ses travaux. Maintenant sans doute il la trouverait bête. Il valait mieux qu'il ne l'eût point revue ! Son âme était si lasse et si cruellement désenchantée… Sa vie l'avait ramenée au niveau commun d'où il était vain de vouloir s'élever : une simple femme.

Une femme qui n'avait d'autre choix que de céder à Moulay Ismaël ou de mourir bêtement, par entêtement. De se donner au roi de France ou d'être bannie ? De se vendre pour ne pas être vendue ? De frapper pour ne pas être écrasée ?… L'issue de vivre serait-elle impossible ? Vivre !… Elle renversait son visage en arrière, vers la liberté immense du ciel. Vivre, seigneur !… Ne pas toujours étouffer entre l'avilissement et la mort !…

Si seulement les captifs pouvaient l'aider à fuir ? Mais maintenant que Savary n'était plus, ils n'iraient pas se préoccuper d'elle et s'encombrer d'une femme. Pourtant, si elle parvenait à mettre la main sur la clé de la petite porte et à sortir de la première enceinte du harem, Colin Paturel refuserait-il de l'emmener ?… Elle le supplierait à deux genoux.

Comment entrer en possession de cette clé, que seuls le Grand Eunuque et Leila Aïcha possédaient ?…

❦

— Pourquoi t'es-tu enfuie… ?

Angélique tressaillit. Elle avait oublié la présence du Grand Eunuque et son inquiétant pouvoir de lire les pensées. Elle ouvrit la bouche et ne dit rien, car il ne la regardait pas. Il avait parlé comme pour lui-même, les yeux perdus vers les étoiles.

— Pourquoi t'es-tu enfuie de Candie ?

Il prit son menton dans sa main d'un geste méditatif et ferma les yeux.

— Pourquoi as-tu quitté ce pirate chrétien qui venait de t'acheter, le Rescator ?

Sa voix était si étrange, si troublée, qu'Angélique, stupéfaite chercha vainement une réponse.

— Parle ! Pourquoi t'es-tu enfuie ? N'as-tu pas senti que le destin de cet homme et le tien se rejoignaient ? Réponds !... Ne l'as-tu pas senti ?

Maintenant il la regardait et sa voix se faisait impérieuse. Elle balbutia humblement :

— Oui, je l'ai senti.

— Oh ! *Firouzé*, s'écria-t-il presque douloureusement, te souviens-tu de ce que je t'ai dit ? « On ne doit pas forcer le sort et lorsque les signes vous avertissent, il ne faut pas les ignorer. » Le signe particulier de cet homme croise ton chemin et... je ne peux pas tout voir, *Firouzé*. Il faudrait me livrer à des calculs infinis pour discerner dans les astres la plus étrange histoire que je crois y lire. Ce que je sais, c'est que cet homme est de la même race que toi...

— Voulez-vous dire qu'il est français ? interrogea-t-elle timidement. On le disait Espagnol ou même Marocain...

— Je l'ignore... Je veux dire... Il est d'une race non encore créée, comme toi...

Ses mains dessinèrent dans l'espace des règles mystérieuses.

— Une spirale indépendante... rejoignant l'autre et qui...

Il se mit à parler rapidement en arabe. Le vieil effendi écrivait, hochant son lourd turban de mousseline verte. Angélique, en plein désarroi, essayait de comprendre le sens de leur discussion et de lire sur leurs visages et dans le mouvement des compas qu'ils maniaient et des globes qu'ils consultaient, la signification d'un verdict auquel sa vie était suspendue…

Tout à l'heure, elle était loin de songer au Rescator, image déjà estompée et que la violence du conflit qui l'avait opposée à Moulay Ismaël avait complètement rejetée à l'arrière-plan. Et tout à coup la prenait à la gorge le souvenir de l'apparition au masque noir.

— L'avez-vous connu, Osman bey ? N'est-ce pas, comme vous, un magicien ?

Il secoua la tête lentement.

— Peut-être, mais sa magie est d'une autre source que la mienne… Mais je l'ai rencontré, en effet, ce chrétien. Il parle l'arabe et plusieurs langues, mais ses paroles ont de la difficulté à rejoindre ma pensée. Je me tiens devant lui comme un homme du passé devant un voyageur venu de l'horizon, chargé de la provende des temps futurs. Qui donc peut l'accueillir ? Qui donc peut l'entendre ? En vérité, personne ne peut l'entendre encore…

— Mais ce n'est qu'un vulgaire pirate, s'écria-t-elle, indignée, un vil trafiquant d'argent…

— Il cherche sa voie parmi un monde qui le rejette. Il marchera ainsi jusqu'au jour où il rencontrera son lieu d'élection. Ne peux-tu comprendre cela, toi qui as déjà vécu tant de destins contraires et qui cherches en vain à revêtir ton vrai visage ?

Angélique se mit à trembler de la tête aux pieds. Non ! Ce n'était pas vrai ! Le Grand Eunuque ne pouvait pas connaître sa vie. Il ne pouvait pas avoir lu dans les astres… Avec effroi, elle sonda le ciel nocturne. La nuit était pure et parfumée. Venant du désert, la brise glanait au passage l'encens exhalé par les jardins clos de Miquenez. C'était une nuit comme toutes les nuits, mais au sommet de la tour Mazagreb, elle se chargeait d'effluves inquiétants. Angélique aurait voulu s'enfuir, laisser là, dans le décor de leurs étranges instruments, le mage noir et son scribe à bésicles qui grattait des chiffres cabalistiques comme un insecte affairé.

Elle ne voulait plus rien savoir ! Elle était fatiguée. Mais elle demeurait immobile, incapable de détacher son regard du lent mouvement de l'objectif braqué vers le firmament.

La science d'Osman Ferradji soulevait un coin du rideau tiré sur l'Invisible. Qu'allait-il encore annoncer ?... Elle croyait lui voir ce teint ardoisé qui était sa façon de pâlir et soudain il la fixa avec une expression presque horrifiée, comme s'il contemplait à ses pieds un désastre qu'il aurait lui-même déchaîné.

— Osman bey, s'écria-t-elle, oh ! qu'avez-vous lu dans les astres ?...

Un long silence s'établit. Le Grand Eunuque avait baissé les paupières.

— Pourquoi as-tu fui le Rescator ? murmura-t-il enfin. Il aurait été le SEUL homme assez fort pour s'allier à toi... et peut-être aussi Moulay Ismaël, mais... je ne sais maintenant si le risque n'eût été pire ! Les hommes qui s'attachent à toi, tu leur apportes la mort... Voilà !

Elle poussa un cri d'agonie et supplia à mains jointes.

— Non, Osman bey, non, ne dites pas cela !...

C'était comme s'il l'accusait d'avoir frappé de sa main son époux qu'elle aimait. Elle courba la tête comme une coupable et ferma les yeux avec force pour chasser la vision d'autres visages qui remontaient du passé.

— Tu leur apportes la mort, ou la défaite, ou la peine qui corrompra leur goût de vivre. Il faut être d'une force exceptionnelle pour y échapper. Tout ça parce que tu t'obstines à aller là où nul ne peut te suivre… Ceux qui sont trop faibles, tu les laisses en chemin. La force que le Créateur a mise en toi ne te permettra pas de t'arrêter avant que tu n'aies rejoint le lieu où tu dois te rendre.

— Quel est-il, Osman bey ?

— Je l'ignore. Mais tant que tu ne l'auras pas atteint, tu ravageras tout sur ton passage et jusqu'à ta propre vie… J'ai voulu capter cette force et je me suis leurré, car elle n'est pas de celles que l'on peut dompter. Toi-même l'ignores en grande partie. Tu n'en es pas moins redoutable…

Angélique se mit à pleurer, à bout de nerfs.

— Oh ! Osman bey, je vois bien que vous regrettez maintenant de ne pas m'avoir laissée mourir sous les tortures de Moulay Ismaël. Oh ! Pourquoi avez-vous regardé les étoiles ce soir ? Pourquoi ?… Vous étiez mon ami et maintenant, vous me dites des choses horribles !

La voix du Grand Eunuque s'adoucit. Mais elle demeura altérée et voilée d'une profonde anxiété.

— Ne pleure pas, *Firouzé* ! Ce n'est pas ta faute. C'est en dehors de toi. Tu ne portes pas le malheur. Tu portes le bonheur. Mais il y a certains êtres qui sont trop faibles pour supporter le poids de certaines richesses. Tant pis pour eux ! Hélas ! Oui, je suis toujours ton ami. Et tant pis pour moi ! Ce n'est pas sans risque qu'on pourrait prendre la responsabilité de ta mort et en l'évitant j'ai voulu aussi épargner à Moulay Ismaël d'invisibles sanctions. Mais maintenant il va falloir que j'accomplisse quelque chose de terrible, quelque chose de surhumain : lutter contre ce qui est écrit. Lutter contre le sort, afin que TU NE SOIS PAS PLUS FORTE QUE MOI…

LVI

Un groupe de femmes traversa le patio où s'ébattaient les colombes. L'esclave qui réparait le mécanisme du jet d'eau dit à mi-voix :

— La Française ?…

Angélique l'entendit et ralentit son pas, laissant ses compagnes aller devant. Elles n'étaient pas accompagnées d'eunuques, se trouvant dans leur cour intérieure. Comment un esclave français pouvait-il travailler là impunément ? Si un eunuque l'apercevait, il se ferait égorger.

Penché sur la canalisation qu'il dévissait :

— C'est vous la captive française ? chuchota-t-il.

— Oui, mais prenez garde. Il est interdit aux hommes de pénétrer dans cette enceinte.

— Vous en faites pas pour moi, grommela-t-il. J'ai droit de circuler à mon aise dans le harem. Faites mine de vous intéresser aux colombes pendant que je vous parle… Colin Paturel m'envoie vers vous.

— Oui ?

— Êtes-vous toujours décidée à fuir ?

— Oui.

— Moulay Ismaël vous a épargnée parce que vous lui cédiez ?…

Angélique n'avait pas le temps de lui expliquer la ruse du Grand Eunuque.

— Je ne lui ai pas cédé, je ne lui céderai jamais. Je veux fuir. Aidez-moi !

— Nous le ferons à cause du vieux Savary, qui s'était mis dans la tête de vous sortir de là. C'était votre père, je crois. On ne peut pas vous laisser derrière, bien que ce soit un risque supplémentaire de prendre une femme en charge. Enfin, voilà. Un soir, dont on fixera la date, Colin Paturel ou un autre vous attendra à la petite porte du nord qui donne sur un tas d'immondices. S'il y a une sentinelle, il la tuera, il ouvrira la porte avec la clé, car elle ne s'ouvre que de l'extérieur, vous serez derrière et il vous prendra en charge. Votre partie à vous, c'est de vous procurer cette clé.

— Il paraît que le Grand Eunuque en possède une et la négresse Leila Aïcha une autre.

— Hum ! Pas commode. Enfin, nous, sans cette clé, on ne voit guère d'autre moyen. Cherchez, ayez donc une idée. Vous êtes dans la place, vous pouvez payer des servantes. Quand vous l'aurez, vous me la remettrez. Je suis toujours à rôder par là. J'ai entrepris de réviser tous les jets d'eau des patios du harem. Demain, je serai à travailler dans celui de la sultane Abéchi. C'est une brave dame aimable et qui me connaît bien, elle nous laissera causer sans histoires.

— Comment parvenir à avoir cette clé ?

— Faut vous débrouiller, ma petite ! De toute façon, vous avez quand même quelques jours devant vous. Nous attendrons les nuits sans lune pour l'évasion.

Table des matières

Première partie
Le départ

Deuxième partie
Candie

Bonne chance ! Quand vous voudrez me voir, vous demanderez Esprit Cavaillac, de Frontignan, l'ingénieur de Sa Majesté…

Il ramassa ses outils et la salua d'un petit sourire encourageant. Elle devait apprendre plus tard son histoire par la sultane Abéchi, très bavarde. Pour le faire apostasier, Moulay Ismaël lui avait imposé des supplices particulièrement odieux, lui faisant attacher par une ficelle ce que l'on n'ose nommer et arracher par l'élan de son cheval. Esprit Cavaillac avait été soigné par ses compagnons et avait survécu à ses horribles blessures. Grâce à sa mutilation, il avait libre accès à l'intérieur du sérail et pourrait servir de messager entre Angélique et les conjurés de l'extérieur.

Sa rencontre réveilla le courage de la jeune femme. On ne l'oubliait pas ! On pensait encore à elle ! On envisageait encore possible son évasion !… Eh bien ! cela serait. Osman Ferradji n'avait-il pas dit que sa force était celle d'un volcan ? Alors qu'elle se sentait si faible, malade, le dos meurtri, ces paroles lui avaient paru dérisoires. Maintenant, il lui revenait tout ce qu'elle avait osé et accompli en quelques années dans sa vie et elle ne voyait pas – non elle ne voyait pas – pourquoi elle ne réussirait pas cette chose insensée : s'échapper du harem !

Vivement, elle contourna le patio, enfila d'un pas léger une longue galerie, traversa un jardin où deux figuiers renversaient sur une vasque d'eau leurs ombres bibliques, pénétra à l'intérieur d'un autre patio et de là, sous les arceaux formant cloître qui précédaient les porches sombres des appartements. Raminan, le chef des gardes de la sultane Leila Aïcha, parut devant elle.

— Je voudrais voir ta maîtresse, lui dit Angélique.

L'œil froid du Noir la dévisagea, hésitant. Que voulait l'inquiétante rivale, la créature du Grand Eunuque, pour laquelle Leila Aïcha et Daisy-Valina convoquaient depuis huit jours les charmes maléfiques de leurs sorciers ? L'impérieuse Soudanaise de la tribu de Loubé ne s'était pas trompée sur le sens de la flagellation subie par Angélique. En lui résistant, elle avait adopté le plus sûr moyen de s'attacher Moulay Ismaël. La pointe du poignard que la révoltée avait posé sur sa gorge aiguillonnait son désir. Il lui tardait de mater cette tigresse, de la rendre roucoulante comme les colombes. Il en avait fait la confidence à Leila Aïcha elle-même. Il disait que cette femme ne pouvait résister à l'amour. Sans l'imprudence d'avoir gardé son poignard à sa ceinture, la Française serait déjà pâmée entre ses bras. Il se faisait fort de la maintenir sous la dépendance de la volupté. Il endormirait son esprit et captiverait son corps. Pour la première fois, Moulay Ismaël se laissait aller à l'invraisemblable ambition de s'attacher une femme, prêt à tout pour lui arracher un sourire et un seul geste d'abandon.

La lucide négresse était très sensible à ce changement. La colère et la peur l'envahissaient de leurs flots noirs. Pour peu que la Française fût habile, elle s'attacherait le tyran de façon indéfectible, elle le mènerait en laisse comme un guépard apprivoisé, comme elle-même Leila Aïcha retenait la panthère Alchadi.

Diabolique, Osman Ferradji jouait le jeu de l'étrangère. Il faisait courir le bruit que la Française était mourante. Le sultan demandait sans cesse de ses nouvelles. Il voulait aller la voir. Le Grand Eunuque s'y opposait. La malade était encore terrifiée et l'aspect de son seigneur et maître pourrait faire revenir la fièvre.

Cependant elle avait souri en recevant le présent que Moulay Ismaël lui avait fait porter : un collier d'émeraudes, razzié sur une galère italienne. La Française aimait donc les bijoux !... Du coup, le sultan recevait les orfèvres de la ville et examinait à la loupe leurs plus belles pièces.

Toutes ces folies agitaient Leila Aïcha et Daisy. Elles avaient envisagé toutes les solutions et la plus simple, d'abord, puisque leur inquiétante rivale était mourante : d'aider par des tisanes appropriées une œuvre si bien commencée. Mais les servantes les plus habiles et les féticheurs les plus retors, chargés d'apporter le remède, s'étaient heurtés à la surveillance renforcée des gardes d'Osman Ferradji.

Et maintenant, la Française était là de nouveau, en excellente santé semblait-il et demandant à s'entretenir avec celle qui la poursuivait de ses imprécations et de sa haine. Raminan, après réflexion, la pria d'attendre. Le prince Bonbon – turban framboise et robe blanc-sucre – jouait non loin de là à couper des têtes avec son sabre de bois. On lui avait ôté son sabre d'acier, qui avait occasionné trop de blessures autour de lui.

L'eunuque revint et d'un geste introduisit Angélique dans la pièce où l'énorme reine trônait parmi un amoncellement de braseros, de réchauds et de cassolettes de cuivre où brûlaient des herbes odoriférantes. Daisy-Valina était près d'elle. Deux tables basses supportaient des hanaps ciselés en verrerie de Bohême, dans lesquels les sultanes buvaient leur thé à la menthe, et un grand nombre de boîtes de cuivre contenant du thé, des confiseries ou du tabac.

La première femme de Moulay Ismaël retira de ses lèvres sa longue pipe et envoya une bouffée de fumée vers les plafonds en bois de cèdre. C'était son vice secret, car le sultan réprouvait hautement les pratiques de fumer, comme celles de boire, interdites par Mahomet. Lui-même ne buvait que de l'eau et n'avait jamais porté à ses lèvres le bec d'un narguilé, comme le font ces Turcs corrompus qui jouissent de la vie sans se préoccuper de la grandeur de Dieu.

Leila Aïcha se procurait tabac et eau-de-vie par des esclaves chrétiens qui seuls pouvaient en consommer et en acheter.

Angélique s'avança puis s'agenouilla humblement sur les somptueux tapis. Elle demeura ainsi la tête basse devant les deux femmes qui l'observaient en silence.

Puis elle ôta de son doigt la bague avec une turquoise que lui avait donnée jadis l'ambassadeur persan Bachtiari bey et la posa devant Leila Aïcha.

— Voici mon présent, dit-elle en arabe. Je ne peux rien t'offrir de mieux, car je ne possède rien d'autre.

Les yeux de la négresse flamboyèrent.

— Je refuse ton présent ! Et tu es une menteuse. Tu possèdes aussi le collier d'émeraudes que t'a donné le sultan.

Angélique secoua la tête et dit en français à l'Anglaise :

— J'ai refusé le collier d'émeraudes. Je ne veux pas être la favorite de Moulay Ismaël et je ne le serai jamais… si vous m'y aidez.

L'Anglaise traduisit et la négresse s'inclina soudain vers elle d'un mouvement avide et attentif.

— Que veux-tu dire ?

— Que vous avez mieux à faire pour me supprimer que de m'empoisonner ou de me vitrioler : aidez-moi plutôt à fuir.

Elles parlèrent tout bas et longtemps, rapprochées et complices. Angélique avait transformé à son service la haine que ses rivales lui portaient. Au fond, que risquaient-elles dans l'aventure ? Ou bien Angélique réussissait son évasion et elles ne la reverraient de leur vie ; ou elle était reprise et cette fois, vouée à une mort horrible. De toute façon, on ne pourrait faire porter aux deux premières sultanes la responsabilité de sa disparition, comme il en serait si on la retrouvait morte des effets d'un poison. Elles n'étaient nullement responsables du harem. La fuite d'une concubine ne pouvait leur être incriminée.

— Jamais une femme ne s'est enfuie du harem, dit Leila Aïcha. Le Grand Eunuque aura la tête tranchée !

Les prunelles jaunâtres, injectées de sang, brillèrent d'un feu rouge.

— Je comprends. Tout s'ordonne. Mon astrologue a bien lu dans les astres que tu serais la cause de la mort d'Osman Ferradji…

Un long frisson parcourut l'échine d'Angélique.

« Lui aussi l'a lu, sans doute, songea-t-elle. Voilà pourquoi Ferradji me regardait de cet air étrange. Maintenant il va me falloir lutter contre le sort, *Firouzé*, pour que tu ne sois pas plus forte que moi !… »

L'angoisse éprouvée au sommet de la tour Mazagreb l'envahit de nouveau. L'odeur des herbes, du thé et du tabac l'étouffait et elle sentait la sueur mouiller ses tempes. Elle s'employa avec une ténacité épuisante à obtenir de Leila Aïcha la petite clé de la porte nord.

Celle-ci la lui remit enfin. Elle n'avait opposé de résistance que par habitude et goût des longues palabres. En fait, dès les premiers mots d'Angélique, elle avait été ralliée à son plan. Il la débarrasserait de sa dangereuse rivale et entraînerait du même coup la perte de son ennemi le Grand Eunuque ; il la mettait à l'abri de la colère de Moulay Ismaël qui ne lui aurait pas pardonné de mettre à mal sa nouvelle passion et elle s'arrangerait pour connaître par Angélique le plan des fugitifs et les faire rattraper, ce qui assiérait son prestige et ses dons de divination auprès du maître. Il fut entendu que, la nuit de l'évasion, Leila Aïcha en personne accompagnerait Angélique et la guiderait à travers le harem jusqu'au petit escalier donnant sur la cour du secret où s'ouvrait la porte dérobée. Ainsi pourrait-elle lui éviter d'être la proie de la panthère, tapie dans quelque coin. Elle connaissait le langage de l'animal et lui apporterait des friandises pour l'amadouer. Les gardes aussi laisseraient passer la sultane des sultanes dont ils craignaient la vindicte et le mauvais œil.

— Il n'y a que le Grand Eunuque dont il faut nous méfier, objecta Daisy. Lui seul est redoutable. Que vas-tu lui raconter s'il te demande pourquoi tu es venue nous rendre visite ?

— Je lui dirai que j'avais appris votre colère à mon égard et que je voulais vous amadouer par une docilité apparente.

Les deux femmes hochèrent la tête, approuvèrent.

— Il se peut qu'il te croie. Oui, TOI, il te croira !

L'après-midi, Angélique rendit visite à la sultane Abéchi, grosse musulmane d'origine espagnole à laquelle le roi prodiguait encore quelques hommages. Il avait failli en faire sa troisième femme.

Elle vit Esprit Cavaillac et lui glissa la clé.

— Vous alors ! dit-il stupéfait, on peut dire que vous avez fait vite ! Le vieux Savary avait bien dit que vous étiez maligne et courageuse et qu'on pouvait compter sur vous comme sur un homme. Il vaut mieux savoir cela que d'emmener une empotée. Bon, maintenant, vous n'avez plus qu'à attendre. Je vous préviendrai le jour convenu.

❦

Cette attente fut ce qu'Angélique avait connu de plus cruel et de plus angoissant. À la merci de deux femmes venimeuses et sournoises, sous l'œil de devin du Grand Eunuque, il lui fallait feindre, et calmer jusqu'à l'impatience de sa propre pensée.

Son dos se remettait. Elle se soumettait avec docilité aux soins que lui prodiguait la vieille Fatima. Celle-ci espérait bien que sa maîtresse avait fini de faire la mauvaise tête. Tous les ennuis qu'elle éprouvait pour l'heure, avec ses onguents et ses médecines, et sa peau arrachée et abîmée, lui démontraient bien qu'elle ne serait pas la plus forte. Alors pourquoi s'entêter ?

Sur ces entrefaites, le bruit courut que le Grand Eunuque partait en voyage. Il allait voir ses tortues et les vieilles sultanes. Son absence n'excéderait pas un mois, mais, en l'apprenant, Angélique poussa un grand soupir de soulagement.

Il fallait absolument mettre cette absence à profit pour s'évader. Ainsi les choses seraient facilitées et le

Grand Eunuque étant absent ne pourrait avoir la tête coupée. Elle ne voulait pas croire à cette éventualité, estimant que même pour l'évasion d'une esclave, le grand Noir était trop bien en cour pour risquer la colère d'Ismaël, mais elle ne pouvait aussi s'empêcher de songer aux prédictions de l'astrologue de Leila Aïcha : « Il a lu dans les astres que tu serais la cause de la mort d'Osman Ferradji... »

Il fallait éviter cela à tout prix ! L'occasion s'en offrait : son départ.

❦

Le Grand Eunuque était venu lui faire ses adieux et lui recommander une grande prudence. Il était admis qu'elle était fort malade encore et terrifiée, donc Moulay Ismaël patienterait. C'était un miracle ! Qu'elle ne gâchât donc pas ses chances en s'acoquinant avec Leila Aïcha qui ne cherchait qu'à lui nuire !... Dans un mois, il serait de retour et alors les choses s'arrangeraient. Elle pouvait lui faire confiance.

— Je vous fais confiance, Osman bey, dit-elle.

Lui parti, elle entreprit de décider les captifs, par l'intermédiaire d'Esprit Cavaillac, d'avancer le jour de leur départ. Colin Paturel lui fit répondre qu'il fallait attendre les nuits sans lune. Mais alors le Grand Eunuque risquait à nouveau d'être de retour. Elle se mordait les doigts d'impuissance. Est-ce qu'elle pourrait leur faire comprendre, à ces chrétiens barbares, qu'elle avait entrepris une course contre la montre, contre la marche inexorable du destin ? Une lutte monstrueuse contre l'oracle qui voulait qu'elle fût cause de la mort d'Osman Ferradji ! Un combat titanesque contre les astres ! Et elle voyait dans ses cauchemars le ciel étoilé fondre sur elle en tournoyant, et l'écraser.

Enfin Esprit Cavaillac lui dit que le roi des captifs se rendait à ses raisons. Mieux valait pour elle que son évasion eût lieu en l'absence du chef du sérail. Pour les autres, la clarté de la lune ajouterait un risque supplémentaire, mais tant pis ! Colin Paturel, dépouillé de ses chaînes, ferait le tour de l'alcassave, tuant les sentinelles pour pénétrer dans la seconde, puis la troisième enceinte. Il lui faudrait traverser le petit bois d'orangers et une cour qui menait jusqu'à la petite porte. Il n'y avait plus qu'à prier Dieu que des nuages, cette nuit-là, vinssent voiler le dernier quartier encore trop indiscret de la lune. Date fut prise.

❦

Ce soir-là, Leila Aïcha lui envoya des poudres à glisser dans les boissons de ses servantes-gardiennes.

Angélique offrit du café à Rafaï, venu s'informer de sa santé. En l'absence du Grand Eunuque, il était responsable du sérail. Le poussah aimait à prendre les airs mi-familiers, mi-protecteurs du Grand Eunuque vis-à-vis de ses pensionnaires. Cette attitude, si naturelle à la personnalité princière d'Osman Ferradji, n'allait pas du tout au gros Rafaï. Il s'attirait les rebuffades des moqueuses. Aussi se réjouit-il de voir Angélique s'humaniser et but-il jusqu'au fond la tasse de café qu'elle lui offrait. Après quoi, il alla mêler ses ronflements à ceux des servantes, prostrées.

Angélique attendit un temps qui lui parut infini. Quand l'appel d'un oiseau de nuit lui parvint, elle descendit à pas de loup dans le patio. Leila Aïcha était là avec, près d'elle, la silhouette frêle de Daisy. L'Anglaise portait une lampe à huile. La lumière était inutile pour l'instant car, hélas, la lune brillait comme une voile latine voguant sur l'océan de la nuit, dans un ciel qu'aucun nuage ne brouillait.

Les trois femmes traversèrent le petit jardin et s'engagèrent sous une longue galerie voûtée. De temps en temps, Leila Aïcha tirait de son ample poitrine un son étrange, une sorte de roucoulement rauque et Angélique comprit qu'elle appelait la panthère.

Elles arrivèrent au bout du passage voûté sans encombre. Elles suivirent encore les galeries à colonnades encadrant un autre jardin à la douce haleine de roses. Soudain, la négresse s'arrêta.

— Elle est là ! chuchota Daisy, crispant sa main sur le bras d'Angélique.

La bête sortit des buissons, le museau au sol, les reins hauts, dans la posture d'un énorme chat qui va bondir sur une souris.

La sultane noire lui tendit une carcasse de pigeon, tout en continuant son roucoulement sauvage. La panthère parut se calmer. Elle s'approcha et Leila Aïcha lui passa une chaîne à son collier.

— Restez à deux pas derrière moi, dit-elle aux deux Blanches.

Elles reprirent leur marche. Angélique s'étonnait de ne pas rencontrer plus souvent des eunuques, mais Leila Aïcha avait choisi de passer par le quartier des anciennes concubines, les délaissées, qui n'étaient jamais gardées avec trop de rigueur. La discipline se relâchant encore en l'absence du chef du sérail, les eunuques préféraient se réunir dans leur cassine personnelle pour s'y livrer à d'interminables parties d'échecs.

Des servantes ensommeillées les virent passer et s'inclinèrent devant la sultane des sultanes.

Maintenant, elles montaient un escalier conduisant aux remparts.

C'était l'endroit le plus difficile à franchir. Elles suivirent le chemin de ronde dominant d'un côté le gouffre sombre des jardins entourant la mosquée dont on voyait luire la coupole de tuiles vertes, de l'autre une place de sable déserte où se tenait parfois le marché intérieur de l'alcassave, vraie ville fortifiée. Moulay Ismaël s'était construit un palais dans lequel il pouvait résister des mois aux révoltes possibles de la ville qui l'entourait.

Au bout du chemin de garde, il y avait un garde, debout sur un des merlons, le dos tourné, surveillant la place, sa lance dressée vers les étoiles.

Les trois femmes se rapprochèrent, se glissant dans l'ombre des merlons. À quelques pas de l'eunuque immobile, Leila Aïcha eut un geste brusque. Elle lança dans sa direction la carcasse de pigeon, qu'elle n'avait pas encore donnée à la panthère.

La bête fit un bond en avant pour attraper son morceau. Le garde se retourna, vit le fauve sur lui. Il poussa un cri, terrifié, trébucha et bascula dans le vide. On entendit le bruit sourd de son corps s'écrasant au pied des remparts.

Les femmes attendirent, retenant leur souffle. D'autres gardes seraient-ils attirés par les cris de leur compagnon ? Mais rien ne bougea.

Leila Aïcha recommença son manège pour calmer la panthère, puis reprit en main l'extrémité de sa chaîne.

Ensuite, elles pénétrèrent à l'étage d'un autre bloc d'habitation, désaffecté. On était sur le point d'entreprendre sa démolition pour rebâtir une autre construction.

Les sultanes conduisirent Angélique jusqu'au sommet d'un raide petit escalier qui plongeait dans l'ombre d'une courette profonde comme un puits.

— C'est là, dit la négresse. Tu descendras. Tu verras la cour et la porte ouverte. Si elle ne l'est pas, tu attendras. Ton complice ne peut tarder. Tu lui diras de remettre la clé dans une petite anfractuosité du mur sur la droite. J'enverrai demain Raminan la reprendre. Maintenant, va !

Angélique commença de descendre, leva la tête, se crut obligée de dire « Merci » et pensa qu'elle n'avait jamais rien vu de plus singulier que la vision de ces deux femmes qui, penchées côte à côte, la regardaient s'éloigner : la blonde Anglaise levant haut sa lampe à huile et la sombre négresse retenant par le collier la panthère Alchadi.

Elle descendit. La clarté de la veilleuse cessa de la suivre. Elle trébucha un peu aux dernières marches, mais tout de suite aperçut le dessin de la porte en forme de serrure qui se découpait, inondée de clair de lune. Ouverte !... Déjà ! Le captif était en avance...

Angélique s'approcha, hésitante et malgré elle angoissée au moment d'accomplir les derniers pas. Elle appela à mi-voix en français :

— Est-ce vous ?

Une silhouette humaine se courba pour pénétrer dans l'étroite ouverture, l'obstruant et voilant du même coup la clarté, si bien qu'Angélique ne put distinguer aussitôt celui qui entrait. Elle ne le reconnut que lorsqu'il se redressa et qu'un rayon de lune fit miroiter son haut turban de lamé or.

Le Grand Eunuque, Osman Ferradji, était devant elle.

— Où vas-tu, *Firouzé* ? demanda-t-il de sa voix douce.

Chavirée, Angélique s'appuya au mur. Elle aurait voulu y disparaître. Elle croyait faire un cauchemar.

— Où vas-tu, *Firouzé* ?

Il fallait l'admettre. Il était là. Elle se mit à trembler, à bout de force.

— Pourquoi êtes-vous là, dit-elle, oh ! pourquoi êtes-vous là ? Vous étiez en voyage.

— Je suis rentré depuis deux jours, mais je n'ai pas cru nécessaire de répandre le bruit de mon retour.

Diabolique Osman Ferradji ! Tigre doucereux et implacable. Il se tenait dressé entre elle et la porte de son salut. Elle tordit ses mains jointes en un geste désespéré.

— Laissez-moi fuir, supplia-t-elle haletante. Oh ! laissez-moi fuir, Osman bey. Vous seul le pouvez. Vous êtes tout-puissant. Laissez-moi fuir !

L'expression du Grand Eunuque fut aussi outrée qu'à l'énoncé d'un sacrilège.

— *Jamais* une femme n'a fui le harem dont j'étais le gardien, affirma-t-il, farouche.

— Alors ne dites pas que vous voulez me sauver ! cria Angélique avec colère. Ne dites pas que vous êtes mon ami. Vous savez bien qu'ici je n'ai d'autre destin que la mort !

— Ne t'ai-je pas demandé de me faire confiance ?… Oh ! *Firouzé*, pourquoi veux-tu toujours forcer le sort ?… Écoute, petite rebelle, ce n'est pas pour aller voir les tortues que je suis parti, mais pour essayer de joindre ton ancien maître.

— Mon ancien maître ? répéta Angélique, ne comprenant pas.

— Le Rescator, ce pirate chrétien qui t'a achetée trente-cinq mille piastres à Candie.

Tout se mit à tourner autour d'Angélique. Comme chaque fois que ce nom était jeté devant elle, elle éprouvait le même trouble fait d'espérance et de regrets, et ne savait plus que penser.

— J'ai pu joindre un de ses navires en escale à Agadir et le capitaine m'ayant indiqué où il se trouvait, j'ai pu correspondre avec lui par deux messages de pigeons voyageurs… Il vient… Il vient pour te chercher !

— Il vient pour me chercher ? répéta-t-elle, incrédule.

Et peu à peu le poids qui oppressait son cœur s'allégea. Il allait venir la chercher…

C'était sans doute un pirate, mais c'était tout de même un homme de sa race. Jadis il ne lui avait inspiré aucune crainte. Il n'aurait qu'à paraître noir et maigre, qu'à poser sa main sur sa tête si humiliée aujourd'hui, pour que la chaleur de la vie revînt en elle. Elle le suivrait et elle lui demanderait : « Pourquoi m'avez-vous achetée trente-cinq mille piastres à Candie ? Me trouviez-vous si belle ou bien aviez-vous lu dans les astres, comme Osman Ferradji, que nous étions faits pour nous rejoindre ? »…

Que répondrait-il ? Elle se souvenait de sa voix difficile et rauque, qui avait fait passer un frisson en elle. C'était pourtant un inconnu, mais elle se voyait pleurant sur son cœur, lorsqu'il l'aurait emmenée loin d'ici, loin. QUI était-il ? Il était le voyageur venant de l'horizon, chargé de la provende des temps futurs. Il l'emmènerait…

— C'est impossible, Osman bey. C'est de la folie de votre part ! Comment Moulay Ismaël consentirait-il jamais à cela ! Il n'est pas de ceux qui lâchent aisément leur proie. Le Rescator devra-t-il encore me racheter le prix d'un navire ?

Le Grand Eunuque secoua la tête. Il se prit à sourire et elle vit apparaître dans ses yeux ce regard plein de sérénité et de bonté qu'elle avait cru y lire lorsque pour la première fois elle l'avait rencontré et qu'elle l'avait pris pour un mage.

— Ne te pose plus de questions, madame la Turquoise, fit-il d'un ton heureux. Sache seulement que les étoiles n'ont pas menti. Moulay Ismaël aura plus d'une raison de consentir à la demande du Rescator. Ils se connaissent et se doivent de nombreuses obligations. Le trésor du royaume ne saurait se passer du pirate chrétien qui l'alimente d'argent frais en échange de sa bannière. Mais il y a plus. Notre sultan, si respectueux des lois, ne pourra que s'incliner. Car c'est là que le doigt d'Allah intervient. *Firouzé*. Écoute. Cet homme était jadis…

Il s'interrompit et eut une sorte de hoquet.

Angélique, qui le regardait, vit ses yeux s'agrandir, s'emplir de l'expression étonnée et horrifiée qu'il avait eue pour elle l'autre soir, au sommet de la tour Mazagreb.

Il eut un nouveau hoquet. Tout à coup un flot de sang gicla de sa bouche, éclaboussant la robe d'Angélique, et il s'abattit d'une masse, les bras en croix, la face contre le sol.

Derrière lui se découvrit un géant blond et barbu, vêtu de haillons, et dont la main tenait le poignard dont il venait de frapper.

— Prête, petite ? demanda Colin Paturel.

LVII

Hagarde, Angélique franchit le cadavre du Grand Eunuque. Elle passa sous la porte que le captif referma soigneusement, comme s'il en avait la garde.

Ils restèrent un instant immobiles dans l'ombre de la muraille avec, devant eux, la déchirure blanche de la place qu'il fallait traverser. La main de Colin Paturel saisit le bras de la jeune femme à travers son vêtement et, d'une poigne sans réplique, il l'entraîna comme on se jette à l'eau. En quelques foulées, ils furent de l'autre côté, de nouveau abrités par l'ombre noire. Ils attendirent. Rien ne bougeait. Le seul garde qui eût pu les apercevoir était celui qui était tombé tout à l'heure, du haut du rempart.

Ils franchirent la porte voûtée. Angélique buta contre quelque chose de mou : un corps étendu. Celui d'une autre sentinelle que le poignard du captif avait exécutée lorsqu'il lui avait fallu pénétrer dans la dernière enceinte. Ensuite, une odeur nauséabonde leur parvint. Un tas d'immondices formait colline aux abords de l'alcassave. Angélique dut s'y engager à la suite de son guide. Il bougonna :

— Rien de mieux pour brouiller les pistes… brouiller les odeurs si demain ils lancent leurs chiens…

Angélique ne demandait pas d'explications. En acceptant de fuir, elle avait tout accepté d'avance.

Colin Paturel se laissa glisser dans le caniveau visqueux où l'eau coulait avec la louable intention d'entraîner les détritus mais sans y parvenir. Il était préférable de ne rien voir. Angélique glissait, se rattrapait aux haillons du captif qui, d'une pression, la remettait sur pied. Quand il la soutenait, elle se sentait aussi légère qu'un fétu. Elle se souvint que la force du roi des captifs était légendaire. Certaines femmes du harem l'avaient vu un jour tordre le cou à un taureau dans un combat singulier où Moulay Ismaël lui avait fait affronter le fauve à mains nues.

— C'est là, je crois, murmura-t-il.

Il se fondit dans la nuit et elle se retrouva seule.

— Où êtes-vous ? cria-t-elle.

— Là-haut. Tendez la main.

Angélique leva le bras et se sentit happée, enlevée dans les airs et maintenue en équilibre sur la branche d'un gros arbre.

— Bonne méthode aussi pour brouiller les pistes, hein, petite ? Maintenant, attention !

Il exécuta une difficile manœuvre où Angélique jouait le rôle assez encombrant de paquet que l'on hisse et que l'on balance par-dessus le bord d'un mur. Elle se retrouva, un peu contusionnée, dans un massif d'herbe fraîche. Colin Paturel avait sauté à côté d'elle.

— Pas de mal, petite ?

— Non. Où sommes-nous ?

— Dans les jardins de Sidi Rodani.

— C'est un de vos complices ?

— Non, plutôt pas. Mais je connais les lieux. J'ai bâti la résidence de Rodani. Les lumières qu'on voit briller entre les feuilles, c'est sa terrasse. En passant par ses jardins, on gagne de ne pas avoir à traverser la moitié de la ville.

Le cœur d'Angélique se sentit oppressé d'une nausée due à l'odeur d'égout dont étaient imprégnés ses vêtements. À pas de loup, ils se glissèrent sous les feuillages des oliviers longeant le mur du fond.

Tout à coup des aboiements sonores parvinrent de la maison. Colin Paturel fit halte. Les aboiements redoublèrent. Les chiens s'excitaient, ayant flairé les intrus.

À travers les branches, on ne pouvait voir les mouvements que l'alerte des chiens provoquait aux abords de la maison, mais l'on distinguait de nouvelles lumières, des torches que les serviteurs apportaient, des voix arabes qui se hélaient.

— On dirait… on dirait qu'ils organisent une battue dans le jardin, murmura Angélique.

— C'était à prévoir.

— Oh ! qu'allons-nous faire ?

— Ne craignez rien, petite.

Ce fut à cet instant qu'Angélique comprit l'ascendant que le Normand Colin Paturel avait pris pendant douze années sur les milliers de captifs de toutes nations et de toutes origines qui emplissaient le bagne de Miquenez. Sa voix ! Sa voix persuasive et lente, avec un accent un peu rugueux, une voix qui ne craignait rien et qui reflétait exactement sa nature physique. C'était un homme qui ne connaissait pas la panique, l'émoi intérieur qui tord les boyaux et tend les nerfs.

Il n'avait pas à se dominer. Il ne pouvait pas trembler. Les battements de son cœur avaient toujours gardé le même rythme régulier en sa vaste poitrine. Rarement son sang avait accéléré sa course. Et c'était cet extraordinaire équilibre de la chair, servie par un esprit modeste et courageux, qui finissait par déconcerter la mort elle-même. À ses côtés, la comparaison du roc que rien n'entame venait d'elle-même.

Pourtant la situation était tragique. Des serviteurs avaient pris en laisse les deux sloughis noirs qui avaient donné l'alarme. Suivis du maître de maison et d'autres nombreux domestiques qui portaient des torches, ils parcouraient les allées. Les chiens allaient droit vers le lieu où se tenaient les fugitifs.

On entendait se rapprocher les voix, et jusqu'au grésillement des torches de résine. Leur clarté fluide environnée d'étincelles tremblait à travers les frondaisons.

— Nous sommes perdus ! souffla Angélique.

— Ne craignez rien, petite. Mettez votre voile sur votre visage et, quoi qu'il arrive, ne dites rien. Obéissez-moi.

Il l'enleva dans ses bras et avec beaucoup d'autorité et de douceur, la coucha sur la mousse. La masse de son corps lui cacha la brusque clarté que les torches projetaient à l'intérieur du bosquet, et la surprenante sensation qu'elle éprouvait au contact de cette poitrine musclée l'écrasant et de ce visage barbu contre le sien la dispensa d'autres émotions. Colin Paturel resserra son étreinte. Elle n'était qu'un oiseau entre ses bras noueux, qu'il eût pu étouffer d'une seule pression. Elle suffoqua, rejetant la tête en arrière pour trouver de l'air et ne pouvant retenir un gémissement.

Les exclamations se croisaient en arabe au-dessus d'eux. Jurons du maître, ricanements des serviteurs.

Le maître se mit à donner des coups de pied à Colin Paturel, qui se décida à se lever à demi, d'un air sournois.

— Oh ! Joseph Gaillard, s'écria-t-il en français, ne seras-tu pas indulgent à de pauvres amoureux ? Dieu sait que je n'ai point dix femmes, comme toi.

Sidi Rodani, qui n'était autre que Joseph Gaillard, le renégat français employé aux magasins de guerre, passait par toutes les couleurs. Dans sa rage, il tendit le poing.

— Paillard de roumi ! Je t'apprendrai à venir forniquer dans mes jardins ! Quand donc paieras-tu ton toupet infernal, Colin Paturel ? Tu oublies que tu es un esclave, un…

— Je suis un homme comme les autres et je suis un Français comme toi, allons !… dit le Normand, bonasse. Allons, allons, l'ami, tu n'en es pas à me faire des histoires pour une petite de je ne sais quelle couleur que j'ai trouvée à me mettre sous la dent, pauvre esclave que je suis !

— Je me plaindrai au roi dès demain.

— Tu veux donc que mes gardiens aient la tête tranchée ? Le roi ne me donnera pas plus de vingt coups de bâton. Il me connaît. Il m'accorde quelques extras à ce sujet, et quand je lui ai obtenu un bon travail, il sait qu'il ne peut pas mieux me récompenser qu'en m'envoyant une de ses Mauresques au rebut. J'aurais bien tort de faire le difficile. Tu n'es pas de mon avis ?…

— Mais pourquoi dans mes jardins ? dit Sidi Rodani, outré.

— L'herbe y est douce et, comme ça, les camarades ne sont pas jaloux.

Le renégat haussa les épaules.

— Les camarades ! Tu veux me faire croire qu'il y en a qui ont conservé le goût des femmes parmi ces mal-nourris accablés de besogne. Il faut que ce soit toi, l'increvable, pour chercher encore l'aventure.

— Ça, tu l'as dit, l'ami. Le curé de mon village m'avertissait déjà lorsque j'allais sur mes seize ans : « Colin, mon fils, c'est la galanterie qui te perdra ! » Te souviens-tu, Gaillard, de la virée que l'on a faite en relâchant à Cadix quand…

— Non, je ne m'en souviens pas, hurla le renégat, et je veux te voir déguerpir d'ici. Dans MES jardins… Par où es-tu entré ?

— Par la petite porte du fond. La serrure n'a pas de secret pour moi. C'est moi qui l'ai posée.

— Bandit ! Je la ferai changer demain.

Sous une grêle de coups de bâton, Colin Paturel et Angélique furent raccompagnés jusqu'à la petite porte du fond. Elle était close, mais les serviteurs, ennuyés de l'incident qui mettait en cause leur vigilance, ne cherchèrent pas à élucider le mystère. On l'ouvrit. Le captif et sa compagne furent jetés dehors sans douceur.

La rue était obscure. Colin Paturel marchant le premier, elle le suivant à quelques pas, ils traversèrent encore un lacis de ruelles étroites qui rappelait à Angélique le dédale où elle s'était perdue dans Alger. Son guide s'y avançait d'un pas sûr. Cependant le labyrinthe ne semblait devoir jamais finir.

— Quand allons-nous sortir de la ville ? murmura-t-elle.

— Nous n'allons pas sortir de la ville.

Il s'arrêta et frappa à une porte, près d'une fenêtre aux grilles peintes en rouge, qu'éclairait une lanterne.

Après leur avoir parlé à travers un judas, quelqu'un leur ouvrit. Un homme en lévite, aux longs yeux veloutés sous sa calotte noire.

— C'est Samuel Maïmoran, le gendre du vieux Savary, présenta Colin Paturel. Nous sommes dans le *Mellah*, le quartier juif. Nous sommes à l'abri.

Les autres évadés attendaient dans la pièce voisine. Sous la lueur de curieuses lampes vénitiennes, aux verreries de couleur qui accentuaient l'aspect peu engageant de leurs visages blêmes mangés de barbe, Piccinino le Vénitien, le marquis de Kermœur, Francis l'Arlésien, Jean d'Harrostegui, le vieux Caloëns et Jean-Jean de Paris, tous parurent à Angélique de la dernière espèce humaine. Elle avait peine à admettre qu'ils parlaient français. Elle resta appuyée près de la porte tandis que le Normand faisait part à ses compagnons de son expédition. Elle les entendit s'esclaffer lorsqu'il leur conta l'incident des jardins de Sidi Rodani.

— Quand ils s'apercevront que tu étais en train de soulever la favorite en titre de Moulay Ismaël !... Tu pourras te plaindre après, Colin le Paillard, de n'avoir que du rebut !...

Ils tournèrent leurs faces hilares vers Angélique et leur expression se figea. Jean-Jean de Paris sifflota :

— *Pfut !* On dirait qu'il y a eu du vilain ! Elle est blessée, la fille ?

— Non. Le sang, c'est celui du grand démon que j'ai décousu par-derrière.

Angélique, en abaissant les yeux sur elle, se vit souillée de sang et de boue.

Une jeune juive entra, son beau visage découvert entre les bijoux pendant de sa coiffure. Elle prit Angélique par la main et l'emmena dans la pièce voisine. Un baquet d'eau chaude y fumait. Angélique commença à se débarrasser de ses vêtements. La juive voulut l'aider mais elle déclina l'offre. Elle se sentait à bout. Ses mains se joignirent autour du linge maculé, le serrant avec force contre sa poitrine. Elle revoyait l'immense corps sans vie du mage.

« Ne te pose plus de questions, madame la Turquoise. Sache seulement que les étoiles n'ont pas menti… »

Ses nerfs lâchèrent. Elle éclata en sanglots et ses larmes coulèrent, intarissables, tandis qu'elle effaçait sur son voile le sang du Grand Eunuque Osman Ferradji.

Quatrième partie

L'évasion

LVIII

La ruse de Colin Paturel était audacieuse. La plus dangereuse qu'on ait imaginée de mémoire d'évadé. Tandis que les gardes se lanceraient à leur poursuite sur les pistes du Nord et de l'Ouest, les fugitifs resteraient terrés trois jours, à quelques pas de leurs tourmenteurs, dans les entrailles du *Mellah*. Ils partiraient ensuite pour le Sud.

Une complicité de minorité persécutée rapprochait juifs et chrétiens. Le vieux Savary avait créé le lien. À l'aise dans l'ombre du *Mellah* où son gendre, « ce charmant garçon » Samuel Maïmoran, posait du bout d'une pince émeraudes et rubis sur sa balance de joaillier, à l'aise au sein putride des prisons mazmores ou du camp des esclaves, où il passait, affairé et industrieux, il avait su rapprocher des intérêts d'argent, des ambitions égales et s'attirer des dévouements indéfectibles. Il avait mis en rapport Piccinino le Vénitien avec le père de son gendre, ce Maïmoran si bien en cour que Moulay Ismaël le consultait chaque jour. Maïmoran avait été le pourvoyeur de toutes ses expéditions guerrières. L'Arabe, imprévoyant de nature, soumis à des élans de générosité passionnels, ne pouvait subsister sans les prêteurs et les changeurs. La ville musulmane n'aurait pas survécu sans l'autre agglomération poussée contre son flanc, haïe comme une tumeur : le *Mellah*, inépuisable réservoir de denrées et d'argent frais, alors que famine et ruine menaçaient le peuple. On s'interrogeait sur le mystère qui, entre les mêmes remparts, enfermait cigales et fourmis.

L'Arabe savait que le monde était à lui. La conquête et le pillage rempliraient ses coffres lorsqu'ils seraient vides. Le juif n'avait d'autres espérances que l'épargne, et le pressentiment des mauvais jours le portait à prévoir, toujours prévoir. Aux primitives données du troc pratiqué par les Africains, il opposait sa connaissance des cours boursiers et, par d'incessants voyages, se maintenait au courant des fluctuations commerciales du monde entier.

C'était de l'un à l'autre de ces deux mondes opposés et soudés par la force de la nécessité, un combat intense, un conflit de puissance, sourd, terrible et inévitable. Le drame montait. Un jour tout explosait. Les musulmans, cimeterre au poing, envahissaient le *Mellah*. La force du sabre triomphait de celle de l'argent… et tout recommençait. Il n'était pas prudent pour un juif de se trouver à la nuit tombée dans la ville arabe.

Réfugiés là, les sept chrétiens se trouvaient protégés par les cloisons étanches de plusieurs siècles de haine et de luttes féroces. Les juifs de Miquenez en étaient à ce degré, atteint une ou deux fois par génération, où ils triomphaient, ayant en main les plus grosses fortunes de la ville, tenant Moulay Ismaël par les fils emmêlés d'obligations diverses. Ils en étaient à songer qu'ils pouvaient tout se permettre et jusqu'à commettre vis-à-vis du roi, des actes aussi fous que de donner asile à des esclaves fugitifs – satisfaction intérieure que goûtait le grand personnage, Zacharie Maïmoran, se rendant à l'alcassave et se prosternant devant le sultan écumant de rage, l'écoutant parler de Colin Paturel et des siens disparus. Mais il avait envoyé des gardes dans toutes les directions. On les ramènerait enchaînés et ils périraient dans des supplices atroces. Zacharie Maïmoran caressait sa longue barbe et hochait la tête.

— Tu feras bien, seigneur ! Je comprends ta colère.

Moulay Ismaël avait un regard pénétrant et presque devin, mais il savait qu'il ne pénétrerait jamais les pensées de ce juif qui avait déjà fait la fortune de son père Moulay Archy. C'était pour lui un sujet de malaise, de colère rentrée qui gonflait au fond de son âme tumultueuse comme un levain de tragédie. « Un jour !... » se promettait-il, tourné vers les murs clos du *Mellah*. « Un jour !... »

En la demeure du fils de Zacharie, Samuel, trois journées s'écoulèrent lentes et lourdes pour les captifs. Le soir du second jour, il y eut un remue-ménage dans la ruelle, des cavalcades et des ruades de chevaux se heurtant à l'étroitesse des murs. La femme de Samuel, Rachel, se hissant pour regarder à la grille rouge, murmura dans un jargon mi-français, mi-arabe :

— Ce sont deux gardes du sultan, des nègres. Ils vont chez Jacob et Aaron, les saleurs de têtes...

Les gardes étaient venus prévenir ces soigneux artisans de préparer leurs tonneaux de saumure. Le roi, dans sa colère de l'évasion des captifs, avait décapité de sa main plus de vingt gardes. Il ne s'était arrêté qu'à bout de force. Les têtes seraient exposées aux carrefours de la ville, après avoir été plongées dans le sel par les soins de Jacob et Aaron Leïon ou de quelque autre confrère.

Basse besogne, dévolue aux seuls juifs, d'où le nom du quartier où s'accomplissait l'impure salaison : le *Mellah*, venant du mot *melah*, « le sel ».

Un voisin vint en chuchotant porter des nouvelles. Les soldats lancés sur les traces des fugitifs n'étaient pas encore revenus. Ils tremblaient sans doute de retourner bredouilles. Et selon toute apparence, le bruit ne s'était pas encore répandu de la fuite d'une esclave du harem et de l'assassinat du Grand Eunuque. Jusqu'où s'étendrait alors sa colère !... Du travail en perspective pour Jacob et Aaron Leïon.

Angélique attendait, assise près des juives chatoyantes, parées comme des châsses avec leurs bijoux d'or pur incrustés de gemmes et leurs satins vert pomme, rouge, orange ou citron, leurs voiles rayés, entre lesquels leurs yeux noirs et leur teint d'ambre avaient la même luisance de richesse. Près des hommes, aux allures de chats maigres dans leurs lévites noires, elles étaient l'éclat, l'opulence, ainsi que les enfants, merveilleusement beaux et subtils, eux aussi vêtus de toutes les couleurs. Sarah, la mère, Rachel, Ruth, les filles, Agar la bru, le petit Joas, Josué et la ravissante poupée Abigaël.

Avec Angélique, elles partageaient les galettes de pain azyme, le riz au safran, la morue portugaise et les concombres salés. Mais concombres et morue ne passaient pas. L'attention d'Angélique se reportait aux exclamations de la rue, au bruit grinçant de la charrette qui apportait les têtes.

— *Fissa ! Fissa !*

Les gardes eux-mêmes n'aimaient pas s'attarder dans le *Mellah*. Enfin, ils s'éloignaient. Ils reviendraient demain avec d'autres têtes…

Rachel posait une main rassurante sur celle d'Angélique et lui souriait. Pourquoi ces hommes et ces femmes acceptaient-ils de tels risques ? se demandait-elle alors. Car le glaive suspendu sur sa propre tête l'était aussi sur celle des *yaoudi*[1], sur la calotte noire du joaillier paisible, sur la chevelure bouclée de la petite Abigaël endormie entre les genoux de sa mère, les disques d'or de ses boucles d'oreilles caressant ses joues rondes de bébé de deux ans.

— Tout va bien, disait Rachel.

C'étaient presque les seuls mots français qu'elle savait. Et lorsqu'elle les disait, la lueur allègre de son regard et son sourire très fin rappelaient tout à coup à Angélique que cette femme étrangère était la fille du vieux Savary.

En vérité, elle n'avait pas eu le temps de pleurer assez le vieux Savary. Elle s'apercevait qu'elle l'attendait encore. Elle n'imaginait pas de se retrouver sur les routes sans lui trottinant, infatigable, prodiguant ses conseils et flairant dans le vent « l'odeur des voyages heureux ».

— Maudit soit Moulay Ismaël ! s'écriait-elle en arabe.

— Maudit ! Maudit cent fois soit Moulay Ismaël ! répondaient les juives dans un murmure de prières.

1. « Les juifs », en arabe.

❦

Le deuxième soir vint l'artisan Cavaillac, accompagné d'un autre captif, un chevalier de Malte, M. de Méricourt. Ils racontaient que Miquenez entière vivait comme accablée sous le poids de l'orage. On avait eu à la fin la révélation de l'invraisemblable scandale : une captive s'était évadée du harem du sultan ! On avait découvert le corps du Grand Eunuque assassiné. Que disait, que faisait Moulay Ismaël ? Il restait prostré, le front contre terre.

« Je n'avais que deux amis proches de mon cœur, répétait-il : Osman Ferradji et Colin le Normand. En un jour, je les ai perdus tous les deux ! »

Il ne parlait pas de la femme. Sa pudeur d'Arabe s'y opposait. Mais nul ne doutait que le réveil de sa douleur serait terrible. Quels gestes, quels massacres pourraient soulager le désespoir de son étrange cœur ?…

— Il faut rester ici encore un jour, dit Colin Paturel.

Les autres en avaient la sueur au front. Ils ne pouvaient plus tenir ainsi, à attendre des heures dans le silence du *Mellah*. Moulay Ismaël finirait par les sentir à travers les murs.

— Encore un seul jour, répéta le Normand de sa voix paisible.

Et le calme revint en leur esprit. La force du Normand brouillait les effluves révélateurs, de même que le sang-froid du juif Maïmoran, sa maîtrise exceptionnelle, neutralisait le flair du maître sanguinaire. Il les cherchait sur les routes du bled vers Mazagran et envoyait des courriers prévenir les cheikhs des adouars, que si les fugitifs ne lui étaient pas ramenés prochainement, ils en répondraient de leur tête.

Angélique entendit ensuite le roi des captifs s'entretenir avec le chevalier de Malte, M. de Méricourt. Ce dernier, un homme d'une cinquantaine d'années, aurait charge, après l'évasion de Colin Paturel, de poursuivre chez les captifs la tâche entreprise par le Normand : maintenir l'ordre, rendre la justice, régler les différends.

— Tu peux compter sur un tel, disait Colin Paturel, méfie-toi de cet autre. Ne laisse jamais schismatiques et catholiques en voisinage…

Puis Cavaillac et M. de Méricourt s'en allèrent, pour regagner le campement des esclaves. Ils avaient réussi à se faire charger d'une mission au quartier juif, mais il ne fallait pas que leur absence prolongée attirât la suspicion. Ils promirent de venir donner des nouvelles, le jour prévu pour le départ des fugitifs.

❦

Une autre journée s'écoula. Le lendemain matin, comme Angélique était seule dans la chambre des femmes, l'un de ses futurs compagnons d'évasion, le marquis de Kermœur, vint lui demander un peu d'eau bouillante du samovar dans un bol. Il profitait de ses loisirs forcés pour se faire la barbe, soin qu'il n'avait pu prendre que fort rarement, et à coups de tessons de bouteille, durant ses six années de captivité.

— Bienheureuse êtes-vous, ma chère enfant, de ne pas connaître de tels soucis ! dit-il en lui effleurant la joue d'un doigt. Dieu, que votre peau est douce !

Angélique lui demanda de tenir son bol à deux mains, afin de ne pas risquer de s'ébouillanter pendant qu'elle versait l'eau. Le gentilhomme breton la regardait avec intérêt.

— Quel délice de contempler enfin un aussi joli minois français ! Ah ! ma belle, vous me voyez au regret de me présenter en si piteux équipage. Mais patience ! Dès que nous serons à Paris, je vais me faire confectionner une rhingrave de satin rouge qui hante mes rêves de pauvre captif.

Angélique éclata de rire.

— Il y a belle lurette qu'on ne porte plus de rhingrave parmi les élégants, monsieur.

— Ah ? Que porte-t-on ?

— La culotte serrée un peu au-dessus du genou et l'habit descendant jusqu'à cette hauteur et très juponné.

— Expliquez-moi cela, supplia le marquis en s'asseyant sur le matelas de coussins, près d'elle.

De bonne grâce, elle lui donna quelques détails. Avec une perruque, il aurait pu ressembler au duc de Lauzun. Un Lauzun vêtu de la chemise des forçats et dont l'échine aurait connu souvent les bâtons des chaouchs.

— Donnez-moi votre main, mignonne, dit-il tout à coup.

Elle la lui tendit et il la baisa. Ensuite, il regarda la jeune femme avec étonnement.

— Mais vous avez été à la Cour, sans aucun doute, s'exclama-t-il. Il faut avoir l'habitude des mille baisemains de la Grande Galerie pour accomplir ce geste avec tant d'aisance. Et je parierai même que vous avez été présentée au roi. N'est-ce pas vrai ?

— Monsieur ! Qu'importe !

— Mystérieuse beauté, comment vous nommez-vous ? Par quel étrange hasard êtes-vous tombée aux mains de ces pirates ?

— Et vous-même, monsieur ?

❦

— Marquis !

La voix de Colin Paturel les interrompit. Le géant se tenait sur le seuil de la porte, scrutant la pénombre de son œil bleu, clarté incisive sous ses sourcils touffus.

Kermœur répondit :

— Oui, majesté.

Il le faisait sans ironie. Les captifs avaient pris l'habitude d'appeler ainsi celui qui, pendant des années, avait fait régner l'ordre dans leur monde disparate et féroce. Nuancé d'affection chez ceux qui l'admiraient et d'une certaine crainte chez ceux qui le redoutaient, le titre leur était familier. Ils avaient besoin de se sentir commandés, soutenus, et Dieu sait quel porte-parole audacieux Colin Paturel avait été pour ses frères captifs ! Il avait obtenu pour eux un lazaret où les chirurgiens soignaient les malades, de meilleures rations de nourriture, du vin, de l'eau-de-vie et du tabac, et de chômer les quatre grandes fêtes chrétiennes… et la venue des pères de la Rédemption. Cette dernière initiative avait été en partie un échec, mais elle ouvrait la porte à d'autres négociations. Le marquis de Kermœur admirait avec sincérité Colin Paturel et goûtait un singulier plaisir à lui obéir, car c'était, estimait-il, un chef intelligent, ce qu'il ne lui était pas toujours arrivé de rencontrer dans sa propre carrière d'officier de la marine royale. Jeune enseigne de vingt-deux ans lorsqu'il avait été capturé, il avait « servi » sous les ordres du roi des captifs comme garde du corps, car ce bretteur de race maniait l'épée et la rapière comme nul autre dans tout le bagne et Colin avait obtenu pour lui le port de son épée sur ses hardes d'esclave. En apprenant que son chef entreprenait pour la troisième fois une évasion, il s'était joint à lui. Colin le Normand déménageait en somme avec tout son état-major.

Tourné vers l'autre salle, il les appela.

— Compagnons, venez par ici !

Les captifs entrèrent et se rangèrent devant lui. Kermœur se joignit à eux.

— Compagnons, demain soir nous nous mettrons en route. Je vous donnerai plus tard les dernières recommandations, mais auparavant, il y a encore une chose que je voudrais vous dire. Nous serons sept fugitifs, six hommes… et une femme. Cette femme, c'est plutôt un embarras pour nous, mais après tout elle a bien mérité qu'on l'aide à recouvrer sa liberté. Seulement, attention : si nous voulons parvenir à bon port, faut nous tenir les coudes. Nous allons forcément connaître la faim, la soif, la fatigue, le soleil du désert et la peur. Qu'au moins nous ne connaissions pas la haine entre nous… Cette haine de ceux qui sont obligés de vivre ensemble et qui convoitent le même objet… Vous m'avez compris, je pense… Pas de ça, les amis, ou nous sommes tous perdus ! Cette femme qui est là, dit-il en étendant le doigt vers Angélique, elle n'est pour aucun de nous, elle n'appartient à aucun… Elle risque sa chance au même titre que nous, c'est tout. Ce n'est pas une femme à nos yeux, c'est un compagnon. Le premier qui se donnera des airs de lui faire la cour ou qui lui manquera de respect, je le corrigerai et vous savez comment, dit-il en montrant ses deux poings noueux. Et s'il récidive, nous le jugerons selon nos lois et il servira de pâture aux charognards du bled…

« Comme il parle bien et comme il est dur ! » songeait Angélique.

Elle avait tant aperçu Colin Paturel du haut de la meurtrière qu'elle le connaissait mieux qu'il ne la connaissait. Il lui était familier, mais, à le voir de près, il lui donnait la chair de poule et elle avait peur de traces du martyre inscrites dans sa chair, des sillons noirs et profonds de brûlures aux jambes et aux bras, des plaies mal cicatrisées de ses poignets et de ses chevilles usées par les fers et surtout celles, émouvantes, qui marquaient les paumes et le dos de ses mains, déchirées aux clous de la porte Neuve. Il n'avait pas la quarantaine, mais déjà ses tempes grisonnaient, seul signe de faiblesse trahi par ce tempérament de roc.

— Êtes-vous d'accord ? demanda-t-il après leur avoir laissé un instant de réflexion.

— Nous sommes d'accord, répondirent-ils en chœur.

Le marquis posa cependant une restriction.

— Jusqu'à ce que nous soyons en terre chrétienne.

— Ça va de soi, sacré gamin, s'écria Colin, jovial, en lui assenant une claque sur l'épaule. Après, chacun pour soi, vive la liberté, toutes les libertés ! Ah ! les amis, quelle bordée nous allons faire !

— Moi, je vais manger pendant trois jours, dit Jean-Jean de Paris, les yeux exorbités.

Ils sortirent en se confiant ce qu'ils feraient dans la première heure où ils se retrouveraient à l'abri des remparts portugais de Mazagran ou de ceux, espagnols, de Ceuta.

Colin Paturel resta dans la pièce et s'approcha d'Angélique.

— Vous avez entendu ce que j'ai dit ? Vous êtes d'accord aussi ?

— Certainement. Je vous en remercie, monsieur.

— Ce n'est pas seulement pour vous que j'ai parlé. Pour nous aussi. C'est le désastre si la discorde se met dans une expédition comme la nôtre. Et qui tient la pomme de la discorde depuis que le monde est monde ?… La femme ! Comme disait mon curé de Saint-Valéry-en-Caux : « La femme est de flamme, l'homme est d'étoupe, le diable souffle. » J'étais pas d'accord pour vous emmener. On vous a prise à cause du vieux Savary. Les juifs, même pour de l'argent, ne marchaient pas sans vous. Ils sont difficiles à s'ouvrir, mais quand ils ont adopté quelqu'un, ils le tiennent pour l'un des leurs. Le vieux Savary était ainsi. Ils l'avaient adopté pour l'un des leurs. Il voulait à tout prix qu'on vous tire du harem, alors il fallait exécuter sa suprême volonté… Je veux bien. Je l'aimais, ce vieux Savary… Un merveilleux petit homme, oui-da. Et qui en savait des choses !… Cent et mille fois plus que nous tous réunis n'en savons ! Bon, on vous emmène. Mais, à vous, je dois vous demander de vous tenir à votre place. Vous êtes une femme et qui a vécu. Ça se voit à votre façon d'être avec les hommes. Alors, n'oubliez pas que les gars qui sont là, ils ont été quasiment privés de femmes pendant des années. Pas la peine de leur rappeler trop tôt ce qu'ils ont manqué. Restez dans votre coin et tenez votre voile sur la figure à la manière des Mauresques. La mode n'en est pas si bête… Compris ?

Angélique était vexée. Tout en reconnaissant qu'il avait raison dans le fond, le ton sur lequel il la mettait en garde ne lui plaisait guère. S'imaginait-il qu'elle les trouvait tellement inspirants, ces chrétiens velus, barbus, pâles et puants ? Elle n'en aurait pas voulu pour une fortune ! Puisqu'on lui demandait de garder ses distances, elle les garderait bien volontiers. Elle répondit, un peu ironique :

— Oui, majesté.

Le Normand plissa les yeux.

— Il ne faut plus m'appeler ainsi, petite. J'ai déposé ma couronne et l'ai cédée au chevalier de Méricourt. Désormais, je suis Colin Paturel, natif de Saint-Valéry-en-Caux. Et vous, comment vous nomme-t-on ?

— Angélique.

Un sourire éclaira la face hirsute du chef des captifs et il la considéra avec attention.

— Oui-da ?… Eh ! bien, restez-le !

❦

Le chevalier de Méricourt était revenu.

— Je crois que l'heure est bonne pour vous, expliqua-t-il. On a signalé – hasard ou imagination – des esclaves fugitifs sur la route de Santa Cruz. Toute l'attention se porte par là. C'est le moment d'agir.

La main de Colin Paturel fourragea dans sa tignasse blonde et une expression de panique crispa son rude visage.

— C'est que je me demande tout à coup si je dois… Oh ! chevalier, quand je pense à tous ces pauvres gars qui restent en esclavage et que j'abandonne…

— Ne te reproche rien, mon frère, dit doucement le chevalier de Méricourt, le temps était venu pour toi de partir, sinon c'est la mort qui t'aurait enlevé à tes compagnons.

— Quand je serai en terre chrétienne, dit Colin Paturel, je ferai connaître ton sort aux chevaliers de Malte afin qu'ils s'entremettent pour te racheter.

— Non, c'est inutile.

— Que dis-tu ?

— Je ne tiens pas à quitter Miquenez. Je suis moine et prêtre et je sais que ma place est ici, captif des Infidèles.

— Tu finiras sur le pal.

— Peut-être. Mais l'on nous apprend dans notre Ordre que le martyre est la seule mort digne d'un chevalier. Et maintenant, adieu mon très cher frère…

— Adieu, monsieur le chevalier.

Les deux hommes se donnèrent l'accolade. Puis M. de Méricourt embrassa de même chacun des six autres captifs qui allaient tenter la difficile aventure de l'évasion. Il les nommait à mi-voix tour à tour, comme pour graver leurs noms en son cœur.

— Piccinino le Vénitien, Jean-Jean de Paris, Francis l'Arlésien, le marquis de Kermœur, Caloëns le Flamand, Jean d'Harrostegui, le Basque.

Devant Angélique, il s'inclina en silence.

Alors ils sortirent tous dans la ruelle obscure.

LIX

Les chrétiens avaient ramené sur le bas du visage les pans de leur burnous. Ils étaient tous vêtus de vêtements à la mauresque, le visage rasé et barbouillé de brou de noix pour l'assombrir. Seul Jean-Jean de Paris, le rouquin, portait une lévite et une calotte noire de juif. Angélique, enveloppée d'autant de voiles qu'il fallait, le haïk étroitement serré au-dessous des yeux, bénissait l'exclusive jalousie des Maures qui lui permettait de se dissimuler ainsi.

— Et baissez les yeux le plus possible, lui avait recommandé Colin Paturel. Des Mauresques qui ont des yeux comme les vôtres, on n'en rencontre pas au coin des rues !

Il ne lui disait pas que Moulay Ismaël avait lancé un commando spécial de recherche de la femme « aux yeux verts ». Lui-même était assez embarrassé de son regard bleu et de sa carrure. Dans tout le Maroc, il était connu que deux hommes seulement possédaient la taille imposante de six pieds et douze pouces : Osman Ferradji le Grand Eunuque et Colin Paturel, le roi des captifs.

Aussi avait-il choisi de passer pour un commerçant possédant quelques biens et pouvant de ce fait voyager à dos de chameau. Angélique, sa femme, suivrait sur une mule. Les autres, serviteurs, et Jean-Jean de Paris, son intendant juif, étaient à pied portant les javelots, arcs et flèches qui composaient l'armement d'une petite caravane en un temps où les mousquets étaient rares et réservés au roi et à son armée.

Dans l'obscurité profonde, éclairée d'une seule lanterne, chacun se mit en place. Maïmoran murmurait ses dernières recommandations. À Fez, Rabi, son frère, les attendait près de l'oued Cebon. Il leur donnerait le repos dans sa maison et un guide sûr pour poursuivre leur route jusqu'à Xauen, où ils seraient confiés à un autre métadore dont le commerce lui permettait d'entrer fréquemment pour affaires dans Ceuta. Ce métadore leur ferait franchir le camp des Maures assiégeant la ville, les cacherait dans les rochers et irait prévenir le gouverneur de la ville, qui enverrait des chaloupes ou une escorte de soldats pour les chercher. Il leur recommandait encore de veiller à leur comportement, de ne pas oublier de se prosterner vingt fois en direction de La Mecque et surtout, lorsqu'ils seraient contraints par les besoins de la nature, de ne pas « faire de l'eau » debout, car cela suffirait à ceux qui les observeraient de loin, pour les dénoncer comme chrétiens. Petits détails qui avaient une grande importance. Heureusement, les évadés parlaient tous parfaitement l'arabe et connaissaient les usages. Angélique, en tant que femme mauresque, n'aurait qu'à se taire et se taire encore.

Le chameau se déploya à grands coups brusques. Ils avancèrent dans l'étroit tunnel des rues, dans un silence aussi épais que la nuit.

« Si la nuit pouvait durer toujours ! » pensait Angélique.

Un souffle d'air plus frais parut rabattre vers eux une âcre odeur de fumée. Elle discerna que les parois aveugles des murs du *Mellah* semblaient s'être effacées, remplacées par des huttes de bambous et de roseaux. Les portes en étaient ouvertes, laissant apercevoir la fleur rouge d'un petit feu dont la fumée s'échappait à travers les feuilles sèches des toits. Autour du foyer, des formes étaient accroupies. Des chiens se mirent à aboyer après les fugitifs. Ceux-ci savaient qu'ils traversaient maintenant les deux ou trois mille cabanes de la garde noire du roi qui formaient de ce côté, au sortir du *Mellah*, une sorte de faubourg.

Des voix aux rauques murmures s'élevèrent et des ombres s'approchèrent. Cependant, il n'y avait aucune lumière, les Noirs se guidant aisément dans l'obscurité. Jean-Jean de Paris expliqua que son maître Si Mohamed Rachid, commerçant à Fez, regagnait sa demeure, voyageant de nuit pour éviter les ardeurs du soleil. Le brave petit clerc imitait jusqu'à l'accent particulier des juifs et les Noirs s'y laissèrent prendre.

Le chameau allait avec une lenteur désespérante, les chiens leur aboyant aux talons.

Des cabanes, toujours des cabanes !... et l'odeur pénétrante des feux de bouse et du poisson séché grillant dans l'huile des marmites...

Enfin, ce premier danger passé, ils se retrouvèrent sur un chemin assez bien tracé et ils avancèrent tout le reste de la nuit. L'aube se leva et Angélique regarda avec angoisse le ciel s'éclaircir et prendre des teintes ravissantes de nacre tour à tour verte et rose. Ils parcouraient un paysage parsemé d'oliviers, mais qui semblait aller vers des régions plus désertiques.

Une cabane, un fondouk, apparut au détour du chemin. Angélique n'osait demander aucun renseignement. Son angoisse se doublait de celle d'ignorer où elle se trouvait et de ne pouvoir envisager les obstacles qui les attendaient et les perspectives de réussite qui se présentaient. De nature active, elle s'énervait d'être réduite à l'état de ballot qu'on transporte sur une mule. Si la défaite ou la mort arrivait, elle voulait au moins s'en rendre compte ! Était-on loin de Fez, où un juif devait leur donner un guide ?... La caravane continuait d'avancer. Colin Paturel n'avait-il pas vu la cabane ? Lorsqu'un Arabe en sortit, Angélique eut toutes les peines à retenir un cri.

Mais l'homme vint au-devant d'eux. Le chef fit agenouiller le chameau et en descendit.

— Descendez, petite, dit le vieux Caloëns à Angélique.

À son tour, elle quitta sa monture. Les sacs de vivres furent distribués entre eux. Angélique reçut un sac aussi gros que les autres. Le marquis de Kermœur ne put s'empêcher de protester derrière son burnous :

— Charger ainsi les épaules d'une faible femme !... Voilà qui me choque, majesté !...

— Y a-t-il rien de plus suspect aux yeux d'un musulman qu'une femme qui se promène les bras ballants derrière des guerriers chargés comme des ânes ? riposta Colin Paturel. On ne peut pas se permettre cette sottise. Nous pouvons encore être aperçus.

Il cala lui-même la charge sur les épaules de la jeune femme.

— Faut nous excuser, petite. D'ailleurs, nous n'allons pas loin. Nous nous cacherons le jour et voyagerons la nuit.

L'Arabe avait pris par la bride le chameau et la mule et les avait fait entrer dans le fondouk. Piccinino lui compta une somme d'argent, puis les fugitifs reprirent leur marche par une sente tracée à travers les cailloux. Bientôt, derrière un monticule, apparut une vaste étendue de roseaux environnant les abords d'une rivière.

— Nous allons nous cacher tout le jour dans les marais, expliqua Colin Paturel. Chacun se mettra dans son coin, afin que notre présence ne se révèle pas par un trop grand espace de roseaux écrasés. À la nuit, je lancerai le cri du ramier en signal et nous nous rejoindrons à l'orée du bois là-bas. Chacun a un peu d'eau et des provisions… À ce soir…

Ils s'égaillèrent à travers les hautes tiges soyeuses et coupantes. Le sol était tour à tour spongieux ou craquelé par la sécheresse. Angélique trouva un coin couvert d'un peu de mousse. Elle s'allongea. La journée serait longue. Une chaleur étouffante régnait dans ce marécage ; des insectes et des moustiques ne cessaient de tournoyer autour d'elle. Heureusement, ses nombreux voiles la protégeaient. Elle but un peu d'eau et mangea une galette. Au-dessus d'elle, le ciel paraissait chauffé à blanc et les longues feuilles aiguës des roseaux y projetaient des ombres noires.

Angélique s'endormit ; lorsqu'elle s'éveilla, elle entendit parler et pensa que ses compagnons la cherchaient. Pourtant ce n'était pas encore le soir. Le ciel était toujours aveuglant comme un acier en feu. Tout à coup, elle vit, à deux pas d'elle, surgir des roseaux un buste enveloppé d'une djellaba blanche. La figure brune ne regardait pas de son côté et elle ne distinguait pas ses traits.

« L'Arlésien ou le Vénitien ? » se demanda-t-elle.

L'homme se tourna légèrement. Son teint de pain brûlé ne devait rien au brou de noix. C'était un Maure !

Le cœur d'Angélique s'arrêta. Le Maure ne l'avait pas encore aperçue. Il parlait à un compagnon qu'elle ne voyait pas.

— Les roseaux, par ici, ne sont pas beaux, disait-il. Il y en a beaucoup qui ont été écrasés par le passage d'une bête. Allons sur l'autre rive et si nous n'en trouvons pas de meilleurs, nous reviendrons.

Elle les entendit s'éloigner, ne pouvant croire à une telle chance. Tout à coup, sa chair se hérissa. Une autre voix s'élevait non loin de là. Et elle la reconnut. C'était Francis l'Arlésien, qui s'était mis à chanter.

« L'imbécile ! » songea-t-elle, hors d'elle. Il allait alerter les Maures qui reviendraient sur leurs pas. Elle n'osait se précipiter pour le faire taire. Enfin, rien ne bougeant, elle se décida à se glisser doucement vers la place où devait se tenir l'imprudent Provençal.

— Qui va là ? demanda-t-il. Ah ! c'est vous, charmante Angélique !

Elle tremblait de colère et d'énervement.

— N'êtes-vous pas fou de chanter ainsi ? Il y a des Maures qui sont venus tailler des roseaux. C'est miracle qu'ils ne vous aient point entendu.

Le joyeux garçon blêmit.

— Bigre ! Je n'y ai pas songé ! Je me suis senti si heureux tout à coup d'être libre pour la première fois depuis huit années que de vieux refrains du pays me sont revenus. Croyez-vous qu'ils m'ont entendu ?

— Espérons que non. Et ne bougeons plus !

— De toute façon, s'ils n'étaient que deux…, fit l'Arlésien entre les dents.

Il retira son couteau de sa ceinture pour en vérifier le coupant. Le gardant au poing, il se remit à rêver.

— J'avais une promise du côté d'Arles. Croyez-vous qu'elle m'ait attendu ?

— Cela m'étonnerait, dit Angélique sèchement. Huit ans, c'est long… Elle doit plutôt maintenant avoir une ribambelle de gosses… d'un autre.

— Ah ! vous croyez ? fit-il, désenchanté.

Au moins, il ne chanterait plus pour exprimer la joie de son cœur. Ils se turent, écoutant le froissement des roseaux. Angélique leva les yeux et retint un soupir de soulagement. Le ciel rosissait enfin. Le soir allait venir, leur donnant la nuit complice avec ses étoiles pour les guider.

— Dans quelle direction marchons-nous ? demanda-t-elle.

— Le sud.

— Que dites-vous ?

— La seule direction dans laquelle Moulay Ismaël ne risque pas d'étendre ses recherches. Quels sont les esclaves qui s'enfuient vers le sud, vers le désert ?… Ensuite nous obliquerons vers l'est, puis nous remonterons vers le nord, passerons au large de Miquenez et de Fez et continuerons sous la conduite d'un métadore, vers Ceuta ou Melville. Cet itinéraire multiplie certes la longueur du voyage mais diminue les risques.

La souris ruse avec le gros chat. Alors qu'il nous guette au nord ou à l'ouest, nous sommes au sud et à l'est. Quand nous reprendrons la bonne direction, il faut espérer qu'il se sera lassé. De toute façon, ceux qui prennent la route directe ne parviennent jamais au but. On pouvait donc tenter le contraire… Il ne faut pas oublier que les chefs des adouars répondent de leur tête du passage de captifs chrétiens évadés. Aussi je vous prie de croire qu'ils font bonne garde. Ils ont dressé des lévriers à rechercher les chrétiens…

— Chut ! fit-elle, n'avez-vous pas entendu l'appel ?…

LX

L'ombre s'était étendue, violette et embuée par les exhalaisons des marécages. Le doux appel du ramier s'éleva à plusieurs reprises. Avec des précautions infinies, les fugitifs sortirent de leurs cachettes. Ils se réunirent en silence, vérifièrent la présence de chacun et se remirent en marche.

Ils marchèrent toute la nuit, moitié dans un bois, moitié dans de grands espaces pierreux où il était difficile de se repérer. Ils voulaient éviter les adouars et se fiaient aux chants des coqs et aux aboiements des chiens pour s'en éloigner. Les nuits étaient fraîches, mais de nombreux Maures couchaient encore dans la campagne, pour garder leurs récoltes non recueillies ou fauchées. Le nez de Piccinino le Vénitien repérait la plus subtile odeur de fumée et l'ouïe très fine du marquis de Kermœur le moindre bruit suspect. Fréquemment, il mettait l'oreille au sol. Ils durent se cacher dans un fourré pour laisser passer deux cavaliers, heureusement non accompagnés de chiens.

Au matin, ils se dissimulèrent dans un bois et passèrent une nouvelle journée d'attente. La soif commençait à les tourmenter car leur provision d'eau était épuisée. Ils cherchèrent dans le bois et, au cri d'une grenouille, trouvèrent une mare d'eau croupie pleine d'insectes mais dont ils burent en la filtrant dans un linge. Angélique s'était étendue dans son coin, non loin des hommes assemblés entre eux. Elle rêvait du bain des sultanes, avec son eau transparente parfumée à la rose et ses servantes empressées. Ah ! se baigner, se débarrasser de ces vêtements qui collaient à sa chair en sueur ! Et ce tortionnaire de Colin Paturel qui l'obligeait encore à maintenir un voile sur son visage !…

Angélique se livra à de profondes méditations sur le triste sort de la femme musulmane de pauvre condition. Elle comprenait enfin que l'accession à la vie ouatée du harem fût pour celle-ci le sommet de la réussite, comme pour la vieille Fatima-Mireille. Elle avait aussi très faim. Un estomac accoutumé à se bourrer de pâtisserie et de confiserie ne se résigne guère du jour au lendemain au morceau de galette de blé dur que le chef leur distribuait avec parcimonie.

Les captifs souffraient moins qu'elle. Leur ordinaire ne les changeait pas beaucoup de celui du bagne et ils pourraient vivre de moins encore. Ils avaient pris à leurs maîtres, les Arabes, le don de sobriété des héritiers du désert, que contentent un peu de farine d'orge délayée dans le creux de la main et trois dattes.

Angélique les entendait deviser.

— Te souviens-tu, disait le Basque Jean d'Harrostegui, de ce jour où tu as fait manger un morceau de notre pain pourri au pacha Ibrahim venu en visite de Salé ? Le Turc se donnait des airs de faire remontrance à Moulay Ismaël. Quelle palabre il y a eu à ce propos !

— Il s'en est fallu de peu que la guerre n'éclate entre la Sublime Porte et le royaume de Marocco, tout cela à cause des esclaves.

— Les Turcs ne peuvent plus rien sur ces gens-là, dit Colin Paturel. Ils en arrivent, avec tout leur immense empire, à craindre notre seul fanatique Ismaël. Qui sait s'il ne fera pas trembler Constantinople ?

— N'empêche que tu as obtenu du couscous pour nous et surtout l'eau-de-vie et le vin.

— Je leur ai expliqué que les chrétiens ne peuvent pas travailler en buvant de l'eau. Et comme il tenait à voir sa mosquée rapidement finie…

Angélique les entendit rire.

« C'est à se demander, songea-t-elle, si ces hommes auront jamais de meilleurs souvenirs que leur temps de captivité chez les Barbaresques ? »

❦

Le soir venu, ils se remirent en marche. La lune commençait à se montrer, croissant d'argent parmi les étoiles. Vers le milieu de la nuit, ils approchèrent d'un hameau dont les chiens aboyèrent. Colin Paturel fit halte.

— Il faut que nous passions par là, sinon nous nous égarerons.

— Prenons par le bois sur la gauche, proposa le marquis de Kermœur.

Après avoir délibéré, ils entrèrent dans le bois, mais celui-ci était si épais qu'après avoir parcouru environ une demi-lieue à travers les fourrés d'épines, ils furent contraints, les mains en sang et les vêtements déchirés, à rebrousser chemin. Angélique avait perdu sa sandale et elle n'osait le dire. Les captifs se retrouvèrent aux abords de l'adouar. Il fallait prendre une décision.

— Passons, dit Colin Paturel, et à Dieu vat !

Aussi rapidement qu'ils purent et silencieux comme des fantômes, ils plongèrent à travers les ruelles étroites entre les huttes de boue rassemblées. Des chiens s'égosillaient mais personne ne bougea, sauf aux dernières maisons où un homme sortit en criant. Colin Paturel lui répondit sans arrêter sa marche. Il lui dit qu'il allait voir le santon réputé, faiseur de miracles, à une lieue de là, Adour Smali, mais qu'ils se hâtaient car il leur avait bien recommandé d'arriver avant le lever du soleil, sinon il ne répondait pas de l'efficacité de ses charmes. Le Maure n'insista pas.

Les captifs, cette alerte passée, continuèrent sans s'arrêter, en prenant un chemin de traverse, dans le cas où les habitants de l'adouar, se ravisant, les poursuivraient. Mais les gens de la région n'étaient pas coutumiers de voir traîner, vers le sud, des captifs évadés, et leurs chiens n'étaient pas dressés à les poursuivre.

Ils purent faire halte aux premières lueurs de l'aube. Angélique se laissa tomber, à bout de force. Elle avait marché, soulevée par l'appréhension, dans une sorte d'état second et s'apercevait que son pied nu avait été déchiré par les pierres aiguës du chemin et commençait à la faire souffrir de façon intolérable.

— Quelque chose ne va pas, petite ? demanda Colin Paturel.

— J'ai perdu une sandale, répondit-elle, au bord des larmes devant cette catastrophe.

Le Normand ne parut pas s'émouvoir. Il posa son sac à terre et en tira une autre paire de sandales de femme.

— J'ai demandé à Ruth, la femme de Samuel, de m'en donner une de rechange pour vous, en prévision d'un incident de ce genre. Nous, à la rigueur, on pourrait marcher pieds nus, mais pour vous il fallait prévoir.

Il s'agenouilla devant elle, un flacon en main, et avec un tampon de toile lui imbiba les plaies de ce baume.

— Pourquoi ne l'avez-vous pas dit plus tôt, demanda-t-il, au lieu d'attendre d'avoir le pied dans cet état ?

— Il fallait passer l'adouar. Je ne sentais rien. J'avais tellement peur !

Son pied meurtri dans la grande main du Normand paraissait un objet fragile et délicat. Il le pansa avec de la charpie puis le regarda attentivement, de son œil bleu.

— Vous aviez peur et vous marchiez quand même ? C'est fort bien, ma mie. Vous êtes un bon compagnon !

« Je comprends pourquoi on l'a nommé roi, pensa-t-elle un peu plus tard. Il effraie et rassure à la fois. »

Elle avait la certitude profonde que Colin Paturel ne pouvait pas être vaincu. Sous sa protection, elle parviendrait en terre chrétienne ! Elle verrait la fin de ce voyage, quelles que fussent les souffrances à endurer encore. Le paysage hostile, le peuple farouche et haineux qui le hantait, le danger dans lequel ils avançaient, aussi menacés que le danseur de corde environné de vide, tout cela s'effacerait. Elle déboucherait enfin à l'air libre. La force de Colin Paturel la porterait en terre chrétienne. Elle dormit, dissimulée par des cailloux brûlants, le visage contre la terre pour y chercher une impossible fraîcheur. Les traces du désert se faisaient sentir à travers l'immense étendue parsemée de quelques palmiers. Mais aucun cours d'eau ni étang ne s'apercevait plus. Seulement dans les bas-fonds miroitaient de grosses plaques de sel des ergs desséchés, des débris de natron d'un blanc de neige. Colin Paturel en ramassa des morceaux et les mit dans son sac en prévision des orgies de gibiers qu'ils comptaient faire lorsqu'ils seraient remontés vers le nord. On tuerait des gazelles et des sangliers, on les ferait rôtir sur un bon feu, frottés de sel, de thym et de piment sauvage, et on les dévorerait arrosés de l'eau claire des oueds.

Bon Dieu ! Où était cette eau claire ? La soif leur collait la langue au palais.

La soif réveilla Angélique, la joue brûlée par le soleil, car son voile avait glissé dans son sommeil. Sa peau devait être aussi rouge que la carapace d'une écrevisse cuite. Elle ne pouvait la toucher tant elle était sensible. Derrière le rocher qui la dissimulait, elle entendit des coups sourds. C'était Colin Paturel qui, indifférent à la soif et à la fatigue, avait profité de la halte pour se livrer à des travaux de force. Il avait déraciné une souche d'arbre, l'avait taillée, polie et en avait fait une massue énorme, que son poing se chargerait de rendre redoutable. Il l'essayait en la frappant contre le rocher.

— Voici une arme qui vaut bien l'épée de monsieur de Kermœur, triompha-t-il. Certes, il n'y a pas plus habile que lui pour transpercer une bedaine, mais pour faire entrer des idées saines dans la tête d'un Maure, je crois que mon bout de bois saura s'y prendre.

Le crépuscule se déployait dans ses voiles de feu. Les fugitifs jetèrent un regard morne sur les collines dont le soir estompait la sécheresse. Un velours bleu ouatait le creux des vallées et l'on croyait y voir luire des rivières.

— Colin, nous avons soif !...

— Prenez patience, compagnons ! Les montagnes que nous allons franchir gardent de profonds ravins où l'ombre entretient les sources. Avant demain soir, nous trouverons de quoi nous abreuver.

La promesse parut trop lointaine aux assoiffés mais, faute de mieux, ils s'en contentèrent. Colin Paturel remit à chacun un fragment d'une noix qui pousse au cœur de l'Afrique et que les gardes noirs de Moulay Ismaël aimaient à mâcher lorsqu'ils avaient de longues marches à faire. Sa saveur était amère. Il fallait la garder en bouche aussi longtemps que possible car elle donnait de la force et calmait les affres de la faim et de la soif.

Ils se remirent en route à la nuit tombée. Très vite, l'escalade commença à travers les rochers, rendue difficile par l'obscurité presque totale. La lune était insuffisante pour vraiment les guider et leur révéler les meilleurs passages. À certains moments, ils durent se hisser à bout de bras, prenant place tour à tour sur une table rocheuse, puis s'élevant de nouveau et n'avançant qu'avec une extrême lenteur. Leurs pieds détachaient des morceaux de pierre que l'on entendait rouler et rebondir en échos sonores au fond de lointains précipices. L'air devenait glacé, séchant la sueur sur leurs fronts et les faisant frissonner dans leurs vêtements moites. À plusieurs reprises, Colin qui marchait en tête battit le briquet pour se retrouver. Mais c'était dangereux, car les Arabes de la plaine pouvaient apercevoir la lumière insolite au cœur des rocs inaccessibles et s'étonner de sa présence.

Angélique avançait, surprise de sa propre endurance, due sans doute aux bienfaits de la noix de kola. Les burnous clairs de ses compagnons se discernaient au flanc de la montagne et elle réussissait à ne pas trop se laisser distancer. Tout à coup, elle entendit comme un bruit d'avalanche. Quelque chose passa à côté d'elle, s'engloutit dans l'obscurité, puis un cri inhumain et l'écho d'un choc sourd monta des profondeurs invisibles.

Cramponnée à un éperon rocheux, elle resta là, n'osant plus ni avancer ni reculer.

La voix du Basque s'éleva, criant :

— Paturel, y en a un qui est tombé !

— Qui cela ?

— Je ne sais pas.

— La petite ?

Angélique claquait des dents, incapable d'articuler un son.

— Angélique ? cria le chef, persuadé que la jeune femme, moins expérimentée, avait fait une chute mortelle.

Brute qu'il était de n'avoir pas pensé à la mettre sous la garde de Caloëns, alerte pour sa part comme une vieille bique. Ils l'avaient laissée se débrouiller toute seule et maintenant…

— Angélique ! tonna-t-il, comme si les échos de sa voix pouvaient vaincre la catastrophe accomplie.

Le miracle eut lieu.

— Je suis là, réussit-elle enfin à articuler.

— Bon, ne bougez pas. Jean le Basque ?…

— Présent !

— Jean-Jean de Paris ?

— Présent !

— Francis l'Arlésien ?

Rien ne répondit.

— Francis l'Arlésien ?… Piccinino ?…

— Présent.

— Le marquis ? Caloëns ?…

— Présents…

— C'est donc l'Arlésien, dit Colin Paturel, en redescendant vers eux avec précaution.

Ils se groupèrent, s'interrogeant sur les circonstances du drame. L'Arlésien devait se trouver un peu au-dessus d'Angélique. Elle dit qu'elle l'avait entendu rouler parmi le cailloutis à la suite d'un faux pas, puis, après un cri rauque et un instant de silence, le bruit mat d'un corps s'écrasant dans l'abîme.

— Il faut attendre le jour, décida le Normand.

❦

Ils attendirent, grelottant de froid, engourdis par leur inconfortable posture au creux des rochers. L'aube fut rapide et très claire. Les montagnes apparurent rousses, sous un ciel couleur de citron où planait un aigle aux énormes ailes étendues. À contre-jour du soleil levant, l'oiseau redoutable apparaissait beau comme un écusson du Saint-Empire frappé dans le bronze. Doucement, il descendait en cercles concentriques au-dessus d'un ravin.

Le Normand suivit du regard son vol majestueux.

— Ce doit être là ! murmura-t-il.

Dès les premières lueurs, il avait examiné ceux qui l'entouraient, espérant contre toute attente y découvrir les yeux noirs et la barbe bouclée de l'Arlésien. Mais le gai Provençal avait disparu…

On l'aperçut enfin, gisant au fond du précipice, tache blanche au milieu de roches noires et hérissées.

— Il n'est peut-être que blessé ?…

— Kermœur, passe-moi la corde !

Celle-ci fut solidement arrimée à un rocher et Colin Paturel se passa l'autre extrémité autour de la taille avec l'habileté du marin dont les doigts nouent et manient sans cesse câbles et cordages. Au moment de descendre dans le vide, il se ravisa, après avoir jeté un coup d'œil vers le vol menaçant de l'aigle.

— Passez-moi ma massue.

Il la fixa à sa ceinture. Son poids devait entraver sa descente, mais il s'en tira agilement.

Penchés au-dessus du gouffre, ses compagnons suivaient, haletants, chacun de ses mouvements. Ils le virent prendre pied sur la corniche où gisait le corps, se pencher vers lui et le retourner. Puis ils le virent poser les doigts sur les paupières de l'Arlésien et se signer.

— L'Arlésien !… Oh ! l'Arlésien, murmura Jean-Jean de Paris avec douleur.

Eux savaient ce qui disparaissait avec lui. Des souvenirs impérissables de travaux, de tortures, d'espérances et de rires dans le monde maudit des esclaves, et ces chansons que l'Arlésien lançait vers le ciel étoilé d'Afrique, alors que la brise des nuits fraîches balançait l'ombre des palmiers au-dessus de leur misère. Angélique sentit leur douleur collective profonde.

Elle aurait voulu leur serrer la main tant il y avait d'humanité soudaine sur ces visages noircis et creusés.

— Attention, Colin ! L'aigle !… hurla soudain le marquis de Kermœur.

L'oiseau qui s'était élevé, comme renonçant à sa proie, brusquement fonçait du ciel avec la vitesse de l'éclair. Ils entendirent au passage le claquement de voile de ses ailes déployées qui soudain leur cachèrent Colin Paturel. Pendant quelques instants, ils ne purent se rendre compte du combat qui se déroulait entre l'homme et la bête, puis enfin ils virent à nouveau le roi des captifs faisant tournoyer sa massue en moulinets terribles.

Il était en équilibre instable sur l'étroite corniche, mais il combattait avec autant de sang-froid et de vigueur que s'il avait pu disposer du recul nécessaire. Il s'était campé à l'extrême bord du précipice et non contre la paroi qui aurait gêné ses mouvements. Le moindre faux pas ou élan mal calculé le ferait basculer dans le vide. Il frappait son adversaire sans reprendre haleine et l'aigle n'en revenait pas d'une telle défense. À plusieurs reprises, il s'était éloigné. Une de ses ailes, brisée, pendait mais sans cesse il revenait, l'œil méchant, les serres en avant.

Enfin Colin Paturel put le saisir par le cou, d'une main. Il lâcha sa massue, arracha son couteau de sa gaine et égorgea le rapace, avant de le rejeter dans le vide où le roi des airs tomba en tournoyant parmi ses plumes.

— Seigneur ! Vierge Marie ! marmotta le vieux Caloëns.

Tous étaient pâles et ruisselants de sueur.

— Eh bien, les gars, vous me remontez ? Qu'est-ce que vous attendez là-haut ?

— C'est juste, majesté. On y va !

Colin Paturel avait hissé le cadavre de l'Arlésien en travers de son épaule. Avec ce poids supplémentaire, la remontée fut longue et harassante. En abordant, le Normand resta un moment courbé, sur les genoux, reprenant son souffle avec peine ; le sang coulait de sa poitrine à travers les lambeaux de son burnous, déchiré par les serres de l'oiseau.

— J'aurais pu laisser le camarade en bas, dit-il, haletant, mais j'ai pas eu le courage ! L'Arlésien ne méritait pas qu'on le laissât manger par les charognards.

— Tu as eu raison, Colin ! On va lui donner une sépulture chrétienne.

Tandis qu'ils écartaient les cailloux pour essayer de creuser une tombe avec leurs coupe-coupe, Angélique s'approcha de Colin Paturel, assis sur un rocher.

— Laissez-moi vous soigner, comme vous m'avez soignée hier, Colin.

— C'est pas de refus, ma mie. Ce volatile m'a endommagé sérieusement. Prenez la bouteille d'eau-de-vie dans mon havresac et allez-y carrément !

Il ne sourcilla pas tandis qu'elle imprégnait d'alcool les profonds sillons dont les ongles acérés de l'aigle avaient labouré sa poitrine. À le toucher, Angélique ne pouvait s'empêcher de sentir croître son respect pour lui. Un homme bâti de cette façon faisait honneur à son Créateur.

Mais Colin Paturel ne pensait plus au combat avec l'aigle. Il pensait à Francis l'Arlésien et son cœur lui faisait mal, beaucoup plus mal que sa poitrine déchirée…

LXI

Ils errèrent trois jours ainsi parmi les rochers brûlants et déserts. La soif recommençait à les tourmenter. Ils ne marchaient plus la nuit afin de ne pas risquer de terribles accidents dans les ténèbres. La région était peu fréquentée. Cependant, le deuxième jour, deux bergers maures qui faisaient paître leurs moutons au flanc d'une ravine herbeuse, les hélèrent de l'autre côté. Ils considéraient avec soupçon cette troupe haillonneuse parmi laquelle on entrevoyait une femme et la lévite noire d'un juif.

Colin Paturel leur répondit qu'ils se rendaient à Meld'jani. Les bergers poussèrent des exclamations outrées. Qui se rendait à Meld'jani en passant par la montagne alors que la route la plus courte était tracée dans la vallée et si bien tracée depuis que Moulay Ismaël y avait envoyé ses Noirs travailler ?… Étaient-ils des étrangers qu'on avait induits en erreur ? Ou des bandits ? Ou, qui sait, des chrétiens évadés ?… Les deux bergers, ayant émis cette dernière supposition en ricanant, changèrent subitement d'expression. Ils se consultèrent à voix basse en jetant des regards aigus vers les voyageurs de l'autre bord de la faille.

— Passe-moi ton arc, Jean d'Harrostegui, dit Colin Paturel, et toi, Piccinino, mets-toi devant moi pour qu'ils ne voient pas ce que je prépare.

Les Maures soudain se mirent à glapir et s'enfuirent à toutes jambes. Mais les flèches du Normand les rattrapèrent dans le dos et, transpercés, ils roulèrent sur la pente tandis que leurs moutons dévalaient en marée brune et bêlante et se brisaient les pattes dans les ravins.

— Ils ne risquent plus de donner l'alarme. Nous aurions trouvé tous les villageois à nous attendre au passage du col.

Ils demeurèrent en alerte jusque-là. Ils apercevaient la route dont avaient parlé les bergers. Mais il n'était pas question pour eux de la suivre. Leurs vêtements déchirés, leur aspect fatigué et inquiétant les trahiraient au premier passant.

Il fallait continuer d'avancer à travers la rocaille coupante, sous le soleil de feu et le ciel indigo, pesant et vertigineux, qui donnait aux pierres un aveuglant aspect d'ossements, la langue gonflée par la soif, les pieds en sang. Vers le soir, ils virent miroiter l'eau salvatrice au bord d'un précipice et malgré la raideur des parois entreprirent d'y descendre. Mais comme ils en approchaient, un grondement monta, répercuté par l'écho.

— Les lions !

Ils demeuraient accrochés au flanc de la falaise, tandis que les fauves qu'avaient irrités les morceaux de roches détachés par eux éclataient en rugissements sonores. Répercuté par les falaises, le bruit devenait un tapage affreux et redoutable. Angélique voyait les formes blondes des gros fauves s'agiter à quelques pieds au-dessous d'elle. Elle se cramponna à une touffe de genévriers avec l'horrible impression que les racines allaient s'en arracher.

Le Normand qui se trouvait un peu au-dessus d'elle la vit pâlir tandis que ses prunelles vertes s'emplissaient de panique.

— Angélique ! appela-t-il.

Quand il commandait, sa voix habituellement lente et calme changeait. On n'échappait pas à l'emprise de ce ton bas et bref.

— Angélique, ne regardez pas en bas, petite ! Ne bougez plus. Tendez-moi la main.

Il l'enleva comme un fétu et elle se laissa aller contre lui, cachant son front contre l'épaule massive pour échapper au cauchemar de la vision dantesque. Il attendit avec patience qu'elle eût fini de trembler puis, profitant d'un moment d'accalmie dans le roulement orageux des clameurs, il cria :

— On remonte, les gars ! Pas la peine d'insister…

— Et l'eau ? Et l'eau ? gémit Jean-Jean de Paris.

— Va la chercher si le cœur t'en dit.

❦

Le soir de ce jour, Angélique alla s'asseoir à l'écart, tandis que les captifs installaient un petit campement autour d'un maigre feu qu'ils osèrent allumer pour cuire des tubercules sauvages sous la cendre.

Elle appuya son front contre une pierre et resta là, hantée jusqu'à la torture par des visions de sorbets, de boissons glacées et transparentes, d'eau miroitante sous les palmes.

— Me laver ! Boire ! Je ne puis plus. Je ne pourrai pas aller plus avant.

Une main se posa sur sa tête. Une main aussi large ne pouvait appartenir qu'au Normand. Comme elle n'avait pas la force de bouger, il tira légèrement sur ses cheveux pour la contraindre à lever le front et elle vit une gourde de peau qu'il lui présentait avec la valeur d'une tasse d'eau au fond.

— C'est pour vous, dit-il. On l'a gardée pour vous. Chacun a donné la dernière goutte de son outre.

Elle but l'eau tiédie, comme un nectar. La pensée que ces hommes rudes s'étaient privés pour elle ranimait son courage.

— Merci, cela ira mieux demain, dit-elle en essayant un sourire de ses lèvres gercées.

— Sûrement ! S'il y en a qui restent en route, ce ne sera certainement pas vous, répondit-il avec une si intime conviction qu'elle en fut ébranlée.

« Les hommes me croient toujours beaucoup plus forte que je ne suis », pensa-t-elle en s'étendant, un peu réconfortée, sur son dur lit de pierres.

Elle se sentait extrêmement solitaire, enveloppée dans sa fatigue, sa misère et sa peur comme une gangue qui l'isolait du monde entier. Dante, lorsqu'il descendit les cercles infernaux pour y entendre aboyer le Cerbère à trois têtes, éprouvait-il cette impression ? L'Enfer, était-ce cela ?… Sans doute, mais sans le geste d'un compagnon tendant le dernier verre d'eau. Sans l'espérance. Or, l'espérance demeurait. « Un jour, nous apercevrons les clochers d'une ville chrétienne sur le ciel étoilé, un jour nous respirerons, nous boirons… »

LXII

Le lendemain, ils descendirent vers la plaine. Ils aperçurent encore des lions qui dévoraient les restes d'un cheval, ce qui leur fit penser qu'ils n'étaient pas loin d'un adouar. Des aboiements de chiens leur parvinrent et ils obliquèrent de nouveau vers la montagne. La vue d'un puits les ramena vers les parages dangereux des régions habitées. Par bonheur, personne ne paraissait aux environs. Hâtivement, une corde fut nouée autour du plus mince, Jean-Jean de Paris, qui descendit avec deux gourdes dans le puits. Ils l'entendirent pousser un cri, patauger et gargouiller, et le remontèrent en hâte.

Le pauvre garçon vomissait à rendre l'âme. Il avait posé les pieds sur la carcasse d'un animal crevé qui obstruait le fond du puits. Poussé par la soif, il n'avait pu se retenir de se pencher pour boire, mais l'eau qu'il avait puisée dans le ventre de cette bête morte était si infecte qu'il avait cru en mourir sur place. Tout le reste du jour, il fut secoué de malaises, se traînant avec peine. Les gaz vénéneux accumulés au fond du puits l'avaient comme empoisonné.

Ce fut encore une journée éprouvante et, seulement vers le soir, le salut parut miroiter à leurs yeux sous l'image d'une eau bleue au creux d'un vallon ombragé de figuiers et de grenadiers, au-dessus desquels se balançait le haut panache des dattiers. N'en pouvant croire ce mirage, ils dévalèrent la pente. Le vieux Caloëns arriva le premier et courut sur la petite plage de graviers blancs. Il n'était qu'à quelques pas de l'eau merveilleuse lorsqu'un bruit sourd s'entendit et la silhouette d'une lionne traversa l'espace et s'abattit sur le vieillard.

Colin le Normand bondit et frappa le fauve de sa massue à coups redoublés. Il lui fit éclater la tête et lui brisa les vertèbres. La lionne retomba de côté, se débattant en de violentes convulsions d'agonie.

Le cri du marquis de Kermœur se confondit avec un autre rugissement.

— Prends garde, Paturel !

À son tour, l'épée haute, il s'était jeté entre le Normand qui tournait le dos et le bond d'un lion à crinière brune surgissant des fourrés. L'épée transperça le fauve dans la région du cœur, mais avant d'expirer, les griffes redoutables fendirent en deux coups le ventre du gentilhomme breton et répandirent ses entrailles sur le sable…

Ainsi, en quelques instants, l'oasis enchanteresse offrait une scène de carnage, où le sang des hommes et des fauves coulait jusqu'à l'eau limpide.

Debout, sa massue rougie à la main, Colin Paturel guetta une autre apparition des redoutables bêtes. Mais le lieu avait retrouvé sa tranquillité. L'arrivée des esclaves avait dû déranger un couple isolé à la saison des amours.

— Faites le guet à droite et à gauche avec les lances !

Il se pencha vers le marquis de Kermœur.

— Mon compagnon, tu m'as sauvé la vie !

Le regard vitreux du marquis chercha à le distinguer.

— Oui, majesté, bredouilla-t-il.

Sa vision se brouillait, se superposait à d'autres réminiscences.

— Votre Majesté… est-ce qu'à Versailles… Versailles…

Il mourut sur ce mot lointain et prestigieux.

Caloëns respirait encore. Il avait l'épaule arrachée. L'os apparaissait à vif.

— L'eau, murmura-t-il avec avidité. L'eau !…

Colin alla puiser dans une gourde l'eau si chèrement acquise et lui donna à boire.

Tel était son ascendant sur ses compagnons que malgré leur soif torturante, les autres, frappés de stupeur, ne songeaient même pas à s'approcher de l'oued.

— Buvez donc, imbéciles ! leur lança-t-il avec colère.

C'était la seconde fois qu'il devait fermer les yeux d'un de ses compagnons qu'il s'était juré de mener vivants à la liberté. Et il pouvait pressentir qu'il accomplirait bientôt une troisième fois ce triste rite…

On découvrit, sous une retombée de lianes blanches, l'antre des fauves où traînait encore le cadavre à demi dévoré d'une gazelle. Le blessé y fut porté, étendu sur une litière d'herbes sèches. Colin avait vidé sur ses plaies le fond de sa gourde d'eau-de-vie et l'avait pansé de son mieux. De toute façon, il fallait attendre pour savoir dans quel sens réagirait le vieillard. Peut-être guérirait-il ? Il en était bien capable… Mais combien de temps pourrait-on s'attarder dans ces parages, où l'eau attirait les bêtes et les humains ?

Le chef calcula sur ses doigts le nombre de jours dont ils disposaient avant le rendez-vous de l'oued Cébon. Même en se remettant en route ce soir, ils auraient deux jours de retard ! Et c'était impossible avec le vieux Caloëns moribond. Il décida de passer la nuit sur place. Il fallait enterrer le marquis de Kermœur et réfléchir à la situation. Tous avaient besoin de repos. Demain, on aviserait.

Lorsque la nuit fut tombée, Angélique se glissa hors de la grotte. Ni la crainte des lions ni l'angoisse qui planait sur eux avec le souffle rauque du vieillard ne pouvaient la détourner du désir excessif qu'elle avait de se plonger dans l'eau. L'un après l'autre, les captifs avaient savouré les délices de la baignade, mais durant ce temps-là, elle était demeurée au chevet du blessé.

Caloëns la réclamait avec cette soudaine exigence des hommes qui, dans la douleur, se tournent vers la femme, maternelle, créatrice de douceur, qui comprend les plaintes et les écoute avec patience.

— Petite, tiens-moi la main. Petite, ne t'éloigne pas.

— Je suis là, grand-père.

— Donne-moi encore de cette belle eau à boire.

Elle lui avait lavé le visage, cherchant à l'installer le mieux possible sur sa couche d'herbes. De minute en minute, il souffrait plus atrocement.

Colin Paturel distribua les derniers morceaux de galette. Il restait une provision de lentilles. Cependant, le chef s'opposa à ce qu'on fît du feu.

Maintenant, Angélique s'avançait dans l'obscurité complice. La clarté de la lune plongeait discrètement à travers le bois, où s'allumait et s'éteignait, intermittente, l'étincelle d'or des lucioles dansantes. La source apparut, calme miroir qui ne se troublait qu'au bord du roc sombre d'où l'eau jaillissait à petit bruit. Le coassement d'une grenouille, le crissement continu des criquets s'intégraient au silence.

La jeune femme retira ses vêtements couverts de poussière et imprégnés de la transpiration de ces longs jours de fatigue inhumaine. Elle poussa un soupir de soulagement en se laissant glisser dans l'eau fraîche. Jamais, pensa-t-elle, elle n'avait éprouvé une sensation aussi merveilleuse. Après s'être abondamment arrosée, elle nettoya ses vêtements, ne gardant que le burnous dont elle s'envelopperait en attendant que la brise de la nuit eût séché les autres. Elle lava aussi ses longs cheveux poissés de sable et ternis ; avec volupté, elle les sentit revivre sous ses doigts.

La lune glissa derrière un palmier et révéla le long filet d'argent de la source qui coulait le long de la falaise noire. Angélique se hissa sur une pierre et livra ses épaules à l'éclaboussement presque glacé de la douche. L'eau était vraiment la plus belle invention du Créateur ! Elle se souvint du porteur d'eau criant à travers les rues de Paris : « Qui veut l'eau pure et saine ?… C'est l'un des quatre éléments !… »

Le visage levé, elle regarda avec amitié les étoiles clignoter entre l'éventail sombre des palmiers. L'eau ruisselait sur son corps nu, brillait sous le rayonnement de la lune et elle devina son propre reflet tremblant, d'une blancheur de marbre, dans les ténèbres de la vasque.

— Je suis vivante, dit-elle à mi-voix. Je suis VIVANTE !

Chaque instant qui passait effaçait en elle et sur elle les traces de l'épuisante lutte. Elle resta ainsi longtemps, jusqu'au moment où un craquement de brindilles qui eut la sécheresse d'un coup de feu, dans le sous-bois, l'alerta.

Alors la peur lui revint. Elle se souvint des fauves aux aguets et des Maures haineux. Le doux paysage redevint ce piège hostile dans lequel ils se débattaient depuis d'interminables jours. Elle glissa dans l'eau pour regagner la rive. Maintenant, elle en était sûre, il y avait quelqu'un qui l'observait, caché dans les fourrés. À vivre en bête pourchassée, elle en avait acquis l'instinct. Elle sentait le danger à fleur de peau. Une bête ou un Maure ?… Elle s'entortilla dans son burnous et se mit à courir pieds nus à travers le maquis des lianes et des agaves pointus qui la blessaient. Elle se heurta avec violence contre le dur obstacle d'une présence humaine en travers du sentier, poussa un faible cri et crut qu'elle allait partir à la renverse, dans un vertige de la terreur, quand elle reconnut, à la lueur crayeuse de la lune, la barbe blonde de Colin Paturel. Une étincelle brillait au fond des orbites du géant normand, profondes comme deux trous d'ombre. Pourtant sa voix fut égale quand il dit :

— Vous êtes folle ? Vous êtes allée vous baigner seule ?… Et les lions qui peuvent venir boire, et les guépards et, qui sait ? Les Maures qui peuvent rôder…

Angélique eut envie de se jeter contre cette large poitrine pour y calmer sa terreur, d'autant plus violente qu'elle l'avait saisie après un moment de paix, de joie rare et presque surnaturelle. Toujours, elle se souviendrait de la source de l'oasis ! La Béatitude du Paradis doit être de cette nature…

Maintenant, elle retrouvait les hommes et la dure lutte pour préserver sa vie.

— Les Maures ? fit-elle, la voix tremblante, je crois qu'ils sont là. Il y avait quelqu'un tout à l'heure qui me regardait, j'en suis sûre…

— C'était moi. Je suis parti à votre recherche. Voyant que votre absence se prolongeait anormalement… Maintenant, venez. Et ne recommencez pas de pareilles imprudences ou, foi de Paturel, je vous étranglerai de mes propres mains.

Une nuance d'ironie atténuait la menace du ton. Mais il ne plaisantait pas. Elle sentit qu'il avait réellement envie de l'étrangler ou tout au moins de la battre et de la secouer d'importance.

❦

Le sang de Colin Paturel s'était glacé dans ses veines quand il s'était aperçu que leur compagne s'était éloignée et ne revenait pas. « Encore un drame, avait-il pensé… encore une tombe à creuser !… Dieu juste, abandonnerais-tu les tiens ?… » Sans bruit, il avait suivi le bord de l'oued, en esclave habitué à rôder et à se glisser dans la nuit.

Et elle lui était apparue, dressée sous le filet d'argent de la source, ses longs cheveux de naïade couvrant ses épaules et son corps de neige se reflétant dans l'eau nocturne.

Angélique comprit soudain qu'il avait dû la voir lorsqu'elle se baignait. Elle se troubla. Puis elle se dit que c'était sans importance. Cet homme était une brute et ne professait à son égard que la condescendance dédaigneuse du fort pour le faible, pour l'être encombrant dont il avait dû se charger contre son gré. Elle se défendait mal d'une certaine rancune à son égard, car il était responsable de la quarantaine dans laquelle elle s'était courageusement maintenue vis-à-vis des autres captifs, ne se mêlant à eux que lorsqu'il fallait soigner les blessés. Et c'était plus difficile de supporter tant de misères à l'écart, seule, et non aimée. Il n'avait peut-être pas tort, mais il était dur, intransigeant et il continuait à l'impressionner jusqu'à la timidité. L'équilibre moral et physique de l'hercule normand semblait un défi à tout ce qu'elle sentait trembler en elle d'incertitude, de faiblesse, de fragilité féminine, de nerveux et d'émotif. Ce regard bleu qui, d'un coup d'œil perçant, enregistrait sa lassitude ou son effroi ou constatait ses imprudences, la méprisait un peu, lui semblait-il. « Il a pour moi le dédain du chien de berger pour la brebis stupide », se dit-elle.

Elle s'assit au chevet de Caloëns, mais son regard revenait malgré elle vers le profil broussailleux du chef, qu'éclairait la lueur d'une lanterne sourde. Colin Paturel dessinait sur le sable, à l'aide d'un court bâtonnet, un plan de la route à suivre et le commandait pour le Vénitien, Jean-Jean de Paris et le Basque, penchés près de lui.

— Vous vous arrêterez en lisière du bois. Si vous apercevez un mouchoir rouge à la branche du deuxième chêne, vous avancerez et pousserez le cri de l'engoulevent. Alors le juif Rabi sortira des fourrés…

❦

— Petite, es-tu là ? dit la voix faible du vieux Caloëns. Donne-moi la main. J'avais une petite fille de dix ans qui agitait son bonnet quand j'ai pris la mer il y a vingt ans. Elle doit te ressembler à présent. Elle s'appelait Mariejke.

— Vous la reverrez, grand-père.

— Non, je ne crois pas. La mort va me prendre. Et c'est mieux ainsi. Que ferait Mariejke d'un vieux marinier de père qui s'en revient d'esclavage après vingt ans pour lui salir les beaux carreaux de sa cuisine et radoter des histoires de pays de soleil ? C'est mieux ainsi… Je suis heureux de reposer dans la terre du Maroc. Je vais te dire, petite… Mes jardins de Miquenez commençaient à me manquer et de ne plus voir Moulay Ismaël y galoper comme la colère de Dieu… J'aurais mieux fait d'attendre qu'il me casse la tête avec sa canne…

LXIII

Les trois hommes, le Vénitien, le Parisien et le Basque, partirent à l'aube. Colin Paturel avait d'un signe appelé Angélique près de lui.

— Je vais rester près du vieux, dit-il, on ne peut pas l'emmener, on ne peut pas le laisser non plus. Faut attendre ! Les autres vont continuer, afin de ne pas manquer le rendez-vous de Rabi Maïmoran. Ils le préviendront et ils aviseront du mieux à faire. Que voulez-vous ? partir avec eux ou les suivre ?

— Je ferai ce que vous m'ordonnerez.

— Je pense qu'il est préférable que vous restiez. Les autres iront plus vite sans vous et le temps presse.

Angélique inclina la tête et fit mine de s'éloigner vers le grabat. Colin Paturel la retint, semblant regretter son peu d'aménité.

— Je pense aussi, dit-il, que le vieux Caloëns a besoin de vous pour mourir en paix. Mais si vous préférez partir…

— Je resterai !

On partagea les provisions et la réserve des flèches. Colin Paturel gardait un arc, un carquois, sa massue, une boussole et l'épée du marquis de Kermœur.

Dès que la nuit fut tombée, les trois hommes s'éloignèrent, après s'être arrêtés un instant près de la tombe du gentilhomme breton. L'on ne prévint pas le vieux Caloëns. Celui-ci s'affaiblissait de plus en plus. Il délirait en flamand. Il se cramponnait à la main d'Angélique avec la puissance des moribonds et toute la force de ce vieux corps résistant lui revint lorsque, après avoir lutté encore la nuit et le jour suivant, il se dressa sur sa couche. Il fallut la vigueur de Colin Paturel pour le maintenir et le blessé lutta contre lui comme il luttait contre la mort, avec une énergie farouche.

— Tu ne m'auras pas ! disait-il, tu ne m'auras pas !

Il parut soudain reconnaître le visage qui s'opposait à lui.

— Ah ! Colin, mon gars, dit-il d'une voix douce, il est donc temps de partir, ne crois-tu pas ?

— Oui, compagnon, il est temps. Va ! ordonna la voix lente du roi.

Et le vieux Caloëns mourut dans les bras du Normand avec une confiance d'enfant.

Angélique, qu'avait bouleversée l'agonie terrible, se mit à pleurer en les contemplant, le maigre vieillard à la tête chenue et dégarnie, appuyé contre la poitrine de l'homme comme sur celle de son fils. Colin Paturel, après lui avoir fermé les yeux, lui croisa les mains.

— Aidez-moi à le transporter, dit-il. La tombe est déjà creusée. Il faut faire vite. Après, nous partirons !

Ils le couchèrent auprès du marquis de Kermœur, jetèrent la terre en hâte. Angélique voulut tailler deux croix.

— Pas de croix ! dit le Normand. Des Maures qui viendraient comprendraient que des chrétiens ont récemment été enterrés ici et se lanceraient à notre poursuite.

❦

Et ce fut de nouveau la marche harassante à travers le paysage que la pleine lune aiguisait de vives arêtes métalliques. Angélique, reposée par ces deux jours de halte, s'était promis que Colin Paturel ne pourrait lui reprocher de traîner, mais elle avait beau faire, elle ne pouvait soutenir l'allure de ses longues foulées et elle s'énervait de le voir l'attendre en se retournant, dressé comme une statue, sa massue sur l'épaule. Elle avait hâte qu'on retrouvât les autres qui au moins, grognant, jurant et peinant, marchaient comme de simples mortels et non comme des héros de mythologie inaccessibles à toute fatigue terrestre.

Est-ce qu'il n'était jamais fatigué, ce diable de Colin Paturel ? Est-ce qu'il n'avait jamais peur ? Est-ce qu'il était inaccessible à toutes souffrances, celles du corps ou celles du cœur ?

C'était une brute, au fond. Elle l'avait déjà pensé, mais cette marche qu'elle fit en sa seule compagnie l'ancra dans sa conviction. Cependant, ils firent tant et si bien qu'au lendemain soir ils parvenaient à l'orée du bois de chênes où devait avoir lieu la rencontre avec le juif. Le carrefour des chemins creusés dans le sable où les chênes-lièges enfoncent leurs profondes racines, s'apercevait au-dessus d'eux.

Colin Paturel fit halte. Ses yeux se plissèrent et elle fut surprise de voir qu'il regardait vers le ciel.

Ses yeux suivirent cette direction et le soleil lui parut soudain obscurci par une nuée de vautours qui s'élevaient lentement des arbres. Les nouveaux arrivants avaient dû les déranger. Après quelques tours, ils s'abaissèrent de nouveau, leurs cous pelés tendus, et se posèrent alentour d'un gros chêne qui étendait ses branches à la croisée des chemins. Angélique aperçut enfin ce qui les attirait.

— Il y a deux corps pendus, dit-elle d'une voix étouffée.

L'homme les avait déjà vus.

— Ce sont deux juifs. Je reconnais leurs lévites noires. Restez là. Je vais m'en approcher en rampant et en contournant le bois. Quoi qu'il arrive, ne faites pas un mouvement !

LXIV

L'attente fut interminable et crucifiante. Les vautours battaient des ailes, trahissant par leur envol et leurs cris aigus l'approche de l'importun, mais Angélique ne pouvait l'apercevoir.

Il reparut subitement, sans bruit, derrière lui.

— Eh bien !…

— L'un est un juif que je ne connais pas, probablement Rabi Maïmoran. L'autre est… Jean-Jean de Paris.

— Mon Dieu ! fit-elle, en cachant son visage dans ses mains.

C'en était trop ! L'échec total de l'évasion se dessinait, inévitable. Les chrétiens, en arrivant au lieu du rendez-vous, étaient tombés dans un piège.

— J'ai perçu un adouar sur la droite. Le village des Maures qui les ont pendus. Peut-être le Vénitien et Jean d'Harrostegui y sont-ils encore, enchaînés ?… Je vais aller jusque-là.

— C'est de la folie !

— Il faut tout tenter ! J'ai repéré une grotte un peu plus haut dans la montagne. Vous allez vous y cacher et m'attendre.

Elle n'eût jamais osé discuter ses ordres. Mais elle savait que c'était de la folie. Il ne reviendrait pas.

Cette grotte, dont l'entrée se dissimulait derrière des touffes de genêts, serait sa tombe. Elle attendrait en vain le retour de ses compagnons morts.

Colin Paturel l'installa avec toutes les provisions, la dernière gourde d'eau. Il laissa même sa massue, ne gardant que son poignard à sa ceinture. Il ôta ses sandales pour être plus à l'aise. Il donna également à Angélique sa tige d'amadou et sa pierre à fusil. Si une bête se présentait, elle n'aurait qu'à faire un petit feu d'herbes sèches pour l'effrayer.

Sans un mot de plus, il se glissa hors de la grotte et s'éloigna.

Et elle commença d'attendre. La nuit vint, avec ses cris confus de bêtes lointaines dans les fourrés. Des frôlements et des grattements paraissaient emplir la caverne de toutes parts. De temps en temps, n'y tenant plus, elle battait le briquet et promenait sa lueur autour d'elle, rassurée de n'apercevoir que les parois rocheuses. À la voûte, elle découvrit de curieux petits sacs de velours noir accrochés les uns contre les autres et comprit : les chauves-souris !

C'est de là que venaient ces frôlements, ces cris aigus qui la faisaient sursauter.

Les yeux ouverts dans l'obscurité, elle s'efforçait de ne plus penser et de supporter la lenteur angoissante du temps qui s'écoulait. Un craquement au-dehors la fit se dresser d'espoir. Était-ce déjà le Normand qui revenait avec Piccinino le Vénitien et Jean d'Harrostegui ? Comme ce serait bon d'être réunis !... Mais tout de suite après, et très proche, un hululement lugubre s'éleva. Une hyène rôdait. Son ricanement triste et comme désespéré décrut. Elle descendait vers le carrefour, là où le corps de Jean-Jean de Paris se balançait. Il était mort, le joyeux clerc, l'ami préféré de Colin Paturel et son talbe attitré, et déjà sans doute les charognards avaient crevé ses yeux moqueurs. Il était mort, comme étaient morts l'Arlésien, le gentilhomme breton et le vieux pêcheur flamand. Comme ils allaient mourir les uns après les autres... Le royaume du Maroc ne rend pas ses captifs !... Moulay Ismaël triomphait.

Que deviendrait-elle si nul ne revenait ? Elle ne savait même pas où elle se trouvait. Qu'adviendrait-il lorsque, chassée par la faim et l'incertitude, elle quitterait son refuge ? Elle ne pouvait attendre aucune complicité des Maures ni même de leurs femmes, créatures soumises et terrifiées. Elle serait découverte et ramenée au sultan. Et Osman Ferradji ne serait plus là pour la protéger.

Un soupir monta à ses lèvres :

— Oh ! Osman Ferradji, si votre grande âme erre au paradis de Mahomet...

❦

L'aube lui fut annoncée par le piaillement des vautours reprenant leur ronde autour des pendus. Un brouillard laiteux envahissait la grotte. Angélique remua, engourdie par l'immobilité qu'elle avait gardée toutes ces longues heures et elle pensa qu'elle traversait l'épreuve la plus dure de son existence. Subir, ne pas pouvoir agir ni crier, se plaindre ou essayer quelque chose !... Elle se terrait, le cœur battant comme celui d'un lièvre peureux, et elle ne bougeait pas parce que Colin Paturel lui en avait donné l'ordre. Et déjà le soleil montait.

Les captifs ne revenaient pas… Ils ne reviendraient plus…

Elle attendit encore, reprenant espoir parce qu'elle ne voulait pas que le sort fût aussi inéluctable, puis se décourageant à nouveau. Lorsque la massive silhouette de Colin Paturel obstrua l'entrée de la grotte, elle connut un tel sentiment de délivrance, de joie immense qu'elle se précipita vers lui, se cramponnant à son bras pour bien se persuader qu'enfin il était là !

— Vous êtes revenu ! Oh ! vous êtes revenu !

Il ne semblait ni la voir ni sentir les doigts qu'elle crispait inconsciemment sur sa chair et son mutisme étrange finit par alarmer Angélique.

— Et les autres, demanda-t-elle, les avez-vous vus ?

— Oui, je les ai vus. Ils n'avaient plus figure humaine. Toutes les tortures, ils les ont subies avant d'être empalés, au pied de la casbah… Je ne sais pas, je ne saurai jamais qui nous a trahis, mais Moulay Ismaël a été au courant de ce que nous avons fait. J'ai écouté parler les Maures… La colère du sultan a déferlé sur Miquenez. Le *Mellah* n'est plus qu'un charnier. Tous les juifs ont été massacrés.

Tous les juifs !… Et la petite Abigaël… et Ruth, et Samuel, ce « charmant garçon »…

— Ici, ils étaient prévenus, le Rabi a servi d'appât. Après, ils avaient ordre de les pendre et d'exécuter les chrétiens sans attendre. Ils ont pendu Jean-Jean parce qu'ils ont cru que c'était aussi un juif. Je viens de le dépendre en passant et de le ramener… enfin, ce que les vautours en ont laissé. Je vais enterrer ce qui en reste…

Il s'assit, regarda autour de lui avec une sorte d'étonnement, les roches veinées de rouge que le reflet du matin empourprait et il dit pesamment :

— Tous mes compagnons sont morts !…

Il resta là ensuite un long moment, le menton appuyé sur son poing. Avec effort, il se releva et sortit. Elle entendit le bruit que faisait, contre le cailloutis, l'acier du large coupe-coupe dont il s'était servi pour creuser les autres tombes et elle sortit à son tour pour l'aider dans la pénible besogne de l'ensevelissement.

Mais il lui cria avec rudesse :

— Restez là, n'approchez pas ! C'est pas pour vous… Allez, c'est pas beau à voir…

Glacée, elle demeura à l'écart. Ses mains étaient jointes, mais, malgré son désir, elle ne parvenait pas à prier.

À grands gestes d'homme habitué aux rudes travaux de terrassement, le Normand menait sa besogne de fossoyeur. Quand la terre fut ramenée en un petit tumulus, elle le vit, prenant une subite décision, briser deux bouts de bois et en façonner une croix. Il la planta d'un geste farouche.

— Je poserai la croix, dit-il, cette fois, je la poserai, cette croix !

Ensuite il retourna s'asseoir à l'intérieur de la grotte, dans la même attitude de sombre méditation.

Angélique essaya de lui parler mais il ne l'entendait pas. Vers midi, elle prit une poignée de dattes et les posant sur une feuille de figuier, les lui porta.

Colin Paturel releva la tête. Les dures phalanges de son poing laissaient des marques blanches dans le cuir brun de son front. Il fixa avec stupeur la jeune femme qui se penchait vers lui et elle lut clairement dans son regard sa déception et sa rancœur. « Tiens, elle est encore là, celle-là ! »

Il mangea en silence. Depuis qu'il lui avait jeté ce regard étrange, mal éveillé, Angélique se sentait paralysée, habitée d'une nouvelle peur qu'elle ne voulait pas préciser. Il lui fallait veiller, garder les yeux ouverts… Pourtant, elle ne parvint pas à résister à la fatigue qui appesantissait ses paupières. Elle avait marché une nuit et un jour sans presque se reposer et la nuit dernière n'avait pu fermer l'œil un seul instant.

À la fin, elle s'endormit, pelotonnée dans un coin de la grotte.

Quand elle s'éveilla, elle était seule. Elle avait été habituée à ces réveils solitaires car, toujours, elle s'écartait des autres pour dormir. Mais, cette fois, le silence lui parut insolite. Elle regarda autour d'elle et peu à peu, la vérité s'imposa à elle. La dernière galette et la provision de lentilles étaient soigneusement posées sur une pierre ainsi que la gourde d'eau, à côté d'un javelot et d'un coupe-coupe. Mais l'arc, les flèches et la massue de Colin le Normand avaient disparu. Il était donc parti. Il l'avait abandonnée !

Angélique demeura longtemps anéantie, pleurant tout bas, la tête dans ses bras.

— Oh ! vous avez fait cela ! disait-elle à mi-voix avec douleur. C'est mal. Dieu vous punira !

Mais elle n'était pas très sûre que Dieu ne donnerait pas raison à Colin Paturel qui avait été crucifié en son nom. Elle n'était qu'une femme, chargée du péché originel et responsable des malheurs de l'humanité, objet méprisable, qu'on prend ou rejette.

— Eh bien ! Qu'est-ce qui se passe, petite ? Un coup de noir ?…

La voix du Normand, résonnant sous les voûtes, lui fit l'effet du tonnerre. Il était là, devant elle, portant au travers des épaules un marcassin rayé à la gueule poissée de sang.

— Je… j'ai cru que vous étiez parti, balbutia-t-elle, mal remise de son émotion.

— Parti ?… Oui-da ! Je me suis dit qu'il fallait se mettre quelque chose sous la dent et j'ai eu la chance d'attraper un cochonnet sauvage. Et je vous retrouve en train de pleurer…

— J'ai cru que vous m'aviez abandonnée.

Les yeux de l'homme s'agrandirent et ses sourcils se haussèrent comme s'il entendait la chose la plus stupéfiante de sa vie.

— Ça alors ! dit-il, ben, ça alors ! Faut-il que vous me preniez pour un beau salaud ! Vous abandonner, moi… VOUS abandonner, moi qui…

Son teint fonça sous la montée d'une noire fureur.

— Moi qui mourrais plutôt sur votre corps, gronda-t-il avec une violence sauvage.

Il jeta son gibier à terre et s'en alla ramasser des morceaux de bois sec qu'il rassembla au milieu de la grotte, agissant avec des gestes de colère rentrée. Son briquet refusant de s'enflammer, il jura comme un Templier.

Angélique vint s'agenouiller près de lui et posa sa main sur la sienne.

— Pardonnez-moi, Colin. Je suis une sotte. Il est vrai que j'aurais dû me souvenir que vous aviez maintes fois risqué votre vie pour vos frères. Mais je n'étais pas l'un d'eux et je ne suis qu'une femme.

— Raison de plus, marmotta-t-il.

Il consentit à lever les yeux sur elle et la dureté de son regard s'adoucit tandis qu'il lui prenait le menton.

— Écoute-moi bien, petite, et que ce soit dit une bonne fois. Tu es comme nous, captive chrétienne en Barbarie. Tu as été attachée à la colonne et torturée et tu n'as pas cédé. Tu as supporté la soif et la peur sans jamais te plaindre. Une femme aussi courageuse que toi, j'en ai *jamais* rencontrée, même en bourlinguant à travers tous les ports du monde. Tu vaux toutes les autres réunies et s'ils ont marché comme ils ont marché, les compagnons, sans se décourager, c'est parce que tu étais là, avec ta vaillance et qu'ils n'auraient pas voulu fléchir devant toi. Maintenant, nous restons seuls, toi et moi. Nous sommes liés à la vie à la mort. Nous gagnerons la liberté ensemble. Mais si tu meurs, je mourrai près de toi, J'EN FAIS SERMENT !

— Il ne faut pas dire cela, murmura-t-elle, presque effrayée. Seul, Colin, vous auriez toutes les chances de réussir.

— Toi aussi, ma mie. Tu es bâtie d'acier, de bel acier souple comme l'épée du cher Kermœur. Je crois bien te connaître, maintenant.

La lumière bleue de son regard, très enfoncé, se voilait d'un sentiment informulé et son front rude se plissa sous l'effort de sa pensée.

— Toi et moi, ensemble… nous sommes invincibles.

Angélique tressaillit. Qui lui avait déjà dit cela ? Un autre roi : Louis XIV ! Et la lumière de ses yeux alors s'enfonçait en elle de la même façon. À la réflexion, n'y avait-il pas entre le Normand, madré, à l'intelligence pénétrante, à la vigueur exceptionnelle et le grand souverain de France, des analogies de caractère et de tempérament ? Les peuples reconnaissent ceux qui sont faits pour régner et, dans la servitude, Colin s'était imposé roi à la manière antique, par sa générosité, sa sagesse et sa force physique.

Angélique lui sourit.

— Vous m'avez rendu confiance, Colin. Confiance en vous et en moi-même. Je crois que nous devons être sauvés.

Un frisson la secoua.

— Il faut qu'il en soit ainsi. Je n'aurais jamais le courage de recommencer à être torturée. J'accepterais n'importe quoi…

— Baste ! Tu l'auras, le courage. On l'a toujours, le courage. Une seconde, une troisième fois, et chaque fois en croyant que c'est la bonne… Crois-moi !

Il considéra avec un demi-sourire d'ironie les cicatrices de ses mains.

— C'est une bonne chose de ne pas vouloir mourir, dit-il. À condition de ne pas avoir peur de mourir. La mort, elle fait partie de notre jeu, à nous, les vivants. J'ai toujours pensé qu'il fallait la considérer comme une bonne compagnie, attachée à nos pas. Ainsi, nous cheminons avec la vie et la mort comme compagnes. Chacune a les mêmes droits sur nous. Faut pas s'en faire un épouvantail. Ni de l'une ni de l'autre. C'est ainsi et c'est le jeu. Le tout c'est que l'esprit ne reste pas en chemin… Assez causé, petite. Nous allons nous offrir un bon repas de Balthazar. Regarde ce bon feu qui nous réjouit le cœur. Le premier que nous contemplons depuis longtemps…

— N'est-ce pas dangereux ? Si les Maures aperçoivent la fumée ?

— Ils dorment sur leurs lauriers. Ils croient que nous sommes tous morts. Le Vénitien et le Basque – oh ! les braves gars – ont pensé à leur dire que les autres avaient été dévorés par les lions, qu'il n'y avait qu'eux qui restaient. La femme ? Ils demandaient ce qu'elle était devenue. Morte dans la montagne, piquée par un serpent. La nouvelle a été portée à Moulay Ismaël. Tout est donc en règle. Alors, tant pis. Faisons un peu de feu. Il faut absolument se remonter le moral. Ne crois-tu pas ?

— Cela va déjà mieux ! dit-elle en le regardant avec affection.

L'estime de Colin Paturel ranimait ses forces. C'était la meilleure récompense à la constance dont elle avait fait preuve jusqu'ici.

— Maintenant que je sais que vous êtes mon ami, je n'aurai plus peur. La vie est simple pour vous, Colin Paturel.

— Voire ! fit-il en s'assombrissant subitement. Des fois, je me dis que je n'ai peut-être pas connu le pire. Baste ! Ça ne sert à rien de se frapper à l'avance.

Ils firent rôtir le marcassin après l'avoir frotté de natron, de thym et de baies de genévrier, en se servant de l'épée du pauvre marquis en guise de broche. Pendant une heure, toute leur attention fut requise par la préparation du festin. L'odeur délicieuse de la viande grillée les faisait défaillir d'impatience et ils mangèrent les premières tranches avec voracité, ayant peine à retenir des soupirs de satisfaction.

— Bien le moment de faire de beaux discours sur l'éternité, dit enfin le Normand, moqueur. Y a pas, c'est quand même le ventre qui parle en premier. Sacré cochonnet, je m'en lécherai les doigts jusqu'au coude !

— Je n'ai jamais rien mangé d'aussi bon, affirma Angélique avec satisfaction.

— Pourtant, il paraît que les sultanes sont nourries aux ortolans. Qu'est-ce qu'on mangeait dans le harem ? Raconte-moi ça pour étoffer un peu le menu ?

— Non, je ne désire pas me souvenir du harem.

Ils se turent. Rassasiés, rafraîchis par l'eau claire qui coulait au pied de la montagne et dont le Normand avait rempli sa gourde en revenant de la chasse, ils laissaient le bienfait du repos les envahir.

— Colin, où avez-vous acquis tant de science profonde ? Vos paroles ouvrent la porte à de vastes méditations, je l'ai remarqué souvent. Qui vous a enseigné ?

— La mer. Et le désert… et la servitude. Petite, tout ce qu'on rencontre porte son enseignement, au même titre que les livres. Je ne vois pas pourquoi ce qu'on a là-dedans, fit-il en se frappant le crâne, ne servirait pas à réfléchir de temps en temps.

Il se mit à rire tout à coup. Quand il riait, l'éclair de ses dents blanches au milieu de sa barbe hirsute le rajeunissait et ses yeux, habituellement graves et durs, pétillaient de malice.

— De vastes méditations !… répéta-t-il. Tu en as de bonnes, toi ! Parce que j'ai dit que la vie et la mort nous tiennent compagnie ? Ça ne te semble pas évident, à toi ?… Comment alors vis-tu ?

— Je ne sais pas, dit Angélique en secouant la tête. Je crois que je suis au fond très sotte et superficielle et que jamais je n'avais réfléchi à rien.

Elle s'interrompit, ses prunelles se dilatèrent et elle lut sur le visage de son interlocuteur la même expression d'inquiétude. Il lui saisit le poignet. Ils attendirent, retenant leur souffle.

Le bruit qui les avait alertés recommença. Des hennissements de chevaux au-dehors !…

L'homme se leva et s'approcha à pas de loup de l'entrée de la grotte. Angélique le rejoignit. Au pied de la colline, quatre cavaliers arabes étaient arrêtés et ils levaient la tête vers les rochers d'où ils avaient vu s'échapper la fumée suspecte.

Leurs casques à hautes pointes, brillant hors de l'enveloppement de leurs burnous d'un blanc immaculé, révélaient des soldats de l'armée rifaine chargée d'assiéger les villes espagnoles de la côte et dont certains régiments étaient cantonnés à l'intérieur. L'un des Maures portait un mousquet. Les autres étaient armés de lances.

Trois d'entre eux mirent pied à terre et commencèrent à gravir la colline en direction de la caverne, tandis que l'Arabe au mousquet restait en selle et prenait la garde des chevaux.

— Passe-moi mon arc, dit Colin Paturel à mi-voix. Combien reste-t-il de flèches dans le carquois ?

— Trois.

— Ils sont quatre ! Tant pis ! On s'arrangera.

L'œil toujours fixé sur les Maures qui s'avançaient, il prit l'arme, posa le pied sur un rocher devant lui afin de bien s'assurer et mit la flèche en place. Ses gestes étaient assurés, plus lents que d'habitude.

Il tira. Le cavalier au mousquet s'abattit en travers de sa selle et son cri se perdit dans le hennissement des chevaux affolés. Les Arabes qui montaient ne comprirent pas sur-le-champ ce qui se passait.

Une seconde flèche, en plein cœur de l'un d'eux, l'abattit.

Les deux autres se ruèrent en avant.

Colin Paturel ajusta la troisième flèche et transperça presque à bout portant le premier Maure qui arrivait. L'autre eut un mouvement d'hésitation et de recul. Brusquement, il tourna le dos et dévala la colline vers les chevaux.

Mais le Normand avait jeté à terre son arc inutile. Ramassant sa massue, il rejoignit en quelques bonds son adversaire qui lui fit face, tirant son cimeterre. Ils tournèrent l'un devant l'autre, s'observant, précautionneux comme des fauves sur le point de s'affronter. Puis la massue de Colin Paturel entra en action.

En quelques instants, l'Arabe, malgré son casque, gisait la face écrasée, la nuque brisée. Le Normand s'acharna sur lui jusqu'à ce qu'il fut certain de sa mort.

Ensuite, il s'approcha de l'homme au mousquet. Celui-ci aussi était bien mort. Aucune des trois flèches n'avait manqué son but.

— C'était mon arme quand je braconnais dans les bois de ma Normandie, en mon jeune temps, confia-t-il, hilare, à Angélique, qui l'avait rejoint et calmait les chevaux nerveux.

L'horreur des gestes meurtriers accomplis faisait trop partie de leur vie menacée pour qu'ils s'y attardassent. Même la jeune femme n'eut qu'un bref regard aux quatre corps abattus parmi les touffes de genévriers.

— Nous allons prendre les chevaux. Nous en monterons deux et en mènerons chacun un. Les corps cachés dans la caverne, cela retardera les recherches. Les chevaux ne revenant pas sans cavalier à la casbah ne donneront pas l'alerte aussitôt et on ne s'avisera de leur absence que beaucoup plus tard.

Tous deux coiffèrent les casques pointus, s'enveloppèrent des burnous sanglés de courroies et, ayant effacé les traces du carnage, se lancèrent au grand galop sur la route.

Les habitants de l'adouar devaient raconter aux caïds lancés trois jours plus tard à la recherche des soldats disparus qu'ils avaient vu passer à travers leurs villages deux cavaliers, volant comme des hirondelles et menant chacun un cheval de rechange. Ils s'étaient bien gardés de les apostropher ou de les arrêter, car un pauvre fellah peut-il se permettre un tel geste vis-à-vis de nobles guerriers ?

Les chevaux furent retrouvés au pied des montagnes du Rif. On accusa des bandits dont les méfaits troublaient la région et des expéditions punitives furent envoyées vers leurs repaires.

❦

Colin Paturel et Angélique avaient abandonné les chevaux dès les premières marches en montagne, où seuls des mulets pouvaient voyager.

C'était la plus dure étape, mais la dernière. Passé ces contreforts arides du Rif, apparaîtrait la mer. De plus, le Normand, ayant résidé deux années, au début de sa captivité, dans la ville mystérieuse et sainte de Mechaouane[1], connaissait fort bien la région où ils allaient s'engager. Il en connaissait les aspérités, les dangers innombrables, mais aussi les sentiers les plus

1. L'actuelle Chefchaouen.

courts et il savait que de longs jours, plus ils s'élèveraient vers les hauteurs, plus ils seraient tranquilles, à l'abri de toutes rencontres dangereuses. Leurs seuls ennemis seraient la montagne, le froid des nuits, le soleil brûlant du jour, la faim et la soif, mais les hommes les laisseraient en paix et les lions seraient moins nombreux. Il faudrait se méfier encore des sangliers. Singes, gazelles et porcs-épics n'étaient pas à craindre et fourniraient du gibier.

Ils avaient conservé le mousquet et ses munitions, les vivres des soldats pris dans les poches de l'arçon, les burnous solides et chauds qui les protégeraient.

— Encore quelques jours et nous apercevrons Ceuta.

— Combien de jours ? demandait Angélique.

Le Normand, méfiant, se refusait à préciser. Sait-on jamais ?… Avec de la chance, on pouvait dire : quinze jours… Avec de la malchance…

❦

La malchance surgit un après-midi où ils peinaient à travers des roches brûlantes. Angélique avait profité d'un tournant qui la cachait à son compagnon pour s'asseoir sur un gros caillou. Elle ne voulait pas qu'il la vît faiblir. Il lui avait tant répété qu'il la jugeait infatigable. Mais elle était loin d'égaler son endurance. Lui n'était jamais fatigué. Sans elle, il eût certainement marché jour et nuit sans s'arrêter plus d'une heure.

Angélique reprenait souffle, assise sur son rocher, lorsqu'elle ressentit une violente douleur au mollet et, se penchant, elle eut le temps d'apercevoir l'éclair rapide d'un reptile filant sous les pierres.

— J'ai été piquée par un serpent.

Le souvenir de quelque chose d'inéluctable s'embrouilla dans son esprit. « La femme est morte piquée par un serpent » avaient dit le Vénitien et le Basque avant de mourir. Le passé avait anticipé sur le présent, mais le temps n'existe pas et ce qui est écrit est écrit !…

Elle eut cependant le réflexe de dénouer sa ceinture et de la lier au-dessous du genou et elle resta là, glacée, les pensées s'entrechoquant dans sa tête.

« Que va dire Colin Paturel ? Jamais il ne me pardonnera cela !… Je ne peux plus marcher… Je vais mourir… »

La haute stature de son compagnon réapparut. Ne l'apercevant plus, il était retourné sur ses pas.

— Qu'y a-t-il ?

Angélique essaya de sourire.

— J'espère que ce n'est pas grave, mais je… je crois que j'ai été mordue par un serpent.

Il s'approcha et s'agenouilla pour examiner la jambe, qui commençait de noircir et d'enfler. Puis il tira son couteau, en essaya le tranchant de la lame sur son doigt, alluma rapidement quelques brindilles sèches et fit flamber la lame jusqu'au rouge.

— Qu'allez-vous me faire ? demanda la jeune femme, effrayée.

Il ne répondit pas. Il lui prit la cheville avec fermeté et vivement trancha un morceau de chair à l'emplacement de la piqûre, cautérisant du même coup la plaie, de la lame incandescente.

Sous l'atroce douleur, Angélique poussa un hurlement et s'évanouit.

❦

Quand elle revint à elle, le crépuscule tombait sur la montagne. Elle était étendue sous un des burnous qui leur servaient de couverture et Colin Paturel lui faisait boire une tasse de thé à la menthe brûlant et très fort.

— Te voilà mieux, fillette ; le plus dur est passé, maintenant.

Et quand elle eut un peu rassemblé ses esprits :

— J'ai dû abîmer ta jolie jambe. Dommage ! Tu ne pourras plus remonter ton cotillon pour danser la bourrée sous l'ormeau, ma mie !... Mais fallait que je le fasse. Sans cela, tu n'en avais plus que pour une heure !

— Je vous remercie, dit-elle faiblement.

Elle sentait la brûlure de sa plaie, qu'il avait pansée après y avoir appliqué des feuilles rafraîchissantes. « Les plus jolies jambes de Versailles... » Elle aussi, comme les autres, porterait sur son corps les traces de sa captivité en Barbarie. Traces glorieuses sur lesquelles elle s'attendrirait ou ferait la grimace en enfilant avec un soupir ses bas de soie à baguettes d'or... plus tard. Il la vit sourire.

— Bravo ! le courage est toujours là. Nous allons repartir.

Elle le regarda, un peu effarée, mais déjà prête à lui obéir.

— Croyez-vous que je vais pouvoir marcher ?

— Pas question. Tu ne pourras remettre le pied à terre avant huit jours, sinon ta plaie risque de s'infecter. Ne crains rien. Je te porterai.

LXV

Ce fut ainsi qu'ils continuèrent leur lente ascension. L'hercule normand pliait à peine sous ce nouveau poids et il allait du même pas mesuré. Il avait dû abandonner sa massue, trop encombrante. Il gardait le mousquet et le sac de vivres accrochés à une épaule. La jeune femme était sur son dos, les deux bras autour de son cou et il sentait le parfum de sa chevelure lorsque parfois, lasse, elle laissait aller son front contre la nuque massive de son porteur. C'était cela le plus dur, le plus difficile. Plus dur que la fatigue, que la marche pesante, interminable, sous l'œil froid de la lune qui les suivait à travers le paysage désertique, projetant une seule ombre biscornue sur le sol cendreux.

La porter, sentir ce poids doux et accablant rivé à lui, ses reins sous ses mains qui les soutenaient…

Angélique s'en voulait de la fatigue qu'elle imposait à son compagnon. Elle s'en voulait de se sentir trop bien portée ainsi comme une enfant, par cette échine puissante. En fait, les rudes épaules de Colin Paturel avaient été accoutumées à des charges plus écrasantes au cours de ses douze années d'esclavage. Réputé pour sa force, il avait été soumis à des tâches surhumaines. Ses muscles, son cœur même, exercés au-delà des possibilités humaines, avaient acquis une résistance extraordinaire. À peine allait-il plus lentement, à peine son souffle se faisait-il un peu plus rauque, s'élevant dans le silence de la nuit et des vastes espaces blancs sous le clair de lune.

Angélique regardait, éblouie et croyant rêver, la beauté du paysage déroulé sous ses yeux. Trop de nuits, elle avait marché, tendue vers l'unique but de ne pas se laisser distancer. Maintenant, elle s'apercevait que le ciel avait des profondeurs bleues intenses et les étoiles des reflets d'or. Un ciel d'enluminure, sur lequel se détachaient, dessinés par un fin pinceau chargé de blanc et d'argent, le profil des monts lointains sur la gauche, et le ruban des oueds au creux des vallées.

Aujourd'hui encore elle avait échappé à la mort. Son sang reprenait dans ses veines le chant victorieux « Je suis vivante ! VIVANTE ! ».

Elle dut s'endormir, car soudain le ciel se déploya devant elle, rose et rouge. L'homme marchait toujours de son pas lent et méthodique. Angélique eut un brusque élan de tendresse et de vénération et faillit baiser la chair boucanée, si proche de ses lèvres.

— Colin, supplia-t-elle, oh ! je vous en prie, arrêtez-vous, reposez-vous. Vous devez être à bout de force.

Il lui obéit en silence. Il la laissa glisser à terre et alla s'asseoir à l'écart, mettant son front contre ses genoux. Elle voyait ses larges épaules se mouvoir sous son souffle précipité.

« C'est trop, songea-t-elle. Même un homme de son endurance ne peut accomplir un tel exploit. »

Si elle avait pu seulement marcher un peu ! Elle se sentait reposée et pleine de forces et de courage. Mais dès qu'elle essaya de mettre le pied à terre, des élancements violents lui firent comprendre qu'en insistant elle risquerait d'abîmer la plaie et d'aggraver son état. Elle se traîna jusqu'au sac de vivres, prépara une poignée de dattes et de figues sèches et les porta à Colin Paturel, ainsi que la gourde de peau.

Le Normand releva la tête. Ses traits étaient tirés et son regard vague. Il fixa la nourriture sans paraître la voir.

— Laisse ça, dit-il avec rudesse. T'occupe pas.

— Vous n'en pouvez plus, Colin, et c'est de ma faute. Oh ! je suis désolée.

— Laisse ça, répéta-t-il, presque féroce.

Il secoua sa chevelure de Viking comme un lion importuné.

— T'en fais pas. Une heure de sommeil et ça ira.

Il laissa retomber lourdement son front sur ses genoux. Elle s'éloigna à son tour, se reposa après avoir mangé quelques fruits séchés. L'air était frais et, à des lieues à la ronde, on n'apercevait aucun adouar, aucune trace de vie humaine. C'était merveilleux !

Faute d'avoir mieux à faire, elle dormit encore. Quand elle rouvrit les yeux, Colin Paturel revenait de la chasse, un petit faon en travers des épaules.

— Colin, vous êtes fou ! s'écria Angélique. Vous devriez être recru de fatigue.

Le Normand haussa les épaules.

— Pour qui me prends-tu, petite ? Pour une mauviette de ton espèce ?

Il était d'humeur morose et se montra taciturne, évitant de la regarder. Angélique s'inquiéta, craignant qu'il ne lui cachât un nouveau danger.

— Les Maures pourraient-ils nous surprendre ici, Colin ?

— Pense pas. Pour plus de sûreté, nous allumerons le feu dans le ravin.

La jambe d'Angélique allait si bien qu'elle put enfin descendre, avec précaution, jusqu'au ruisseau.

C'est là qu'ils rencontrèrent leur dernier fauve. Ils l'aperçurent trop tard, de l'autre côté du ruisseau. C'était une lionne, tapie dans la posture d'un gros chat aux aguets. Il lui aurait suffi d'un bond pour les atteindre.

Colin Paturel se figea comme une statue de pierre. Ses yeux ne quittaient pas la lionne et il se mit à lui parler lentement. Quelques instants après, l'animal, perplexe, se retira en tapinois. On vit luire ses yeux derrière un fourré, puis le mouvement des herbes marqua le chemin de sa retraite.

Le Normand poussa un soupir à faire tourner tous les moulins de Hollande. Son bras entoura les épaules d'Angélique et la serra contre lui.

— M'est avis que le ciel est avec nous. Qu'est-ce qui a bien pu se passer dans la cervelle de cette bête pour qu'elle nous laisse en paix ?

— Vous lui parliez en arabe. Que lui avez-vous dit ?

— Est-ce que je sais ? Je ne me suis même pas rendu compte de la langue que j'employais. Seulement, j'ai pensé que je pouvais essayer de communiquer avec elle, qu'entre elle et moi il y avait moyen de s'entendre. Avec un Maure, ç'aurait été impossible.

Il hocha la tête.

— Je m'entendais bien avec les lions de Miquenez.

— Je me souviens, dit Angélique en essayant de rire, ils n'ont pas voulu vous manger…

L'homme abaissa son regard vers le visage décomposé de la jeune femme.

— Tu n'as pas poussé un cri ? Tu n'as pas fait un geste ?… C'est bien, ma mie.

Les couleurs revenaient aux joues d'Angélique. Le bras de Colin Paturel était un rempart inviolable. Elle ressentait son étreinte comme une source de forces. Levant les yeux, elle lui sourit avec confiance.

— Près de vous, je ne peux éprouver aucune peur.

Les mâchoires du Normand se crispèrent et derechef son visage s'assombrit.

— Restons pas là, grommela-t-il. Faut pas jouer avec le sort. Allons plus loin.

Ils remplirent leurs gourdes au ruisseau et cherchèrent une crique de rochers éloignée de la rive pour allumer leur feu. Mais ce repas ne leur apporta d'autre satisfaction que d'apaiser leur faim. L'atmosphère demeurait pesante. Colin Paturel, le front plissé et soucieux, ne desserrait pas les dents. Angélique, après avoir vainement cherché à combler le silence, se laissait envahir par un trouble subtil qu'elle ne définissait pas et qui lui mettait les nerfs à vif. Pourquoi Colin Paturel était-il si sombre et inquiet ? Lui en voulait-il de les avoir attardés par sa blessure ? Quel danger pressentait-il, rôdant autour d'eux et que signifiait le regard rapide qu'il lui jetait parfois à la dérobée, de sous ses blonds sourcils touffus ?

Le vent du soir passa sur eux comme une aile veloutée. La lumière éteinte laissait de froids coloris bleus, des pastels sombres et doux poudrant les montagnes, le ciel et les vallées, et s'épaississant peu à peu. Dans l'ombre envahissante, Angélique tourna vers Colin Paturel son blanc visage angoissé.

— Je… je crois que je pourrai marcher, cette nuit, dit-elle.

Il secoua la tête.

— Non, petite, tu ne pourras pas. Ne crains rien. Je te porterai.

Sa voix était empreinte d'une sorte de tristesse.

« Oh ! Colin, que se passe-t-il ? faillit-elle s'écrier en pleurant. Allons-nous vers la mort tous deux ? »

Sur son dos, les bras autour de son cou, elle ne goûta pas la paix de l'autre nuit. Le souffle de l'homme se répercutait en elle avec les battements sourds de son cœur et lui rappelait ces émouvants aveux de volupté que tant d'hommes haletants lui avaient faits entre ses bras frêles de femme. C'était elle alors qui semblait les porter et voici que dans la somnolence qui la gagnait, le front enfoui contre la nuque moite et musclée de son rude compagnon, elle sentait qu'elle appesantissait sur lui le poids de son invincible féminité.

L'air des montagnes descendait vers eux, presque glacé et chargé de senteurs pénétrantes, d'un riche et mystérieux parfum, évocateur de beauté et de somptuosité.

Le soleil levant leur montra les cèdres couvrant le flanc de la montagne de leurs longs branchages, évasés comme l'asile de sombres tentes autour des troncs courts et puissants. Leur ombre couvrait un gazon léger piqueté de fleurs blanches en étoiles, et partout l'odeur unique du bois flottant, embaumant chaque souffle du vent.

Colin Paturel franchit un torrent bondissant en remous neigeux, monta encore et découvrit l'entrée d'une grotte, petite, au tapis de sable blanc.

— Arrêtons-nous ici, dit-il. Apparemment, aucune bête n'y habite. Nous pourrons peut-être allumer du feu sans danger.

Il parlait entre les dents et sa voix était très rauque. Était-ce d'épuisement ? Angélique le suivit des yeux avec anxiété. Il y avait quelque chose de bizarre en lui et elle ne pouvait plus supporter de ne pas savoir quoi. Peut-être était-il malade ? Se sentait-il gravement atteint ? L'idée ne l'avait jamais effleurée qu'il pourrait lui aussi fléchir. Ce serait affreux ! Mais elle ne l'abandonnerait pas ! Elle le soignerait, elle le ranimerait comme il l'avait ranimée.

Il se déroba à l'interrogation muette des grands yeux verts qui le fixaient.

— Je vais dormir, dit-il laconiquement.

Il sortit. Angélique soupira. L'endroit était charmant et la faisait rêver. Pourvu qu'il ne cachât pas quelque piège atroce qui viendrait encore les abattre !…

Elle disposa leurs pauvres vivres sur un galet plat : les figues séchées, les tranches de gibier rôties la veille. Les gourdes étaient vides. Le murmure du torrent en contrebas l'attira. Elle y descendit sans trop de difficultés, se souvint à temps de regarder avec précaution autour d'elle, mais seuls quelques oiseaux au plumage chatoyant s'ébattaient sur les bords.

Angélique remplit les gourdes, puis se lava avec soin dans l'eau très froide. Son sang courait vif sous sa peau. Elle se pencha vers une vasque d'eau ménagée dans le creux d'un rocher et s'y vit tout à coup comme dans un miroir. Alors elle faillit pousser un cri de surprise.

La femme qui se reflétait là, blonde sous l'indigo du ciel, paraissait avoir vingt ans. Les traits affinés, les yeux agrandis d'un cerne mauve, habitués à guetter l'horizon et qui interrogeaient avec une sorte de candeur nouvelle, la courbe de la bouche sans fard, gercée et décolorée, n'étaient plus ceux d'une femme aux expériences amères, mais ceux d'une jeune fille sans apprêt qui s'ignore encore et se livre sans déguisement. Le vent âpre, le soleil implacable, l'oubli de toute coquetterie dans les angoisses qui l'avaient accablée, avaient redonné à son visage, trop habilement mis en valeur jadis, une sorte de virginité. Son teint était horrible certes : brun comme celui d'une bohémienne, mais en contraste ses cheveux devenaient blonds comme un rayon de lune sur les sables. La maigreur de son corps frêle perdu dans l'enveloppement du burnous de laine, sa chevelure dénouée, ses pieds nus étaient ceux d'une sauvageonne.

Elle défit le bandage de sa jambe. La brûlure était saine, mais la cicatrice serait fort laide. Tant pis ! La jeune femme refit le pansement avec philosophie. En se baignant tout à l'heure, elle avait senti la finesse de sa taille, vu ses jambes fuselées et agiles, des jambes qui avaient perdu l'excédent de graisse gagné dans le harem. À tout prendre, elle s'en tirait à bon compte.

Une fois encore, elle se pencha sur le miroir improvisé et se sourit.

— Je crois que je suis encore présentable, dit-elle aux oiseaux qui la regardaient sans effroi.

Tandis qu'elle remontait la pente, elle chantonnait. Tout à coup, elle s'interrompit. Elle venait d'apercevoir

Colin Paturel, étendu sur le gazon parmi les fleurettes blanches.

Il avait un bras sous sa tête et ne bougeait pas.

L'inquiétude qu'elle éprouvait à son égard la reprit et elle s'approcha à pas de loup pour l'observer.

Le Normand dormait. Son souffle paisible et régulier soulevait sa large poitrine velue que découvrait le burnous entrouvert. Non, il n'était pas malade. Son teint recuit, la sérénité de ses lèvres closes, hautaines dans le sommeil et jusqu'à sa posture abandonnée, le visage un peu détourné sur son bras, un genou relevé, étaient ceux d'un homme en pleine santé, réparant ses forces après un dur labeur. Et à le contempler ainsi, endormi sous les cèdres, elle trouva qu'il ressemblait à Adam. Il y avait tant de primitive perfection dans ce corps immense et vigoureux, en cet homme simple, chasseur errant, justicier, pasteur de son peuple.

Elle s'agenouilla, attirée par lui. Le vent faisait danser une mèche sur le front buriné. Elle y posa la main et l'écarta doucement.

Colin Paturel ouvrit les yeux. Le regard qu'il fixa sur elle lui parut étrange. Elle eut un recul instinctif. Le Normand semblait avoir peine à reprendre ses esprits.

— Que se passe-t-il ? bredouilla-t-il d'une voix rauque. Les Maures ?

— Non, tout est calme. Je vous regardais dormir. Oh ! Colin, ne me fixez pas ainsi, cria-t-elle subitement hors d'elle, vous me faites peur ! Qu'avez-vous depuis quelques jours ? Que se passe-t-il ? Si un danger nous menace, dites-le-moi. Je suis capable de partager vos soucis, mais je ne peux pas souffrir votre… oui, c'est cela, votre rancune à mon égard. On dirait à certains moments que vous me détestez, que vous m'en voulez... De quoi ? Est-ce d'avoir été piquée par le serpent et de retarder notre marche ? Je ne comprends plus. Vous aviez su vous montrer si généreux. Je croyais... Colin, pour l'amour du ciel, si vous avez quelque chose à me reprocher, dites-le-moi, mais je ne peux plus le supporter... Si vous me haïssez, que vais-je devenir ?...

Des larmes perlèrent à ses cils. Perdre son seul et dernier ami lui paraissait la pire épreuve. Debout maintenant, il la considérait tellement impassible qu'elle eût pu croire qu'il ne l'avait point entendue. Son regard lourd pesait sur elle et elle pensa que les captifs jugés par leur souverain, dans le bagne de Miquenez, ne devaient pas être à leur aise.

— Ce que je te reproche ? dit-il enfin. D'être ce que tu es : une femme.

Ses sourcils se fronçaient, durcissant la prunelle bleue et la rendant noire et mauvaise.

— Je ne suis pas un saint, ma belle. T'aurais tort de te l'imaginer. Je suis un gars de la mer, un ancien flibustier. Tuer, piller, bourlinguer, courir les ports et les filles, voilà ma vie. Et même en captivité, j'ai pas changé de goûts. Des femmes, il m'en a toujours fallu. J'attrapais celles que je pouvais. Fallait pas faire le difficile. Moulay Ismaël, quand il voulait me récompenser, m'envoyait une de ses négresses. L'aubaine était rare. En douze ans, faut bien le dire, ça a été surtout jeûne et abstinence !... Alors quand, au bout de douze ans, on se met à vivre tout à coup aux côtés d'une femme...

Il s'anima, masquant son embarras sous la colère.

— Est-ce que tu ne peux pas comprendre ?... Tu n'as donc pas vécu, toi, avant d'être vendue à Moulay Ismaël ? Tu as pourtant l'œil assez hardi pour qu'on se doute du contraire... Tu ne t'es jamais demandé si pour un gars comme moi, c'était supportable de vivre ainsi des jours et des nuits avec une femme... Et quelle femme !...

Ses paupières se fermèrent. Sa rude physionomie s'éclaira d'une naïve expression d'extase.

— La plus belle que j'aie jamais vue !

Et il continua de parler à mi-voix pour lui-même :

— Tes yeux comme le fond de la mer... et qui me regardent, et qui me supplient... Ta main sur la mienne, ton odeur, ton sourire... Si, au moins, je ne savais pas comment tu es faite. Mais je t'ai vue... quand tu étais attachée à la colonne et que les démons noirs approchaient de toi la tenaille rougie au feu... Je t'ai vue, l'autre nuit, lorsque tu te baignais dans la cascade... Et maintenant, il faut encore que je te porte sur mon dos...

Sa fureur éclata de nouveau.

— Non... c'est pas supportable... Ce qu'a enduré saint Antoine, ce n'était rien à côté. Il y a des jours où je préférerais, oui, je préférerais me retrouver lié sur la croix, avec les vautours à me claquer du bec autour de la tête ou cloué à la porte Neuve... Et avec ça, tu te demandes pourquoi je me mets en colère !

Il tendit les poings, prenant le ciel à témoin de ses tourments. Puis, en jurant, il se détourna et s'éloigna à grands pas vers la caverne.

❦

Son explosion laissa Angélique stupéfaite.

« Oh ! ce n'était donc QUE CELA », se dit-elle.

Un sourire effleura ses lèvres. Autour d'elle, un vent léger remuait l'ample voilure des cèdres et brassait leur senteur pénétrante. Les cheveux d'Angélique caressaient ses joues et ses épaules à demi nues sous le burnous de laine qui avait glissé. Tout à l'heure, dans la vasque d'eau, elle s'était vue telle que la voyait Colin Paturel, avec l'ovale affiné de son visage doré où les yeux agrandis avaient des transparences mystérieuses. Elle se souvenait avoir désiré poser ses lèvres sur la nuque courbée de l'homme et lorsque la nuit tombait portant l'angoisse de ces contrées sauvages, du besoin éperdu qui la saisissait de chercher refuge contre la tiédeur de sa vaste poitrine. Prémices informulées d'un désir plus profond qui dormait en sa chair et qu'elle n'avait point voulu éveiller.

Maintenant qu'il avait parlé, l'élan éternel s'étirait en elle comme un oiseau. Ses membres reposés sentaient la vie circuler dans leurs veines. La vie !... Elle cueillit une fleurette blanche, fleur frêle des montagnes, parfaite et fragile, et la porta à ses lèvres.

Sa poitrine se gonfla. Elle respira plusieurs fois profondément. La peur aux aguets avait reculé derrière l'horizon. Le ciel était pur, l'air candide et parfumé.

Le monde était désert.

Angélique se releva. Pieds nus sur le doux gazon, elle courut vers la caverne.

Colin Paturel se tenait près de l'entrée, appuyé contre le rocher. Les bras croisés, il contemplait les lointains jaunis et vert pâle étendus au pied des montagnes, mais sa méditation devait suivre un autre cours et son dos était celui d'un homme extrêmement embarrassé et qui se demande comment il va se tirer du mauvais pas où il a eu la sottise de se mettre.

Il ne l'entendit pas venir et elle s'arrêta, le regardant avec attendrissement.

Cher Colin ! Cher vaillant cœur ! Indomptable et modeste. Qu'il était grand et large !... Ses bras à elle n'en feraient jamais le tour...

Elle se glissa à ses côtés et il ne la vit que lorsqu'elle appuya sa joue contre son bras.

Il tressaillit violemment et se dégagea.

— T'as donc pas compris ce que je t'ai expliqué tout à l'heure, petite ? fit-il, rogue.

— Si, je crois que j'ai compris, murmura-t-elle.

Ses mains remontèrent doucement sur la poitrine de Colin Paturel, vers ses larges épaules.

Il recula encore et devint rouge.

— Ah ! non, fit-il, c'est pas cela !... Non, tu n'as pas compris. Non, je ne t'ai rien demandé. Ma petite ! Ma pauvrette... Qu'est-ce que tu vas croire ?

Il lui prenait les deux mains dans les siennes, pour la maintenir à l'écart. Si elle le touchait, s'il sentait encore cette approche caressante, il succomberait, il perdrait la tête.

— Qu'est-ce que tu vas penser ! Moi qui me donnais tant de mal pour que tu ne te doutes de rien... Je n'aurais jamais ouvert la bouche, tu n'aurais jamais rien su si tu ne m'avais pas pris en traître... alors que je m'éveillais... de mon sommeil plein de rêves de toi... Oublie mes paroles... Je m'en voudrais trop. Va, je sais... Je me doute, pauvrette ! Tu as connu l'esclavage des femmes, qui n'est pas moins pire que celui des hommes. C'est assez pour toi d'avoir été vendue, d'être passée d'un maître à l'autre. Il ne sera pas dit que je serai un maître de plus à te prendre de force.

Les yeux d'Angélique s'emplissaient de lumière. Les mains de Colin Paturel rayonnaient en elle leur chaleur et son rude visage lui apparaissait émouvant dans son désarroi. Elle n'avait jamais remarqué que ses lèvres fussent aussi charnues et fraîches dans l'encadrement de la barbe blonde. Certes, il était assez fort pour la tenir à distance, mais il ne connaissait pas le pouvoir du regard d'Angélique. Et elle fut à nouveau sur son cœur, élevant ses deux bras vers lui.

— Petite, murmura-t-il, va-t'en… Je ne suis qu'un homme.

— Et moi, dit-elle avec un rire tremblé, je ne suis qu'une femme… Oh ! Colin, cher Colin, n'avons-nous pas assez de choses à supporter, au-dessus de nos forces ?… Je crois que celle-ci nous est donnée pour notre consolation.

Et elle posa son front contre sa poitrine, comme elle l'avait obscurément souhaité au cours de ce dur voyage. Et elle se grisa de sa vigueur, du mâle parfum qu'elle osait savourer enfin, goûtant des lèvres, à petits baisers timides, sa chair drue.

Le Normand reçut cet aveu muet comme un arbre la foudre : avec un frémissement qui l'ébranla tout entier. Il se pencha. Un étonnement sans bornes l'envahissait. Cette créature, un peu trop fière, un peu trop intelligente pour lui, pensait-il parfois, que le sort lui avait donnée pour compagne dans leur cruelle odyssée, voici qu'il la découvrait femme, comme les autres, câline et quémandeuse, comme celles qui dans les ports s'accrochent aux beaux gars à barbe blonde.

Collée à lui, elle ne pouvait ignorer la passion qui le possédait et elle y répondait d'un imperceptible mouvement de tout son corps tenté, timide par pudeur, mais déjà égarée, l'appelant en silence avec ce mouvement de gorge des colombes amoureuses qu'ont certaines femmes que le désir oppresse.

Éperdu, il l'enleva contre lui, pour la regarder au visage.

— C'est-y possible ! murmura-t-il.

Pour toute réponse, elle se laissa aller contre son épaule.

Alors il l'emporta dans ses bras. Il tremblait. Il l'emporta jusqu'au fond de la caverne comme s'il eût craint de voir à la lumière son éblouissant bonheur. Là où l'ombre était profonde et le sable froid et doux.

L'élan le plus instinctif du monde passant par le sang d'un Colin Paturel avait l'intensité d'un torrent, ravageant tout sur son passage et jusqu'à la défense que son esprit délicat avait si longtemps opposée à la violence de ses désirs.

Libéré, il ne pouvait plus rien que s'y abandonner sauvagement, ivre du pouvoir qu'elle lui avait donné. Il la dévorait comme un affamé, ne se rassasiant pas de sa nudité lisse, de la sentir contre lui, de sentir sa peau de femme, ses cheveux fluides, la surprise grisante et voluptueuse de ses tendres seins sous ses paumes.

Si avide et à bout de patience, après tant de secrets tourments, qu'il la violentait presque, exigeant inlassablement l'aveu de son corps, expirant sur elle et demeurant là, silencieux et foudroyé, ses bras noueux l'étreignant jalousement comme le plus précieux trésor.

L'ombre s'était épaissie lorsque Angélique rouvrit les yeux. Au-dehors, le crépuscule devait s'éteindre.

La jeune femme bougea un peu, engourdie par ce dur cercle de fer autour d'elle : les bras de Colin Paturel. Il chuchota :

— Tu dors ?

— J'ai dormi.

— Tu ne m'en veux pas ?

— Vous savez bien que non.

— Je suis une brute, hein, ma jolie, dis-le… Mais dis-le donc !

— Non… N'avez-vous pas senti que vous me rendiez heureuse ?

— Vrai ?… Alors il faut me dire « tu » maintenant.

— Si tu le veux… Colin, ne crois-tu pas qu'il fait nuit dehors et qu'il faut repartir ?

— Oui, mon agneau.

❦

Ils marchaient dans l'allégresse sur le dur sentier, lui la portant, elle reposant sa tête contre sa nuque solide. Plus rien ne les séparait. Ils avaient scellé l'alliance de leurs deux vies menacées, et les dangers, les souffrances ne viendraient plus d'eux-mêmes.

Colin Paturel ne cheminerait plus les nerfs tendus, tourmenté du feu de l'enfer comme un damné, l'esprit obsédé par la crainte de se trahir. Angélique n'aurait plus à s'effrayer de ses regards méchants et de sa sauvagerie. Elle ne se sentirait plus trembler de solitude. Quand elle en aurait envie, elle pourrait poser ses lèvres sur cette rugueuse cicatrice qu'il avait au cou depuis que Moulay Ismaël lui avait imposé dix jours un carcan hérissé de pointes.

— Doucement, mignonne, disait-il en riant, tiens-toi tranquille. Nous avons encore de la route à faire.

Il mourait d'envie de la faire glisser vers lui pour prendre ses lèvres, de la coucher dans le sable, sous la lune, pour retrouver l'ivresse qu'il avait goûtée près d'elle. Il se domina. Il y avait encore de la route à faire, oui-da, et la petite était lasse. Il ne fallait pas oublier qu'elle souffrait de la faim et qu'elle avait été mordue par une de ces saletés de vipère cornue ! Il l'avait diablement oublié lui-même, pendant un certain moment. Brute qu'il était !... Il n'avait jamais trop pensé à ménager une femme, mais, pour celle-ci, il apprendrait.

S'il avait pu la combler, lui éviter toute peine ! S'il avait pu faire surgir devant elle une table couverte de mets délectables, lui offrir l'asile de « ce grand lit carré, couvert de taies blanches... avec, aux quatre coins des bouquets de pervenches » dont parle une vieille chanson du pays... À Ceuta, ils iraient boire ensemble l'eau de la source dont Ulysse se délecta pendant sept ans, alors qu'il était prisonnier des yeux de Calypso, fille d'Atlante. C'est ce que racontent les marins...

Il marchait, en rêvant éveillé. Elle dormait contre lui, elle était lasse. Lui, il n'était pas las ! Il portait sur son dos toute la joie du monde.

❦

À l'aube, ils firent halte. Ils s'étendirent dans une prairie d'herbe courte. Ils ne cherchaient plus l'abri, sûrs d'être seuls désormais.

Leurs yeux s'interrogèrent. Cette fois, il n'avait plus peur d'elle. Il voulait savoir tout d'elle et il put contempler son visage de mourante heureuse, renversée sur la nappe de ses beaux cheveux.

Émerveillé, il s'extasia.

— C'est ma foi vrai que tu aimes l'amour !... Je n'aurais pas cru.

— Je t'aime aussi, Colin.

— Chut ! Faut pas dire ces mots-là... Pas encore. Tu te sens bien, maintenant ?

— Oui.

— C'est vrai, que je t'ai donné du plaisir ?

— Oh ! oui, tellement.

— Dors, mon agneau.

Privés de tout, ils jouissaient en affamés de s'aimer. L'élan qui les poussait à s'unir était aussi puissant que celui qui les aurait portés vers une source pour y puiser la force de survivre. L'oubli de toutes les douleurs et la revanche sur le sort jaillissaient de leurs étreintes, les emportaient sur les eaux vives de l'espérance et ils goûtaient sur les lèvres l'un de l'autre la sublime découverte que l'amour a été créé pour la consolation du premier homme et de la première femme et pour leur donner le courage de mener à bien leur dur pèlerinage terrestre.

Jamais Angélique n'avait été dans les bras d'un homme aussi grand et fortement bâti. Elle aimait s'asseoir sur ses genoux, se blottir contre cette massive charpente et tandis que ses mains puissantes la caressaient, ils s'embrassaient, les yeux baissés, longtemps, religieusement.

— Te souviens-tu de ce que j'avais ordonné aux pauvres compagnons ? murmurait-il : « Elle n'est pour aucun de vous et elle n'appartient à aucun… » Et voilà que je t'ai prise et que tu es mon trésor. Je suis un parjure !…

— C'est moi qui t'ai voulu.

— J'avais dit cela pour me défendre contre toi. Déjà de t'avoir tenue dans mes bras dans le jardin de Rodani, j'avais le sang qui bouillait. Alors j'ai posé des barrières. Comme cela, je me disais : « Colin, tu seras bien forcé de tenir le coup… »

— Tu avais l'air si sévère, si rude.

— Toi, tu ne disais rien, jamais. Tu as tout subi avec humilité et comme en t'excusant d'être là. Je sais toutes les fois où tu as eu peur, où tu n'en pouvais plus. Déjà, j'aurais voulu te porter. Mais il y avait le pacte avec les camarades.

— C'était mieux ainsi. C'était vous qui aviez raison, majesté.

— Quelquefois, quand on t'observait, tu souriais. C'est ton sourire qui est le plus beau de tout ce que j'aime en toi. Tu m'as souri lorsque le serpent t'avait piquée et que tu m'attendais sur le chemin… Comme si tu avais eu peur de moi, plus encore que de la mort… Bon Dieu ! Je ne savais pas ce qu'était la douleur avant cet instant où j'ai cru que tu étais perdue. Si tu étais morte, je me serais étendu à tes côtés et je ne me serais jamais relevé !

— Ne m'aime pas si fort, Colin, ne m'aime pas si fort ! Mais embrasse-moi encore.

LXVI

Pas à pas, caillou après caillou, ils avançaient. Le Rif autour d'eux avait changé. Les cèdres avaient disparu et les pentes d'herbe verte. Avec leur disparition, le gibier s'était fait rare et les sources aussi. La faim et la soif avaient recommencé à tenailler les fugitifs. Cependant, la jambe d'Angélique était guérie et elle avait fini par convaincre son compagnon de la laisser marcher un peu. Avançant tranquillement, ils allaient de jour et de nuit, par petites étapes, gravissant lentement les défilés et les cols, entre les falaises sombres et les broussailles monotones.

Angélique n'osait plus demander s'ils étaient encore loin du but. Celui-ci semblait reculer indéfiniment avec l'écran roux des montagnes. Il fallait marcher, marcher encore !

Angélique s'arrêta.

« Cette fois, je vais mourir », se dit-elle.

Sa faiblesse s'éleva en elle, devint immense. Dans ses oreilles naissait un bourdonnement confus, un carillon d'église et ce signe prémonitoire l'emplit d'effroi.

— Cette fois, c'est la mort…

Elle tomba à genoux en poussant un faible cri. Colin Paturel, qui était déjà presque au sommet d'une falaise dont l'arête se dessinait durement sur le ciel implacable, redescendit vers elle.

Il s'agenouilla, la releva contre lui. Elle sanglotait sans larmes.

— Qu'y a-t-il, ma douce ? Allons, encore un peu de courage…

Il caressait sa joue et baisait ses lèvres desséchées comme pour y insuffler son inépuisable force.

— Relève-toi, je vais te porter un peu.

Mais elle secouait la tête, désespérée.

— Oh ! non, Colin… Cette fois, c'est trop tard. Je vais mourir. J'entends déjà des cloches d'église qui sonnent mon glas.

— Fariboles que tout cela ! Reprends courage. Au-delà de cette falaise…

Il s'arrêta, l'œil vaguement fixé devant lui, attentif.

— Qu'y a-t-il Colin ? Les Maures ?

— Non, mais il y a que… moi aussi j'entends…

Il se dressa brusquement et cria d'une voix étranglée :

— J'ENTENDS LES CLOCHES !…

Comme un fou, il se mit à courir vers le sommet de la falaise. Elle le vit agiter les bras et hurler quelque chose qu'elle n'entendit pas. Mais, oubliant toute fatigue et sans se soucier des pierres aiguës qui la blessaient, elle se redressa et se hâta.

— La mer !!!

C'était cela que criait le Normand. Comme elle arrivait, il la happa par le bras, la jeta contre lui, la serrant éperdument et ils restèrent là, éblouis, n'en pouvant croire leurs yeux. Devant eux la mer s'étendait, blonde et ourlée de vagues dorées et sur la gauche une ville hérissée de clochers, bien close dans ses remparts.

❦

CEUTA ! Ceuta la catholique. C'étaient les cloches de la cathédrale Saint-Ange, sonnant l'angélus du soir, qu'ils avaient entendues et prises pour une hallucination de leur esprit épuisé.

— Ceuta ! murmura le Normand. Ceuta !

Puis il se ressaisit, retrouva sa pensée prudente et soupçonneuse. Car Ceuta, c'était aussi la ville assiégée par les Maures !... Un lointain coup de canon fit résonner les contreforts du mont Acho et un nuage de fumée fleurit au bord des remparts pour s'évaporer doucement dans le crépuscule paisible.

— Allons par là, marmonna Colin Paturel en ramenant sa compagne à l'abri des rochers.

Tandis qu'elle se reposait, il se glissa en rampant le long de la crête.

Il revint, ayant aperçu le camp des Maures et ses mille tentes dressées, surmontées d'oriflammes vertes, juste au pied de la falaise. Peu s'en eût fallu que, dans leur marche hasardeuse, ils ne tombassent d'emblée sur les sentinelles.

Il fallait maintenant attendre la nuit. Il avait un plan ! Avant le lever de la lune, ils se glisseraient au bas de la montagne et gagneraient la plage. De rocher en rocher, ils essaieraient d'atteindre l'isthme sur lequel était construite la ville. Ils ramperaient jusqu'au pied de la muraille et chercheraient à se faire reconnaître des sentinelles espagnoles.

Quand l'obscurité fut assez profonde, ils laissèrent là armes et bagages et descendirent, retenant leur souffle, craignant jusqu'à la chute d'un caillou. Comme ils atteignaient la plage, ils entendirent des chevaux marchant au pas. Trois Arabes passèrent, regagnant le camp. Par chance, leurs féroces lévriers ne les accompagnaient pas.

Dès qu'ils se furent éloignés, Colin Paturel et Angélique traversèrent la plage en courant et se jetèrent dans les rochers du rivage. À demi plongés dans l'eau, ils commencèrent à s'avancer d'une anfractuosité à l'autre. Ils tâtonnaient, s'écorchant aux aspérités des coquillages, trébuchant de temps à autre dans un trou d'eau, se hissant de nouveau tout en prenant garde de ne pas se redresser, car peu à peu la clarté de la lune s'était répandue alentour. La masse haute de la ville semblait proche avec ses créneaux ourlés d'argent, ses dômes et ses clochers dressés sur le ciel étoilé.

La vision à laquelle ils avaient tant rêvé décuplait leur courage.

Ils n'étaient plus loin de la première tour, bâtie en avancée fortifiée, lorsque des bruits de voix arabes se mêlant au souffle léger du ressac les immobilisèrent, collés à la roche visqueuse, essayant de faire corps avec elle. Un groupe de cavaliers maures apparut. Leurs casques pointus brillaient au clair de lune. Ils mirent pied à terre et s'installèrent sur la plage où ils allumèrent un grand feu.

À quelques pas à peine des fugitifs, cramponnés aux rochers et trempés d'eau de mer, ils s'installèrent pour veiller. Colin Paturel les entendit deviser. Ils n'aimaient pas, disaient-ils, cette corvée que le caïd leur imposait d'aller veiller juste sous les remparts de

Ceuta. Une bonne affaire pour recevoir, dès que l'aube se lèverait, une flèche en plein cœur d'un de ces diables d'archers espagnols. Mais le caïd Ali disait que cet endroit devait être gardé la nuit, car c'était par là que les métadores faisaient passer les chrétiens évadés.

— Ils partiront au lever du jour, chuchota le Normand à Angélique, il faut tenir jusque-là.

Tenir, à demi immergés dans l'eau froide, le sel sur leurs plaies, malmenés par le ressac, luttant contre la fatigue et le sommeil pour ne pas lâcher prise…

Enfin, un peu avant l'aube, les Maures s'ébrouèrent, sanglèrent leurs chevaux et dès que le soleil rougit l'horizon, ils sautèrent en selle et galopèrent vers le camp.

À bout de force, Colin Paturel et Angélique se hissèrent hors de l'eau et se traînèrent à genoux, ivres de fatigue. Alors qu'ils reprenaient souffle, un autre groupe de cavaliers maures apparut de derrière la montagne et les aperçut. Ils poussèrent de rauques exclamations et firent virevolter leurs montures dans leur direction.

— Viens, dit Colin Paturel à Angélique.

L'espace qui s'étendait devant eux jusqu'à la ville leur parut immense comme le désert. Se donnant la main ils couraient, ils volaient, ne sentant plus leurs pieds nus déchirés, soulevés par une seule pensée : courir, courir, atteindre la porte.

Les Arabes qui les poursuivaient étaient armés de mousquets, arme plus difficile à manier au galop du cheval. Une arquebuse n'eût pas manqué la cible qu'ils offraient, à découvert sur le terre-plein sableux. Mais les balles ricochèrent à leurs côtés.

Tout à coup, Angélique eut l'impression de voir surgir devant eux d'autres cavaliers.

— Cette fois, c'est fini… Nous sommes cernés.

Son cœur éclata, rompu. Elle trébucha, roula parmi les sabots des chevaux. La masse du Normand s'effondra sur elle et elle s'évanouit, emportant l'écho de sa voix hachée, haletante.

— Chrétiens !… chrétiens captifs… Au nom du Christ, *amigos* !… Au nom du Christ…

LXVII

— Pourquoi as-tu mis tant de poivre dans le chocolat, David ? Je te l'ai déjà dit cent fois : moins de poivre, moins de cannelle. Il ne s'agit pas de fabriquer l'horrible mixture espagnole…

Angélique se débattait et ne voyait pas pourquoi il lui fallait recommencer l'épuisant labeur d'imposer le chocolat aux Parisiens. Hélas ! elle comprenait qu'elle n'y arriverait jamais tant que ce stupide David s'obstinerait à mettre du poivre en grains et des doses de cannelle écœurantes. De quoi réveiller un mort de dégoût ! Elle repoussa la tasse avec violence, sentit le liquide la brûler et entendit une petite exclamation désolée.

Angélique ouvrit les yeux avec effort. Elle se trouvait dans un lit aux draps blancs entièrement maculés de l'horrible chocolat noir qu'elle venait de renverser. Une femme dont la mantille encadrait un assez joli visage de brune essayait d'éponger le désastre.

— Je suis navrée, balbutia Angélique.

La femme eut aussitôt l'air enchantée. Elle se mit à parler avec volubilité en espagnol, serra avec effusion les mains de la jeune femme et finit par se jeter à genoux devant une statue de la Vierge vêtue d'or et couronnée de diamants qui trônait sous la lampe à huile d'un petit oratoire.

Angélique comprit que son hôtesse remerciait Notre-Dame d'avoir enfin rendu la santé à la pauvre Française qui n'avait cessé de délirer depuis trois jours, consumée par la fièvre. Après quoi, l'Espagnole appela une servante mauresque et toutes deux changèrent prestement les draps, les remplaçant par d'autres, immaculés, brodés de fleurs et sentant la violette.

C'était une sensation stupéfiante que de se retrouver étendue ainsi entre des draps, sous le baldaquin d'un énorme lit aux colonnes de bois doré. La malade tourna la tête avec précaution. Sa nuque était encore engourdie et douloureuse. Ses yeux la brûlaient, inhabitués à la pénombre. Par une fenêtre grillée aux arabesques de fer forgé, l'aveuglante lumière du dehors versait de parcimonieux rayons d'or, dessinant sur le dallage de marbre noir le reflet de la grille. Mais le reste de la pièce, où s'entassaient meubles et bibelots espagnols, deux petits lévriers noirs et jusqu'à un nain aux lèvres lippues déguisé en page, gardait le mystère ombreux du harem. De sourdes détonations par instants se répercutaient jusqu'à ce refuge ouaté de la citadelle et Angélique se souvint : les canons de Ceuta !…

Ceuta, l'extrême pointe de l'Espagne, accrochée à son rocher brûlant et faisant retentir de ses cloches la terre de Mahomet. Les carillons de la cathédrale cent fois meurtrie et écornée par les boulets et la mitraille, se mêlaient encore à l'ébranlement sourd des pièces d'artillerie.

Agenouillée devant son oratoire, l'Espagnole se signait et récitait l'angélus. Pour elle, le temps était fort paisible, l'écho des canons, un bruit très familier. Son fils était né à Ceuta et maintenant ce *muchacho* de six années était le premier à courir sur les remparts avec les autres enfants de la garnison, pour injurier les Maures. La haine du Maure était dans le sang de l'Espagnol, dont l'âme et le regard demeuraient tournés vers l'Afrique beaucoup plus que vers l'Europe. L'Andalou se souvenait de l'oppresseur arabe qui lui avait légué son teint brûlé et ses dents blanches, et le Castillan se souvenait de l'ennemi, grignoté pied à pied durant des siècles. L'art de la guérilla, sous un ciel de feu, était inhérent aux deux races. L'audace des Espagnols assiégés les poussait souvent à quitter l'abri des murs pour harceler les troupes du caïd Ali.

Un groupe de caballeros, casqués d'acier noir, la haute lance au poing, revenait d'une expédition nocturne contre les Maures, lorsqu'ils avaient aperçu deux esclaves chrétiens fugitifs courant vers la citadelle. Ils étaient intervenus, se portant au-devant des Arabes poursuivants et c'était parmi eux que s'étaient écroulés Colin Paturel et sa compagne.

Un violent accrochage avait eu lieu. Le groupe enfin s'était retiré à l'abri des portes de la ville, entraînant les deux captifs sauvés.

❦

Angélique connaissait assez d'espagnol pour suivre l'essentiel de ce long récit volubile que la dame lui faisait, entrecoupant son débit de blancs regards vers le ciel.

La mémoire lui revenait, éveillant tour à tour les cuisantes douleurs de son corps. Elle sentait ses pieds meurtris, couverts d'ampoules et de coupures, la peau de son visage rêche et pelée, la maigreur de son corps amenuisé dans les coussins et elle voyait ses mains brunes comme du pain d'épices, aux ongles cassés.

— Santa Maria ! Dans quel état était-elle, la pauvre dame ! Avec ses loques trempées, ses jolis pieds en sang, ses cheveux dénoués pleins de sable et d'eau de mer ! Pourtant, le fait était si rare d'accueillir une personne évadée qu'on était immédiatement allé chercher M. de Breteuil, l'envoyé du roi de France.

Angélique tressaillit. M. de Breteuil ? Le nom ne lui était pas inconnu. Elle avait rencontré ce diplomate à Versailles. Doña Inès de Los Cosbos y Perrandez renchérit à grands cris :

— *Si, si !*

M. de Breteuil était en effet à Ceuta en mission spéciale. Il venait d'y aborder avec le brigantin *La Royale*, pour le service de Louis XIV, au secours d'une grande dame qui était tombée, disait-on, aux mains de Moulay Ismaël, au cours d'un dangereux voyage.

Angélique ferma les paupières et le battement de son cœur épuisé s'accéléra. Ainsi, le message confié au R.P. de Valombreuze était parvenu à son destinataire ! Le souverain avait entendu l'appel de la transfuge. M. de Breteuil, chargé de pleins pouvoirs et de cadeaux somptueux pour amadouer le seigneur barbaresque, devait essayer de se rendre à Miquenez et d'y négocier coûte que coûte la libération de l'imprudente marquise.

L'annonce qu'une femme à demi morte, évadée des harems marocains, se trouvait dans les murs de Ceuta avait été portée au diplomate français qui s'était rendu aussitôt au petit couvent des pères de la Rédemption où l'on avait conduit les malheureux.

Le gentilhomme avait eu un geste de recul et de doute devant ces deux créatures arrivées, semblait-il, au dernier degré de la privation… Non, cette misérable esclave ne pouvait être la belle marquise du Plessis-Bellière.

La main d'Angélique doucement glissa près d'elle sur le drap. Elle cherchait quelque chose, une autre main, calleuse et bonne, pour y blottir la sienne. Où était-il, son compagnon ? Que lui était-il advenu ? L'angoisse se mit à peser sur son cœur comme une pierre qu'elle ne parvenait plus à soulever. Elle n'osait poser aucune question. D'ailleurs, elle n'avait pas la force de parler. Elle se souvenait qu'il était tombé avec elle, entre les sabots des chevaux espagnols…

❦

Maintenant, M. de Breteuil se trouvait devant elle, à son chevet. Les boucles de sa perruque tombaient, soigneusement rangées, sur son habit de soie brodé de dorures. Le chapeau au creux du bras, il la salua, le pied cambré, le talon rouge bien posé.

— Madame, on m'a porté les plus heureuses nouvelles de votre santé et je me suis empressé de me rendre auprès de vous.

— Je vous remercie, monsieur, dit Angélique.

Elle avait dû s'endormir tandis que l'Espagnole parlait tout à l'heure. À moins que ce ne fût hier… Elle se sentait tout à fait reposée. Des yeux, elle chercha Doña Inès. Mais celle-ci s'était retirée, n'approuvant pas la visite d'un homme dans l'appartement secret des femmes. Ces Français ont des mœurs si libres et si légères !…

M. de Breteuil s'assit sur un tabouret d'ébène, sortit un drageoir de ses basques, en offrit à Angélique et se mit à suçoter des bonbons. Il se réjouissait, disait-il, que sa mission eût connu un si prompt et si complet succès. Grâce – il le reconnaissait – à la vaillance de Mme du Plessis-Bellière qui avait échappé elle-même à la servitude où son inconsciente audace et son mépris des ordres du roi l'avaient entraînée, il n'aurait pas à dépenser les cadeaux prévus pour Moulay Ismaël. Il pérorait, un rien méprisant et supérieur. Dieu sait que la colère du roi avait été grande lorsqu'il avait découvert l'inqualifiable conduite de la maréchale du Plessis. M. de La Reynie, responsable de sa présence dans Paris, avait été tancé d'importance et peu s'en était fallu que ce digne et haut magistrat ne fût privé de sa charge de lieutenant de police, à cause de l'incurie de ses services. La Cour et la police s'étaient longuement interrogées sur les moyens employés par la charmante évadée pour sortir de Paris. On disait qu'elle avait séduit un policier de haut rang qui l'avait fait passer, déguisée en argousin ?… Mais le plus drôle avait bien été la satisfaction naïve du chevalier de Rochebrune, se vantant devant le roi d'avoir recueilli Mme du Plessis-Bellière à Malte. Il n'avait rien compris à la froideur dont il avait été l'objet par la suite.

M. de Breteuil pouffa derrière ses manchettes. Son œil curieux – « l'œil rond et bête d'un coq » se disait-elle – guettait la jeune femme étendue. Il se pourléchait à l'avance des confidences qu'elle lui ferait et qu'il serait le premier à recueillir. Elle semblait encore lasse et comme absente, mais elle retrouverait sa verve sans nul doute. Déjà elle était transformée et il avait peine à reconnaître l'émouvante épave devant laquelle il s'était trouvé quelques jours auparavant. Il raconta. Il l'avait aperçue à demi nue dans ses loques trempées, les pieds sanglants, le teint cireux, les yeux clos marqués d'un cerne mauve. Elle s'abandonnait aux bras d'une sorte de géant hirsute qui essayait d'introduire entre ses lèvres le bol de tisane rhumée préparée par le frère infirmier du lazaret. En quel état la captivité, chez ces cruels barbares, peut-elle réduire des êtres civilisés ?…

Seigneur ! Était-ce possible ? Était-ce bien la superbe marquise qu'il avait vue danser à Versailles et que le roi conduisait par la main le long du tapis vert ?…

Il ne pouvait en croire ses yeux. Non, ce n'était pas celle pour laquelle Sa Majesté l'avait prié de fréter un vaisseau et de faire appel à tous ses talents de diplomate auprès de Moulay Ismaël. Pourtant quelque chose en cette misérable créature, peut-être ses cheveux et la finesse de ses attaches, le faisait hésiter.

Alors, interrogé, le captif qui l'accompagnait avait dit qu'il ignorait le nom de cette femme, mais qu'il savait qu'elle se prénommait Angélique.

C'était donc bien elle ! Angélique du Plessis-Bellière ! La très aimée du roi Louis XIV ! L'épouse du grand maréchal mort à l'ennemi ! La rivale de Mme de Montespan et la parure de Versailles !…

Immédiatement, elle avait été conduite chez le gouverneur de la place, Don de Los Cosbos y Perrandez, dont la femme s'était empressée de lui prodiguer ses soins.

❦

Angélique avala péniblement sa salive. La faim et la soif avaient creusé en elle d'étranges réflexes. La vue d'une simple nourriture, fût-ce de quelques bonbons, la faisait défaillir et pourtant aussitôt qu'elle en avait absorbé, elle ressentait des malaises.

— Et mon compagnon, qu'est-il devenu ? demanda-t-elle.

M. de Breteuil l'ignorait. Les pères de la Rédemption avaient dû s'occuper de lui, lui donner à manger et le vêtir décemment. Le gentilhomme se leva et prit congé. Il souhaitait que Mme du Plessis se rétablît promptement. Elle devait comprendre qu'il ne désirait pas s'attarder dans cette forteresse assiégée. Pas plus tard que ce matin, un boulet de pierre était venu rouler à ses pieds alors qu'il prenait le frais sur les remparts. En réalité, la place était intenable. On n'y mangeait que des fèves et de la morue salée. Il fallait être ces damnés Espagnols, aussi sauvages et ascétiques que les Maures, pour se cramponner ainsi. Il soupira, balaya le dallage des plumes de son chapeau et lui baisa la main.

Lorsqu'il fut sorti, elle pensa qu'elle avait lu dans son regard une ironie méchante dont elle ne comprenait pas la cause.

❦

Dans la soirée, Doña Inès l'aida à se lever et à faire quelques pas. Le lendemain, elle s'habilla avec des effets français que M. de Breteuil avait apportés dans ses bagages. La dame espagnole, engoncée de vertugadins et d'énormes paniers « à l'infante », regarda avec admiration et envie les souples satins se draper autour de la taille mince de la grande dame française. Angélique lui demanda des crèmes pour se soigner le teint et la peau. Elle brossa longuement ses cheveux devant un miroir encadré d'angelots qui lui rappelait une vasque d'eau assombrie par le ciel au creux d'un rocher. Elle y voyait, comme alors, sa chevelure presque blanche à force d'être décolorée par le soleil encadrant un pathétique visage de jeune fille, neuve et anxieuse. Elle s'interrogeait, la main posée sur sa poitrine où une ligne dorée soulignait au décolleté la frontière du hâle et de la peau plus pâle. Elle était marquée, oui, profondément. Et pourtant elle n'avait pas vieilli. *Elle était autre !* Elle noua un collier d'or pour dissimuler la transition disgracieuse.

Le corset la tenait bien droite. Elle en retrouvait l'armature non sans plaisir. Mais elle avait parfois des gestes instinctifs autour d'elle pour chercher les plis du burnous et le ramener sur ses épaules nues.

Elle examina ensuite son appartement, où de noires tapisseries suspendues ne parvenaient pas à dissimuler les pierres de la forteresse.

Mi-casbah, mi-château fort, le palais était, comme toutes les maisons de Ceuta, semblable aux constructions mauresques. Aveugles sur la rue et s'ouvrant sur des patios plantés de maigres cyprès et d'où les colombes avaient fui, effrayées par la mitraille. Seules quelques cigognes se posaient encore au bord des remparts, par habitude ancestrale.

Cependant, près de l'appartement d'Angélique, une loggia permettait d'observer les allées et venues de la ruelle étroite descendant vers le port. On apercevait les mâts et les vergues assemblés dans le bassin fortifié, la mer très bleue et, au loin, la ligne rose de l'Espagne.

Penchée, son éventail aux doigts, elle regardait vaguement en cette direction, vers le rivage de l'Europe, lorsqu'elle vit deux matelots passer au pied de la maison, se dirigeant vers le port. Ils allaient pieds nus, coiffés de bonnets de laine rouge, leurs gros sacs sur l'épaule. L'un d'eux avait des anneaux d'or aux oreilles. La silhouette de l'autre parut familière à Angélique. Qu'évoquaient pour elle ces larges épaules sous l'habit de drap bleu des marins, noué à la taille par une ceinture rayée blanche et rouge ? Ce ne fut qu'au moment où il passa sous la porte voûtée précédant l'escalier du port et que la lumière crue découpa en noir sa haute taille, qu'elle le reconnut.

— Colin ! Colin Paturel !

L'homme se retourna. La barbe blonde taillée plus court, sanglé dans ces vêtements de gros drap qui avaient remplacé la chemise et le caleçon haillonneux de l'esclave, c'était bien lui.

Elle lui fit des signes véhéments. Sa gorge était tellement serrée qu'elle ne pouvait l'appeler. Il hésita, puis revint sur ses pas, le regard fixé sur la femme en grands atours penchée à la loggia. Elle put enfin lui crier :

— La porte en bas est ouverte. Montez vite !

Ses mains étaient devenues glacées sur son éventail. Lorsqu'elle se retourna, il était déjà là, campé dans l'encadrement de la porte, monté, silencieux et rapide, sur ses pieds nus.

Si différent de la vision qu'elle en avait gardé, avec son bonnet, ses lourds vêtements, ses yeux durs et froids, qu'elle fut obligée de regarder ses mains et d'y voir inscrites les émouvantes cicatrices des clous pour le reconnaître.

Quelque chose allait mourir ! Elle ne savait pas quoi, mais elle savait déjà qu'elle ne pouvait plus le tutoyer.

— Comment allez-vous, Colin ? demanda-t-elle avec douceur.

— Bien… et vous aussi, à ce que je vois ?

Il la fixait de son œil bleu dont elle connaissait la lumière incisive sous les arcades sourcilières broussailleuses : Colin Paturel, le roi des captifs !

Et il la voyait avec cette chaîne d'or autour du cou, sa chevelure bien rangée, ses amples jupes évasées autour d'elle et son éventail aux doigts.

— Où allez-vous avec ce sac sur l'épaule ? interrogea-t-elle encore pour rompre le silence.

— Je descendais au port. Je m'embarque tout à l'heure sur le *Bonnaventure*, un navire de commerce qui fait voile pour les Indes orientales.

Angélique se sentit devenir pâle jusqu'aux lèvres. Elle eut un cri :

— Vous partiez ?… Vous partiez sans me dire au revoir !…

Colin Paturel respira profondément tandis que son regard se durcissait encore.

— Je suis Colin Paturel, de Saint-Valéry-en-Caux, dit-il. Et vous… vous êtes une grande dame, à ce qu'il paraît, une marquise !… Une femme de maréchal… Et le roi de France envoie un vaisseau pour vous chercher… N'est-ce pas vrai ?

— Oui, c'est vrai, balbutia-t-elle, mais ce n'est tout de même pas une raison pour partir sans me dire au revoir.

— Des fois, ça pourrait être une raison, dit-il, sombre.

Ses yeux la fuirent et il parut s'éloigner d'elle, quitter la pénombre de la pièce où flottait un parfum d'encens.

— Des fois, quand vous dormiez, murmura-t-il, je vous regardais et je me disais : cette petite, je ne sais rien d'elle et elle n'en connaît guère de moi non plus. Chrétiens captifs en Barbarie, voilà tout ce qui nous rapproche l'un de l'autre. Mais… je la sens comme moi. Elle a souffert, elle a été humiliée, salie… Mais elle sait diablement relever la tête. Elle a bourlingué, elle a ouvert les yeux sur le vaste monde. Je la sens de ma race… Et, à cause de cela, je me disais : un jour, plus tard, quand nous serons sortis de cet enfer et que nous débarquerons tous les deux dans un port, un vrai port de chez nous… avec du ciel gris et de la pluie qui tombe, alors je tâcherai de la faire causer un peu… Et si elle est seule au monde… Et si elle veut bien, alors je l'emmènerai dans mon pays, à Saint-Valéry-en-Caux. J'y ai là-bas une chaumière. Quelque chose de pas grand, mais de gentil, avec un toit de chaume et trois pommiers. J'y ai aussi un magot caché sous la pierre de l'âtre. Peut-être que si le coin lui plaît, alors je m'arrêterai de naviguer… elle s'arrêtera d'errer… Nous achèterions deux vaches…

Il s'interrompit. Sa mâchoire se serra et, se redressant, il eut ce regard hautain et redoutable avec lequel il bravait le cruel Moulay Ismaël.

— Et voilà ! Vous n'êtes pas pour moi. C'est tout !

La colère l'envahissait. Il gronda :

— J'aurais tout pardonné… J'aurais tout accepté de votre passé. Mais pas CELA !… Si j'avais su, je ne vous aurais pas touchée avec des pincettes. Les gens de la noblesse, j'ai jamais pu les souffrir.

Angélique eut un cri indigné.

— Colin, ce n'est pas vrai !... Vous mentez. Et le chevalier de Méricourt... et le marquis de Kermœur ?...

Il eut un furtif regard vers la fenêtre, comme s'il cherchait, au-delà des remparts de Ceuta la catholique, les murs de Miquenez.

— C'était là-bas... C'était différent. Nous étions tous des chrétiens, de pauvres esclaves...

Et soudain, il courbait la tête comme accablé, comme s'il portait encore sur ses épaules les énormes pierres dont les chaouchs de Moulay Ismaël l'écrasaient.

— Je pourrai oublier les tortures, fit-il d'une voix lourde, je pourrai oublier la croix. Mais CELA je ne pourrai jamais l'oublier... Vous m'avez chargé, madame, vous m'avez chargé...

Et elle savait de quel poids elle avait chargé son cœur et qu'il traînerait désormais avec lui le souvenir de deux voix murmurant dans le silence du désert.

« Je t'aime aussi, Colin.

— Chut ! Il ne faut pas dire ces mots-là. Pas encore... Tu te sens bien maintenant ?

— Oui.

— C'est vrai que je t'ai donné du plaisir ?

— Oh ! oui, tellement.

— Dors, mon agneau... »

Les coins de la bouche d'Angélique se mirent à trembler et la haute stature de Colin Paturel s'estompa, parut s'éloigner derrière l'écran de ses larmes.

Il se baissait. Il ramassait son sac, le jetait sur son épaule et soulevait son bonnet de laine en marmonnant :

— Adieu, madame ! Bon voyage !

Il s'en allait.

Non, pas ainsi. Pas avec ce regard hostile et révolté. Colin ! Colin, mon frère !…

Elle se précipita dans la galerie, se pencha sur l'escalier. Mais il était déjà en bas. Vit-il en levant les yeux, ses larmes sur ses joues ? Les emporta-t-il, comme un baume, pour panser ses blessures ?

Elle ne le saurait jamais ! Elle resta immobile, la poitrine agitée de sanglots pénibles.

❦

Puis elle s'en alla marcher sur les remparts. Elle ne pouvait plus rester enfermée. Les plafonds bas, les murs pesaient sur elle comme ceux d'une prison. Elle voulait respirer le vent de la mer pour se délivrer de l'oppression. Au large croisaient les barques barbaresques. Les canons du port défendaient le départ des navires. L'un d'eux s'éloignait, les voiles tendues, d'un blanc de craie sur l'azur du ciel. Était-ce celui qui emmenait Colin Paturel, le roi des captifs, le pauvre marin normand et sa peine ? « C'est bête, la vie ! » se disait Angélique. Et elle pleurait tout bas, les yeux aveuglés par l'éclat des courtes vagues au pied de la citadelle.

Ô Méditerranée ! *Nostra mare ! Nostra madre !*

Notre mère. Berceau bleu, vaste sein amer de l'humanité, portant toutes les races, berçant tous les rêves !

Méditerranée, chaudron de sorcière brassant toutes les passions !…

Angélique s'était embarquée sur ses flots trompeurs et elle avait abandonné les lambeaux de son rêve et de son espérance à des mirages d'azur et d'or…

Il semblait qu'elle n'eût entrepris ce voyage que pour effacer l'image trop tenace de son mari et, partie pour le faire revivre, découvrir aujourd'hui que jusqu'à son souvenir s'était enfin dispersé en elle. Sur ces rives qui avaient vu s'écrouler tant d'empires, tout retournait en poussière !…

Lasse, elle songeait qu'elle avait assez sacrifié à un impossible but, à une chimère cruelle.

Comme le petit Cantor, victime première, criant « Mon père ! Mon père ! » avant de disparaître sous les flots, elle avait crié « Mon amour ! », mais rien n'avait répondu.

Les phantasmes, les utopies, se dispersaient dans le lent mouvement des voiles sur l'horizon, dans l'odeur du café brun et le nom des villes passionnées ou mystérieuses : Candie la pirate, Miquenez où les esclaves expirent dans des jardins de paradis, Alger la Blanche.

À l'instant, elle pleurait moins sur son échec et sa déception que sur des souvenirs impérissables de visages qui avaient nom Osman Ferradji, le Grand Eunuque, Colin Paturel le crucifié et jusqu'à ce bizarre Moulay Ismaël qui mettait la prière au rang des voluptés.

Et jusqu'à ce personnage mince et sombre, Méphisto des mers, le Rescator, dont le mage avait dit :

« Pourquoi l'as-tu fui ? Les étoiles racontent ton histoire et la sienne, la plus extraordinaire histoire du monde ! »

Dans le lointain, la voix démente d'Escrainville hurlait :

« C'est pour toi qu'elle aura son visage d'amante, maudit Magicien de la Méditerranée… »

Mais ce n'était même pas vrai. Une fois encore, le vent trompeur avait brouillé tous les destins, et son visage d'amante, elle ne l'avait offert qu'à un pauvre marin qui l'emportait désormais comme un trésor volé au cours de la plus incroyable des aventures.

Tout était brouillé, tout était remis en question. Cependant, Angélique commençait à percevoir une vérité dans ce chaos. La femme qu'elle avait contemplée dans la vasque d'eau, celle qui s'était lavée à la source de l'oasis et qui avait dressé au clair de lune son corps rajeuni, n'avait plus rien de commun avec celle qui, moins d'un an plus tôt, affrontait Mme de Montespan sous les lambris de Versailles.

C'était alors une femme déjà touchée de corruption, avide, rouée, flairant l'intrigue, à l'aise parmi les eaux troubles. Son esprit s'était obscurci à force de se commettre avec tant de repoussants personnages.

À ce seul souvenir, une nausée la saisissait, une envie de vomir. Jamais, se dit-elle, jamais elle ne pourrait se retrouver parmi EUX ! Elle s'était lavée et purifiée à respirer l'air embaumé des cèdres. Le soleil du désert avait brûlé les herbes vénéneuses.

Maintenant, elle LES verrait toujours tels qu'ils étaient ; elle ne pourrait plus supporter d'affronter la stupidité vaniteuse inscrite sur la face d'un Breteuil et faire l'effort d'y répondre avec politesse.

Certes, elle irait chercher Florimond et Charles-Henri, et ensuite elle partirait. Oui, elle s'en irait !…

Où cela ?…

Seigneur, ne pourrait-on créer un monde sur cette terre où un Breteuil n'aurait pas le droit de mépriser un Colin Paturel, où un Colin Paturel n'aurait pas à se sentir humilié par son amour inaccessible pour une grande dame de la Cour… ?

Un nouveau monde où ceux qui posséderaient la bonté, le courage, l'intelligence, seraient placés en haut, où resteraient en bas ceux qui en seraient dépourvus ?

N'y aurait-il pas une terre vierge pour accueillir les hommes de bonne volonté ? Où, seigneur ?… Sur quelle terre ?

Elle revint en méditant. Elle parlerait ce soir à M. de Breteuil. Le roi avait envoyé un vaisseau pour la chercher. Dans un mouvement de panique et pour échapper à une situation sans issue, elle avait fait appel à lui. Il ne s'était pas dérobé. Mais Angélique ne voulait pas voir se refermer sur elle les tenailles d'un piège ancien. Se trouvait-elle engagée vis-à-vis du roi ? Elle décida que rien n'avait encore été formulé à cet égard. À peu de choses près, les pièces de l'échiquier pouvaient se retrouver placées de la même façon que l'année précédente.

Sans plus attendre, le soir même, elle avertit le diplomate français qu'elle ne pensait pas devoir le retenir à Ceuta plus longtemps. Elle-même pour sa part y prolongerait son séjour, sa santé étant encore défaillante, mais M. de Breteuil pourrait rentrer en France et avertir le roi de la bonne réussite de sa mission. Encore qu'il n'eût pas à faire les dépenses prévues puisqu'elle avait pu échapper elle-même à Moulay Ismaël, elle n'en demeurait pas moins très reconnaissante à Sa Majesté de son incroyable bonté à son égard.

Le diplomate eut un sourire mince et la regarda en jubilant de joie mauvaise. Il ne l'avait jamais aimée. Il se souvenait que lors de l'ambassade de Bachtiari bey, elle avait réussi là où lui-même et ses collègues avaient échoué et le roi ne s'était pas privé, à cette occasion, de les traiter de maladroits.

Il dit que Mme du Plessis-Bellière se méprenait. Croyait-elle que Sa Majesté n'avait pas conçu une profonde rancœur à son égard ? L'exemple était rare d'une désobéissance aussi ouverte et il n'était pas dans les habitudes du roi de prendre à la légère une façon d'agir proche de la rébellion. Mme du Plessis-Bellière, par son influence, ses nombreuses relations, sa place de premier plan à la Cour, était une personnalité trop importante pour que ses actes n'entraînassent pas de désastreuses réflexions. On avait ri sous cape du « bon tour » joué au roi et les pamphlétaires de Paris s'en étaient donné à cœur joie de mettre en couplets l'évasion mystérieuse de la belle amazone. Autant de contrariétés que le roi n'était pas prêt à pardonner facilement…

Si son incroyable générosité l'avait certes poussé à venir au secours de celle qui s'était mise dans une si triste situation, il ne convenait pas à sa dignité de souverain de passer l'éponge facilement. Et la prudence lui conseillait de se méfier d'une personne qui rééditait, hélas ! la scandaleuse conduite des frondeuses de jadis…

Angélique, outrée, coupa net la mercuriale.

— Eh bien, raison de plus pour ne pas abuser de la générosité de Sa Majesté. Retournez en France, monsieur. Je rentrerai par mes propres moyens.

Troisième partie
Le Grand Eunuque

Quatrième partie

L'évasion

La photocomposition de cet ouvrage
a été réalisée par
GRAPHIC HAINAUT
30, rue Pierre Mathieu
59410 Anzin

Imprimé en France par

MAURY IMPRIMEUR
à Malesherbes (Loiret)
en février 2022

Pocket - 92 avenue de France, 75013 PARIS

N° d'impression : 261145
Dépôt légal : février 2022
S32260/01

— Il n’en est pas question, madame.

— Et pourquoi ?

— *Parce que j’ai ordre de vous arrêter, madame*, au nom du roi.